STEPHAN M. ROTHER

# Sturmwelle

*Buch*

Ihre ganze Kindheit hat Lara Rasmussen davon geträumt, das Vermächtnis ihres Vaters zu erfüllen: Er hat sein gesamtes Leben dem Versuch gewidmet, der tosenden Nordsee das Geheimnis um die Insel Rungholt zu entreißen – jenem sagenumwobenen Eiland, das einst in den Fluten versunken und seine Bewohner in einen schrecklichen Tod gerissen haben soll. Da beginnen in den Tiefen des Meeres die Glocken von Rungholt erneut zu läuten, um vor einer drohenden Heimsuchung zu warnen. Längst nämlich haben noch ganz andere Kräfte in ihrer rücksichtslosen Profitgier ein Auge auf das freie Watt vor den Inseln geworfen. Eine Sturmflut, ein Trupp ertrunkener Bauarbeiter sind nur der Anfang. Allein Lara und der junge dänische Polizist Niels-Henning Bergstrœm können jetzt noch verhindern, dass ein ganzer Landstrich und die Menschen, die ihn bevölkern, ein nasses Grab finden.

*Autorin*

Stephan M. Rother wurde 1968 im niedersächsischen Wittingen geboren und ist studierter Historiker mit dem akademischen Grad eines Magister Artium. Seit 1994 hat er als Magister Rother – Deutschlands einziger Standup Historian, mehr als 2000 Auftritte auf Deutschlands Bühnen, in Funk und Fernsehen absolviert. Er hat bereits mehrere erfolgreiche Spannungsromane für Jugendliche und Erwachsene geschrieben.

*Außerdem lieferbar*

Die letzte Offenbarung. Roman (37115), Das Babylon-Virus (37443)

Stephan M. Rother

# Sturmwelle

Thriller

blanvalet

MIX
Papier aus verantwortungsvollen Quellen
FSC® C014496
www.fsc.org

Verlagsgruppe Random House FSC-DEU-0100
Das FSC®-zertifizierte Papier *Holmen Book Cream* für dieses Buch
liefert Holmen Paper, Hallstavik, Schweden.

1. Auflage
Originalausgabe Oktober 2012
bei Blanvalet, einem Unternehmen der Verlagsgruppe
Random House GmbH, München.

Umschlaggestaltung: Johannes Frick, Neusäß/Steppach
Umschlagfotos: Corbis/Angelo Cavalli; Corbis/John Lund
Redakion: Dr. Rainer Schöttle
UH · Herstellung: sam
Satz: Uhl + Massopust, Aalen
Druck: GGP Media GmbH, Pößneck
Printed in Germany
ISBN 978-3-442-37758-9

www.blanvalet.de

*Am Anfang schuf Gott Himmel und Erde*
*und gab ihnen Gesetze.*
*Das Licht vom Dunkel schied er am ersten Tag und den Himmel von der Erde am zweiten.*
*Am dritten Tag aber schied er das feste Land*
*vom weiten Meer.*
*Und dann schuf er den Menschen.*
*Der Mensch aber war blind gegen Gottes Gesetze.*
*Der Mensch schuf die Hallig.*

## *Vorzeichen*

***Sonnabend 16. Juni, 10:28***
***Ablaufendes Wasser, 3 h 18 min bis Niedrigwasser***
***Pegel Hallig Horn: 1,18 m über Seekartennull***

Ein Nebel lag über dem Wasser.

Jenssen hatte es sich eben bequem gemacht und sein Frühstück ausgepackt. Mit dem Rücken lehnte er gegen einen Stahlträger, der sich vom Wattboden nach oben hin verjüngte. Hier, auf der Arbeitsplattform, zwölf Meter über dem Boden, war er gerade noch breit genug, um den Rücken des Monteurs vor dem böigen Wind zu schützen. Der Sturm pustete heute aus Richtung Festland – in Sturmstärke, wie immer so weit oben.

Doch der Wind machte Jenssen wenig aus, die Höhe noch weniger. Er hätte sich den falschen Job gesucht, wäre das anders gewesen. Und er mochte den Job und die kleinen Fluchten, die er mit sich brachte, die Aussicht und die Einsamkeit. Die Möglichkeit, seine Pause hier oben zu verbringen anstatt unten in der mobilen Kantine, in der es keine Spur ruhiger zuging als zu Hause bei Tine – und Tjark, Meli und Søren, vier bis sieben Jahre alt. Mit dem Unterschied, dass ihm beim Kantinenlärm nicht das Herz aufging.

Tief sog Jenssen die Luft ein, entschlossen, jede Minute der Ruhepause auszukosten. Der Auftraggeber machte Druck. Jeder auf der Baustelle wusste, dass er Druck machte. Die Schichten wurden von Woche zu Woche länger, die Pausen immer kürzer. Das widersprach dem Arbeitsvertrag, doch was interessierte Jenssen der Arbeitsvertrag, wenn die Überstunden so gut bezahlt wurden, dass er die Chance bekam, im Winter zwei Monate am Stück bei Tine zu Hause zu bleiben. Und bei Tjark, Meli und Søren.

Er biss in sein Frühstücksbrot.

Raue Möwenschreie. Jenssen blickte auf. Der Schwarm war gewaltig. Er konnte sich nicht erinnern, schon mal so viele der Vögel auf einem Haufen gesehen zu haben. Und sie hatten es eilig, stemmten sich gegen den Wind und flogen hoch über die Baustelle hinweg Richtung Küste.

Jenssen verstand sie gut. Heute Morgen wurde es immer ungemütlicher hier draußen.

Er ließ den Blick über die Wattfläche schweifen. Links die Umrisse von Hallig Horn mit der halbmondförmigen Linie der Dünen als natürlichem Wellenbrecher zum offenen Meer hin. Rechts, nur noch aus dem Augenwinkel erkennbar, näher am Festland und schon halb in seinem Rücken, die größere Landmasse von Pellworm. Dazwischen die vollständig flache Einöde des Wattenmeers, durchzogen von geschlängelten Prielen, in die schon wieder das bräunliche Wasser der auflaufenden Flut drückte. Und mit dem Wasser, über dem Wasser, die Nebelbank.

Jenssen kaute. Flut und Nebel stiegen rasch, vorangepeitscht vom Sturm.

Jenssen kaute – und hielt plötzlich inne. Er schluckte, doch der Bissen hing ihm im Hals fest. Er musste mit einem Schluck Cola nachspülen.

Zweieinhalb Stunden. Zweieinhalb Stunden hatten die Männer vom Montagetrupp noch Zeit, bis der Wasserstand sie zwingen würde, die Arbeit für den Vormittag einzustellen. Die Tidezeiten, Ebbe und Flut, waren wie jeden Tag an der Kantine angeschlagen, auf die Minute genau.

Doch das Wasser kam *jetzt*. Es kam viel zu früh, zu schnell! Und der Nebel …

*Der Wind wehte vom Festland.* Wie konnte Nebel *gegen den Wind* treiben?

Mit einem Mal spürte er eine Kälte in sich aufsteigen, die nichts, aber auch gar nichts mit dem Wind zu tun hatte, ganz gleich, aus welcher Richtung er wehte. Mit einer fahrigen Bewegung packte er das angebissene Brot zurück in die Frühstücksdose, tastete nach dem Funkgerät. Niemand auf der Baustelle hatte ein Handy dabei; eine der spinnerten Anweisungen des Auftraggebers.

Die Ruftaste. Jenssen presste das Gerät ans Ohr. Der Sturm übertönte das akustische Signal, doch eine Leuchte bestätigte, dass der Ruf rausging.

Es dauerte Sekunden, in denen seine Augen auf den Nebel gerichtet blieben. Am gewundenen, schmutzig grauen Lauf des Fallstiefs konnte er verfolgen, wie das fahle Weiß näher kam. Schnell, bedrohlich schnell, und das Weiß war kein verschwommener Fleck mehr, sondern ein länglicher, *heller* Schatten, heller als die graue Öde des Watts. Länglich – und quer zur Windrichtung, wie eine weit auseinandergezogene Frontlinie, über die halbe Breite des Meeresarms zwischen den beiden Inseln. Eine Frontlinie mit direktem Kurs auf die Baustelle.

»*Jenssen?*« Über das Knacken und Rauschen war der Chef kaum zu verstehen. »*Was … denn los? … beim Essen … verpasst … Harms erzählt … Urlaub. – In Thailand.*«

Aus der Art, wie der Vorarbeiter Harms' Urlaubsziel betonte, wusste Jenssen zumindest, dass es eine gute Entscheidung gewesen war, hier oben zu bleiben. »Chef?« Sein Hals fühlte sich trocken an. »Chef, hier ist was Seltsames.«

*»... bist was Seltsames ... runter ...«*

»Die Flut kommt«, murmelte Jenssen, schüttelte sich, wiederholte die Worte lauter: »Chef, die Flut kommt! Wir müssen die Arbeit abbrechen! Sofort!«

*»... in deiner Flasche?«*

Jenssen nahm die Worte kaum zur Kenntnis. Er starrte auf den Nebel. Die Frontlinie zog sich immer weiter auseinander, und gleichzeitig schien sie sich zu krümmen, an den Rändern schneller vorzurücken als zur Mitte hin. Zwei gewaltige Arme, die sich gierig voranstreckten, auf die Baustelle, die halb fertige Reihe der in den Wattboden gerammten Metallstreben zu.

Jenssen stand auf. »Chef, das ist verdammt noch mal kein Witz! Das gefällt mir nicht da draußen! Ich komme jetzt runter, und dann hau ich ab.«

*»... überhaupt ... Job hast ...«*

Er hörte schon nicht mehr zu, blieb aufrecht stehen. Sichernd suchte er Halt am Gerüst, als der Sturm nach ihm fasste. Bis zu den Metallsprossen waren es ganze zwei Schritte, dann zwölf Meter nach unten – und fünfzig Meter bis zu den Fahrzeugen. Doch die Schlüssel hatten Harms und Wolters, und einen von denen zu überreden ...

*»Jenssen?«*

»Es ist zu spät.« Seine Stimme war ein raues Flüstern, und selbst dieses Flüstern riss der Wind davon. Der Wind, der plötzlich gedreht hatte.

Wind vom Meer, der nach Salz schmeckte und Metall, verrostetem Metall. Und da war noch etwas, war mehr ... war ...

Der Nebel war jetzt eine massive Wand, meterhoch über

die gesamte Breite des Horizonts, zur Rechten wie zur Linken schon fast gleichauf mit der Baustelle, bereit, seine Arme aus pulsierendem Weiß um alle Männer und alles Gerät zu schließen.

Doch Jenssen befand sich zwölf Meter über dem Boden. Er konnte über die Nebelwand hinwegsehen, auf das Meer, das zu einer einzigen schaumgekrönten, wogenden Wüste geworden war, wo sich eben noch die Wattfläche gedehnt hatte. Graues Wasser: bösartig, tödlich, alt. Er war sich nicht sicher, woher das Wort, der Gedanke kam. *Alt.* Uralt und allmächtig.

*»Jenssen!«*

»Kommt hier hoch!« Seine Stimme überschlug sich. »Sucht euch den nächsten Mast und klettert hoch!«

Er riss die Augen von dem unglaublichen Bild los, blickte gehetzt in die Tiefe. Die Feldküche, ein offener Anhänger, mit Planen bedeckt, in denen sich knatternd der Sturm fing. Jetzt Bewegung am Ausstieg, eine Gestalt. Der Chef? Ja, er hielt das Funkgerät, ließ es langsam sinken, starrte auf den Nebel.

»Kommt da raus!«, brüllte Jenssen. »Kommt hoch!«

Die Gewalt des Sturms wuchs von Sekunde zu Sekunde und mit ihr das Tosen, das wie Schreie klang, Schreie von Geistermöwen in der Luft. Und der Nebel …

Zentimeterweise drehte Jenssen sich um. Die weit ausgebreiteten Arme aus gleißendem, wirbelndem Weiß waren an der Baustelle vorüber, wälzten sich im Rücken der Männer aufeinander zu. Die Umrisse der Küste waren nur noch wie durch eine Bresche sichtbar. Eine Bresche, die schmaler wurde – und schmaler. Die sich schloss.

Schreie.

Jenssen schüttelte sich. Die Männer vom Montagetrupp

stürzten ins Freie. Einer von ihnen stolperte … Harms? Niemand nahm Rücksicht auf ihn. Die Masten! Die Sprossenleitern! Es waren nur ein paar Meter, doch …

Nein, der Nebel war keine massive Wand. Der Nebel bewegte sich, und etwas bewegte sich *innerhalb* des Nebels wie kaltes, eisig loderndes Feuer. Graues Wasser aus Tiefen alt wie die Welt, und es kam näher, aus allen Richtungen, züngelte, stürzte voran.

Wogen aus Eis, die sich am Arbeitsgerät des Montagetrupps brachen, den Fahrzeugen, dem Anhänger mit der Kantine.

Der Boden erbebte, die stählerne Plattform unter Jenssens Füßen. Er schwankte, klammerte sich an die Verstrebungen. Er betete. Zum ersten Mal seit wann?

Ja, seit der Hochzeit. Bei der Hochzeit mit Tine hatte er gebetet.

Der Nebel, die Gestalten am Boden. Jenssen hörte ihre Schreie, sah die Woge aus Weiß, die über sie hereinbrach und die Geräusche abschnitt.

Doch es wurde nicht still. Unter ihm war nichts mehr als ein tobendes, wirbelndes Meer aus Weiß, doch es war nicht still. Es war ein Tosen und Rauschen und Flüstern und Schreien und ein … ein *schmatzender* Laut.

Und dann – war es vorbei.

Jenssen spürte warme Feuchtigkeit, die an seinen Hosenbeinen hinablief.

Er starrte in die Tiefe und begriff, dass er auf Meilen und Meilen der einzige lebende Mensch war.

Weiß. Ein Meer aus Weiß, aus dem die weite, gebogene Linie der Masten hervorsah, von Hallig Horn bis nahe ans Fahrwasser vor Pellworm – wie eine lächerliche Formation stählerner Zahnstocher.

Und dann sah er, dass die Zahnstocher vor seinen Augen kürzer wurden. Und kürzer.

Der Nebel stieg.

»Tine«, flüsterte er.

***Dienstag, 19. Juni, 14:33***
***Ablaufendes Wasser, 2 h 52 min bis Niedrigwasser***
***Pegel Hallig Horn: 1,96 m über Seekartennull***

Ich konnte den Juni nicht ausstehen.

Gleichgültig, ob wir selbst schon Ferien hatten: Im Juni kamen die ersten Urlauber, und die Stadt fing an, sich zu verändern.

Sie waren nicht zu übersehen. Ein stinkender Lindwurm aus Blech wälzte sich von der Autobahn auf die Stadt zu, den Strand und das Meer.

Eisbuden machten auf, zusätzliche Parkplätze wurden ausgeschildert, und die Plakatwände waren über Nacht mit Ankündigungen gepflastert: *Strandkino. Stranddisco. Strandvolleyball.* Von irgendwoher tauchten Straßenmusiker auf, mit Gitarre oder Quetschkommode, und übergrölten sich gegenseitig. Entnervte Eltern zogen ihre Kinder hinter sich her, um die letzten Einkäufe zu erledigen, bevor sie mit einer der Fähren auf die Inseln übersetzten.

Die Wochen des Wahnsinns hatten begonnen, wie jedes Jahr.

Dabei konnte ich noch nicht einmal ahnen, wie schlimm es wirklich werden würde in diesem Jahr, dem Jahr meiner letzten großen Ferien.

»Puh!« Tanja drängte sich zwischen den voll besetzten Tischen durch und ließ sich auf den Stuhl mir gegenüber plumpsen.

Wobei in Bezug auf Tanja natürlich von *Plumpsen* nicht die Rede sein konnte. Selbst bei dreißig Grad im Schatten und nach einer Tour quer durch die mit Touristen vollgestopfte Stadt sah sie noch immer aus wie aus dem Ei gepellt.

Dass sich auf ihrem Weg durchs Bistro die Leute reihenweise nach ihr umgedreht hatten, hatte sie wahrscheinlich gar nicht mitgekriegt.

Das war einfach selbstverständlich, wenn man Tanja war.

Genauso selbstverständlich, wie kein Mensch sich umdrehte, wenn *ich* reinkam.

Und genauso selbstverständlich, wie mir so was gleichgültig war. Zumindest an diesem Tag.

»Lara?« Fragend hob Tanja die Augenbrauen, sodass sie um ein Haar unter ihrem sorgfältig zurechtgezupften Pony verschwanden.

»Sorry«, murmelte ich. »Ich war in …«

»Schon im Urlaub in Gedanken?«

War gute Laune nicht angeblich ansteckend? Wenn, dann schien es aber diesmal nicht zu funktionieren. Jedenfalls nicht bei mir. Aber *ich* würde ja auch morgen nicht samt Eltern und neuem Freund im Flieger nach Antalya sitzen.

»Hey«, sagte sie und stupste mich an, zog dann aber die Hand weg, als ihr der Kellner – ein süßer Blonder aus Hamburg, der erst seit ein paar Wochen im Bistro arbeitete – ihre Diät-Cola hinstellte.

Sie hat sie nicht mal bestellen müssen, dachte ich. Wieder ein Beweis: Die Männer lasen ihr die Wünsche von den Augen ab.

Mit einem kaum angedeuteten Lächeln bedankte sie sich, nahm einen Schluck.

»Hey!«, sagte sie noch einmal. »Mach nicht so ein Gesicht, Lara! Dafür kriegst du deinen kleinen Bruder endlich mal wieder zu sehen. Und musst dir nicht am Flughafen die Beine in den Bauch stehen.«

*Du garantiert auch nicht,* dachte ich. Irgendein schnuckeliger Flugbegleiter würde ihr in Windeseile einen Sitzplatz besorgen, unter Garantie.

Doch dann biss ich die Zähne zusammen.

Es gab andere Dinge, über die ich mir den Kopf zerbrechen sollte, heute, einen Tag vor meiner Fahrt nach Hallig Horn und zwei Tage vor meinem achtzehnten Geburtstag. Dinge, über die ich mit Tanja sprechen wollte, auch um für mich selbst ein paar Dinge klarzukriegen.

»Stimmt schon«, murmelte ich und holte Luft. Ich sah sie an. »Diesmal wird es anders«, sagte ich. »Ich habe was vor in den nächsten Tagen.«

Wieder wanderten ihre Augenbrauen in Richtung Pony.

Ich bückte mich nach meiner Umhängetasche und wuchtete einen dicken Aktenordner auf den Bistrotisch.

»Was ... ist das?«

»Ein Aktenordner«, stellte ich fest.

»Das sehe ich. Und was ist drin in dem Aktenordner?«

*Akten,* dachte ich, *was sonst?* Aber ich hatte mir diesen Moment seit Tagen in Gedanken ausgemalt, und seit *Monaten* hatte ich alles vorbereitet, um an diesen Punkt zu kommen. Tanja konnte nicht ahnen, was sich zwischen diesen grauen Aktendeckeln verbarg. Niemand konnte das.

Am allerwenigsten Ole Rasmussen.

»Aufzeichnungen«, erklärte ich. »Notizen. – Von meinem Vater«, fügte ich fast beiläufig hinzu.

»Von …«

»Von meinem richtigen Vater«, betonte ich. »Von Marten.«

Diesmal blieb ihr der Mund offen stehen.

Tanja war seit der dritten Klasse meine beste Freundin, und natürlich kannte sie meine sonderbare Lebensgeschichte und die Geschichte meiner noch viel sonderbareren Familie fast so gut wie ich selbst:

Mein Vater Marten Feddersen, der kurz vor meiner Geburt auf einer seiner Expeditionen im Watt vor Hallig Horn ertrunken war.

Meine Mutter, die daraufhin Ole Rasmussen geheiratet hatte, den Inselherrn von Hallig Horn, und bei der Geburt von Hannes gestorben war, meinem kleinen Bruder – oder Halbbruder eigentlich.

Und natürlich meine Tante Sylke, Martens Schwester, und ihren Mann Peer, bei denen ich seit dem Tod meiner Mutter lebte.

Abgesehen von den großen Ferien, die ich einem ungeschriebenen Gesetz zufolge nach Ole Rasmussens Willen auf Hallig Horn verbringen musste. Und auf Hallig Horn *war* Ole Rasmussens Wille Gesetz.

»Wo hast du die her?«, flüsterte Tanja, streckte die Finger nach dem Ordner aus, zog sie aber zurück, ohne ihn zu berühren. »Seit wann hast du … das?«

Das war der Moment, vor dem ich Angst gehabt hatte.

Ich sah ihr in die Augen. »Seit anderthalb Jahren ungefähr«, sagte ich. »Der Ordner lag auf dem Dachboden, hinter der Kiste mit Peers Pokalen vom Tischtennis.«

»Du …« Sie schluckte. »Du hast mir nie was gesagt«, murmelte sie. »Wir kennen uns seit … so lange wir denken können, und du hast mir nie was gesagt.«

*Warum?*

Sie stellte die Frage nicht laut. Aber ihr Blick war deutlich genug.

Wie oft hatten wir uns über Marten unterhalten, über meinen echten Vater. Marten Feddersen, der berühmte Archäologe, der der versunkenen Stadt Rungholt auf der Spur gewesen war und diese Suche mit seinem Leben bezahlt hatte. Was für ein Mensch er wohl gewesen war, wie mein eigenes Leben ausgesehen hätte, wenn sie noch da gewesen wären, er und meine Mutter. Nicht dass Sylke und Peer nicht absolut in Ordnung gewesen wären – aber sie waren eben nicht meine Eltern.

Ja, das waren Sachen, über die wir immer mal wieder gesprochen hatten.

Zwischendurch.

Irgendwo zwischen den tausend Katastrophen, die Tanja mit irgendwelchen Jungs und Männern erlebt hatte und aus denen ihr Leben bestand. Irgendwo zwischen der nächsten und der übernächsten großen Liebe ihres Lebens.

Da war für Marten Platz gewesen – und für mich.

Ein bisschen sogar für meine eigene kleine Katastrophe, als es mit Leo und mir vorbei gewesen war im letzten Winter.

Aber vor allem war es immer wieder um Tanja gegangen.

Und das war in Ordnung gewesen. Tanja brauchte das. Ich kannte sie nicht anders und wollte sie auch gar nicht anders haben.

Dieser Aktenordner aber …

Das war etwas für mich, dachte ich. Für mich ganz allein. Marten und ich, sonst niemand. Tanja konnte ihren Jens und ihren Kevin und ihren Oscar gerne behalten, und den Neuen dazu – Torsten oder Torben oder wie er auch immer heißen mochte. Für mich war es einfach wichtig gewesen, diesen Ordner für mich allein zu haben.

Ich wusste nicht, wie ich das ausdrücken sollte. Ich konnte nur hoffen, dass sie das irgendwie verstehen würde.

Ich sah sie an.

Sie biss sich auf die Unterlippe.

»Okay«, murmelte sie. »Und was steht drin?«

Diesmal hob *ich* die Augenbrauen. »Du bist mir nicht böse?«

»Wieso sollte ich? Er war doch *dein* Vater, nicht meiner. – Und was steht drin? Wenn du's mir jetzt nicht verrätst, werd ich wirklich böse.«

Ich atmete auf.

»Okay«, sagte ich zögernd. So ganz traute ich mich doch noch nicht, mit der Sprache herauszurücken, aber aus ihrem Gesichtsausdruck sprach nur noch Neugier – selbst als ihr Blick mal kurz über meine Schulter in Richtung des süßen Kellners schweifte, während ich anfing zu erzählen.

»Gut«, sagte ich und senkte die Stimme. »Du weißt ja, worüber Marten geforscht hat. Rungholt, das geheimnisvolle versunkene Rungholt. – Klar, dir brauch ich davon nichts zu erzählen. Hier bei uns an der Küste kriegt man die Geschichten in der zweiten oder dritten Klasse zu hören, von der mächtigen Stadt der Friesen, die in einer einzigen Nacht vom Meer verschlungen wurde und von der heute niemand mehr sagen kann, wo sie gelegen hat.«

»Dein Vater hat behauptet, er hätte sie gefunden. Er hat dem Museum sogar Fundstücke übergeben, die …«

»Sie waren echt.« Ich nickte ernst. »Die Museumsarchäologen haben das bestätigt. Aber er …« Meine Kehle wurde eng. »Er starb, bevor er der Öffentlichkeit die Stelle im Watt zeigen konnte, an der er die Funde geborgen hatte.

Niemand kann sagen, wo genau er an dem Tag auf der Suche war, als er auf sie gestoßen ist. – Bis heute.«

Jetzt riss sie die Augen auf. »Du willst mir sagen«, flüsterte sie, »das steht *da* drin?«

Ich schüttelte den Kopf und sagte leise: »Ja und nein.«

Vorsichtig schlug ich den Aktenordner auf. Das meiste, was dort zu finden war, die Tabellen und Auflistungen, die Ergebnisse von Reihenmessungen der Meeresströmungen, die Marten draußen im Watt vorgenommen hatte, kannte ich längst auswendig. Seine wirren Skizzen hätte ich aus dem Kopf nachzeichnen können.

Doch genau da gab es einen winzig kleinen Schönheitsfehler.

Ich blätterte. Es gab eine bestimmte Zeichnung: Hier, da war sie.

Ich sah noch einmal über die Schulter, aber niemand im Bistro schien von uns Notiz zu nehmen – im Moment nicht mal der Kellner, nachdem Tanja jetzt ganz gefesselt war von meiner Entdeckung.

Ich drehte den Ordner zu ihr um, ließ sie einen Blick auf Martens Skizze werfen.

Ausgeblichenes Papier, darauf ein Chaos von gestrichelten und gepunkteten Schlängellinien, kreuz und quer. Zum Teil überschnitten sie einander, zum Teil auch nicht. An bestimmten Stellen waren kleine Symbole eingezeichnet: Kreise, Quadrate, Dreiecke. Ein paar von ihnen standen richtig rum, andere auf dem Kopf.

»Sieht aus wie ein Schnittmuster aus der Burda«, murmelte Tanja. »Du weißt schon, von meiner Mutter.«

Ich schüttelte den Kopf. »Es ist eine Karte«, sagte ich. »Eine Landkarte.«

»Eine Karte?« Sie kniff die Augen zusammen.

»Hier.« Mit dem Finger zeigte ich auf einen Punkt im unteren Bereich. »Es gibt nicht nur diese seltsamen Symbole, sondern auch ein paar Buchstaben, Abkürzungen mit Sicherheit. – Hier: *HH*.«

»Hansestadt Hamburg«, flüsterte Tanja. »Wie das Autokennzeichen.«

Ich verzog das Gesicht. Genau davon war ich auch überzeugt gewesen, monatelang.

»Und hier«, sagte ich. »Weiter rechts. *Std* – das ist das Autokennzeichen von Stade.«

Tanja pfiff leise durch die Zähne. »Dann müsste man diese Karte einfach nur über eine andere Karte legen, und schon …«

»Nein«, sagte ich knapp.

Einen Moment lang genoss ich ihre verblüffte Miene.

»Nein«, wiederholte ich. »Hab ich schon probiert, mit allen möglichen Karten. Aber Stade liegt an der Unterelbe – westlich von Hamburg. Auf Landkarten ist Norden oben, Westen also links. Die Buchstaben stehen aber rechts vom *HH*.«

Tanja beugte sich noch etwas tiefer.

*Seltsam,* dachte ich. Ich konnte das aus ganz normalem Abstand gut erkennen. Was, wenn sie demnächst eine Brille bräuchte?

*Das* würde dann wirklich mal eine Katastrophe werden.

»Stimmt«, sagte sie schließlich und schüttelte verständnislos den Kopf. »Aber was soll es sonst heißen? Woher weißt du überhaupt, was auf der Karte zu sehen sein soll?«

»Hier!« Mein Zeigefinger steuerte einen Punkt im oberen Bereich der Karte an: ein großes R in einem dick markierten roten Kasten. »R – wie *Rungholt*. Im gesamten Ordner geht es um Rungholt – und hier hat Marten die Lage der Stadt eingezeichnet.«

»So muss es wohl sein«, sagte sie, lehnte sich ernüchtert zurück. »Schließlich war er der Erste, der tatsächlich was gefunden hat, nachdem die Forscher seit sonst wann gesucht hatten.«

»Seit mehr als zweihundert Jahren«, warf ich ein und gab mir Mühe, nicht allzu großspurig zu klingen.

Was würde das erst für ein Gefühl werden, wenn ich Ole Rasmussen das hier präsentierte.

Vorausgesetzt, ich hatte recht mit dem, was ich mir in den letzten Wochen zusammengereimt hatte.

Tanja kniff die Augen zu schmalen Schlitzen zusammen. »Da ist doch noch was!«, sagte sie. »Ich kenne dich, Lara Rasmussen. Ich weiß, was es zu bedeuten hat, wenn du so guckst.«

Fast gegen meinen Willen musste ich grinsen. Sie kannte mich tatsächlich ziemlich gut, und das beruhte auf Gegenseitigkeit.

Sie schob ihr Cola-Glas beiseite, hob drohend den Zeigefinger. »Spuck's aus, Lara Rasmussen!«

»Aaaalso …« Ich musste den Moment einfach ein bisschen genießen. »Aaaalso, das muss letztes Jahr kurz vor Weihnachten gewesen sein. Du weißt doch, als es so lange so warm war und neblig und …«

»Übertreib's nicht!«, murmelte sie düster.

»Na ja.« Ich hob die Schultern. »Ich hab meine Weihnachtskarten geschrieben. Verwandtschaft und so. Peers Oma in München, ein paar Leute von der Insel. Ich hab mir eine Liste gemacht, mit Abkürzungen: *Fam* für die Familie, *HH* für Hallig Horn und …«

Tanja japste. »Mann!«, flüsterte sie. »Natürlich!«

»So natürlich nun auch wieder nicht«, sagte ich möglichst würdevoll.

Ich hatte schließlich ein paar Monate gebraucht, bis ich draufgekommen war.

»Aber schon klar.« Ich nickte. »Wahrscheinlich steht das *HH* auf der Karte tatsächlich für Hallig Horn und nicht für Hamburg.«

»Oder für …« Wieder kam Tanja auf Nasenlänge an die Karte heran. »Vielleicht ja für das Herrenhaus auf der Insel. Das von deinem Stiefvater.«

Ich biss mir auf die Lippen. Auf die Idee war ich noch gar nicht gekommen.

»Und jetzt?«, fragte sie. »Jetzt kannst du die Karte entziffern? Du weißt, an welcher Stelle Rungholt lag?«

Ich stieß den Atem aus.

»Kein Stück«, gab ich zu. »Noch weniger als vorher, wenn ich nicht mal sicher bin, wofür das HH steht. Hallig Horn müsste wirklich zu erkennen sein. Die Insel erkennt man doch auf jeder Karte: krumm wie eine Banane, mit der offenen Seite zum Festland, der abgerundeten Seite mit den Dünen zum Meer hin. – Nichts zu sehen.«

Tanja setzte sich wieder aufrecht hin. »Stimmt«, murmelte sie.

Ich hatte Zweifel, ob sie das beurteilen konnte.

*Blind wie ein Maulwurf,* dachte ich.

»Also bist du kein Stück weiter«, stellte sie fest.

Ich biss mir auf die Lippen.

»Na ja«, sagte ich zögernd. »Zumindest weiß ich jetzt, dass ich allein nicht weiterkomme. – Aber ich weiß, wen ich fragen kann.«

Erwartungsvoll sah sie mich an.

»Gorm«, sagte ich.

Tanja riss die Augen auf. Es war nicht ganz einfach, sie sprachlos zu machen.

Heute hatte ich das schon zum zweiten Mal hingekriegt.

Tanja war etliche Male dabei gewesen, wenn ich den Sommer auf Hallig Horn verbracht hatte, und natürlich wusste sie, wer Gorm war.

Der Leuchtturmwärter von Hallig Horn war so alt wie die Insel selbst. Jedenfalls behaupteten das die Inselleute. Und Hallig Horn war entstanden, als das Land auseinandergebrochen und Rungholt versunken war, bei der großen Sturmflut, der *Mandränke* vor sechshundertfünfzig Jahren.

Und ungefähr so sah der alte Gorm auch aus.

Er war ein Typ, mit dem die Eltern auf der Insel ihre Kinder erschreckten: *Wenn du jetzt nicht aufisst, kommt der alte Gorm dich holen.* Barbarisch. Ich erinnerte mich gut, dass die dicke Tilda, Ole Rasmussens Mädchen für alles, diese Tour sogar mit mir probiert hatte, bevor Sylke und Peer mich aus den Klauen meines Stiefvaters befreit hatten.

Jedenfalls war der Alte gruselig, sah aus wie eine Mumie: Keinen Zahn mehr im Mund, humpelte er auf seinen Stock gestützt durch die Gegend, in der ewig selben ausgeblichenen Friesentracht, die es seit hundert Jahren höchstens noch im Museum gab. Wie er noch die Treppen in seinem Leuchtturm hochkam, war ein ungeklärtes Rätsel.

Seine Einkäufe wurden einmal die Woche unten am Turm abgestellt, und beim nächsten Mal waren sie dann verschwunden. Nur dadurch wusste man mit Sicherheit, dass der Alte überhaupt noch lebte, denn draußen ließ er sich nur noch sehr, sehr selten blicken.

»Du willst…« Keuchend holte Tanja Luft. »Du willst mit *Gorm* sprechen?«

Ich nickte entschlossen.

»Kein Mensch weiß mehr über die Insel als er, und Marten war das klar. – Hier.« Ich griff nach dem Ordner, blätterte ein paar Seiten vor. »Da«, sagte ich und deutete auf einige kaum lesbare Buchstaben, die Marten per Hand am Rande des Textes notiert hatte. »*Gorm. inv. 37 b.* – was immer das heißt.« Die nächste Seite. »Oder hier: *Gorm chron. maj.* Oder hier, da heißt es einfach: *Gorm fragen.*«

»Klingt wie eine Anweisung«, murmelte Tanja.

»Für sich selbst wahrscheinlich«, sagte ich. »Für Marten. Aber er …« Wieder spürte ich, wie meine Kehle eng wurde. »Er ist nicht mehr dazu gekommen.«

»Und deshalb …«, flüsterte Tanja, »deshalb willst *du* ihn jetzt fragen.« Sie schüttelte den Kopf. »Krass.«

Mir war mehr als mulmig im Magen, aber ich nickte ernst. »Er hat meinen Vater nicht gefressen. Er wird auch mich nicht fressen.«

*Wie auch*, dachte ich, *ohne Zähne.*

Tanja schüttelte den Kopf, wieder und wieder. »Und ich fliege nach Antalya. Mist.« Sie fixierte mich unter ihren frisch gezupften Augenbrauen hindurch. »Irgendwie wird mir ganz anders, wenn ich daran denke, was du da vorhast, und gleichzeitig …«

Sie holte Luft. »Ich erwarte einen ausführlichen Bericht, Lara Rasmussen! Irgendwie hab ich das Gefühl, dass du diesmal den spannenderen Urlaub haben wirst.«

Das mulmige Gefühl in meinem Magen wurde deutlicher, aber dennoch: Keine von uns beiden konnte in diesem Moment ahnen, wie recht sie behalten sollte.

***Mittwoch, 20. Juni, 09:02***
***Auflaufendes Wasser, 3 h 09 min bis Hochwasser***
***Pegel Hallig Horn: 2,01 m über Seekartennull***

»Lara, Schätzchen? Kommst du?«

Sylkes Stimme drang gedämpft durch meine Zimmertür. Den ganzen Morgen schon hatte ich gehört, wie sie im Erdgeschoss irgendwas umräumte.

Würden sie und Peer heute nach Hallig Horn fahren oder ich? Oder hatten die beiden vor, heimlich wegzuziehen, während ich auf der Insel war? Wobei: Heimlich wäre nicht so laut gewesen.

Ein Scheppern, gefolgt von einem unterdrückten Fluch.

»In fünf Minuten bin ich da!«, rief ich, sah kurz aufs Handy. Noch mehr als eine Stunde, bis die Fähre ablegte. Konnte ihr wohl nicht schnell genug gehen, bis ich endlich verschwand.

Ich biss mir auf die Zunge.

*Das ist nicht fair,* dachte ich. Die beiden kamen näher an das heran, was ich mir unter Eltern vorstellte, als alles andere, an das ich mich erinnern konnte. Ich mochte mir gar nicht ausmalen, wo ich die letzten Jahre verbracht hätte, wenn sie nicht gewesen wären. Auf Hallig Horn, keine Frage. Das ganze Jahr, das ganze *Leben* – anstatt immer nur für ein paar Wochen in den Ferien.

»Das letzte Mal«, murmelte ich und hob den Blick zu dem verblassten Foto, das neben dem glitzernden Mobile über meinem Schreibtisch hing: meine Eltern, Arm in Arm, im Hintergrund das Meer. Bei Marten erkannte man sofort die Verwandtschaft mit Sylke. Mama sah nur ich selbst ähnlich, und manchmal kriegte ich schon fast eine Gänsehaut, wenn ich feststellte, dass ich ihr immer ähnlicher wurde. Der einzige richtige Unterschied war das Rot, das ich mir vor ein paar Monaten für die Haare ausgesucht hatte und bei dem ich mir bis heute nicht sicher war, ob es so toll zu meinem Typ passte. Aber irgendwie war es mir plötzlich wichtig gewesen, dass ich mich überhaupt von ihr unterschied, wenn schon alles andere fast gleich war: dieselben vollen Lippen über dem leicht knubbeligen Kinn. Dieselben Augen, die mir allerdings wirklich gefielen. Vielleicht weil sie dieselbe Farbe wie das Meer hatten – und sie auch genauso schnell wechseln konnten wie das Meer, je nach Stimmung.

Und die war ganz seltsam heute.

»Es ist das letzte Mal«, sagte ich, und es klang wie ein Versprechen. »Ab morgen bestimme ich selbst, wann ich irgendwohin fahre. Und ob überhaupt.«

Mein achtzehnter Geburtstag. Ich würde ihn bei Rasmussen verbringen, das war mein letztes Zugeständnis an ihn. Volljährig. Seltsames Wort, dachte ich. Als ob danach nichts mehr käme. Dabei fing das Leben doch eigentlich erst richtig an, wenn man volljährig wurde. Wenn man selbst über sich bestimmen konnte und über das, was man mit seinem Leben anfangen wollte.

Rasch schlug ich noch mal den abgewetzten Aktenordner auf, der ganz oben in meiner Reisetasche lag, kontrollierte, ob ich alles dabeihatte. Die meisten Blätter waren vergilbt, auf einigen von ihnen befanden sich Notizen in Martens winziger krakeliger Schrift. Ab und zu gab es ein paar hellere Seiten: Fotokopien, die ich mir in der Stadtbücherei angefertigt hatte.

Alles war vorbereitet. Ein kleines, wissendes Lächeln huschte über mein Gesicht. Rasmussen dachte, ich käme nur seinetwegen – aber da hatte er sich geschnitten. Eines hatte ich mir geschworen: Wenn es so weit war, würde mein Stiefvater als Allerletzter erfahren, was ich herausgefunden hatte.

Falls ich tatsächlich etwas herausfinden sollte.

Etwas, das alles verändern würde.

Ich kniff die Augen zusammen.

*Was hast du da gerade gedacht? Alles?*

Ein seltsames Kribbeln in meinem Nacken. Es tat nicht eigentlich weh, fühlte sich eher an, als ob einem der Arm eingeschlafen war. – Aber der Nacken?

*Irgendwie hab ich das Gefühl, dass du diesmal den spannenderen Urlaub haben wirst.*

Das Kribbeln wollte gar nicht wieder aufhören.

»Ole Rasmussen war der beste Freund deines Vaters!«

Eine Dreiviertelstunde später. Sylke setzte einen strengen Blick auf und sah mich über ihre Halbbrille hinweg an. Insgeheim hatte ich den Verdacht, dass sie sich diese Brille nur aus diesem einen Grund zugelegt hatte: damit sie effektvoll über den Rand schauen konnte, wenn ich irgendwas gesagt hatte, das ihr nicht passte. Meistens über Rasmussen.

»Ole Rasmussen war Martens bester Freund. Er war der Einzige, der sich um deine Mutter und dich gekümmert hat, als ihr plötzlich allein dastandet.«

»Ich stand überhaupt noch nicht da«, brummte ich. »Ich war noch gar nicht geboren. Und ihr beide habt euch um mich gekümmert, Peer und du. Und ihr hättet euch auch um Mama gekümmert, wenn Rasmussen nicht ...«

Meine Tante sah mich gar nicht mehr an, sondern beobachtete, wie die Fähre am Landungssteg festmachte und eine schwere Metallbrücke heruntergelassen wurde, damit die Fahrzeuge der Urlauber eins nach dem anderen an Bord wechseln konnten.

»Rasmussen hat aber«, widersprach sie murmelnd. Ich musste ganz genau hinhören, denn jetzt ließen die ersten Fahrer die Motoren an. »Er hat sich immer eine eigene Familie gewünscht. Auch für ihn ist nicht alles so gekommen, wie er sich das gewünscht hat. Er hat nur dich und deinen Bruder.«

Ich biss mir auf die Lippen, schluckte die Worte hinunter, die mir schmerzhaft die Kehle hochkamen. Was mich betraf, war ich jedenfalls *nicht* Rasmussens Familie. Wäre mein Stiefvater nicht so versessen gewesen auf eine *eigene* Familie, auf *eigene* Kinder, dann wäre Mama das Risiko womöglich nicht eingegangen, noch einmal schwanger zu werden. Und wäre bei Hannes' Geburt nicht gestorben.

Marten war bei einem Unglück ums Leben gekommen, aber für Mamas Tod gab es einen Schuldigen, und der hieß Ole Rasmussen.

Hannes jedenfalls hieß er mit Sicherheit nicht. Das Wiedersehen mit meinem kleinen Bruder gehörte zu den Dingen, auf die ich mich freute. Meinem kleinen Bruder, der inzwischen größer war als ich selbst. Körperlich zumindest. Er lebte zwar meistens in seiner eigenen Welt, aber ich kümmerte mich um ihn, so gut ich konnte, wenn auch eher per Facebook in letzter Zeit.

»So.« Sylke nickte. Das Wort klang wie ein Stoßseufzer. Sie griff nach der Deichsel des Handwagens.

Es war tatsächlich ein Handwagen. Als ich hinter ihr durch die Haustür gekommen war, hatte ich das Gefährt angestarrt wie eine fliegende Untertasse – das Gefährt und seine Ladung, die aus mehreren Koffern und verschnürten Paketen bestand. *Deine Geburtstagsgeschenke*, hatte Sylke geflötet, als wäre das die selbstverständlichste Sache der Welt gewesen.

Was sollte ich dazu sagen? Irgendwie wurde mir schon warm ums Herz darüber, dass meine Tante und mein Onkel an mich dachten, aber musste es denn gleich so dramatisch sein? Tanja hatte im Februar ganz einfach ein winziges Päckchen gekriegt, kaum größer als ein Schmuckkästchen. Da waren die Schlüssel zu dem alten Peugeot drin gewesen, den ihr Dad bis dahin gefahren hatte.

Was auch immer sich in meiner Geschenkepyramide versteckte: Ein Auto war es jedenfalls nicht. Aber damit hatte ich auch nicht gerechnet.

Sylkes Augen waren noch immer auf die metallene Rampe geheftet, über die die Autos an Bord der Fähre rollten. Ein Rumpeln, ein kurzes, dumpfes Poltern auf dem Metallblech, dann ein neues Rumpeln – und das nächste. So wahnsinnig spannend fand ich das nicht. Exakt dasselbe Spiel konnte man hier jeden Tag beobachten, stundenlang. Doch Sylke schien beinahe vergessen zu haben, dass ich neben ihr stand. Fast hatte ich das Gefühl, als ob …

Ruckartig löste sie sich aus ihrer Erstarrung, wandte sich zu mir um.

»Lara.« Ihre Zunge fuhr über die Lippen.

Ich kniff die Augen zusammen. Irgendwie sah sie plötzlich seltsam aus; ein Gesichtsausdruck, den ich an ihr noch nie wahrgenommen hatte. Und da war noch was anderes. Lag das an der Sonne? Es war kurz nach halb eins. Direkt am Wasser entsteht eine Art Licht, bei der es nicht nur fast keine Schatten gibt, sondern irgendwie auch keine echten Farben mehr. Alles kommt einem gedämpft vor, blass. Aber Sylke hatte sich beim Rausgehen einen knallgelben Seidenschal umgewürgt, der überhaupt nicht zu ihrem petrolfarbenen Blazer passte. Und Schal und Blazer leuchteten um die Wette, während meine Tante selbst…

*Sie sieht aus, als hätte man sie gerade aus dem Hafenbecken gefischt,* dachte ich, und schlagartig war das seltsame Gefühl wieder da, das Prickeln im Nacken.

»Sylke?«, fragte ich. »Ist irgendwas nicht in Ordnung? Ich kann auch die Fähre morgen nehmen. Das ist echt kein Ding.«

Eine neue, wieder merkwürdig ruckartige Bewegung. »Nein«, sagte sie. »Nein.« Ihre Hand tastete in den Blazer, fahrig, schien etwas zu suchen. »Hier.«

Ein Briefumschlag, nein, eher eine Versandtasche aus dunklem Papier. Sylke streckte sie mir entgegen. In diesem Moment hatte ihr Gesicht nicht nur die Farbe, sondern auch die Ausdruckskraft einer Wasserleiche.

»Was ist das?« Automatisch griff ich zu, drehte den Umschlag hin und her. Er war unbeschriftet. Irgendwas befand sich da drin – nicht nur Papier, sondern ein schwerer, ungleichmäßig geformter Gegenstand, der offenbar abgepolstert war.

»Bitte mach es erst morgen auf.« Ihr Blick ging über meine Schulter. Ein letztes Rumpeln. Jetzt waren alle Fahrzeuge an Bord. Eine knisternde elektronische Durchsage wandte sich an die Passagiere, die zu Fuß unterwegs waren. Rings um uns machten sich mehrere Leute auf den Weg.

Das war das Signal auch für mich, doch so abrupt, wie Sylke dieses Kuvert gezückt hatte… Sie musste bis zum letzten Moment gewartet haben.

»Noch ein Geschenk?« Verwirrt starrte ich auf den Umschlag.

Sylke nickte, schüttelte dann den Kopf. »Ja. Ich meine:

Nein. – Nicht von uns. Von Marten.« Sie holte Luft. »Von deinem Vater.«

»Von …«

»Machs gut, mein Schatz.« Sie drückte mich kurz an sich. Ihre Hände waren eiskalt; ich spürte es durch die Windjacke. »Einen schönen Geburtstag.«

Sylke löste sich von mir, entfernte sich mit eiligen Schritten. So eilig, dass es fast wie eine Flucht aussah. Sie sah sich nicht noch mal um.

Ich blieb stehen, wie betäubt, mit offenem Mund.

Wieder die elektronische Durchsage. Letzter Aufruf an die Fahrgäste.

Mit Gewalt riss ich meinen Blick von Sylkes Rücken los, der bereits in der Menge verschwunden war, und betrat als Letzte die Rampe.

Ich hatte den Fuß noch nicht aufs Deck gesetzt, doch unter mir schwankte der Boden wie auf hoher See.

***Mittwoch, 20. Juni, 10:12***
***Auflaufendes Wasser, 1 h 58 min bis Hochwasser***
***Pegel Hallig Horn: 2,88 m über Seekartennull***

Es war eine Kuh.

Niels-Henning Bergstrœm, königlich dänischer Polizeiassistent ersten Grades, kannte Kühe.

Wenn in den Nachrichten über den Rinderwahnsinn berichtet wurde, über eine neue Milchverordnung der EU, schnitten sie manchmal kurze Sequenzen mit schwarz-weiß gefleckten Tieren ein. Das waren Kühe. Freundliche Wiederkäuer, die irgendwo friedlich auf einer Weide grasten.

Doch diese Kuh erlebte er live. Seit zehn Minuten fragte sich Henning, ob es tatsächlich angehen konnte, dass dies wirklich und wahrhaftig seine erste Livekuh war. Und dann gleich aus dieser kurzen Distanz – achtzig Zentimeter vor dem Kühlergrill seines Audi R8.

Was tat sie da, mitten auf dem Fahrweg? Die Strecke war befestigt, aber nicht asphaltiert. Es gab einen grünen Mittelstreifen zwischen den beiden Radspuren, und offenbar hatte das Tier sich entschlossen, dort zu weiden.

Eine Entscheidung, die Henning nicht nachvollziehen konnte. Er persönlich hätte sich als Kuh eher an das Gras links und rechts vom Weg gehalten. Das sah in seinen Augen wesentlich saftiger aus. Doch möglicherweise wusste er einfach zu wenig über die Spezies.

Und am allerwenigsten hatte er eine Ahnung, wie er sie dazu bewegen sollte, den Weg freizugeben.

Er hatte es mit der Hupe probiert, mit dem Fernlicht. Er hatte den 316-Kilowatt-Ottomotor zehn Sekunden lang bedrohlich aufröhren lassen – mit dem einzigen Ergebnis, dass das Tier kurz aufgeblickt und mit einem urtümlichen Laut in das Röhren eingestimmt hatte. Von der Stelle bewegt hatte es sich nicht.

Hennings Finger klopften einen Stakkatorhythmus auf dem Lenkrad. Zwanzig Minuten bis zum Beginn der Besprechung mit den Deutschen. Auf dem Revier. Dem Revier, das sich nach Angaben seiner Navigationssoftware nur über diesen ungepflasterten Fahrdamm erreichen ließ und das schon den ganzen Morgen unbesetzt war. Die Telefonansage riet ihm jedenfalls, es bei der Zentrale *in der Stadt* zu versuchen. Den Namen der Stadt zu nennen, war offenbar unnötig am Rande des deutschen Wattenmeers. Es gab nur die eine.

Henning hatte gut in der Zeit gelegen. *Wirklich* gut. Hatte heute Morgen sogar aufs Kickbox-Training verzichtet, damit er früher loskam. Und selbstredend hatte er den Audi genommen, seinen Privatwagen. Mit dem Dienstfahrzeug hätte er sich das schenken können, erst heute früh von Kopenhagen loszufahren. Ja, er hatte gut in der Zeit gelegen.

Und jetzt *das*.

»Das ist Absicht«, knurrte er zwischen zusammengebissenen Zähnen.

Absicht nicht etwa von der Kuh. Absicht von Nordenstjern. Sein direkter Vorgesetzter hatte in seinem Büro gesessen, als Henning den Kopf zur Tür reingesteckt hatte, um sich die schriftliche Bestätigung für den ersten Auslandseinsatz seiner Karriere bei der königlich dänischen Kriminalpolizei abzuholen. Das Schreiben an die deutschen Behörden. Und Nordenstjern hatte aufmunternd *gelächelt*.

Henning war sich nicht sicher, warum sein Vorgesetzter gerade ihn noch eine Spur mehr zu hassen schien als den Rest der Menschheit, aber es war nun mal eine Tatsache. Lag vielleicht an den Haaren. Vielleicht fehlte Kriminalinspektor Nordenstjern die nötige Fantasie, um sich vorstellen zu können, dass man auch mit Pferdeschwanzfrisur korrekte Ermittlungsarbeit leisten konnte. Vielleicht war ihm Polizeiassistent ersten Grades Niels-Henning Bergstrœm mit seinen vierundzwanzig Jahren auch einfach zu jung für einen eigenverantwortlichen Einsatz im Ausland. Oder er mochte den Audi nicht oder den Schnitt von Hennings Sakkos oder die Tatsache, dass er nie eine Krawatte trug.

Zum Teufel, was machte das für einen Unterschied? Nordenstjern hatte gelächelt, und das hätte Henning misstrauisch machen müssen. Hatte es aber nicht.

Und jetzt stand er vor einer Kuh, Nordenstjern saß fünfhundert Kilometer Luftlinie entfernt am Schreibtisch, grinste sich ein zweites Loch in den Hintern, und Henning blieb nichts als Fluchen und Brüllen.

*»Dø dit fede pikfæs!«* Er bereute die Worte im selben Moment. Was, wenn die Kuh sich angesprochen fühlte? Was, wenn sie tatsächlich mitten in der Fahrspur tot umfiel?

Das Tier hob den Kopf, sah ihm sekundenlang mit sehr, sehr ernstem Ausdruck in die Augen – und trottete ganz gemächlich in saftigere Weidegründe davon.

Henning zögerte keine Sekunde. Das war nicht die einzige Kuh hier. Die Wiesen waren voll mit den Viechern.

Mit einem Röhren erwachte der Motor, Sand und Grasbüschel spritzten auf, dann griffen die Rallyereifen, und der Audi schoss ruckartig voran. Henning schickte ein kurzes Dankgebet an den Gott der Integral-Aktivlenkung gen Himmel und trat das Gaspedal durch.

Die Federung war perfekt. Genauso gut hätte er über eine absolut ebene Asphaltpiste rasen können. Die Weiden waren ein Rausch von Grün mit einzelnen, schwarz-weiß verwischten Einsprengseln. Ein kantiger Umriss geradeaus, allein auf weiter Flur und nur für Sekunden noch in der Ferne, musste schon das Revier sein.

Ha! Nun war er doch noch zu früh dran, drei Minuten zu früh, und die Staubfahne, die er hinter sich herzog, hatten sie garantiert schon gesichtet. Er trat kräftig auf die Bremse, und die Räder gehorchten mit derselben Sicherheit wie im Stadtverkehr von Kopenhagen.

Doch, der 8er war ein Schätzchen. Keiner von den Poserwagen, die zwar von außen schnieke aussahen, aber in Wahrheit nichts unter der Haube hatten. Wobei natürlich auch die Form, gleichzeitig sportlich und elegant … nun, die Blicke der Leute sprachen für sich.

Die Blicke …

Es gab drei Parkplätze vor dem einstöckigen Reviergebäude; der mittlere war noch frei. Henning steuerte den Audi in die Lücke, aus einem Winkel, den kein Mensch der schweren Limousine zugetraut hätte.

Vor der Tür des Gebäudes wartete ein Mann in einem verknitterten Anzug. Das musste Kriminalinspektor Jan-Jakup Schmehlich sein, Hennings Verbindungsbeamter. Schmehlich konnte die Augen gar nicht losreißen von dem Wagen.

Nun, der Kriminalassistent würde sehen. Wenn der Kollege ein Braver war, würden sie den Audi nehmen, ansonsten … Welches der beiden anderen Autos dem Deutschen auch gehörte: Zu beneiden war er nicht.

Henning schwang sich aus dem Wagen. Schmehlich hatte die vierzig schon hinter sich – Glatze mit Vorgarten –, und noch immer starrte er auf das Fahrzeug, das dänische Nummernschild. »Kriminalassistent Bergstrœm?«

»Niels-Henning Bergstrœm.« Henning streckte ihm die Hand entgegen.

Der Deutsche griff zu wie Zuckerwatte. »Schmeh… Schmehlich. Ich hatte Ihnen eine …« Langsam drehte er den Kopf, stierte auf die unbefestigte Piste, über der sich der Staub erst allmählich wieder legte. »Inspektor Nordenstjern müsste die Anfahrtbeschreibung eigentlich bekommen haben. Die Hinweisschilder zum Revier sind zwar schon da, aber auf den Karten … Ich fürchte, unsere Zufahrt … die gibt's da noch nicht.«

Die Zufahrt, asphaltiert und nagelneu, mit durchgehendem Seitenstreifen. Sie kam genau aus der Gegenrichtung, zweigte von einer vierspurigen Straße ab, die offenbar direkt am Deich entlangführte.

Auf keiner Karte zu finden? Jedenfalls nicht auf dem Kartenmaterial von Hennings Navigationssystem.

»Es kommt selten vor, dass uns Kopenhagen jemanden schickt«, murmelte Inspektor Schmehlich. »Genauer gesagt kann ich mich gar nicht erinnern, dass ich das überhaupt schon mal erlebt hätte. Aber in diesem Fall natürlich …«

Die beiden Männer waren allein.

Der Deutsche hatte Henning einen Plastikbecher mit lauwarmem Automatenkaffee in die Hand gedrückt, umrundete den Konferenztisch im Zentrum des düsteren Büros. Dort waren mehrere Aktenordner ausgebreitet.

Henning nickte, nippte vorsichtig an der wässrigen Brühe, verzog das Gesicht. Im ersten unbeobachteten Moment würde er zu recherchieren beginnen, wo sich der nächste Starbucks befand.

»Schreckliche Sache.« Schmehlich blätterte in seinen Unterlagen. »Ganz schrecklich. Neunundzwanzig Menschen. Siebzehn von ihnen Ihre Landsleute. Fragen Sie mich nicht, wie wir das hingekriegt haben, dass das noch keine großen Wellen geschlagen hat bisher.«

*Große Wellen?* Gewagter Ausdruck. Henning hob eine Augenbraue.

Schmehlich merkte es im selben Moment, biss sich auf die Unterlippe, murmelte etwas Unverständliches.

Doch Henning nickte verstehend. Ein Medienrummel um neunundzwanzig Leichen im Watt wäre das Letzte, was die nordfriesischen Inseln mitten in der Hochsaison gebrauchen konnten.

Allerdings war das auch so ziemlich alles, was er bisher verstand. Er hatte zugegriffen, ohne nachzudenken, als Nordenstjern wie zufällig erwähnt hatte, dass ein Einsatz in Deutschland anstand. Deutschland war ideal. Henning war quasi zweisprachig aufgewachsen. Routineeinsatz? Kein Problem. Ausland, das war der springende Punkt, wenn man nicht vorhatte, als Streifenbulle zu versauern – und dafür hatte sich Henning diesen Job nicht ausgesucht. Seine Berufswahl hatte sowieso kein Mensch in seiner Familie verstanden, aber die konnten ja nicht mal begreifen, dass er sich *überhaupt* einen Beruf gesucht hatte.

Jedenfalls würde er diesen Auftrag durchziehen, auch wenn wohl wirklich absehbar war, dass maximal ein Fall für die Arbeitssicherheit dabei rauskommen würde. Neunundzwanzig Menschen, die im Watt gestorben waren.

*Ertrunken.* Neunundzwanzig Menschen *ertrunken.*

Das war der eine Punkt, an dem Henning gestutzt und sich genauer bei Nordenstjern erkundigt hatte. Der einzige. *Ertrunken.*

Er schloss für einen Moment die Augen. Ein Drittel der Landesfläche Dänemarks bestand aus Inseln. Alles in allem war die Küste des Königreichs mehr als siebentausend Kilometer lang. Es war abzusehen gewesen, dass er es irgendwann mal mit Tod durch Ertrinken zu tun bekommen würde. Dass dieser Fall ausgerechnet mit seinem ersten Auslandseinsatz zusammenfiel, war eine seltsame Ironie.

Und das ist auch schon alles, dachte er. Nichts, wovor man Angst haben musste. Wovor *er* Angst haben musste. Die Leichen waren vollzählig geborgen, und die Spurensicherung vor Ort war allein Sache der Deutschen. Im schlimmsten Fall würden sie ihn mit irgendwelchen Details der Obduktionsergebnisse konfrontieren, und er war sich sicher, dass er das durchstehen würde, wenn er es schaffte, die Erinnerungen aus seinem Kopf rauszuhalten.

Es bestand keinerlei Notwendigkeit, dass er selbst auch nur einen Blick über den Deich werfen musste, das war das einzig Entscheidende. Er sah zuverlässig aus, dieser Deich. Ein festes Bollwerk gegen das, was auf der anderen Seite lag, direkt dahinter oder einige Kilometer entfernt. Henning hatte keine Ahnung, ob gerade Ebbe herrschte oder Flut. Er wollte es gar nicht wissen. Die Unruhe war schon da, wenn er sich nur in Gedanken damit beschäftigte.

»Gut«, sagte Schmehlich leise. Er schien gefunden zu haben, was er in seinen Unterlagen gesucht hatte, sah auf die Uhr. »Wenn sie Zeit für uns hat, können wir's noch schaffen.«

»Sie?«

Doch der Deutsche hatte schon einen Telefonhörer in der Hand, tippte eine Nummer ein. »Edith?«, fragte er fast sofort. Pause. »Ja, er ist jetzt hier. Wenn es kurz nach Mittag passt, schaffen wir noch … Ja. Ja, wir sind …« Er stutzte, sah den Hörer an, legte ihn kopfschüttelnd zurück auf die Gabel, kratzte sich am Hinterkopf. »Man kann's auch übertreiben mit der Effizienz«, brummte er. »Bloß kein Wort zu viel. – Aber sie gehört zu den Besten.«

»Ah ja?«

Schmehlich nickte. »Edith Passon ist eine Art Legende der Rechtsmedizin. Ist normalerweise in Niedersachsen tätig. Ich bin froh, dass wir sie im Moment hierhaben. Wenn Ihnen jemand sagen kann, ob ein Mensch ertrunken ist oder ob es nur so aussehen soll, als ob er ertrunken wäre, dann ist es Edith Passon. Wobei das schon ziemlich umständlich wäre bei neunundzwanzig Wasserleichen im Watt. Also … äh … das mit dem nur aussehen als ob.«

»Sie will uns ihre Ergebnisse vorstellen?«

Der Deutsche schüttelte den Kopf. »Edith besitzt da einen gewissen, nun, sagen wir: missionarischen Eifer. Vermutlich wird sie uns beides vorstellen – die Leichen und die Ergebnisse.«

»*Wir sollen uns die Leichen ansehen?*« Henning biss sich auf die Zunge, aber zu spät.

Schmehlichs Augenbrauen hoben sich.

»Ich …« Henning schüttelte den Kopf. Was hätte er sagen sollen, ohne es noch schlimmer zu machen? *Ehrlich, das ist nicht wegen der Leichen! Ich hab schon richtig viele Leichen gesehen. Macht mir überhaupt nichts aus. Nur bei Wasserleichen bin ich halt ein bisschen eigen, seit ich damals meine Mutter identifizieren musste, nachdem sie in die Schiffsschraube gekommen war. Ach ja, überhaupt mit Wasser, mit dem Meer und so …*

Nein, es war besser, wenn er gar nichts sagte. Er würde das ganz einfach durchstehen. Der beste Beweis – für Schmehlich und für ihn selbst. Ein toter Mensch war ein toter Mensch, nicht mehr. Was spielte es für eine Rolle, *warum* er tot war? Ein aseptisches gerichtsmedizinisches Labor mehr oder weniger – und mit Sicherheit weiter vom Meer entfernt als dieses Revier.

Es war nicht der tote Körper seiner Mutter, der im Traum zu Henning kam.

Es war das Wasser.

»Okay.« Er nickte. Er klang *zu* cool und damit automatisch zu jung, aber wieder war es schon zu spät.

»Nehmen wir meinen Wagen«, schlug er vor.

Schmehlich hob die Schultern, schloss den Aktenordner, zögerte dann. »Nein, besser nicht. – Ich denke, dieses Fahrzeug ist hier vor dem Revier besser aufgehoben als am Fährhafen.«

»Gut, dann … *Fährhafen?*«

»Die Leichen sind nach der Bergung nach Pellworm gebracht worden, das ist das übliche Verfahren. Passon nutzt das Labor dort. Die Fährverbindungen sind etwas chaotisch im Moment, weil wir den Bereich um die Unglücksstelle noch nicht wieder freigegeben haben.« Schmehlich sah auf seine Armbanduhr. »Das Schiff hat vor einer halben Stunde in der Stadt abgelegt. Wenn wir uns ranhalten, schaffen wir's noch zum Zwischenstopp auf Nordstrand. Dann sind wir in zwei Stunden auf der Insel.«

Henning rührte sich nicht.

Pellworm. Eine Insel.

Mitten im Meer.

Mit einer Fähre über das Wasser. Zwei Stunden lang.

Seine Finger gruben sich in die Hosentaschen. Irgendwas musste er mit ihnen anfangen. Er fand nur den Blackberry.

Und der brachte ihn auf eine Idee; die einzige Flucht.

*Kickboxen,* dachte er. Er würde sich das Headset in die Ohren bohren, bis zum Anschlag, und zwei volle Stunden lang sein Programm durchziehen. Bis an den Rand der Besinnungslosigkeit. Bis in seinem Kopf für nichts anderes mehr Platz war.

Schmehlich würde ihn anstarren, unter Garantie.

*Scheiß auf Schmehlich!*

Oder wer auch immer es wagen sollte, sich Henning in den Weg zu stellen.

*Mittwoch, 20. Juni, 10:55*
*Auflaufendes Wasser, 1 h 16 min bis Hochwasser*
*Pegel Hallig Horn: 3,34 m über Seekartennull*

Vom Festland aus ist Hallig Horn unsichtbar.

Nordstrand und Pellworm mit ihren hohen Deichlinien sind im Weg. Sie liegen viel näher an der Küste und verdecken die Insel.

Hallig Horn befindet sich dahinter, viel weiter draußen auf dem Meer, und nur von der äußersten Spitze Nordstrands sind die Umrisse manchmal schemenhaft zu erkennen, gegen Abend, wenn die Sonne eine leuchtende Bahn auf die Wasserfläche zeichnet.

Diesen Punkt hatte die Fähre jetzt schon hinter sich. An der Landungsstelle war ein zusätzlicher Schwall von Fahrgästen an Bord gekommen, auf dem Weg nach Pellworm oder sonst wohin. Es hatte sich angefühlt, als ob das Schiff automatisch ein Stück tiefer ins Wasser sackte.

Ich tat, was ich konnte, um sie nicht zur Kenntnis zu nehmen. In meinem Kopf war kein Platz dafür. Ich stand am Bug, die Hände um die Reling, und starrte auf die Silhouette der Hallig, die langsam näher kam.

In meinem Mund schmeckte es nach Salz. An meiner Brust spürte ich bei jedem Herzschlag den Druck des Umschlags, den ich in meiner Windjacke verstaut hatte.

*Von Marten. Von deinem Vater.*

Wie konnte der Mann, den ich nur von Fotos kannte und von der ausgeleierten VHS-Kassette eines Fernsehberichts, auf der er von seinen Forschungen erzählte … Wie konnte dieser Mann, der noch weniger war als die verschwommene Erinnerung, die ich an meine Mutter besaß …

*Von deinem Vater.*

War das unmöglich? Marten hatte gewusst, dass Mama schwanger war. Sie hatten noch zusammen einen Kinderwagen ausgesucht, Strampler, die zu einem Jungen, aber genauso gut zu einem Mädchen gepasst hätten.

Trotzdem: Wie konnte ein Mann, der seit mehr als achtzehn Jahren tot war, mir etwas zum Geburtstag schenken? Er hätte vor seinem Tod ein Volljährigkeitsgeschenk aussuchen und in einen Umschlag packen müssen, und das bereits für ein Kind, das noch gar nicht geboren war. Nicht sehr wahrscheinlich, aber auch nicht unmöglich.

Und was sollte das sein? Vom Format her wäre es hingekommen mit dem Autoschlüssel wie bei Tanja, aber ein achtzehn Jahre alter Wagen? Oder wenn er ein Sparbuch angelegt hatte, auf das die ganze Zeit über regelmäßig etwas eingezahlt worden war? Über die Jahre hätte das bestimmt für ein Auto …

Wütend schüttelte ich den Kopf. Was war das für ein Blödsinn!

Der Wind kam von See und war von der ekligsten Sorte. Mit stampfenden Motoren kämpfte sich die Fähre durch die Dünung und ließ die Gischt in schmutzigem Weiß aufspritzen. Wie feiner Nieselregen legte sich die salzige Feuchtigkeit auf mein Gesicht.

Ich konnte nicht denken.

Marten war tot. Mein Vater war tot, und es gab einige Dinge, die Tote ganz einfach nicht taten: Sie gratulierten ihren Hinterbliebenen nicht zum Geburtstag, und sie zahlten auch keine Beträge auf ein Konto ein, das ich selbst gerade in meinem egoistischen kleinen Hirn erfunden hatte. Ein Geschenk von meinem längst verstorbenen Vater – und das Erste, was mir in den Kopf kam, war ein Autoschlüssel? Klar, das wäre nicht übel gewesen, wenn man gerade anfangen wollte, über sein eigenes Leben zu bestimmen, aber das ergab doch keinen Sinn!

Nicht wenn dieses Geschenk von Papa kam, von Marten Feddersen, den ich niemals kennengelernt hatte und doch zu kennen glaubte, aus seinen Aufzeichnungen und Notizen. Seine Art zu denken, seine Träume und Visionen.

Marten Feddersen verschenkte keine Autoschlüssel. Dieser Umschlag musste mit dem zusammenhängen, was ich gelesen hatte, wieder und wieder. Mit seinen Forschungen. Das war sein Leben gewesen. Und aus irgendeinem Grund hatte er gewollt, dass ich ihn erst jetzt bekam, zu meinem achtzehnten Geburtstag. Meine Tante musste ihn die ganzen Jahre vor mir versteckt haben, um ihn mir im allerletzten Moment zwischen Tür und Angel in die Hand zu drücken. Konnte mein Vater das gewollt haben? *So*? Im Leben nicht! Oder doch? Zur Hölle, ich wusste es nicht!

Ich war sauer. Stinkend sauer. Auf Marten, auf Sylke, am meisten auf mich selbst, weil ich nicht anders konnte und das Kuvert jetzt zum zehnten Mal aus der Jacke fingerte, es hin und her schüttelte wie ein verflixtes, achtzehn Jahre altes Überraschungsei.

Ein neuer Brecher donnerte gegen den Kiel der Fähre. Ein paar Schritte neben mir juchzte eine Dame jenseits der fünfzig wie eine Hyäne im Stimmbruch.

Es war zu viel. Das Donnern und Zischen der Wellen, das Gequassel der Fahrgäste, das jeden klaren Gedanken in meinem Kopf zerhackte. Alle drängelten sich ausgerechnet hier vorne. Die Aussicht. Klar.

»Verdammt!«, knurrte ich, stopfte den Umschlag zurück in die Jacke und schnappte mir die Reisetasche. Der Handwagen befand sich samt seiner Ladung im Gepäckraum. Ich beneidete ihn um die Ruhe, die er da unten hatte. Ich konnte mir nur mit Zähnen und Klauen den Weg durch die Leute freikämpfen. Irgendwo auf diesem verfluchten Kahn musste es doch einen Platz geben, wo ich wenigstens atmen …

Eine Kanonenkugel. So fühlte es sich an. Sie erwischte mich direkt vor der Brust, knapp unterhalb, auf den kurzen Rippen. Wo es am meisten wehtat.

Ich klappte zusammen wie ein Taschenmesser.

Aus dem Augenwinkel sah ich eine Bewegung, einen dunklen Umriss, der sich wild hin und her zuckend um die eigene Achse drehte, sich ein Stück entfernte.

Und dabei knurrende, keuchende Laute von sich gab.

Meine Augen tränten. Mit einem gurgelnden Geräusch bekam ich wieder Luft. Der Schmerz in den Rippen war gar nicht so schlimm. Es war vor allem die Überraschung gewesen, der Schreck, der mich zu Boden geschickt hatte.

Und der jetzt verging, weil er etwas anderem Platz machen musste.

*Wut*. Finsternachtschwarze, lavablutrote Wut.

Ich war kein Mensch, der schnell aus der Ruhe zu bringen war. Wäre das der Fall gewesen, hätte ich allein Tanja jeden Tag ein halbes Dutzend Mal um die Ecke bringen müssen, wenn sie sich mal wieder den denkbar unpassendsten Moment ausgesucht hatte, um mich mit einer ihrer zwischenmenschlichen Katastrophen zuzuschwallen. Aber *wenn* ich wütend wurde, dann konnte ich *richtig* wütend werden.

Und jetzt *war* ich wütend. Marten war tot, Sylke außer Reichweite. Ich hätte höchstens mir selbst eine verpassen können, wozu ich fast Lust gehabt hätte, aber dieses Wesen …

Es hatte Richtung Backbord abgedreht, wo im Moment

nur die Küstenlinie von Eiderstedt zu sehen war: nicht so aufregend und entsprechend nicht so viele Leute, die es mit seinen Zuckungen in Gefahr bringen konnte. Die meisten hielten schon von sich aus Abstand. Noch zehn Meter entfernt legte eine Mutter schützend die Arme um ihr kleines Mädchen.

Ich stützte die Hände in die Hüften, visierte die Gestalt böse an. Ein männliches Exemplar, nur ein paar Jahre älter als ich und auch nicht viel größer. Höchstens so groß wie Leo, mein noch immer nicht vergessener Exfreund. Nur dass Leo ein eher schmaler Typ war, ein bisschen wie Edward aus den Biss-Romanen. *Wirkt irgendwie ein wenig hinfällig, der Junge*, hatte Peer mal gemurmelt, als er dachte, ich würde es nicht mitkriegen.

Von *hinfällig* konnte bei dem Exemplar hier an Deck jedenfalls nicht die Rede sein. Zumindest jetzt noch nicht. Aber ich war ja auch noch nicht fertig mit ihm.

Schwarze Anzughose, schwarze Schuhe, die teuer aussahen und wie frisch gewienert. Schwarzes Hemd, offen bis zum dritten Knopf. Die Ärmel hatte er hochgekrempelt, fast bis zu den Schultern, und wie seine Arme aussahen, gehörten Krafttraining und diese Rumspringerei zu seiner täglichen Gewohnheit.

Und er hatte einen Pferdeschwanz.

Ein Kerl mit Pferdeschwanz im zweiten Jahrzehnt des einundzwanzigsten Jahrhunderts. Eindeutig, der ganze Typ musste aus einer anderen Zeit stammen: Die Frisur *passte* sogar irgendwie zu ihm.

Dreitagebart, die Zähne zusammengebissen, dass die Wangenknochen hervortraten, und die Augen kaum mehr als schmale Schlitze, aus denen ein Ausdruck sprach … Irrsinn? Irgendwie kriegte ich eine Gänsehaut.

*Du drehst dich jetzt ganz langsam um und schlenderst gemütlich ans entgegengesetzte Ende der Fähre.* Das Flüstern in meinem Kopf musste wohl die Stimme der Vernunft sein. Sie hatte keine Chance. Die Stimme meiner Sturheit war stärker.

Ich stapfte auf ihn zu. Offenbar sah ich einigermaßen gefährlich aus. Die Passagiere wichen mir jedenfalls aus.

Nur er nahm mich nicht zur Kenntnis.

»Hey!« Ich machte einen Schritt zur Seite, aber wie sollte man einem Etwas, das sich permanent um die eigene Achse drehte, den Weg verstellen? Ganz zu schweigen von den Tritten, Hieben, halben Pirouetten, in die er willkürlich … Ich kniff die Augen zusammen. Nein, eben nicht willkürlich, im Gegenteil: *rhythmisch*! Als ich ganz genau hinsah, entdeckte ich die Stöpsel in seinen Ohren. Nicht nur, dass er nichts sah. Er hörte auch nichts.

*»Hey!«*, brüllte ich.

Wieder eine völlig unvorhersehbare Bewegung. *Dass* sie kommen musste, war mir klar gewesen, nachdem ich den Rhythmus erfasst hatte, aber ich hatte keine Ahnung gehabt, *wie* sie ausfallen würde.

Sein Oberkörper bog sich ruckartig nach hinten, ein Bein schoss in die Luft wie beim Karate oder Jiu-Jitsu. Direkt auf mich zu. Im letzten Moment sprang ich zur Seite.

Es war ein Reflex. Ich packte einfach zu, kriegte seinen blitzeblank polierten Designerlatschen zu fassen – und zog. Kurz, knapp, ruckartig, aber mit aller Kraft.

Der Effekt übertraf meine Erwartungen.

Der Mann wog locker dreißig Pfund mehr als ich, offenbar ausschließlich Muskelmasse. Und die hatte er vollständig in diesen Fußkick gelegt. Perfekt dosiert – für einen Tritt ins Leere.

Er knallte flach auf den Rücken, das heißt, zunächst eher aufs verlängerte Rückgrat, dann folgte der Rest. Der Hinterkopf ganz zuletzt, aber immer noch mit einem eindrucksvollen *Plonk!*, das sogar Wind, Wellen und das Gequassel der Passagiere übertönte, von denen viele inzwischen mit offenem Mund in einem Kreis standen, der sich um uns gebildet hatte.

Er lag am Boden.

Und blieb einfach liegen.

Plötzlich war es still, gespenstisch still. Die Leute starrten, wichen ein, zwei Schritte zurück.

Meine Zunge fühlte sich an wie Schmirgelpapier. Ich hatte ihn doch nicht…

Zwinkernd schlug er die Augen auf, schüttelte sich. Einer seiner Ohrstöpsel war rausgerutscht, doch die Musik lief noch, bis zum Anschlag aufgedreht. Aber was *war* das? Nichts, was sich ein normal denkender Mensch beim Workout anhören würde. Irgendwas Klassisches, Wagner oder so.

Verwirrt blinzelte er zu mir hoch. Gott sei Dank, er schielte nicht. Irgendwer – Sylke wahrscheinlich – hatte mir mal erzählt, dass Leute nach einer Hirnschädigung manchmal anfangen zu schielen. Mein Opfer starrte exakt geradeaus, direkt zu mir. Irgendwas musste ich wohl oder übel sagen.

»Sind Sie okay?«, fragte ich unfreundlich.

Er drehte den Kopf hin und her, zuckte einmal kurz zusammen, nickte dann vorsichtig. »Was ist passiert?«

»Sie haben mich getreten.«

Er schwieg, anscheinend gerade schwer mit Nachdenken beschäftigt. Sicher ungewohnt für ihn. Vor meinem inneren Auge konnte ich geradezu beobachten, wie sich die kleinen, eingerosteten Rädchen in seinem Hirn gaaaaannz langsam in Bewegung setzten: *Ich* habe sie getreten. Warum liege *ich* dann am Boden?

Langsam setzte er sich auf, tastete über seinen Hinterkopf, betrachtete die Handfläche. Kein Blut, nicht ein Tropfen. Das sah sogar ich.

»Tut Ihnen was weh?«

Er zwinkerte. »Nein. Aber mir ist irgendwie schwindlig. Wie ein Auf und Ab.«

»Das ist normal«, brummte ich. »Das ist die Fähre.«

»Wir sind noch auf dem Wasser?«, flüsterte er.

Vielleicht ging es ihm doch nicht so super. Mir fiel plötzlich auf, dass er doch ziemlich blass um die Nase war.

»An Land darf sie nicht«, sagte ich kühl. »Da gibt's Vorschriften. – Ist Ihnen überhaupt klar, was bei Ihrem Rumgezappel passieren kann?«, fuhr ich ihn unvermittelt an. »Hier sind jede Menge Kinder an Bord, und wir sind mitten auf dem …«

Er stierte mich an, mit aufgerissenen Augen. Weit aufgerissen. Seine Pupillen blickten starr geradeaus, wanderten dann Millimeter für Millimeter nach oben.

»… Wasser«, vollendete ich.

Aber da lag er schon wieder flach am Boden.

Mir war schlecht. Die Gischt spritzte immer höher. Ich schmeckte Salz auf den Lippen; Meerwasser, kalter Schweiß oder beides.

Mein Opfer war nicht in Lebensgefahr. Das war im Moment die Hauptsache. Kaum dass der Junge wieder in die Waagerechte gegangen war, hatte sich ein älterer Herr durch die Reihen der Gaffer gedrängelt. Zahnarzt, in Pension und auf Urlaubsreise. Aber offenbar wusste er, was er tat. Hatte was von Seekrankheit gemurmelt, Dehydrierung und schwachem Kreislauf. Beim letzten Punkt hatte ich zwar so meine Zweifel – nach diesem Rumgehopse hätte auch der schwächlichste Kreislauf in Schwung sein müssen –, doch als ich mich unauffällig vom Schauplatz des Zwischenfalls verabschiedet hatte, war mein Opfer schon wieder im Begriff gewesen, auf die Beine zu kommen. Dem Doktor hatte ich meine Handynummer dagelassen, falls noch was sein sollte. Folgeschäden. Daran mochte ich gar nicht denken.

Es gab schon mehr als genug, über das ich nachdenken wollte, aber nicht nachdenken konnte.

Ich hatte mir einen Platz auf der Backbordseite gesucht, direkt an der Reling. Nordstrand war längst hinter uns zurückgeblieben, Pellworm nur eine weit entfernte Ahnung. Das Schiff fuhr einen ungewöhnlichen Kurs heute, einen gewaltigen Bogen um das Watt zwischen den Inseln, der sonst nicht auf dem Fährplan stand. Doch die Pläne waren sowieso durcheinander in den letzten Tagen. Hing wahrscheinlich mit Erhaltungsmaßnahmen im Wattenmeer zusammen, Brutvogelkartierung oder so was. Das war eigentlich immer der Grund, wenn das Gebiet für den Fährverkehr gesperrt wurde und die Schiffe gezwungen waren, außen rum zu fahren und sämtliche Inseln nacheinander abzuklappern.

Meine Hand legte sich auf meine Windjacke. Martens Geschenk. Was mochte bloß in dem harmlosen, schmutzig braunen Packpapier stecken? Was sprach eigentlich dagegen, es gleich hier und auf der Stelle aufzumachen? Schließlich: ob nun achtzehn Jahre oder achtzehn Jahre minus einen Tag… Wenn ich jetzt nicht so weit war, Martens Vermächtnis zu verkraften, würde es morgen früh auch nicht anders aussehen. Andererseits: Das Geheimnis hatte die ganze Zeit auf mich gewartet und würde sich kaum über Nacht in Luft auflösen. Wenn Sylke sich achtzehn Jahre lang zusammengerissen hatte: Sollte ich das nicht eine Nacht lang hinkriegen?

»Verdammt!«, zischte ich.

Eine Frau, die ein paar Schritte entfernt mit ihrer kleinen Tochter an der Reling stand, warf mir einen vorwurfsvollen Blick zu. Ich gab ihn stur zurück. Sollte sie doch weggehen, wenn ich ihr nicht gefiel. Wenn der Kerl da neben ihr mit dem »*Sumsen ist buper, Schicken ist fön*«-Shirt über dem Schmerbauch ihr Typ sein sollte, war das Kind sowieso nicht mehr zu retten.

Doch was ging mich diese Frau an?

Es war Sylke, auf die ich wütend sein sollte. Was hatte sie sich dabei gedacht? Ich hatte keine Chance gehabt, noch irgendwelche Fragen zu stellen. Und dann ihr Gesicht: als ob sie …

»Als ob sie Angst hatte«, murmelte ich. Oder hatte ich mir das eingebildet? Nein, sie war blass gewesen wie die Wachstuchdecke zu Hause auf dem Küchentisch.

Aber Angst *wovor*? Dachte sie, ich reiße ihr den Kopf ab, weil sie tat, worum mein toter Vater sie gebeten hatte? Kannte sie mich da nicht gut genug?

Sylke war alles, aber kein ängstlicher Typ, genauso wenig wie ich selbst. Horror- oder Splatterfilme fanden wir beide eher albern bis öde, während Peer sich bei so was fast in die Hosen machte. Dabei wusste man da doch nun wirklich, dass gleich der nächste Zombie um die Ecke kam.

Aber es gab noch eine andere Sorte Horror. Als Film wäre das so was wie *Blairwitch Project* gewesen. Horror, der irgendwie echter war. Wo man eben nicht wusste, ob jetzt ein Zombie vorbeikommt oder ganz was anderes, das auf den ersten Blick vielleicht gar nicht so gefährlich aussieht. Nein, es ist einfach etwas, das man nicht kennt. Wenn man jeden Tag mit Zombies zu tun hat, sind die nicht mehr weiter schlimm. Andererseits: Wenn man zum Beispiel keine Parkuhren kennt, kann einem sogar so eine …

Ich kniff die Augen zusammen.

»Verdammt«, flüsterte ich. »Was ist mit mir los?«

Ich hielt die Lider geschlossen, presste sie aufeinander, bis es wehtat – und über diesen Punkt hinaus. Gleichzeitig schloss sich meine Faust wie von selbst um Martens Umschlag mit dem geheimnisvollen Gegenstand. Als wäre er etwas, an dem ich mich festhalten konnte.

Mir wurde schwindlig; schlecht war mir sowieso schon, und die aufgewühlte See machte es nicht besser. Aber irgendwie musste ich aus diesem Zustand rauskommen, in den ich mich reingerannt hatte.

Ich holte tief Luft, einmal, zweimal, öffnete dann entschlossen die Augen, bereit, der Wirklichkeit ins Gesicht zu sehen.

Das Meer lag vor mir.

Eigentlich kein Wunder, schließlich befand ich mich auf der Fähre. Doch etwas war anders, nicht so, wie es hätte sein sollen, und ich begriff im ersten Moment nicht, was es war.

Der Himmel war grau. Dieselbe Farbe, die auch das Wasser hat, wenn die Sonne den Dunstschleier an windstillen Tagen nicht richtig durchdringen kann.

An windstillen Tagen.

Ich war zu keiner Bewegung fähig, nicht einmal zu einem Keuchen.

Es war nicht windstill! Es *konnte* nicht windstill sein!

Eben noch hatten wir mindestens Windstärke vier gehabt, vielleicht sogar fünf. Wenn man an der Küste lebt, lernt man das einzuschätzen.

Doch ich konnte den Wind nicht mehr spüren. Genauso wenig die Bewegung des Schiffes, das wütende Stampfen, mit dem sich die Fähre gegen die anströmende Flut vorankämpfte. Ich spürte – nichts. Nicht meine Hände auf dem Metall der Reling, nicht meine Füße auf den hölzernen Planken. Und ich …

Ich konnte nicht mehr hören. Vor zehn Sekunden war das Deck noch voller Menschen gewesen, *Schicken ist fön* samt Schickse und Nachwuchs nur ein paar Schritte entfernt.

Doch die Welt war stumm, erstickt unter dem Schleier aus Nebel, der über dem Wasser lag und sich vor meinen Augen langsam lichtete, bis die Glut der Abendsonne …

*Es konnte auch nicht Abend sein!*

Noch immer war ich zu keinem Keuchen in der Lage, doch ich versuchte mich loszureißen, *irgendwas* zu tun. Mich umzudrehen, nachzusehen, ob das Schiff, die Menschen überhaupt noch da waren. Wenigstens die Augen wieder zu schließen, um nicht sehen zu müssen, was hier, direkt vor mir, geschah.

Geschehen würde. Geschehen musste.

Doch das war nicht möglich. Das Bild wurde deutlicher. Es war, als wäre ich selbst ein Teil des Bildes. Als wenn ich mich innerhalb des Bildes bewegte.

Ich? War *ich* das?

*Das Wasser war abgelaufen.*

*Mit jedem Schritt versank ich bis über die Knöchel im Schlick. Er heftete sich an meine Füße, weigerte sich, sie wieder freizugeben. Bei jedem Schritt spritzte er hoch bis zu den Waden.*

*Ich achtete nicht darauf. Ich kannte das Gefühl, und es war nicht unangenehm, trotz der fortgeschrittenen Jahreszeit. Die obersten Schichten des Wattbodens waren noch warm von der Sonne, die sich inzwischen zur Ruhe begeben hatte.*

*In meinem Rücken. Im Westen, über dem offenen Meer. In einem Bett aus Purpur war sie versunken, der Farbe des Strandginsters, wie er auf einer Anhöhe links von mir wuchs, ein kaum noch wahrnehmbarer Schatten im zunehmenden Zwielicht des Abends.*

*Der Mond war eine fingernagelschmale Sichel, umgeben von Sternen, klein wie Nadelspitzen aus kaltem Licht. Eine halbe Stunde noch, und über dem Watt würde es stockfinster sein.*

*Doch ich spürte keine Angst. Die Wege waren meinem Gedächtnis eingeprägt; ich brauchte nicht zu sehen. Die Geräusche würden mir die Richtung weisen: das unterdrückte Plätschern der Priele, Zuläufe zum Fallstief, jeder von ihnen mit einer anderen murmelnden Melodie. Am Himmel das Pfeifen der Austernfischer, die sich mit dem Zwielicht zur Jagd nach Beute erhoben. Das Watt war voller Leben, auch in der Nacht.*

*Ich hatte diesen Zeitpunkt ganz bewusst gewählt. Zwei Tage nach Neumond war das Wasser mit der Springtide viel höher aufgelaufen als gewohnt und hatte mein winziges Boot bis an den Rand der Dünen getragen. Dort, in einem von allen Seiten vor Blicken geschützten Tal unweit des Leuchtfeuers von Horn, lag die Holk nun in ihrem lange vorbereiteten Versteck.*

*Mittlerweile hatte die Ebbe eingesetzt.*

*Auch sie war stärker heute Abend, ließ das Wasser weit zurückweichen. Der Verlauf der Wattströme stand vor meinem inneren Auge wie mit Tinte gezeichnet: dunkles Sepia auf feinstem Pergament. Die Route zu meinem Ziel lag frei vor mir, und die Dunkelheit der Neumondnacht würde mich vor allen Blicken verbergen.*

*Heute Nacht, dachte ich. Oder niemals.*

*Ich spürte, wie der Boden unter der dünnen Schicht aus Schlick eine Spur grober, kiesiger wurde, und wusste, was das bedeutete. An dieser Stelle konnte ich für einen Augenblick stehen bleiben.*

*Fast gegen meinen Willen schlug ich die Kapuze meines dunklen Umhangs zurück. Möglich, dass sich ein Widerschein des fernen Nachglühens auf mein Gesicht verirrte, doch noch war ich weit entfernt von jeder menschlichen Siedlung.*

*Tief sog ich den Atem ein. Zu den Geräuschen der Nacht kamen die Gerüche, das dunkle Aroma des Wermuts in den Salzwiesen und, über das Fallstief hinweg, der durchdringende Duft nach Schafsdung.*

*Vielleicht die Ahnung von etwas, das anders war. Etwas, dessen ich mich nicht entsinnen konnte – nicht entsinnen wollte.*

*Fast unmerklich schüttelte ich den Kopf. Nein, da war nichts. Es war die Erinnerung, die mir einen Streich spielte. Die Angst, der Hass – oder eine verzweifelte Sehnsucht. Gefühle, die sich nicht voneinander trennen ließen.*

*Ich blickte um mich. Die Finsternis verstärkte sich von Atemzug zu Atemzug, und nun, zögerlich, wurden auch die Leuchtzeichen sichtbar: Links von mir das Feuer der*

*Pellwormharde, hundert Ellen über dem Marschboden, rechts das Leuchtzeichen auf Everschop.*
*Mit dem Punkt, an dem ich mich im Augenblick befand, bildeten sie beinahe eine gerade Linie. Wie von selbst tasteten meine Finger nach meinem Hals, tiefer, zwischen meine Brüste, spürten beruhigt die Umrisse des kleinen Säckleins, verborgen unter dem groben Stoff des Umhangs.*
*Ich war auf dem richtigen Weg. Immer geradeaus, die Richtung, aus der die Dunkelheit mir entgegenkroch …*
*Im selben Moment war der erste Ton zu hören, dann der zweite. Ich spürte, wie sich eine Gänsehaut auf meinen Armen bildete und die feinen Härchen sich aufrichteten. Wie lange war es her, dass ich diese Klänge zum letzten Mal gehört hatte? Die dumpfen Schläge der Glocke?*
*Der Glocke von Rungholt.*
*Drei Schläge, vier … der achte, der neunte.*
*Schweigen.*
*Sekundenlang noch verharrte ich. Als ich mich wieder bewegte, kostete es mich weit mehr Kraft als vorher, die Füße aus dem Wattboden zu lösen.*
*Ein Schritt voran.*
*Und ich erstarrte von Neuem. Und nicht ich allein: Das gesamte Bild, die erwachende Brise vom Meer, die am formlosen Tuch meines Mantels zerrte, die flüsternden Wellen in zurückgebliebenen Lachen brackigen Wassers – alles war wie eingefroren, verstummt, zum Stillstand gekommen von einem Herzschlag zum nächsten.*
*Eine Stimme ertönte. Gestaltlos, wesenlos. Wirklich wie das Nichts, das Dunkel, in dem die Stadt sich verbarg.*
»Du kennst den Ort!«

Ein Keuchen.

*Mein* Keuchen.

Das Bild vor meinen Augen wurde durchsichtig, verdampfte in der Sonne, die durch den Schleier des Nebels brach, wehte davon in der steifen Brise vom Meer.

Ich spürte …

Eine Welle der Übelkeit. Schwindel. Geräusche, Gerüche, alles war wieder da, auf einen Schlag. Meine Hände glitten kraftlos vom Metall der Reling ab. Das eiserne Geländer raste auf mich zu.

Im letzten Moment fing ich mich ab, doch meine Knie waren weich wie aufgeschäumte Milch.

Ich stierte in die Tiefe, auf die wirbelnde, schmutzig braune Gischt.

*Was zur Hölle ist das gewesen?*

Der Kickboxer. Der wie ein Kickboxer zuckende, zappelnde dunkle Kerl, den ich auf die Planken geschickt hatte.

Es war die einzig logische Erklärung: Der verflixte Kerl war schuld. Er musste mich heftiger erwischt haben, als ich im ersten Moment begriffen hatte. Irgendwas in meinem Schädel war dermaßen durcheinandergekommen, dass sich dort … ja, was? Ein Traum? Viel zu deutlich für einen Traum. Eine Vision? Wer Visionen hatte, sollte zum Arzt gehen, meinte Peer immer. Ich war mir sicher, dass er das irgendwo geklaut hatte.

Aber was war es dann?

Eine Erinnerung.

So fühlte es sich an. Ich konnte mich an jedes einzelne Detail erinnern. Wie der Wind geschmeckt hatte, nach Wermut und Schafsdung. An die fernen, flackernden Leuchtzeichen, den klebrigen Schlamm, bis zu den Knien hoch. Am liebsten hätte ich mich jetzt noch gekratzt, aber *da war kein Schlamm!* Da war nie welcher gewesen, oder zumindest seit meiner letzten Wattwanderung nicht, und das war Monate her! Ich hatte heute Morgen frisch geduscht!

Und doch war alles da, jede Einzelheit.

Eine Erinnerung.

Doch sie gehörte nicht mir.

Ich hatte keinen Schimmer, wem sie gehörte, aber mir jedenfalls nicht!

Ich klammerte mich an die Reling. War mir flau gewesen vorhin? Ich hatte ja keine Ahnung gehabt, was das überhaupt bedeutete: *flau.*

Wenigstens achtete niemand von den Passagieren mehr auf mich. Die Dünung des Meeres war heftiger geworden. Die Hälfte der Leute sah ungefähr so aus, wie ich mich gerade fühlte, wenn auch aus anderen Gründen.

Angespannt beobachtete ich, wie der Landungssteg näher kam. Hallig Horn. Ich hatte mir jetzt einen Platz in der Nähe der Ausstiegsrampe gesucht, nickte dem Angestellten der Reederei zu, der sich fertigmachte, die Absperrung für mich zu öffnen.

Hinter mir hörte ich ein Tuscheln. Allmählich wurde den Leuten klar, dass ich wirklich vorhatte, hier von Bord zu gehen. Fotoapparate klickten, und ich war mir verdammt sicher, dass sie nicht allein die saftigen Wiesen von Hallig Horn im Fokus hatten, sondern genauso meine Kehrseite. Als hätte ich plötzlich kleine grüne Fühler am Kopf, mit Glitzersternchen am Ende.

Man stieg nicht einfach so aus auf Hallig Horn. Die Fähre machte hier Halt, damit die Leute ihre Fotos machen konnten, aber das war auch schon alles. Betreten streng verboten ohne Sondererlaubnis. Niemand setzte einen Fuß auf die Hallig, wenn er nicht hierhergehörte.

Irgendwie zumindest, dachte ich.

Unter meinen Füßen erwachte wummernd ein Motor zum Leben, und eine Rampe senkte sich. Sie war extra für den Halt auf Hallig Horn eingebaut worden, wo es an der Anlegestelle keine automatische Vorrichtung gab. Nur für einen winzigen Moment hob der Fährangestellte die Sperre an, gerade lange genug, dass ich durchschlüpfen konnte, Reisetasche und Handwagen im Schlepptau.

Meine Beine fühlten sich an, als ob sie nicht zu mir gehörten, doch ich hielt mich gerade. Wenn sie schon starrten, wollte ich nicht noch ein Bild des Jammers bieten, damit sie hinterher noch mehr zu erzählen hatten, wenn die Fähre sie auf Pellworm an Land spuckte.

Ob der dunkle Kerl jetzt auch irgendwo in meinem Rücken stand und mir hinterherstierte? Ich würde den Teufel tun und mich umdrehen. Der würde sich noch was drauf einbilden, wenn er's mitkriegte, der Fatzke!

Ich verbannte ihn aus meinen Gedanken – alles, was in den letzten ein, zwei Stunden passiert war: den Umschlag, der in der Jacke gegen meine Brust drückte, die fremde, fremdartige Erinnerung … alles.

Es gab nur eine Sache, auf die ich mich jetzt konzentrieren musste. Das, was mir in der nächsten halben Stunde bevorstehen würde. Auf meinen Stiefvater, der im Herrenhaus auf mich wartete, im Zentrum der Insel, wie eine Spinne in ihrem Netz.

Es waren ein oder zwei Kilometer bis zum Inseldorf, quer durch die Salzwiesen. Auf Hallig Horn gab es keine richtigen Straßen – wozu auch? Es gab ja auch keine Autos. Laufen musste ich trotzdem nicht.

Ich entdeckte Folkhard Mommsen schon von Weitem. Er war schwer zu übersehen mit seiner Kapitänsmütze und dem feuerroten Rauschebart, den er sich zweimal hätte um den Hals wickeln können.

Obendrein befand er sich auf dem Kutschbock auch noch anderthalb Meter über dem Gelände. Trotzdem schwenkte er vorsichtshalber ein Taschentuch hin und her wie ein Lotse, als er etwas steif auf den Boden sprang.

»Himmel, min Deern!« Der tiefe Bass dröhnte gegen die Motoren der Fähre an, die auf volle Kraft zurückgeschaltet hatten. »Kann das sein, dass du echt noch hübscher geworden bist seit letztem Mal?«

Im Augenblick ganz bestimmt nicht, dachte ich. Meine Mähne wehte mit seinem Bart um die Wette. Jetzt, da ich ihn sah, wurde mir schlagartig klar, woran mich diese Haartönung von Anfang an erinnert hatte! Das war fast dieselbe Farbe!

Dass mir in *so* einem Moment *so* ein Gedanke kam, sagte vermutlich einiges aus über meinen Zustand.

Meine Beine hatten noch immer nicht zu einem sicheren Gang zurückgefunden. Selbst hier an Land wollte der Boden bei jedem Schritt unkontrolliert unter mir wegkippen.

Mit einem Brummen rupfte Mommsen mir die Reisetasche aus der Hand. Den Handwagen schaute er einen Moment lang mit erhobenen Augenbrauen an, fasste dann aber wortlos nach der Deichsel. Nachdem er alles auf der Ladefläche verstaut hatte, kletterte er auf den Kutschbock zurück, streckte mir die Hand entgegen. Dankbar griff ich zu, drängte den Schwindel beiseite, der einfach nicht aus meinem Kopf verschwinden wollte. Die Bilder der letzten Stunden, die sich weigerten, sich zu einem einzigen Bild zu ordnen.

Doch dann, im selben Moment, in dem mein Hintern das von unzähligen Gesäßen glatt polierte Holz berührte, überfiel mich ein Gefühl, mit dem ich nicht gerechnet hatte.

*Du kommst nach Hause.*

Der Geruch, das Salz des Meeres, das sich mit einem Hauch von Pfeifentabak mischte, der zu Mommsen gehörte. Die würzigen Ausdünstungen des Pferdegespanns: Freyja und Forseti waren Geschwister, auch wenn man ihnen das nicht ansah, schneeweiß und rabenschwarz wie Himmel und Hölle.

Die Sonne hatte die Wolken vertrieben, und die Salzwiesen lagen in dieser ganz bestimmten Sorte Grün, bei der man auf Fotos automatisch denkt, das müsste irgendwie nachbearbeitet sein. Ist es aber nicht. Nicht auf Hallig Horn. Da sieht es wirklich so aus: der Himmel, die Wiesen, dazwischen wie überdimensionales üppiges Moos die Wildnis des Strandginsters.

Hallig Horn. Zu Hause.

Meine Kehle fühlte sich rau an. Ich schluckte und spürte dabei, dass Mommsen mich aufmerksam betrachtete. Warum um alles in der Welt sah er so zufrieden aus? Als hätte er das Ganze eigens für mich so dekoriert.

Doch vielleicht war da sogar was Wahres dran. War Mommsen nicht für die Pegelstände im Watt zuständig, die Vegetation draußen vor den Deichen, die Kolonien der Brutvögel? Mommsen *war* Hallig Horn, mehr als jeder andere, ausgenommen vielleicht der alte Gorm auf seinem Leuchtturm.

Grinsend hielt er mir die Zügel entgegen, nickte mir aufmunternd zu.

Ich schluckte noch einmal, griff aber zu und gab den Pferden mit sanftem Zug ein Zeichen. Die Tiere gehorchten, als wären sie eine natürliche Fortsetzung meiner Hand.

Als wäre ich niemals fort gewesen.

Wir schwiegen, während ich einfach nur spürte, was es bedeutete, *hier zu sein*, und Mommsen sich mit leisem Brummen eine Pfeife stopfte. Hin und wieder warf er mir ganz offen einen Seitenblick zu. Wenn man so eng beieinanderwohnt wie auf Hallig Horn, wo jeder auf den anderen angewiesen ist, kommt man gar nicht auf die Idee, jemandem was vorzuspielen. Solange man nicht Ole Rasmussen heißt. Ich biss mir auf die Lippen. Warum nur war der Mann mir so wichtig? Wenn er jemals Macht über mich besessen hatte, würde das von morgen an unwiderruflich Vergangenheit gewesen sein. Das hier war ein neuer Anfang für mich, der erste Schritt in mein eigenes Leben. Warum hatte ich andauernd das Gefühl *zurückzukommen?*

*Weil du hier noch etwas zu erledigen hast,* dachte ich. *Und weil du hierhergehörst. Weil du ein Teil dieser Insel bist und Hallig Horn ein Teil von dir, ob dir das nun passt oder nicht.*

*Zu Hause, das ist der Ort, an dem es keine Geheimnisse für dich gibt.*

Ich war mir nicht sicher, ob ich das irgendwo gelesen hatte oder ob es mein eigener genialer Einfall war.

Es war einfach nur die schlichte Wahrheit.

*Mittwoch, 20. Juni, 11:27*
*Auflaufendes Wasser, 0 h 44 min bis Hochwasser*
*Pegel Hallig Horn: 3,87 m über Seekartennull*

»Edith Passon.« Die Gerichtsmedizinerin war Mitte, Ende vierzig und hatte eine Bubikopffrisur, in der sich graue Strähnen mit etwas Farblosem mischten. Schnell zu frisieren, dachte Henning. Sparte sicher viel Zeit. Sie streckte ihm die Hand entgegen und zog sie im selben Moment wieder zurück. Nicht aus Unhöflichkeit. Es gab einfach eine Menge Arbeit, und ein Teil dieser Arbeit lag schon sauber aufgereiht auf drei Seziertischen direkt nebeneinander.

Nein, Passon war nicht so kühl, wie er erwartet hatte.

Die Frau war *eiskalt.* Mindestens so kalt wie ihre Leichen.

Ungefähr so kalt, wie Hennings Hände sich immer noch anfühlten.

An das Mädchen auf der Fähre konnte er sich nur schemenhaft erinnern. War ganz niedlich gewesen, die Kleine, oder? Knubbeliges Kinn und diese Haare … Und die Augen … Und irgendwie hatte dieses Persönchen es hingekriegt, ihn dermaßen auszuschalten, dass er den Rest der Fahrt nach Pellworm in einem Zustand halber Bewusstlosigkeit verbracht hatte. Halb bewusstlos, vor allem aber unfähig, wirklich Angst zu haben. Irgendwie sollte er der Kleinen dafür dankbar sein.

Vorsichtig tastete er sich über den Hinterkopf. Sein Schädel war genau mit der Stelle aufgeprallt, an der das Gummi die Haare zusammenhielt. Das war dann wohl sein Glück gewesen.

»Ich habe was vorbereitet für Sie. Wir haben keine Zeit, uns jeden einzeln anzusehen.« Passon drehte den Besuchern den Rücken zu, trat an den vordersten der Tische, schlug, ohne zu zögern, die helle Plastikplane zur Seite.

Henning schluckte, nickte Jan-Jakup Schmehlich zu. Schließlich war der Deutsche hier irgendwie zu Hause. Zwar nicht gerade in der Pathologie, aber der Mann verstand schon und trat an den Rand der Arbeitsfläche. Schmehlich hatte gerade Kaffee geholt, als Henning mit dem Mädel zusammengestoßen war. Er wusste nur von einem *Schwächeanfall* und war vermutlich nicht scharf drauf, dass hier im Labor der nächste passieren würde.

Henning holte Luft durch den Mund. Der stechende Geruch nach Desinfektionsmitteln schnürte ihm die Kehle zu. Er hielt sich ein Stück hinter seinem Kollegen.

»Um es kurz zu machen ...« Passon griff nach oben, zog eine bewegliche Laborleuchte heran, um ein Detail ihrer grausigen Arbeit zu beleuchten.

Henning zwang sich hinzusehen. Der Mann war etwa Anfang dreißig – Anfang dreißig *gewesen* – und sah irgendwie aufgequollen, aufgedunsen aus. Die Haut spannte sich um seinen Körper, der nackt war bis auf ein schmales Handtuch, das gnädig seine edelsten Teile bedeckte. Und er war blass wie eine ... Nein, er *war* eine Leiche. Gesicht und Körper besaßen keine Farbe mehr, Lippen und Fingernägel waren bläulich angelaufen. Die Augen waren geschlossen und von einem bräunlichen Schatten umgeben.

»Quasi ein Fall aus dem Lehrbuch«, murmelte Passon. Mit einem Kugelschreiber wies sie auf den besonders aufgeblähten Bauchbereich. »Die Verformungen, die Sie hier überall erkennen, haben nichts mit der Todesursache zu tun. Faulgase: der beginnende Zersetzungsprozess. – Die Lunge ist mit Wasser gefüllt.« Sie deutete auf zwei kleine Punkte seitlich am Brustkorb, die Henning jetzt erst entdeckte. »Ich habe an jedem einzelnen Objekt Gewebeproben entnommen. Überall dasselbe Ergebnis. – Hier …« Sie drehte sich zur nächsten Trage um, schlug ebenfalls die Plane beiseite.

Henning prallte zurück. Leiche Nummer eins war gut erhalten gewesen, beinahe wie der Mann zu Lebzeiten ausgesehen haben musste. Auf Nummer zwei traf das ganz entschieden nicht zu. Der Mann sah aus wie … wie ausgeweidet.

Die Bilder waren sofort wieder da. Der untersetzte Pathologe im gerichtsmedizinischen Labor in Kopenhagen, selbst blass wie ein Toter, der sich fünfmal entschuldigt hatte, bevor er die Decke über dem Körper von Hennings Mutter beiseitegeschoben hatte. Dem, was von diesem Körper übrig geblieben war. Dem, was Henning bis heute automatisch vor die Augen trat, wenn er versuchte, sich das Bild der Frau ins Gedächtnis zurückzurufen, die ihm das Laufen beigebracht, ihm Gutenachtgeschichten vorgelesen hatte.

Er kämpfte den Würgereflex nieder. Seine Hand tastete nach dem Rand der Arbeitsfläche, wich im letzten Moment den Fingern des Toten aus, die ein Stück über die Kante gerutscht waren.

»Diesen hier habe ich für Sie präpariert«, erklärte Passon. »Betrachten Sie ihn als Beispiel. Die Lungen … Helfen Sie mir mal.« Sie nickte den Besuchern zu, nein, gottlob nickte sie Schmehlich zu. Beide Beamten hatten gleich an der Tür Kittelschürzen und Gummihandschuhe überziehen müssen. »Halten Sie hier mal fest«, wies Passon den Deutschen an und deutete auf den Rippenbogen der Leiche, der entlang des Brustbeins in einem senkrechten Schnitt geöffnet war.

Henning konnte nicht hinsehen – doch genauso war er

unfähig, den Blick abzuwenden. Er sah, wie Schmehlich in den klaffenden Spalt fasste. Begeistert wirkte auch der Deutsche nicht. Passon wartete einen Moment, griff dann von der anderen Seite zu und bog mit einer vorsichtigen Bewegung den Brustkorb auf.

»Das Herz«, sagte sie leise, tippte mit der Spitze des Kugelschreibers gegen einen wulstigen, geäderten Klumpen. »Und hier, unterhalb, haben wir zu beiden Seiten die Lunge. Das Gewebe hat sich komplett mit Wasser gefüllt. Die Lungenbläschen platzen im Zuge dieses Prozesses. Auf einen Punkt gebracht: Der Mann ist ertrunken. Das trifft auf alle zu.«

»Dann ist also …« Henning schluckte, hustete. »Damit ist dann wohl alles geklärt.«

»Ralf Jenssen.« Entweder hatte Passon ihn nicht gehört, oder aber der Zeitaufwand, ihm zu erklären, dass sie noch nicht fertig war, wäre in ihren Augen nicht zu verantworten gewesen. Sie drehte sich zum dritten und letzten Tisch um. Henning holte Luft, bereitete sich auf einen neuen, grauenhaften Anblick vor.

Doch der dritte Leichnam sah beinahe friedlich aus. Der Mann – Ralf Jenssen – lag auf dem Rücken wie die beiden anderen, die Arme neben dem Körper ausgestreckt, die Augen geschlossen. Als Henning genau hinsah, entdeckte er am Brustkorb dieselben Einstichstellen wie bei Passons erstem *Objekt*. Also hatte sie sich auch von Jenssen Gewebeproben besorgt.

Schmehlich löste sich vom Seziertisch mit Leiche zwei, ging um die Arbeitsfläche herum und beugte sich über den Leichnam. »Sie sagen …«

»Ich sage, dass dieser Mann auf dieselbe Weise gestorben ist wie die übrigen achtundzwanzig. Er ist ertrunken.«

Schmehlich rührte sich nicht.

Verwirrt schaute Henning von seinem Kollegen zu der Gerichtsmedizinerin und wieder zurück. Unübersehbar, dass die beiden etwas wussten, von dem er selbst noch keine Ahnung hatte. Und dass dieses Etwas dem Deutschen die Nackenhaare zu Berge stehen ließ.

»Was ist mit diesem Mann?«, fragte Henning. »Ist bei ihm irgendwas anders als bei den anderen? Wo liegt der Unterschied?«

Schmehlich richtete sich auf. »Der Unterschied …«, sagte er leise, »der Unterschied liegt in der Fundsituation. Die Toten sind am Wattboden geborgen worden, zwischen den Arbeitsgeräten, auf dem Kantinenwagen. – Alle bis auf einen. Ralf Jenssen muss gerade bei der Arbeit gewesen sein, als das Wasser kam. Auf einer Plattform, zwölf Meter über dem Boden.«

Henning sah ihn an. *Auf einer Plattform* … Die Worte sickerten in sein Hirn. … *zwölf Meter über dem Boden.*

»Zwölf … – Was zur Hölle muss das für eine Welle gewesen sein? Wie hoch sind die Deiche bei Ihnen, dass da nicht sonst was passiert ist nebenan auf den Inseln?«

Schmehlich verzog das Gesicht. »Neun Meter fünfzig – maximal. Nur dass die Station auf Pellworm keine erhöhten Tidestände gemessen hat am Tag des Unglücks. Schon das ist nach menschlichen Maßstäben unerklärlich, wenn man einen ungefähren Überblick über die Tideverhältnisse hat. Und Hallig Horn …« Er schüttelte den Kopf.

»Ja?« *Hallig Horn.* Henning hatte ein undeutliches Klingeln im Kopf, eine halb verschüttete Erinnerung. Hallig Horn war die erste Station der Fähre gewesen, zwischen Nordstrand und Pellworm, aber als das Schiff dort angelegt hatte, war er nicht in einem Zustand gewesen, der es ihm erlaubt hätte, sich ein Bild von der Insel zu machen.

Doch nicht daran musste er denken. Er war sich sicher, dass er schon mal von dieser Hallig Horn gehört hatte. Aber wie, in welchem Zusammenhang?

»Die Unglücksstelle liegt näher an der Hallig als an Pellworm«, sagte Schmehlich nachdenklich. »Wenn es einen Menschen gibt, der uns helfen kann …«

»Dann werden Sie ihn mit Sicherheit nicht in diesem Labor finden«, unterbrach ihn Passon. »Jedenfalls, wenn Sie nach jemandem auf der Suche sind, der auf Ihre Fragen noch antworten kann. – Haben Sie an *mich* noch Fragen? Nein? Dann wäre ich Ihnen dankbar, wenn Sie mich jetzt allein ließen. Das wird noch eine schnippelige Arbeit hier. – Meine Nummer haben Sie ja.«

Henning nickte rasch, bevor Schmehlich noch was sagen konnte. Er legte keinen Wert darauf, Zeuge der Schnippelarbeit zu werden.

Erst draußen auf dem Flur wurde ihm klar, was sein Kollege gerade angedeutet hatte. »Sie meinen, wir müssen auf die nächste Insel?«

Schmehlich antwortete nicht. Wortlos zupfte er an den Ärmeln seines verknitterten Anzugs, bis sie ins Freie traten. Der Himmel spannte sich in genau dem Postkartenblau, das man auf einer Urlaubsinsel erwartete.

»Das Problem …«, murmelte Schmehlich. »Das Problem ist vor allem, dass es mit Hallig Horn eine besondere Bewandtnis hat.«

*Mittwoch, 20. Juni, 12:17*
*Ablaufendes Wasser, 6 h 05 min bis Niedrigwasser*
*Pegel Hallig Horn: 4,03 m über Seekartennull*

»Ich habe gleich Zeit für dich.«

Das sagte er jetzt zum dritten Mal. Ich blieb reglos stehen. Wer mit Ole Rasmussen zurechtkommen wollte, musste ihm in seiner eigenen Welt begegnen. Und das war eine Welt, in der man aufgefordert wurde, sich zu setzen, wenn man sein Büro betrat. Oder eben nicht.

Geschäft und Familie, das waren zwei unterschiedliche Dimensionen für meinen Stiefvater. Die Welt der Erwachsenen und die Welt der Kinder sozusagen. Nicht ich allein, sondern die allermeisten Menschen auf der Hallig waren Kinder für ihn – Landeskinder.

Während er eine Taste am Mobilteil seines Telefons drückte und übergangslos eine neue Nummer wählte, hatte ich Zeit, die gerahmte Urkunde über dem Kamin zu betrachten. Es war nur eine Reproduktion; wo sich das Original befand, wusste ich nicht. Vermutlich irgendwo in einem Tresor.

Doch auch diese Kopie war so effektvoll wie möglich in Szene gesetzt, mit einem einzelnen in der Holzverkleidung versenkten Spot, der auf die lang gestreckten, altertümlichen Schriftzeichen ausgerichtet war und auf das gewaltige, blutrote Siegel am Fuß des Dokuments.

Das Siegel von Waldemar Atterdag, König von Dänemark und Herr über halb Europa in seiner Zeit. Vor sechshundertfünfzig Jahren.

Zu dem Zeitpunkt also, als die Uhr der historischen Entwicklung auf Hallig Horn stehen geblieben war.

Solange ich denken konnte, kannte ich die Worte der

Urkunde auswendig, den lateinischen Text ebenso wie die deutsche Übersetzung. *»Und so übergeben Wir Unserem geliebten Getreuen Magnus Rasmussen Unsere Friesen nach jedwedem Recht, ausgenommen, dass sie auf ewig untertan seien der Krone Unseres Reiches nach alter Gewohnheit, und mit jenen Friesen die Lande, auf denen sie wohnen, welche reichen …«*

Und dann begann die Aufzählung: Rungholt, Halgenes, Niedam, Rip und so weiter. Die Dörfer und Städte des Hauses Rasmussen. Stattliche Sammlung, dachte ich, nur leider alles im Meer versunken.

Bis auf Hallig Horn.

Ich war mir mittlerweile sicher, dass er nichts anderes gewesen war als ein popeliger Piratenkapitän, dieser legendäre Magnus Rasmussen. Eine Art Westentaschen-Störtebeker. Doch aus irgendeinem Grund hatte er bei seinem König einen derartigen Stein im Brett gehabt, dass Waldemar ihm eines der reichsten Gebiete Frieslands geschenkt hatte, das er selbst gerade erst seinen deutschen Nachbarn abgenommen hatte. Geschenkt. Nicht einfach zur Verwaltung übergeben, wie er das anderswo gemacht hatte. Geschenkt – oder *zu Lehen gegeben*, wie sich das damals schimpfte, was aber auf das Gleiche hinauslief. Das Land und die Leute. Die Friesen des Königs waren seitdem Rasmussens Friesen – welcher Rasmussen auch gerade am Ruder war.

Die Leute selbst hatte keiner gefragt im Mittelalter.

Erst Jahrhunderte später hatte es im ganzen Küstengebiet Abstimmungen gegeben, ob die Bevölkerung lieber zu Deutschland oder zu Dänemark gehören wollte. Nur auf Hallig Horn nicht, wo ja alles *nach alter Gewohnheit* lief. Abstimmungen waren da nicht vorgesehen, hatten die Rasmussens behauptet. Und so gehörte die Insel, obwohl sie direkt vor der deutschen Küste lag und mitten im deutschen Wattenmeer, offiziell weiter zu Dänemark – zur Krone von König Waldemars ehemaligem Reich. Nur dass die Dänen wenig mit ihr anfangen konnten, weil ihr König ja bestimmt hatte, dass die Rasmussens dort das Sagen haben sollten.

Komplizierte Sache, und für keine Seite wirklich erfreulich – außer für die Sippe meines Stiefvaters natürlich. Nicht dass sie die Insel zum Nulltarif gekriegt hätten. Rasmussen zahlte jedes Jahr brav seine Pacht, aber im Gegenzug konnte er auf der Insel tun und lassen, was er wollte. Keine weiteren Steuern, kein Nichts. Weder für ihn noch für die einheimischen Familien. Einfach der Betrag, der vor sechshundertfünfzig Jahren festgesetzt worden war.

Zehn Pferde, zehn Schafe, zehn Kühe.

Es war lächerlich. Die lächerliche Wahrheit. Und der Grund dafür, dass Rasmussen sein Gestüt so wichtig war, denn die Tiere mussten von der Insel kommen.

Dafür gab es kein Finanzamt und kein Gericht, das für Hallig Horn zuständig war. Nicht mal Polizei. Ole Rasmussen war alles in einer Person. Wenn ihm die Halligleute nicht schnell genug arbeiteten, hätte er sie jeden Tag auspeitschen können – wie die Sklaven früher auf den Plantagen in den amerikanischen Südstaaten. Aber da konnten die Leute beruhigt sein: Rasmussen war ein echt moderner Sklavenhalter. Keine Peitsche. Wer für ihn arbeitete, wurde gut bezahlt.

Und doch ließ er die Halligbewohner nie vergessen, wer der Herr war. Wer heiraten wollte, musste brav um Erlaubnis bitten, heute wie vor sechshundert Jahren. Natürlich sagte mein Stiefvater niemals Nein, aber fragen mussten sie trotzdem. Wer bauen oder renovieren wollte: Rasmussen fragen. Seine Viehherde vergrößern: Rasmussen fragen. Sogar bei der Lebensversicherung! Oder wenn jemand auswandern wollte, aufs Festland … Doch das kam vielleicht alle zwanzig Jahre mal vor, zum letzten Mal bei meiner Tante Sylke, als sie Peer geheiratet hatte und in die Stadt gezogen war. Die meisten Leute überlegten sich das dreimal. An Land zahlte man schließlich Steuern.

Die Leute konnten also fast zufrieden sein. Die meisten waren es wohl auch.

Nur mir drehte sich dabei der Magen um.

*Willkommen zu Hause,* dachte ich. *Willkommen im Mittelalter.*

Allerdings in der modernsten denkbaren Version. Wenn ich mir meinen Stiefvater ansah, wie er mit dem Mobilteil am Ohr hinter seinem Schreibtisch auf und ab tigerte, hätte er auch auf der Vorstandsetage von Apple oder Microsoft sitzen können, statt an der Spitze seines absonderlichen kleinen Inselstaates zu stehen. Mit dem Unterschied, dass bei Bill Gates vermutlich keine Ölschinken mit Szenen aus der Geschichte Hallig Horns im Büro hingen.

Möglichst unauffällig betrachtete ich ihn genauer. Rasmussen war mir früher immer seltsam alterslos vorgekommen. Wie Mitte vierzig vielleicht? Darüber macht man sich als Kind keine Gedanken. Er schien sich nie zu verändern. Erst in den letzten Jahren war sein akkurat gestutzter Schnurrbart eisgrau geworden, und irgendwie trug er das messerscharf gescheitelte Haar jetzt anders, so als ob er kahle Stellen verdecken wollte. Sonst war alles gleich geblieben: seine Stimme, seine Haltung, jede Regung mühsam unterdrückte Energie. Die Nickelbrille mit den kreisrunden Gläsern, die seine schmalen, fast verhärmten Züge noch betonte. Die Art, die Zigarre mit einer einzigen, blitzartigen

Bewegung im Aschenbecher auszudrücken. Wie sein Piratenvorfahr, der einen Feind mit dem Degen an die Schiffsplanken nagelte. Oder, nein, mit dem Rapier. Ole Rasmussen hätte eine schlanke, elegante Waffe geführt. Meisterhaft geschliffen und tödlich.

Ich war mir nicht sicher, in welcher Sprache er sich gerade unterhielt. Dänisch oder Norwegisch vielleicht, die waren einander sehr ähnlich, und von beiden verstand ich höchstens ein paar Brocken. Seine Miene war konzentriert wie bei einer Raubkatze, die seit Stunden ihre Beute belauert, bereit zum Zuschlagen, sobald der Gegner nur die geringste Schwäche zeigt. Nur dass seine Waffen nicht die Fänge eines Panthers waren, sondern Vertragsklauseln und Paragrafen.

»*Jeg forstår*«, murmelte er. »*Det er i orden.*« Seine Stimme war leiser geworden. Wer ihn nicht ganz genau kannte, musste glauben, er hätte klein beigegeben. Im nächsten Moment ein fast beiläufiger Satz, eine Pause, in der er auf die Antwort lauschte.

Jetzt packt er ihn, dachte ich. Wieder, nur für eine Sekunde, spürte ich das Prickeln zwischen meinen Schulterblättern. Ich verstand kein Wort von dem, was er sprach, und hatte keinen Schimmer, mit wem er überhaupt telefonierte, doch ich wusste instinktiv, dass er jetzt zum entscheidenden Schlag ausholte.

Eine letzte, knappe Bemerkung, ein verbindliches Nicken, das der Gesprächspartner natürlich nicht sehen konnte. Doch Rasmussen half es, den richtigen Ton in seine Stimme zu legen. Wieder etwas, von dem ich nicht wusste, *woher* ich es wusste, und bei dem ich mir trotzdem hundertprozentig sicher war.

»*Godt gået. – Farvel.*«

Mit einem Laut, der sich anhörte wie ein zufriedenes Schnauben, glitt er hinter seinen Schreibtisch. Ich hatte keinen Zweifel, dass er das Büro seit heute früh nicht verlassen hatte, und wie immer war es gnadenlos überheizt. Doch auf seinem blütenweißen Hemd war nicht der winzigste Schweißfleck zu erkennen, und die nachtblaue Krawatte saß so eng um seinen Hals – einen Menschen, der nicht so hager war wie er, hätte sie auf der Stelle erwürgt.

»Jetzt habe ich Zeit für dich«, murmelte er und bewies im selben Moment, dass das eine Lüge war. Mit einem altertümlichen Füllfederhalter warf er einige Zeilen auf die oberste Seite seines Notizblocks, gestochen scharfe, absolut gleichmäßige schwarze Buchstaben. Einen größeren Kontrast zu den wirren Hieroglyphen, die ich aus Martens Aufzeichnungen kannte, konnte man sich gar nicht vorstellen.

»Grünes Licht«, sagte er zu seinem Notizblock, unterstrich das vorletzte Wort mit einer schnurgeraden, doppelten Linie. »Schau an. – Tatsächlich Gyllenløve.«

»Grünes Licht für Gyllenløve?« Ich war mir nicht sicher, ob die beiden Bemerkungen miteinander zu tun hatten, und eigentlich war mir das auch gleichgültig. Er sollte mich lediglich zur Kenntnis nehmen, wenn ich schon hier war.

»Graf Gyllenløve«, sagte er. »Ich kenne nur den alten, aber der junge soll auch nicht unrecht sein.« Das war keine Antwort, doch dafür sah er mich jetzt an. Sofort wünschte ich mir, ich hätte ihn nicht provoziert.

Er sah mich an. Das genügte. Wenn mein Stiefvater einen Menschen ansah, dann war das mehr als nur *ansehen*. Man kam sich vor wie ein Forschungsgegenstand, den er auf dem Objektträger eines Mikroskops platziert hatte, um ihn sorgfältig untersuchen zu können. Als wäre man nackt – ohne Schutzhülle. Keine Chance, irgendwas vor ihm zu verbergen.

»Du wirst ihr immer ähnlicher«, stellte er sachlich fest. Ich musste nicht fragen, von wem er sprach. »Aber diese Haarfarbe sieht gewöhnlich aus.« Ein Hauch von Tadel; mehr war nicht nötig.

Er schob seinen Stuhl zurück, stand auf, schloss mich knapp in die Arme. Ich ließ es geschehen. Weil das immer so gewesen ist, dachte ich. Nicht weil einer von uns beiden sich das fürchterlich gewünscht hätte.

Ob er das überhaupt spürte? Ob ihm das klar war? Die Distanz zwischen uns. Ihm entging doch sonst nichts. Vielleicht spielte sie einfach keine Rolle für ihn, oder er wollte es ganz genau so haben, wie es war. Er war es ja gewohnt, seinen Willen zu kriegen.

»Zwölf Stunden noch«, sagte er, trat zwei Schritte zurück und taxierte mich von oben bis unten. Noch deutlicher als vorher. Es war, ja, als ob er mich irgendwie *abschätzte*. Genau, das war es! Als wenn er mit Mommsen auf dem Gestüt unterwegs war, bei den Pferden, Schafen oder beim Rindvieh, und die beiden sich über neue Zuchtkombinationen unterhielten.

*Graf Gyllenløve*, fuhr mir durch den Kopf. *Der junge soll auch nicht unrecht sein.*

Von einem Moment zum anderen wurde mir eisig kalt. Er würde doch nicht … Selbst Rasmussen würde doch nicht *so weit* gehen?

Doch wenn es einen Menschen gab, dem ich das zutraute, dann stand dieser Mensch hier vor mir, setzte gerade die Nickelbrille ab und massierte seinen Nasenrücken, ohne mich aus den Augen zu lassen. Hallig Horn befand sich seit sechshundertfünfzig Jahren in den Händen der Rasmussens, ging vom Vater auf den Sohn über – wie der letzte Überrest eines ständig schrumpfenden kleinen Königreichs. Doch ich war ja kein Sohn, und vor allem war ich nicht *sein* Sohn.

Von heute an hatte ich einen Grund mehr, darüber froh zu sein.

»Und?«, erkundigte er sich. »Freust du dich?«

»Wie?« Ich blinzelte. »Worüber?«

»Dein Geburtstag?« Es klang wie eine Frage.

»Ich …«

»Ich habe hier im Moment mit einem Projekt zu tun«, murmelte er und wandte abrupt den Kopf ab. »Und Hannes ist noch im Unterricht. Ihr werdet euch beim Abendessen sehen.«

Ich nickte. Rasmussen ließ sich zurück auf seinen Stuhl sinken, schlug seinen Notizblock auf.

Es dauerte etwa zehn Sekunden, bis ich begriff, dass er die Welten gewechselt hatte und wieder bei den Erwachsenen war.

Ich war entlassen.

Mit einem Nicken verließ ich das Büro. Es war kein übler Auftakt gewesen – für unsere Verhältnisse.

Schwer sank ich gegen das polierte Holz der Bürotür. Das war geschafft. Bis zum Abendessen waren es noch Stunden.

Eine Sekunde lang hatte ich nur einen einzigen Wunsch: Einfach zusammenklappen, die Wellen über mich wegschwappen lassen und … einschlafen oder ohnmächtig werden – das war mir fast schon gleich –, irgendwie verdauen, was seit heute Morgen passiert war.

Aber jetzt noch nicht. Und vor allem nicht *hier*.

Das Herrenhaus der Rasmussens war so alt wie die Familie selbst. Zumindest so alt wie ihre Herrschaft über die Insel. Es war ein düsteres, reetgedecktes Backsteinetwas, zweieinhalb Stockwerke hoch und immer wieder umgebaut, erweitert, mit viel zu vielen Zimmern und viel zu kleinen Fenstern. Früher war das sicher ganz sinnvoll gewesen, als die Sippschaft der Inselherren aus zwanzig, dreißig Personen bestanden hatte und man froh sein konnte, wenn man die Bude überhaupt warm kriegte mit den stinkenden Torffeuern.

Heute war es nur noch eins: unheimlich.

In diesem Haus war man niemals allein. Natürlich waren Rasmussens Dienstboten ständig um einen rum, Tilda und Johan, beide steinalt, aber das waren noch die harmlosesten Mitbewohner. Die beiden waren nämlich noch lebendig, mehr oder weniger jedenfalls. Auf einem völlig anderen Blatt standen die Rasmussens. Nicht die aktuellen, mein Bruder und mein Stiefvater, sondern ihre Vorfahren, deren Porträts überall im Haus von den Wänden starrten. Und doch waren es nicht diese Gemälde allein. Es war ... Irgendwie gab es zu wenig Lebendiges hier, um die Vergangenheit wirklich zu vertreiben. Sie waren immer noch hier, die alten Rasmussens, nicht als Gespenster in weißen Bettlaken, aber ich konnte sie spüren.

Und ich wusste, dass sie nichts davon hielten, wenn ich zu Besuch kam.

Zumindest ein Punkt, in dem wir derselben Meinung waren.

Mein eigenes Zimmer, das mein Kinderzimmer gewesen war, bis ich fünf war, befand sich direkt unter dem Dach. Da ich jedes Jahr ein paar Wochen hier verbrachte, hatte ich wenigstens diese vier Wände einigermaßen wohnlich hergerichtet. Letzten Sommer hatte ich zusammen mit Hannes sogar die Tapeten in einem freundlichen Grünton überstrichen. Trotzdem verschwand ich jetzt nur ganz kurz nach oben, um mein Gepäck hochzubringen. Martens Aktenordner verstaute ich in einem Stoffbeutel, den ich mir über die Schulter hängte; der Rest konnte warten, bis ich zurückkam. Im Moment wollte ich nur eins: raus hier.

Auf Zehenspitzen schlich ich die Treppe runter. Hinter jeder Ecke konnte Tilda lauern. Ich wusste, dass sie mir nachspionierte, in Rasmussens Auftrag oder aus eigenem Antrieb. Doch ich hatte Glück. Aufatmend erreichte ich die Eichentür am Ende der Diele, schlüpfte hindurch und ließ sie hinter mir ins Schloss fallen.

Der Weg in die Freiheit war nur ein paar Hundert Meter lang und führte den Warfthügel hinab über einen mit Buhnen eingefassten Kiespfad quer durch die Salzwiesen. Die kleinen Steinchen knirschten unter meinen Füßen, als ich fast schon rannte, bis ich die Abzweigung zur Kirchwarft erreichte, wo es eine Sitzbank gab, geschützt von einem niedrigen Ginstergebüsch.

Von diesem Punkt an war ich für einen Beobachter auf dem Herrenhof unsichtbar.

Ich ließ mich fallen, verschnaufte einen Moment, bevor ich genüsslich Schuhe und Strümpfe abstreifte und mich zurücklehnte. Minutenlang blieb ich einfach nur sitzen, war einfach nur *da*. Angekommen, wirklich und wahrhaftig angekommen. Ich blinzelte in die Sonne, spürte das Kitzeln des kiesigen Sandes zwischen meinen Zehen.

Mit Sicherheit konnte man mich von einigen der anderen Warften noch immer beobachten. Der Hügel, den sich Schule und Kirche teilten und wo mein kleiner Bruder jetzt kräftig büffelte, war nur einen Steinwurf entfernt. Aber das störte mich kein Stück. *Rasmussen* konnte mich nicht mehr sehen – selbst wenn er jetzt gerade aus dem Bürofenster schaute.

Dabei befand ich mich immer noch mitten im Inseldorf, auch wenn es ganz und gar nicht so aussah, wie die meisten Leute sich ein Dorf vorstellten.

Steile, grasbedeckte Hügel, wild über die brettebene Fläche der Salzwiesen verstreut. Seit ein paar Jahren war die Siedlung von einem Deich umgeben, doch bis dahin waren diese künstlichen Aufschüttungen alles gewesen, was bei einer echten Winterflut aus dem Wasser guckte. Das machte eine Hallig zur Hallig, und auf einigen der anderen Halligen lebte man heute noch so: Die Hälfte des Jahres musste man damit klarkommen, dass man immer mal wieder für ein paar Tage in den eigenen vier Wänden eingepfercht war, auf einer Art grasbewachsenem Vulkankegel, abgeschnitten von der Außenwelt, umgeben vom tobenden Meer und zumindest schön warm, denn irgendwo mussten ja auch die Pferde, Kühe und Schafe bleiben, und die lebten eben nahe bei den Menschen.

Doch das war inzwischen Vergangenheit auf Hallig Horn. Seitdem es den Deich gab, war die Insel wirklich eine *Insel* und streng genommen gar keine Hallig mehr.

Aber ganz weit draußen befand sie sich immer noch.

Hinter der hohen Dünenkette, die Hallig Horn gegen die mächtigsten Brecher der offenen Nordsee abschirmte, war nichts mehr als – Wasser. Hunderte von Meilen graues, aufgewühltes Wasser. Der Leuchtturm am äußersten westlichen Punkt war das letzte Fleckchen fester Boden bis nach England, Schottland, sonst wohin.

Und das nicht erst seit gestern. Oder besser, so seltsam das auch klingen mag: *nicht erst seit sechshundertfünfzig Jahren.* Die Geschichte Hallig Horns begann nicht mit den Rasmussens, sondern lange vorher, als die Gegend, in der heute nur noch einzelne Inseln über die Wasserlinie schauen, noch ein Teil des Festlands war, das von den seefahrenden Friesen bewohnt wurde, die damals noch freie Menschen waren, niemandem untertan. Ein Völkchen für sich – und *meine Vorfahren.*

Beide, Mama und Marten, waren Nachkommen der friesischen Familien gewesen, die Piraten-Rasmussen von seinem König geschenkt bekommen hatte. Aber das bedeutete eben auch, dass ihre Vorfahren schon lange hier gewesen waren, als der erste Rasmussen an der Küste auftauchte.

Ihnen gehörte die Insel mindestens ebenso, wie sie Ole Rasmussen gehörte. Ihnen, den einheimischen Familien, den einfachen Leuten wie meinen Eltern oder Folkhard Mommsen. Ganz gleich, was in irgendeiner Urkunde stand. Für meinen Stiefvater zählte nur dieses Geschreibsel, aber hatte er sich irgendwann mal die Mühe gemacht, sich wirklich um die Vergangenheit der Hallig zu kümmern, die doch angeblich sein Ein und Alles war? Der umliegenden Gebiete, die heute im Meer versunken waren?

Marten hatte genau das getan. Er hatte die jahrhundertelang unentdeckt gebliebenen Überreste des mächtigen Rungholt gefunden – und war gestorben, bevor er dazu gekommen war, dieses Wissen mit den Menschen zu teilen.

Niemand wusste, wo Rungholt gelegen hatte. Bis heute.

Falls es mir gelang, seine Kartenskizze zu entziffern.

Eine einzige Möglichkeit: Gorm.

*Du hast Zeit bis zum Abendessen. Das ist mehr als genug. Er wird nicht weniger unheimlich werden, wenn du den Augenblick hinauszögerst.*

Ich schluckte und raffte mich auf, setzte barfuß einen Fuß vor den anderen. Bei jedem Schritt piksten scharfkantige, winzige Steinchen in meine Fußsohlen, bis endlich der sonnenwarme Dünensand meine Tapferkeit belohnte.

Der alte Inselleuchtturm blickte über die wellige Linie des Horizonts wie eine überdimensionale rot-weiß geringelte Zuckerstange. Eigentlich nicht zu verfehlen, doch ich wusste, dass die Wege in den Dünen trügerisch waren, unübersichtlich. Und sie veränderten sich. Nicht von heute auf morgen, aber mit jedem Sturm türmte sich der Sand an einer Stelle höher auf, wurde an einer anderen Stelle ein Tal tiefer ausgeblasen. Anpflanzungen sollten verhindern, dass das allzu schnell ging, doch ich hatte mich in dem Labyrinth aus Sand und stachligem Gras schon mehr als einmal verirrt. Da blieb einem dann nichts, als sich den höchsten Punkt zu suchen und nach dem Leuchtturm Ausschau zu halten.

Zumindest das sollte diesmal kein Problem sein. Da wollte ich schließlich hin.

Ein echter Weg war schon nach ein paar Schritten nicht mehr zu erkennen. Ich hielt mich in einem Dünental, blickte skeptisch an den grasbewachsenen Hängen hoch. Wie geschaffen für einen Hinterhalt. Oder für ein Versteck. Vielleicht war sogar hier das Versteck gewesen, in dem ich die Holk …

Ich schüttelte mich. Diesen Part hatte ich bis zu dieser Sekunde erfolgreich beiseitegedrängt.

Doch die Bilder waren in meinem Kopf, und sie waren so echt und so deutlich, wie Erinnerungen nur sein konnten: die Holk, ein floßartiges Boot, das ich mit Ginsterzweigen tarnte, bevor ich mich auf den Marsch durchs Watt machte. Die kratzige, ponchoartige Kutte, die zumindest ein guter Schutz gegen Wind und Kälte war und in der ich mich im Notfall vermummen konnte.

Oder gerade nicht! Als man solche Boote gebaut und solche Kutten getragen hatte, war Jack the Ripper noch Science-Fiction gewesen! Als man bei Ebbe quer durchs

Watt bis zur nächsten Insel spazieren konnte. Richtung Osten? Ja, Osten. Die Sonne war direkt in meinem Rücken untergegangen. Aber da war nichts, östlich der Insel – überhaupt nichts. Da war der Heverstrom, zig Meter tief und mehrere Kilometer breit, selbst bei Ebbe.

Dass man da zu Fuß durchgekommen war, das war Jahrhunderte her!

In meinem Kopf waren Erinnerungen aus einer Zeit, die Jahrhunderte zurücklag. Aber das konnten doch nicht *meine* Erinnerungen gewesen sein!

Es war unmöglich. Unmöglich und doch so deutlich.

Glaubte ich ernsthaft, dass ich das nur dem dunklen Kerl von der Fähre zu verdanken hatte und seinem Lloyds-Latschen in Größe 45? Der finstere Knabe saß jetzt wahrscheinlich gerade auf Pellworm im Straßencafé und schlürfte Pina Colada. Ich hoffte, dass er *richtig* Kopfschmerzen hatte unter seinem Wischmopppferdeschwanz.

Doch wenn ich ehrlich war, ganz und gar ehrlich… Dann wusste ich, dass er nichts damit zu tun hatte.

Es war zu deutlich und es passte zu gut.

Es gab einen Zusammenhang: diese Erinnerung und Martens Forschungen.

Es gab ein Element, das beide verknüpfte.

*Rungholt.*

Aber bedeutete das nicht…?

*Nein!*

Ich würde nicht darüber nachdenken. Nicht jetzt! Ich weigerte mich.

Ich wusste, dass das nicht gesund war, und vielleicht war ich ja auch wirklich nicht ganz gesund. Schließlich *war* ich fast zusammengeklappt auf der Fähre.

Ich gehörte ins Bett, in mein flauschiges Halligbett in

meinem freundlichen mintgrünen Halligzimmer in Ole Rasmussens hässlicher Hallighütte.

Und was tat ich? Ich war auf dem Weg zu Hallig Horns hauseigenem Monster aus der grünen Lagune. Nur dass es nicht in der Lagune hauste, sondern ein paar Etagen weiter oben, im Leuchtturm.

Ich werde wahnsinnig, dachte ich. Pünktlich zum Achtzehnten. Von wegen Freiheit! Auf dem Weg in die geschlossene Anstalt bist du!

»Nein!«, zischte ich.

Wahnsinnig? Möglich. Oder einfach nur stur. Wenn ich mir etwas in den Kopf gesetzt hatte, dann zog ich das auch durch. Eins nach dem anderen. Tanja wurde immer neidisch, dass ich das konnte: Heute für die Englischklausur lernen, morgen das Referat in Physik. Was gerade nicht aktuell war, wanderte in eine Schublade im Oberstübchen, Schild mit Datum dran: Morgen erledigen.

Nur dass im Moment gleich drei Dinge koppheister gingen in meinem Oberstübchen: Martens Umschlag, Martens Aufzeichnungen *und* die Erinnerungen in meinem Schädel.

*Drei Dinge auf einmal. Das geht nun wirklich nicht.*

Ich konnte nur mit einem davon anfangen, und zwei davon trugen deutlich sichtbare Schildchen. *Morgen früh* stand an Martens Geburtstagsumschlag, und an den Erinnerungen ein etwas verschmiertes *Dreizehnhundertfragmichnicht*. Selbst wenn es irgendeinen Zusammenhang gab, über den nachzudenken ich mich weigerte, dann gab es nur diese eine Stelle, an der ich das Brecheisen ansetzen konnte: die Aufzeichnungen. Der alte Gorm.

Es war logisch. So logisch, dass es eben einfach Wahnsinn war.

Aber das spielte keine Rolle. Ich hatte die Möglichkeiten

durchgegrübelt und eine Entscheidung getroffen. Für den Rest war meine Sturheit zuständig.

Zu Gorm also, quer durch das labyrinthische Gelände. Der Senke folgen, die sich zwischen den Dünen hindurchschlängelte. Zwischen den nächsten beiden Anhöhen dann ein Stück links, oder? ... Doch, ich erinnerte mich, konnte die Stelle aber noch nicht genau erkennen. Es war dunstig da vorne, und ...

Dunstig?

Ich kniff die Augen zusammen. Dunst. Nebel. Eindeutig zu erkennen, dass dort eindeutig *nicht* zu erkennen war, wie es weiterging.

Ich legte den Kopf in den Nacken. Es war ein strahlender Sommernachmittag! Keine Wolke mehr am Himmel, und der Wind ... Plötzlich spürte ich den Wind. Er war nur ein schwacher Hauch und kam mir aus dem Dünental entgegen, von Westen her, vom Meer. Jetzt wurde die Brise etwas deutlicher, und sie brachte den Geschmack von Meerwasser mit. Wasser und noch etwas anderes. – Metall? Der Geschmack war irgendwie unangenehm ganz hinten auf der Zunge. Verrostetes Metall. Altes Metall.

*Den blutbefleckten, schartigen Schwertern der Eroberer gleich, als die Tore von Rungholt ...*

»Was ist das?« Meine Stimme war ein Flüstern.

Doch schon war es wieder vorbei. Es war keine Erinnerung gewesen, so deutlich war es diesmal nicht. Nicht mehr als ein aufblitzender Gedanke in meinem Kopf. Doch er machte mir Angst.

Der Nebel. Der Wind trieb ihn mir entgegen. Ich sah über die Schulter. Hinter mir schlängelte sich das Tal um eine grasbewachsene Anhöhe. Kein Stück Unterschied zu den drei, vier, fünf grasbewachsenen Anhöhen, an denen ich schon vorbeigekommen war, seitdem ich die Dünenkette erreicht hatte: mal links, mal rechts. Wusste ich wirklich noch, wo ich mich befand?

Auch dort, hinter mir, schien die Luft sich zu trüben. Schon war ich innerhalb des Nebels, und der Geschmack auf meiner Zunge ließ sich mir den Magen umdrehen.

Und da waren Geräusche. Waren es Schreie? Keine menschlichen Schreie. Möwenschreie, ja, aber die waren auf der Insel so allgegenwärtig, dass man sie gar nicht mehr zur Kenntnis nahm. Doch dieser Nebel verzerrte sie auf eine Weise, wie ich sie noch nie erlebt hatte. Bis sie wie rostige Schwerter klangen, die im tödlichen Kampf aufeinander einschlugen. Eine Wirkung wie die eines akustischen Filters. Irgendeine von Hannes' Bands arbeitete mit so was, nur dass es da immer lächerlich klang und übertrieben. Zombiemäßig.

Das hier war eher …

»Parkuhr«, flüsterte ich.

Die Hänge links und rechts von mir waren nur noch schemenhaft zu erkennen, aber deutlich genug, um mir zu beweisen, dass ich mich noch immer unten in der Dünensenke befand. Natürlich, dachte ich. Wo auch sonst?

Nein, gar nichts bewies es. Überhaupt nichts. Der Nebel war überall. Ein Nebel, der unmöglich so schnell hätte aufkommen dürfen. Nicht zu dieser Jahreszeit. Nicht zu dieser *Tages*zeit. Und nicht bei diesem Wind, der innerhalb von Sekunden Sturmstärke erreicht hatte, feinen Sand in den Nebel mischte, der mir mit tausend Nadelspitzen ins Gesicht stach, wie winziger Hagel gegen meine Windjacke prasselte. Sie war kein wirklicher Schutz. In diesem Moment hätte ich einiges für den kratzigen Poncho gegeben. Doch ich wusste, dass die Kälte nicht nur von außen kam.

Ich stemmte mich gegen den Orkan, arbeitete mich vor. Der Sand gab meinen Füßen Halt, doch mit jedem Schritt wurde es schwerer, sie wieder freizukriegen. Sandfontänen vor mir, bizarre Tornados, ungleichmäßig, als wollten sie eine Form annehmen, die ich mir nicht vorstellen wollte. Ich kniff die Augen zu schmalen Schlitzen zusammen, gegen den Sand in der Luft, und weil ich nicht sehen wollte.

*Kehr um!*

Die Stimme war ganz weit weg, und es war völlig ausgeschlossen, dass ich ihr gehorchte. Der Nebel kam von allen Seiten, hinter mir so dicht wie vor mir – wenn es noch ein vor mir und ein hinter mir gab. Wenn ich nicht verdammt war, durch ein geisterhaftes, zähes Weiß zu irren bis ans Ende meiner Tage. Bis ich kraftlos zusammenbrach, eine verschrumpelte Mumie wie Gorm. Aber mir würde niemand die Einkäufe vor die Tür stellen, weil niemand mich finden konnte. Ich würde auf ewig verschlungen sein vom Nebel.

*Und ward nie mehr gesehen.*

Ganz gleich, ob ich jetzt kehrtmachte oder nicht. Nein, es machte keinen Unterschied, doch ich würde nicht umkehren. Es machte keinen Unterschied – außer für mich. Meine Sturheit ließ es nicht zu, dass ich einfach umkehrte.

Ich versuchte die Augen mit der Hand zu schützen, mit den Armen, sah nicht mehr nach vorn, nur noch auf meine Füße, auf die Spuren, die …

*Spuren!* Abdrücke im Sand, kleine Kuhlen, links, rechts, links, rechts. Der Sturm wehte sie zu, während ich hinsah, doch sie folgten der gleichen Richtung wie ich selbst – oder liefen genau entgegensetzt, auf mich zu. Aber hätte ich dann nicht längst mit dem Wasauchimmer zusammenstoßen müssen? Nein. In der wirbelnden Suppe aus Weiß und

Grau hätte eine Herde Mammuts direkt an mir vorbeimarschieren können, und ich hätte sie nicht gesehen. Höchstens gehört über das Kreischen der Geistermöwen hinweg.

*Ein Geräusch.*

Ich lauschte. Aus welcher Richtung? Der Wind kam noch immer von vorn. War er eine Winzigkeit schwächer geworden? Das Gelände stieg an. Die Hänge zu beiden Seiten waren wieder zu erkennen, und – es ging bergauf!

Das Geräusch! Da war es wieder, und es klang nahe. Aber was *war* das?

Es klang wie … eine Glocke?

*Die Glocken von Rungholt.*

*Nein!* Tief in mir regte sich Widerstand. Ganz so weit war es noch nicht mit mir. Kirchenglocken klangen völlig anders. Tiefer. Dumpfer. Aber an irgendwas erinnerte mich der Laut.

Fragte sich nur, wessen Erinnerung das war.

Ich stapfte weiter. Stur geradeaus.

Wenn dich mal irgendwas umbringt, dann wird es deine Sturheit sein, Lara Rasmussen, dachte ich. Weil die nämlich wesentlich ausgeprägter ist als deine Angst und dein Verstand zusammen.

Aber vielleicht rettet sie dir auch gerade das Leben.

Das Geräusch – es war ganz nahe, mal etwas links von mir, dann wieder eher geradeaus, und gleich, gleich … Der Nebel, wo war der Nebel geblieben? Es spielte keine Rolle. Gleich, gleich, wenn ich den Dünenkamm erreichte …

Ein Ächzen, im nächsten Moment ein unmenschlicher Schrei. Schmerz? Entsetzen?

Japsend hastete ich die letzten Meter aufwärts, hörte ein Brummen.

»Hab ich dich!«, knurrte eine tiefe Stimme.

*Mittwoch, 20. Juni, 13:28*
*Ablaufendes Wasser, 4 h 56 min bis Niedrigwasser*
*Pegel Hallig Horn: 3,11 m über Seekartennull*

»Rungholt?« Henning nippte an seiner Pina Colada, schüttelte bedauernd den Kopf. »Tut mir leid. Nie gehört.«

Schmehlich verzog das Gesicht, tippte die Wahlwiederholungstaste auf seinem Handy. »Noch mal Jan Schmehlich«, brummte er nach ein paar Sekunden. »Wo zur Hölle stecken Sie? Wir sind immer noch auf Pellworm, und wir sind immer noch an der Sache draußen im Watt dran. Rufen Sie zurück, wenn Sie das hören! Egal um welche Uhrzeit.«

Henning war sich nicht sicher, ob er die Taktik seines deutschen Kollegen in allen Feinheiten durchschaute. Er hatte zwar keine Ahnung, was Schmehlichs Kontaktmann für einer war, aber seiner Erfahrung nach reagierten die meisten Leute auf die allererste Sprachnachricht – sobald sie sie abgehört hatten. Oder sie reagierten überhaupt nicht. Da machte dann auch die dritte oder vierte im Wesentlichen wortgleiche Durchsage keinen Unterschied mehr.

Schmehlich legte auf, starrte trübsinnig in sein Bierglas. *Irgendwie sieht er leidend aus,* dachte der Kriminalassistent. Als wäre er und nicht Henning ein paar Stunden zuvor mit dem Schädel aufs Deck geknallt. Andererseits war es dann natürlich Schmehlich gewesen – und nicht Henning – der Passon geholfen hatte, den Brustkorb dieser Leiche aufzubiegen. Vielleicht war das eine Erklärung.

Eilig nahm Henning noch einen Schluck von seinem Getränk. Den Geruch der gerichtsmedizinischen Chemikalien würde er tagelang nicht aus der Nase kriegen.

»Na schön«, murmelte Schmehlich unfreundlich. »Wo war ich stehen geblieben?«

»Sie sprachen von Rungholt«, half Henning. »Dieses Rungholt gehörte also mit dazu, zu Hallig Horn? Vor ein paar Hundert Jahren?«

Schmehlich verdrehte die Augen, strich sich über die Stirn, als hätte er eine wilde Haarpracht zu bändigen. Es war nicht ganz einfach, sich jemanden mit wuchernder Lockenmähne vorzustellen, wenn ihm nur noch einzelne zähe Haarbüschel aus der Kopfhaut sprossen – wie einsame Inseln im Meer.

*Wie Hallig Horn,* dachte Henning. Eine winzige Insel im Watt vor der deutschen Küste, die auf eine abstruse, kaum nachvollziehbare Weise nicht zu Deutschland gehörte, sondern zu Dänemark. Ein letztes Fleckchen Mittelalter, auf dem ein kleiner Gutsherr bis heute Seine Hochwohlgeboren spielen durfte – unter dem Schutz der dänischen Krone, die das am liebsten selbst ganz schnell vergessen wollte, weil die ganze Sache so kompliziert war.

Eine besondere Bewandtnis habe es mit Hallig Horn, hatte Schmehlich gesagt – und in dem Moment hatte Henning sich erinnert. Hallig Horn, natürlich. Er kannte den Namen.

Er hatte mal was über die Insel gelesen, im *Time Magazine*. Vor ein, zwei Jahren, während er darauf gewartet hatte, dass seine Verabredung sich endlich entschied, welche Schuhe sie an dem Abend anziehen wollte. Das war diese Blondine gewesen, diese … Hennings Augenbrauen zogen sich zusammen. Der Name. Er erinnerte sich an den Abend, und in seiner Erinnerung war es ein *sehr* netter Abend, besonders der Abschluss, aber der Name – weg.

Allerdings wusste er noch gut, was er bei diesem Artikel gedacht hatte: *ein diplomatisches Minenfeld.* Sollten auf dieser Insel jemals polizeiliche Ermittlungen notwendig sein, würde das einen Fall geben, den er seinem schlimmsten Feind nicht wünschte. Ein Fall, von dem man die Finger ließ, wenn man bei der königlich dänischen Kriminalpolizei noch irgendwann mal was werden wollte.

So viel zu Kriminalassistent Niels-Henning Bergstrœms erstem Auslandseinsatz. Hätte ihm jetzt nicht Schmehlich gegenübergesessen, sondern der verehrte Inspektor Nordenstjern – in diesem Moment hätte Henning ihn mit bloßen Händen erwürgt. Selbst wenn er das Blut seines Vorgesetzten an den Händen hatte, wären seine Karriereaussichten immer noch besser, als wenn ihm auf dieser grottengottverdammten Hallig ein dämlicher Ermittlungsfehler unterlief. Oder im Watt rund um die Insel, wo irgendwann mal das ominöse Rungholt gelegen hatte.

Warum auch immer dieses Rungholt dem Deutschen so wichtig war. Was auch immer es mit dem Fall zu tun hatte, mit den Toten im Watt – und dem einen Toten zwölf Meter *über* dem Watt.

Resigniert schüttelte Schmehlich den Kopf. »Rungholt gehörte nicht *dazu*, Kriminalassistent. Im Gegenteil. Rungholt war …« Er zupfte eine Serviette aus dem Metallständer, betrachtete sie einen Moment und putzte sich dann mit ihr geräuschvoll die Nase. »Sie wollen mir ernsthaft erzählen, dass Sie noch *nie* von Rungholt gehört haben?«

Henning hob die Schultern und schob sich einen der beiden Kekse in den Mund, die die Kellnerin neben seinem Glas auf der Untertasse platziert hatte. Süße Angelegenheit, und das galt nicht nur für die Kekse. Obendrein hatte er festgestellt, dass den beiden Herren am Nachbartisch nur *ein* Keks pro Nase serviert worden war. Offenbar hatten die beiden das auch schon mitgekriegt. Jedenfalls schauten sie immer mal finster zu ihm und seinem Kollegen rüber.

Nun, zumindest war nicht die komplette Damenwelt der friesischen Inseln so ruppig drauf wie das Mädel, dem er die Beule am Hinterkopf verdankte. Sein Haargummi spannte. Ekliges Gefühl.

Was das Mädel jetzt wohl machte? Er hatte keine Ahnung, wo die Kleine nach dem Vorfall abgeblieben war. Irgendwo hier auf Pellworm ja sicherlich. Saß wahrscheinlich gerade am Strand und erzählte anderen gackernden kleinen Mädchen, wie sie den bösen schwarzen Mann auf die Planken geschickt hatte. Wobei ihm dieses Mädchen eigentlich alles andere als gackerig vorgekommen war – eher im Gegenteil, Typ Intelligenzbestie, wenn auch ein bisschen verwirrt in dem Moment. Andererseits war er selbst verwirrt gewesen, und das mehr als nur ein bisschen. Niedlich war sie gewesen, das auf jeden Fall, wobei natürlich diese Serviererin wesentlich praller und draller … Unauffällig reckte Henning den Hals.

»Hören Sie mir überhaupt zu?«

Er zuckte zusammen, nickte eifrig. Eine Spur *zu* eifrig vielleicht, wenn er sich Schmehlichs düsteren Gesichtsausdruck ansah. Irgendwas an dem Glatzkopf hatte sich verändert seit ihrem Besuch in der Gerichtsmedizin. Schmehlich sah aus, als wäre ihm ganz und gar nicht wohl in seiner Haut. Das konnte doch unmöglich ausschließlich mit dieser Rungholtgeschichte zusammenhängen!

Der Deutsche seufzte. »Sie können die Menschen hier an der Küste überhaupt nicht begreifen, wenn sie die Geschichten über Rungholt nicht kennen.« Er zögerte. Als er weitersprach, schien er sich jedes Wort genau zu überlegen. »Ich will Sie mal was fragen, Kriminalassistent Bergstrœm. Was ist das für ein Land hier? Deutschland natürlich, hier auf Pellworm, seit der Abstimmung. Aber das meine ich nicht. Was ist das für ein Land? Wie fühlt es sich für Sie an? Was sind das für Menschen hier? Schauen Sie sich um, und lassen Sie sich nicht täuschen!«

Henning hob eine Augenbraue. Schmehlich hatte sich sogar ganz deutlich verändert. Doch gehorsam drehte er sich um, blickte die Pellwormer Flaniermeile hinab, zuerst in die eine, dann in die andere Richtung. Die Hochsaison hatte gerade angefangen. Jede Menge Grün drumrum, aber der Menschenauftrieb entsprach einer mittleren dänischen Großstadt. Familien mit Kindern, auch viele ältere Leute. Mallorca oder Ibiza war Pellworm nun nicht.

Doch er war sich sicher, dass Schmehlich das nicht gemeint hatte.

»Muss einigermaßen einsam sein außerhalb der Urlaubszeiten«, sagte er.

Schmehlich nickte. »Und jetzt stellen Sie sich mal vor, es *gäbe* keine Urlaubszeiten. Bis vor hundert Jahren gab es die bekanntlich nicht. Denken Sie sich die Urlauber weg und alles, was nur wegen der Urlauber da ist – Strandpromenade, Kurverwaltung, Freizeitbad. Alles, was über die Kurtaxe finanziert wird. Was bleibt übrig? Na? – Nicht viel. Nein, nicht sehr viel.«

Er nahm einen Schluck von seinem Bier. Wieder verzog sich sein Gesicht zu einer Grimasse. »Das hier ist ein armes Land. Der Fremdenverkehr überdeckt das, aber in Wahrheit ist die Gegend an der Küste immer bettelarm gewesen. Malen Sie sich das aus, im Mittelalter: Keine natürlichen Ressourcen, die Böden entweder zu sumpfig oder zu sandig, um Getreide anzubauen. Und die Salzwiesen für das Vieh ... von unseren modernen Deichen können die Menschen nicht mal träumen. Bleibt natürlich die Fischerei. Die Menschen leben vom Meer, aus dem Meer, damals wie heute – doch das Meer ist auch ihr tödlicher Feind, der Jahr für Jahr gewaltsam seinen Tribut fordert und alles an sich reißt: Menschen, Tiere, *Land*. Es ist ein Kampf, Kriminalassistent, jeden Tag aufs Neue, doch diese Menschen nehmen die Herausforderung an. Diese Menschen – die Friesen, die sich Jahrhunderte zuvor hier angesiedelt haben, weil sie hier draußen, auf den Inseln, in den unzugänglichen Marschen, nach den alten überlieferten Gesetzen ihres Volkes leben können. In Freiheit und Selbstachtung. Das ist jedes Opfer wert. Sie haben keine Paläste, nur zugige Hütten aus Lehm und Binsen, halb in den kargen Boden gegraben. Wenn die Fluten gekommen und gegangen sind, bleibt mit Glück genug zum Leben übrig. Zum Überleben. Kein Honigschlecken, oder was denken Sie?«

Henning schüttelte stumm den Kopf.

»Und nun stellen Sie sich eine Stadt vor!« Schmehlichs Stimme veränderte sich. »Stellen Sie sich *Rungholt* vor. Eine Hafenstadt, in der Schiffe aus aller Herren Länder vor Anker gehen, und sie bringen die Schätze der ganzen Welt mit: Gewürze, Gold, Geschmeide, Samt und Seide, kunstvolle Tongefäße. Diese Stadt ist reich, märchenhaft reich für damalige Verhältnisse. Es gibt nichts Vergleichbares im Norden der bekannten Welt. Sie ist so bedeutend, dass der Kartograf Al-Idrisi sie im elften Jahrhundert womöglich sogar auf seiner Weltkarte dargestellt hat. Der Mann war Araber! Er lebte einen halben Kontinent entfernt!«

»Sie …« Henning war perplex. »Kann es sein, dass Sie das persönlich besonders interessiert?«

Schmehlich schüttelte den Kopf. »Kann es sein, dass *Sie* noch immer nicht begreifen? Ich kenne keinen Menschen auf den Halligen, der sich *nicht* für Rungholt interessiert. Hier auf Pellworm …« Er senkte die Stimme. »Hier mag das anders sein. Pellworm ist von den ständigen Überschwemmungen dermaßen verwüstet worden, dass es keine einzige Familie mehr gibt, die ihren Stammbaum auch nur zweihundert Jahre zurückverfolgen kann. Alle erst später eingewandert. – Aber die echten alten Friesen auf den Halligen und entlang der Küste, von der Stadt bis an die dänische Grenze, die kennen die Geschichten von Rungholt, jedes winzige Detail. Sie werden niemals vergessen, dass Rungholt einmal frei und mächtig war und selbst Königen die Stirn bieten konnte.«

Henning schluckte. Zumindest konnte er sich die Frage sparen, woher eigentlich die Vorfahren seines deutschen Kollegen stammten. Nein, korrigierte er in Gedanken: seines *friesischen* Kollegen.

»Rungholt war die Hauptstadt der Friesen?«, fragte er stattdessen.

Schmehlich schüttelte den Kopf. »Nicht wie Sie sich das vorstellen. Rungholt war die wichtigste Stadt der Edomsharde, einer von Friesen bewohnten Landschaft, die von der heutigen Hallig Horn bis nach Nordstrand und Pellworm reichte. Ziemlich genau die Wasserfläche, die wir heute abgeschippert sind. Damals war das Ganze mehr oder minder Festland, unterbrochen von Sümpfen und Wattflächen. Doch zumindest zur Ebbezeit konnten Sie zu Fuß von Hallig Horn bis nach Rungholt laufen.«

Henning nickte. »Und wo genau lag Rungholt?«

Schmehlich starrte ihn an, nahm seinen letzten Schluck Bier. »*Düwel-Blixem*, Bergstrœm! Sie haben wirklich so *gar keine* Ahnung.«

Wasser.

Hennings Kehle war trocken wie Asche, doch in seinen Gedanken brauste das Wasser, schwoll zu einer gewaltigen grauen Woge an, die sich gegen die Bollwerke von Rungholt warf, der großen, stolzen Stadt der Friesen.

Seit Tagen war die Sonne nicht am Himmel erschienen. Regen hatte die Deiche durchnässt, hatte sie mürbe und brüchig gemacht. Zitternd drängten sich die Menschen auf den Kais der Hafenbefestigung, starrten in den eisigen Hagel, der mit dem Sturm von Nordwest heranfegte, blickten hinaus auf das tobende Meer, wo die majestätischen Koggen der Hansekaufleute hilflos dahinschaukelten, winzigen Nussschalen gleich.

Man konnte über Jan-Jakup Schmehlich sagen, was man wollte, aber erzählen konnte der Mann. Hatte er nichts davon gespürt, wie still Henning geworden war, als er zum letzten Akt seiner Erzählung gekommen war?

Die Chronisten schrieben den sechzehnten Januar des Jahres dreizehnhundertzweiundsechzig, den Festtag des heiligen Marcellus, als das Verhängnis die Stadt ereilte.

Seine Freiheit hatte das stolze Rungholt bereits verloren. Verrat war es gewesen, der König Waldemar Atterdag, dem Herrn über den Norden Europas, den Weg durch die trügerischen Sümpfe gewiesen hatte, während gleichzeitig im Schutze der Nacht die schwarz verhängten Schiffe seines Verbündeten Magnus Rasmussen den Heverstrom aufwärtssegelten. Im Handstreich war die Stadt gefallen, doch der König war viel zu klug, sie plündern und niederbrennen zu lassen. Nützlicher als ein niedergebranntes und vernichtetes Rungholt war ihm ein Rungholt in der Hand eines zuverlässigen Gefolgsmanns. Die fruchtbarsten Gebiete der Edomsharde, von Rungholt bis zum Leuchtfeuer von Horn draußen am offenen Meer, hatte er Magnus Rasmussen übergeben, jenem Rasmussen, der nun mit eiserner Hand die Geschicke Rungholts lenkte, aus den Friesen herauspresste, was ihm als Landesherrn nach alter Gewohnheit zukam.

Die Freiheit von Rungholt war dahin.

Den Friesen erschien es wie ein grelles Fanal des Verhängnisses.

Und das Verhängnis kam. Es kam in jener eisigen Nacht des Marcellustags, als der Sturm die schlammigen Wasser über die Kronen der aufgeweichten Deiche trieb: Die *Grote Mandränke* oder *Zweite Marcellusflut*, wie die Geschichtsschreiber sie schaudernd nannten, denn schon einmal hatte das Meer an diesem Datum das flache Küstenland heimgesucht. Ein einzelner Kirchenmann und drei fromme Jungfrauen entkamen, so wurde berichtet, und Magnus Rasmussen, der sich zu dieser Zeit mit seiner Flotte weit draußen auf dem Meer befunden hatte, auf Kaperfahrt. Als er zurückkehrte, war die mächtige Stadt vernichtet, samt ihrer großen Stiftskirche und den neunundzwanzig kleineren Siedlungen, die zu Rungholt gehört hatten. Von Rasmussens reichem Gut war nicht mehr geblieben als ein winziger Rest am äußersten westlichen Punkt seines einstigen Herrschaftsgebiets: Hallig Horn. Alles andere hatten die Fluten mit einer solchen Endgültigkeit vernichtet, dass nicht einmal die Erinnerung erhalten blieb, an welcher Stelle der weiten, öden Wildnis aus Meer und Watt sich das glanzvolle Rungholt einmal erhoben hatte.

Das Wasser … Tausende von Menschen in einer einzigen Nacht. Gurgelnde Schwärze, die über die Schwellen der stolzen Bürgerhäuser strömt. Das gespenstische Weiß gewaltiger Eisschollen, die die Kiele der Boote zertrümmern, auf die sich die Verzweifelten geflüchtet haben. Menschen, die nach Luft ringen, unbarmherzig in die Tiefe gezogen werden, in die Nacht und die Dunkelheit. Mit ihrem letzten Atem verfluchen sie Rasmussen, der ihnen die Freiheit nahm, den Schöpfer selbst und seinen grausamen Helfer, das wütende Meer.

Henning war allein. Vielleicht hatte Schmehlich doch noch mitgekriegt, dass irgendwas nicht stimmte mit ihm. Jedenfalls hatte der Deutsche sich entschuldigt. Er müsse mal eben *das Bier wegbringen*, wie er es ausgedrückt hatte. Kurz darauf waren auch die beiden Kerle vom Nachbartisch verschwunden.

Henning starrte ins Leere, das nicht leer war, sondern die belebte Flaniermeile am alten Pellwormer Hafen.

Der Himmel leuchtete noch immer postkartenblau. Es war dasselbe Blau wie an dem Sommertag vor sechs Jahren, als Niels-Henning Bergstrœm mit einem zerlesenen Exemplar von Hesses *Glasperlenspiel* am Steg gehockt und den Gruß seiner Mutter nachlässig erwidert hatte. Als sie die kleine Jolle aus dem Hafen gelenkt hatte, auf das trügerisch spiegelglatte Meer hinaus, den druckfrischen Sportbootführerschein im Gepäck. Das war das *vorletzte* Mal gewesen, dass er seine Mutter gesehen hatte. Das letzte Mal, in der Gerichtsmedizin in Kopenhagen …

Es sei nicht ihre Schuld gewesen, hatte der Beamte gesagt, der draußen auf Henning gewartet hatte. Das Frachtschiff unter der Flagge der Republik Panama habe sich außerhalb des vorgeschriebenen Fahrwassers bewegt. Die Strömung sei tückisch an dieser Stelle. Als Hennings Mutter bemerkt habe, dass sie in Gefahr war, sei es schon zu spät gewesen. Auch ein erfahrenerer Segler hätte unter diesen Umständen keine Chance mehr gehabt. Der Sog, der von den stählernen Blättern der Schiffsschraube ausgegangen sei …

Hennings Hand zitterte, als er sie nach der Pina Colada ausstreckte. Das Glas war leer, der zweite Keks lag noch auf der Untertasse, einzeln verschweißt. Eine Pina Colada, ein Keks, das war alles, was er seit heute Morgen zu sich genommen hatte. War es ein Wunder, wenn ihm schlecht war?

Ja, ihm war schlecht – und eisig kalt.

*Ich sollte was essen.*

Nein, er würde jetzt keinen Bissen runterkriegen. Im Gegenteil. Er musste ... was *wegbringen*. Ganz schnell.

Mit steifen Beinen stand er auf, versuchte sich zu orientieren. In welche Richtung war Schmehlich verschwunden? Henning kniff die Augen zusammen. *Wie lange* war der Deutsche schon verschwunden? Wie lange konnte das dauern?

Das Café schwankte vor seinen Augen. Ein Durchgang links neben dem Tresen. Henning stolperte, musste sich festhalten. Die Serviererin kam ihm entgegen. Ihr Blick veränderte sich, als sie ihn sah. Sie wurde langsamer, sodass sie sich an der schmalsten Stelle aneinander vorbeiquetschen mussten – wobei Henning das Gefühl hatte, dass sie sich enger an ihn drückte als notwendig. Aus der Nähe betrachtet war sie ein paar Jahre älter, als er geglaubt hatte, Anfang dreißig bestimmt. Und ihr Blick aus nächster Nähe sagte so ziemlich alles. Ihr Parfüm ... Ein saurer Geschmack stieg in seiner Kehle auf.

Mit einer gemurmelten Entschuldigung war er an ihr vorbei, hörte noch ein kehliges Gemurmel, das verdächtig nach *Pferdeschwanz* klang.

Ein schummriger Gang, schmale Türen mit Kirschbaumpaneel. Henning riss die rechte auf. Mehrere Pinkelbecken, dahinter zwei Kabinen, eine davon frei. Er stolperte hinein, der Deckel war offen und ...

Ein unterdrücktes Stöhnen.

Henning brauchte einen Moment, bis er begriff, dass es

nicht von ihm selbst kam. Die Nebenkabine. Jemand war … Nein, *Schmehlich* war … Es musste Schmehlich sein. Er war auf der Toilette verschwunden und nicht wieder nach draußen gekommen.

»*Verdammt!*«

Ja, das war die Stimme seines Kollegen, aber sie klang …

»Inspektor?«, fragte Henning vorsichtig.

»*Bergstrœm?*«

So sprach kein Mann, der einfach auf dem Klo saß. So sprach ein Mann, der Schmerzen hatte.

Mit zwei Schritten war Henning an der Nachbartür. Sie war nicht verschlossen.

Der Inspektor saß auf dem zugeklappten Deckel, presste eine halbe Rolle Klopapier vor den Mund. Sie war blutdurchtränkt, und noch immer sickerte es aus der aufgeplatzten Lippe scharlachrot nach, tropfte auf Schmehlichs Anzug, der noch wesentlich zerknitterter aussah als vor einer Viertelstunde.

»Was …?«, flüsterte Henning. Seltsam, aber so wenig erhebend der Anblick war: Von seiner Übelkeit spürte er nichts mehr. »Wer …?«

Schmehlich sah ihn an, murmelte etwas Unverständliches. Die Lippe begann bereits anzuschwellen.

Henning schluckte, fuhr sich über den Mund, die Haare, zuckte zusammen, als er gegen das Gummi kam, die Beule.

Der Gedanke schlug ein wie ein Blitz.

»Inspektor?«, flüsterte er. »War …?« Er holte Luft. »Sie ist noch keine zwanzig. Ungefähr eins siebzig groß. Feuerrote Haare und …«

»Wovon zur Hölle reden Sie?«

»Ich … Ich meine, ob sie …«

»Na, wen haben wir denn da?« Die Serviererin konnte

ihm höchstens ein paar Sekunden Vorsprung gelassen haben. Ihre Stimme war eine Art Gurren, bei dem sich Henning nun wirklich der Magen umdrehte. »Soll ich dem Herrn vielleicht ein wenig *behilflich* sein mit seinem …« Als ihr Blick auf Schmehlich fiel, brach sie ab, mit einem Laut, der fast ein Röcheln war.

»Die Polizei«, flüsterte sie. »Ich rufe die …«

»Wir *sind* die Polizei!«, knurrte Schmehlich. »Kein Wort von dem, was Sie hier gesehen haben! Zu niemandem! – Und jetzt lassen Sie uns allein!«

Die Frau setzte zu einem Widerspruch an, doch eine Sekunde später war sie mit einem Schnauben verschwunden.

Ächzend zog sich der Inspektor in die Höhe, pfefferte das blutgetränkte Toilettenpapier auf den Boden, visierte Henning an. »Wovon reden Sie?«, wiederholte er scharf. Winzige Blutströpfchen sprühten davon wie ein feiner Nebel.

»Die …« Henning schüttelte den Kopf, völlig durcheinander. »Das Mädchen auf der Fähre. Sie … sie hat auch mich …«

»Ich weiß von keinem Mädchen«, knurrte der Inspektor. »Sie haben doch die beiden Kerle gesehen. Sie saßen am Nachbartisch.«

Henning starrte ihn an. »Sie haben jeder nur einen Keks gekriegt«, murmelte er schwach.

»Bergstrœm, verdammt! Wo waren Sie eingesetzt zu Hause? Verkehrspolizei? – Ich habe keine Ahnung, *wer* die Kerle waren. Aber ich weiß, *was* das war.«

Er riss ein neues Stück Klopapier ab, presste es gegen die Lippe, aus der noch immer ein dünnes Rinnsal sickerte.

»Es war eine Warnung.«

*Mittwoch, 20. Juni, 14:12*
***Ablaufendes Wasser, 4 h 10 min bis Niedrigwasser***
***Pegel Hallig Horn: 2,80 m über Seekartennull***

»Sind eigentlich ziemlich dumme Tiere, die Schafe.« Schmatzend zog Folkhard Mommsen an seiner Pfeife, deutete mit einem Nicken auf das Tier, dem er die Vorderfüße gefesselt hatte, sodass es sich nicht mehr aus unserer Sichtweite entfernen konnte. »Wenn dir doch eins abhaut, ist das der beste Beweis, dass du selbst noch 'ne Spur dümmer bist, verdammich.«

*Ob das auch für jemanden gilt, der eine Schafsbimmel mit den Glocken von Rungholt verwechselt?*, grübelte ich. Doch das hatte ich ja gar nicht. Lediglich den meckernden Protest des Tieres für einen Todesschrei gehalten, als Mommsen seinen entlaufenen Schützling endlich eingeholt hatte.

Mein Herzschlag beruhigte sich erst ganz allmählich. Dass das überhaupt der Fall war, hatte zwei Gründe: zum einen die unglaubliche Ruhe, die der Rauschebart ausstrahlte, zum anderen die Tatsache, dass ich ihm in den vergangenen zwanzig Minuten alles erzählt hatte.

Alles.

Es war passiert, bevor ich darüber nachdenken konnte, ob ich das überhaupt wollte. Es musste einfach raus.

Ich hatte ihm Martens geheimnisvollen Umschlag in die Hand gedrückt, und er hatte ihn ein paar Sekunden ratlos hin und her gedreht.

Ich hatte von der *Erinnerung* erzählt, von meinem Fußmarsch über das Watt, wo es jetzt kein Watt mehr gab, sondern nur noch tiefes Meer. Meinem Fußmarsch Richtung Rungholt. Mommsen hatte mir zugehört. Was er von der

Geschichte hielt, konnte ich nicht mit Sicherheit sagen. Ich hatte das Gefühl, dass sein Gesichtsausdruck nachdenklicher wurde, grüblerischer, finster geradezu. Andererseits war unter dem Rauschebart nicht so wahnsinnig viel Gesicht zu erkennen.

Erst als ich zögernd auf den Nebel zu sprechen gekommen war, auf mein unfassbares Erlebnis in den Dünen, aus dem ich ihm quasi vor die Füße gestolpert war – erst da hatte er seine Pfeife langsam sinken lassen. Erst von diesem Punkt an war ich mir sicher. Tiefe Falten waren auf seiner Stirn entstanden. »Hier war kein Nebel«, hatte er gemurmelt. »Keine Spur.«

Und schließlich hatte ich meinen Aktenordner ausgepackt, Martens Aufzeichnungen über die Lage von Rungholt. Er lag nun aufgeschlagen zwischen uns auf einer Decke aus dunkler Wolle, Schafswolle natürlich. Einige der Blätter hatte ich rausgenommen, und Mommsen hatte sie nacheinander angeschaut. Am längsten die Seite mit den Buchstabenkombinationen: HH, Std – und R wie Rungholt. Sie lag jetzt ganz oben auf dem Stapel.

Und dann war der Spruch mit den Schafen gekommen, auf den ich mir nun so gar keinen Reim machen konnte.

Fragend sah ich ihn an.

»Ist aber halb so schlimm, wenn doch mal eins abhaut«, brummte Mommsen, nahm einen neuen Zug. »Sind einfach zu dumm, um *wirklich* abzuhauen. Macht ja auch keinen Unterschied für sie – ist doch überall Gras hier. Schmeckt überall gleich, sieht überall gleich aus. Wie das Meer rund um die Insel. Wie der Schlick und Schmodder draußen im Watt. Alles derselbe Schiet, solange man nicht weiß, worauf man achten muss.« Gemächlich ließ er eine Folge von Rauchkringeln in die Luft steigen: ein halbes Dutzend hintereinander. Kein Mensch kriegte das hin wie Folkhard Mommsen.

Ich nickte, noch immer nicht klüger als vorher, doch dann legte sich meine eigene Stirn langsam in Falten, und ich lauschte seinen letzten Sätzen nach. *Wie der Schlick und Schmodder draußen im Watt. Alles derselbe Schiet, solange man nicht weiß, worauf man achten muss.*

Ich folgte seinem Blick.

Er lag auf der Karte. Auf dem Gewirr der Linien, den Buchstaben, von deren Bedeutung ich eine Ahnung zu haben glaubte und die ich doch nicht richtig zu deuten verstand.

»Du …« Meine Stimme war heiser. »Du weißt, was das zu bedeuten hat? Diese Karte? Du kannst sie lesen?«

»Wenn nicht ich, wer dann?« Mit einem schmatzenden Geräusch saugte er an seinem Pfeifenstiel, drehte den Kopf zur Seite und spuckte in hohem Bogen aus, dem Schaf direkt vor die Füße. Vorsichtig hatte es sich ein Stück von uns entfernt, vielleicht ja ganz ohne Absicht. Jetzt machte es auf der Stelle kehrt.

»Natürlich!«, flüsterte ich und kam mir mit einem Mal belämmerter vor als sämtliche Küstenschafe zusammen. Folkhard Mommsen *war* Hallig Horn. Niemand kannte die Insel so gut wie er, und mehr noch als die Insel das Watt drum herum. Die Tidestände an den einzelnen Messstationen, die ständigen Veränderungen im Verlauf der Priele und Untiefen, das war nicht einfach sein Beruf. Das war sein *Leben!*

Gorm? Möglich, dass Gorm was wusste – oder auch nicht. Wenn der Alte nicht sowieso schon jenseits von Gut und Böse war.

Mommsen dagegen: Wenn es einen Menschen gab, der

mit Martens Aufzeichnungen etwas anfangen konnte, dann war es Folkhard Mommsen!

Mein Herz schlug bis zum Hals. »Hier«, flüsterte ich und zeigte auf die Stelle weit oben auf der Kartendarstellung. »Da muss es sein! Ein R! – *Rungholt!*«

»Hmmm.« Mommsen beugte sich vor, legte die Fingerspitzen auf die Karte, drehte das Blatt um neunzig Grad. Seine Finger sahen aus, als ob ihm das halbe Watt unter den Nägeln klebte. Ließ sich vermutlich mit noch so viel Wasser und Seife nicht mehr entfernen, selbst wenn man's probierte. »Hmmm«, wiederholte er. »Ich hab ihn nich' so wahnsinnig gut gekannt, den Marten. Leider. Ist halt so. Aber, weißt du, ich weiß nicht, ob du das, ähm, weißt, aber sein bester Freund, das war eigentlich der Chef selbst. Ole Rasmussen war Martens bester Freund.«

»Hab ich irgendwo schon mal gehört«, brummte ich. »Und was hat das mit der Karte zu tun?«

Mommsen hob die Schultern: »Wollt ich nur mal gesagt haben. Also, wenn du mich fragst, würd ich eher zu Rasmussen gehen mit dieser ... hmmm ...« Er betrachtete mich, nuckelte an seiner Pfeife – und offenbar zog er die richtigen Schlüsse. »Na ja. Ist deine Entscheidung, nich' wahr?«

Mein Schweigen zu diesem Thema war Antwort genug. »Du kannst die Karte lesen?«, wiederholte ich.

Mommsen zögerte, nickte dann. »Ist 'ne ziemlich gute Karte, weißt du das? Ist nur das Wichtigste drauf. Alles Unwichtige hat er weggelassen: die Konturen der Inseln, die Küste und solche Sachen. Ändert sich ja dauernd, mit Ebbe und Flut, nich' wahr?«

Mir klappte der Unterkiefer runter. Das erklärte meine Schwierigkeiten mit der Karte. Was es nicht erklärte, war, wie er sie lesen konnte. Doch konnte er das tatsächlich?

Oder war das einfach die falsche Frage?

Ich beobachtete ihn ganz genau. Machte hier ja jeder so, ohne sich dran zu stören, dass das unhöflich war.

Die Zeichen waren mehr als deutlich. Nachdenklich zwirbelte er seine wuchernde Bartpracht, während seine Augen über die Karte glitten. Meinem Blick wich er aus, um ihn schließlich doch unter seinen borstigen Brauen hindurch zu erwidern.

»Du überlegst, ob du es mir verraten willst«, stellte ich fest.

Er nickte. »Ist nichts Persönliches, echt.« Er zögerte, kratzte sich mit dem Pfeifenstiel am Hinterkopf. »Oder vielleicht schon, irgendwie. Ich weiß nich', ob's so gut ist, wenn so 'ne Deern da reingezogen wird. Das ist halt alles 'ne ziemlich …«

»Reingezogen?« Ich starrte ihn an. »Marten Feddersen war mein *Vater*!«

Ich holte Luft. Langsam bis zehn zählen, dachte ich. Rückwärts. Das dauert länger. Mommsen war meine Chance, aber ich kannte ihn gut genug, um zu wissen, dass er mir nicht helfen würde, wenn er mich für eine hysterische Ziege halten musste. Oder für ein Schaf. Oder einfach für ein Kind, wie Rasmussen es tat.

»Ich weiß, was du denkst«, sagte ich schließlich. So gut es ging, versuchte ich das Zittern aus meiner Stimme rauszuhalten. »Ja, er war mein Vater und, nein, ich habe ihn überhaupt nicht gekannt. Aber genau das stimmt nicht. Ich bin ihm vielleicht nie begegnet, einfach weil er schon tot war, als ich geboren wurde, aber es ist einfach so, dass ich ihn … Ich habe ihn kennengelernt. Ich habe das hier gelesen, seine Aufzeichnungen, mehr als einmal. Beim ersten Mal hab ich nämlich kein Wort verstanden. Ach, beim allerersten Mal…« Ich musste ein ganz unpassendes Glucksen unterdrücken, als ich daran dachte. »Beim allerersten Mal dachte ich, er hätte in einer Art Geheimschrift geschrieben. Dabei hatte er einfach so eine Sauklaue. Doch selbst, als ich die einzelnen Worte entziffern konnte: Jedes zweite war lateinisch oder irgendein Fachausdruck. Das hat gedauert, bis ich schlau draus wurde. Aber dann… Das war viel mehr als irgendwelche Berichte von archäologischen Grabungen. Das war, als ob…« Jetzt stahl sich doch ein verräterisch rauer Ton in meine Stimme. »…als ob er das alles nur… für mich, verstehst du? Ich habe keine Ahnung, was in diesem Umschlag hier steckt, dem von Sylke – und ich werde ihn auf keinen Fall vor morgen früh aufmachen. Vor meinem achtzehnten Geburtstag.« Es konnte nicht schaden, wenn ich das betonte. In meinen Augen war das jedenfalls ein ziemlich erwachsenes Verhalten.

»Aber ganz gleich, was es ist«, sagte ich. »Ich weiß auch so, was Marten für ein Mensch war. Wie es ihn fertiggemacht hat, als er mit seinen Ideen zum Landesamt gekommen ist, zu diesen ganzen tollen Archäologen und Historikern, und die ihn nicht ernst genommen haben. Dabei wusste er, dass er recht hatte, und im Grunde wussten sie es ganz genauso. Die haben ihn gehasst, *weil* er recht hatte. Die hatten richtig Angst, dass er es hätte sein können, der Rungholt plötzlich entdeckte, nachdem sie zweihundert Jahre lang danach gesucht hatten. – Natürlich nicht immer dieselben«, schränkte ich ein. »Aber wie er über sie schreibt, nimmt sich das nicht viel. Alle scheintot, diese… diese *Besserwissenschaftler*. Denen war doch nur noch wichtig, dass es am Ende *ihr* Name gewesen wäre, der auf dem Buch über die Entdeckung von Rungholt gestanden hätte oder dass irgendwelche Brücken oder Museen nach ihnen benannt worden wären.« Ich holte Luft. »Marten war so was egal. Dem kam es erst mal drauf an, dass die Stadt überhaupt gefunden wird. Aber damit sollte es erst losgehen: Das Museum, das er bauen wollte für die Sachen, die da unten unter dem Schlick liegen, das sollte keins von dieser Sorte sein, wo alles hinter Glas liegt. Eins zum Anfassen, Mommsen, mit reetgedeckten Hütten wie vor sechshundert Jahren! Mit einem Kräutergarten, in dem das im Schlick konservierte Saatgut ausgesät würde! Mit historischen Backöfen, in denen man aus dem Getreide selbst sein Brot backen kann! Mit Bootsstegen und Hafenanlagen! Mit ... mit einer Kogge nach Plänen aus dem vierzehnten Jahrhundert! Schulklassen sollten damit eine ganze Woche lang unterwegs sein, wie die Hansekaufleute – oder die Piraten. Damit sie wirklich was lernen können vom Mittelalter. Mit ...«

Meine Stimme versagte. Tanja und ich waren ein paarmal auf Mittelaltermärkten gewesen, sodass ich eine Ahnung hatte, wie das alles ausgesehen haben musste in Martens Kopf. Nur dass es solche Märkte noch nicht gegeben hatte, als er gestorben war. Sein Traum war unglaublich gewesen, viel gewaltiger, als irgendjemand es sich hätte vorstellen können.

Mommsen betrachtete mich. »Und das lag alles bei deiner Tante auf dem Speicher?«

Ich hob die Schultern. »Mama hat es dort eingelagert nach seinem Tod. Peer muss dann irgendwann eine Kiste davorgestellt haben, mit seinen Tischtennispokalen aus der zweiten Bezirksklasse. Sylke sagt, sie hätte nie wieder dran gedacht. Ich kann einfach nicht begreifen, dass sie das nicht interessiert ...« Abrupt brach ich ab.

»Lara?«

Ich schüttelte den Kopf, hob die Hand. Plötzlich war da eine Erinnerung. Meine Tante hatte das nicht interessiert? Wirklich nicht? Wie oft hatte sie auf einmal hinter mir gestanden, während ich leise murmelnd über Martens Aufzeichnungen brütete? Sie muss geglaubt haben, ich würde sie nicht sehen, aber das Windspiel mit dem ganzen verspiegelten Kristallgebamsel hing nicht zufällig direkt über meinem Schreibtisch. Wenn jemand in der Tür stand, kriegte ich das sehr genau mit. Besonders wenn dieser jemand meine Tante war, die mich irgendwie seltsam anstarrte. Seltsam? Oder doch eher besorgt? Vielleicht sogar *ängstlich*, so wie heute Morgen, als sie plötzlich den Umschlag in der Hand hatte: *von Marten. Von deinem Vater*.

»Nichts«, murmelte ich.

Mommsen nickte, kaute versonnen auf seinem Pfeifenstiel. Doch er sagte kein Wort.

»Ich frage mich nur…«, begann ich von Neuem, schüttelte den Kopf, um dann doch weiterzusprechen. »Ich frage mich nur, was ihr alle habt: Sylke, du… Ich meine: Marten hat keinen irrsinnigen Killer verfolgt oder so was. Er hat nach Rungholt gesucht, nach den Ruinen einer vor sechshundertfünfzig Jahren im Meer versunkenen Stadt. Und ihr tut alle so, als wäre das eine sonst wie lebensgefährliche Sache, wenn ich da jetzt…« Ich biss mir auf die Lippen. Verdammt, ich fing an, mich zu verheddern. »Ich meine«, murmelte ich. »Was soll schon passieren, wenn ich…?«

Ja, was sollte schon passieren, abgesehen von solchen Kleinigkeiten wie dem Auftauchen von Erinnerungen in meinem Schädel, die nicht meine eigenen waren, einem unheimlichen Nebel, der an einem sonnigen Nachmittag plötzlich zwischen den Dünen entstand und mich halb um den Verstand brachte, einem dunklen Kerl, der…

»Der dunkle Kerl hat damit überhaupt nichts zu tun!«, zischte ich.

Mommsen hob vielsagend die Augenbrauen. Er wandte den Kopf ab, stieß eine Rauchwolke aus. »Nun, min Deern, dein Vater ist ertrunken ...«

»Ja.« War ich bescheuert, ihn schon wieder zu unterbrechen? »Aber das war ...« Meine Stimme schien plötzlich zu schwanken, sodass die letzten Worte wie eine Frage klangen. »Das war ein Unglück?«

Mommsen hob die Schultern. »Denk ich doch, oder? Ist ja untersucht worden damals, doppelt sogar, weil sie wieder nich' wussten, wer zuständig war: die Deutschen oder die Dänen. Unfall, ganz eindeutig. Hat am Boot gelegen, und die Zeugen haben's bestätigt, die mit drin saßen im Boot. Rasmussen und der alte Gorm.«

»Rasmussen«, murmelte ich. Warum wurde ich automatisch nervös, sobald dieser Name fiel?

Mommsen lugte in seinen Pfeifenkopf. »Verdammich! Ausgegangen. – Weißt du, Deern, was *ich* mich frage?« Er legte den Kopf auf die Seite, sah mich abwartend an.

Ich schüttelte den Kopf.

»Na ja«, murmelte er. »Dieser Umschlag. Ich meine, ganz gleich, was da nu' drin ist: Warum hat er den überhaupt fertiggemacht? Muss ja kurz vor diesem Unglück gewesen sein, wenn du schon unterwegs warst.«

Ich starrte ihn an. Einen Moment lang begriff ich nicht, doch dann überkam mich auf einen Schlag die Erkenntnis, und mir blieb die Luft weg.

»Er war kaum dreißig«, flüsterte ich. »Und plötzlich gibt er Sylke diesen Umschlag. Für mich. Zu meinem achtzehnten Geburtstag. Als wenn er *ahnt*, dass da irgendwas ... Und ein paar Wochen später ist er tot.«

»Seltsam, nich' wahr?« Mommsen nickte, klopfte die Pfeife aus, verstaute sie in seiner Weste. »Aber gut. – Dann woll'n wir mal.«

»Was?« Ich blinzelte.

»Na, du wolltest es doch sehen, das große R!«

***Mittwoch, 20. Juni, 14:57***
***Ablaufendes Wasser, 3 h 25 min bis Niedrigwasser***
***Pegel Hallig Horn: 2,07 m über Seekartennull***

Eine Warnung.

Sie war mehr als deutlich ausgefallen.

Inspektor Jan-Jakup Schmehlich bot noch immer ein Bild des Elends. Die Klopapierrolle, die er sich gegen die Lippe presste, war die unwiderruflich letzte, die auf der Herrentoilette aufzutreiben war, und noch immer war der Blutstrom nicht vollständig versiegt.

*Ich sollte mich um ihn kümmern,* dachte Henning.

Doch was hätte er tun sollen? Händchen halten? Den Zugang zur WC-Anlage hatte er mithilfe einer Stuhllehne verriegelt. Vor ein paar Minuten hatte jemand nachdrücklich an der Klinke geruckelt, doch schließlich war der Unbekannte wieder verschwunden – exakt fünf Schritte weit vermutlich, wo an der Nachbartür eine Messingplakette angebracht war, die eine stilisierte Friesenkuh auf dem Pinkeltöpfchen zeigte.

Und jetzt? Sie mussten raus hier. Am Verbluten war der Inspektor trotz allem noch nicht, aber es war höchste Zeit, dass die Wunde fachmännisch versorgt wurde.

Doch der Besuch der beiden Beamten auf Pellworm war

noch immer Teil einer verdeckten Ermittlung. Wenn es irgendwie möglich war, mussten sie alles Aufsehen vermeiden. Die Insel gehörte zu Schmehlichs Revier; sein Gesicht war hier ein gewohnter Anblick – solange es intakt war. Wenn der Inspektor in diesem Zustand zur nächsten Arztpraxis marschierte … Vermutlich gab es auf der Insel eine, doch das würde das Ende jedes geheimen Vorgehens bedeuten.

Ob es genau das gewesen war, was die Kerle vom Nachbartisch beabsichtigt hatten?

Henning biss die Zähne zusammen.

Für ihn stand nur eines fest, und er hätte sich dafür in den Hintern beißen können, dass es ihm jetzt erst, im Nachhinein, klar wurde.

Etwas hatte nicht gestimmt bei diesen Männern. Er hatte es gesehen und doch nicht gesehen. Er war nicht auf die Idee gekommen, dass es irgendeine Bedeutung hätte haben können.

Die Schuhe waren zu teuer gewesen.

Der Rest war Touristenoutfit pur, die offenen Karohemden fast schon zu offensiv, aber die Schuhe passten nicht ins Bild. Auf einer Wattinsel noch weniger als irgendwo sonst, aber Henning hatte nicht geschaltet.

Auf jeden Fall war das genau die Sorte Typen, die solche Warnungen aussprach. Männer, die exakt zu diesem Zweck engagiert wurden.

Aber von wem? Schmehlich schwieg eisern. Den Kriminalassistenten hatte er auf die Begegnung mit seinem Kontaktmann vertröstet.

Fehlten dem Deutschen selbst noch Informationen, oder wollte er nicht reden? Konnte sich Henning überhaupt darauf verlassen, dass Schmehlich die Wahrheit sagte? Tausend Leute konnten tausend Gründe haben, Jan-Jakup Schmehlich auf dem WC eines Pellwormer Cafés eine zu verpassen.

Henning hatte den Deutschen heute Morgen erst kennengelernt und war seitdem kaum zum Nachdenken gekommen. Was wusste er über Schmehlich, über seine wahren Beweggründe? Der Glatzkopf war Polizist, machte einen routinierten Eindruck.

Vor allem jedoch war er Friese. Durch und durch.

*Das hier ist ein armes Land. Der Fremdenverkehr überdeckt das, aber in Wahrheit ist die Gegend an der Küste immer bettelarm gewesen.*

Schmehlichs Behörde wollte die Katastrophe im Watt unter dem Deckel halten. Das war nachvollziehbar in der Hochsaison, doch gab es nicht Grenzen für die Rücksichten auf Nordfrieslands Tourismusindustrie? Henning schüttelte den Kopf. Er war in diesem Fall in erster Linie Beobachter. Ihm stand kein Urteil zu.

Nur: Wenn die Deutschen unter allen Umständen ihr eigenes Süppchen kochen wollte, warum hatten sie dann überhaupt einen Beobachter aus Dänemark angefordert?

Wegen Hallig Horn. Wegen der verwirrenden Situation in Rasmussens winzigem Reich vor der Küste, das einmal Rungholt gewesen war und noch immer irgendwie zu Dänemark gehörte.

Und das führte zu einer logischen Schlussfolgerung: Hallig Horn spielte in diesem Fall eine viel größere Rolle, als der Inspektor bisher zugegeben hatte. Schmehlich hatte Henning ein halbstündiges Referat über die Geschichte Rungholts gehalten.

Doch die entscheidenden Dinge hatte er verschwiegen.

Mit einem gemurmelten Fluch schmiss der Glatzkopf die

letzten Papierblätter in die Kloschüssel. Ächzend richtete er sich auf.

»Nun«, brummte er. »Was sagen Sie?«

»Sie sehen grauenhaft aus«, murmelte Henning.

»Aber ich blute fast nicht mehr«, knurrte Schmehlich.

Der Kriminalassistent kniff die Augen zusammen, nickte wortlos. Tatsächlich. Kaum noch neues Blut. Aber wie der Mann inzwischen aussah, machte das auch keinen echten Unterschied mehr.

»Sie brauchen einen Arzt«, sagte Henning.

»Der nächste – und der einzige hier – ist drei Straßen weiter.« Der Inspektor verzog das Gesicht, ganz, ganz vorsichtig. »Sie wissen, was das bedeutet.« Er schüttelte den Kopf. »Wir fahren zurück aufs Festland. Verdammter Bockmist! Verbergen lässt sich das hier so und so nicht. Morgen früh kommen wir dann zurück, wahrscheinlich direkt auf die Hallig. Wenn sich … wenn der Mann, den ich erreichen will, zurückgerufen hat.«

Schmehlichs Kontaktmann. Henning biss die Zähne zusammen. Nicht die winzigste Information zu viel.

Doch plötzlich keuchte er. »Zurück aufs Festland? Sagten Sie nicht, im Moment fährt nur die eine Fähre am Tag? Die von heute Morgen?«

»Richtig.« Schmehlich nickte grimmig. »Auf der Südroute, der kürzeren Strecke über Nordstrand und Hallig Horn. Aber wir können über die Hooger Fähre, über Hallig Gröde und so weiter – dauert doppelt so lange, und in Schlüttsiel müssen wir auch noch ein Taxi nehmen, aber wenn wir uns ranhalten, kriegen wir das Schiff. Morgen früh dann wieder von Nordstrand los mit der Vormittagsfähre.«

Wie der Deutsche es fertigbrachte, sich nach diesem Blutverlust auf den Beinen zu halten, war Henning ein Rätsel. Schmehlich stand sicherer, als er selbst sich plötzlich fühlte. Er tastete nach der Wand der WC-Kabine.

»Hin und wieder zurück?«, murmelte er. »Das ist doch …«

»Überflüssig wie nur was«, knurrte Schmehlich. »Nur leider die einzige Möglichkeit. Dabei bin ich mir hundertprozentig sicher, dass …« Er sah auf die Uhr, dann in Richtung Fenster.

Henning kniff die Augen zusammen. Was tat der Mann? Den Sonnenstand kontrollieren?

»Der Anruf kommt in den nächsten ein, zwei Stunden«, brummte der Inspektor.

»Aber dann …« Henning biss sich auf die Zunge. »Wenn wir heute noch zur Hallig könnten … Es wäre viel näher und viel weniger …«

*Wasser,* dachte er. Der Meeresarm, auf dem die Bauleute ums Leben gekommen waren, war mit Sicherheit etliche Kilometer breit – aber das war ein Nichts verglichen mit der Route, auf der sie die gesamte friesische Inselwelt abklappern mussten.

Aber Schmehlich brauchte einen Arzt. Irgendjemanden, der ihn wieder zusammenflicken konnte. Jemand, der …

Die Idee kam aus dem Nichts.

Henning fuhr sich über die Lippen.

»Inspektor? Ich glaube, ich weiß, wer uns helfen kann.«

***Mittwoch, 20. Juni, 16:31***
***Ablaufendes Wasser, 1 h 51 min bis Niedrigwasser***
***Pegel Hallig Horn: 1,20 m über Seekartennull***

Ich biss die Zähne zusammen, löste ruckartig eine Hand von der angerosteten Bordwand und fingerte mein Handy raus. Halb fünf. In den Dünen hatte mir Mommsen noch eine Art trockenen Zwieback angeboten, den wir mit kaltem Tee runtergespült hatten, aber meine letzte richtige Mahlzeit war das Frühstück gewesen, zu Hause bei Sylke und Peer. Viel konnte nicht drin sein in meinem Magen im Fall der Fälle.

Der sehr bald eintreten konnte. Wenn ich aussah, wie ich mich fühlte, konnte ich mit meiner Gesichtsfarbe der schmuddelig weißen Gischt Konkurrenz machen.

Mommsen kriegte nichts davon mit. Er hatte sich Ölzeug übergezogen, den typischen knallgelben Friesennerz, der beim Rest der Menschheit längst aus der Mode gekommen war, seitdem es für Wind und Wetter leichtere und bequemere Klamotten gab.

Der Mann mit dem Rauschebart wandte mir den Rücken zu – wobei gerade der Bart hin und wieder über seine Schulter flatterte, wenn er den Kurs des Bootes scharf korrigierte. Am Anfang hatte ich noch reflexartig versucht, meine Position anzupassen, mich gegen den Wind zu lehnen, doch Mommsen saß reglos wie eine Statue hinter dem Steuer. Also hatte ich es aufgegeben.

Folkhard Mommsen war noch nie mit normalen Maßstäben zu messen gewesen. Ein Einzelgänger, der sich nicht viel aus Gesellschaft machte – zumindest nicht aus menschlicher Gesellschaft. Als Kind hatte ich mich immer gefragt, ob dieser Bart nicht in Wahrheit verräterische Kiemen verdecken sollte.

Und doch saßen wir nun in einem Boot. Im wahrsten Sinne des Wortes.

*Das nächste Mal zählst du leise bis zehn, bevor du dich von einem Fisch zum Schwimmen einladen lässt,* schimpfte ich innerlich.

Inzwischen waren wir schon ziemlich weit draußen. Die Dünenkette von Hallig Horn war nur noch eine unregelmäßige, flache Erhebung weit hinter uns am Horizont, während die Deiche von Pellworm deutlich näher gerückt waren. Doch kurz nachdem wir abgelegt hatten, hatte die Sonne sich hinter eine Wolkenbank verzogen, sodass ich die Entfernungen nicht mehr richtig schätzen konnte. In Wahrheit befanden wir uns vielleicht auf halber Strecke zwischen den beiden Inseln, mitten über der Hauptströmung des Fallstiefs, dem tückischsten aller Wattströme der friesischen Uthlande.

Und keine Spur von einem rot umrandeten R. Wobei kaum damit zu rechnen war, dass plötzlich ein gigantischer einzelner Buchstabe aus dem Wasser auftauchen würde.

Ein Stück vor uns kreiste – und kreischte – ein Schwarm von Lachmöwen.

Eine neue Welle traf den Kiel. Salziges Wasser schwappte über die Reling, Ausweichen unmöglich. Mommsens Boot hatte kaum Badewannenformat. In dem Outfit, das ich im Moment trug, konnte ich Rasmussen jedenfalls nicht mehr unter die Augen treten. Sekundenlang hob die Gewalt der Woge das Boot in die Höhe, bevor es abrupt wieder abwärtsging. Nur mein Magen brauchte einen Atemzug länger, bis er das Manöver durchschaute.

»Warum haben wir hier überhaupt so eine Dünung, wenn…«, brüllte ich gegen den Fahrtwind an, brach aber ab, als uns ein neuer Brecher nach oben riss. Dann, im nächsten Moment, eine Veränderung. Die Wellenberge wurden eine winzige Spur kleiner, aber gleichzeitig war es ein Gefühl wie … Salven aus dem Maschinengewehr? Nein, es fühlte sich an, als wenn man mit dem Motorroller über Kopfsteinpflaster rattert und die Zähne klappern im Takt: »Wa-rum – geht – das – hier – so – auf – und – ab, – wenn – un-ter – uns – das – Falls-tief – ist – und – zwan-zig – Me-ter – Was-ser?« Silbe für Silbe. Die einzige Chance, mir nicht die Zunge abzubeißen.

Mommsen brummte etwas. Die Worte konnte ich nicht verstehen. Doch im selben Moment stellte er den Motor ab.

Die Stille verschlug mir den Atem. Natürlich war es nicht wirklich still. Der Wind fing sich knatternd in unseren Klamotten, und das Trommelfeuer gegen den Kiel ging weiter. Und doch war es anders als vorher.

Als wären wir mitsamt unserem Bötchen zu einem winzigen Punkt zusammengeschrumpft, von einem Augenblick zum anderen. Wie eine Fliege auf dem gigantischen Milchtopf des Ozeans.

Mommsen betätigte einen Schalter, und ein rumpelndes Geräusch ertönte aus dem Rumpf des kleinen Bootes. Der Anker.

»Zwanzig Meter Wasser, hmmm?« Er drehte sich zu mir um.

Ganz vorsichtig nahm ich die Hände von der Reling, nickte. »Das Fallstief. Der Grund dafür, dass man zu Fuß nicht von der Hallig wegkommt, auch bei Ebbe nicht.« Ich zögerte. »Zumindest heutzutage. In meiner Erinnerung … also dieser ganz bestimmten …«

Mommsen schnaubte, kramte in seiner Wetterjacke nach Pfeife und Sturmfeuerzeug. »Ich weiß ja nicht, was genau sie Marten erzählt haben, deine Besserwissenschaftler. Aber ich kann dir sagen, was sie *dir* erzählen würden, wenn du ihnen mit dieser Erinnerung kommst. – Hast du dich je gefragt, warum sich das Fallstief gerade hier durchs Watt gefressen hat? Ist doch überall dieselbe Schmodderpampe.«

Verwirrt sah ich ihn an. Was sollte das werden? Wattkunde für Anfänger?

»Na ja«, sagte ich. »Die Inseln sind natürlich im Weg. Nordstrand, Pellworm, Hallig Horn. Also geht es …« Ich zeichnete eine Schlängellinie in die Luft. »Wie ein riesiges S.«

Er brummte, setzte die Pfeife an den Mund. »Und warum sind die Inseln gerade da, wo sie sind?«

Ich biss mir auf die Lippen. Das war eine der Fragen, über die auch Marten nachgegrübelt hatte, und ich versuchte mich zu erinnern, wie er sie beantwortet hatte. An dieser Stelle schien er sich selbst nicht sicher gewesen zu sein, aber es gab offenbar eine Art Theorie.

»Das Gelände hier ist absolut flach«, sagte ich langsam. »Zumindest sieht es so aus, wenn das Watt bei Ebbe zum Vorschein kommt. Außer hier in der Flutrinne natürlich. Aber in Wahrheit …« Ich holte Luft. »In Wahrheit ist darunter eine richtige Landschaft versteckt mit Bergen und Tälern, die der Schlick nach und nach zugesetzt hat innerhalb von ein paar Tausend Jahren. Und das Material, aus dem die Berge dieser unterirdischen … oder unterschlickischen … Also, das Material, aus dem die Berge dieser Landschaft bestehen, ist viel stabiler als der Schlick«, sagte ich. »Mit denen wird das Wasser nicht fertig, deshalb können sich dort, über den Berggipfeln, die Inseln halten. Der Schlick dagegen …«

»Mit dem Matschepamp hat der Blanke Hans leichtes Spiel«, brummte Mommsen und nickte.

Ich atmete auf. Zumindest im Moment stellte ich mich offenbar nicht allzu schafsmäßig an.

»Unter uns befindet sich also eine Schlucht in der unterirdischen Landschaft?«, fragte ich. »Und das Fallstief folgt ihr ganz einfach?«

Seufzend stieß er eine Reihe von Rauchkringeln aus. Sie trieben über das Wasser davon wie halb durchsichtige Rettungsringe.

»Gibt 'ne Theorie, die das behauptet«, bestätigte er. »Und dein Vater scheint bannig was von ihr gehalten zu haben, wenn du mich fragst. Jedenfalls markieren die dicken Linien auf seiner Karte die unsichtbaren Gebirgszüge und Schluchten.«

»Kein Wunder, dass ich da nicht klargekommen bin«, murmelte ich. »Mit unsichtbaren Bergen hab ich's nicht so.« Genauso wenig mit unsichtbaren Flüssen, unsichtbaren Wegweisern oder unsichtbaren Tankstellen, dachte ich.

Doch dann stutzte ich.

»Deshalb sind wir hier?«, flüsterte ich. »Das große R, das ist hier? Über dem Fallstief? *Hier* lag Rungholt?« Ich starrte auf das Meer hinaus. Konnte das stimmen? Den Maßstab von Martens Karte kannte ich nicht, aber die Richtung kam auf jeden Fall hin. Wenn das HH auf der Karte für Hallig Horn stand, waren wir jetzt nordöstlich davon, oben rechts, genau dort, wo das R eingezeichnet war.

Rungholt. Hier hatte Rungholt gelegen. Dort, wo heute das Fallstief lang lief.

Ein Bild trat vor meine Augen, diesmal eindeutig meine eigene Erinnerung. Irgendeine Fernsehshow, die sich Sylke immer angeschaut hatte, als ich ein kleines Kind gewesen war. Ein schmieriger Typ mit Schnauzer, der einen Vorhang beiseitezog und verkündete: Das wäre Ihr Preis gewesen!

*Das wäre Ihr Rungholt gewesen.*

Wenn Rungholt hier gelegen hatte, auf zwanzig Metern Schlickpampe, ließ sich leicht erklären, warum die Stadt heute verschwunden war.

Aber nicht die Stadt allein. Der Boden selbst, in dem man nach irgendwelchen Überresten hätte graben können, nach den Umrissen der Warften, nach Kellergewölben, alten Friedhöfen, Fundstücken für ein lebendiges mittelalterliches Museum ... Weg, alles weg! Zwanzig Meter tief ausgewaschen, abgetragen, davongespült ins offene Meer.

Wenn Marten recht gehabt hatte, gab es keine Chance für mich, es jemals zu beweisen. Rungholt war *im Meer versunken*, im wahrsten Sinne des Wortes, und mit ihm Marten Feddersens Traum, der jetzt mein eigener Traum war.

Harmlos schwappten die Ausläufer der Dünung jetzt gegen den Bootskiel. Und doch brannte salziges Wasser in meinen Augen, auf meinen Wangen.

*Verloren,* dachte ich. *Noch bevor es richtig losgegangen ist.*

Unwillkürlich schaute ich mich noch einmal im Kreis um, als wollte ich mir jedes Detail vom Ort meiner Niederlage ganz genau einprägen. Die Weite der einförmig grauen Wasserfläche war erdrückend, die Umrisse von Hallig Horn und Pellworm nicht mehr als undeutliche Silhouetten. Nur die Möwen waren jetzt unmittelbar über uns.

Doch an ihnen saugte mein Blick sich fest.

Es war ein ziemlich großer Schwarm, mindestens vierzig, fünfzig Tiere, und sie flogen wild durch die Gegend, in sämtliche Richtungen. Aber wie magisch angezogen schienen sie immer wieder in unsere Nähe zurückzukehren.

Rechneten sie sich Chancen auf Futter aus? Die großen

Fährschiffe zogen ständig eine ganze Möweneskorte hinter sich her, aber da fiel auch ausreichend ab für die Tiere. Doch ich hatte noch nie erlebt, dass so ein winziges Boot dermaßen viele von ihnen anlockte.

Ging es ihnen überhaupt um uns? Um das Boot?

Ich beobachtete, wie einer der Vögel in die Tiefe schoss, bis seine Flügel fast die Wellen berührten. Als er wieder nach oben stieg, war ich mir sicher, dass in seinem Schnabel etwas zappelte.

»Das ist unmöglich«, murmelte ich.

»Hmmm?« Mommsen beobachtete mich durch einen Rauchschleier.

Ich schüttelte den Kopf. »Hier dürfte gar nichts zu holen sein für sie.« Verflixt, das wusste er doch hundertmal besser als ich! »Möwen fressen Krebse, Muscheln, was weiß ich. Und die finden sie nur im seichten Wasser. Bei Ebbe. Wenn die Flut zurückgeht, wenn …«

Er hob die Augenbrauen, rückte ein Stück zur Seite. »Komm mal ein Stück nach vorn, Deern.«

Vorsichtig rappelte ich mich auf.

Mommsens Finger tippten auf eine kleine beleuchtete Skala rechts neben dem Steuer. »Die Ankertiefe«, sagte er knapp. »In Fuß. Ein Fuß sind gut dreißig Zentimeter.«

Ich kniff die Augen zusammen. Die Nadel pendelte ein wenig hin und her. Wahrscheinlich ließ der Anker dem Boot etwas Spiel. Doch das hielt sich im Rahmen: fünf Komma sieben, sechs Komma eins, fünf Komma acht.

»Aber das …« Ich schüttelte den Kopf. »Das wären ja kaum zwei Meter!«

»Werden noch weniger in ein, zwei Stunden«, murmelte er. »Wobei die Stelle hier nich' ganz trocken fällt.« Er brach ab, schnupperte in die Luft. Einen Moment lang sah er aus wie eine Robbe mit einem besonders langen, seltsam roten Bart. »Damit das passiert, muss schon einiges zusammenkommen: Springtide, also kurz nach Vollmond oder Neumond, und gleichzeitig ablandiger Wind.«

»Eine Sandbank!«, wisperte ich und wusste selbst nicht, warum ich das tat. »Eine Sandbank mitten im Fallstief.«

Mommsen nickte. »Damit hast du auch deine Erklärung für den hohen Wellengang. Die Strömung bricht sich an dem Hindernis. Die Schiffskapitäne wissen das natürlich und machen einen Bogen um diese Ecke, aber auf den normalen Wattkarten ist die Stelle nicht eingezeichnet. Bringt die Leute bloß auf dumme Gedanken. Viel zu gefährlich, hier zu Fuß rauszutapern. Ich denk mal, deshalb hat Marten das auch alles weggelassen auf seiner Karte. Hat wohl Angst gehabt, dass die mal wer Falsches in die Finger kriegt. Doch wenn man weiß, wie die unterirdische Landschaft läuft, ist auch der Rest klar: HH für Hallig Horn, R für Rungholt und das *Std* steht für eure *Stadt*. Gibt ja nur die eine hier an der Küste. Wenn du das mal weißt, ist's kein Ding mehr, das R zu finden und die Sandbank.«

Er sprach noch weiter, doch seine Worte versickerten einfach.

Eine Sandbank. In der Fahrrinne hätte Marten nicht graben können. In der Fahrrinne war nichts mehr zu finden – nichts als Wasser. Aber hier! Eine Sandbank, die der Gewalt der Wattströme widerstanden hatte, weil sie vielleicht über der Spitze eines unterirdischen Berges lag.

Sechshundertfünfzig Jahre Ebbe und Flut hatten die Spuren Rungholts fast vollständig vernichtet. Nur an diesem einen Punkt nicht, und selbst hier waren sie praktisch unsichtbar, ragten nicht mal mehr an die Wasseroberfläche. Und das war der Punkt, den Martens großes R markierte.

Exakt diesen Moment suchte sich die Sonne aus, um effektvoll durch die Wolken zu brechen. Von einer Sekunde zur anderen war die Meeresoberfläche von einer Million klitzekleiner Reflexionen übersät, winzigen Sternen, die für die Dauer eines Lidschlags auf den Wellen schaukelten. Und weiter hinten, weiter draußen …

Das Gefühl zwischen meinen Schulterblättern war noch nie so plötzlich gekommen, und noch nie war es so deutlich gewesen. Wie eine Faust aus Eis, die sich um meine Wirbelsäule schloss, mir den Atem nahm.

»Was ist das?«, flüsterte ich. Sah ich wirklich, was ich da sah? Eine lange Reihe von … von *was*? Die Umrisse dunkler Giganten, die sich wie monströse Zahnstocher gegen den Nachmittagshimmel abhoben. Eine bedrohliche Phalanx, die irgendwo nördlich von Hallig Horn ansetzte und sich in weitem Bogen Richtung Pellworm zog, über die Tiefen der Fahrrinne hinweg, aber viel weiter draußen, als wir uns in diesem Augenblick befanden. Ihre Schatten reckten sich über das Wasser, uns entgegen. Die Sonne stand genau hinter ihnen, doch jetzt, ganz plötzlich, war sie nur noch verschwommen zu erkennen, wie durch einen Dunstschleier. Dunst, wie er sich manchmal gegen Abend über das Wasser legte? Oder etwas anderes?

*Etwas Älteres. Viel, viel älter.*

*Und tödlicher.*

Ich hörte Mommsen etwas murmeln, war mir nicht sicher, ob es wirklich Worte waren. Wenn überhaupt, war es ein Fluch.

Ich schluckte, legte die Hand auf die Kehle, spürte den Umschlag, der sich unter meiner Windjacke abzeichnete. Schluckte noch einmal, wollte etwas sagen – aber meine Lippen gehorchten mir nicht.

Ich riss die Augen auf.

Dunkelheit. Keine Sonne mehr. Nacht. Es war nicht vollkommen duster, denn es standen Sterne am Himmel und der Mond, nicht mehr als eine dünne Sichel.

*Fingernagelschmal.* Zwei Tage nach Neumond.

Ich konnte mich nicht rühren. Zumindest hatte ich den Eindruck, völlig bewegungsunfähig zu sein.

Hatte mein Hintern schon wieder Kontakt zur Sitzbank aufgenommen oder hing ich noch halb in der Hocke? Sprach Mommsen noch mit mir? Bekam er mit, dass etwas nicht in Ordnung war?

Oder war ich längst ins Wasser gefallen und kämpfte um mein Leben, während die eisige, salzige Flut meine Lungen füllte?

Ja, ich kämpfte. Kämpfte darum, meine Augen aufzureißen, ihm zu zeigen, dass er mir helfen musste.

Wenn mir überhaupt jemand helfen konnte.

Es hatte keinen Sinn.

Ich sah, ich roch, ich spürte und hörte nichts mehr. Nichts vom Geschehen in der wirklichen Welt. Ich war weit fort – nicht hier.

Wirklich nicht *hier*?

Ich war nicht *jetzt*.

*Der gefährlichste Abschnitt meiner Wanderung hatte begonnen.*
*Um die dunkelste Stunde der Nacht hatte ich den Deich erreicht, verharrte nun in seinem Schutz, schmiegte mich an die Grassoden, um dem Nachtwind möglichst wenig Angriffsfläche zu bieten. Die Kapuze des weiten Mantels hatte ich tief ins Gesicht gezogen.*
*Ich schloss kein Auge. Ich wartete.*

*Die Schläge der Glocken drangen durch die Dunkelheit. Die Schläge der Glocken von Rungholt.*

*Als sie zum dritten oder vierten Mal ertönten, vermischten sie sich mit einem anderen Geräusch, leiernden Gesängen, und ich wusste, dass es die Stunde war, da die Geistlichen die Gebete zur Prim anstimmten. Lautlos bewegten sich meine Lippen, wenn ich eine der Melodien erkannte. Als sich wieder Stille über das Land breitete, schwieg ich ebenfalls, während in meinem Rücken die Wasser einer neuen Flut gegen die Barriere leckten. Und noch immer verharrte ich, wartete, bis das Grau der Dämmerung über den Marschen allmählich zu einem fahlen Rosa wurde, das die winterkahlen Felder in unwirkliches Licht tauchte. Unter kehligen Rufen flatterten die ersten Möwen auf.*

*Reglos saß ich am Boden, beobachtete, wie sich die Umrisse der Dächer aus dem Halblicht schälten, vertraut und fremd zugleich.*

*Die Stadt war gewachsen in den Jahren, in denen ich fort gewesen war. Ein neu errichteter Deich schob sich bis auf die Landzunge zwischen Heverstrom und Fallstief vor. Neue Türme und Befestigungen, die keinen Feind zu fürchten hatten. Und die Kirche, die mächtige Stiftskirche, die die Stadt überragte. Als sich die erste Ahnung des Sonnenaufgangs in ihren bunten Fenstern spiegelte, erhob ich mich.*

*Der Deichgürtel um die Edomsharde war ein Bollwerk, das sich dem Ansturm des Meeres trotzig entgegenreckte, doch zugleich diente er als Weg von einer Siedlung zur anderen. Jeder Schritt auf seiner Krone befestigte den angehäuften Sand noch zusätzlich.*

*Langsam rückten die Stadtbefestigungen näher, und*

*mein Atem beschleunigte sich. Dies war der gefährlichste Punkt der Reise, doch nicht das war der Grund dafür, dass das Herz in meiner Brust zu hämmern begann.*
*Es war das Wappen über der Mauerpforte.*
*Das uralte, von den Ahnen überlieferte Wappen von Rungholt mit den Schutzheiligen der Stadt, dem heiligen Petrus und dem heiligen Laurentius, Seite an Seite.*
*Doch das Wappen hatte sich verändert.*
*Da war ein drittes, ein neues Zeichen, das die Heiligen brutal auseinanderschob.*
*Das blutrote Haupt eines Stiers.*
*Das Zeichen der Rasmussens.*
*Mit steifen Schritten näherte ich mich dem Durchlass, wagte es nicht, mir eine Regung anmerken zu lassen. Die Torwächter waren in Eisen gehüllt, stützten sich auf schwere Hellebarden mit tödlich glitzernden Spitzen, auf ihren Waffenröcken dasselbe blutrote Stierhaupt wie über dem Tor.*
*Erschien mir einer dieser Männer vertraut? Sie waren im selben Alter wie ich selbst. Hatten wir uns gekannt, als wir Kinder waren? Doch ich hatte wenig Umgang gehabt mit anderen Kindern. Rasch neigte ich den Kopf, eine Geste der Demut scheinbar. Sie warfen mir nur einen knappen Blick zu, ließen mich passieren.*
*Aufatmend zog ich die Kapuze des Mantels enger. Am Tor hätte das Verdacht erregt, doch nun, innerhalb der Stadtmauern, war ich nicht die Einzige, die an diesem kalten Morgen tief verschleiert ging. Die Wege und Plätze Rungholts waren belebt, und einst war mein Gesicht nur allzu bekannt gewesen in diesen Mauern. Nur kurz hob ich den Blick, versuchte zu erfassen, wo*

*ich mich befand. Ein befestigtes Haus wachte über dem inneren Hafenbecken, die Fundamente aus gebranntem Stein. Als ich die Stadt verlassen hatte, war Rasmussens Zwingburg eben im Bau gewesen. Zur Rechten wie zur Linken schlossen sich die Warften der Handelshäuser an, die einst die Grenze des besiedelten Landes bezeichnet hatten. Nun waren sie mit Brücken untereinander verbunden, sodass man von einem Hof zum anderen wechseln konnte, ohne den Marschboden zu betreten. Doch auch am Marschboden selbst war eine Veränderung vor sich gegangen. Ein Meer von Häusern, neuen Gebäuden, zu ebener Erde. Ein schier unglaubliches Bild! All dies würde jämmerlich ersaufen, wenn das Wasser über die Deiche trat.*

*Wie sehr mussten die Menschen ihren Deichen vertrauen! Mehr als Gott und seinen Heiligen, an die sie sich früher mit ihren Gebeten gewandt hatten, wenn Stürme und Fluten gegen Rungholt anbrandeten.*

*Denn über den Heiligen thronte nun das blutrote Stierhaupt, das Zeichen der Rasmussens, das Maul zu einem tierischen Brüllen geöffnet.*

*Rungholt hat das Meer nicht mehr zu fürchten, schien es zu brüllen. Rungholt hat Gott nicht mehr zu fürchten, der über Fluten und Stürme gebietet – aber nicht über unsere Deiche.*

*Rungholt hat heute mächtigere Beschützer: Magnus Rasmussen und seinen fernen König.*

*Trutz, blanker Hans!*

*So mochten Rasmussen und seine Spießgesellen glauben.*

*Wie sie sich täuschten.*

*Ganz langsam blickte ich auf. Eine letzte Brücke. Sie*

*führte zu einer Warft hinüber, die sich von den anderen Erhöhungen unterschied. Ein kreisrunder Hügel, von einer winterkahlen Hecke umgeben, hinter der ein mit Kies bestreuter Weg ansetzte, auf das Portal zu.*
*Das Portal der Stiftskirche.*
*Tränen traten in meine Augen. Ich konnte es nicht verhindern.*
*Ich war zu Hause.*
*Doch eben, als ich den Fuß auf die Brücke setzte, geschah es wieder.*
*Die Bewegung gefror.*
*Der Hauch des Windes in den kahlen Zweigen kam zum Stillstand.*
*Die Geräusche, die die Luft erfüllt hatten, das Geschrei der Kinder auf den Warften, das Schimpfen der Ruderknechte vom Hafen her, das Gemecker der Ziegen und Schafe: Alles verstummte.*
*Und eine Stimme ertönte, aus dem Nichts heraus. Von der aufragenden Fassade der Stiftskirche, aus dem Boden des Marschlandes selbst. Aus der leeren Morgenluft.*
»Du kennst den Ort!«

***Mittwoch, 20. Juni, 16:41***
***Ablaufendes Wasser, 1 h 41 min bis Niedrigwasser***
***Pegel Hallig Horn: 1,13 m über Seekartennull***

*»Autff! Daff fiept!«*

»Es fiept?« Henning hob die Augenbrauen.

»Es ziept«, übersetzte Edith Passon und zog mit einer knappen Bewegung den Knoten fest.

Inspektor Schmehlich stieß einen unterdrückten Klagelaut aus.

Henning war hin und her gerissen. Einerseits war er seit fünf Jahren Polizist und hatte in dieser Zeit ein paar Dinge gesehen, die wirklich nicht besonders erfreulich gewesen waren. Solange es keine Wasserleichen waren, hielt er sich trotzdem für einigermaßen hartgesotten. Andererseits …

Er hatte ein schlechtes Gewissen. Es war seine Idee gewesen. In der Arztpraxis hätten sie zu viel Aufsehen erregt, aber bei der Aussicht auf eine Kreuzfahrt durch die nordfriesische Inselwelt war ihm ganz anders geworden. Doch es gab eine dritte Möglichkeit: Passon. In ihrem improvisierten Pathologielabor sollte alles vorhanden sein, um die Lippe des Inspektors zu versorgen. Passons *Objekte* wurden schließlich wieder zusammengenäht, wenn sie mit ihnen fertig war, und eine entsprechende Ausbildung hatte die Frau mit dem Kurzhaarschnitt natürlich auch.

Das Labor lag in unmittelbarer Nachbarschaft des kleinen Cafés. Nachdem Schmehlich die Serviererin noch einmal auf absolutes Stillschweigen eingeschworen hatte, hatten die beiden Beamten es ungesehen erreicht.

Aber erst als Passon sich schweigend ihren Wunsch angehört hatte, war Henning sein Denkfehler aufgegangen.

Was die Pathologin den ganzen Tag anstellte, hatte tatsächlich große Ähnlichkeit mit der Tätigkeit eines Chirurgen.

Allerdings mit dem nicht ganz unwesentlichen Unterschied, dass ihre Objekte nicht mehr in der Verfassung waren, sich über eine unzureichende Betäubung zu beschweren.

Passon hatte alles, was für die Prozedur notwendig war – alles, bis auf ein Anästhetikum. Lediglich eine Handvoll Paracetamol hatte sie dem deutschen Beamten anbieten können.

»Erzählen Sie mir doch weiter von Rungholt«, schlug Henning seinem Kollegen vor. »Vielleicht lenkt Sie das ein bisschen ab.«

*»Find fie jetfft total befeuert?«*

»So, die Hälfte haben wir«, bemerkte die Pathologin.

Sollte das aufmunternd klingen? Überzeugend klang es nicht.

*BAMM BAMM BAMM!*
*BAMM BAMM BA-BAMM!*
*BAMM BAMM BAMM!*
*BAMM BAMM!*

Ein Geräusch wie ein Röhren, nein, eine Kettensäge, nein … eine Bassgitarre! Und Henning kannte den Song, den sie spielte. *Smoke on the Water!* Uralter Rocktitel.

*»Daff ifft mein Handy! Daff muff er fein!«* Schmehlich zuckte unter Passons Fingern.

Die Pathologin fluchte. »Verdammt! So was wie Sie hab ich in zwanzig Jahren noch nicht auf dem Tisch gehabt!«

*Glaub ich ihr aufs Wort,* dachte Henning.

*»Berg…ffftrœm! Meine Jacke!«*

Schmehlich fuchtelte in der Luft herum. Die Pathologin schimpfte wie ein Rohrspatz. Sie hatte Mühe, ihn auf dem Schreibtischstuhl zu halten. »Verflucht!«, knurrte sie über die Schulter. »Gehen Sie endlich ran!«

Der Kriminalassistent hatte schon angefangen, die Taschen zu durchwühlen. Da! Das Mobilgerät vibrierte in seiner Hand. Der grüne Knopf, die Rufannahme.

»Ja?«

»Inspektor?« Die Verbindung war verrauscht. Oder lag das Rauschen gar nicht an der Verbindung? War das … Wasser?

»Fast«, murmelte Henning. »Er … er kann gerade nicht.«

»Und was sind Sie für einer?«

*Der hätte jetzt von mir sein können,* dachte Henning. Aber der Mann am anderen Ende klang an sich ganz gemütlich. Henning hatte allerdings das Gefühl, als wenn er seine Stimme sorgfältig dämpfte. Irgendjemand sollte nicht mitkriegen, dass er sprach.

»Ein Kollege«, murmelte Henning. »Hatte er bei Ihnen …«

Ein Quietschen und Schaben. Passon stolperte einen Schritt zurück, ohne Nadel und Faden freizugeben.

Schmehlich drehte sich halb auf seinem Behandlungsstuhl um. Die fluchende Pathologin zog er hinter sich her wie ein Hecht seinen Angler.

*»Foll unff nach Einbruch der Dunkelheit treffen! In der Feemuffel!«*

Feemuffel?

Der Inspektor hatte laut genug gesprochen, dass der Mann am Telefon ihn verstanden haben musste. Trotzdem war sekundenlang nichts zu hören, bis schließlich ein unfreundliches Brummen ertönte.

»Wenn's denn unbedingt sein muss, verdammich.« Ein Stoßseufzer, und plötzlich hatte die Stimme einen anderen Klang, wurde noch leiser, aber auch … drängender? *Warnender?* »Aber schlagen Sie einen Bogen, wenn Sie rüberkommen! Halten Sie sich so weit östlich wie nur möglich! Und wenn Sie bis an Nordstrand ranmüssen, hören Sie?« Ein tiefer Atemzug, dann war die Stimme wieder normal. »Könn'n am Hauptkai anlegen«, knurrte der Sprecher. »Und ich verlass mich drauf, dass sie wieder verschwunden sind, bevor …«

***Mittwoch, 20. Juni, 17:03***
***Ablaufendes Wasser, 1 h 19 min bis Niedrigwasser***
***Pegel Hallig Horn: 0,98 m über Seekartennull***

»... bevor es hell wird!«

Es wurde gerade hell, aber ganz langsam, undeutlich.

Das Wasser schwappte, brauste und brummte in meinen Ohren. Jetzt kam ein Rascheln dazu, Mommsens Ölzeug. Das gerade eben, das war doch seine Stimme gewesen? Natürlich – wer auch sonst? Aber mit wem hatte er gesprochen?

»Mommsen ...«

»Bleib liegen!« Eine verschwommene Bewegung vor meinen Augen. »Sind gleich am Kai.«

Ich saß schon halb, doch im nächsten Moment sackte ich von selbst wieder zurück. Der Zwieback in meinem Magen hüpfte im Wellentakt.

»Mommsen ...«, flüsterte ich. »Es ist wieder passiert.«

»Hmmm.« Es war kein einladendes Hmmm diesmal, eher das Gegenteil: ein *Hmmmpf*.

»Ich war plötzlich nicht mehr hier«, sagte ich leise. »Oder, nein, ich war hier, aber ...«

»Hmmmpf!«

»Ich war nicht jetzt«, murmelte ich. »Ich war *damals*. In Rungholt! Wir beide haben hier Anker geworfen, auf der Sandbank, die Marten für Rungholt gehalten hat, und im selben Moment war ich auch wirklich in Rungholt – also im selben Moment vor sechshundertfragmichnicht Jahren!«

*Du kennst den Ort!*

Der Satz, mit dem die Erinnerung geendet hatte. Derselbe Satz wie beim ersten Mal. Er hallte in meinem Schädel wider.

Der Ort. Die Sandbank. Diese Sandbank war Rungholt. Marten hatte recht gehabt.

Den Rest der Welt würde ich davon erst noch überzeugen müssen, aber für mich war diese neue Erinnerung der letzte und endgültige Beweis.

Ich hatte es mit eigenen Augen gesehen. Ich hatte …

*Was hast du* wirklich *gesehen?*

Es fühlte sich an, als ob in meinem Hirn plötzlich ein Schalter umgelegt wurde. Ein grelles Licht begann zu pulsieren wie eine ganze Batterie von Alarmsignalen.

Ich *hatte* etwas gesehen, noch vor der fremden Erinnerung. Die Sonne hatte sich durch die Wolken gekämpft und sich auf etwas gebrochen, das nicht hätte da sein dürfen.

Den Überresten von Rungholt? Nein.

Keine Spuren einer nebelhaften Vergangenheit. Keine Ruinen aus Ziegel und verrotteten Holzbohlen. Keine Tonscherben oder im Wattboden konservierte Skelette.

Nein. Skelette unserer Zeit: Metallstreben, stählerne Giganten, die Richtung offenes Meer aus dem Wasser ragten.

»Da waren Masten«, murmelte ich, während ich mich mühsam aufsetzte und beobachtete, wie Mommsen das Boot an den Anlegesteg bugsierte. »Masten aus Metall, draußen auf dem Fallstief. Und ein Dunst, nein …« Meine Stimme veränderte sich. »Ein Nebel«, flüsterte ich. »Dahinter war ein Nebel, draußen auf dem Meer! Mommsen, hörst du? Diesmal *musst* du ihn gesehen haben!«

»Hmmmpf!« Deutlicher konnte ein *Hmmmpf* nicht werden.

Er blickte an mir vorbei, zurück aufs Wasser. Ich musste mich nicht umschauen, um zu wissen, dass es dort nichts mehr zu sehen gab. Mommsen wollte nur *mich* nicht ansehen.

Was war plötzlich los mit ihm? Eine Plaudertasche war er nie gewesen, und doch war er vorhin geradezu in Klönlaune verfallen. Die Sandbank, die auf keiner Wattkarte verzeichnet war, Martens Karte, auf der das *Std* für *Stadt* stand.

Wer weiß, was er mir gerade noch hatte erzählen wollen, bevor sich mein Hirn auf seinen Ausflug ins vierzehnte Jahrhundert verabschiedet hatte. Wer weiß, was er sonst noch wusste, nicht allein über dieses Metallbrimborium, das ausgesehen hatte wie das Zeug aus dem Baukasten, den ich Hannes zum neunten Geburtstag geschenkt hatte.

Und das Mommsen aus irgendeinem Grund stumm machte.

Er mied meinen Blick und vertäute das Boot mit routinierten Bewegungen am Kai, sodass es jetzt ruhig lag.

Ich kam in die Höhe, stützte mich gegen einen der schweren Stämme, mit denen der Steg im Wattboden verankert war.

»Mommsen, was …? Du kannst doch nicht einfach …«

»Steig aus, Deern. Is' besser so, glaub mir man. Ich muss zu den Schafen. Zeit für die Futterkrippe. – Auch für dich übrigens.«

»Für …« Ich brauchte mein Handy nicht auszupacken. Ich sah, wo die Sonne stand – und wie tief sie stand. Rasmussen verzieh alles, selbst wenn er es einem dann bei jeder Gelegenheit doch wieder aufs Butterbrot schmierte. Alles – nur Unpünktlichkeit nicht. Nicht, wenn es für sie keinen schwerwiegenden Grund gab.

Verdammt, ich *hatte* einen schwerwiegenden Grund! Ich hatte gerade Rungholt entdeckt!

Warum war ich mir so sicher, dass das für Ole Rasmussen nicht zählen würde?

Aber hätte es nicht wenigstens für Mommsen …

In diesem Moment begriff ich.

Der Ausdruck in seinen Augen. Es war derselbe Ausdruck wie bei Sylke.

Angst.

Und bei ihm musste ich nicht lange raten, wovor er Angst hatte. Oder besser: vor *wem*.

Ole Rasmussen, zu dem die Halligbewohner wie zu einem Halbgott aufsahen. Wie sie schon zu seinen Urahnen aufgesehen hatten, bis in die Zeit seines verflixten Piratenvorfahren.

Ich war mir nicht ganz sicher, wie mein Stiefvater reagieren würde, sollte er – was nicht ernsthaft zu erwarten war – plötzlich da drüben zwischen den Dünen auftauchen. Begeistert wohl kaum. Mommsen hatte die Stieftochter seines Herrn und Meisters mit auf eine spontane Expedition genommen – und er brachte sie in einem Zustand zurück, den man beim besten Willen nicht als *vorzeigbar* bezeichnen konnte. Und mit ziemlich wirren Gedanken im Kopf.

Aber deswegen *Angst* haben? Ein erwachsener Mann?

Ich öffnete den Mund, doch dann blieb ich einfach so stehen, schwankend auf dem sanft unter mir dahinschlingernden Boot. Was sollte ich ihm an den Kopf werfen? Dass es ihm nicht anders ging als mir selbst?

Warum nur war alles so höllisch kompliziert auf dieser verfluchten Insel?

*Verfluchte Insel* ... Das Kribbeln in meinem Rücken war inzwischen so selbstverständlich, dass ich ihm höchstens noch ein Schulterzucken gönnte. Nicht, dass es davon verschwunden wäre.

Mommsen schüttelte den Kopf. Auf einmal sah er fast traurig aus. »Frag deinen Vater«, murmelte er. »Also ... den anderen. – Bitte steig jetzt aus!«

Ich zögerte noch immer, aber schließlich nickte ich stumm, stützte mich auf die Bohlen des Landungsstegs und kletterte umständlich hoch, ließ mir den Riemen meiner Umhängetasche in die Hand drücken.

Schwindlig war mir nicht mehr. In meinem Kopf fühlte ich dieselbe Leere, die ich schon nach der ersten *Erinnerung* gespürt hatte.

Reglos stand ich auf dem Kai, sah dem Boot nach, bis es hinter den Dünen außer Sicht geriet.

Dann drehte ich mich um und begann zu laufen, in Richtung Herrenhaus. So schnell ich konnte.

***Mittwoch, 20. Juni, 18:50***
***Auflaufendes Wasser, 5 h 42 min bis Hochwasser***
***Pegel Hallig Horn: 0,39 m über Seekartennull***

Ein Abendessen mit der Familie.

Zu Hause funktionierte das so, dass Sylke und ich zusammen etwas kochten, und Peer brachte auf dem Weg vom Büro was zum Nachtisch mit. Und dann lümmelten wir ganz einfach um den Esstisch, der vor der offenen Durchreiche zur Küche stand, erzählten beim Futtern, was uns am Tag so passiert war, und überlegten, ob wir uns später noch eine DVD einlegen wollten. Nichts mit Zombies natürlich, wenn Peer dabei war.

Aber dann hätte ich mich heute Abend selbst nicht mit an den Tisch setzen dürfen. Nicht so, wie ich aussah.

Schlimmer als erwartet, viel schlimmer.

Ich starrte in den Spiegel in meinem Zimmer unter dem Dach des Herrenhauses. Von nebenan drang ein monotones Geschepper und Gewummer durch die Wand: Hannes hörte Musik, eine seiner Bands, Dead Art oder Linkin' Park oder so was. Ich hatte ihn immer noch nicht zu sehen gekriegt, und das war gut so.

Im Moment mochte ich niemandem erklären, warum ich mich in diesem Zustand befand, selbst meinem Bruder nicht.

Und das ausgerechnet heute, ausgerechnet jetzt!

Auf dem Rückweg zum Herrenhaus hatte ich einen Plan entwickelt.

Noch war ich die Einzige, die daran glaubte, dass Marten tatsächlich Rungholt gefunden hatte. Das heißt, vielleicht war auch Mommsen dieser Ansicht, aber der war ja plötzlich stumm geworden wie seine Miesmuscheln.

Meine Beweise setzten sich aus zwei Elementen zusammen: Martens Landkarte, die uns zu einer besonders widerstandsfähigen Sandbank mitten im Fallstief geführt hatte – und den fremden Erinnerungen in meinem Schädel. An sich eine ganze Menge, nur leider von der falschen Sorte, wenn ich bei den Leuten vom Landesamt an die Tür klopfen wollte. Die würden mich genauso abbügeln, wie sie es schon mit Marten getan hatten.

Aber wenn ich ihnen einen echten Beweis vorlegte? Wenn ich das zustande brachte, was Marten hatte tun wollen? Eine Grabung. Eine archäologische Grabung. Die Stelle kannte ich jetzt. Die Reste der Stadt mussten dort sein, versteckt unter dem Schlick.

Doch eine Grabung kostete Geld. Viel Geld.

Und es gab nur einen Menschen, bei dem ich mir sicher war, dass er dieses Geld besaß. Ole Rasmussen konnte so eine Grabung aus der Portokasse bezahlen.

*Nur dass du vor ein paar Stunden noch den Verdacht*

*hattest, er könnte was mit Martens Tod zu tun gehabt haben!*

Ich wischte den Gedanken beiseite. Ein Problem nach dem anderen, dachte ich. Kannst du doch so gut.

Das erste Problem bestand darin, meinen Stiefvater davon zu überzeugen, dass er es mit einer Erwachsenen zu tun hatte. Einem Menschen, der wusste, was er tat. Dann, und nur dann, hatte ich eine Chance, dass er mit sich reden ließ.

Ich starrte in den Spiegel.

Das bedeutete dann wohl, dass ich *keine* Chance hatte.

Nicht, wenn ich aussah wie eine Wasserleiche. Ich ließ die Schultern sinken. Regelrecht aufgequollen sah ich aus, als hätte ich den Nachmittag nicht auf dem Wasser, sondern *unter* Wasser verbracht. Die Haare klebten mir strähnig am Kopf, und in meinen Augenhöhlen hätte man Golfbälle versenken können. Und die Klamotten …

Mein Blick ging zur Uhr. Zehn Minuten bis zum Abendessen. Keine Zeit zum Duschen. Ich würde stinken, es sei denn, ich kriegte es hin, den Fischgeruch irgendwie zu überdecken.

Mit nervösen Fingern begann ich, in meinem Gepäck zu kramen. Deo, viel Deo. Make-up, was Frisches zum Anziehen … weiße Bluse, dunkler Blazer, dazu der schwarze, gerade geschnittene Rock und die Schuhe mit den halbhohen, spitz zulaufenden Absätzen. Ein Kompliment für meine Garderobe hatte ich von Rasmussen noch nie gekriegt, aber da würde er zumindest nicht meckern.

Puder aufs Gesicht. Viel Puder. *Sehr* viel Puder.

Dunkler Lidschatten – ich kam mir vor wie ein Panda. Auf jeden Fall war es viel zu viel für ein Abendessen mit der Familie. Selbst im Hause Rasmussen.

Rouge? Rouge! Jetzt sah ich aus wie eine von diesen russischen Puppen, nein, Mischung aus Puppe und Panda.

Nach Eighties sah das aus oder frühen Nineties. Gar nicht mein Stil. Grauenhaft.

Oder war mit dem Lippenstift was zu retten?

Ich stierte auf die reflektierende Spiegelfläche. Machte ich mir ernsthaft einen Kopf um den Lippenstift bei *diesen Haaren*? Da war im Leben keine Frisur draus zu machen! Mir blieb nur …

Eigentlich hatte ich mir das Gel nur wegen einer einzigen widerspenstigen Strähne besorgt, die mir immer über die Ohrmuschel rutschte. Aber schließlich stand *extra strong* drauf, und Tanja stellte noch ganz andere Sachen damit an.

Ich quetschte die halbe Tube auf meine Handfläche, starrte die gallertartige Masse eine Sekunde lang an – und schritt zur Tat. Alles komplett streng nach hinten. Wenn ich nicht verhindern konnte, dass es am Kopf klebte, musste es eben aussehen, als ob es am Kopf kleben *sollte*.

Zumindest über die Haarfarbe konnte sich Rasmussen jetzt nicht mehr beschweren; die war kaum noch zu erkennen. Doch ich kriegte das Ergebnis nur noch aus dem Augenwinkel mit, fingerte eben noch zwei Spangen ins Haar und war schon auf dem Weg zur Tür.

Das Gewummer aus Hannes' Zimmer war längst verstummt. An der Treppe kamen mir von unten die dumpfen Schläge der Standuhr entgegen.

Genau auf den letzten Schlag würde Rasmussen die Mahlzeit eröffnen – keine Sekunde früher und keine Sekunde später. Eiserne Regel auf der Herrenwarft. Das war nicht zu schaffen für mich. Ob nun eine oder zwei Minuten zu spät …

Ich holte Luft, versuchte meinen Herzschlag zu beruhigen, richtete mich kerzengerade auf und setzte einen Fuß vor den anderen, Stufe um Stufe. Ohne Eile. Wäre auch nicht drin gewesen. Nicht mit diesen Schuhen und diesem Rock – und schon gar nicht auf dieser von zwanzig Rasmussen-Generationen ausgelatschten Treppe.

Ohne jede Vorwarnung geschah etwas.

Wie selbstverständlich legte sich meine Hand auf das glattpolierte Geländer. Dazu war es schließlich da.

Es war ein irgendwie ungewohntes Gefühl, anders als sonst. Das Geländer, die Treppe: Mir kam zum ersten Mal zu Bewusstsein, dass sie aus einem ganz bestimmten Grund mit diesen breiten, niedrigen Stufen konstruiert war, den großzügigen Podesten, den aufwendigen Schnitzereien. Man sollte sie nicht einfach runterpoltern. Man sollte … schreiten. Ich hatte das Bild deutlich vor Augen: ausladende Reifröcke, Spitzendekolletés, Herren mit Puderperücken und Degen an der Seite. Gewaltig musste das ausgesehen haben, wenn die Rasmussens ihre Standesgenossen zu Tisch geladen hatten. Als es noch Standesgenossen gegeben hatte.

In diesem einen winzigen Augenblick war ich näher an einem Funken Verständnis für Ole Rasmussen als jemals zuvor in meinem Leben.

Er ist ein Dinosaurier, dachte ich. Und er weiß das genau. Dass er nicht gewinnen kann, weil er die Zeit niemals einholen wird. Ganz gleich, was er tut und in was er die Insel verwandelt. Weil die Zeit selbst …

Ich schüttelte den Kopf. Meine Gedanken gerieten durcheinander.

Aber zumindest konnte ich mich für den Moment bewegen, wie die Treppe es von mir zu erwarten schien.

Ja, es fühlte sich merkwürdig an. Mir wurde klar, dass ich die Erste war, die auf diese Weise die Stufen hinabschritt, seit … ja, seit Mama. Seit der Zeit, als es nicht nur einen Herrn, sondern auch eine Herrin auf Hallig Horn gegeben hatte. Aber vor ihr – und mir – hatte es andere gegeben, deren Bildnisse jetzt von den Wänden des Treppenhauses auf mich herabblickten, Seite an Seite mit den Porträts ihrer Ehemänner.

Distanzierte Blicke hinter einer Tarnung aus bräunlichem Firnis. Keine Schwäche, die ihnen entging. Sie sahen alt aus, nicht nur wegen ihrer altertümlichen Trachten, der gestärkten Hauben und geometrisch abgezirkelten Frisuren. Sie kamen mir vor, als wären sie immer alt gewesen, schon bei ihrer Geburt. Glücklich wirkte keine dieser Frauen.

Und doch war ich in diesem Moment eine von ihnen. Ich war Marten Feddersens Tochter, doch das Schicksal und mein Stiefvater hatten gewollt, dass ich auch eine Rasmussen war. Und in diesem Augenblick gab es keine andere Rasmussen als mich.

Mit langsamen Schritten umrundete ich eine gedrechselte Säule, kam auf dem Podest an, von dem aus die letzten Stufen in die Diele hinabführten.

Die Flügeltüren zum Speisezimmer standen offen. Rasmussen und Hannes konnte ich noch nicht erkennen, doch eben watschelte Tilda in ihrer gestärkten Schürze aus der Küchentür, so breit wie hoch. Aus dem Augenwinkel musste sie mich entdeckt haben, blickte kurz auf. Mit einem leichten Lächeln nickte ich ihr zu, während ich die letzten Stufen hinabschritt.

Ihre Haltung gefror mitten in der Bewegung.

Sie starrte mich an.

»Tilda?«

Sie kniff die Augen zusammen, ihre Lippen formten meinen Namen.

Verwirrt sah ich sie an.

»Unpünktlichkeit …«

Es war nicht Tildas Stimme.

Rasmussen stand an seinem Platz am Kopfende der Tafel, dunkler Anzug, schneeweißes Hemd, nachtblaue Krawatte. Auf den ersten Blick identisch mit dem, was er am Vormittag getragen hatte, doch ich wusste, dass er die Garderobe gewechselt hatte.

Ich trat durch die Tür.

Auf seiner Stirn zeigte sich eine steile Falte.

»Unpünktlichkeit …«

Er brach ab.

Ole Rasmussens Mimik verfügte nur über eine begrenzte Zahl an Ausdrucksformen, die allesamt für ganz bestimmte Situationen reserviert waren: Aufmerksamkeit, Skepsis, Kritik und so weiter … Konnte er alles an- und ausknipsen.

Aber *das hier* hatte ich noch nicht gesehen. Hinter der Nickelbrille war ein … ein Nichts. Es war einfach nichts da. Niemand zu Hause. Es war einfach …

»Wow!«

Hannes hatte ich noch gar nicht zur Kenntnis genommen. Er saß rechts von Rasmussen, starrte mich an, stand auf wie in Zeitlupe. Offenbar hatte er sich ein Stück Freiheit erkämpft: Die gleiche Anzugjacke wie sein Vater, aber das gestärkte Hemd stand zwei Knöpfe offen, und darunter guckte ein schwarzes Fan-T-Shirt raus. Und seine Haare waren dasselbe wilde Gewusel wie bei mir, wenn ich sie mir nicht gerade an den Kopf klatschte.

»Wow«, murmelte er. »Du siehst aus wie …«

»Unpünktlichkeit!« Rasmussens Stimme schnitt die Worte entzwei. Mit steifen Schritten verließ er seinen Platz – und zog meinen Stuhl ein Stück vom Tisch weg, damit ich mich setzen konnte.

»Unpünktlichkeit«, sagte er, »ist das Vorrecht einer Dame.«

Mir blieb die Spucke weg. Mechanisch dankte ich ihm, spürte, wie er den Stuhl vorsichtig unter meinen Hintern schob.

Wenn ich mit allem gerechnet hatte ...

Erst als ich in Richtung Hannes sah, über seine Schulter, begriff ich.

In seinem Rücken hing ein gerahmtes Porträt, das anders war als diejenigen, die sich in der unter lauter Firnis erstickten Galerie im Treppenhaus befanden. Es war ebenfalls ein Gemälde, doch es war lebendiger, echter, als selbst eine Fotografie es hätte sein können. Ein Foto fing einfach ein, was die Kamera gerade ins Objektiv kriegte. Das hier war mehr; es war beinahe eine Seele, die hier gefangen war.

Eine junge Frau mit auffällig blassem Teint und einem Gesichtsausdruck, der skeptisch wirkte, aber gleichzeitig irgendwie verschleiert. Ihre Augen waren grau wie das Meer an einem stürmischen Tag, die Haare streng aus der Stirn zurückgekämmt.

Jetzt verstand ich, was Hannes hatte sagen wollen.

Sie sah aus wie ich. In diesem Moment sah ich exakt aus wie sie.

Und das war kaum verwunderlich.

Schließlich war sie meine Mutter.

Ich spürte Rasmussens Blick auf mir.

Unerträglich – und schlimmer, weit schlimmer als sein Röntgenblick.

Als Erstes hatte er versucht, mich in ein Gespräch über den Wein zu verwickeln, eine besondere Sorte von irgendeinem kleinen Gut in Südfrankreich. Ich hatte höflich genickt, hätte aber nur beisteuern können, dass er ziemlich herb war und offensichtlich weiß.

Kaum war das überstanden, sang er ein Loblied auf den Lachs. Meiner Meinung nach schmeckte Tildas Spezialität wie immer – verdammt gut, besonders wenn man seit dem Frühstück nur ein paar Brocken trockenen Zwieback gegessen hatte.

Doch jetzt kam der Höhepunkt: Ich musste mich schon ziemlich täuschen, wenn mein Stiefvater nicht gerade versucht hatte, einen *Witz* zu erzählen!

Einen, den ich nicht verstand, natürlich. Irgendwas mit drei Chinesen und einem Japaner. Ein Witz aus seiner Welt eben.

Die konnte er geschenkt haben.

Warum nur machte ich automatisch alles falsch, wenn es um Ole Rasmussen ging? Ich hatte doch unbedingt zu dieser Welt gehören wollen! Wie konnte ich mich jetzt beschweren?

Weil ich gewollt hatte, dass er mich wie eine Erwachsene behandelte. *Nicht* wie meine Mutter.

Aber was, wenn genau das die Chance war, auf die ich gewartet hatte? Schließlich wollte ich was von ihm.

Doch etwas in mir sperrte sich. Es fühlte sich falsch an: als würde ich ihn ausnutzen, ihn manipulieren. Aber war das nicht Irrsinn? Der Mann war Ole Rasmussen! Manipulation war sein zweiter Vorname!

Und doch musste ich es ausprobieren. Mir blieb keine Wahl. Der einzige Weg zu einer archäologischen Grabung, der einzige Weg zum Traum meines Vaters hieß Ole Rasmussen.

Unschlüssig sah ich in seine Richtung. Er musste mitgekriegt haben, dass ich ihm nur noch mit halbem Ohr zuhörte, meine Kommentare einsilbig geworden waren.

Und schon kam der vertraute, alte Rasmussen wieder zum Vorschein, der sich im Moment mit Hannes unterhielt. Wobei unterhalten das falsche Wort war. Er führte ein Verhör mit meinem Bruder, zog ihm die Antworten aus der Nase wie lange, zähe Wattwürmer. Hannes litt. Kein Mensch konnte das übersehen.

»Niedam und Halgenes gehörten den Rasmussens«, zählte mein Bruder mit müder Stimme auf. »Akenbüll und Obbenbüll. Rip und beide Orte Marsloth. Und Rungholt.«

»Sehr gut.« Mein Stiefvater nickte, lehnte sich mit zufriedener Miene zurück. »Die Güter des Hauses Rasmussen in der exakten Reihenfolge der königlichen Urkunde.«

*Eine Aufführung,* dachte ich. Der Name des Stückes lautete *»Hab ich ihn nicht hübsch dressiert, den Erben von Hallig Horn?«* Und ich war das Publikum. Ich, die ich nicht mehr ich war, sondern meine Mutter.

Mitten auf dem Tisch stand eine Obstschale. Eine knatschgelbe Zitrone blinzelte mir verführerisch entgegen. Ich sah es vor mir, wie ich sie packte. Sobald er wieder den Mund aufmachte, würde ich sie ihm mitten in seine verhungerte Visage …

Ich fuhr mir über die Lippen, schmeckte das Lipgloss, von dem knapp die Hälfte schon an meinem Weinglas klebte.

»Rasmussen …«

Sofort wandte er sich in meine Richtung, sah mich mit erhobenen Augenbrauen an. Das reichte schon aus. Das war er: *der Blick*.

»Rasmussen, ich wollte was mit dir besprechen«, sagte ich so ruhig wie möglich, doch schon fing ich an, mich zu verhaspeln. »Ich … ich werde jetzt ja achtzehn, und … ich … wir …«

Ich hatte mir alles wunderschön zurechtgelegt, und plötzlich, auf einen Schlag – weg. Alles weg. Wie sollte ich ihn überreden, eine Grabung auf einer Sandbank zu veranstalten, ohne ihm zu erzählen, woher ich von dieser Sandbank wusste? Wie ich zu dieser Sandbank hingekommen war? Und mit wem? Ich hatte die Angst in Mommsens Augen gesehen. Ich durfte ihn nicht verraten.

Rasmussen beobachtete mich, schien darauf zu warten, dass noch was kam, aber ich starrte ihn einfach nur an wie ein Seehundbaby den Jäger mit der Harpune.

»Achtzehn.« Er nickte. »Nicht irgendein Geburtstag. Etwas Besonderes. – Lara, bevor du weiterredest, möchte ich dir etwas zeigen. – Hannes?«

Zeigen?

Verwirrt schaute ich zu meinem Bruder, sah, wie er erlöst aufatmete. Mit zwei Schritten war er an der Wandverkleidung. Dort war eine verdeckte Knopfleiste eingelassen, über die sich unterschiedliche technische Geräte steuern ließen, die mein Stiefvater manchmal bei seinen Businessmeetings einsetzte. Ich hatte mich bisher nur mit der Großbildleinwand und dem Blue-Ray-System näher beschäftigt.

Hannes betätigte mehrere Tasten und Regler. Eine Leinwand fuhr mit leisem Surren herab, zeigte sekundenlang eine tiefblaue Fläche mit dem kantigen Schriftzug *No Signal*.

Und dann, übergangslos, ging es los.

Die Leinwand wurde schwarz. Blecherne Fanfarenstöße. Undeutliche Bewegung in der Schwärze, wie Dunst oder Nebel. Oder Rauch.

Es war Rauch. In Schwaden zog er durchs Bild, das sich allmählich aufhellte, während die Fanfaren leiser wurden und ein neues Geräusch dazukam: ein Klirren, Metall auf Metall. Andere Laute, nervöses Pferdewiehern, Rufe, Schreie.

Die Szenerie enthüllte sich von Sekunde zu Sekunde: eine Ansammlung von Lehmhütten mit strohgedeckten Dächern. Menschen, die wild durcheinanderliefen. Zwei Männer in Kettenhemden, Ritterhelme auf dem Kopf. Unter rohem Gelächter zerrten sie eine sich verzweifelt wehrende Frau außer Sicht.

*»Das Mittelalter.«*

Eine tiefe Stimme.

Ich hatte gerade nach meinem Weinglas fassen wollen, warf es fast um vor Schreck. Woher kannte ich diese Stimme? Robert de Niro? Seine Synchronstimme?

*»Eine wilde Zeit. Eine blutige Zeit.«*

Das Bild wechselte, zeigte jetzt das Innere einer Hütte. Sie war unversehrt, gehörte wohl zu einem anderen Dorf. Eine Frau in einem dunklen Umhang beugte sich über eine Webarbeit. Ein kleines Mädchen schaute ihr neugierig über die Schulter. Den beiden gegenüber war ein Mann an einer Töpferscheibe beschäftigt, auf der unter seinen Fingern ein rundliches Gefäß entstand.

*»Eine bittere und arme Zeit, in der die Einkünfte aus ihrer Hände Arbeit oft nicht ausreichten, um die Menschen zu ernähren.«*

Die Kamera näherte sich dem Gesicht der Frau, zeigte ihre schmalen, müden Züge.

*»Eine Zeit der grausamen Seuchen und der tiefen Frömmigkeit.«*

Mönchschöre sickerten ein, und das Bild blendete in eine Prozession von Kapuzengestalten in schlammgrauen Kutten über, die ein grob gezimmertes Kreuz vor sich hertrugen. Sie gingen barfuß, wie das damals bei Mönchen üblich gewesen war. Kompliment, dachte ich. Wer das gedreht hatte, hatte ganz genau aufgepasst.

»*Eine Zeit der Wissenschaft und der Gelehrsamkeit.*« Ein Gelehrter an einem Schreibpult. »*Eine Zeit der romantischen Liebe.*« Ein junger Mann mit blonder Lockenmähne, der mit schmachtender Miene unter einem Balkon kniete. Oben stand ein junges Mädchen und schmachtete zurück.

»*Eine Zeit der kühnen Entdecker und geschäftstüchtigen Handelsherren.*«

Wellenrauschen, etwas übertrieben laut, aber was im nächsten Moment auf der Leinwand sichtbar wurde, verschlug mir den Atem: eine Hansekogge, eines der mächtigen bauchigen Schiffe des vierzehnten Jahrhunderts, das mit stolz geblähten Segeln die Wellen durchpflügte. Ich sah die Menschen an Bord, klein wie Ameisen. Ameisen in historischen Kostümen.

Meine Kehle war rau. Ich begriff nicht, was das alles sollte, aber es waren genau die Bilder, die ich im Kopf gehabt hatte, wenn ich mir vorstellte, welche Bilder *Marten* im Kopf gehabt haben musste: sein Traum, seine Vision. Sein Museum. Das Rungholtmuseum.

»*Eine Zeit …*« Mister de Niro machte eine wohlkalkulierte Pause. »*… der Vergangenheit?*« Die Stimme wurde am Ende des Satzes gehoben wie zu einer Frage.

Ein harter Schnitt. Eine Landkarte wurde eingeblendet mit verschnörkelten Schriftzügen und einer gewaltigen Kompassrose. Ich kannte diese Darstellung. Sie stammte aus einer Chronik des siebzehnten Jahrhunderts und sollte die alten Uthlande, also das Land an der Küste, in der Zeit vor der *Groten Mandränke* und dem Untergang Rungholts abbilden, noch mal drei Jahrhunderte früher. Eher ein Fantasiegebilde, aber doch der genaueste Hinweis auf die Lage Rungholts, der überhaupt existierte. Abgesehen von der Karte in meinem Aktenordner natürlich, von der so gut wie niemand wusste.

»*Man sagt, dass es einen Ort gibt, an dem diese Zeit niemals zu Ende ging.*« Die Kamera zoomte in die Karte hinein – und steuerte einen Punkt an, der ungefähr der Lage von Hallig Horn entsprechen musste. »*Einen Ort, an dem sie wieder zum Leben erwacht.*« Eine rote Linie wurde sichtbar, die einen weiten Bereich rund um die Hallig einschloss, bis kurz vor die Küsten von Pellworm und Nordstrand. »*Heute.*« Der Bildschirm wurde dunkel. »*In unserer Zeit.*«

Ein weißer Schriftzug in der Schwärze, große Buchstaben:

*RUNGHOLTLAND*

Eine zweite Zeile, direkt darüber, die sich langsam aus dem Dunkel schälte, bis das Bild stehen blieb.

*MARTEN FEDDERSENs*
*RUNGHOLTLAND*

Noch einmal die Fanfaren zum Abschluss. Ich bekam es kaum noch mit.

»Wa…« Meine Stimme war ein Krächzen. Nicht ein einziges Wort bekam ich raus. »Wa…«

»Nicht irgendein Geburtstag«, sagte Rasmussen leise. »Etwas Besonderes. – Von heute an sind es noch sieben Monate, bis *Marten Feddersens Rungholtland* seine Pforten öffnen wird. Und ich möchte, dass die Tochter des

Mannes, dem wir all dies verdanken, dieses Projekt für mich leitet.«

Er sah mich an.

»Du, Lara.«

*Mittwoch, 20. Juni, 21:17*
*Auflaufendes Wasser, 3 h 15 min bis Hochwasser*
*Pegel Hallig Horn: 2,07 m über Seekartennull*

»Dort draußen ist die Stelle«, murmelte Schmehlich. »Sehen Sie die Positionslichter?«

Der Inspektor konnte sich jetzt wieder einigermaßen verständlich machen. Henning mochte nicht darüber nachdenken, was Passon normalerweise anstellte mit dem Zeug, das sie ihm in die angeschwollene Lippe gepumpt hatte, aber ein Stück weit schien es geholfen zu haben. Wobei im Augenblick nicht viel zu erkennen war von Schmehlich, der im Heck der kleinen Schaluppe saß und den Außenbordmotor bediente.

Dunkelheit lag über dem Wasser.

Kriminalassistent Niels-Henning Bergstrœm drehte den Kopf nach rechts, ganz langsam und vorsichtig. Eine winzige Bewegung, doch schon sie kostete Überwindung. Bereits die Andeutung eines Nickens hatte im Moment das Zeug, eine Schwindelattacke auszulösen. Jede Regung, selbst das bloße Atmen. Alles war stärker, schneller, nicht mehr fassbar für das, was von seinen Nerven noch übrig war.

Er musste an einen Abend vor zwei Jahren denken, an eine Razzia im Kopenhagener Tivoli, bei der er als Teil einer Handvoll junger Polizeianwärter dabei gewesen war. Illegale Drogen sollten konfisziert werden – und einer der Kollegen hatte es irgendwie hingekriegt, ein Päckchen abzuzweigen. Für den Feierabend. Genauso hatte sich das angefühlt. Vor allem hinterher.

Sie waren auf dem Wasser.

Das kleine Motorboot unterstand offiziell der Wasserschutzpolizei, doch Schmehlich besaß Kontakte. Die Männer hatten keine Fragen gestellt, nicht mal zu der Lippe.

Wasser. Schwärze war um die beiden Beamten, hin und wieder einzig von einem unentschlossenen Mond erhellt, der sich nicht sicher zu sein schien, ob er sich nun hinter den Wolken verkriechen wollte oder nicht. Wann immer er hervortrat, glitzerte über dem Meer eine Ahnung von Lichtern wie die Seelen ertrunkener Seeleute.

Henning brauchte eine Weile, bis er die Positionszeichen erkennen konnte, auf die sein Kollege gewiesen hatte. Sie waren rot, anders als der undeutliche Schimmer von Pellworm weiter rechts, Hallig Horn weiter links, und sie waren weit entfernt, weit draußen. Dort, wo das Fallstief sich in der offenen See verlor. Die Dunkelheit machte es unmöglich, die Grenze zwischen nächtlichem Meer und nächtlichem Himmel zu bestimmen, und doch schienen sie hoch über dem Wasser zu schweben.

Zwölf Meter, dachte Henning. Zwölf Meter über dem Wasser war Edith Passons letztes Objekt gestorben. Ertrunken. Und zum selben Zeitpunkt hatte wenige Seemeilen entfernt die Messstation auf Pellworm keinerlei Abweichungen vom normalen Tiderhythmus aufgezeichnet. Es war unmöglich, nicht logisch zu erklären. Der Mann *konnte* nicht oben auf dem Mast gestorben sein. Ganz gleich, was Schmehlichs Kontaktmann ihnen erzählen würde. Das ganze wahnsinnige Unternehmen dieser Nacht war überflüssig wie ein Kropf.

Dieses wahnsinnige Unternehmen, das offenbar jemand zu verhindern versuchte. Zwei Kerle, die nur einen Keks pro Nase abgekriegt hatten.

Henning biss die Zähne aufeinander. Das Blut rauschte in seinen Ohren, mischte sich mit dem Tuckern des Bootsmotors. *Nicht an den Motor denken!* Der Motor führte zu Erinnerungen, die er auf Abstand halten musste, heute Nacht verzweifelter als je zuvor.

Seine Grübeleien hatten denselben Zweck wie das Kickbox-Training. Sein Kopf hatte zu tun. Es war kein Platz für dunkle Gedanken an kalte, feuchte Tiefen, an den rotierenden Propeller des Außenbordmotors, dessen stählerne Blätter das Wasser zerschnitten. Solange ihn nichts aus seiner Konzentration riss, wie es auf der Fähre passiert war.

Das Motorengeräusch verstummte.

Bruchteile einer Sekunde noch glitt das Boot vom eigenen Schwung getragen durch die Dünung, dann kam es abrupt zum Stillstand.

Es war ein Schock. Nur das Wasser war zu hören, ein Rauschen in Hennings Kopf und über dem Rauschen die Stimme des Inspektors. Und hinter der Stimme und dem Rauschen ein anderer Laut.

Ein Flüstern in der Nacht. Ein Flüstern, das kein Flüstern gesprochener Sprache war.

»Also habe ich mich nicht getäuscht«, murmelte der Inspektor. »Sie sind hinter uns.«

»Sie?«, flüsterte Henning.

Schmehlich ließ sich auf seinen Platz am Motor zurücksinken, nur schemenhaft zu erkennen. Mit dem Motorstopp waren sämtliche elektrischen Systeme erloschen. Nun gab es tatsächlich kein anderes Licht mehr als den blassen Mond.

Und über der gleichförmigen Melodie der Wellen tönte das Flüstern.

Es war lauter geworden.

***Mittwoch, 20. Juni, 21:19***
***Auflaufendes Wasser, 3 h 13 min bis Hochwasser***
***Pegel Hallig Horn: 2,08 m über Seekartennull***

Alles geschah wie in einem Traum.

Wie ein Geist war der alte Johan durch das Zimmer geschlichen und hatte die im Kamin aufgeschichteten Holzscheite entzündet. Harziger Duft, das gedämpfte Knacken des Holzes, der taumelnde Flug der Funken erfüllten die Luft im Raum.

Niemand sprach ein Wort. Ich spürte den Blick meines Stiefvaters auf mir, doch ich selbst war nicht imstande, meine Augen von der Leinwand loszureißen, von den großen weißen Buchstaben auf schwarzem Grund.

MARTEN FEDDERSENs RUNGHOLTLAND.

*Ich möchte, dass die Tochter des Mannes, dem wir all dies verdanken, dieses Projekt für mich leitet.*

Und ich war noch nicht mal dazu gekommen, meine Bitte zu äußern: eine Grabung auf der Sandbank, um zu beweisen, dass Marten recht gehabt, dass er Rungholt gefunden hatte.

Ich griff nach meinem Weinglas – doch im selben Moment blieb mir die Luft weg.

*Ich* wusste, dass Marten die Lage der Stadt identifiziert hatte.

*Ich* wusste, dass er von einem Museum geträumt hatte. Nein, von *genau diesem* Museum.

Denn *ich* hatte schließlich Martens Aktenordner.

Aber Rasmussen? Woher sollte mein Stiefvater das alles wissen?

»Wa…« Ich brauchte einen Moment, um die Sprache wiederzufinden. »Warum sagst du, wir verdanken das Marten?«, fragte ich. »Er hat über Rungholt geforscht, ja. Aber…«

»Kein aber, Lara.« Rasmussen schüttelte den Kopf. »Vielleicht kennst du einige seiner Veröffentlichungen, doch das ist längst nicht alles. Du kannst nicht wissen, wie viel dein Vater in Wahrheit herausgefunden hat. Wie viel mehr er geahnt hat. Wie weit seine Visionen gingen. Die Kopien seiner Aufzeichnungen füllen ganze Ordner.«

*Kopien*… Ich schluckte. Manche Antworten waren fürchterlich simpel.

»Ich wünschte mir nur, Marten könnte das alles sehen.«

Das hätte von mir kommen können, doch Rasmussen hatte es ausgesprochen. Seine Stimme klang plötzlich anders. Er schaute irgendwo ins Nirgendwo, bis sein Blick an Mamas Porträt hängen blieb.

»Auch wenn dann einiges ganz anders gekommen wäre«, murmelte er. »Dein Vater war mein bester Freund, Lara. Fast wie Brüder waren wir. Ich habe nie wieder jemanden getroffen, der mir so…« Er schüttelte den Kopf, ließ den Satz im Ungefähren stehen.

Auf einmal ertrug ich es nicht mehr, ihn anzusehen.

Marten war Rasmussens Freund gewesen? Jeder Mensch schien mir das zu erzählen, doch mir selbst hatte einfach die Fantasie gefehlt, mir auszumalen, dass ein Typ wie Ole Rasmussen überhaupt Freunde haben konnte.

Aber was, wenn genau das der Punkt war? Wie fühlte es sich an, Ole Rasmussen zu sein, eine Art König über eine winzige Hallig? Als Erbe einer angestaubten, sechs- oder siebenhundert Jahre alten Familientradition aufzuwachsen? War es für so einen Menschen einfach, Freunde zu finden – echte, ehrliche Freunde, denen es nicht in Wahrheit darum ging, ihn irgendwie auszunutzen? Mit Sicherheit nicht.

Ich musste trocken runterschlucken.

»Ich glaube, er hätte sich sehr gefreut«, sagte ich heiser. Das war viel zu schwach, gab nicht ansatzweise wieder, was ich fühlte.

»Weißt du, dass ich ihn beneidet habe?« Einen Moment lang trafen sich unsere Blicke. »Um seine Freiheit. Die Freiheit, über diese Dinge forschen zu dürfen. *Rungholt*. Jeder Halligbauer kann durchs Watt laufen und Scherben aufsammeln, wenn ihm der Tag zu lang wird. Rungholt, Rungholt, ihr legendäres Rungholt! Aber gibt es einen Menschen, den das mehr betrifft als mich? *Ich* bin der Erbe Magnus Rasmussens. *Ich* hätte mich mit diesen Dingen beschäftigen müssen. Doch meine eigene Verantwortung, meine eigenen Aufgaben sind nun einmal ganz andere. Ganz anders und fürchterlich alltäglich …« Seine Stimme senkte sich weiter, wurde zu einem Murmeln. »Aber ich rede mir ein, dass sie trotzdem wichtig sind. Die Insel. Die Menschen. Wir können uns den Platz nicht aussuchen, an dem wir geboren werden.«

Ich nickte stumm, schaute auf mein Besteck. Nur ihn jetzt nicht ansehen. Das schlechte Gewissen wäre zu deutlich gewesen. Mein Stiefvater, das herrschsüchtige Monster. So hatte ich ihn gesehen, solange ich denken konnte.

Doch hatte er eine andere Wahl gehabt? *Wir können uns den Platz nicht aussuchen, an dem wir geboren werden.* Für mein eigenes Leben machte ich hochfliegende Pläne, aber hatte ich jemals einen Gedanken daran verschwendet, was Ole Rasmussen eigentlich mit seinem Leben hatte anfangen wollen?

»So viel verlorene Zeit«, murmelte er. »Es hat Jahre gedauert, bis ich dazu gekommen bin, all die Schriftstücke zu sichten.« Er schien nicht nur zu mir, sondern ebenso zu sich selbst zu sprechen. – *Oder zu Marten?*

*Geisterstunde,* dachte ich. Jetzt war nicht nur meine tote Mutter anwesend, sondern auch noch mein verstorbener Vater.

»Jedenfalls war es ein weiter Weg bis hierher.« Rasmussens Haltung straffte sich. »Marten war nicht zu ersetzen. Und am allerwenigsten hätte ich ihn ersetzen können, das war mir auf der Stelle klar, als er uns ... verlassen hatte. Doch ich konnte etwas anderes tun. Ich konnte dafür sorgen, dass seine Arbeit nicht umsonst gewesen war. Ich wusste, dass er Feinde hatte – unter den Archäologen und anderswo. Ich wusste, dass sie alles dafür tun würden, dass niemals bekannt werden würde, was er wirklich geleistet hat. Doch glücklicherweise besitze ich einige nicht ganz unbedeutende Kontakte, und es gibt größere Wissenschaftler, bedeutendere Wissenschaftler als diese Menschen vom Landesamt. Männer, die bereit waren, sich die eine oder andere Theorie deines Vaters noch einmal anzusehen und sie unvoreingenommen zu prüfen. Fjodor Walewski in Krakau. Ingolf Helmbrecht in Weimar. Hoyt Morgan in Toronto. – Die Namen werden dir nichts sagen.« Seufzend stieß er die Luft aus. »Auch so war es ein langer und aufreibender Prozess, doch am Ende hat es sich gelohnt. Am Ende sind sie alle zum selben Ergebnis gekommen. Selbst wenn Marten nicht mehr dazu gekommen ist, den archäologischen Beweis anzutreten, haben seine Forschungen zweifelsfrei bewiesen, an welchem Punkt Rungholt lag.«

Er machte eine Pause. Ich hielt den Atem an. Dabei wusste ich doch, was kommen würde. – Oder?

»Im Fallstief, Lara«, sagte Rasmussen.

Meine Schultern sanken nach vorn. Es stimmte. Wir hatten die richtige Stelle gefunden.

»Mitten im heutigen Fallstief«, erklärte er. »Zwischen hier und Pellworm. Es gibt bis heute eine isolierte Sandbank dort, einen letzten Überrest der Stadt. Und mit der Lage von Rungholt konnten wir auch die übrigen Siedlungen identifizieren: Niedam, Halgenes, Akenbüll, Rip und so weiter. Den gesamten Umfang des Gebiets. Die rote Linie um die Hallig, die du in unserer Präsentation gesehen hast. Alles andere …« Er hob die Hände ein Stück an, ließ sie wieder fallen. »… ergibt sich von selbst. Ich bin eben, was ich bin, und damit ist der Weg vorgezeichnet.«

Ich nickte, zögerte plötzlich. »Der Weg?«, fragte ich.

War ich gerade schwer von Begriff?

»Verstehst du nicht?« Er ließ mich nicht aus den Augen. »Denk nach!«

Ich warf einen kurzen Seitenblick auf meinen Bruder. Rasmussen hatte ihm einfach nur zugenickt, und schon hatte Hannes den Film gestartet. War mein Bruder in die ganze Sache eingeweiht? Seit wann? In diesem Moment fiel mir zum ersten Mal auf, welche Ähnlichkeit er mit seinem Vater hatte. Derselbe undurchschaubare Gesichtsausdruck. Himmel! Übte Rasmussen auch *das* schon mit ihm?

Ich biss die Zähne zusammen. Möglich, dass ich Ole Rasmussen jetzt ein wenig besser verstand als in den letzten knapp achtzehn Jahren, aber ich würde nicht zulassen, dass er meinen kleinen Bruder in einen Klon verwandelte, der sein Leben damit vergeudete, auf einer winzigen Insel …

Einer winzigen Insel?

Hallig Horn war viel zu klein für ein Projekt wie Marten Feddersens Rungholtland. Die gesamte Insel war kaum größer als ein mittelgroßer Freizeitpark.

Eine lange, lange rote Linie.

Niedam. Halgenes. Akenbüll. Rip. – Und Rungholt. Orte, die in einer sechshundertfünfzig Jahre alten Urkunde verzeichnet waren – als Geschenk an Magnus Rasmussen, seines Zeichens Piratenkapitän in Diensten der dänischen Krone.

»Du …«, flüsterte ich, »… du willst das alles zurückhaben? Du willst *Rungholt* zurück? *Da draußen* willst du dein Museum bauen?«

***Mittwoch, 20. Juni, 21:31***
***Auflaufendes Wasser, 3 h 01 min bis Hochwasser***
***Pegel Hallig Horn: 2,12 m über Seekartennull***

Das Flüstern war lauter geworden.

Gespenstisch trieb es über die Wasserfläche.

Die Frequenz war eine andere als die des sachten Schwappens der Wellen gegen den Bauch der Schaluppe. Deutlich zu unterscheiden. Und doch war Henning unfähig, die Richtung zu bestimmen. Der flüsternde, raschelnde Laut schien von überall zu kommen, von der offenen Wasserfläche des Fallstiefs rechts von ihnen, aus Richtung Hallig Horn schräg geradeaus, aus den seichteren Gewässern vor Nordstrand zu ihrer Linken. Wie Schmehlichs Kontaktmann ihnen geraten hatte, hatten sie einen weiten Bogen geschlagen, bis in den Schatten der mächtigen Deiche, hinter denen sich die größte der Halligen duckte.

»Was ist das?«, flüsterte Henning.

»Es ist experimentell«, murmelte Schmehlich. »Eine militärische Entwicklung, soweit ich informiert bin.«

»Das … ist ein *Schiff*?« Henning starrte in die Nacht. Er sah nichts als Dunkelheit. »Die Küstenwache?«

»Es ist experimentell, habe ich Ihnen gesagt!«, zischte der Inspektor. »Stattet die dänische Marine ihre Zollkutter mit experimentellen Antrieben aus?«

Henning biss die Zähne zusammen. Der Puls jagte in seinen Ohren. Eine unfassbare Bedrohung aus der Nacht. Seine Sinne waren bis zum Äußersten angespannt.

Unfassbare Bedrohungen, stellte er fest, waren effektiver als Kickboxen und Grübelei zusammen. Kein Kubikzentimeter frei in seinem Hirn für die Angst vor dem Wasser.

Stattdessen spürte er, dass Wut in ihm aufstieg. Was bildete sich dieser Deutsche eigentlich ein? Sprang man so mit einem Beobachter von der königlich dänischen Kriminalpolizei um? Ja, er wollte den Eintrag in seiner Akte, den schlichten Stempel *Auslandseinsatz*. Aber nicht um jeden Preis.

»Wissen Sie was, Inspektor?«, knurrte er. »Ich bin noch keinen vollen Tag hier! In dieser Zeit bin ich auf eine Fähre gezerrt und dort von einem rothaarigen weiblichen Wesen niedergeschlagen worden. Ich durfte mir ansehen, wie eine vollständig gefühllose Person einer Leiche zu Demonstrationszwecken den Brustkorb aufklappt, und anschließend hatte ich das Vergnügen, für meinen Kontaktbeamten die Krankenschwester zu spielen, weil dem zur Warnung die

Fresse poliert worden war. Oh, und zwischendurch gab's noch 'ne hübsche Gruselgeschichte über eine vor sechshundertfünfzig Jahren im Meer versunkene Stadt. Und jetzt das hier. – Wissen Sie was? Allmählich frag ich mich, ob dieser Scheißstempel mir das eigentlich wert ist!«

»Das sind *sie*«, murmelte Schmehlich. Hennings Ausbruch nahm er nicht zur Kenntnis.

»*Sie*?« Der Kriminalassistent blinzelte. »Die Kerle aus dem Café?«

Der Glatzkopf nickte mit zusammengebissenen Zähnen. »Wir haben nicht auf ihre Warnung gehört. Jetzt ziehen sie die Konsequenzen.«

»Können sie uns sehen?« Henning spähte in dieselbe Richtung wie Schmehlich, über das Heck der Schaluppe hinweg, zurück nach Pellworm. Noch immer nichts als Dunkelheit, doch wenn die Fremden ihnen folgten, mussten sie sich von dort her nähern.

»Wenn sie über diesen Antrieb verfügen, haben sie mit Sicherheit auch ein popeliges Radar«, sagte der Inspektor. »Und wer weiß was noch.«

»Zum Beispiel?«

Ein Knall zerriss die Stille. Henning spürte den Luftzug, als die Kugel Zentimeter an seiner Schläfe vorbeizischte.

Schmehlich warf sich auf die Planken, vollführte eine ruckartige Bewegung. Der Motor brüllte auf, und die Schaluppe machte einen Satz, schoss nach vorn. Henning verlor das Gleichgewicht, ruderte mit den Armen. Das Wasser raste auf ihn zu. Etwas packte ihn am Arm, doch er war nicht zu halten. Nur der Winkel, die Richtung des Sturzes veränderte sich. Ein Schlag gegen die Rippen, Feuer in seinem Kiefer, seiner Wange, als er sich an der Bordwand das Gesicht aufschürfte.

Auf allen vieren hockte er auf den Planken, rang nach Luft.

Das Boot schoss durch die Nacht, Kurs auf Hallig Horn, jetzt quer über die freie Wasserfläche. Aber Schmehlichs Kontaktmann hatte sie gewarnt! Sie hätten nicht …

Hennings Gedanken wirbelten durcheinander. Wovor hatte der Mann sie wohl warnen wollen?

Gleißendes Licht auf dem Wasser.

Henning keuchte, drehte sich mühsam um. Jeder Atemzug stach in seinen Lungen. Er stützte sich auf die Sitzbank, sah an Schmehlich vorbei …

Sein Kiefer klappte auf.

Es war gewaltig. Kein Boot. Ein Schiff, gepanzert mit nachtschwarzem Stahl. Der messerscharfe Bug durchschnitt die Wellen, schien sie wie ein Fleischerbeil auseinanderzuhacken, als wären sie der Feind, den es zu vernichten galt. Hohe Aufbauten, rotierende Lichter, Suchscheinwerfer, die über die Wasserfläche huschten.

Und Schüsse, Schüsse in der Nacht.

Aber die Schaluppe bewegte sich jetzt, hüpfte unruhig über die Wellenkämme. Das Zielen war nicht mehr so einfach für die Verfolger.

Doch Hennings Hoffnung währte nicht lange.

»Sie holen auf«, flüsterte er. »Sie sind viel schneller als wir.«

»Wir senden seit zwei Minuten ein automatisches Notsignal«, murmelte Schmehlich. »Wenn die Küstenwache in der Nähe ist …«

»Stattet die *deutsche* Marine ihre Zollkutter mit experimentellen Antrieben aus?«, brauste Henning auf. »Wie schnell sollen die hier sein?« Er brach ab. »Sie weichen aus«, murmelte er verwirrt. »Sie halten sich rechts von uns, zum offenen Meer hin.«

Der Deutsche warf nur einen knappen Blick über die

Schulter. »Das war zu erwarten. Sie versuchen, uns den Weg abzuschneiden. Sie wollen uns unter ihrer Bugwelle zerquetschen.«

Henning erstarrte zu Eis.

Ein Bild trat vor seine Augen: ein riesiges Schiff, ein Frachtschiff. Er hatte es nie mit eigenen Augen gesehen, doch jede Einzelheit war jetzt deutlich. Es hatte die Flagge der Republik Panama gesetzt und fuhr außerhalb des vorgeschriebenen Korridors, nahe an der Küste der Insel Tune. Die kleine Jolle mit einer einzelnen Person an Bord, die sich in einer schrägen Linie vom Strand her näherte, schien nicht in Gefahr zu sein.

Henning schüttelte sich. Die Bilder waren nie so deutlich gewesen. Ein metallischer Geschmack in seinem Mund. Er musste sich auf die Zunge gebissen haben.

Er kniff die Augen zusammen.

Eine feine weiße Linie am Horizont, rechts von ihnen, über der Wasserfläche des Fallstiefs, wo das schwarze Schiff Meter für Meter aufholte, sich nun fast auf einer Höhe mit der Schaluppe befand. Sekunden noch, und die Verfolger würden auf Kollisionskurs gehen.

Wie ein nachtdunkler Scherenschnitt stanzte die Schiffssilhouette eine Bresche in den hellen Streifen. Doch auch der Streifen selbst veränderte sich. Er *wuchs*, wuchs in die Höhe, zugleich in die Breite. Von den Positionslichtern der Baustelle war schon nichts mehr zu sehen. Während Henning noch hinschaute, schob sich das Weiß vor den fernen Schimmer Pellworms, und auf der anderen Seite wuchs er auf Hallig Horn zu.

»Inspektor!«, flüsterte Henning.

Schmehlich drehte den Kopf. Ein Keuchen. »*Düwel-Blixem!*« Der Fluch war ohne Betonung, ohne Atem beinahe.

»Was ist das?« Gegen seinen Willen richtete Henning sich auf, starrte in die Nacht, auf den breiten Streifen aus … ja, aus *Nebel*, der sich zu einer massiven Wand auftürmte, heranjagte auf den Flügeln des Windes.

In diesem Moment drosch die erste Böe gegen das Boot mit den beiden Beamten. Henning wurde auf die Ruderbank geschleudert. Für eine Sekunde trat Schwärze vor seine Augen, doch er zwang seine Lider auf.

*Ich darf jetzt nicht ohnmächtig werden!*

Gehetzt sah er zu Schmehlich. Der Deutsche starrte auf den Nebel, mit offenem Mund, ohne sich zu rühren. Mechanisch umklammerten seine Hände die Lenkung. Die Böen fauchten über das Boot, über die beiden Männer hinweg, und sie brachten etwas mit: ein Geräusch, ein Gefühl. Schreie von Möwen, oder war es das Klirren von Stahl gegen Stahl? Der metallische Geschmack in der Luft verstärkte sich. Ein Geschmack wie altes Blut. *Alt, uralt.*

Der Nebel hatte das Schiff der Verfolger fast erreicht. Grell stachen die Positionslichter aus dem Weiß.

Mit einem Ruck löste sich Schmehlich aus seiner Erstarrung, warf sich ins Ruder – und korrigierte scharf nach rechts, direkt auf die gleißende Wand, das Fahrzeug der Verfolger zu.

»Verflucht, sind Sie …« Henning hätte nie geglaubt, dass seine Kehle solche Töne hervorbringen konnte. Kiekser wie von einer alten Jungfer, die eine Maus gesehen hatte.

Schmehlich antwortete nicht. Stattdessen schlug er das Ruder plötzlich noch einmal nach rechts. Das Boot legte sich auf die Seite. Henning keuchte, fluchte, kriegte keine Luft. Der neue Kurs führte sie jetzt fast entgegengesetzt auf Nordstrand zu, doch nur für wenige Sekunden, dann ein neuer Wechsel, jetzt in Richtung Hallig Horn.

»Verdammt, was soll das?«, brüllte Henning.

Schmehlich antwortete nicht. Schweiß stand auf seiner Stirn. Henning konnte es klar erkennen. Der Nebel leuchtete aus sich selbst heraus, eine verwirbelte, amorphe Masse, in der sich zuckend etwas zu bewegen schien.

Der Nebel. Es war nicht Nebel allein. Etwas verbarg sich in und hinter diesem Nebel. *Wasser.* Henning spürte, hörte, schmeckte es. Eine turmhohe Wand aus salzigem Wasser, zwölf Meter oder höher.

Das Weiß hatte das Schiff der Verfolger erreicht. Geräusche waren zu hören, ein Malmen und Krachen, ein Tosen und Toben in der Luft. Henning verrenkte sich, kämpfte gegen die Bewusstlosigkeit, während Schmehlich fortfuhr, den Kurs alle paar Sekunden in eine andere Richtung zu korrigieren. Absolut unvorhersehbar. Oder gab es ein Muster?

»Was tun Sie da?«, presste Henning hervor.

Noch immer gab der Inspektor keine Antwort. Auch Schmehlich starrte auf das Weiß, lauschte auf die Geräusche. Doch Lauschen war unnötig. Die Lichter des mächtigen Schiffes waren nur noch schemenhaft zu erkennen, doch sie schienen ihre Position zu verändern – ihre Position *zueinander*. Als wäre in dem Knirschen, dem Krachen, dem … dem *Schmatzen* eine gigantische Faust am Werk, die die schwimmende Festung in ihrer Umklammerung hielt, sie millimeterweise – zerquetschte.

Der Inspektor hörte nicht auf mit seinen Manövern, veränderte den Kurs, immer wieder, wie ein Besessener. Er biss die Zähne aufeinander, dass seine Wangenknochen als scharfe Grate hervortraten. Ja, es gab ein Muster, doch Henning konnte es nicht erfassen.

Er löste seinen Blick von Schmehlich, starrte auf die weiße Wand, die das Schiff jetzt vollständig verschlungen hatte. Sie war höchstens noch hundert Meter von den Männern in der Schaluppe entfernt.

Und Schmehlichs Manöver verhinderten, dass sie von der Stelle kamen.

***Mittwoch, 20. Juni, 21:44***
***Auflaufendes Wasser, 2 h 48 min bis Hochwasser***
***Pegel Hallig Horn: 2,17 m über Seekartennull***

»*Zurück?*«, fragte mein Stiefvater streng. »Wir wollen Rungholt nicht *zurück*. Rungholt hat immer uns gehört, dem Hause Rasmussen. – Wir hatten nur vergessen, wo es zu finden ist. Wir besitzen König Waldemars Urkunde, Lara, und ihr Inhalt ist durch all die Jahrhunderte immer wieder bekräftigt worden: Hallig Horn gehört uns, und *alles, was den Rasmussens zukommt nach alter Gewohnheit*. Rungholt und die übrigen ehemaligen Siedlungen innerhalb der roten Linie. Marten hat jede von ihnen benennen und zuordnen können, und unser internationales Expertengremium hat seine Einschätzung in sämtlichen Punkten bestätigt.

Und ja!«, zischte er. »Ja, ja, *ja*! Ja, ich weiß, was du sagen willst!«

Da wusste er allerdings mehr als ich. Doch ich kam nicht dazu, den Mund aufzumachen. Rasmussen hatte sich in Rage geredet.

Wie lange musste sich aufgestaut haben, was nun aus ihm hervorbrach? Sechshundertfünfzig Jahre. Die mächtigste Stadt an der Küste hatte seine Sippe geschenkt bekommen – geblieben war ihr nichts als Hallig Horn. Bis heute.

»Ja, ich weiß, was du sagen willst: *die Deutschen!* Aber die Deutschen sind die Allerletzten, die es sich leisten könnten, sich unseren Plänen in den Weg zu stellen.« Seine Stimme war jetzt ein Unheil verkündendes Flüstern. »Schließlich haben sie vor nicht allzu langer Zeit zwei Kriege verloren und dabei eine sehr, sehr schlechte Figur gemacht. Was glaubst du, würde geschehen, wenn sie auf den Einfall kämen, uns aufzuhalten? Schon wieder ein kleines, hilfloses Volk, dem sie wegnehmen wollen, was ihm von Rechts wegen zusteht! Nein, die Deutschen halten still, Lara. Ihre Regierung hat bereits akzeptiert, was sie nicht verhindern kann. Wir haben lediglich versprechen müssen, die Vorbereitungen in aller Diskretion zu treffen, wegen ihrer Wahlen demnächst, ihrer Ausschüsse und Parlamente. Sorgen, die wir hier bei uns zum Glück nicht kennen. Du verstehst?«

»Alte Gewohnheit, hm?«, murmelte ich.

»Exakt.« Den vage ätzenden Ton in meiner Stimme hörte er nicht oder wollte ihn nicht hören. »Gewaltige Visionen verlangen gewaltige Anstrengungen. Und glaube mir: Ich weiß, was du gerade denkst. Natürlich wäre es viel einfacher, hier auf der Insel eine bescheidene kleine Ausstellung aufzubauen, anstatt ein Projekt von den Dimensionen Rungholtlands ins Leben zu rufen. Einfacher und bequemer. – Aber dürfen wir das, frage ich dich? Wäre das fair – Marten gegenüber?«

Sein Blick fixierte mich, und mehr denn je kam ich mir vor wie auf dem Objektträger in einer wissenschaftlichen Versuchsanordnung.

Ich öffnete den Mund, doch was hätte ich sagen sollen? Dieses Projekt war Martens Traum, nur noch viel, viel gewaltiger. Eine ganze Stadt, ein ganzes kleines *Land*, in dem es zugehen würde wie im Mittelalter.

Stumm schüttelte ich den Kopf.

»Die Sehnsucht der Menschen nach der Vergangenheit ist groß«, murmelte Rasmussen. »Und sie ist echt. Doch was bekommen sie? Kulissen! Mittelaltermärkte, Rittermähler, Versicherungsvertreter, die sich nach Feierabend als Robin Hood verkleiden. Rungholtland kann ihnen etwas viel Gewaltigeres bieten. Etwas *Echtes*, Lara. Wir hier auf Hallig Horn haben es nicht nötig, das Mittelalter mühsam nachzubuchstabieren. Bei uns ist es niemals zu Ende gegangen. Vergangenheit und Gegenwart, hier bei uns sind sie identisch.«

Ich fror. Es war mehr als das gewohnte Kribbeln zwischen den Schulterblättern. Auf einmal kam mir der dunkle Blazer viel zu dünn vor. Tausend winzige Zombieameisen krabbelten an meinen Perlonstrümpfen hoch, den Rücken lang bis in den Nacken – und wieder zurück.

»Kein billiges Freizeitvergnügen mit kostümierten Schauspielern«, sagte Rasmussen. »Sondern ein Ort, an dem die alten Gewohnheiten *tatsächlich* lebendig geblieben sind und ...«

Ein leises Piepsen fiel ihm ins Wort. Er griff in seine Anzugjacke, riss das Handy raus, warf nur einen kurzen Blick aufs Display. »Nicht jetzt«, brummte er. Mit gerunzelter Stirn drückte er eine Taste. »Das hier ist wichtiger.«

So weit zu Rasmussens mittelalterlichen Gewohnheiten, dachte ich. Und doch ... Je mehr ich darüber nachdachte, desto faszinierender kam mir der Gedanke vor. Warum flogen die Leute nach London und sahen sich den Wachwechsel vor dem Buckingham-Palast an? Klar, das sah eindrucksvoll aus, aber genau das Gleiche hätte man in jedem Kaff vor dem Rathaus aufziehen können mit ein paar Nasen in Bärenfellmützen. Und doch wäre es nicht dasselbe gewesen. Weil es Kulisse gewesen wäre, eine Theatervorstellung.

Nicht hier bei uns. Nicht auf Hallig Horn, nicht in *Rungholtland*. Natürlich lief heutzutage niemand mehr im Mittelalterkittel auf der Hallig rum, aber das änderte nichts daran, dass eben tatsächlich noch ein Echo der Vergangenheit zu spüren war: hier auf der Herrenwarft, auf der gesamten Insel, über die Ole Rasmussen herrschte wie seine Altvorderen. Ob ich das nun hasste oder nicht: Das war echt, authentisch auf seine ganz eigene gespenstische Weise. Mittelalter in der Hardcore-Variante.

Doch war das Ganze nicht trotzdem unvorstellbar? Unmöglich?

»Aber …« Die Gedanken in meinem Schädel rotierten. »Aber *wie* willst du das machen? Die ganze Gegend liegt heute ein paar Meter unter Wasser, zum Teil sogar bei Ebbe! Bis auf die Sandbank. Und der Rest ist Watt! Diese Landschaft ist einmalig – auf der ganzen Welt! Der Nationalpark! Hier leben Tiere, die nirgendwo sonst …«

Er winkte ab. »Da läufst du bei mir offene Türen ein. Genau das ist das zweite Standbein von Marten Feddersens Rungholtland. Selbstverständlich brauchen wir eine vollständig neue Deichlinie, um unsere neu gewonnenen Gebiete zu schützen, aber ebenso selbstverständlich stellen wir Ausgleichsflächen zur Verfügung, weiter draußen. *Wattenmeer 2.0*. Unsere Experten sind sich absolut sicher, dass sie die spezifischen Lebensbedingungen perfekt simulieren können. Am Ende wird die Wattfläche noch wesentlich größer sein als heute. Und außerdem …« Ein amüsierter Funke blitzte hinter seiner Nickelbrille auf. »Außerdem wirst *du* mir ja auf die Finger schauen, nicht wahr? Nicht ich, Lara, sondern du, Marten Feddersens Tochter, bist es, die Rungholtland nach außen hin repräsentiert. Es liegt ganz an dir, wie du Martens Vision lebendig werden lässt. Den ganzen Papierkram wird dir natürlich eine Verwaltung abnehmen. Glücklicherweise ist es mir gelungen …«

Eine Pause, so kurz, dass ich mir nicht ganz sicher war, ob sie wirklich da war.

»… Menschen zu gewinnen, die unsere Visionen teilen. Und auch die finanzielle Seite dürfen wir natürlich nicht völlig vernachlässigen. Alles hat seinen Preis. Der technische Aufwand, die neuen Deiche. Richtig: Der Wasserspiegel steht heute weit höher als in den Jahrhunderten vor der *Mandränke*, aber wir haben auch völlig andere technische Möglichkeiten als die Menschen von Rungholt. Neue, experimentelle Verfahren, die wir im Fallstief bereits …«

»Die Masten«, flüsterte ich. Mit einem Mal fiel es mir wie Schuppen von den Augen. Ich hatte sie gesehen! Ich hatte Mommsen nach ihnen gefragt, und er hatte nicht antworten wollen. *Frag deinen Vater*, hatte er gesagt. *Also … den anderen.*

Rasmussen brach ab. Sekundenlang war nichts zu hören als das höfliche Ticken der Standuhr, der gedämpfte Glockenschlag zur vollen Minute.

Sein Blick schnitt mich in hauchdünne, transparente Scheiben. Er hätte das Handelsblatt durch sie lesen können. Doch das wollte er gar nicht. Ihm reichte es aus zu wissen, was in meinem Kopf vorging.

Ich schluckte. Die stählernen Masten waren nur von der Sandbank aus sichtbar, wo sich keine Menschenseele hin verirrte. Bis auf den Mann, bei dem es zu seinem Job gehörte, sich an Orten rumzutreiben, wo sich Lachs und Wattwurm Gute Nacht sagten.

Rasmussen stellte keine Fragen. Er nickte nur nachdenklich. »Das ist überraschend«, murmelte er. »Aber vielleicht umso besser, wenn du mit eigenen Augen festgestellt hast, wie weit die Arbeiten an den Sperren bereits gediehen sind. Das einzige echte Problem war tatsächlich die Geheimhaltung, auf der die deutsche Regierung bestanden hat. Alles andere …« Er hob die Schultern, öffnete die Handflächen, als wollte er mir zeigen, dass er nichts zu verbergen hatte: *Hey, Problemchen gibt's doch überall.* »Mit Verzögerungen und kleinen Zwischenfällen muss man natürlich immer rechnen, doch inzwischen warte ich eigentlich nur noch auf ein einziges Gutachten. Der Abschlussbericht wegen der veränderten Tideverhältnisse steht noch aus – aber auch da weiß ich schon, wie er ausfallen wird. Das Projekt ist nicht in Gefahr. Und ich gebe zu, dass ich in den letzten Monaten …« Sein Gesichtsausdruck veränderte sich. Sein Blick löste sich von mir, ging über meine Schulter hinweg. »… doch etwas gedrängelt habe«, murmelte er, hob die Augenbrauen. »Tilda?«

Hannes und ich drehten die Köpfe. Ich hatte noch nie erlebt, dass die Köchin sich wieder blicken ließ, bevor es an der Zeit war, das Geschirr abzutragen.

Tilda stand im Türrahmen, rang die Hände vor ihrem gewaltigen Bauch. »Verzeihen Sie, Herr Rasmussen. Er … Er lässt sich einfach nicht abweisen. Er sagt, es sei dringend.«

Mein Stiefvater knurrte etwas, tupfte sich mit der Stoffserviette den Mund ab, warf sie achtlos auf den Teller.

»Wer lässt sich nicht abweisen?«, fragte ich.

Doch Rasmussen war schon durch die Tür. Falls er eine Antwort gegeben hatte – ich hatte sie nicht mehr verstehen können.

***Mittwoch, 20. Juni, 21:55***
***Auflaufendes Wasser, 2 h 37 min bis Hochwasser***
***Pegel Hallig Horn: 2,21 m über Seekartennull***

Henning atmete flach.

Er kauerte auf den Planken der Schaluppe. Seine Haare hatten sich aus dem Gummi gelöst und fielen ihm vor die Augen wie ein Vorhang, der gnädig verbarg, was zu sehen Henning nicht ertragen hätte, ohne den Verstand zu verlieren.

Das Gurgeln und Bersten, das Tosen und Toben hielt an, mit dem der Nebel das Schiff der Verfolger verschlang.

Die Wand aus gleißendem Weiß war zum Greifen nah – und die beiden Männer in der Schaluppe zum Greifen nah für die erstickende Klaue des Nebels.

Nein, nicht des Nebels: des Wassers. Was war denn Nebel? Nichts anderes als eine Konzentration feinster Wassertröpfchen. Gar nicht schön, wenn man mit dem Wagen unterwegs war und plötzlich ein solcher Nebel aufkam, dass man die Hand vor Augen nicht mehr sah.

Nur dass ein gewöhnlicher Nebel nicht von dem Willen beseelt war zu töten.

Wie lange dauerte sie schon an, die Irrfahrt auf dem namenlosen Flecken irgendwo zwischen Nordstrand und Hallig Horn? Minuten, Stunden, ein halbes Leben?

In Inspektor Schmehlichs Augen stand ein gespenstisches Funkeln: Wahnsinn.

Es *musste* Wahnsinn sein. Wenn es das nämlich nicht war, war es etwas noch Schlimmeres. Dann würde Henning in Betracht ziehen müssen, dass diese geisterhafte Aufführung tatsächlich etwas *bewirken* konnte.

Schmehlich sprach noch immer kein Wort, und doch bewegten sich seine Lippen, murmelten tonlos etwas vor sich hin wie ein lautloses Mantra. Im Rhythmus dieser stummen Worte warf er das Ruder in die eine, in die andere Richtung, einem Muster folgend, das Henning nicht begreifen konnte.

Doch was, wenn der *Nebel* es begreifen konnte?

Auf einen Schlag war es vollständig still. Das Malmen der weißen Gewalt verstummte, und mit ihm schwieg das Klirren schartiger Klingen, die grellen Schreie der Möwen, die die Annäherung des Nebels begleitet hatten. Geblieben war nur der würgende Geschmack nach Blut und unvorstellbarem Alter ganz hinten auf Hennings Zunge.

Mit zitternden Fingern strich er seine Haare beiseite. Sie fühlten sich an wie Seetang. Wahrscheinlich sahen sie auch so aus.

Der Nebel war noch da, eine schweigende, turmhohe, tödliche Wand. Er schien unschlüssig innezuhalten, als wäre in seinem Innern eine unfassbare Intelligenz am Werk, die versuchte, das Muster zu deuten, die irrsinnige Zickzackstruktur, die der Inspektor auf die Wasseroberfläche zeichnete.

Und dann, ohne dass es ein sichtbares Zeichen gegeben hätte, dass eine Entscheidung gefallen war, begann er sich zurückzuziehen, floss davon mit der Strömung des Fallstiefs, aufs offene Meer hinaus. Schon war er nicht mehr als eine ferne Ahnung, zerfaserte, löste sich auf, als hätte er nie existiert.

Der einzige Beweis für das, was an diesem namenlosen Ort geschehen war, waren die Wrackteile, die auf der weiten Wasserfläche zurückblieben.

Und der Block aus Eis in Hennings Innerem, von dem er wusste, dass er nie wieder vollständig schmelzen, sondern ihn bis zum Tag seines Todes begleiten würde.

Die Anlegestelle der Hallig. Platz für drei, vier Boote, aber die Liegeplätze waren leer bis auf den, an dem Schmehlich die Schaluppe an einem Pfosten vertäut hatte. Keine zusätzliche Sicherung. Sie würden wieder weg sein müssen, bevor es hell wurde, erinnerte sich Henning.

Ein seltsam abstrakter Gedanke. Er konnte sich nicht vorstellen, dass es je wieder Tag werden würde. Dass es je wieder etwas anderes geben würde als Nebel und schwarzes Wasser – und jetzt die Weite der nächtlichen Hallig.

Nachdem der Nebel verschwunden war und sie Kurs auf die Insel genommen hatten, hatte Henning versucht, mit dem deutschen Inspektor zu reden. Doch Schmehlich wollte nicht reden. Nicht über das Weiß und nicht über das Wasserballett, das er dort draußen aufgeführt hatte. Ein zögerndes *»Später vielleicht. Wir müssen in die Seemuschel!«* war noch das Erfolgverheißendste, was Henning aus ihm herausbekommen hatte.

Die »Seemuschel«, die Inselkneipe auf Hallig Horn – *Feemuffel*, so hatte der Name sich angehört, als Schmehlich ihn in Passons gruseligem Obduktionslabor mit aufgeplatzter Lippe in Richtung Telefon geblökt hatte. Das Treffen mit seinem Informanten, dem Fachmann für die Tideverhältnisse im Watt. Eine zwölf Meter hohe Welle, die eine ganze Baustelle mit Mann und Maus verschlungen und ein paar Kilometer entfernt auf Pellworm zu keinem messbaren Ausschlag des Pegels geführt hatte.

Unvorstellbar. Noch vor einer Stunde war das unvorstellbar gewesen.

Doch jetzt wusste Henning, dass genau das geschehen war. Er, der einen irrsinnigen, logisch nicht nachvollziehbaren Horror vor dem Wasser gehabt hatte, hatte erleben müssen, wozu Wasser tatsächlich in der Lage war.

Was er gesehen hatte, widersprach allen Gesetzen der Physik und des gesunden Menschenverstands. Es war ganz einfach – Horror. Mehr als genug, um einen Menschen um den Verstand zu bringen, mehr als alles, was Niels-Henning Bergstrœms Unterbewusstsein an albtraumhaften Szenarien hätte ersinnen können. Das hier war kein Kriminalfall. Es war eine Geschichte wie ein schlechter Drogentrip.

Draußen auf dem Wasser lauerte ein Killernebel. Die beiden Beamten waren auf einer winzigen Hallig gestrandet, im Auge des Sturms.

Und wie ging Hennings Kontaktbeamter die Sache an: ab zum Bierchen in die Halligkaschemme.

Schmehlich prüfte ein letztes Mal die Vertäuung, dann trat er wortlos zu Henning, warf einen prüfenden Blick auf sein Gesicht, strich mit einer raschen Bewegung über den Brustkorb des Kriminalassistenten, links zuerst, dann rechts. Henning sog schmerzhaft die Luft ein.

»Das geht vorbei«, brummte der Deutsche. »Nichts gebrochen, denk ich mal.«

Bei der letzten Bemerkung war er schon zwei Schritte weg auf dem Marsch ins Inselinnere. Ob der jüngere Mann ihm folgen konnte, schien ihn nicht zu interessieren.

Henning war sich selbst nicht sicher, ob er das *konnte*. Er wusste lediglich, dass ihm nichts anderes übrig blieb, wenn er nicht doch noch den Verstand verlieren wollte. Alles, aber nicht allein hier draußen bleiben. Am Wasser.

Dunkelheit lag über den Salzwiesen von Hallig Horn, doch die Luft war vollkommen klar. Mond und Sterne standen am Himmel und beleuchteten eine grasbewachsene, vollständig ebene Fläche, die links am Horizont in einer geschwungenen Dünenlinie endete.

Schweigend stapften sie durch die Nacht, Henning zwanzig Schritte hinter seinem Kollegen, der sich nicht ein einziges Mal zu ihm umblickte. Der Abstand schrumpfte nicht, doch er wurde auch nicht größer. Schmehlich schien sorgfältig darauf zu achten, dass der Kriminalassistent nicht zurückfiel. Wenn er keine Augen im Hinterkopf hatte, half ihm vermutlich das schwere Atmen des Kriminalassistenten, die Distanz abzuschätzen.

Gleichzeitig aber stellte Henning fest, dass das Laufen ihm guttat. Als ob das verkrampfte Muskelgewebe durch die Bewegung daran erinnert wurde, wozu es eigentlich gut war. Henning nahm sich trotzdem vor, mit dem Kickboxen ein paar Tage Pause zu machen. Aber ob er in ein paar Tagen überhaupt noch am Leben sein würde…

Nach einiger Zeit – Henning hätte nicht sagen können, wie lange es gedauert hatte – wurde geradeaus ein gleichmäßiger Umriss sichtbar: ein Deich, dahinter einzelne Formen, die zu kompakt und geometrisch wirkten, um natürlichen Ursprungs zu sein. Das Halligdorf.

Als sie näher kamen, erkannte er, dass Schmehlich auf eine Treppe zuhielt, die zur Deichkrone emporführte. Der Deutsche blieb stehen und wartete, bis sein Kollege ihn eingeholt hatte.

»Sie…« Henning zuckte zusammen, als er seine eigene Stimme hörte. Sie erinnerte auf gespenstische Weise an das Öffnen und Schließen einer pneumatischen Bustür. »Sie halten es für eine gute Idee, wenn wir in diesem Zustand in die…«

»Deshalb sind wir hergekommen«, brummte Schmehlich. »Und die Seemuschel ist kein Fünfsterneschuppen. Wär' zu umständlich für die Fischer, erst den Smoking rauszuholen, wenn sie nach der Arbeit einen trinken wollen. Für die Inselkneipe sind wir hübsch genug.«

Es sagte einiges, dass er die Feststellung auf sie beide bezog. Der Inspektor in seinem verknitterten Anzug sah kaum anders aus als am Morgen, mit Ausnahme der Lippe natürlich. Es war Henning, der sich Schmehlichs Erscheinungsbild erschreckend angenähert hatte. Und sein Reisegepäck stand bei Passon im Labor.

Die Treppe zum Deich war steil und beschwerlich. In der Dunkelheit mussten sie aufpassen, wo sie den Fuß hinsetzten. Mit einem Nicken deutete Schmehlich auf einen helleren Fleck an der Deichflanke, ein paar Hundert Schritte entfernt. »Die Rampe für die Kutsche«, murmelte er. »Falls jemand zu Besuch kommt, den sie wirklich hier haben wollen.«

»Das gilt nicht für uns?«, fragte Henning.

»Hätten wir mit dem Treffen sonst gewartet, bis es zappenduster ist?«

»Und ihr Kontaktmann wird uns helfen? – Trotzdem? Am Telefon …«

»Nach dem, was wir da draußen gesehen haben, wird er uns helfen müssen. – So …« Auf der Deichkrone blieb der Inspektor stehen, trat einen Schritt beiseite. »Die Siedlung.«

Henning war sich nicht sicher, was er erwartet hatte. Die achtundzwanzig oder neunundzwanzig Bände über ein von unbeugsamen Galliern bewohntes Dorf, das nicht aufhört, dem Eindringling Widerstand zu leisten, standen komplett bei ihm zu Hause im Schrank. So was in der Art hatte er sich vermutlich vorgestellt.

Doch das Dorf war anders, die einzelnen Häuser weiter voneinander entfernt, jedes stand auf einer eigenen kleinen Anhöhe, und im Zentrum der Ansiedlung sah man einen bedeutend größeren, steileren Hügel mit einem düsteren, verschachtelten Gebäude. Die Herrenwarft des Rasmussen-Clans. Henning brauchte nicht zu fragen.

»Die Seemuschel ist gleich da vorn«, murmelte Schmehlich und wies auf den vordersten Hügel zur Linken. Ein einstöckiges Haus mit Reetdach und weiß gekalkten Lehmwänden. Die Sorte Häuschen, für die die Geschäftsfreunde von Hennings Vater ein Heidengeld ausgaben, vorausgesetzt, es lag in der richtigen Gegend vor den Toren Kopenhagens. Und doch war die *Seemuschel* anders. Sie sah lebendiger aus als die Domizile in den Vororten, die *nur so taten als ob. Hier* lebten tatsächlich Menschen, die an so einen Ort gehörten.

Schmehlich stiefelte den Deich hinab. Unten in den Salzwiesen wählte er nicht mehr den direkten Weg zur Inselschenke, sondern ging in Schlangenlinien. Als Henning in etwas Weiches, Klebriges trat und unter seinen Füßen ein feiner Dampf und ein wesentlich unfeinerer Geruch aufstiegen, beschloss er, von nun an der Fährte des Inspektors zentimetergenau zu folgen.

An der Seemuschel-Warft war wieder ein richtiger Weg zu erkennen. Die schwere Eingangstür des Gebäudes wurde links und rechts von Gaslaternen beleuchtet. Durch die Fensterkreuze mit ihren Butzenscheiben fiel heimeliges Licht nach draußen.

»Ach ja.« Schmehlich hatte die Hand schon auf der Türklinke. »Sie sind kein Polizist. Sie sind der Sohn meiner Schwägerin aus … Irgendeine Insel, die kein Mensch kennt …«

»Tune?«, schlug Henning verwirrt vor. »Aber warum …«

»Mein Neffe von der Insel Tunø. Sie sind ein paar Wochen bei mir zu Besuch. Nachdem Sie eine Autoknackerkarriere hingelegt haben, soll ich Sie auf andere Gedanken bringen.«

»Aber ...«

»Wenn Sie verhindern wollen, dass die Leute unliebsame Fragen stellen, müssen Sie ihnen was anderes geben, über das sie sich das Maul zerreißen können. Das lenkt ab. – Kommen Sie jetzt!« Mit beiden Händen zog der Inspektor die Tür auf.

Henning schüttelte seufzend den Kopf. Tunø lag dermaßen weit ab vom Schuss: Autos zum Knacken gab es dort so wenig wie auf Hallig Horn.

Lautes Gegröle schlug ihnen entgegen, überlagert von Wortfetzen, die den Gesang zu übertönen versuchten. In der Schankstube herrschten schätzungsweise dreißig Grad, und vom Rauchverbot schien man in Hallig Horns Gastronomie noch nichts gehört zu haben. Allerdings trug auch das offene Kaminfeuer zur Rauchentwicklung bei, vor dem sich mehrere Männer auf niedrigen Stühlen fläzten. Ihre nackten Füße lagen behaglich auf dem Kaminsims, von der Tür aus nur wie durch einen Nebel zu erkennen. Wäre Henning nicht gleich beim Eintreten der Schweiß ausgebrochen, hätte er eine Gänsehaut bekommen. Er hatte genug Nebel gesehen für den Rest seines Lebens.

Hinter der Theke stand ein verhutzeltes Wesen, das ihnen durch den Dunst entgegenspähte. »Da brat mir einer ...« Schon war das Männchen an der Theke vorbei. »Mensch, Jakup, du verfluchte Landratte!«

Der Rest des Dialogs ging in dem allgemeinen Gemurmel unter, als die übrigen Gäste der Wirtsstube auf sie aufmerksam wurden und etliche von ihnen sich um den Inspektor zu drängen begannen, ihm herzhaft gegen die Schulter boxten. Bewunderung zog offenbar die neueste Verzierung an seiner Lippe auf sich. Henning bekam nicht mit, ob Schmehlich sie kommentierte, sah aber ein paar Sekunden später die zusammengezogenen Augenbrauen, mit denen der kleinkriminelle Neffe betrachtet wurde.

Der Wirt bugsierte sie in die hinterste Ecke der Schankstube, die mit Fachwerkbalken gegen den Rest des Raumes abgesondert war. Der Tisch dort quoll jetzt schon über von Besuchern: Eine einzige Frau war dabei, der Rest Männer. Überhaupt schien sich vor allem der männliche Teil der Inselbevölkerung in der Seemuschel versammelt zu haben. Die Leute am Tisch quetschten sich noch enger aneinander, als die Neuankömmlinge sich näherten.

Henning hielt automatisch nach Schmehlichs Kontaktmann Ausschau, fragte sich, woran er ihn überhaupt erkennen sollte. Den Mann, der für die Pegelstände zuständig war, stellte er sich irgendwie weniger *rustikal* vor als die Ansammlung von Gummistiefel- und Norweger-Strickpulli-Trägern, die das Bild in der Schenke prägte.

»Er ist noch nicht hier«, raunte ihm der Inspektor zu, als sie sich auf die Bank zwängten.

Henning hob die Augenbrauen. »Oder schon wieder weg?«

Schmehlichs Kopfschütteln war die Andeutung einer Andeutung. »Matthes hat ihn seit gestern nicht gesehen.« Seine Pupillen wiesen auf den kleinwüchsigen Wirt.

»Nach Einbruch der Dunkelheit, hatten wir gesagt«, zischte Henning. »Es ist seit einer Stunde finster!«

Schmehlich antwortete nicht. Sein Gesichtsausdruck sagte alles. Sie hatten den Nebel gesehen, alle beide.

Der Kriminalassistent biss die Zähne zusammen. »Und was machen wir jetzt?«

»Wir warten«, murmelte Schmehlich. Dann stieß er sogleich ein halblautes *Uff!* aus, als ihm sein Banknachbar freundschaftlich den Ellenbogen in die kurzen Rippen stieß.

»Kein Wort zu niemandem! – Singen Sie einfach mit«, wisperte er in Richtung Henning.

Der Kriminalassistent nickte ernst – und stutzte sogleich. *»Singen?«*

***Mittwoch, 20. Juni, 22:07***
***Auflaufendes Wasser, 2 h 25 min bis Hochwasser***
***Pegel Hallig Horn: 2,34 m über Seekartennull***

Wir sahen uns an, mein Bruder und ich, über die schwere Tischplatte hinweg, die gut und gern ein paar Hundert Jahre auf dem Buckel haben musste. Wie viele Generationen unserer Vorfahren mochten sich an diesem Tisch schon den Hintern platt gesessen haben, während ihre Eltern ihnen auseinandersetzten, was es bedeutete, Erbe des Hauses Rasmussen zu sein?

Nein, korrigierte ich mich. Nicht *unsere* Vorfahren. *Hannes'* Vorfahren. Hockte mir wirklich der Junge mit den ewig ungekämmten Haaren gegenüber, der mir früher bei jedem Besuch wie eine Klette am Ärmel gehangen hatte – oder war es Ole Rasmussen der Zweite? Sein Gesichtsausdruck war nicht zu deuten. Nur der Schnurrbart und die Nickelbrille fehlten, und er hatte wesentlich mehr Haare.

Wir lauschten, wie sich die Schritte meines Stiefvaters entfernten, begleitet von Tildas unruhigem Trippeln. Mehrere Räume entfernt wurde eine Tür aufgerissen, fiel wieder ins Schloss. Dann Stille – bis auf die Geräusche des Winds vor den Fenstern, der mit dem Abend erwacht war. Oder kamen die gar nicht von draußen? Waren das vielleicht *Stimmen*? Stritten sich die beiden, mein Stiefvater und sein

Gast? Was für ein Mensch war das, der bei Wind und Wetter und nach Einbruch der Dunkelheit im Herrenhaus auftauchte?

*Gyllenløve kommt*, fuhr mir durch den Kopf. *Der junge soll auch nicht unrecht sein.* Aber nur, wenn er nicht zum falschen Zeitpunkt auf der Matte stand?

Ich schüttelte den Kopf. Im Moment war das bedeutungslos. Was auch immer in Rasmussens Büro vorging: Irgendwie war ich mir sicher, dass es nicht in fünf Minuten vorbei sein würde.

»Dann war's das wohl in Sachen Abendessen«, murmelte ich.

Hannes rührte sich noch immer nicht, hatte lauschend den Kopf zur Seite geneigt.

Ich warf einen Blick auf die Leinwand, das Bild, das bei der schwarzen Fläche mit den Schriftzügen *Marten Feddersens Rungholtland* stehen geblieben war. Nachdem Rasmussen verschwunden war, wirkte das ganze monströse Vorhaben seltsam unwirklich. Große weiße Buchstaben, die eigentlich alles bedeuten konnten. Oder überhaupt nichts.

»Los! Komm mit!«

Ich zuckte zusammen.

Mit einem Ruck schob Hannes seinen Stuhl zurück; ein unterdrücktes Quietschen auf dem Ziegelfußboden. »Ich will wissen, was da los ist!«

Ich nickte. Das wollte ich auch, aber …

Schon war er an der Tür.

»Du willst horchen?«, fragte ich.

»Unmöglich.« Er schüttelte den Kopf, spähte um den Türrahmen. »Tilda steht Schmiere für ihn. Macht sie jedes Mal. – Komm, aber leise!«

Verwirrt folgte ich ihm. Warum leise, wenn er gar nicht horchen wollte?

Wir huschten durch die Tür, rüber zur Treppe.

»Nicht am Geländer lang!«, zischte mein Bruder. »Da knarrt es. Ganz links, geh direkt hinter mir!«

Er nahm zwei Stufen auf einmal. Ich konnte mich nicht erinnern, ob sie vorhin geknarrt hatten. Jetzt war nichts zu hören, doch mein schwarzer Rock saß verdammt eng. Das machte es nicht ganz einfach, Hannes auf den Fersen zu bleiben. Hinter der ersten Biegung verschwand sein knochiger Hintern ganz aus meinem Blick. Er hatte noch mal einen Schuss getan, seitdem ich ihn das letzte Mal gesehen hatte. Würde er so ein hagerer Hering werden wie sein Vater, oder wuchs sich das noch aus?

Erst auf dem Treppenabsatz sah er sich kurz nach mir um. Ich war noch da, also weiter. Die zweite Etage. Noch weiter. Was sollte das? Mit jedem Schritt entfernten wir uns vom Büro, von Rasmussen und seinem Besucher.

Doch Hannes schien zu wissen, was er tat, und mir blieb gerade die Puste weg. Sinnlos, sie mit Fragen zu verschwenden.

Endlich ging es nicht mehr höher. Wir waren unter dem Dach angekommen, auf dem Flur vor unseren Zimmern. Über uns befand sich nur noch der Speicher.

»Los! Komm mit rein!« Mein Bruder fingerte einen Schlüssel aus der Tasche, stieß seine Zimmertür auf.

Als er auf den Lichtschalter drückte, kniff ich die Augen zusammen. Hannes hatte ich irgendwann im Winter zuletzt zu Gesicht bekommen, als er bei uns auf dem Festland zu Besuch gewesen war, aber sein Zimmer hatte ich vor fast einem Jahr zum letzten Mal betreten – genau wie den Rest der Insel.

Doch wie konnte man *das hier* vergessen?

Ich machte einen großen Schritt, um überhaupt in den Raum zu kommen. Ich wusste, dass dieses Zimmer denselben Grundriss hatte wie meine eigenen vier Wände nebenan, aber es sah winzig aus, vollgestopft, wie es war. Eine Wand war mit Postern von Hannes' Bands gepflastert, diejenige gegenüber wurde komplett von einem Plasmabildschirm eingenommen. Im Rest des Zimmers ein Chaos von Tischen und Stühlen, auf denen jeder Quadratzentimeter mit einer unglaublichen Menge von technischem Zeug belegt war, Tastaturen, Monitoren, Kabelsalat. Wo schlief der Junge überhaupt? Erst als ich bewusst danach Ausschau hielt, entdeckte ich das Bett, fast unsichtbar unter einem Berg von elektronischem Krimskrams.

Hannes steuerte einen Laptop an – einen von dreien, die ich auf den ersten Blick gesichtet hatte. Dieses Exemplar balancierte gefährlich schwankend auf einem Stapel undefinierbarer Gegenstände.

Die Dioden leuchteten auf Stand-by; eine Mausbewegung genügte, und das Gerät erwachte zum Leben.

»Papa hat eine Kamera da unten«, murmelte er. »Wegen der Videokonferenzen mit den Rungholtinvestoren. Ich hab mir den Code besorgt, vor ein paar Monaten schon. Wenn sein Rechner noch läuft ...«

*Eine Kamera?*, dachte ich. Ein Mikrofon wäre im Moment sinnvoller gewesen. Vielleicht gab es das ja außerdem. Wohl war mir so oder so nicht.

»Kriegt er das nicht mit?«, fragte ich leise.

Hannes nickte, ganz auf den Laptop konzentriert. Seine Finger huschten über die Tastatur. »Würde er. Das System würde aus dem Stand-by gehen. Normalerweise. Aber ich hab was gedreht. Mal sehen, ob's geklappt hat.«

Ich war mir nicht sicher, womit ich gerechnet hatte.

Nicht mit dem Geräusch jedenfalls.

Es war ein durchdringendes, lang gezogenes Quietschen. Wie ein schlecht geöltes Scharnier, von einer Tür, die lange niemand geöffnet hatte.

»Was war das?« Hannes zuckte zurück, als hätte er sich die Finger verbrannt.

Irritiert sah ich zwischen ihm und dem Laptop hin und her. »Frag doch nicht mich! Du hast das gebastelt.«

»Das kam nicht aus dem Rechner.« Er starrte auf den Bildschirm. »Ich bin noch gar nicht …«

»Sei mal still!« Eine Gänsehaut hatte sich über meinen Körper gelegt. Zur Abwechslung beschränkte sie sich nicht auf den Rücken, sondern war absolut gleichmäßig verteilt. Ich lauschte. Das Quietschen war nicht mehr zu hören, aber etwas anderes.

Ein Schaben. Hannes' Augenbrauen zogen sich zusammen. Ein unregelmäßiges Geräusch. Automatisch sah ich nach oben. Die Dachschräge lief steil nach oben zu, doch es war auch noch ein Streifen der flachen Decke zu erkennen, die auf unverkleideten Holzbalken ruhte.

»Habt ihr Marder hier?«, flüsterte ich.

Er schüttelte stumm den Kopf. Das Schaben – nicht mehr zu hören. Überhaupt nichts mehr, nur der Wind, der noch stärker geworden war und sich gespenstisch im Gebälk des alten Hauses fing.

Ein dumpfer Laut. Als wäre nebenan irgendwas umgefallen, oder …

Nebenan!

Ich keuchte. »Da ist jemand in meinem Zimmer!«

*Mittwoch, 20. Juni, 22:25*
*Auflaufendes Wasser, 2 h 07 min bis Hochwasser*
*Pegel Hallig Horn: 2,42 m über Seekartennull*

*Hein Fiete hat es mir vertellt – Ho! Ho! Ho!*
*Hein Fiete hat es mir vertellt – So! So! So!*

Der Nachtwind rüttelte an den Fenstern der Seemuschel. Wahrscheinlich ganz normal um diese Tageszeit, doch Henning war froh, dass er ihn und Schmehlich nicht auch noch auf dem Wasser erwischt hatte. Doch der Kriminalassistent war der Einzige, der überhaupt auf den Wind zu achten schien.

Privatgespräche, die das Gegröle zu übertönen versuchten, gab es nicht mehr. Die Gästeschar der Inselschenke hatte sich vollzählig um den Ecktisch versammelt, schwenkte ihre Bierkrüge im Takt und schmetterte mit. Sogar Matthes, der kleinwüchsige Wirt, war dabei.

Als Nächstes war der Mann direkt neben Inspektor Schmehlich mit seinem Solovortrag an der Reihe, ein älterer Herr, Typ Borstenschwein: auf dem Scheitel eher wenig Haare, umso mehr dafür in Nase und Gehörgang. Gespannt lauschten die Halligfriesen, um beim Kehrreim aus voller Kehle einzustimmen:

Ich trag im Darme ein Geschwür. – *Aho! Oho!*
Doch noch grüßt nicht die Himmelstür. – *Soso! Soso!*
Nun sag mir, guter Jakup, an: – *Aho! Oho!*
Wer hing an deiner Lippe dran? – *Soso! Soso!*

*Hein Fiete hat es mir vertellt – Ho! Ho! Ho!*
*Hein Fiete hat es mir vertellt – So! So! So!*

So ging das seit einer gefühlten Stunde. Henning war dermaßen eingezwängt zwischen dem Inspektor und dem einzigen weiblichen Wesen am Tisch, das unter normalen Umständen für sich allein die halbe Bank eingenommen hätte: Er hatte keine Chance, sein Handy aus der Jacke zu kramen, um nachzusehen, ob es einen Anrufversuch registriert hatte oder ob eine SMS eingegangen war.

Den Mechanismus der Halliggesänge hatte er dagegen rasch durchschaut. Offenbar dienten sie vor allem dem Zweck, die übrigen Inselbewohner auf den neuesten Stand zu bringen, was dem Betreffenden seit der letzten Begegnung passiert war. Reihum kam jeder am Tisch einmal dran, beantwortete die Frage seines Banknachbarn zur Rechten und gab seine eigene nach links weiter.

Und zum Kehrreim wurde ein Korn gekippt. Zumindest der war gut, und nach diesem Abend konnte Henning ihn wirklich vertragen. Er hätte es nicht für möglich gehalten, dass ihm so schnell wieder warm werden würde.

Und Matthes hielt sich mit der Flasche schon für die nächste Runde bereit.

Doch erst einmal musste Schmehlich seine Antwort singen. Vor dem Inspektor stand neben dem Schnapsglas noch ein halb geleerter Bierkrug, und es war schon sein dritter oder vierter. Henning dagegen hatte auf ein zusätzliches Getränk verzichtet, nachdem er zu der Ansicht gelangt war, dass die Schenke vermutlich keinen Chablis im Angebot hatte. Und einer von ihnen beiden sollte besser einen klaren Kopf behalten.

Er konnte nur hoffen, dass sich der Inspektor noch ausreichend unter Kontrolle hatte, um Borstenschweins Fangfrage zu durchschauen.

Schmehlich richtete sich halb auf der Sitzbank auf,

schwenkte seinen Bierkrug, gab seine Antwort, um sich dann bei der zweiten Hälfte an Henning zu wenden:

Das frag den Hein. Ich sag es nicht. – *Aho! Oho!*
Ich hab da meine Schweigepflicht. – *Soso! Soso!*
Sag, Søren, mir, bei welchem Pferd – *Aho! Oho!*
Hing deine Mähne einst vom Steert? – *Soso! Soso!*

*Hein Fiete hat es mir vertellt – Ho! Ho! Ho!*
*Hein Fiete hat es mir vertellt – So! So! So!*

Die Halligfriesen schüttelten sich vor Lachen, kippten ihre Schnäpse.

Henning biss die Zähne zusammen. Gute Miene zum infantilen Spiel. Søren hieß er also, der missratene Neffe von der Insel Tunø. Wenigstens war die Frage harmlos, wenn auch nicht sonderlich freundlich. Aber der Korn war wirklich gut, wenn man sich an ihn gewöhnt hatte, und schließlich waren sie noch immer in einer verdeckten Operation unterwegs. Bloß nicht unangenehm auffallen, wenn er jetzt selbst mit seiner Antwort an der Reihe war. Je mehr er das Gefühl hatte, dass er hier einfach dazugehörte, desto überzeugender konnte er seine Rolle spielen, und in den letzten Minuten hatte er tatsächlich begonnen, sich in der Halligspelunke auf eine unerklärliche Weise wohlzufühlen.

Er wurschtelte sich aus der Umklammerung seines *Onkels* und der namenlosen Dicken, kam etwas unsicher in die Höhe. Lichter aus Öllampen spiegelten sich auf den geröteten Gesichtern der Männer und der Frau am Tisch, bei Schmehlich außerdem auf der Glatze, die exakt dieselbe Farbe hatte.

Henning prostete ihm zu.

Ich trag sie lang, genieß es sehr. – *Aho! Oho!*
Bin ja belastet familiär. – *Soso! Soso!*
Und hier, ein Rehlein neben mir. – *Aho! Oho!*
Nein, sagt, wie hieß das Rüsseltier? – *Soso! Soso!*

Hein Fiete hat es mir vertellt – Ho! Ho! Ho!
Hein Fiete hat es mir ver…

Henning brach ab.

Keiner sang mit.

Versteinerte Gesichter.

»So?«, murmelte er unsicher. »*So?*« Er schluckte. »So.«

Niemand würdigte ihn eines Blickes. Die Männer starrten stur geradeaus.

Niels-Henning Bergstrœm, königlich dänischer Kriminalassistent ersten Grades, ließ sich schwer zurücksinken. Er hätte es wissen müssen! Er musste irgendwas Unbeschreibliches, Unverzeihliches… Wahrscheinlich war die Dicke die Schwippschwägerin-Großcousine von Ole Rasmussen persönlich oder irgendwas in der Art.

Der gesamte Auftrag. Er hatte die gesamte Ermittlung ruiniert.

In seinem Kopf spürte er ein dumpfes Dröhnen, eine monströse Hupe auf Bassfrequenz, die das Glas in den Sprossenfenstern zum Vibrieren, die Schnapsbecher auf dem Kneipentisch zum Kippeln brachte.

Henning kniff die Augen zusammen. Fenster und Schnapsbecher? Von einem Hupen, das nur *in seinem Kopf* dröhnte? Da stimmte doch etwas nicht!

Ein klirrender Laut.

Matthes stand mitten im Raum, die Hand, der die Kornflasche entglitten war, immer noch vor sich ausgestreckt.

»Das kommt vom Leuchtturm«, flüsterte er. »Das ist der alte Gorm. Das …« Seine Stimme war ein Hauch, der in der verbrauchten Kneipenluft versickerte. »Das ist das *Horn von Horn*, das niemand mehr gehört hat, so weit die Erinnerung eines lebenden Menschen zurückreicht.«

Schweigen. Niemand schien auch nur zu atmen.

Henning wandte sich zum Inspektor. »Das Horn von Horn?«, flüsterte er. »Was heißt das?«

Schmehlich war erstarrt wie alle anderen. »Das Horn von Horn«, murmelte er tonlos. Henning konnte nicht sehen, ob sich seine Lippen überhaupt bewegten. »Es wird im Leuchtturm verwahrt. Das Horn von Horn ist zum letzten Mal vor sechshundertfünfzig Jahren ertönt, als die schwarz verhängte Flotte des Magnus Rasmussen den Heverstrom aufwärtssegelte. Es ist ein Zeichen …, ein …«

Ganz langsam stand er auf.

*»Die Hallig wird angegriffen.«*

***Mittwoch, 20. Juni, 22:26***
***Auflaufendes Wasser, 2 h 06 min bis Hochwasser***
***Pegel Hallig Horn: 2,42 m über Seekartennull***

Hannes starrte mich an. »Das Fenster!«, murmelte er. »Tilda und Johan machen zum Lüften immer dasselbe Fenster auf. Das andere ist eingerostet.«

Eine Sekunde blieb ich reglos stehen, dann fuhr ich herum. Mein Zimmer! Martens Aufzeichnungen!

Es waren zwei Schritte bis zu Hannes' Zimmertür, dann vielleicht zehn über den Flur.

Ich kam nicht mal bis zur Tür.

Ein Kabel. Ich hatte über ein ganzes Bündel klettern müssen, um überhaupt in den Raum zu kommen. Ich stolperte, machte einen ungeschickten Schritt zur Seite, doch es gab auf dem Boden kaum einen Fleck, auf dem nicht irgendwas herumgelegen hätte. Ich rutschte weg. Die Schuhe mit ihren vermaledeiten spitzen Absätzen! Automatisch suchte ich Halt: ein Flat-Screen-Monitor, Breitbild. Ich sah ihn noch kippeln, vor und zurück, wie in Zeitlupe.

Schmerzhaft kam ich auf Händen und Knien auf.

Der Bildschirm folgte eine halbe Sekunde später, erwischte mich im Kreuz, direkt am Rippenansatz. Das Gefühl war unbeschreiblich.

Hannes fluchte. »Verdammt, der … – Lara? Bist du okay?«

Mühsam rang ich nach Atem. Grelle Farben tanzten vor meinen Augen. Alles, was ich hörte, war das Blut in meinen Ohren, doch den Lärm mussten noch Rasmussen und sein Besucher mitgekriegt haben.

Ein Poltern, Schaben, Quietschen, alles gleichzeitig.

»Verdammt, er haut ab!«, zischte Hannes.

Mit zusammengebissenen Zähnen wuchtete ich mich in die Höhe. Hannes' Zimmertür stand noch offen. Ich fasste nach dem Rahmen, schaffte es beim dritten Versuch über die Kabel.

Der Flur. Wo war mein Zimmerschlüssel? Hektisch suchte ich die Taschen ab, sah aus dem Augenwinkel, dass Hannes direkt hinter mir war.

»Hör mir zu!«, flüsterte ich. »Du bleibst genau da stehen! Wir haben keine Ahnung, ob die nicht Waffen haben!«

Meine Finger zitterten, als ich den Schlüssel endlich fand. Erst beim dritten Anlauf fand ich das Schlüsselloch, während ich gleichzeitig weiter auf die Geräusche zu achten versuchte. War überhaupt noch was zu hören?

Schon wieder tauchte Hannes neben mir auf.

»Du sollst zurückbleiben!«, fauchte ich, versetzte ihm einen Stoß gegen die Hüfte.

Ich riss die Tür auf.

Das Zimmer war dunkel. Im Licht, das aus dem Flur in den Raum fiel, warfen unsere Körper gespenstische Schatten.

Die Fenster, in zwei Dachgauben nebeneinander. Das linke stand weit offen.

Ein Blitzen, eine Reflexion unten am Fensterrahmen. Da war was! Ich drosch auf den Lichtschalter.

Ein Klettereisen, das sich im Rahmen verhakt hatte.

Mein Blick jagte durchs Zimmer.

Ein Stuhl lag am Boden. Mein Gepäck: Die Reisetasche stand offen. Der Umhängebeutel baumelte über dem Griff des Kleiderschranks; die Konturen von Martens Ordner waren zu erkennen. Nein, sie hatten ihn nicht gekriegt. Ich atmete auf, doch im nächsten Moment …

Martens Geschenk! Da: die Windjacke. Ich riss sie an mich, tastete, spürte die unregelmäßigen Umrisse des Umschlags.

Erleichtert stieß ich den Atem aus. Was immer sie gesucht hatten: Sie hatten es nicht bekommen. Wir hatten sie gestört. Sie hatten nicht damit gerechnet, dass ich so früh wieder hochkommen würde: Ein Abendessen im Herrenhaus dauerte locker zwei Stunden. Was hatte es zu bedeuten, dass sie das offenbar wussten?

Und warum *sie*? Warum sollte es nicht nur einer gewesen sein?

*Nicht nachdenken! Hinterher!*

Das Fenster. Das war mein erster Impuls – doch sie hatten viel zu viel Vorsprung.

Ich wirbelte herum, stieß Hannes beiseite.

»Hey, was soll …«

Schon war ich an ihm vorbei, kickte die Schuhe von den Füßen, schlüpfte gleichzeitig in die Jacke, packte den Rocksaum mit beiden Händen, zerrte. Eine Sekunde leistete er Widerstand, dann gab der Stoff plötzlich nach und riss bis zur Hüfte auf.

Ich polterte die Stufen runter, kein Stück damenhaft jetzt. Immer wieder musste ich mich ans Geländer klammern, weil ich auf meinen Nylons wegrutschte. Das Holz knarrte, als würde die Treppe mitsamt der ganzen Bude im nächsten Moment zusammenbrechen. Doch das war mir gerade so was von egal.

Hinter mir hörte ich Hannes keuchen. Verdammt, dann sollte er eben mitkommen! Er tat ja doch, was er wollte, und niederschlagen konnte ich ihn schlecht.

Die Eingangsdiele, links von uns die schwere Eichentür. Der Schlüssel steckte von innen, wie immer. Ich riss sie auf.

»Lara?«

Ich fuhr herum. Rasmussen war eine hagere Silhouette in der geöffneten Bürotür, halb hinter ihm undeutlich eine zweite Gestalt.

*Wer ist das? Schau genauer hin! Das könnte wichtig sein!*

Doch die beiden befanden sich am entgegengesetzten Ende der Diele, zwanzig Meter entfernt – und ich hatte jetzt keine Zeit. Schon gar nicht, um irgendwas zu erklären.

Schon war ich draußen. Nachtwind und Dunkelheit schlugen mir entgegen.

Rund um das Herrenhaus gab es einen schmalen Streifen Helligkeit: Flutlichter, auf die Fassade gerichtet, zum Schutz vor Einbrechern. Hatte nicht viel gebracht heute Abend.

Hannes stürzte nach rechts. Ich rannte ihm nach. Bei

jedem Schritt zuckte ich zusammen, als sich die Kiesel in meine nackten Fußsohlen bohrten. Von meinen Nylons war schon nichts mehr übrig.

Ein Seil. Da hing es, leer und verlassen, zuckte noch hin und her. Das lag nicht nur am Wind.

Direkt hinter dem Kies- und Lichtstreifen ging der Hang des Warfthügels steil bergab. War das die Richtung auf die Dünen zu? Dann lag unten offenes Weideland in der Dunkelheit. Nichts, wo man sich verstecken konnte. Doch es war so finster …

»Da drüben!« Hannes streckte den Arm aus. Schon raste er den grasbewachsenen Hang runter, ich hinterher.

Meine Augen bohrten sich in die Finsternis. Fast schon Vollmond heute Nacht, zum Glück, und sternenklar war es außerdem. War da ein Schatten, ein Umriss? Mehrere Schatten? Hannes konnte offenbar gleichzeitig laufen und spähen. Lag wohl am Training mit der x-Box. Ich konnte das nicht.

Das Gras war nass und glitschig, der Boden kaum mehr als ein Morast, und bei jedem Schritt ertönte ein schmatzendes Geräusch. Zum Glück war Sommer, und seit über einer Woche hatte es nicht geregnet, jedenfalls bei uns in der Stadt nicht. Zu einer anderen Zeit wären wir hier überhaupt nicht durchgekommen.

Aber auch *sie* nicht.

*Sie*. Eindeutig. Es waren mehrere Schatten. Drei? Vier? Ich hatte keine Luft, um Hannes zu fragen. Ich schaffte es ja kaum, ihm auf den Fersen zu bleiben.

»Wir … kriegen … sie!« Seine Worte kamen stoßweise. »Wo … sollen sie … auch hin? … ist … eine … Insel …«

Überallhin, dachte ich. Wenn sie ein Boot haben. Wie spät war es? War die Nachtflut schon da?

Doch zu ihrem Boot mussten sie erst mal kommen. Noch waren sie mitten im offenen Gelände, und ich hatte das Gefühl, dass wir aufholten.

*Wir kriegen sie!* Mein Puls hämmerte vor Aufregung. Wenn sie von *draußen* kamen, würden wir in den Dünen im Vorteil sein, und dann …

»Verdammt!« Hannes bremste ab.

Ich kniff die Augen zusammen, versuchte zu erkennen, was er meinte. Die Schatten. Ich sah nur noch einen Schatten, nein: Da war der zweite, aber er war …

»Sie teilen sich auf«, keuchte ich. Noch immer konnte ich nicht sagen, wie viele es insgesamt waren. Mindestens drei.

*Nicht nachdenken!*

»Du nimmst den rechten!«, zischte ich und stapfte los, dem in der Mitte hinterher, den ich noch am besten im Blick hatte. Er bewegte sich auf der kürzesten Linie auf die Dünen zu.

Doch ich war keine zehn Schritte weit, als ich unvermittelt stehen blieb.

*Hast du den Verstand verloren?*

Wir hatten die Kerle überrascht. Sie hatten nicht gekriegt, was sie wollten. Martens Geschenk spürte ich in der Windjacke, sein Ordner war, wo er sein sollte. Außerdem besaß Rasmussen Kopien der Aufzeichnungen.

Dafür hatte ich keinen Schimmer, was das für Typen waren.

Und meinen kleinen Bruder, den ich von zehn Minuten noch am liebsten zurück auf sein Zimmer geschickt hätte, hatte ich soeben hinter einem der Kerle hergejagt.

»Verdammt!«, knurrte ich. »Hannes?«

Keine Antwort.

Oder doch eine Antwort.

Ein tiefer, langsam anschwellender Ton, der mir die Haare zu Berge stehen ließ.

Der Klang eines Horns in der Dunkelheit.

***Mittwoch, 20. Juni, 22:30***
***Auflaufendes Wasser, 2 h 02 min bis Hochwasser***
***Pegel Hallig Horn: 2,44 m über Seekartennull***

»Angegriffen?«, flüsterte Henning. »Von wem?«

Er biss sich auf die Zunge. Keine sonderlich intelligente Frage, schon unter gewöhnlichen Umständen nicht. Heute Nacht aber brauchte er seinen deutschen Kollegen nur anzusehen, um in dessen Augen das Bild zu entdecken, das auch sein eigenes Hirn auf die Innenseite der Schädeldecke projizierte: eine gigantische Wand aus Nebel, eine Myriade winziger Wassertröpfchen aus den ältesten Gründen des Meeres. Eine Wand aus Weiß, die von Horizont zu Horizont reichte und unter ohrenbetäubendem Tosen auf Hallig Horn zurollte, hoch genug, um die höchsten Kämme der Dünen, die höchsten Punkte der Halligwarften unter sich zu begraben.

Henning lauschte, wartete auf das raue Kreischen der Möwen, den Laut, den er auf dem Wasser gehört hatte. Den Laut, den der Nebel vor sich hersandte.

Der Nachtwind rüttelte an den Fenstern, fuhr pfeifend unter das Gebälk. Die Stärke hatte sich in der letzten halben Stunde nicht verändert. Ein Wind, der Henning frösteln ließ, selbst hier drin, am warmen Kaminfeuer.

Doch es war genau das: Es war die steife Brise, die tagtäglich nach Einbruch der Dunkelheit aufs Meer hinaus blies, wenn das Festland schneller abkühlte als die freie Wasserfläche.

Kein Tosen wie von einem Tsunami, keine Geistermöwen in der Luft.

*Hein Fiete hat es mir vertellt – Ho! Ho! Ho!*
*Hein Fiete hat es mir vertellt – So! So! So!*

Henning blieb das Herz stehen. Er war mit Sicherheit nicht der Einzige, dem es in diesem Moment so ging. Ruckartig drehten sich Köpfe hin und her.

Matthes erwachte aus seiner Erstarrung, tastete über seine Schürze. Ein Smartphone! Ein seltsamer Ausdruck elektronischer Modernität an diesem Ort, in diesem Moment. Der kleinwüchsige Wirt fluchte, als er die Tastensperre entriegelte. Der Klingelton verstummte. Mit einem Brummen brachte Matthes das Gerät ans Ohr.

Sonst gab noch immer niemand einen Ton von sich. Alles starrte auf den Inhaber der Seemuschel, der selbst kein Wort sagte, sondern in sein Handy horchte. Millimeterweise zogen sich seine Augenbrauen zusammen, bis er den Arm sinken ließ und ein unterdrückter Piepton verkündete, dass der Anruf beendet war.

»Das war der alte Johan«, murmelte er. »Von der Herrenwarft. Mehrere Männer haben versucht, über das Dachfenster einzusteigen, und Rasmussens Kinder sind ihnen hinterher. Sie sind …« Die weit ausholende Handbewegung wirkte grotesk angesichts der Statur des kleinen Mannes. Andererseits war es auch eine ziemlich kleine Insel, die sie umfassen sollte.

Doch noch immer groß genug, mitten in der Nacht.

Auf einen Schlag kam Bewegung in die Männer – und die wenigen Frauen – in der Halligtaverne. Sie stürzten zur Garderobe, einige zuerst zu ihren Stiefeln, die neben dem Feuer standen. Matthes selbst drängelte sich zur Theke durch, gefolgt von Borstenschwein. Schmehlich hatte schon angedeutet, dass der Mann mit den Haarbüscheln in Nase und Ohren irgendeine besondere Position bekleidete, eine Art Bürgermeister.

Der Inspektor selbst schloss sich dem chaotischen Wirrwarr nicht an, sondern war schon halb auf dem Weg nach draußen, bedeutete Henning mitzukommen.

»Was passiert jetzt?«, fragte der Kriminalassistent, als sie sich gemeinsam gegen die Tür stemmten. Sie hatten Mühe, sie aufzuschieben. Der Sturm drückte von außen dagegen. »Warum jagt der Typ diesen Ganoven seine eigenen Kinder hinterher? Hat er keine Schweizergarde oder so was?«

»Sie machen sich eine falsche Vorstellung von Ole Rasmussen«, brummte der Inspektor. »Er braucht keine Bodyguards. Jeder Mensch auf der Insel würde ihn mit seinem Leben verteidigen. Und drum herum ist deutsches Hoheitsgebiet. Wer sollte die Hallig angreifen?«

»Und unterwegs? Im Urlaub?«

Schmehlich schüttelte den Kopf. »Er verlässt die Insel nicht.«

»Niemals?«

»Er verlässt sie nicht! Ihr Deutsch war doch bis eben völlig ausreichend!«

Henning schluckte die scharfe Antwort hinunter. »Gut«, sagte er. »Helfen wir also, nach den Kindern zu suchen.« Er legte die Hand auf die Hüfte. »Sie haben Ihre Dienstpistole?«

Schmehlich nickte. »Die Dorfleute werden gerade ausgerüstet. Matthes hat die Waffen unter Verschluss.«

Für eine Sekunde trat Henning ein Bild von Hellebarden und Musketen des siebzehnten Jahrhunderts vor Augen. Auf dieser Insel hielt er einiges für möglich.

»Gut«, sagte er, holte kurz seine eigene Dienstpistole hervor, die er in einem Holster verdeckt unter dem Hemd trug. »Wie viele?«, fragte er. »Wie alt?«

Schmehlich war eben im Begriff, sich auf den Weg zu machen. Eine unwillige Falte entstand auf seiner Stirn. »Sie haben doch gehört, was Matthes gesagt hat! Mehrere Männer!«

Henning schüttelte den Kopf. »Die Kinder.«

»Zwei«, knurrte Schmehlich. »Beides Teenager, das Mädchen ist die Ältere. Ganz süßes Ding. – Hölle, Bergstrœm! Wenn Sie da draußen über irgendwelches junges Gemüse stolpern, werden sie's schon sein. Soweit ich weiß, sind das die einzigen Halbstarken, die im Moment da rumspazieren!«

»Gut.« Henning nickte.

»Und wenn Sie noch einmal *gut* sagen …« Finster schüttelte Schmehlich den Kopf. »Gar nichts ist gut«, murmelte er. »Überhaupt nichts ist gut. Dass das gerade heute Abend geschieht, ist im Leben kein Zufall, und …«

»Und das da auch nicht«, flüsterte Henning.

Schmehlich brach ab, folgte seiner Blickrichtung.

Zwischen den über die Salzwiesen verstreuten Warften konnten sie bis zu den Ausläufern der Dünenkette sehen.

In den Senken lag ein weißes Leuchten.

***Mittwoch, 20. Juni, 22:34***
***Auflaufendes Wasser, 1 h 58 min bis Hochwasser***
***Pegel Hallig Horn: 2,46 m über Seekartennull***

»Hannes?«

Er war nirgends zu sehen.

Aber er musste zu sehen sein! Wie sollte er in zwanzig Sekunden …

Er war verschwunden. Genau wie der Mann, den ich verfolgt hatte: keine Spur mehr von ihm.

Und über der menschenleeren Szenerie dröhnte der tiefe Ton des Horns.

Finsternis war um mich herum, doch meine Augen begannen sich mehr und mehr an die Dunkelheit zu gewöhnen.

Denn es war gar nicht dunkel. Es war einfach nur *weit* und *leer*. Wer sein ganzes Leben in der Stadt zubringt, wird sich niemals vorstellen können, wie weit und leer die Hallig sein kann. Wie bedeutungslos es hier draußen ist, ob wir im vierzehnten Jahrhundert leben oder im einundzwanzigsten. Der Unterschied ist winzig wie die nadelspitzenkleinen Sterne am nächtlichen Himmel.

Der Wind strich durch ein Meer von Gras, das sich in wogenden Linien bewegte wie zu einer unhörbaren, dunklen Melodie. Tropfen von Abenddunst hatten sich an den hohen Halmen gefangen, reflektierten das Mondlicht in einem millionenfachen Spiegel.

Ein Bild wie ein Sog, wie eine unvermittelt einsetzende Ebbe, die den Schwimmer plötzlich erfasst, ihn davonreißt in die eisige Tiefe und Dunkelheit. Ihn davonträgt.

Wieder war ich nicht imstande, den Moment zu bestimmen, in dem es begonnen hatte. Das Licht war verändert und das Bild. Eine zweite Wirklichkeit, die sich vor die *wirkliche* Wirklichkeit geschoben hatte. Doch in Wahrheit war das eine so real wie das andere.

Ich konnte mich nicht mehr bewegen. Nicht mit meinem Körper des einundzwanzigsten Jahrhunderts, der in zerrissenen Nylonstrumpfhosen in den Salzwiesen stand.

Es war der andere Körper, zu dem ich hinüberglitt.

Doch in diesem Moment verharrte auch er.

*Feiner Nieselregen hatte eingesetzt, ein undurchdringlicher Dunst, der über die sumpfigen Marschen hinweg vom festen Land her kam und den Geruch von Brackwasser mit sich brachte.*

*Ich spürte den Geschmack auf der Zunge wie eine fremde, unwillkommene Erinnerung.*

*Wie von selbst legte sich meine Hand auf die Ausbuchtung zwischen meinen Brüsten.*

*Bald, dachte ich. Sehr bald.*

*Doch bis dieser Augenblick gekommen war, befand ich mich in tödlicher Gefahr.*

*Ja, ich war fast am Ziel, und doch: Auf einmal begann ich zu schwanken. Die blendend weiß gekalkte Fassade der Stiftskirche schien sich mir entgegenzuneigen, zurückzuweichen.*

*Noch war es nicht zu spät. Die Springtide lag erst wenige Stunden zurück. Mit Sicherheit würde der Pfad über das Watt auch in der kommenden Nacht noch passierbar sein. Ich konnte einfach umkehren. Im schlimmsten Fall würde ich feststellen, dass ich mich getäuscht hatte, und die Flut würde schneller kommen als erwartet. Aber selbst dann: In diesem Fall würde ich allein sterben.*

*Es war ein Augenblick der Versuchung.*
*Und er ging vorbei.*
*Meine Hand berührte das raue Holz und schob die Kirchenpforte auf. Dumpf hallte das Knarren der Angeln im Halbdunkel wider.*
*Der trübe Tag warf nur eine Ahnung von Licht durch die bunten Fenster, doch es genügte, um den Innenraum des Gotteshauses mit einem überirdischen Zauber zu erfüllen. Machtvoll blickte das Antlitz des Gekreuzigten vom Hauptaltar nieder: Bedenke, was du tust, denn deine Taten sollen gewogen werden am Jüngsten Tage!*
*Rasch wandte ich die Augen ab. Die kleineren Kapellen befanden sich zu beiden Seiten des Hauptschiffs. Dort das Abbild der Gottesmutter, dort der heilige Petrus mit Schlüssel und Schwert und dort …*
*Der heilige Laurentius.*
*Ich lauschte.*
*Es war niemals vollständig still in der Stiftskirche. An irgendeinem der Altäre tat immer einer der Geistlichen Dienst, hielt die Messe, sandte Gebete gen Himmel.*
*Leises Gemurmel war zu hören. Kam es aus der Kapelle mit dem Laurentiusaltar?*
*Nein, es kam aus der entgegengesetzten Richtung. Aus der Laurentiuskapelle drang nichts als – Schweigen.*
*Er war nicht hier.*
*Ich blieb stehen, mit einem Mal unfähig, mich zu rühren.*
*Es war die Stunde nach Sonnenaufgang. Der Pater hätte hier sein müssen, es sei denn … Er war kein junger Mann mehr gewesen, schon damals nicht.*
*Asche zu Asche.*
*In diesem Augenblick gewahrte ich eine Bewegung: der*

*Beichtstuhl, kaum zu erkennen im Halbschatten der Kapelle, die nur von Kerzenlicht erhellt wurde. Der Vorhang vor dem Beichtstuhl hatte sich bewegt.*
*Er ist hier! Ich zwang mein jagendes Herz zur Ruhe. Der Pater war hier, lebte, lauschte der Beichte einer anderen schuldbeladenen Seele.*
*Zur vereinbarten Stunde hatte er sich am vereinbarten Ort eingefunden, Tag für Tag. Niemand hatte sagen können, wann der Morgen dämmern würde, an dem ich nach Rungholt zurückkehren sollte.*
*Ich entfernte mich einige Schritte auf die andere Seite des Kirchenschiffs, verharrte vor den hölzernen Schranken, die einen anderen Nebenaltar gegen den Kirchenraum abtrennten. Unmerklich nickte ich. Dieser Punkt war wie geschaffen. Von hier aus konnte ich aus dem Augenwinkel im Blick behalten, was in der Laurentiuskapelle geschah. Ich sank in die Knie, stützte die Arme auf die Brüstung, wartend, scheinbar im Gebet versunken.*
*Die Glocken schlugen zur zweiten Stunde des Tages, und ich wartete. Mehrfach vernahm ich das Geräusch der Tür hinter meinem Rücken, und mit langsamen Schritten gingen Gläubige hindurch. Ich wartete und sah nicht auf.*
*Bis sich der Vorhang von Neuem bewegte.*
*Ein verhutzeltes altes Weiblein schlurfte aus dem Kapellenraum davon.*
*Für wenige Atemzüge noch blieb ich in meiner betenden Haltung, dann verriet mir das Knarren der Pforte, dass die Alte die Kirche verlassen hatte.*
*Ich richtete mich auf. Zwei Andächtige knieten zu Füßen des Hauptaltars, ein weiterer war vor dem Bild*

*der Gottesmutter niedergesunken. Niemand schien im Augenblick auf mich zu achten.*

*Und doch musste ich vorsichtig sein. Gerade jetzt. Nicht zu schnell, nicht zu auffällig. Ich wandte mich um, den Blick gesenkt, schritt quer durch das Kirchenschiff hinüber zum Reich des Paters.*

*Die Vorhänge des Beichtstuhls waren zugezogen. Einzig, dass die Alte ihren Platz eben erst verlassen hatte, deutete an, dass der Stuhl des Geistlichen besetzt sein musste.*

*Noch einmal, im allerletzten Augenblick, packte mich eine unfassbare Scheu – doch zugleich knarrte wieder die Eingangspforte. Ich durfte nicht länger zögern. Mit einer schnellen Bewegung schlug ich den Vorhang beiseite und sank auf der Kniebank nieder.*

*Mein Herz schlug bis zum Hals. Kaum zwei Ellen war er noch von mir entfernt; nur das hölzerne Gitter trennte uns voneinander. Ich kniete zu seinen Füßen wie vor so langer Zeit, glaubte beinahe seinen Atem zu hören, dann, nach einigen Augenblicken, ein aufforderndes Hmmm?*

*Das Zeichen. Er wartete auf das Zeichen.*

*Ich, die Sünderin, musste den Anfang machen bei der Ohrenbeichte. So verlangten es die Statuten der Kirche. Und ich, die ich so lange fort gewesen war, musste ihm das Zeichen geben, dass der Tag gekommen war. So verlangte es der Plan, den wir vor so vielen Jahren gemeinsam ersonnen hatten.*

*Meine Stimme bebte, als ich die Eingangsworte des Sakraments sprach: »Ich habe Sünde getan. Sünde in Worten und Gedanken.«*

*Ein zustimmendes Nicken von der anderen Seite des*

*Gitters, schemenhaft nur erkennbar. Noch hätte ich jede Gläubige sein können, die mit den rituellen Worten den Wunsch nach Reinigung ihrer Seele äußerte, noch hätte er jeder Geistliche sein können, der zustimmend auf meinen Wunsch reagierte.*
*Das Zeichen lag nicht im Wort.*
*Zitternd hob ich die Hand. An dieser Stelle musste der Beichtende das Zeichen des Kreuzes vor seiner Brust schlagen.*
*Doch meine Finger streckten sich nach dem Gitter aus, berührten es auf halber Höhe. Fuhr der Pater unwillkürlich zurück? Ich war mir nicht sicher.*
*Langsam führte meine Fingerspitze eine kurze Linie schräg nach oben, dann, vom höchsten Punkt aus, senkrecht abwärts, setzte neu an, auf halber Höhe ein Stück weiter links. Ein kurzer Strich schräg nach oben und zurück, schräg nach unten – wie ein Dach – bis er auf die senkrechte Linie traf.*
*Kraftlos sank mein Arm nieder. Ich kniete, und das war gut. Meine Beine hätten mich jetzt nicht tragen können. Es war getan. Nun gab es kein Zurück mehr.*
*Er schwieg.*
*Das Blut rauschte in meinen Ohren, sodass ich mir kurz unsicher war, ob er nicht doch zu mir flüsterte, aber nein: Er schwieg.*
*Schließlich: »Mein Kind?«*

*Ich japste.* Es war nicht seine Stimme! *Sie war jünger und …*

In diesem Moment geschah etwas, das ich in den *Erinnerungen* noch nicht erlebt hatte. Für eine Sekunde war die Allgegenwart der anderen Wirklichkeit durchbrochen, ohne dass die Reise auf die andere Seite schon beendet gewesen wäre.

Für diesen kurzen Augenblick war ich wieder ich, zum Teil zumindest. Mein Ich im einundzwanzigsten Jahrhundert, in den Salzwiesen, über die der Wind strich.

Und dieses Ich stutzte.

Die Stimme! Ich *kannte* diese Stimme. Ich hatte sie schon einmal gehört. Ich konnte nicht sagen, wann, und ich konnte nicht sagen, wo. Und am allerwenigsten konnte ich sagen, wem sie gehörte. Doch ich *kannte* diese Stimme.

Aber schon war es wieder fort. Schon war *ich* wieder fort.

*»Mein Kind?«, wiederholte die Stimme.*

*Sie klang unsicher, und es war nicht die Stimme des Paters! Einzig der Pater hatte das geheime Zeichen gekannt.*

*Mein Herz schlug bis zum Hals.*

*Die Kapellen an der Stiftskirche wurden den einzelnen Geistlichen für die Spanne ihres irdischen Lebens anvertraut. Starben sie, betrauten die Stifter einen neuen Diener Gottes mit dem Dienst am Altar.*

*Irgendjemanden, einen Mann der Kirche. Einen Fremden, der nichts wusste, nichts wissen konnte und nichts wissen durfte von unserem gemeinsamen Plan.*

*Ich hatte versagt. Alles war sinnlos, von Anfang an sinnlos gewesen. Der Pater war tot, vielleicht seit vielen Jahren schon. Unser Plan – es gab keine andere Möglichkeit, mit den Männern und Frauen im Gehölz Verbindung aufzunehmen.*

*Und schlimmer: Ich hatte mich verraten. Der fremde Geistliche regte sich. Wenn er Verdacht geschöpft*

*hatte … Und wie sollte er keinen Verdacht schöpfen, wenn ich anstelle des Kreuzes das Zeichen des Bundes schlug?*
*Mein Herz pochte zum Zerreißen. Wenn er die Garde rief! Wenn sie mich in die Folter legten, mich zwangen, Namen zu nennen, die Stelle im Gehölz! Ich war stark, Hass und Verzweiflung hatten mich starkgemacht, doch ich hatte erlebt, welche Mittel ihnen zu Gebote standen.*
*Ein kratzendes Geräusch. Das Gitter – seine Hand! Zögerlich berührten seine Finger das Holz. Schräg nach oben, senkrecht nach unten, dann zwei kürzere schräge Linien wie ein Dach.*
*»Ich war dem Herzen dessen, der vor mir diesen Dienst versehen hat, nahe«, sagte die Stimme. »Bis zum Tage seines Todes hat er darum gebetet, dass seine Augen diesen Tag sehen würden. Doch die Wege des Herrn sind nicht zu ergründen für sterbliche Menschen. Sein Wille geschieht. Und heute hat er dich zu mir geführt.«*
*Das letzte Quäntchen Kraft schien meinen Körper zu verlassen.*
*Der Pater hatte mich nicht vergessen! Er hatte nicht lange genug gelebt, als dass wir uns hätten wiedersehen können, aber er hatte Vorsorge getroffen und diesen Mann, dem er vertraut hatte, eingeweiht.*
*Und wenn dieser junge Pater auf meine Ankunft gewartet hatte, musste das bedeuten, dass sie sich noch immer trafen, heute wie in der Zeit, die Jahre zurücklag: im Dickicht auf den Hügeln, im verkümmerten Gehölz, das Rungholt seinen Namen gegeben hatte.*
*Zollweise bewegten sich meine Finger auf die Wölbung zwischen meinen Brüsten zu, auf das kleine Säcklein, das ich gehütet hatte.*

*Doch sie erreichten die Stelle nicht. Wieder geschah, was zweimal schon geschehen war: Die Bewegung gefror. Das Rascheln meines groben Gewandes, das durch die Vorhänge gedämpfte Murmeln der Betenden verstummte.*

*Und stattdessen ertönte eine andere Stimme, mächtig und hohl, als würde sie von einem weiten Raum zurückgeworfen, der in seinen Ausmaßen die Stiftskirche weit übertraf:*

»Du kennst den Ort!«

Ein schmerzhafter Ruck ging durch meinen Körper.

Es war anders als die letzten Male, als ich ganz allmählich zurück ins Bewusstsein gedämmert war.

Und doch, selbst in diesem Moment wusste ich, dass es eine Erklärung gab.

Während mein Verstand sonst wo unterwegs war, blieb irgendwas zu Hause. Irgendwas, das auf mich aufpasste, dafür sorgte, dass mein Herz nicht aufhörte zu schlagen oder dass ich nicht das Luftholen vergaß. Etwas, das die Umgebung im Blick behielt, auch wenn mein Hirn zwischenzeitlich nicht in der Lage war zu verarbeiten, was das Auge in der wirklichen Welt zu sehen bekam.

Keine Gefahr, hatte dieses Etwas mir auf der Fähre signalisiert, genauso später, bei Mommsen auf dem Boot. Komm ganz langsam wieder zurück! Dös ein wenig vor dich hin! Du hast alle Zeit der Welt.

Doch diesmal nicht.

Das hier war wie ein Radiowecker auf voller Lautstärke, und offenbar war ein Sender einprogrammiert, der gerade eine von Hannes' Bands spielte, Gebrüll und Geschepper inklusive. Irgendwas mit jeder Menge Tod und Verderben.

Auf einen Schlag war ich wieder da und stand im hohen Gras, meine Füße bis zu den Knöcheln im Morast versunken. Ich fror. Die Kälte kroch in meinen klammen Knochen hoch, und der Wind, der von den Dünen herabfegte, hatte sich weiter verstärkt.

Und er hatte Gesellschaft mitgebracht.

Es war derselbe Nebel wie am Nachmittag, ich wusste es sofort. In der Nacht und früh am Morgen ist es auch im Sommer nicht ungewöhnlich, wenn Dunst aus den feuchten Halligwiesen aufsteigt, doch das hier war völlig anders.

Es war der Geruch, der in der Luft lag. Ein Geruch nach verrostetem Stahl und altem Blut. Es waren die Geräusche, in denen sich Möwenschreie mit dem Aufeinanderprallen schartiger Waffen mischten.

Es war ein Gefühl in meinem Innern, mein unsichtbarer Schutzengel vielleicht, der mich aus den Klauen der Erinnerung wachgerüttelt hatte und der mich jetzt aus Leibeskräften anschrie, die Augen in Panik geweitet: *Lauf, verdammt! Nimm die Beine in die Hand und mach, dass du hier wegkommst!*

Doch ich konnte nicht.

Meine Füße waren wie am Boden festgewachsen. Ich wusste genau, dass ich sie freikriegen konnte, wenn ich mir Mühe gab, doch ich war nicht in der Lage dazu. Wo war Hannes? Ich durfte meinen kleinen Bruder nicht allein lassen. Doch das war nicht alles.

Die Wahrheit war: Ich konnte einfach nicht.

Ich blieb stehen, blickte dem Nebel, der aus den Dünentälern hervorquoll, reglos entgegen. Geisterhafte Reflexionen seines fluoreszierenden Leuchtens huschten über die Hänge, und wo er die freie Fläche der Salzwiesen erreichte, war er wie ein Flüstern im Gras. Eine gewisperte Botschaft, die von Halm zu Halm weitergegeben wurde.

Doch das Weiß dehnte sich nicht gleichmäßig über die Wiesen aus. Nein, es sah aus wie … Arme, nein, wie *Klauen*. Zwei gespenstische, gekrümmte Klauen aus Nebel, die sich über dem Gras nach mir ausstreckten, links von mir und ein Stück rechts, während sich immer neue, immer höhere und gewaltigere Nebelfluten über den Dünenkämmen türmten.

Und sie kamen nicht allein.

Das Klirren der Waffen hatte ich schon am Nachmittag gehört, doch da war es nicht so deutlich gewesen. Die Richtung, aus der die Geräusche kamen, hatte sich nicht ausmachen lassen: zwei Dünensenken weiter links oder rechts oder sonst wo. *Irgendwo*. Wenn es nicht doch verzerrte Möwenschreie waren.

Jetzt aber gab es keinen Zweifel mehr, denn ich hörte nicht nur.

Ich sah.

Sie waren zu dritt, nein, zu viert. Zwei auf der linken Seite, zwei auf der rechten im verwirbelten Dunst, der sich von beiden Seiten auf mich zu wälzte, schon halb an mir vorbei war. Der Nebel ließ ihre Konturen verschwimmen, gab sie einen Moment lang frei, ließ eine Ahnung zu, die schlimmer war, als auch das schrecklichste und deutlichste Bild es hätte sein können. Und dann, im nächsten Moment, waren sie wieder verschwunden, kaum mehr als Schatten. Doch nicht für lange. Sie kamen näher.

Vier Männer. An der Art ihrer Bewegungen erkannte ich, dass es Männer sein mussten. Männer in ledernen Rüstungen und schweren Stiefeln, mit Arm- und Beinschienen aus Stahl. Wie in Rasmussens Rungholtvideo. Ihre Waffen schepperten, doch sie kämpften nicht gegeneinander, sondern schlugen in einem stampfenden Rhythmus die flachen Seiten ihrer Klingen gegen die Armschienen. Warum taten sie das?

Ich kannte die Antwort, spürte sie am eigenen Leib. Warum stießen Indianer ihre wüsten Kriegsschreie aus, wenn sie sich auf ihre Gegner stürzten? Weil das schiere Entsetzen schon ausreichte, um die Beute zu lähmen. Weil ich selbst gerade kurz davor stand, mir in die Hosen zu machen und gleichzeitig unfähig war wegzulaufen.

*Schockstarre,* dachte ich. Wie ein Reh, das vom Scheinwerferlicht erfasst wird und mitten auf der Straße einfach stehen bleibt.

Der Rhythmus der scheppernden Schläge wurde schneller und schneller. Sie rückten näher, Schritt für Schritt. Dieselben Männer, die Hannes und ich verfolgt hatten? Nein, kein Mensch wäre in so einer Rüstung zum Dachfenster hochgekommen. Kein Mensch hätte sich so schnell bewegen können, als sie vor uns davonliefen.

Nur – waren sie überhaupt Menschen?

Im selben Moment schien der Nebel für Sekundenbruchteile seine Beschaffenheit zu verändern, als gäbe es eine geheime Verbindung zwischen ihm und meinem Gehirn. Die Umrisse wurden deutlicher.

Sie waren Menschen – und doch keine Menschen.

Sie waren Menschen *gewesen.*

*Mittwoch, 20. Juni, 22:38*
*Auflaufendes Wasser, 1 h 54 min bis Hochwasser*
*Pegel Hallig Horn: 2,49 m über Seekartennull*

»Sehen Sie sie?«

Der deutsche Inspektor war ein ganzes Stück hinter Henning zurückgefallen. Der Kriminalassistent erinnerte sich gut: Auf dem Marsch zur Seemuschel war es genau umgekehrt gewesen.

Er war überrascht, wie schnell er sich von den Blessuren erholt hatte, die er sich auf der Schaluppe zugezogen hatte. Geblieben war lediglich ein dumpfes Pochen in seinen Rippen. Bestimmt trug auch der Korn seinen Teil dazu bei, dass die Schmerzen in seiner Brust nachgelassen hatten, doch gleichzeitig war ihm klar, dass es nicht allein körperliche Schmerzen gewesen waren.

Entsetzen. Wenn seine Verletzung einen Namen hatte, dann war es dieser: blankes Entsetzen.

Seltsam war nur, dass er jetzt, angesichts der wirbelnden Wand aus Weiß, die über den Dünen vorankroch, damit fertigwurde. Seltsam – aber nicht unerklärlich.

Menschen waren in Gefahr.

Was auch immer Niels-Henning Bergstrœm sonst noch war: Er war mit Leib und Seele Polizist. Er hatte sich diesen Beruf ausgesucht, und die finstere Miene, die sein Vater dabei gemacht hatte, war ihm von Anfang an gleichgültig gewesen. Wenn er ehrlich zu sich war, hatte dieser Gesichtsausdruck sogar das Gegenteil von dem erreicht, was Eskil Bergstrœm damit bezweckt hatte: Er war ein zusätzlicher Ansporn gewesen.

Doch auch das spielte in diesem Moment keine Rolle.

Menschen waren in Gefahr, halbe Kinder noch dazu. Alles andere trat in den Hintergrund.

»Sehen Sie sie?«, wiederholte Schmehlich ächzend.

Henning schüttelte stumm den Kopf, biss die Zähne zusammen und legte noch einen Zahn zu. Das Pochen wurde heftiger, doch noch war es zu ertragen.

Der Inspektor dagegen war locker zwanzig Jahre älter als Henning. Und die drei, vier Bierchen zusätzlich rächten sich jetzt wohl auch.

Trotzdem hatten sie alle beide noch immer einen gehörigen Vorsprung vor der halligfriesischen Bürgerwehr, die eben erst dabei war, sich an der Seemuschel zu formieren. Dem Lärm nach musste Matthes tatsächlich Musketen und antike Kavalleriesäbel ausgepackt haben, vielleicht sogar Heugabeln.

Gleichgültig. Und wenn sie Maschinengewehre gehabt hätten: Die Dorfleute mussten zu spät kommen, selbst wenn sie in diesem Moment abmarschbereit gewesen wären.

Die beiden Polizisten folgten im Augenblick einem niedrigen Damm, der zwei der Warften miteinander verband, nicht mehr als zwei, drei Meter über dem Gelände. Doch wenn die Umgebung platt wie ein Teller war, machten zwei, drei Meter schon die Höhe eines mittelgroßen Aussichtsturms aus.

Und die Aussicht schnürte Henning die Kehle zu.

Unter normalen Umständen hätte es beinahe stockfinster sein müssen. Der Mond stand am Himmel, aber diese Sorte Licht ließ höchstens eine Ahnung dessen zu, was sich im hohen Gras der Salzwiesen tat. Hinzu kam, dass die Halme sich im böigen Wind mal in diese, mal in jene Richtung legten, sodass die Wiesen selbst einem sturmdurchtosten Meer glichen.

Nein, es war der Nebel selbst, der die Szenerie beleuchtete. Schon allein dieses Licht tat den Augen weh.

Das Weiß war ungleichmäßig, in den Dünentälern stärker konzentriert als über den Kuppen, und dort, wo es aus dem unübersichtlichen Gelände auf die Wiesen vordrang, bildete es keine geschlossene Front, sondern sandte zerfaserte, verwirbelte Arme aus, Tentakeln eines urzeitlichen Monsters, das jahrtausendelang auf dem Boden des Meeres geschlafen hatte, um jetzt …

»Warum gerade jetzt?«, flüsterte Henning. »Warum zur Hölle gerade jetzt?«

Als könnte es eine logische Erklärung geben für etwas, das überhaupt nicht sein konnte. Nicht sein *durfte*.

Er schüttelte sich, kniff die Augen zusammen. Die tentakelartigen Ausstülpungen bewegten sich seltsam zögernd, tastend, als wäre der Nebelkrake blind. Waren Kraken nicht ohnehin blind? Wie fanden sie ihre Beute? Horchten sie am Meeresgrund lauernd in die ewige Nacht? Witterten sie, nahmen sie elektrische Schwingungen wahr, die Körperwärme ihrer Opfer?

Dieser Krake hatte seine Jagdmethode gefunden.

Unschlüssig tasteten sich die Tentakel ins offene Gelände, ausgenommen zwei klauenartige Bahnen aus weißem Dunst, in denen sich seinerseits etwas zu bewegen schien. Ungefähr dort, wo die Dünenlinie der Herrenwarft am nächsten kam, hatten sie sich weit in die Wiesen vorgeschoben, vielleicht zwanzig Meter voneinander entfernt. Und genau in der Mitte *war* etwas.

»Das müssen sie sein«, murmelte Henning. Er sah nur eine einzelne Gestalt, doch wie Schmehlich gesagt hatte: *Soweit ich weiß, sind das die einzigen Halbstarken, die im Moment da rumspazieren!*

Ganz gleich, wer dort unten jetzt rumspazierte: Er war in tödlicher Gefahr.

»Ich kann sie sehen!«, brüllte er über die Schulter.

Schmehlich antwortete etwas, das der Kriminalassistent nicht mehr verstehen konnte. Der Inspektor war noch weiter zurückgeblieben.

Nein, auch Schmehlich würde zu spät kommen für die einsame Gestalt inmitten der Salzwiesen.

Henning rutschte, stolperte den Damm hinab und begann zu laufen, so schnell er konnte.

*Mittwoch, 20. Juni, 22:42*
*Auflaufendes Wasser, 1 h 50 min bis Hochwasser*
*Pegel Hallig Horn: 2,53 m über Seekartennull*

Ich sah dem Tod ins Auge.

Ganz richtig war das eigentlich nicht. Sie hatten keine Augen mehr. Aus leeren Höhlen stierten sie mich an. Ich wusste, dass es unmöglich war, doch ich spürte ihre Blicke auf mir.

Es waren Männer. Jetzt war es eindeutig. Zweien von ihnen klebten noch Fetzen von Bärten am Kinn wie verschrumpeltes Moos. Ein bisschen wie beim Sänger von ›Unheilig‹, vielleicht noch eine kleine Spur bizarrer. Sie waren in kittelartige Gewänder gehüllt, die aber nur noch aus Lumpen bestanden. Die Ledergürtel, die die Reste ihrer Garderobe um die Hüften zusammenhielten, hatten sich besser gehalten, ebenso die Arm- und Beinschienen und die offenen Helme. Vor allem aber war das alles wesentlich besser in Schuss als die Männer selbst.

Waren sie alt oder jung gewesen, als sie starben? Gesichtszüge waren nicht mehr zu erkennen. Die Nasen waren genauso verschwunden wie die Augen, während sich über dem knöchernen Rest des Schädels noch pergamentartig die schimmelige Haut spannte, hier und da von Rissen durchzogen. Die Lippen waren bis zur Unkenntlichkeit verschrumpelt, sodass die stummelartigen Zähne freilagen – soweit die Männer noch Zähne hatten. Schließlich kamen sie aus dem Mittelalter mit ihren Helmen und Schwertern. Da hatten die wenigsten Leute ihre Zähne besonders lange behalten; schon in jungen Jahren waren sie vielen von ihnen ausgefallen.

Der Anblick war dermaßen unwirklich, unglaublich … Ich starrte und starrte und wartete auf den Augenblick, in dem sich der Horror in meinem Hirn in blanke Panik verwandeln würde. Verdammt! So funktionierte das doch! Irgendwann war's einfach genug, und man klappte zusammen, wurde ohnmächtig. Und kriegte nichts mehr mit.

Das Beste, was mir hätte passieren können – wäre es nur um mich allein gegangen.

Doch es ging nicht um mich allein. Wo war Hannes abgeblieben? Hatte er das einzig Richtige getan und das Weite gesucht, zurück zur Warft, um Hilfe zu holen? Aber das war unmöglich! Als ich angefangen hatte, nach ihm Ausschau zu halten, hätte er noch in Sichtweite sein müssen, erst ein paar Schritte entfernt.

Hier ging so einiges nicht mit rechten Dingen zu.

*Ach, sag bloß*, dachte ich.

Der Ring des Nebels schloss sich um mich. Zwei Meter vor mir blieben die toten Männer stehen, glotzend, in Reih und Glied. Reglos bis auf die immer gleiche Bewegung, das monotone Trommeln ihrer Schwerter, als gäbe es für alle zusammen nur ein einziges Hirn, das sie mit der Präzision eines digitalen Uhrwerks steuerte. Sie warteten. Aber worauf?

Ich lauschte. Würde aus der undurchdringlichen Wolke aus Weiß ein Kommando ertönen: auf sie mit Gebrüll?

Nichts geschah. Nichts war zu hören. Vielleicht, aus ganz weiter Ferne, Geräusche, die zur wirklichen Welt gehörten, der Welt jenseits des Dunstes. Das Echo des Horns. Rufe, Schreie, eine andere Sorte Klirren und Scheppern.

Doch das war ein Teil der Welt außerhalb des Nebels, die weit weg war. Ich befand mich nun in seinem Herzen. Mit jedem Atemzug atmete ich altes Blut und rostiges Metall – und Wasser. Ja, das war es: Es fühlte sich an, als wären mir Kiemen gewachsen. Als könnte ich unter Wasser atmen, unter uraltem salzigem Wasser.

Ich holte Luft – oder eben Wasser.

»Was wollt ihr von mir?«, flüsterte ich. Meine Stimme zitterte. »Wo… wo ist mein Bruder?« Kein Hall. Wie in einem Dampfbad im Sargformat. Kein Echo. Und keine Antwort. Kein Hinweis, dass sie mich auch nur gehört hatten.

Sie trommelten weiter. Hatten sie überhaupt die Chance, mich zu hören? Ihre Augen und Nasen hatten sich längst verabschiedet, doch was war mit den Ohren? Nicht zu erkennen unter den Helmen.

Doch ich wusste, dass das Unsinn war. Diese Männer waren tot, seit Jahrhunderten schon, und das größte Wunder war vielleicht, dass überhaupt so viel von ihnen übrig war.

Sie waren tot. Tot – wie Marten.

Der Gedanke kam ganz plötzlich.

Wieder holte ich Luft, versuchte probeweise die Finger zu bewegen.

Ich ballte die Hände zu Fäusten, öffnete sie wieder. Es funktionierte. Wie von selbst tasteten die Finger über meinen Körper, als müsste ich mich vergewissern, dass er noch da war. Der seidige Stoff meines zerfetzten schwarzen Rocks, die glatte Oberfläche der Windjacke. Ich spürte die Umrisse des Umschlags.

Es kam wie ein Blitz, ein Donnerschlag. Wie Blitz und Donner gleichzeitig, unmöglich zu begreifen, zu fremd, zu anders.

Mit einem Keuchen riss ich meine Hand zurück.

»Was war das?«, flüsterte ich. Ich starrte in die toten Gesichter. War eine Veränderung mit ihnen vorgegangen? »Wart ihr das?«, hauchte ich.

Sie reagierten nicht.

Ich hob meine Finger vor die Augen, starrte auf die Handfläche. Ich hatte die Hand bewegt, *und ich hatte durch den Stoff Martens Umschlag berührt!*

»Mein Gott«, flüsterte ich. »Der Umschlag!«

Mit einem Mal begriff ich. Am Vormittag auf der Fähre, am Nachmittag bei Mommsen im Boot, vor ein paar Minuten hier draußen auf den Wiesen: Jedes Mal hatte ich den Umschlag berührt, und jedes Mal war etwas Unglaubliches geschehen. Erinnerungen waren zu mir gekommen, die nicht mir gehörten.

Und auch der Nebel hing damit zusammen. Auch diese Kreaturen reagierten auf das Geschenk meines Vaters. Dabei hatte ich es noch nicht mal ausgepackt.

In meinem Kopf war ein Brausen und Summen. Angst, immer noch, natürlich. Mein kleiner Bruder war wie vom Erdboden verschluckt, und ein paar Schritte vor mir standen vier Leichen mit schartigen Schwertern. Doch zu der Angst war etwas anderes gekommen, etwas, das sie überlagerte, fast beiseitedrängte:

*Das alles hat mit dir zu tun!*

Ich hatte gewusst, dass es einen Zusammenhang geben musste, hatte in tausend Richtungen gegrübelt und war auf die einfachste, logischste, nächstliegende Erklärung nicht gekommen.

Der Zusammenhang war *ich*.

Ich war mir nicht sicher, wie ich mich überhaupt noch auf den Beinen hielt.

Das Ganze war einfach nur gewaltig, unglaublich. Es war einfach …

*»Irre«*, murmelte ich und merkte selbst, dass ich das Wort mit einer besonderen Betonung aussprach.

Meine Hand zitterte, als ich sie nun ganz bewusst an den Reißverschluss meiner Jacke führte, ihn langsam öffnete, die Finger in die Innentasche gleiten ließ. Millimeter vor dem Packpapier hielt ich inne, befeuchtete mit der Zunge meine Lippen, öffnete den Mund.

»Sie bleiben ganz ruhig da stehen! Sie bewegen sich keinen Zentimeter!«

Es war nicht meine Stimme. Diese Stimme klang ganz ruhig. Eine Stimme, die es gewohnt war, dass man ihr zuhörte. Vielleicht war sie es sogar gewohnt, Befehle zu geben.

Und es war nicht irgendeine Stimme. Es war – *die Stimme!*

Ich keuchte. Der Pater! Der junge Pater aus der Stiftskirche. Der Mann, den ich nur gehört, nicht aber gesehen hatte – oder durch das Gitter im Innern des Beichtstuhls doch nur schemenhaft wahrgenommen hatte.

Ich fuhr herum.

Er stand ein paar Meter hinter mir, ganz in Schwarz, wie man das von einem Pater erwarten konnte. Aber er war kein Pater.

»Mein Opfer!«, flüsterte ich. Das war es! Deshalb war

mir die Stimme so bekannt vorgekommen! Deshalb war ich sogar für einen Moment aus der *Erinnerung* wieder aufgetaucht. Aber wie … Ich starrte ihn an, den dunklen Kerl von der Fähre.

Er nahm mich nicht zur Kenntnis, kaum anders als die untoten Kreaturen, bevor ich gegen den Umschlag gekommen war. Doch bei ihm war ich mir sicher, dass er mich hören konnte, falls er nicht wieder seine Ohrstöpsel drin hatte.

Aber nein, ich glaubte nicht, dass er jetzt Ohrstöpsel trug.

Er trug seinen Pferdeschwanz.

Und er trug eine Pistole.

Sie war auf die Kreaturen gerichtet, bewegte sich ruckartig von einem der entstellten Gesichter zum anderen, machte kehrt und begann wieder von vorn.

»*Klam!*«, murmelte er. »Ihr seht echt übel aus.«

»Was …« Aus meinem Mund kam eine Art Röcheln. »Was *tun* Sie hier?«

Er warf mir einen knappen Seitenblick zu. Die Muskeln in seinem Gesicht waren angespannt. Doch dann … *Diesen* Ausdruck hatte ich nicht mal zu sehen gekriegt, als ich ihn auf die Planken geschickt hatte. Eine Sekunde lang spürte ich ein unglaubliches Bedauern darüber, dass ich gerade keinen Fotoapparat dabeihatte. Diese Miene hätte es verdient gehabt, für die Nachwelt festgehalten zu werden.

»*Sie?*«, krächzte er.

Doch seine Reflexe funktionierten, das musste man ihm lassen. Die Pistole blieb weiter auf die toten Männer gerichtet, und seine Augen waren es im nächsten Moment auch wieder.

»Und jetzt gehen Sie ganz langsam rückwärts!«, presste er hervor. Seine Pupillen wanderten ganz kurz zu mir. »Und Sie auch! In die andere Richtung!«

Keiner von uns gehorchte.

Ich selbst war einfach noch zu baff, um darüber nachzudenken, ob ich eigentlich gehorchen wollte, und die Männer aus dem Mittelalter hatten ihn mit ziemlicher Sicherheit nicht mal gehört.

Immerhin hatten sie aufgehört zu trommeln.

Ich kniff die Augen zusammen.

Sie hatten aufgehört zu trommeln!

Sie hatten mitten in der Bewegung gestoppt, hielten ihre Schwerter in einem unbequemen Winkel vor der Brust. Eine Geste der Abwehr? Oder genau das Gegenteil? Habtachtstellung, Vorbereitung zum Angriff – oder zum Rückzug?

Sie konnten doch unmöglich verstanden haben, was er gesagt hatte! Sie konnten nicht mal wissen, was eine Pistole war!

»Ich sage es nur noch einmal!« Sein Ton war scharf und unnachgiebig. Ich stürzte von einer Überraschung in die nächste: Das war ein völlig anderer Typ als auf der Fähre. Und irgendwie war er sogar … Doch, das hatte was.

Irgendwie.

Wenn man auf so einen Typ stand.

Aber ich stand ja mehr auf diesen – wie hatte Peer das ausgedrückt? Genau: diesen *hinfälligen* Typ.

Und *dieser* Typ hier war exakt im falschen Moment aufgetaucht. Gerade als ich drauf und dran gewesen war, mit den untoten Kreaturen aus dem Nebel ins Gespräch zu kommen.

*Ist dir eigentlich klar, wie sich das anhört, was dir da im Kopf rumgeht?*

»Sie gehen jetzt ganz langsam rückwärts!«, murmelte mein dunkler Beschützer. Ein leises Klicken. Ich hatte nicht erkennen können, was genau er gemacht hatte, ging aber davon aus, dass seine Waffe jetzt scharf war.

»Und wenn sie das nicht tun?« Ich hätte mir auf die Zunge beißen können, aber der Spruch war schon raus. Und irgendwie war der Bann damit gebrochen. »Was kommt als Nächstes, wenn sie nicht parieren?«, fragte ich ätzend. »›Eine falsche Bewegung, und Sie sind ein *toter Mann*?‹«

Er reagierte nicht auf die Bemerkung. Zumindest nicht mit Worten.

Bei Sylke im Ärztehaus gab es einen echt guten Kieferorthopäden. Den würde er brauchen, falls er auf die Idee kam, die Zähne noch eine winzige Winzigkeit fester zusammenzubeißen.

»Ichzählebisdrei!« Das Genuschel konnte selbst ich nur mit Mühe verstehen. »Eins – und zwei …«

Er kam nicht mehr zur Drei.

Allerdings nicht, weil sie gehorchten.

Sie taten genau das Gegenteil.

Sie machten einen Schritt voran, alle gleichzeitig, völlig synchron. Warum auch immer, aber diese vollständige Präzision kam mir noch wesentlich unheimlicher vor als der ganze Rest, der Nebel, die Schwerter, der fortgeschrittene Zustand der Verwesung.

»Hey«, hauchte ich. »Echt super, mein Retter! Für Sie tun die alles.«

»Kommen Sie da weg!«, brüllte er und feuerte im selben Moment seine Waffe ab.

Ich sah den Treffer. Er hatte auf das Wesen ganz links gezielt, und er stand keine fünf Meter entfernt. Fehlschuss unmöglich. Die Kugel traf in den Oberschenkel des Mannes. Die Kreatur zuckte, ganz kurz nur.

Das war alles. Sie stolperte nicht mal zurück.

Das war es allerdings, was ich jetzt tat.

Denn sie machten den nächsten Schritt. Und den nächsten.

»Los!« Der dunkle Kerl packte mich, stieß mich nach hinten. Ich fluchte, als ich auf den Resten meiner Nylonstrümpfe im feuchten Gras wegglitschte.

Hektisch kam ich wieder hoch.

Ich verfluchte mich selbst für meine dämlichen Sprüche. Was immer dieser Mensch sonst noch war, offenbar wollte er mir helfen.

Und er war schnell, der Junge! Verdammt schnell.

Und nach Korn stank er.

Doch vielleicht war das sein gewohnter Pegel. Seine Reflexe waren absolut in Ordnung.

Seine Pistole war verschwunden. Der Kickboxer trat in Aktion, stürmte den toten Männern entgegen. Und sie reagierten sofort, lösten ihre lang gestreckte Reihe auf, bildeten einen Halbkreis um ihn.

Dabei bewegten sie sich immer noch synchron, und doch ganz anders jetzt. Ihre Bewegungen kamen jedes Mal genau gleichzeitig, waren jedoch nicht länger bei allen dieselben Bewegungen. Wenn der eine die Waffe hob, machte ein Zweiter einen Schritt zur Seite, der Dritte versuchte, einen Schlag anzubringen.

Ein gespenstisches, ruckartiges Ballett wie bei einem Video, das man Bild für Bild vorwärtslaufen ließ. Tanja und ich hatten das mal mit einer Szene von der dritten Biss-DVD gemacht, nachdem wir uns nicht ganz sicher gewesen waren, ob das auf Robert Pattinsons Hose jetzt nur ein Schatten war in der Leistengegend, oder ob der tatsächlich einen *dermaßen* …

Ja, ein Ballett. Aber mein dunkler Beschützer war eindeutig der Solotänzer in dieser Formation.

Alles gruppierte sich um ihn. Er gab die Choreografie vor, alle anderen hatten nur zu reagieren.

Er schien überall zugleich zu sein, ließ einen der Männer mit einem Fußkick drei Schritte zurückstolpern, duckte sich unter einem Hieb weg, war aber im selben Augenblick wieder oben und gab einem anderen Gegner einen exakt gezielten Stoß vor die Brust, der den sekundenlang aus dem Rhythmus brachte.

Wobei die geisterhaften Schwertkämpfer den Rhythmus als solchen nie verloren. Selbst beim Zurückstolpern blieben sie im Takt.

Mit einer aufeinander abgestimmten Abfolge von Schlägen und Tritten trieb mein Retter zwei der Angreifer weit zurück. Einer von ihnen landete im Gras, und ich wollte schwören, dass der Tote verletzt oder zumindest *geschwächt* war. Er klappte zweimal zusammen, bevor es ihm gelang, sich wieder aufzurichten.

Doch die beiden anderen Gegner nutzten die Chance sofort. Einer von ihnen kam schräg von links an meinen Beschützer heran, der andere direkt von hinten. Doch er musste Augen im Hinterkopf haben. Er fuhr herum …

Aber wieder waren die beiden exakt aufeinander abgestimmt. Beide machten einen Schritt nach vorn, beide hoben die Waffen.

Ich schrie. Er konnte nicht gleichzeitig auf beide Manöver reagieren, stolperte zurück, viel ungeschickter diesmal, aber im gleichen Augenblick war der unverletzte der beiden, die er fast schon ausgeschaltet hatte, von Neuem herangekommen. Hinter ihm, jetzt wirklich unsichtbar für ihn – aber nur zwei Schritte von mir entfernt.

Ich dachte nicht nach. Dazu war keine Zeit. Von hinten warf ich mich auf ihn, bekam den Toten zu fassen, krallte mich in seinen Rücken. Automatisch wollte ich die Finger in seine Augen bohren. Aber er hatte ja keine mehr. Ich erwischte einen Zipfel seines *Unheilig*-Barts, doch das strohige Haarbüschel löste sich ohne jeden Widerstand. Auf einmal hatte ich keinen richtigen Halt mehr, versuchte verzweifelt, mich festzuklammern. Es war seltsam. Die Kreatur machte keinen Versuch, nach mir zu schlagen, aber sie schüttelte sich, ruckartig. Beim ersten Mal hielt ich durch, in die Schultern des Mannes verkrallt, die sich anfühlten wie morsches Holz. Beim zweiten Mal gab es einen heftigen Ruck. Schwer plumpste ich zu Boden, begriff nicht, warum. Ich hielt mich doch immer noch fest.

Das Gras, die feuchten Wiesen dämpften meinen Sturz, trotzdem war ich eine Sekunde lang benommen. Erst dann starrte ich an, was ich immer noch umklammert hielt.

Es war der linke Arm des Mannes.

Der Rest von ihm war schon wieder hinter meinem Beschützer her.

Mit einem Keuchen stieß ich die grausige Trophäe von mir.

Meinem dunklen Retter war es währenddessen gelungen, die übrigen Angreifer ein Stück zurückzuscheuchen. Dem Einarmigen konnte er ausweichen. Der hatte jetzt deutliche Probleme mit dem Gleichgewicht.

Mit eiligen Schritten kam mein Retter bei mir an.

»Los, weg!«, zischte er. »Sie sind langsamer als wir. Das ist unsere Chance.« Sein Atem ging schwer. Der Pferdeschwanz hatte sich in wirre Strähnen aufgelöst, und auch sonst sah er inzwischen einigermaßen fürchterlich aus. Ein Blutsfaden sickerte von seiner Stirn und zwang ihn immer wieder zum Blinzeln. Den linken Arm hielt er in einem Winkel, der nicht normal war.

*Weg.*

Ein großes Wort.

Die Angreifer mussten sich erst neu formieren, aber der Nebel war nach wie vor auf allen Seiten. Über uns gab es einen Fleck nächtlichen Himmels, doch weder die Dünen waren zu sehen noch irgendeine andere Landmarke. In welcher Richtung befand sich das Dorf, die Herrenwarft?

Gehetzt sah ich mich um – und erstarrte.

Der Nebel war rings um uns, doch wo eben noch eine verwirbelte, gestaltlose Masse gewesen war, wurden jetzt Umrisse sichtbar.

Umrisse, die sich bewegten, sich aus dem Dunst schälten, alle zugleich. Die einen Schritt machten. Einen zweiten.

Wie viele waren es? Sechs? Sieben?

»*For fanden da også!*«, murmelte mein düsterer Beschützer.

Dänisch, vermutete ich.

So viel Dänisch verstand ich nicht.

Aber das war auch nicht nötig.

Henning war sich nicht sicher, ob er eigentlich noch bei Bewusstsein war.

Er war im Innern des Nebels, im Innern des *Kraken*, verschlungen und verdaut. Tödliches Wasser um ihn, das nach Rost und Blut schmeckte: die Verdauungssäfte der Bestie.

Passenderweise sahen auch seine Gegner aus wie schon halb verdaut.

Aber warum überhaupt *Gegner*? Warum hatte der Nebel

das Mädchen und ihn nicht längst zerquetscht, zermalmt wie das Schiff der Verfolger, draußen auf dem Meeresarm vor der Küste von Nordstrand?

Er begriff immer weniger.

Eine Berührung an seiner Schulter, der unverletzten zum Glück. In der linken Körperhälfte hatte er fast kein Gefühl mehr.

Er drehte den Kopf. Die Bewegung sandte Pfeile aus Schmerz durch seine Wirbelsäule.

Das Mädchen. Die Kleine war gefährlich, er hatte es von Anfang an gewusst, schon auf der Fähre. Und vor zwei Minuten hatte sie vor seinen Augen einem toten Mann den Arm ausgerissen.

Das Mädchen, dachte er. Aber nicht irgendein Mädchen. Die Tochter des Herrn und Meisters von Hallig Horn. Das erklärte dann auch, warum sie so eine Zickenkönigin war.

Schade eigentlich, denn niedlich war sie wirklich. Und um sich so zu stylen, mit den zerfetzten Edelklamotten und der zentimeterdicken Kajalschicht, die auf dem halben Gesicht verlaufen war, hätten die Mädels in Kopenhagen den ganzen Abend gebraucht. Und am Ende hätte das Ganze nicht halb so, na ja, *echt* ausgesehen. Nur die Haare passten irgendwie nicht, so an den Kopf geklatscht.

»Ja?«, fragte er vorsichtig. Er war am Ende seiner Kräfte, aber wenigstens war er diesmal auf den nächsten Spruch gefasst. Eine große Rolle spielte das sowieso nicht mehr. Nicht angesichts eines halben Dutzends neuer Widersacher. Und die bisherigen Gegner hatten sich bereits in ihre Phalanx eingereiht.

Das Mädchen legte den Kopf in den Nacken, sah zu ihm hoch. »Ich …« Sie biss sich kurz auf die Unterlippe. »Danke«, murmelte sie.

Henning hob die Augenbrauen. Das kam jetzt überraschend.

»Na ja, viel gebracht hat's ja nicht, so insgesamt.« Er zuckte mit den Schultern, keuchte im nächsten Moment vor Schmerzen auf. »Keine Ursache«, presste er hervor.

»Sie sind verletzt«, stellte sie fest, streckte die Hand nach seiner Schulter aus, der verletzten diesmal. Automatisch fuhr er zurück.

»Nicht schlimm«, sagte er rasch. »Das wird wieder. Wenn die da nicht …«

Sie nickte stumm.

Die Untoten hatten einen Ring um sie gebildet, zehn, zwölf Meter im Durchmesser. Im Moment standen sie still, jeweils ein, zwei Schritte voneinander entfernt, sodass sie sich nicht gegenseitig ins Gehege kommen würden, wenn der Kampf von Neuem losging. Aber wenn sie näher an ihre Gefangenen heranwollten?

Henning kniff die Augen zusammen. Wenn genau das eine Chance war?

Doch er schüttelte den Kopf. Hätte er mit der Pistole irgendwas ausrichten können … Wäre er noch imstande gewesen, seine Schläge und Tritte einzusetzen … Er hätte sich und dem Mädchen zumindest Zeit erkaufen, ihnen womöglich eine Gasse freimachen können.

Aber vielleicht gab es doch eine Möglichkeit.

Wenn er auf sich selbst keine Rücksicht nahm. Wenn er davon ausging, dass sie ihn so oder so kriegen würden. Dann brauchte er sich keine Gedanken über einen Rückzug zu machen. Er musste einfach alle Aufmerksamkeit auf sich lenken.

Und die Kleine musste dann sehen, was sie daraus machte. Zäh war sie.

Es war eine Chance. Mehr, als sie zu erwarten hatte, wenn sie beide einfach hier hocken blieben wie das Kaninchen vor der Schlange.

»Passen Sie auf!«, zischte er. »Ich bin nicht allein hier.« Er zögerte. So viel war geschehen in den letzten Minuten, aber eine verdeckte Ermittlung blieb eine verdeckte Ermittlung. »Wir waren zu zweit«, erklärte er. »Der Mann, mit dem ich gekommen bin, war ein Stück hinter mir, und außerdem ist die Bürgerwehr unterwegs.«

»Eine … eine *Bürgerwehr?*« Sie hob die Augenbrauen.

Er biss die Zähne zusammen. Klar, natürlich: finsterstes Mittelalter.

»Sie kommen aus dieser Richtung«, sagte er rasch und wies mit einem Nicken über die linke Schulter. »Wenn ich nicht völlig die Orientierung verloren habe.«

Die untoten Männer verhielten sich nach wie vor ruhig, aber er spürte, dass sie jede ihrer Bewegungen beobachteten. »Ich werde versuchen, Ihnen einen Weg freizumachen. Da drüben, sehen Sie? Wo sich der Kerl eingereiht hat, dem Sie den Arm …«

»Und Sie?«

»Ich komm schon zurecht. Aber Sie müssen …«

»Nein.« Sie wich einen Schritt zurück. »Kommt nicht infrage. Wenn diese Kerle mit Ihnen fertig sind, sehen Sie schlimmer aus als die. Und irgendwo hier muss mein Bruder … Nein!« Sie schüttelte den Kopf. »Es muss eine andere Möglichkeit geben, und ich glaube …« Zögernd hob sie die Hand, legte die Finger an den Reißverschluss ihrer Windjacke. »Bitte!« Sie sah ihm fest in die Augen. »Bitte lassen Sie mich was probieren! Ich war vorhin gerade dabei, als Sie aufgetaucht sind.«

Ganz langsam zog sie den Reißverschluss runter. Die

weiße Edelbluse, die sie unter der Jacke trug, wurde nur noch von einem einzigen Knopf zusammengehalten. Die übrigen mussten aufgerissen sein, als sie sich an den Toten gekrallt hatte.

Henning schluckte. Der Moment war denkbar unpassend, aber was da aus dem schneeweißen Spitzenbustier lugte, kam wirklich eindrucksvoll zur Geltung. Mit Sicherheit war *das* nicht ihr Plan. Die Untoten waren kaum in der Verfassung, auf *so was* noch anzuspringen.

Henning schon.

»Ich habe da …« Ihre Hand bewegte sich zu einer Innentasche. Sie sah kurz auf. »Was …?« Eine steile Falte bildete sich auf ihrer Stirn.

Rasch wandte er den Blick ab, biss sich auf die Lippen. »Sorry«, murmelte er. »Ich …«

*»Sind Sie da irgendwo?«*

Hennings Herz machte einen unfreiwilligen Sprung. Schmehlich! Seine Lippen formten den Namen des Deutschen. Lange genug hatte er gebraucht, doch das Gelände war unübersichtlich mit all dem Nebel. Noch immer klang die Stimme unendlich weit weg.

»Inspektor!«, brüllte Henning. »Hören Sie mich? Wir sind hier drin!«

*»Dann kommen Sie raus, Düwel-Blixem! Hier lang!«* Ein undeutlicher gelblicher Schimmer, fast genau aus der Richtung, die Henning für die richtige gehalten hatte. *»Haben Sie die Kinder?«*

»Ich habe die Tochter!«

Die Tochter warf ihm einen unfreundlichen Blick zu.

»Wir können hier nicht raus!«, brüllte er. »Hier sind …« Mittelalterliche Killerzombies aus dem Nebel, dachte er. »Wir sind nicht allein!«, rief er. »Sie müssen uns …«

Irgendwo in seinem Oberstübchen war schon vor einigen Sekunden ein Prozess in Gang gekommen. Nur dass ihm das Denken gerade etwas schwerfiel.

Die Untoten hatten brav in Reih und Glied gestanden, als Henning auf der Bildfläche erschienen war. Offenbar hatten sie bis zu diesem Zeitpunkt keinerlei Anstalten gemacht, das Mädchen anzugreifen. Dann hatte Henning die Pistole gezogen und den Kreaturen sein Ultimatum gestellt. *Ich zähle bis drei. Eins – und zwei …*

Und dann waren sie in Aktion getreten.

Und *dann* hatte er geschossen.

Sie verstanden, was er von ihnen wollte. Sie bekamen mit, wenn sie bedroht wurden.

Und jetzt hörten sie in aller untoten Seelenruhe an, wie über ihre Köpfe hinweg ein Schlachtplan ausgeheckt wurde?

Die Bewegung kam von einer Sekunde zur anderen.

Sie schlugen mit den Schwertern gegen ihre Armschienen, rhythmisch, mit jener gespenstischen Präzision, die das Schlimmste an den geisterhaften Gegnern war. Und sie marschierten vor, zur Mitte, auf Henning und das Mädchen zu. Nicht alle, sondern nur jeder zweite von ihnen, sodass sie sich nicht gegenseitig behinderten. Die übrigen machten auf dem Fuß kehrt, gruppierten sich um.

Sie wandten sich nach außen.

Schmehlich! Das undeutliche Leuchten schien zu flackern.

Das Peitschen eines Schusses.

»Die Waffe bringt Ihnen nichts!«, brüllte der Kriminalassistent. Doch das würde der Inspektor nur allzu schnell selbst feststellen. Und anders als Henning hatte er sich nicht seit seinem elften Lebensjahr dem Kickboxen verschrieben.

Der Kreis der Angreifer zog sich enger und enger, wie ein würgendes Seil aus gammeligem Leder, verrottendem menschlichem Gewebe, gepanzert mit Eisen, verrostetem Eisen.

*Die rotierenden stählernen Blätter einer Schiffsschraube.*

Henning machte einen Versuch, das Mädchen hinter sich zu schieben, doch das war sinnlos. Sie kamen von allen Seiten. Und die Kleine wehrte sich, versuchte, ihm irgendwas verständlich zu machen, fingerte an ihrer Jacke rum. Irgendwas raschelte.

Noch vier Schritte.

Sie trommelten und trommelten, und der Rhythmus steigerte sich.

Noch drei.

Er sah die Dunkelheit in ihren Augenhöhlen, jede einzelne ein Schlund der Finsternis und Vernichtung, ein wirbelnder Mahlstrom aus schwarzem Wasser.

Noch zwei.

Sie hoben die Schwerter. Sie …

*»Verschwindet! Lasst uns in Ruhe!«*

Die Waffen erstarrten mitten in der Bewegung.

Das Mädchen hatte sich an Henning gepresst. Ihr Körper bebte wie im Krampf.

*»Verschwindet!«*, wiederholte sie mit einem rauen Flüstern. *»Haut ab!«*

Eine Sekunde lang geschah überhaupt nichts.

Dann explodierte die Welt in einem gleißenden Weiß.

Und im nächsten Moment war nur noch Schwärze.

**Donnerstag, 21. Juni, 10:56**
**Auflaufendes Wasser, 1 h 55 min bis Hochwasser**
**Pegel Hallig Horn: 3,22 m über Seekartennull**

*Kahle Zweige über meinem Kopf, ein paar letzte tote Blätter, die sich ans Geäst klammerten. Dazwischen rötliche Beeren, die allzu verlockend leuchteten. Eine Handvoll von ihnen genügte, ich wusste es, um einen Menschen zu töten.*

*Ein grauer Nachmittagshimmel spannte sich über dem winterkahlen Gehölz. Zerrissene Fetzen aus dunklerem Grau jagten unter der bleifarbenen Kuppel dahin, mit dem Wind, der vom Meer kam.*

*Die Kutte, in die die Gestalt vor mir gehüllt war, besaß dieselbe Farbe. Ein Grau oder Braun oder schmuddeliges Ocker, das sie fast unsichtbar werden ließ in dem Labyrinth aus verkrüppeltem Buschwerk, durch das sie mit sicheren Schritten den Weg fand. Vereinzelte höhere Bäume, die aus dem niedrigen Dickicht ragten, waren für alle Zeiten in der verkrümmten Haltung erstarrt, in die der Weststurm sie zwang, seitdem sie winzige Schösslinge gewesen waren.*

*Kinder des Sturms, Kinder des Meeres, wie alle Geschöpfe der Uthlande. Sie alle, wir alle gleichermaßen, Mensch, Tier und Baum.*

*Der junge Pater war anders.*

*Leicht ließ das Auge sich täuschen. Sein farbloses Ordensgewand hatte denselben Schnitt, den auch die Kutte meines alten Paters besessen hatte. Die Kapuze hatte er tief in die Stirn gezogen – ein Beispiel, dem ich gefolgt war, als wir sein karg eingerichtetes Heim an der Rückseite der Stiftskirche verlassen hatten. Ich sah nicht mehr als seinen vom groben Stoff verhüllten Rücken, breiter in den Schultern als die Gestalt seines Vorgängers, einem Krieger eher angemessen als einem Mann der Kirche.*

*Dennoch wäre es leicht gewesen, mir einzureden, alles sei wie früher, in den Jahren, bevor ich fortgegangen war, ein Kind noch, keine erwachsene junge Frau wie heute. Doch das war es nicht.*

*Er war anders.*

*Er hatte nur wenig von sich berichtet. Kaum mehr als seinen Namen, Haakon. Doch ich hörte es aus seiner Sprache. Es war der härtere Klang des Nordens, der sich niemals ganz verleugnen lässt, ganz gleich, wie viele Jahre sich einer von diesen Leuten in der Sprache der Uthlande übt.*

*Dieser Haakon war einer von jenen, die gekommen waren, nachdem Magnus Rasmussen die Macht an sich gerissen hatte. Männer aus dem Norden, Männer des Königs, die bedeutende Stellen im Thing und in der Kirche von Rungholt übernommen hatten, um die einst freien Lande umso fester an die ferne Krone zu binden. Männer, die die Freiheit der Friesen mit Füßen traten, nicht anders als Rasmussen selbst es tat. Und doch wusste ich, dass gerade Magnus Rasmussen sie mit Argwohn betrachtete. Rungholt und seine Menschen waren ihm übergeben worden – doch diese Männer hatten ein wachsames Auge, dass er seine Macht einzig nach dem Willen des Königs ausübte. Ein Stachel in seinem Fleisch. Ein verdeckter Kampf tobte zwischen ihnen, ein Kampf der Worte und Beschlüsse in der Versammlung des Rates von Rungholt, der dem Herrn der Stadt nach alter Gewohnheit zur Seite stand.*

*Diese Männer aus dem Norden würden alles unterstützen, was Rasmussens Position schwächte.*
*So musste Haakon den Weg zu jenen gefunden haben, die sich an dem Ort im Gehölz trafen.*
*Rasmussens Feinde waren unsere Freunde. Ein kluges Bündnis – so könnte man glauben. Doch mir gefiel es nicht. Gut möglich, dass sie Rasmussens Feinde waren, doch waren sie nicht auch tödliche Feinde all dessen, was den Bund ausmachte? Unseren verzweifelten Kampf um die Freiheit?*
*Lever düad as slav. Lieber den Tod erleiden als geknechtet fremden Herren zu dienen, so hatten wir geschworen. Welchen Sinn hatte es, die Knechtschaft unter den Rasmussens mit der Knechtschaft unter der Knute ihres fernen Königs zu vertauschen?*
*Das waren meine Gedanken, während ich ihm durch die Wildnis des Dickichts folgte.*
*Völlig unvermittelt betraten wir die Lichtung. Ganz so, wie es immer gewesen war. Wer die Wege im Gehölz nicht kannte, nicht wusste, wonach er zu suchen hatte, konnte wenige Schritte entfernt im Buschwerk stehen, ohne zu ahnen, was sich hier verbarg.*
*Es war ein besonderer Ort. Ein Ort, der schon jenen heilig gewesen war, die hier gelebt hatten, bevor die Priester kamen. Fast schien es, als ob sich eine Spur ihres Glaubens an dieser Stelle gehalten hatte, wie ein feiner Schleier, der diesen Platz vor den Augen jener verbarg, die das Zeichen des Bundes nicht kannten.*
*Teuflischer Aberglaube. – Ich wusste, dass selbst einige innerhalb des Bundes so dachten. Mein alter Pater hatte diesen Ort niemals ohne eine gewisse Scheu betreten. Denn dieser Ort war alt, uralt. Älter als der Glaube an*

*den Gekreuzigten. Alt wie die Freiheit der Friesen von Rungholt.*
*Ein Ring aus Steinen, hoch aufgerichtet, ihre Oberfläche zerfurcht von Wind, Regen, Schnee, Jahreszeit um Jahreszeit. Zwölf an der Zahl, wie die zwölf Männer und Frauen des Bundes.*
*Ich zählte die Gestalten, die ihre Kapuzen zurückschlugen, als wir die Lichtung betraten: zehn. Dazu der junge Pater Haakon und ich. Wir waren vollständig versammelt.*
*Ein aufgeregtes Gemurmel erhob sich, als ich vor den Stein trat, der dem Zugang beinahe gegenüberlag. Meinen Stein. Mein Platz in den Reihen des Bundes. In den Jahren meiner Abwesenheit musste er verwaist gewesen sein.*
*Langsam ließ auch ich nun die Kapuze zurückgleiten, blickte der Reihe nach in ihre Gesichter.*
*Doch ich sagte kein Wort. Niemand sprach. Stille legte sich über die Lichtung, jede Bewegung gefror.*
*Und eine Stimme ertönte zwischen den Steinen, eine Stimme, die keinem von denen gehörte, die hier versammelt waren:*
Du kennst den Ort!

Und damit wachte ich auf.

Diesmal war es wieder das schläfrige, fast angenehme Zurückdämmern in die Wirklichkeit. So musste sich eine Katze fühlen, die, nachdem sie auf der Fensterbank geschlummert hat, ihre Augen probehalber einen Spalt aufmacht, gähnend ihre Glieder streckt – um sich dann mit einem unterdrückten Schmatzen eine neue Schlafposition zu suchen.

Vielleicht machte ich ja selbst ein katzenhaftes Geräusch, als ich mich wieder in die Decken kuschelte. In meinem Kopf fühlte es sich so an. Warum nicht noch ein Stündchen schlafen? Nur nicht wieder von lebenden Toten träumen und von Nebel, der nach salzigem Wasser schmeckte.

Behaglich schmiegte ich mich in meine Schlafposition, den Handrücken halb unter dem Kinn. Diese Gewohnheit kam noch aus meiner Kinderzeit, als ich mich in dieser Haltung an Mio gekuschelt hatte, meinen Stofftiger, der jetzt zu Hause auf dem Kleiderschrank saß und schon ein bisschen muffig roch im fortgeschrittenen Stofftigeralter.

Muffig. Ein bisschen nach Mottenkugeln. Und nach was anderem. Ich legte die Nase in Falten. Salz. Und ein bisschen rostig. Waren das die Knopfaugen? Ich schnupperte. Nein, anders. Blätterteig? Nein. Irgendwie *widerlich* und …

Und vor allem befand sich Mio kilometerweit entfernt.

Ich stutzte, schnüffelte. Meine Finger. Das waren meine Finger. Ganz langsam öffnete ich ein Auge. Die Hand war verdreckt, die Nägel abgesplittert, und am Mittelfinger hatte sich ein Fetzen verhakt, der aussah wie … Haut. Farblose Haut. Vertrocknete, haarige, borstige Haut.

Ich schoss in die Höhe.

Der Bart! Der Tote mit dem Bart wie beim Sänger von *Unheilig!* Der Bart, den ich ihm ausgerissen hatte. Zuerst den Bart – und dann den Arm!

Keuchend strampelte ich die Decke beiseite, darauf gefasst, dass irgendwo in meinem Bett der ganze Arm … Nein, der war nirgends zu sehen. Nicht *dieser* Arm, aber ein anderer, zwei davon sogar, in einem dunklen Pullover. Sie fassten nach mir.

»Lara! Soll ich die Ärztin …?«

Mein kleiner Bruder war inzwischen größer als ich und

wahrscheinlich auch kräftiger, doch in diesem Moment hatte er keine Chance, so wie ich strampelte, um mich schlug.

»*Autsch!*«

Ich musste ihn irgendwie erwischt haben, doch das kriegte ich kaum mit. Das Bild war so deutlich: Der tote Mann, die leeren Augenhöhlen, der Bart, die Schwerter und …

»Hannes!« Mitten im Strampeln drang endlich zu mir durch, wer bei mir war.

»Hannes«, flüsterte ich.

»Lara?« Seine Augen waren ungefähr doppelt so groß wie normal. »Soll ich die Ärztin …?«

Welche Ärztin?

Ich schüttelte den Kopf. Wortlos. Im Moment konnte ich gar nichts sagen. Irgendjemand musste mir gerade eine Handvoll Dünensand in den Mund gestopft haben.

Kein Traum. Der Nebel. Die lebenden Toten. Die Schwerter. Es war kein Traum gewesen.

Und Hannes war wieder da. Er hatte sich einen Stuhl an mein Bett gezogen, trug andere Klamotten als zuletzt. Auf seinem Schoß lag sein iPod samt Kopfhörern.

Kraftlos sackte ich zurück. Die Vormittagssonne warf gelbe Bahnen aus Licht in den Raum. Ich lag in meinem Bett in meinem freundlichen, sicheren, mintgrünen Halligzimmer. Sicher jedenfalls so lange, wie niemand auf die Idee kam, das Fenster aufzuhebeln. Damit hatte der Albtraum begonnen oder war zumindest in sein lebensgefährliches Stadium getreten.

Und nun war er vorbei.

War er das wirklich?

Ich schloss für einen Moment die Augen. Was konnte

schon passieren? Im schlimmsten Fall würde ich wieder einschlafen. Selbst wenn dann gleich die nächste *Erinnerung* hinterherkam, konnte sie kaum schlimmer werden als die Wirklichkeit.

Die letzte war geradezu erholsam gewesen im Vergleich zu dem, was ich direkt davor erlebt hatte.

Der Nebel, die Untoten – und mein finsterer Retter.

»Mein Opfer«, murmelte ich.

»Hä?« Verwirrt sah mein Bruder mich an.

»Ich …« Ich biss mir auf die Lippen.

Der dunkle Kerl.

Wo war er hergekommen? Was trieb er auf der Insel? Keine Ahnung, doch er hatte mir geholfen! Zumindest hatte er es versucht. Der Junge war mit Sicherheit nicht der hellste Buntstift in der Schachtel, aber was er mit den Toten gemacht hatte: Er war drauf und dran gewesen, sich für mich in Stücke hacken zu lassen! Warum??? Besonders nett war ich nun wirklich nicht zu ihm gewesen.

Und jetzt? *Ich* war am Leben. *Ich* war in Sicherheit.

»Ich war nicht allein«, murmelte ich. »Da draußen. Nachdem du weg warst. Da war jemand … Ein Mann. Ein junger Mann mit einem Pferdeschwanz und …«

»Ah.« Hannes' Gesicht hellte sich auf. »Der ist hier.«

»*Hier?*« Alarmiert richtete ich mich auf, hätte mir im gleichen Moment aber selbst einen Tritt in den Hintern geben können. Als musste ich damit rechnen, dass ich plötzlich einen Untermieter hatte.

»Ein Stockwerk unter uns«, erklärte mein Bruder. »In einem der Gästezimmer. Sie ist jetzt gerade bei ihm.«

»Sie?«

»Die Ärztin. Der Inspektor hat sie geschickt. Papa war einverstanden.«

»Der Ins…« Ich schüttelte den Kopf. Offenbar hatte ich eine Menge verpasst.

Ich ließ die Füße aus dem Bett gleiten, suchte nach meinen Hausschuhen. Aber die waren noch im Gepäck. Die Vorstellung war bizarr: Ich hatte das Gefühl, als wäre ich schon seit Monaten auf der Hallig, doch in Wahrheit war ich noch nicht mal zum Auspacken gekommen.

Hannes schien zu verstehen, was ich wollte, machte sich an meiner Reisetasche zu schaffen und brachte die ausgelatschten Filzpantoffeln zum Vorschein. Dankbar schlüpfte ich hinein. Sonst war mir nicht kalt, eher im Gegenteil. Ich strich über meinen Unterarm und begriff erst jetzt, dass ich immer noch meine Windjacke anhatte.

Eine äußerst verschwommene Erinnerung regte sich in meinem Hinterkopf – eine von der ganz normalen Sorte. Nacht auf den Salzwiesen, Gestalten um mich rum. Keine Zombies diesmal, sondern ganz normale Leute. Hatte mein Beschützer nicht von einer *Bürgerwehr* erzählt? Aber das war Unsinn! Davon abgesehen, dass sich unsere Fischer oder Halligbauern kaum als Bürger bezeichnet hätten: Gegen wen hätten sie sich jemals wehren müssen? Doch genau das mussten diese Leute gewesen sein: die Bürgerwehr. Ein Gewirr von Stimmen; einige davon kamen mir sogar bekannt vor. Arme, die mich anhoben, mich zurück auf die Herrenwarft brachten, hierher in mein Zimmer.

Als sie mich ins Bett stopften, hatte irgendjemand versucht, mir die Jacke auszuziehen. Wer war das gewesen? Tilda? Der alte Johan? Ich hatte mich gewehrt, mit Zähnen und Klauen. An meinem Bruder konnte ich keine Bissspuren entdecken.

Tastend führte ich die Finger über die Synthetikoberfläche der Windjacke, bis sie über die deutlich spürbare Ausbuchtung strichen. Ja, es war noch da. Vorsichtig, Zentimeter für Zentimeter zog ich die Hand zurück. Ich wagte es nicht, sie länger dort zu lassen. Nicht um alles in der Welt.

Am Ende hatte es nur Momente gedauert, doch jeder einzelne hatte sich in mein Gedächtnis gebrannt, und ich wusste, dass diese Bilder niemals verblassen würden: Ich hatte Martens Geschenk ausgewickelt und es mit bloßen Händen berührt. *Verschwindet! Haut ab!*

Und die Kreaturen aus dem Nebel hatten mir gehorcht.

Und danach war alles plötzlich gleißendes Licht gewesen und dann nur noch Dunkelheit.

Es war nicht zu begreifen. Nein. Es war nichts, was ich begreifen *wollte*, wenn ich denn eine Wahl hatte.

*Das* war Martens Geschenk?

Wie spät war es gewesen, als ich es ausgepackt hatte? Schwer abzuschätzen, aber ein paar Minuten nach elf wahrscheinlich. Wir hatten Sommerzeit, also eigentlich ein paar Minuten nach *zwölf*.

Der einundzwanzigste Juni. Mein Geburtstag.

»Lara?« Fragend sah mein Bruder mich an.

Ich schüttelte mich. Nicht nur den Kopf. Ich schüttelte mich im Ganzen, und einen Moment lang hatte ich das Gefühl, als könnte ich von allein nicht wieder damit aufhören. Doch ich zwang mich dazu.

»Schon okay«, murmelte ich und sah ihn an – und sein Blick gefiel mir überhaupt nicht.

*Er sieht zu viel.*

Ich musste vorsichtig sein mit Hannes. Für ihn gab es kaum Gleichaltrige auf der Insel. Es war Rasmussens Welt, in der er aufgewachsen war. Ob er den scharfen Blick seines Vaters nun geerbt oder sich antrainiert hatte, spielte kaum eine Rolle: So oder so war es nicht einfach, ihm was vorzumachen.

Ich durfte ihm keine Gelegenheit geben zu Fragen, die ich nicht beantworten wollte. Mir blieb nur die Flucht nach vorn.

»Verflixt, wo hast du bloß gesteckt?«, fragte ich. »Auf einmal warst du verschwunden.«

Er öffnete den Mund, doch ich schüttelte den Kopf. »Ich weiß, dass ich dich selbst hinter einem dieser Typen hergejagt habe«, sagte ich. »Das hätte ich nicht tun dürfen. Es tut mir leid. Aber sei froh, dass ...« Ich brach ab. »Das war nicht schön, da draußen«, sagte ich schließlich.

»Und *was* war nicht schön?« Erwartungsvoll sah er mich an.

Ich biss die Zähne zusammen. Was immer mein kleiner Bruder sonst noch war, Computergenie, Menschenkenner, Stammhalter der Rasmussen-Sippe, vor allem war er eines: ein knapp fünfzehnjähriger Junge. Ich konnte mich noch ziemlich gut erinnern, wie das gewesen war mit fünfzehn. Und vor allen Dingen wusste ich noch allzu gut, wie die Jungs drauf gewesen waren in der achten, neunten Klasse. Kaum die Sorte Publikum, dem man von Killerzombies aus dem Nebel erzählen sollte. Man wusste nie, was sie dann anstellten. Die Jungs, wohlgemerkt. Nicht die Zombies.

»Ich kann mich nicht erinnern«, sagte ich so sachlich wie möglich. »Ein Trauma, denke ich mal.«

»Trauma?«

»Wie bei Leuten, die einen Unfall hatten. Die Erinnerung ist einfach weg. Eine Art... Schutzmechanismus. Der Schock, verstehst du? Manchmal kommt's irgendwann wieder zurück, aber wenn man sich sofort an alles erinnern würde, könnte man möglicherweise den Verstand verlieren.«

»Oh«, murmelte er. Ich merkte, wie er mich einen Moment lang nachdenklich betrachtete. Sollte er's auf einen Versuch ankommen lassen? Schließlich hatte ich gesagt: *möglicherweise*.

Er hob die Schultern. »Also, ich war gar nicht weg«, sagte er. »Jedenfalls am Anfang nicht. Du hast nach mir gerufen, und da hab ich auf der Stelle kehrtgemacht. Aber als ich dann zu dir hin bin, hast du dich plötzlich nicht mehr bewegt. Keine Reaktion, dabei hab ich dich richtig angeschrien. Ich hab dich sogar … Tut mir leid, das mit deinem Bein.«

»Mein Bein?«

Seine Augen wanderten zu meinem rechten Schienbein.

Ich bückte mich etwas umständlich, schob die Überreste des schwarzen Rocks hoch. Meine Nylons waren auf wundersame Weise verschwunden. Stattdessen zierte ein blauer Fleck mein Schienbein. Hübsche Farbe.

»Ich hab nicht fest zugetreten«, sagte mein Bruder eilig. »Ehrlich. Das sind nur diese schietigen Schuhe. Du weißt schon, die vom Anzug. Da hab ich kein Gefühl drin. Aber selbst das hat nichts gebracht. Du warst wie … wie eingefroren. Wie eine von den Statuen drüben in der Kirche. Und mindestens genauso schwer. – Hey, was sollte ich machen? Ich hab versucht, dich anzuheben. Keine Chance. Ist dir klar, was du wiegst? Ich krieg sogar das Wasserfass ein Stück hoch, unten an der Zisterne. Das wiegt 'ne Tonne, aber locker!«

Ich warf ihm einen unfreundlichen Blick zu. Kleiner Charmeur. Die Halligmaiden würden begeistert sein, wenn er demnächst mal feststellte, dass es so was wie Mädchen gab.

Aber auf jeden Fall wusste ich, dass ich keine Tonne wog.

Wenn er mich nicht von der Stelle gekriegt hatte, musste das ganz andere Gründe gehabt haben.

Vor allem aber hatte ich nicht die Spur einer Erinnerung, dass er das auch nur versucht hatte. Ich wusste nur, dass von ihm nichts mehr zu sehen gewesen war, als ich nach ihm gesucht hatte. Aber das musste später gewesen sein, oder?

»Und dann?«, fragte ich.

»Na ja.« Er hob die Schultern. »Und dann kam der Nebel, und es fing an zu knistern und zu stinken, und plötzlich hab ich das Horn gehört. Das Horn von Horn. Und da wusste ich, dass es nur einen gibt, der da noch was machen kann. Wenn überhaupt. Also bin ich los, um ihn zu holen, und …«

»Du?« Jetzt machte ich große Augen: »*Du* hast ihn geholt? Woher kennst du diesen Menschen? Was … was ist das für einer?«

Mir gefiel ganz und gar nicht, wie sich meine Stimme auf einmal anhörte. Das war ganz eindeutig eine Tanjastimme. Tanja, wenn sie unbedingt was über einen Typen rauskriegen wollte, der ihr sonst wo über den Weg gelaufen war. Und den sie *irgendwie interessant* fand. Das Seltsame war, dass dieses *irgendwie interessant* mit schöner Regelmäßigkeit zur nächsten großen Liebe ihres Lebens führte, die dann über kurz oder lang in die nächste zwischenmenschliche Katastrophe mündete.

»Nicht, dass ich ihn *irgendwie* so schrecklich *interessant* finde«, betonte ich vorsichtshalber. »Aber immerhin hat er versucht, mir zu helfen.«

»Was?« Mein Bruder schüttelte den Kopf. »Ach so, nein, den kenn ich auch nicht. Ich wollte …« Er zögerte. »Ich wollte was anderes«, sagte er schließlich. »Aber dieser …«

Er biss sich auf die Lippen. »Der wollte dir helfen? – Mist«, murmelte er.

»Mist?«

Hannes hob die Schultern. »Also, wenn du mich fragst, hatten die auch keinen Plan, was ihr beide da draußen gemacht habt, die von der Bürgerwehr. Ihr habt halt beide da rumgelegen, mehr tot als lebendig, wobei du noch 'ne Spur lebendiger ausgesehen hast als er. Der Inspektor war richtig fertig deswegen. Meinte, er hätte besser auf ihn aufpassen sollen.«

Ich nickte langsam. Auf ihn aufpassen. Das ergab einen Sinn. Der dunkle Kerl war gefährlich, und das nicht nur für die Untoten. Niemand wusste das besser als ich. Aber dass er ein dermaßen schwerer Junge war, dass ein Inspektor auf ihn angesetzt war, hätte selbst ich nicht gedacht. Wieder schüttelte ich mich. Das war unwichtig im Moment. Was immer er ausgefressen hatte: Er hatte versucht, mir zu helfen. Und wie es aussah, hatte er übel dafür bezahlen müssen.

Ich stand auf. »In welches Zimmer habt ihr ihn gebracht?«, fragte ich. »Ich will ihn sehen.«

Eine Flucht von dunklen Gängen. In regelmäßigen Abständen unruhige Lichter an den Wänden: Fackeln? Gaslichter? Petroleumlampen?

Henning war sich nicht sicher. Es gelang ihm nicht, seine Augen bewusst in eine bestimmte Richtung zu lenken. Die Bilder zogen an ihm vorüber: dunkles Mauerwerk, in dem sich hin und wieder Durchgänge öffneten, Torwege voller verworrener gotischer Formen. Meisterwerke uralter Steinmetzkunst, das erkannte selbst er. Doch über allem lag ein Atem der Dunkelheit und Vergänglichkeit. Als wäre die gesamte labyrinthische Anlage eine einzige düstere Gruft.

Seine Schritte hallten von den Gewölben wider, und es waren nicht nur seine eigenen. Die anderen Männer hielten sich ein Stück hinter ihm. Eine Ehrengarde? Kerkermeister, die ihn zur Stätte seiner Hinrichtung führten? Keine Chance, einen Blick auf sie zu erhaschen. Niemand sprach ein Wort, auch er selbst nicht. Er konnte nicht sprechen, nicht aus eigenem Entschluss. Selbst sein Denken wurde gedämpft wie durch einen Nebel aus Milliarden winziger Wassertröpfchen.

*Das hier ist nicht die Wirklichkeit,* dachte er. Das hier ist nichts als ein beklemmender, unheimlicher Traum.

Henning hätte nicht einmal sagen können, wann genau der begonnen hatte. Das, was vorher gewesen war, hatte sich mindestens ebenso sehr wie ein Albtraum angefühlt. Das Mädchen von der Fähre – und tote Männer mit Topfhelmen und Schwertern des vierzehnten Jahrhunderts. Auf den ersten Blick hatte er Waffen und Rüstung einordnen können.

Er wusste selbst nicht, woher diese ganz besondere Faszination kam. Vielleicht ja doch eine Art Familientradition, aber eben ganz anders als beim Rest seiner Sippschaft. Die Welt der Ritter und Burgen hatte ihn schon als Kind fasziniert, die Ausrüstung und Bewaffnung, die Kampftechnik. Das musste es letztendlich gewesen sein, was ihn zum Kickboxen geführt hatte.

Damit hatte er sich Stunden beschäftigen können, ganz anders als mit den Sachen, mit denen er sich nach dem Willen seines Vaters hätte auseinandersetzen sollen. Die tausend juristischen und ökonomischen Details irgendwelcher Besitzungen, die Liegenschaftsregister, die Listen voller Namen, Namen, Namen.

Aufgegeben hatte sein Vater trotzdem nicht. Und vielleicht hätte er seinen Willen am Ende sogar bekommen und Henning wäre genau das geworden, was ihm vorschwebte: Ein Name zwischen all den anderen Namen, säuberlich aufgereiht in Stammbäumen und Verzeichnissen.

Wenn seine Mutter in jenem Sommer nicht ihren Bootsführerschein gemacht hätte. Von da an war nichts mehr gewesen wie vorher.

Ein Beruf, eine Ausbildung bei der königlich dänischen Kriminalpolizei. Hennings Vater hatte die Entscheidung seines Sohnes nicht kommentiert. Sein Blick allein hatte das volle Ausmaß seiner Enttäuschung, seines Unverständnisses, seiner Wut darüber deutlich gemacht, dass sein Sohn es gewagt hatte, seine eigene Entscheidung für sein eigenes Leben zu treffen. Das war das letzte Mal, dass Henning seinen Erzeuger zu Gesicht bekommen hatte. Den Dauerauftrag, durch den allmonatlich pünktlich eine gewisse Summe auf sein Konto überwiesen wurde, verdankte er einem Vermächtnis seiner Mutter. Sie hatte rechtzeitig dafür Sorge getragen, dass ihm seit ihrem Tod seine Erbschaft in regelmäßigen Raten ausgezahlt wurde.

Der Gang weitete sich unvermittelt zu einem großzügigeren Raum. War es überhaupt noch derselbe Gang? Waren sie abgebogen? Hatten sie eine Tür passiert? Der Raum – er war beinahe ein Saal: Es gab Nischen und Erker an den Seiten, verzierte Skulpturen auf hohen Gesimsen, gewebte Wandteppiche – und Menschen, die in Gruppen beieinanderstanden, tuschelten, immer wieder verstohlen in Hennings Richtung schauten. Wieder genügte ein Blick auf ihre Kleidung: höfische Adelsgewänder aus der zweiten Hälfte des vierzehnten Jahrhunderts.

Doch die Farben blieben gedämpft. Alles war verhangen wie hinter einem Schleier der Düsternis.

Ein breiter Türdurchgang am jenseitigen Ende des Saals, ein Tor beinahe. Zu beiden Seiten Wächter, deren Waffenröcke drei Löwen zeigten, untereinander angeordnet. Das Zeichen des Königs.

Henning ging auf die Pforte zu, oder besser: Er ließ es zu, dass ein Verstand, der nicht sein eigener war, seine Schritte in diese Richtung lenkte.

*Zu deutlich für einen Traum,* dachte er. *Viel zu deutlich.* Wenn es ein Traum war, war es nicht sein eigener. Er war nur zu Gast hier. Zu Gast in einem fremden Kopf.

Die Wächter sahen ihm entgegen. Aus ihren Gesichtern war keine Regung abzulesen. Einer von ihnen klopfte mit seinem stählernen Handschuh dreimal gegen das Türblatt, dann, wie von Geisterhand, schwang die Pforte auf.

Wieder konnte Henning sich nicht erinnern, dass er sie durchschritten hatte. Er wusste lediglich, dass die Tür sich hinter ihm geschlossen hatte und dass er jetzt allein war mit einem Mann, der vor einem offenen Kamin hockte und ihm den Rücken zudrehte.

Der Raum war kleiner, als nach der Weite des monumentalen Saals zu erwarten gewesen wäre. Ein doppeltes Bogenfenster blickte auf eine winterliche Wasserfläche, Hafenanlagen. Mehrere bauchige Koggen hatten an den Kais festgemacht. Sie würden in der Stadt überwintern, bis die Ostsee mit dem April eisfrei wurde.

Vor den Fenstern waren mehrere schwere Tische zusammengerückt, die überquollen von dicken Folianten, Pergamentrollen, Schreibutensilien. Die königliche Registratur. Henning wusste, dass dem Mann am Kamin jedes Detail der Rechnungsbücher vertraut war.

Dieser Mann hatte mit einem Nichts begonnen – mit nichts als seinem Namen jedenfalls, der ihm einen Anspruch auf die Krone Dänemarks gab. Eine Würde, die weniger wert war als das Pergament, auf dem sein Anspruch festgehalten war. Drei Generationen unfähiger Herrscher hatten Macht und Ansehen der Krone heruntergewirtschaftet. Keine einzige Provinz des Reiches, die nicht verpfändet, verschachert, in die Hände des geldgierigen Adels gegeben worden war.

Mehr als zwanzig Jahre lang hatte dieser Mann darum gekämpft, die Größe Dänemarks neu aufzurichten, gewaltiger und mächtiger als je zuvor, und jedes Mittel war ihm recht gewesen: Verrat, Täuschung, Erpressung, jede Form von Gewalt. Die Völker seines Reiches ächzten unter der Last der Abgaben, die Männer starben auf den Schlachtfeldern seiner endlosen Kriegszüge, während ihre Frauen daheim zugrunde gingen, geschändet von fremdem Kriegsvolk, und ihre Kinder in der Wiege verhungerten. Sein Name selbst war zu einem Fluch geworden: Waldemar, König der Dänen, Goten und Wenden. Herr des Baltischen Meeres. Waldemar, den sie flüsternd nur noch *Atterdag* nannten. Waldemar *Atterdag* – Waldemar *der üblen Tage*.

Und nun, da einzelne Fäden von Grau und Silber das lange blonde Haar durchzogen, holte der goldene Löwe Anlauf für den Sprung nach Osten, über die Meerenge des Kattegat hinweg, über die alten Grenzen des Königreichs hinaus.

»Ich hatte gehofft, dass du freiwillig kommen würdest«, sagte der König.

Henning war nicht überrascht, dass der Herrscher mit der Stimme seines Vaters sprach. Er spürte lediglich eine leise Enttäuschung darüber, dass die Frage damit offenblieb: *War* er nun freiwillig gekommen? Ehrengarde, dachte er. Oder Kerkermeister.

Mit einem unterdrückten Ächzen richtete der König sich auf, wandte sich zu Henning um.

Es war nicht nur die Stimme, sondern auch das Gesicht seines Vaters. Doch das musste nichts bedeuten. Keine der zeitgenössischen Darstellungen Waldemars war zuverlässig. Selbst sein Siegelbild zeigte eine idealisierte gekrönte Gestalt auf dem Thron. Niemand wusste mit Sicherheit, wie der König ausgesehen hatte, und schließlich war es gut vorstellbar …

»Ich bin hier«, hörte Henning sich sagen. »Nicht wahr?«

Ein ironisches, unsymmetrisches Verziehen der Mundwinkel war die Antwort. Der König nickte. »Das bist du.« Er hielt sich gerade, als er zu den Tischen voller Korrespondenz und Registraturen hinüberging, und doch konnte er nicht völlig verbergen, dass er das rechte Bein um eine Winzigkeit nachzog.

Der Löwe ist alt geworden, dachte Henning. Alt und lahm. Er spürte einen Stich in seinem Herzen, doch er wusste, dass *er* sich keine Schwäche erlauben durfte. Sein Vater würde sie auf der Stelle als Waffe gegen ihn gebrauchen. Selbst seine *eigene* Schwäche würde er zur Not als Waffe einsetzen.

Sein Vater. Henning spürte den Drang, sich zu schütteln, doch der Körper, der nicht sein eigener war, gehorchte ihm nicht.

Sein Vater. Die Ähnlichkeit ging über die Stimme und das Aussehen hinaus. Es war die Haltung des Königs, die Atmosphäre der gesamten Szene, die Worte, die die beiden Männer zueinander sprachen. Sie waren keine Wiederholung des Dialogs zwischen Henning und seinem Vater, aber jede Silbe, jede Geste fühlte sich an, als hätte all das auch zwischen ihnen beiden gesprochen werden können in einer Situation, die ähnlich war und doch nicht ähnlich.

Der König nahm eines seiner Schriftstücke auf, überflog es. »Wir ziehen gegen Visby«, murmelte er. »Sobald das Eis getaut ist. Du hättest dabei sein können. Sie wissen, dass wir kommen, und sie werben Söldner an. Aber das ist nicht gefährlich. Sie sind auf der Suche nach Verbündeten.« Jetzt blickte er auf. »Das ist gefährlicher. Wir können nicht im Osten und im Westen gleichzeitig Krieg führen – und die Dinge im Westen sind kompliziert.«

»Die Friesen seien keine ebenbürtigen Gegner, sagtest du einmal.«

»Und das sage ich auch heute noch.« Der König warf das Pergament zu den anderen. »Sie sind wild, und sie sind tapfer, und Rungholt ist reich. Doch das Meer hat ihnen übel mitgespielt seit den Zeiten unserer Vorfahren. Sie sind nur noch wenige. Diese wenigen aber betrachten sich als Teil des Reiches – des Deutschen Kaiserreiches. Dem Kaiser allein untertan, und was das bedeutet, wissen wir. Es bedeutet überhaupt nichts.«

Hennings Vater. Wieder genau dasselbe. Die Art, seine Frage selbst zu beantworten. Ein Affront. Eine Demonstration, dass er es Henning nicht zutraute, obwohl er sehr genau wusste, dass sein Sohn die Antwort ebenso gut kannte.

»Der Kaiser hat nie einen Heller gesehen von ihnen«, murmelte der König. »Seine Herrschaft anzuerkennen, bedeutet in Wahrheit, überhaupt keine Herrschaft anzuerkennen. Ihre Wappen zeigen den Adler des Kaisers – aber nur eine Hälfte dieses Adlers, daneben ihre eigenen Zeichen. Glieder des Reiches und trotzdem frei. – Dem Kaiser sollten sie gleichgültig sein«, sagte er nachdenklich. »Mir wären sie gleichgültig unter diesen Umständen. Doch vermutlich geht es um andere Dinge. Um Ehre. Und wenn die Friesen den Kaiser noch so wenig interessieren: Wenn jemand sie angreift, sie und ihre Stadt, jemand von außen, muss er handeln. Das war die große Schwierigkeit. Und das ist sie noch heute.«

Er richtete sich auf, blickte aus dem Fenster, auf die vereiste Hafenanlage. »Der Löwe gegen den Adler ...« Henning hatte den Eindruck, als ob er jetzt vor allem zu sich selbst sprach. Die Gedanken des alten Mannes waren weit weg. »Noch sind wir nicht so weit«, sagte der König leise. »Aber eines fernen Tages ...« Er schüttelte den Kopf. »Dieses Leben wird zu kurz sein. Vielleicht wird deine Schwester ... irgendwann ...« Er machte eine wegwerfende Handbewegung. »Das sind Träume. Aber Träume sind bedeutungslos, wenn man eine Krone trägt. Wir können immer nur so handeln, wie die Notwendigkeit es erzwingt. Selbst du wirst das eines Tages erkennen.«

Henning blickte an ihm vorbei. »Dann sei zufrieden. Ob sie Gegner waren oder nicht: Du hast die Friesen ausgeschaltet. Du hast sie gegeneinander ausgespielt.«

»Das habe ich.« Der alte Mann nickte. »Sie sind keine Gefahr mehr. Und doch habe ich einen Fehler begangen. Ich konnte Rungholt nicht offen angreifen, weil das den Kaiser auf den Plan gerufen hätte. Und der Besitz der Stadt wäre ohnehin wertlos gewesen, solange wir nicht auch über das Meer gebieten. Doch auf dem Meer herrschen die deutschen Kaufleute, die ebenfalls unter dem Schutz des Kaisers stehen. Wir können nicht gegen sie vorgehen.«

»Also hast du die Stadt an jemanden übergeben, der an deiner Stelle gegen sie vorgeht. An einen Freibeuter, dem es gleichgültig sein kann, wenn er von den Kaiserlichen gejagt wird.«

»Das wird er sowieso«, murmelte der König. »Der Unterschied zwischen Rasmussen und uns besteht darin, dass der Kaiser keine Notwendigkeit sieht, gegen einen Freibeuter einen kostspieligen Krieg vom Zaun zu brechen. Und doch habe ich einen Fehler gemacht. Rasmussen ist stark geworden in den letzten Jahren, viel stärker, als er sein sollte. Auf der See, und nun, mit der Stadt – mit Rungholt – auch zu Lande. Wenn er die falschen Bündnisse schließt, wird er gefährlicher werden, als die Friesen es jemals waren. Wir müssen ihm wegnehmen, was wir ihm gegeben haben.«

»Und damit bist du so weit wie am Anfang. Wenn du eingreifst, wird es den Kaiser zwingen …«

»Deshalb werde ich nicht eingreifen.« Das Gesicht des Alten verwandelte sich in die reglosen Züge einer steinernen Skulptur. »Deshalb wirst *du* eingreifen.« Er wandte Henning den Rücken zu. »Als ich begonnen habe, hatte ich nichts als meinen Namen. Du wirst weniger haben als das. Nichts wäre gewonnen, wenn es nicht der König selbst, sondern der Sohn des Königs ist, der in Rungholt nach der Macht greift. Ganz gleich, ob dieser Sohn im Bett der Königin geboren wurde oder in dem von …« Für einen Moment bekam seine Stimme einen rauen Klang, der vorher nicht da gewesen war und sofort wieder verschwand. »In Toves Bett«, sagte er. »Im Bett deiner Mutter. Du wirst ein Nichts sein, Haakon, ein Niemand.« Er packte eins der Schriftstücke, hielt es Henning hin, ohne sich noch einmal zu ihm umzudrehen. »Eine Kanonikerstelle an der Stiftskirche von Rungholt. Angeordnet, besiegelt und vom Bischof bestätigt. Zugang zum Rat. Alles andere, dein Vorgehen, liegt in deiner Hand. Du wirst herrschen – oder dein unbedeutendes, unwichtiges Leben zu Ende leben, wie du es dir gewünscht hast.«

Hennings Hand, die sich nach dem Pergament ausstreckte, tat es gegen ihren Willen. Es schien ein Zwang zu sein, eine Notwendigkeit – wie der alte Mann es prophezeit hatte.

»Aber …« Henning zögerte. »Wenn ich Erfolg habe, wenn ich Rasmussens Platz einnehme: Wäre ich dann nicht ebenso gefährlich für deine Pläne, deinen Krieg im Osten, wie er es jetzt ist? Für alles, was du aufgebaut hast? Ich bin dir nichts schuldig, *Vater*. Wofür du gekämpft hast: Ich könnte alles vernichten. *Dich* vernichten!«

Der alte Mann schwieg. Nichts war zu hören als seine schweren, unregelmäßigen Atemzüge. Mit versteinertem Gesicht blickte er aus dem Fenster, als hätte er Henning schon vergessen.

Als er doch noch sprach, schienen seine Worte bereits einer anderen Welt anzugehören.

»Und damit beweisen«, murmelte er, »dass du mein Sohn bist.«

***Donnerstag, 21. Juni, 12:02***
***Auflaufendes Wasser, 0 h 49 min bis Hochwasser***
***Pegel Hallig Horn: 3,59 m über Seekartennull***

Er sah aus wie eine Leiche.

Nicht wie die Toten aus dem Nebel, das nicht, aber er lag flach auf dem Rücken, die Arme rechts und links neben dem Körper, und bewegte sich nicht.

Die Bettdecke war bis zu seinen Hüften zurückgeschlagen, und sein dunkles Hemd war aufgeknöpft, sodass ich erkennen konnte, wie seine Brust sich hob und senkte. Auf dem linken Rippenbogen hatte er einen üblen Bluterguss. Sein Körper war schweißbedeckt, auch die Stirn. Die Wunde, die draußen auf den Salzwiesen so stark geblutet hatte, war mit ein paar Stichen genäht worden.

Aber davon abgesehen hätte er fürs Cover von *Men's Health* posieren können.

Wäre er nicht so schrecklich blass gewesen.

»Hat er Schmerzen?«, fragte ich leise. »Können Sie das sagen?«

Frau Doktor Passon schüttelte den Kopf: »Er ist zu weit weg für Schmerzen.« Mit einem knappen Nicken wies sie auf sein Gesicht. Die Lider waren geschlossen, doch ich konnte erkennen, dass die Augäpfel darunter hektisch hin und her zuckten. »*Rapid Eye Movement*«, sagte sie. »R.E.M., wenn Ihnen das etwas sagt.«

»Das ist eine Band«, flüsterte Hannes.

Ich hörte über den Einwurf hinweg, Passon offenbar auch.

»Die R.E.M.-Phase ist der tiefste Abschnitt des Schlafs«, erklärte sie. »Der Zeitraum, in dem das Unterbewusstsein voll damit beschäftigt ist, die Eindrücke zu verarbeiten, mit denen es im Wachzustand konfrontiert wird. In zwei Worten: Er träumt gerade.«

Das waren jetzt zwar drei Worte gewesen, aber ich nickte trotzdem. Wenn ich mir seinen verzerrten Gesichtsausdruck so ansah, konnte es kein schöner Traum sein.

»In der Regel dauert die R.E.M.-Phase allerdings nur wenige Minuten an«, murmelte die Ärztin. »Während sie bei ihm … Es scheint sich um einen permanenten Zustand zu handeln.«

Sie griff nach der Decke und zog sie wieder über ihn. Ganz sicher war ich mir nicht, aber für einen Moment hatte ich das Gefühl, als wenn sie sich kurz bremsen musste. Aber dann ließ sie seinen Kopf sorgfältig frei.

»Sie meinen: Er kann nicht aufwachen?«, fragte ich. Meine Stimme klang dünner, als mir lieb war.

»Die meisten Menschen sind in dieser Phase am schwierigsten zu wecken. Am weitesten entfernt vom Tagesbewusstsein.«

»Was haben Sie denn schon alles probiert bei Søren?«, erkundigte sich Hannes.

Ich stieß ihm mit dem Ellenbogen in die Seite, warf ihm einen Blick zu: Du wirst Søren *nicht auch noch* treten!

Erst dann stutzte ich: *Søren?*, formten meine Lippen.

Hannes nickte eifrig.

Passon ließ ihre Augen zwischen uns beiden hin und her wandern, mindestens genauso überrascht wie ich selbst, dass mein Bruder anscheinend den Namen meines Retters kannte.

Doch sie ging nicht darauf ein. »Die Frage ist, was ich sinnvollerweise probieren *sollte*«, betonte sie. »Gut möglich, dass dieser Vorgang ein Teil des Heilungsprozesses ist. Was wir als Krankheitssymptome wahrnehmen, sind in der Regel die ganz normalen Reaktionen des Körpers, mit denen er eine Krankheit bekämpft. Fieber zum Beispiel. Der Organismus läuft auf Hochtouren, aktiviert sämtliche Abwehrmechanismen. Im Grunde sind wir nie gesünder als in den Zeiten, in denen wir richtig krank sind.«

»Cool«, murmelte Hannes, und ich selbst kam ebenfalls ins Grübeln. So hatte ich das auch noch nicht betrachtet.

Trotzdem war ich mir nicht so sicher, was ich von der Medizinerin halten sollte, die dieser Inspektor und mein Stiefvater so plötzlich aus dem Hut gezaubert hatten. An sich sah sie ganz normal aus mit ihrem Arztkittel und dem Stethoskop. Sie trug sogar Gummihandschuhe. Auf dem Kittel schimmerten ein paar ausgeblichene Flecken, aber das musste ja nichts bedeuten. Allerdings war der von unserem Hausarzt in der Stadt immer blütenweiß – wohl hauptsächlich, weil erst gar keine unappetitlichen Flecken drauf kamen. Solche Spuren sah man ja sonst eher beim Schlachter.

Unwillig schüttelte ich den Kopf. Mein Leben war in den letzten vierundzwanzig Stunden schon wirr genug geworden, auch ohne dass ich mir Verschwörungen oder Tricksereien einbildete, wo gar keine waren.

»Sie denken also, er wird wieder gesund?«, fragte ich.

Passon hob die Schultern. »Ich kann keine wirklich ernsthaften Verletzungen feststellen. Keine Schädelfrakturen, keine Brüche. Wenn ich von Ihnen keine Hinweise bekomme, dass etwas vorliegen könnte …«

»Von mir?« Ich schluckte.

»Sie waren doch bei ihm, als er gefunden wurde, wenn ich richtig informiert bin?«

»Ja, schon«, murmelte ich. »Aber ich … Ich glaube nicht, dass ich mich an besonders viel erinnern kann. Eigentlich … Ich hatte mich verlaufen da draußen, und da ist er plötzlich aufgetaucht und wollte mir helfen. Er muss wohl irgendwie … gestolpert sein.«

»Gestolpert.« Sie sah mich durchdringend an.

Ich nickte. »Oder so. Eigentlich konnte ich gar nicht erkennen, was genau passiert ist.«

»Der Schock«, half mein Bruder. »Sie verstehen? – Und neblig war's außerdem.«

Passon hob langsam eine Augenbraue, bis sie unter ihrem kurz geschnittenen Pony verschwand. »Neblig«, murmelte sie. »Verstehe. Aber vielleicht lichtet sich der Nebel ja wieder«, wandte sie sich an mich, »wenn Inspektor Schmehlich sein Gespräch mit Ihnen führt. Sobald er vom Festland zurück ist und sich auf den neuesten Stand gebracht hat.«

»Auf dem Festland?« Ich zwinkerte. Was trieb der Mann auf dem Festland? Hier auf der Insel war in mein Zimmer eingebrochen worden. Hier auf der Insel war der Nebel aufgetaucht und mit dem Nebel kamen die Toten.

Nur dass dieser Schmehlich nicht deswegen hier war. Dass er von den Toten nicht mal wusste, weil ihre knöchernen Füße auf mein Kommando hin auf der Stelle kehrtgemacht hatten. Er war mit Søren hier – oder Søren mit ihm wohl eher. Warum auch immer.

»Dann haben wir also lediglich das, was ich feststellen kann«, sagte die Ärztin. Ihr Gummihandschuh berührte die Stirn des Verletzten. »Die Platzwunde hier ist nur oberflächlich. Das Hämatom am Thorax sieht zwar übel aus, und die Prellung würde ihn bei bestimmten Bewegungen behindern, wenn er bei Bewusstsein wäre, aber gefährlich ist auch das nicht. Nach dem, was ich sehe, fehlt ihm nichts Ernsthaftes – abgesehen davon, dass er nicht aufwachen will.«

»Also eine Art …« Ich schluckte. Auf einmal fiel es mir schwer, ihn anzusehen. Was für ein Zustand das auch war: Er hatte ihn mir zu verdanken. »Er liegt also im Koma?«, fragte ich mit rauer Stimme.

Sie legte den Kopf auf die Seite. »Ich bin weiter der Meinung, dass er sich einfach nur gesund schläft.«

Ich hob die Augenbrauen. »Und was machen Sie jetzt?«

Nachdenklich betrachtete sie den Verletzten. »Abwarten, denke ich mal. Oder haben Sie einen besseren Vorschlag?«

Ich räusperte mich. »Krankenhaus?«, schlug ich vorsichtig vor.

Ihr Blick veränderte sich. Ihre Lippen wurden noch etwas schmaler, als sie sowieso schon waren. »Wir werden sehen«, sagte sie und wandte sich unvermittelt ab.

Audienz beendet.

Ich biss mir auf die Lippen. Mit einem seltsamen Gefühl verließ ich die Krankenstation, in die sich der *Blaue Salon* des Herrenhauses verwandelt hatte. Einerseits sprach die Frau wie eine echte Ärztin. Andererseits hätte ich schwören können, dass sie in ihrem ganzen Leben noch nicht mit kranken Menschen zu tun gehabt hatte.

Draußen auf dem Flur blieb ich stehen. »*Søren*?«, wandte ich mich an meinen Bruder. »Ich denke, du kennst ihn nicht!«

Er nickte. »Tu ich auch nicht. Das hat mir Matthes erzählt, aus der Seemuschel. – Er heißt Søren und kommt aus Dänemark. Irgendwas war noch von wegen Autoknackerei, aber das hab ich nicht ganz verstanden. Kannst du dir das vorstellen?«

Unverwandt betrachtete ich Rasmussens Ahnengalerie voller Piratenbräute und -bräutigame, das Treppenhaus rauf und wieder runter.

»Absolut«, murmelte ich.

Ein Autoknacker und sein Bewährungshelfer. Nur was trieben die beiden auf Hallig Horn? Eine Art Resozialisierungsmaßnahme? Sollte er Mommsen helfen, im Naturschutzgebiet? Aber das sollte ja demnächst eingedeicht werden.

Nein. Da passte eins nicht zum andern. Irgendwas war hier megafaul. Ich konnte es beinahe riechen, frisch geduscht, wie ich war. So viel Zeit hatte ich mir genommen. Duschen, frische Klamotten, dann zu *Søren*. Und jetzt …

»He, wo willst du denn hin?«

Wieder blieb ich stehen, auf halbem Weg zur Treppe.

»Ich muss mit Rasmussen reden«, sagte ich. »Mit deinem Vater. Es gefällt mir nicht, wie sie ihn … Søren …« Ich holte Luft. »Er muss untersucht werden, Hannes. *Richtig* untersucht. Mit EEG und Computertomografie und sonst was. Im Krankenhaus und mit richtigen Geräten, die diese Frau Doktor garantiert nicht im Schminktäschchen hat.«

»Denkst du, die schminkt sich überhaupt?«

Ich schüttelte den Kopf. »Das tut sie nicht, aber ihr richtiges Gesicht kriegen wir trotzdem nicht zu sehen. Als ob sie eine Maske trägt.«

»Du meinst, sie spielt uns was vor?«

Ich hörte die Anspannung in seiner Stimme, doch ich war deswegen nicht blind. Hannes wippte auf den Fußballen hin und her, unfähig, einen Moment lang stillzustehen. Wie Edward. – Nicht Edward der Vampir, sondern Edward, unser Rauhaardackel zu Hause, der schon schwanzwedelnd an der Tür stand, wenn Peer oder ich auch nur in die Nähe der Anrichte kamen, auf der sein Stöckchen lag.

Natürlich tat Hannes mir leid – tagein, tagaus auf der Hallig, das *musste* stinkend langweilig sein.

Für meinen kleinen Bruder war das hier erst mal ein riesengroßes Abenteuer.

Da war irgendwas Mysteriöses im Gange, und wir beide gemeinsam würden diesem Geheimnis jetzt auf die Schliche kommen. So stellte er sich das vor, jede Wette. Genau der Stoff, aus dem Jungenträume waren.

Und mir fiel beim besten Willen nicht ein, wie ich ihn irgendwie hätte bremsen können. Wenn ich ihm erzählte, dass die Sache gefährlich war, würde ich es nur noch spannender für ihn machen.

Und ob er den Mund würde halten können, seinem Vater gegenüber und überhaupt, das mochte der Himmel wissen.

»Ich bin mir sicher, dass Frau Doktor Passon ihr Bestes für Søren tut«, sagte ich schließlich. »Aber er ist verletzt, und sie kann selbst nicht sagen, wie schwer. Kann sie ihm in den Kopf gucken? Nein. Und die Wunde hat geblutet. Dieser Nebel riecht seltsam, aber wissen wir, was da alles drin steckt? Da können sonst was für Keime …«

»Du meinst … Leichengift von den Toten?«

»Zum Beispiel. Wenn sich die Wun…« Ich verstummte mitten im Wort.

*Leichengift von den Toten.*

Ich hatte meine Gesichtszüge nicht unter Kontrolle, das sah ich an seiner Reaktion.

Das war er, der Ole-Rasmussen-Blick. Er hatte mich ganz genau im Auge – und ich war ihm direkt in die Falle getappt.

»Also tatsächlich«, murmelte er.

Ich holte Luft, doch da kam ich nicht wieder raus. Mir blieb nur ein halb geflüstertes: »Wie zum Teufel …«

Er biss die Zähne zusammen. »Komm mit«, sagte er. »Ich glaub, ich muss dir mal was zeigen.«

Ich hätte mich ohrfeigen können.

Warum hatte ich nicht schneller geschaltet? Hannes hatte viel zu schnell klein beigegeben, als ich seiner Frage ausgewichen war und ihm nichts davon erzählt hatte, was Søren und mir im Nebel passiert war. In dem Moment war ich einfach nur froh gewesen, dass er mir nicht mit Fragen kam, anstatt mir selbst die einzig richtige Frage zu stellen: Warum war der Junge kein Stück neugierig?

Na, warum wohl? Weil er es nicht nötig hatte. Weil er schlicht und einfach genauso gut im Bilde war wie ich selbst. Oder sogar besser?

Ich musste mich gedulden. Die Enthüllung hatte offenbar mit seinem Technik-Krimskrams zu tun.

Zumindest das kam nicht überraschend.

»Ich weiß, was du gedacht hast gestern Abend«, sagte er leise, während seine Finger in Überlichtgeschwindigkeit über die Laptop-Tastatur huschten. »Ich hab dein Gesicht gesehen, als die Präsentation gelaufen ist. Du hast gegrübelt, wie lange ich das wohl alles schon weiß mit Rungholtland, und warum du jetzt erst davon erfahren hast.« Sein Blick blieb auf den Monitor gerichtet, doch ich sah, wie sich sein Kehlkopf bewegte. »Wirklich, er ist nicht so, wie du denkst. Ich meine Papa. – Jedenfalls meistens nicht.«

Ich nickte stumm. Gestern Abend hatte selbst ich das begriffen. Ole Rasmussen war nicht *immer* der berechnende Halligtyrann, für den ich ihn gehalten hatte. Es gab Seiten an ihm, die ich nur niemals hatte sehen wollen. Ole Rasmussen war eine Menge Dinge auf einmal. Ein einsamer Mensch. Ein Mensch mit Visionen. Einer, der dem einzigen echten Freund nachtrauerte, den er jemals gehabt hatte.

»Du musst nicht denken, dass er mich vorzieht, nur weil ich sein Sohn bin«, murmelte Hannes. »Also so richtig. Biologisch. Oder weil ich ein Mann bin und du ja nicht.«

*Mann* wäre jetzt nicht unbedingt das Wort gewesen, das mir in den Sinn gekommen wäre.

»Echt«, sagte er vollkommen ernsthaft. »Er hat dich mindestens genauso gern wie mich. Er erzählt ständig von dir.«

*»Ach ja?«*

Na super. Statt mit solcher Begeisterung *über mich* zu plaudern, hätte mein lieber Herr Stiefvater vielleicht mal ein bisschen *mit mir* sprechen sollen. Mir eine kleine Vorwarnung geben, bevor er mir das Rungholtprojekt anstelle von Blumenstrauß und Familienpackung Toffifee zum Geburtstag überreichte.

Aber nein. Wovor hätte er mich warnen sollen? Rasmussen plante einen mittelalterlichen Freizeitpark. Er wusste weder von Martens Geschenk noch von Nebel, lebenden Toten oder sonst was.

Doch mein Bruder hatte meine spitze Bemerkung gar nicht mitgekriegt.

»So.« Er lehnte sich zurück, schüttelte seine Finger. »Ist immer ein bisschen schwierig reinzukommen. Eine Art kreative Routine.«

»Eine …«

»Die Sicherheitsabfrage«, erklärte er. »Sie verändert sich. Aber Manson hat mir eine …« Er sah mich zweifelnd an. »Jemand aus dem Netz«, murmelte er. »Jedenfalls komm ich rein, das ist doch die Hauptsache.«

Aha. Er kam also rein, Manson sei Dank. Wer auch immer dieser Manson war. Ich betrachtete den Laptopbildschirm. Für mich sah er exakt so aus wie vorher. »Und nun bist du drin?«, fragte ich.

Er nickte. »Wir müssen jetzt doppelt vorsichtig sein. Das ist nicht mehr einfach Papas Rechner, wie gestern, als ich das mit der Kamera probiert hab. Das ist ein ganzes Netzwerk mit unterschiedlichen Zugriffsrechten, und ich krieg nicht raus, wie die Backend-Architektur genau funktioniert. Wie viele Rechner da noch drinhängen. Da sind wir jetzt drin. Aber innerhalb dieses Netzwerks hat er …« Der Mauszeiger bewegte sich zu einem Icon am Bildschirmrand. »Hier hat er noch mal einen Bereich, der wohl nur für ihn selbst gedacht ist. Da ist die Abfrage dann aber …« Hannes ließ die Maus zweimal kurz hintereinander klicken, und der Desktop veränderte sich: eine Ansicht von Hallig Horn, saftig grüne Wiesen und mittendrin ein glückliches Deichschaf, dem ein Mann und eine Frau die dichte Wolle kraulten: Rasmussen – und meine Mutter. Die Szene war dermaßen zuckersüß, dass ich augenblicklich Zahnschmerzen kriegte.

»Noch eine Abfrage?« Stirnrunzelnd betrachtete ich den Monitor. Im Vordergrund war ein Eingabefenster erschienen. Ein Passwort wurde verlangt. »Noch komplizierter?«, fragte ich.

Hannes schüttelte den Kopf. »Eben nicht. Im Gegenteil. Ich war schon am Grübeln, ob ich ihn da nicht mal drauf ansprechen sollte, weil die Verschlüsselung viel zu einfach ist. Das gibt doch überhaupt keinen Schutz; so ein Passwort vergibt allenfalls jemand, der zum ersten Mal vorm Rechner sitzt. Aber dann wüsste er natürlich, dass ich drin gewesen bin.«

Ich starrte auf die Eingabeaufforderung. »Und was ist es? Sein Geburtsdatum?«

Wieder schüttelte er den Kopf, tippte – die Zeichen wurden auf dem Bildschirm nicht dargestellt, sondern durch eine Reihe von Sternchen ersetzt.

»Fast«, sagte er. »*Dein* Geburtsdatum.«

Auf einmal hatte ich einen Kloß im Hals. Ich versuchte zu schlucken, aber das funktionierte nicht. Einen Elektrokramstapel weiter rechts balancierte eine offene Colaflasche. Ich fasste zu, nahm einen Schluck von dem abgestandenen Gebräu. Mein Hals war wieder frei; dafür war mir jetzt schlecht.

Ole Rasmussen verschlüsselte seine privaten Ordner mit *meinem* Geburtsdatum? Warum nicht mit dem von Hannes? Hatte er wirklich mit so einer Aktion meines Bruders gerechnet? Dann hätte er sich echt was Intelligenteres überlegen können.

»Wahrscheinlich hat er meins fürs Handy«, murmelte Hannes. »Konnt' ich noch nicht prüfen. Trägt er immer mit sich rum, das Teil.«

Ich nickte. Mein grummelnder Magen begann sich zögernd zu beruhigen. Ich betrachtete den Monitor. Mehrere Ordnersymbole waren zum Vorschein gekommen, sonst hatte sich nichts verändert.

»Das meiste hier geht um den üblichen Kram«, erklärte Hannes. Der Mauszeiger umkreiste den Löwenanteil der Icons. »Das Gestüt, die Stromverträge mit dem Festland, die Abrechnungen mit den Rungholtanlegern …«

»Anleger?«

»Die Leute, von denen er das Geld für die Anlagen draußen im Watt kriegt, für die Entwässerung und den ganzen Rest. Klar, mit der mittelalterlichen Stadt können sie erst anfangen, wenn die Sperren geschlossen sind. Das Wasser muss ablaufen und so. Aber das Schiff …« Er senkte die Stimme. »Die Kogge ist schon fertig. Keine Ahnung, ob ich dir das erzählen darf, aber direkt verboten hat er's nicht. Sie kommt in den nächsten Tagen hier an. Schwimmt natürlich noch nicht selbst. Papa hat einen Frachter aus Panama gechartert.«

Ich schluckte. Klappte ohne Probleme diesmal, aber baff war ich trotzdem. »Das ist … gewaltig«, murmelte ich. Bis zu diesem Moment war mir nicht klar gewesen, dass Teile von Rungholtland schon existierten. Allerdings begriff ich nicht, was das mit dem Nebel zu tun hatte und den Toten. Mit dem *Leichengift*.

Aber Hannes hatte die Hand schon wieder an der Maus und kreiste eine Gruppe von drei Ordnern ein, die mein Stiefvater ein Stück abseits vom Rest postiert hatte, unter dem Hintern des freundlichen Halligschafs.

»Das Interessante sind diese Dateien«, erklärte er und klickte den ersten der Ordner an. »Hier hat er eine Menge PDFs abgelegt. Die Forschungen deines Vaters sind dabei, aber auch die Berichte der Wissenschaftler, die sich das

Ganze noch mal vorgenommen und überprüft haben. Fjodor Walewski, Ingolf Helmbrecht … Ganz spannend, aber wohl eher was für dich. Ich hab da nur überall mal reingeguckt irgendwann.«

Ich starrte auf die Dateisymbole. Die Beweise, dass Marten recht gehabt hatte, bezeugt von den bedeutendsten Rungholtexperten überhaupt: *Fjodor Walewski in Krakau. Ingolf Helmbrecht in Weimar.* Und dieser Typ in Toronto.

»*Hoyt Morgan*«, murmelte ich.

Hannes blinzelte. »Nee, nicht heut Morgen; das war vor ein paar Monaten schon. Aber da versteh ich nur die Hälfte. Am Ende sagen sie jedenfalls alle, dass Marten recht hatte.«

Mit einem einzelnen Klick schloss er das Fenster, öffnete den nächsten Ordner.

»Hier im zweiten hat Papa Briefe drin, die hin und her gegangen sind. Nicht per Mail anscheinend, sondern ganz normal auf Papier, aber er hat sie eingescannt. Alles irgendwelche Minister, Staatssekretäre, Amtsleiter, ein paar Polizeistellen und die Küstenwache – in Deutschland und in Dänemark. Aber da begreif ich noch viel weniger. Doch im dritten …«

Wieder ein Mausklick. Der Zeiger umkreiste den dritten Ordner, und ich konnte die Buchstaben erkennen, mit denen das Icon beschriftet war.

»*Gorm?*«, flüsterte ich.

An den Alten vom Leuchtturm hatte ich nicht mehr gedacht seit … seitdem ich gestern Nachmittag zu ihm unterwegs gewesen war.

Gorm, Martens Kronzeuge bei seinen Forschungen. *Gorm fragen.* Der wahre Grund, aus dem ich ein letztes Mal auf die Insel gekommen war.

Doch ich war niemals bei ihm angekommen. Der Nebel hatte mir aufgelauert, und am Ende war ich bei Mommsen und seinem Schaf rausgekommen. Und war baff gewesen, dass der mir meine Fragen ebenso gut hatte beantworten können und mich zu der Sandbank gebracht hatte, die Rungholt war.

Doch mit einem Mal hatte ich ein ganz, ganz komisches Gefühl.

Was hatte die Bootstour mir eigentlich gebracht mit Ausnahme von durchgeweichten Klamotten?

Ein paar Stunden später hatte mir mein Stiefvater genau dieselben Dinge ganz freiwillig erzählt.

Doch weder Folkhard Mommsen noch Ole Rasmussen war Papas wichtigster Experte gewesen, sein wandelndes Lexikon der Geheimnisse von Rungholt.

Das war der alte Gorm gewesen, einzig und allein.

Und keiner der beiden hatte ihn auch nur erwähnt bei all ihren weitschweifigen Erklärungen!

»Lara?« Mein Bruder sah mich an, ein großes Fragezeichen in den Augen.

Ich schüttelte den Kopf, machte ihm ein Zeichen, dass ich noch einen Moment brauchte.

Gorm. War es wirklich Zufall, dass ich nie am Leuchtturm angekommen war? Gab es einen Grund, aus dem das Weiß gerade dort und zu diesem Zeitpunkt auf der Lauer gelegen, mir den Weg zu dem Alten versperrt hatte wie ein vernebeltes Stoppschild? Ein unheimliches, mystisches *Tu es nicht*?

»Tu es nicht«, murmelte ich. »Ich weiß genau, was du vorhast, aber *tu es nicht!*«

»Jetzt hörst du dich schon an wie Gorm.«

»Nun sei doch endlich…« Ich verstummte. »*Was?*« Ich starrte meinen Bruder an.

Woher wollte mein kleiner Bruder wissen, wie Gorm sich anhörte? Der Alte hatte seinen Turm schon zu *meiner* Kinderzeit nur alle Jubeljahre mal verlassen!

*Und dann kam der Nebel, und es fing an zu knistern und zu stinken, und plötzlich hab ich das Horn gehört. Das Horn von Horn. Und da wusste ich, dass es nur einen gibt, der da noch was machen kann.*

Auf einmal verstand ich.

Mein Bruder hatte den Nebel gesehen und begriffen, dass etwas Unheimliches vorging. Er hatte Hilfe holen wollen, aber diese Hilfe war *nicht* Søren gewesen, mein dunkler Beschützer, den Hannes überhaupt nicht kannte.

Ich starrte auf meinen Bruder, auf seine Hand an der Maus, auf den Zeiger, der sich dem Ordnersymbol näherte, auf dem in winzigen Buchstaben der Name stand:

*Gorm.*

***Donnerstag, 21. Juni, 12:47***
***Auflaufendes Wasser, 0 h 04 min bis Hochwasser***
***Pegel Hallig Horn: 4,00 m über Seekartennull***

Zeit verging. Tage und Nächte, die dahinflossen mit den grauen Wassern, die sich vor dem breiten Kiel des großen Schiffes teilten. Der Segler hatte Kurs nach Norden gesetzt, das Kattegat hinauf und hinein in die raueren Gewässer jenseits der nördlichsten Spitze Jütlands. Erst dort, auf dem offenen Meer, hatte der Steuermann das Ruder hart gedreht, und jetzt ging es die Nordseeküste abwärts, zurück nach Süden.

Die Tage wurden zu Wochen, während der Herbst voranschritt. Der Segler machte gute Fahrt, doch er hielt sich stets in Sichtweite der Gestade des Königreichs. Die See war unruhig und selbst zu dieser Zeit des Jahres nicht sicher vor den Segeln der Freibeuter. Der Kommandant ging kein Risiko ein. Nicht alle standen auf der Seite des Goldenen Löwen.

Der Winter kam, und die Küste versank im Schnee. Es war am Tage der heiligen Lucia, dem Tag des Jahres, an dem sich die Nacht am frühesten über die Erde senkt: Mit der rasch hereinbrechenden Dämmerung kam ein ferner Lichtpunkt in Sicht. Und Henning wusste, dass ihr Ziel nicht mehr fern war.

Ein grauer Morgen dämmerte, als der Segler eine Schaluppe zu Wasser ließ, die den Sohn des Königs zu Füßen des mächtigen Leuchtfeuers an Land setzte, am äußersten Punkt der Dünenkette. Keine lebende Seele sah ihn, wie er den Boden des Rasmussen-Landes betrat. Ihn, der nun nichts mehr war als Haakon, der Pater.

Einzig der gebeugte Alte, der seit undenklichen Zeiten den Dienst am Leuchtfeuer versah, beobachtete, wie er den Strand betrat, und neigte das Haupt in einem stummen Gruß, als Haakon die Kapuze aus der Stirn zurückstrich.

Weder Name noch Siegelring waren notwendig. Seine flachsfarbene Mähne genügte, um ihn als Sohn des Goldenen Löwen auszuweisen.

Unruhe ergriff von Henning Besitz. Mit einem Ruck schien die Zeit selbst ihren Rhythmus zu verändern, sich in einen willkürlichen Wirbel von Bildern, Worten und Gesichtern zu verwandeln. Ein Wirbel, in dem Monate vergingen, oder waren es Jahre?

Einzelne Bilder blitzten auf, verschwanden wieder, wurden verschlungen vom Mahlstrom der Zeit: Rungholt mit seinen Deichen, Warften und reichen Handelshäusern; die Stiftskirche auf ihrem kreisrunden Hügel im Zentrum der Stadt; die anderen Geistlichen, die an den Altären Dienst taten, und die dem jungen Pater aus dem Land des fernen Königs mit Misstrauen begegneten.

Und Magnus Rasmussen mit seinem herrischen Auftreten, wie er an den hohen Festen Einzug hielt in das Gotteshaus, an der Spitze seines Gefolges.

Doch es gab auch die anderen.

Es gab jene, die die alten Zeichen in ihren Häusern hüteten. Die Wappen mit den Heiligen von Rungholt und dem Adler des Reiches an der Seite: einem halben Adler, mit Hals, Haupt, messerscharfem Schnabel und einer einzelnen, drohend erhobenen Schwinge, schwarz auf goldenem Grund. Das Zeichen der freien Friesen, jener, die Rasmussen hassten. Jener, die auf sein Verderben sannen, ganz wie derjenige es tat, der sich Haakon nannte.

Im Gehölz oberhalb der Stadt erhob sich ein Ring aus Steinen. Dort traf sich der Rat der Friesen, der Haakon geprüft hatte, nachdem einer der Mitbrüder am Kollegiatstift sich für ihn verwandt hatte. Hart hatten sie miteinander gerungen, doch schließlich hatten sie ihm Zugang zu ihrem Kreis gewährt.

Doch nichts schien voranzugehen. Es war eine Zeit der Erwartung, und niemand konnte sagen, wann *sie* zurückkehren würde. Sie, die jene ausgesandt hatten, die im Ring der Steine zusammentrafen.

Dann aber starb der alte Pater, sein väterlicher Freund, und an Haakon selbst sollte es nun sein, das Zeichen zu erkennen, wenn der Tag gekommen war. Ein Zeichen, eine Hand … eine Hand am Gitter des Beichtstuhls.

Sie legte sich auf Hennings Stirn, wurde sofort wieder zurückgezogen.

Ein unterdrücktes Brummen. Es klang nicht unzufrieden.

Er regte sich unruhig. Die Berührung hatte sich merkwürdig angefühlt. Zu glatt für echte Haut. In seiner Nase war ein Geruch, an den er sich erinnerte: chemisch, antiseptisch, wie ...

Mit Gewalt zwang er die Augen auf.

Passon.

Der Pathologenkittel war bis zum obersten Knopf geschlossen. Ihre Gummihandschuhhand hielt einen Gegenstand, den er nicht erkennen konnte.

Schnippelarbeit.

»*Ich bin nicht tot!*« Er fuhr in die Höhe.

»Ah ja?« Sie zwinkerte nicht mal. »Wenn Sie Wert darauf legen, diesen Zustand beizubehalten, würde ich Ihnen empfehlen ...«

Henning wurde schwarz vor Augen. Auf einmal war alles um ihn herum weiche dunkle Watte. Mit einem überraschend sanften Laut traf sein Hinterkopf auf dem Kissen auf.

»... sich wieder hinzulegen. Ganz genau so. – Ich würde Ihrer kleinen Freundin ungern erklären müssen, dass Sie gerade auf dem Weg der Besserung waren, als Sie aus dem Bett gefallen sind und sich das Genick gebrochen haben.«

»Klei...« Ein monströses Gähnen zwang seine Kiefer auf. »Kleine Freundin?«

Die dunkle Watte verwandelte sich in eine Welle aus schwarzem Wasser, und er fiel in einen traumlosen Schlaf.

*Donnerstag, 21. Juni, 12:55*
*Ablaufendes Wasser, 6 h 14 min bis Niedrigwasser*
*Pegel Hallig Horn: 3,96 m über Seekartennull*

Es waren Scans. Seitenweise Scans aus einem vergilbten Manuskript voller altertümlicher Buchstaben. Und anders als bei Martens persönlichen Hieroglyphen brauchte ich gar nicht erst zu versuchen, irgendwas davon zu entziffern.

Nur eins fiel mir gleich auf den ersten Blick auf: Es war fast dieselbe Schrift wie bei Rasmussen im Büro. Fast dieselbe Schrift wie in der Urkunde über seinem Schreibtisch, die seiner Sippe die Bewohner Rungholts auslieferte, samt ihren Kindern und Kindeskindern.

Was immer in diesem schnörkeligen Gekritzel niedergeschrieben stand: Es war jahrhundertealt.

»Das muss kurz vor dem Untergang Rungholts entstanden sein«, sagte ich leise. »Oder kurz danach. Das ist …«

»Ein Buch«, sagte Hannes. »Glaub ich jedenfalls. Eine Art … Bilderbuch, obwohl nicht auf allen Seiten Bilder drauf sind. Aber warte mal. Die Scans sind durchnummeriert.« Ein Mausklick. Einen Moment lang war statt des alten Textes wieder das Halligschaf zu sehen, in Begleitung von Hannes' Eltern. Für den Bruchteil einer Sekunde hatte ich das Gefühl, als wenn mein Stiefvater mir feixend zuzwinkerte.

Doch Hannes war schon an einem neuen Desktopsymbol zugange. Gedankenschnell war die neue Ansicht aufgebaut.

»Das ist die 001«, erklärte er. »Also das Titelblatt.«

Wieder eine ausgeblichene Manuskriptseite, doch diese hier war anders. Weniger Textzeilen, dafür noch verzierter, verschlungener, unleserlicher – zumindest in der oberen

Hälfte. Doch als Hannes jetzt nach unten scrollte, veränderte sich das Bild.

Auch hier war die Schrift verschnörkelt, aber *anders* verschnörkelt. Das kam der alten Druckschrift, wie ich sie aus alten Büchern kannte, sehr viel näher, und gleich auf den ersten Blick hatte ich das Gefühl, dass ich den einen oder anderen Buchstaben entziffern konnte. Das da war ein g, und hier ein großes R. Ein R wie auf Martens Karte. Ein R wie Rungholt.

Doch da waren plötzlich Hannes' Finger im Weg. »Schau mal hier«, sagte er und tippte an eine Stelle des Bildschirms. »Das ist so ziemlich das Einzige, was ich irgendwie zusammenkriege, und ich versteh zwar nicht, warum, aber … Irgendwie muss das was Schweinisches sein. Kannst du das lesen?«

*Schweinisch?* Ich kniff die Augen zusammen, buchstabierte mich durch das Wort, das in etwas kleineren Zeichen über den einigermaßen leserlichen Text gesetzt war:

»*Vul-ga-ri-ter*«, murmelte ich, und irgendwas klingelte in meinem Hinterkopf bei diesem Wort. Ein Jahr Deutsch-Leistungskurs bei Herrn Holm. Irgendeinen Sinn musste das ja gehabt haben.

Ich biss die Zähne zusammen. Vulgariter. Hannes hatte an *vulgär* gedacht, aber vulgär musste nicht zwangsläufig so viel wie *unanständig* heißen. Im Grunde bedeutete es einfach nur …

»*Gewöhnlich*«, sagte ich leise. »Aber das hat nichts mit dem Inhalt zu tun. Da ist die Schrift gemeint – und die Sprache. Siehst du die Buchstaben da oben? Das ist dieselbe Schrift, in der der Text auch auf den anderen Seiten geschrieben ist, nur noch verschnörkelter und komplizierter. Soll wohl besonders was hermachen. Außerdem auf Latein, schätze ich mal, wie die Urkunde deines Vaters. Aber das hier unten, das ist die *gewöhnliche* Schrift, die die Leute damals benutzt haben, für Notizen und so weiter. Und die gewöhnliche Sprache. Die Umgangssprache. Deutsch.« Meine Augen huschten über die nächsten Zeilen. »Oder so was in der Art jedenfalls. Eine Übersetzung dessen, was oben drübersteht. Der Buchtitel, einmal auf Latein, darunter auf Deutsch.«

»Du kannst das lesen?«, fragte er staunend. »Das Untere?«

Ich nickte langsam. *Lesen* war übertrieben, aber als ich mich mal an die Form der einzelnen Zeichen gewöhnt hatte, konnte ich mir den Sinn zumindest zusammenreimen.

»Ja«, sagte ich. »*Chronica*«, las ich vor. »*Das ist: Die Erzaehlung, worin berichtet wird vom Glanze und Untergange der vielgeruehmten Stadt Rungholt und der erschroecklichen Wassers-Flut, welche sich zugetragen hat am Feste des Heiligen Marcellus im Jahre der Fleischwerdung des Herrn dreizehnhundertsechzig und zwei unter der Herrschaft des Herrn …*« Ich stockte einen Moment. Jetzt kam ein Name, da musste ich wieder buchstabieren. »*… Woldemarus. Den Spaeteren zur Mahnung, Erbauung, Erinnerung. Auf dass Gott der Herr uns schuetzen moege vor solch graeulichem Geschehen in Ewigkeit. Amen.*«

»Wow«, hauchte Hannes. »Nie gehört von dem Buch, aber kein Wunder, dass das keiner kennt bei dem Namen. Bestimmt kein Burner, bestsellertechnisch.«

Ich schüttelte wortlos den Kopf. Überflüssig, meinem Bruder zu erklären, dass es zu diesem Zeitpunkt noch keine gedruckten Bücher gegeben hatte – und damit auch keine Bestseller. Wenn man ein Buch kopieren wollte, hatte irgendeine arme Seele das Ganze abschreiben müssen, Buchstabe für Buchstabe. Und nicht etwa bequem am Rechner, sondern per Hand, mit Federkiel und Tinte.

Doch mit dieser erschröcklichen Geschichte war das nicht passiert.

Ich hätte es gewusst, wenn es so gewesen wäre. Schließlich hatte ich die letzten anderthalb Jahre damit verbracht, mich in alles rund um den Untergang Rungholts einzulesen. Wenn so eine Chronik existiert hätte – oder wenn sie bekannt gewesen wäre – hätten Marten Feddersen und alle anderen Forscher ein Hobby weniger gehabt. Sämtliche Chroniken, die von der zweiten Marcellusflut, der Mandränke, berichteten, waren erst Jahrhunderte später entstanden. Das war schließlich der Grund dafür, dass man so wenig über Rungholt wusste.

Sekundenlang war ich sprachlos. Ein Bericht über den Untergang von Rungholt, geschrieben von jemandem, der in dieser Zeit gelebt hatte und womöglich sogar Zeuge dieses Ereignisses gewesen war.

Das war … Dieses Buch war eine Sensation!

Wenn Marten das gekannt hätte … Mir wurde schwindlig, wenn ich mir das auch nur vorstellte. Aber es war kein Marten-Ordner, in dem mein Stiefvater die Scans verstaut hatte, sondern ein Gorm-Ordner, und in Papas greifbarem, abgewetztem Aktenordner von Sylkes Dachboden war nichts dergleichen drin gewesen. Kein Mensch kannte dieses mittelalterliche Manuskript.

Bis auf den alten Gorm offenbar. Und bis auf Rasmussen. Schließlich lag das Teil auf seinem Rechner.

Und das war … Das wollte mir nicht in den Kopf. Diese Handschrift war doch das i-Tüpfelchen auf seinem Rungholtland-Projekt! Warum hatte er davon kein Sterbenswörtchen erwähnt?

Noch eine Überraschung? Zu meinem Neunzehnten vielleicht? Oder zum Zwanzigsten?

Langsam drehte ich mich zu meinem Bruder um. »*Das* wolltest du mir zeigen?«, fragte ich misstrauisch. »Ich meine…«, sagte ich rasch. »Klar, das ist spannend, aber ich sehe nichts von…«

Ich schüttelte den Kopf. Hatte ich ihn falsch verstanden vorhin? *Leichengift*? War der Junge ahnungsloser, als ich gedacht hatte?

Und was war das gewesen? *Jetzt redest du schon wie Gorm?*

»Was hast du mit dem alten Gorm zu tun?«, fragte ich. »Du hast mit ihm gesprochen – über diese Handschrift?«

Er biss sich auf die Unterlippe und bekam es irgendwie hin, gleichzeitig zu nicken und den Kopf zu schütteln. »Über das Buch will er nichts erzählen. Meint, das geht mich nichts an. Ich… na ja, ich schau ab und an vorbei auf dem Leuchtturm. – Gibt ja nicht so viele Leute, mit denen man sich mal vernünftig unterhalten kann hier auf der Insel.«

Sprach mein vierzehnjähriger Bruder.

Doch darüber durfte ich jetzt nicht nachdenken. Ich spürte, dass ich ganz nah an dem einen, entscheidenden Punkt war. Ganz nah davor, endlich zu begreifen: die Zusammenhänge, die ich immer wieder für einen Augenblick zu ahnen schien und die mir im nächsten Moment aus den Händen glitten, als wäre da nie was gewesen.

»Und deshalb wolltest du es mir zeigen?«, bohrte ich nach. »Du denkst, das Buch hat mit mir… Ich meine, es hat mit dem *Nebel* zu tun?«

Auf einmal hatte sein Gesicht wieder den verkniffenen, unzugänglichen Ausdruck, den ich von seinem Vater kannte. Selbst seine Bewegungen waren plötzlich irgendwie eckig, als er wortlos die Titelseite schloss, den Mauszeiger kurz über den Dateisymbolen kreisen ließ und schließlich eins davon per Mausklick auswählte.

*Eine Art Bilderbuch.*

Das traf es, voll und ganz.

Diesmal waren nur unten am Rand ein paar verlorene Textzeilen zu sehen, jetzt wieder in der lateinischen Variante. Aber die Schrift nahm ich kaum wahr. Es war das Bild, das mir in die Augen sprang – mit einer Wucht, dass ich um ein Haar von Hannes' wackeligem Drehstuhl gekippt wäre.

Ich hatte schon mittelalterliche Zeichnungen zu Gesicht bekommen. An denen kam man gar nicht vorbei, wenn man sich mit Rungholt beschäftigte. Und jedes Mal hatte ich auf den ersten Blick grinsen müssen, denn irgendwie sah das jedes Mal nach Kinderzeichnung aus mit diesen kleinen Männchen und Weibchen mit Walle-Walle-Mähne, die in jeder Lebenslage freundlich lächelten. Wenn ihnen gerade jemand ein Schwert durch die Brust rammte, zum Beispiel.

Hier lächelte niemand.

Skelettierte Körper verrenkten sich in unmöglichen Winkeln, schienen einen geisterhaften Tanz aufzuführen. Helme, Schwerter, Armschienen – genau wie ich das in der vergangenen Nacht erlebt hatte. Und auch der Nebel war mit Streifen und Schraffuren angedeutet, füllte den Hintergrund, aus dem mehr und mehr der gespenstischen Gestalten aufzutauchen schienen.

Nebel, dichter Nebel, nein … Erst jetzt konnte ich die nur angedeutete Linie identifizieren. Das sollte das Ufer sein, die Küste. Wenn die Skelette auf dem festen Boden tanzten, lag dort hinten das Meer.

»Sie kommen aus dem Wasser«, murmelte ich.

Hannes nickte, schloss die Darstellung, klickte eine andere Datei an.

Ein Schiff mit zerfetzten Segeln. Eine Kogge mit bauchigem Rumpf, das Heck von einer hölzernen Brustwehr gekrönt, über die mir die Schädel der Untoten entgegenstarrten. Und über der Wasserfläche waberte der Nebel.

»Sie kommen über das Meer«, flüsterte ich. »Und sie waren schon damals hier. Vor sechshundertfünfzig Jahren. Aber wer ... wer sind sie?«

Wieder sagte Hannes kein Wort. Er klickte, das Bild verschwand, doch diesmal musste er länger suchen.

»Wer sie sind, weiß ich auch nicht«, murmelte er schließlich. »Aber hier habe ich ...«

Das klickende Geräusch der Maus, eine neue Darstellung und ...

... mit einem Mal war alles eingefroren.

Es war gespenstisch.

Wie am Ende meiner Erinnerungen, wenn alles um mich herum erstarrte: Bilder, Gerüche, Geräusche, die traumhafte Geschichte, die mein Ich auf der *anderen Seite* erlebte.

Doch das hier war das Jetzt, die Gegenwart. Ich saß neben meinem kleinen Bruder auf seinem zweitbesten Drehstuhl mitten im Chaos seiner Hackerhöhle. Streifen von Mittagslicht fielen durch die geschlossenen Jalousien. Einen halben Meter links von mir thronte die Colaflasche mit ihrem letzten Rest bräunlicher Brühe.

Ich war eindeutig im Hier, im Jetzt, und doch war es anders.

Es war, als wäre das Jetzt auf einen Schlag stehen geblieben wie eine Uhr, deren Batterie plötzlich leer war.

Ich starrte auf den Bildschirm, doch gleichzeitig bewegte sich meine Hand zu meinem Hals. Aber die Windjacke hatte ich ja nicht mehr an. Meine Finger wanderten nach unten, zu meiner Hosentasche, schoben die Fetzen zerfledderten Packpapiers beiseite.

Mit einem dumpfen, metallischen Laut fiel der Inhalt von Sylkes Umschlag auf Hannes' Schreibtisch. Mein Bruder japste. Er hatte gerade noch die Finger wegziehen können.

Ich selbst war unfähig, einen Laut von mir zu geben, meinen Blick von dem Scan zu lösen, der den gesamten Desktop füllte.

Ich war mir sicher, dass dies die letzte Seite der alten Handschrift war. Eine doppelte Linie am Ende des Textes machte das ziemlich klar.

Doch darunter gab es noch eine Zeichnung, und sie war anders als die Skizzen mit den gerüsteten Leichen, die dem Meer entstiegen waren, dem Schiff der Untoten.

Es war ein Wappen. Ein Wappen, das aus zwei Hälften bestand, durch einen Spalt voneinander getrennt, als wäre es in der Mitte auseinandergebrochen.

Die linke Hälfte zeigte ein zotteliges Tier, das sich auf die Hinterbeine stellte, wild um sich zu treten schien. Solche Wappendarstellungen hatte ich schon gesehen; ein Löwe sollte das sein.

Die rechte Hälfte aber wurde von einem grimmig aussehenden, pechschwarzen Adler eingenommen – der Hälfte eines Adlers mit ausgefahrener Klaue, Hals, Kopf, messerspitzem Schnabel und majestätisch gereckter Schwinge.

Der Zeichner hatte das Original perfekt wiedergegeben, bis ins kleinste Detail.

Das Original, das vor uns auf dem Tisch lag, getrieben aus einem matt glänzenden, dunklen Material.

Das Geschenk meines Vaters zu meinem achtzehnten Geburtstag.

*Donnerstag, 21. Juni, 13:03*
*Ablaufendes Wasser, 6 h 05 min bis Niedrigwasser*
*Pegel Hallig Horn: 3,94 m über Seekartennull*

Als Henning zum zweiten Mal aufwachte, war Passon nirgends zu sehen.

Er atmete auf. Für den Moment hatte sie ihn offenbar allein gelassen, es sei denn, sie stand am Fenster, das er nicht im Blick hatte. Aber dann hätte sie sich längst wieder auf ihn gestürzt, sobald sie mitgekriegt hatte, dass er sich bewegte. Wie ein Aasgeier. Da gab's tatsächlich eine gewisse Ähnlichkeit, ging ihm gerade auf.

Doch weit konnte die Pathologin nicht sein. Sie hatte ihre Instrumente dagelassen und einen Hauch von Desinfektionsmittel, bei dem sich ihm schon wieder der Magen umdrehte.

Passon. Was trieb die Frau hier? Wo immer *hier* war.

Vorsichtig kam Henning hoch, sehr viel langsamer als beim ersten Mal. Er sah sich um, so weit er sich zu drehen wagte mit seinen lädierten Rippen, und verzog das Gesicht. Polster und plüschiger Pomp. Eine Anrichte aus Mahagoni oder einem anderen blank polierten Tropenholz, gedrechselte Stuhlbeine, schwere Vorhänge, die bis zum Boden reichten. Vor den Fenstern gab es offenbar auch welche, denn der Raum lag im Halbdunkel. Doch so weit kriegte er den Kopf noch immer nicht gedreht. Ihm reichte schon das monströse Gemälde an der Wand gegenüber: eine Dame mit Marie-Antoinette-Frisur, Schönheitspflästerchen und einem Ausschnitt bis knapp oberhalb des Bauchnabels. Der Geschmack besserer Kreise im ausgehenden achtzehnten Jahrhundert – oder ein sauteures Hurenhaus am Beginn des einundzwanzigsten.

Fast wie zu Hause, dachte Henning.

Er holte Luft, ließ die Beine aus dem Bett gleiten. Ihm war kalt, schwindlig war ihm sowieso und beachtlich flau im Magen noch dazu. Schmerzen spürte er nicht.

Die kamen erst, als er die Hand nach seiner Hose ausstreckte, die über einer Stuhllehne hing.

Der Kriminalassistent sog die Luft durch die Zähne. Doch es war zu ertragen, wenn er sich ganz, ganz langsam bewegte. Wenn Passon ihn jetzt noch eine Stunde allein ließ, damit er die Hose anziehen konnte …

»*Aha!*«, presste er hervor, als er ins linke Hosenbein schlüpfte. »O… *oho!*« Das rechte.

»*Soso*«, bemerkte eine Stimme in seinem Rücken. »*Soso*. – Auf dem Weg der Besserung offenbar.«

Hennings Keuchen endete in einem gurgelnden Laut, als sich ein unsichtbares Messer in seine Rippen bohrte.

»Inspektor«, flüsterte er.

Schmehlich musste zwischen den Fenstern gelehnt und seinen Eiertanz schweigend verfolgt haben. Jetzt tat er Henning den Gefallen und trat in sein Blickfeld.

»Doch …« Der Deutsche betrachtete ihn aufmerksam, kam noch einen Schritt näher, um ihn im Profil in Augenschein zu nehmen. »Doch, ich hab schon Leute gesehen, die sahen noch wesentlich übler aus als Sie. – Waren übrigens alle tot.«

»Ich würd ja echt gern lachen«, brummte Henning. »Aber dann mach ich Ihre Hose dreckig.«

Es war eine andere Hose als am Tag zuvor. Ein anderer Anzug. Eine Idee heller und unmoderner, doch genauso zerknittert wie das Gegenstück.

*Waren übrigens alle tot.*

Eine gewagte Anspielung vom Herrn Inspektor, wenn

Henning sich an die letzte Nacht erinnerte. Oder ein Schuss ins Blaue?

Er hob den Blick. Irgendwas verhinderte, dass er richtig klar sehen konnte. Es fühlte sich an wie ein dünner Schmierfilm über seinen Pupillen, der sich nicht vollständig wegblinzeln ließ.

Doch das war gar nicht nötig. Das Pokerface des Deutschen erkannte Henning auch im verschwommenen Zustand. Es war die Sorte Pokerface, die schon aus fünfzehn Meter Entfernung schrie: *Ich weiß was, ich weiß was, und sag dir nur die Hälfte!*

Aber das war nun wirklich keine neue Erkenntnis.

Mit einem Ächzen löste der Kriminalassistent seinen Hintern von dem durchgelegenen Samtsofa und begann mit zusammengebissenen Zähnen, den Reißverschluss seiner Hose nach oben zu ziehen. Millimeterweise.

»Lassen Sie mich raten«, murmelte er. »Wir sind zu Gast im Hause Rasmussen? Und die Schnippeltante hab ich Ihnen zu verdanken?«

»Zweimal ins Schwarze.« Schmehlich nickte. »Passon ist nach wie vor das Sicherste. Hier auf der Insel dürfte inzwischen zwar jeder mitgekriegt haben, dass wir hier sind, aber da draußen … Unnötig, die Leute drüben auch noch verrückt zu machen.« Seine angedeutete Kopfbewegung umschrieb, was er mit drüben meinte: den Rest der Welt. Alles außerhalb von Hallig Horn.

»Hier *sind* sie also schon verrückt?« Henning holte Atem. Zur Hälfte war das Werk vollbracht. »Aber klar. Natürlich sind sie verrückt«, murmelte er. »Sie *singen*. Und zum Hörnerschall wird die Mistforke ausgepackt.«

»Das ist seit mehreren Hundert Jahren nicht vorgekommen«, sagte Schmehlich ernst. »Und es ist kein Zufall, dass es gerade jetzt wieder geschehen ist. Ich war der Meinung, das hätte ich Ihnen klargemacht.«

»Das haben Sie«, knurrte Henning. »Und wenn nicht Sie …«

»Ja?«

Der Kriminalassistent antwortete nicht. Er hielt die Luft an und machte sich an den Endspurt.

»Ich gehe davon aus, dass Sie Ihren Zustand nicht Ihrer neuen Freundin verdanken«, bemerkte der Inspektor.

Henning grunzte etwas Wortloses.

»Es geht dem Mädchen gut?«, fragte er knapp.

Schmehlich nickte. »Besser als Ihnen.« Eine Pause. »Sie haben sie gesehen?«, fragte er. »Die Männer im Nebel?«

Mit einem unterdrückten Stöhnen schloss der Kriminalassistent seinen Hosenknopf, blickte auf.

Der Deutsche sah ihn auffordernd an – und jetzt war da doch etwas ganz Bestimmtes in seiner Miene. Henning wollte verdammt sein, wenn das nicht Nervosität war, die in Schmehlichs Augen flimmerte.

Fast beiläufig hob Henning die Schultern. »Möglich«, sagte er. »Aber wie's halt so ist im Nebel …«

»Ihnen sollte klar sein, dass dies kein besonders günstiger Zeitpunkt zum Pokern ist«, sagte der Inspektor mit leiser Stimme.

»Aha?« Henning hob die Augenbrauen. »*Oho, oho, oho* aber auch!« Mit der Fußspitze angelte er nach einem seiner Schuhe, dessen Leder unter einer eingetrockneten Schlammschicht kaum noch zu erkennen war. »Nun«, murmelte er. »Wenn *Sie* das sagen …«

Schmehlichs Gesichtsfarbe wurde mehrere Nuancen dunkler.

Henning nickte. Einen besseren Beweis hätte er sich gar

nicht wünschen können: Zum ersten Mal hatte er dem Deutschen ein Wissen voraus. Er musste geschickt damit umgehen.

»Ich bin gestern auf blauen Dunst mit Ihnen nach Pellworm gekommen, Inspektor«, sagte er ernst. »Obwohl Ihnen nicht entgangen sein dürfte, dass ich Schiffsreisen nicht besonders liebe. Ich habe Ihnen ein halbes Dutzend Rollen Klopapier besorgt und Sie zu Passon geschleift, damit sie sich um Ihre Lippe kümmern konnte. Und anschließend durfte ich mir Ihr Wasserballett ansehen, während einen Steinwurf entfernt ein gepanzertes Schiff von einem geisterhaften Nebel zermalmt wurde. Und Sie haben mich vertröstet, sich geweigert, mir auch nur eine meiner Fragen zu beantworten. Ich will jetzt wissen, was hier los ist! Was sagt Ihr Kontaktmann?«

Schmehlichs Blick wurde noch düsterer. »Er sagt überhaupt nichts. Er ist seit gestern Nachmittag verschwunden.« Der Inspektor seufzte, und endlich schien er seinen Widerstand aufzugeben. »Folkhard Mommsen«, sagte er leise. »Rasmussens Faktotum. Sein Kutscher, seine rechte Hand auf dem Gestüt, vor allem aber der Experte für die Wattströme hier in der Gegend. Guter Mann, und ein kluger Kopf noch dazu. Klug genug, um im Zweifelsfall den Mund zu halten, selbst Rasmussen gegenüber. Ich mag mir nicht vorstellen, dass ausgerechnet dieser Mann …«

»Sie denken …«

»Denken?« Der Deutsche schüttelte den Kopf. »Mit logischem Denken werden Sie nicht weit kommen, wenn Sie wirklich die gesehen haben, *die mit dem Nebel reisen.* – Möglicherweise habe ich damit einen Fehler gemacht, dass ich Ihnen nicht alles gesagt habe, was ich Ihnen hätte sagen können. Wenn das so ist, kann ich es jetzt nicht mehr ändern. Ich konnte nur versuchen, Ihnen ein Gefühl dafür zu vermitteln, dass dieses Land, die Küste, *anders* ist als alles, was Sie möglicherweise kennen, und dass die Menschen hier ein Teil der Seele dieses Landes sind. Und das Land ein Teil von ihnen. Dass die Dinge weniger klar voneinander geschieden sind als anderswo, weniger eindeutig. Was in diesem Augenblick Land ist, kann in zwei Stunden offenes Meer sein oder umgekehrt. Den Menschen, die auf den Halligen leben, ist das vertraut. Die Dinge befinden sich in der Schwebe. Land und Wasser, oder eben …«

»Leben und Tod?« Henning kickte den Schuh beiseite. Ein Fall für die Kleiderspende – wenn er nur was zum Wechseln dabeigehabt hätte. »Sie wollen mir erzählen, die Kerle aus dem Nebel schauen öfter mal vorbei?«

Schmehlich stieß einen Laut aus, der ein Stöhnen sein konnte, aber auch ein knappes, freudloses Lachen. »Niemand lebt, der sie gesehen hat, Kriminalassistent. Oder lassen Sie es mich anders formulieren: Niemand, der sie gesehen hat, *lebt*. Sie und das Mädchen sind die Einzigen.«

Henning schluckte. »Aber Sie wissen, wer sie sind?«, fragte er.

Schmehlich stieß den Atem aus. »Es gibt Geschichten über sie. Sehr alte Geschichten. Und bis gestern Abend hatte ich gehofft, sie wären genau das: alte Geschichten. Und nicht mehr.«

»Und die werden Sie mir jetzt erzählen?«

Der Inspektor schüttelte den Kopf. »Ich wünschte, wir hätten Zeit dafür. Nein, Bergstrœm. Jetzt werde ich Ihnen erzählen, was *in den letzten Jahren* hier passiert. Was das für eine Baustelle ist, draußen im Fallstief. – Hier!« Er bückte sich, reichte Henning eine ausgebeulte Plastiktüte mit dem Logo eines billigen Bekleidungsgeschäfts. »Ich hab für Sie eingekauft. Vernünftige Kleidung. Sauber vor allem. In achtzehn Minuten haben wir ein Gespräch mit Ole Rasmussen. Und während Sie sich umziehen – erzähle ich Ihnen die Geschichte von *Marten Feddersens Rungholtland.*«

***Donnerstag, 21. Juni, 13:12***
***Ablaufendes Wasser, 5 h 58 min bis Niedrigwasser***
***Pegel Hallig Horn: 3,92 m über Seekartennull***

»Lara!« Mein Bruder kam mir kaum hinterher. »Lara, das kannst du nicht machen! Er reißt mir den Kopf ab! Oder … was anderes.«

*Keine Gefahr,* dachte ich. Den Kopf vielleicht, aber unter Garantie nichts, was gebraucht wurde, um die kommenden Generationen der Rasmussen-Sippe zu sichern.

Doch das war kein echter Gedanke. In meinem Schädel war nichts als blinde Wut. Ich konnte mich nicht erinnern, jemals so wütend gewesen zu sein. Nicht mal auf Søren, mein Opfer von der Fähre, an dessen Krankenzimmer ich jetzt vorbeistürmte auf dem Weg nach unten, ins Büro meines Stiefvaters.

Rasmussen wusste Bescheid! Die ganze Zeit hatte er Bescheid gewusst!

Es gab keine logische Argumentation, die mich zu diesem Schluss brachte. Es konnte alles ein Zufall sein – doch daran konnte ich nicht mehr glauben.

Mein Vater und mein Stiefvater: Jeder der beiden hatte sich zu meinem Achtzehnten ein ganz besonderes Geschenk ausgegrübelt. Und beide Geschenke gehörten zusammen.

Rasmussens Freizeitpark entstand nach Martens Entwürfen, und Martens Adleramulett war detailverliebt in Ole Rasmussens Rungholt-Handschrift abgebildet. Einer Handschrift, die kein Mensch kannte. Die nicht einmal Marten gekannt hatte, sondern einzig allein der alte Gorm – und Ole Rasmussen.

Wenn der Herr und Meister von Hallig Horn mir das erklären konnte, war er verdammt gut. Doch er würde es mir nicht erklären können.

Der letzte Treppenabsatz, vor mir die Diele. Jetzt nach rechts.

»Himmel! Deern!«

Ein Stapel frisch zusammengelegter Wäsche starrte mir entgegen, über dem obersten Betttuch Tildas Nase und Augenpartie.

»Lara-Mädchen! Du darfst doch nicht einfach aufstehen!« Die dicke Frau balancierte rüber zu einer Anrichte und setzte den Wäscheberg ab. »Du bist krank, weißt du das denn nicht?«

Ich murmelte was von *Spontanheilung* und versuchte mich an ihr vorbeizuschieben, doch so breit die Diele auch war: Die dicke Köchin war bedeutend flinker, als man ihr auf den ersten Blick zutraute.

»Wo willst du hin?« Ihre Schweinsäuglein fixierten mich, glitten für eine halbe Sekunde zur Seite, in Richtung Büro. »Dein Vater darf im Augenblick auf keinen Fall gestört werden!«, sagte sie streng und baute sich mitten im Durchgang auf.

Mit einem Ausfallschritt versuchte ich es links an ihr vorbei, aber sie war schneller. »Er steckt mitten in einem wichtigen Gespräch mit den Herren, die in das Rungholtprojekt investiert haben!«

»Dann muss ich erst recht zu ihm!«, beharrte ich. »*Ich* werde dieses Projekt leiten.«

Ein neuer Versuch, diesmal rechts, aber die Frau war wie ein überdimensionaler Flummi in Kittelschürze – einen halben Kopf kleiner als ich, aber doppelt so schwer.

»Du wirst dir den Tod holen, Kind, wenn du nicht auf der Stelle wieder ins Bett gehst! Und dann wirst du überhaupt nichts leiten! Du hast eine Gehirnerschütterung und wasweißichnochalles. Hat dir diese Frau Doktor nicht gesagt …«

»*Tilda, verdammt!*« Wir zuckten beide zusammen. Ein verwischter Schatten stürmte zur Anrichte. »Das … das ist mein Linkin'-Park-Shirt! Sie haben … Haben Sie das *gekocht?*«

Das Shirt lag ziemlich weit unten im Wäscheberg, aber ein Griff genügte. Der Stapel begann zu kippeln.

»Hannes! Junge! Tu das nicht!« Die dicke Frau schob mich einfach zur Seite – doch sie kam zu spät. Der Dielenboden war blank gewienert, ich hatte es nie anders erlebt, aber wenn man Tilda war, gab es eben Dinge, im Vergleich zu denen die Mandränke höchstens ein kleiner, unangenehmer Zwischenfall gewesen sein konnte.

Aber das war die Chance!

»Hannes!«, zischte ich, winkte ihm hektisch.

Die Köchin, schon halb am Boden, stieß ein Klagegeheul aus, sah hektisch zwischen mir und dem Wäschechaos hin und her.

Mein Bruder stapfte mit einem vernichtenden Blick an ihr vorbei und stopfte den schwarzen Fetzen in seine Hosentasche wie ein zu groß geratenes Taschentuch.

»Du bist ein Genie, kleiner Bruder!«, flüsterte ich. »Das war einfach genial.«

»Genial?« Seine Augen funkelten. »Das Shirt kannst du jetzt Baby Born überziehen! Chester Bennington hat das persönlich signiert! Da waren noch seine Schweißflecken drauf!«

Ich biss die Zähne zusammen. Das war dann wohl die Erklärung dafür, wie es in der Wäsche gelandet war.

Doch dazu blieb auch keine Zeit. Tilda rappelte sich auf.

»Los!«, zischte ich.

Am Ende der Diele ging ein schmalerer Flur nach links ab. Es gab keine Tür, nur einen offenen Durchgang, dahinter einen fensterlosen Korridor. Ganz hinten links war Rasmussens Büro untergebracht.

Natürlich war das nicht der normale Zugang. Für Besucher gab es einen Eingang von außen und durch ein Vorzimmer, wo die Frau von Tjark, dem Inselbäcker, manchmal Rasmussens Geschäftsbriefe tippte.

Den Flur hier benutzte praktisch nur mein Stiefvater selbst. Keine andere Seele durfte diesen Teil des Hauses ohne ausdrückliche Einladung betreten – Tilda vielleicht ausgenommen. Es war ein ungeschriebenes Gesetz, dass die Familie ihn nicht zu stören hatte, wenn er im Büro war.

Nur war mir das heute absolut egal. Ob er den EU-Präsidenten am Hörer hatte, um diplomatische Verwicklungen um Rungholtland beizulegen, oder ob er über die Großmarktpreise für ökologisch erzeugte Schafwolle verhandelte – erst einmal würde er mit *mir* verhandeln.

»*... Ihnen klar, dass die beiden jetzt tot sein könnten?*«

Ich blieb so abrupt stehen, dass Hannes mir ungebremst in die Hacken lief. Geistesgegenwärtig presste ich die Zähne aufeinander, gab keinen Laut von mir – und bekam es gleichzeitig hin, meinem Bruder die Hand vor den Mund zu drücken. Aus aufgerissenen Augen starrte er mich an.

»Psst!« Ich ließ meine Pupillen übertrieben nach links wandern, zur Bürotür.

*»Dann eben nur der, von mir aus! Sie sollten sie observieren, habe ich gesagt! Mehr nicht! Ich kann es mir nicht leisten, mit jemandem zu arbeiten, der seine Männer nicht unter Kontrolle hat! … Was?«*

Hannes fing an, sich in meinem Griff zu winden. Erst jetzt fiel mir auf, dass ich seine Nase gleich mit zuhielt. Vorsichtig zog ich die Hand weg, sah ihn beschwörend an: *keinen Laut!*

Er gehorchte nicht, aber wenigstens sprach er im Flüsterton: »Von wem redet er?«

Ich verdrehte die Augen. Von wem wohl? Zwei Leute, die jetzt tot sein könnten – oder zumindest einer von ihnen? Ich konnte nur beten, dass Søren sich tatsächlich gesund schlief.

Nur, warum …? Ich kniff die Augen zusammen. Ich wusste nicht viel über Zombiegeschöpfe, aber wer auch immer sie unter Kontrolle – oder nicht unter Kontrolle – hatte: Rasmussen verständigte sich mit ihm über das *Telefon*?

*»Sie sind – tot?«* Die Stimme meines Stiefvaters klang plötzlich verändert. Das *tot* betonte er, als sei es die unglaublichste, erschütterndste Sache der Welt.

Was sollte das? Natürlich waren sie tot! Kein Mensch konnte das übersehen. Man sah es, man roch es. Man *spürte* es, auf zwanzig Meter Entfernung. Hieß das, dass er die Skelette niemals leibhaftig zu Gesicht bekommen hatte? Und selbst wenn – die Bilder der Handschrift waren deutlich genug. Die Kreaturen aus dem Nebel waren so tot, wie man nur sein konnte.

»Lara! Hannes! Verflixt, wo seid ihr?«

Eilige, watschelnde Schritte hinter uns.

Ich fluchte im Stillen, doch wir hatten keine Wahl. In zwei Sekunden würde Rasmussen Tildas Gekeife auch durch die geschlossene Tür mitkriegen. Wenn er es nicht sowieso schon gehört hatte.

Ich holte Luft, klopfte kurz und drückte im selben Moment die Klinke.

Rasmussen stand hinter seinem Schreibtisch, über seinem Kopf, am Kamin, die Urkunde König Waldemars. Beinahe wie gestern, als er mich eine Viertelstunde hatte stehen lassen und mit Graf Gyllenløve oder sonst wem geplaudert hatte – und doch war alles anders.

Vor allem war an ihm etwas anders.

Der Schweiß stand in Tropfen auf seiner Stirn. Der oberste Knopf seines Hemds war geöffnet, die Krawatte hatte er gelockert, als ob er keine Luft kriegte. Er starrte uns entgegen, völlig durch den Wind, mit offenem Mund. Aus dem Telefonhörer drang undeutlich eine Männerstimme.

Ich war schon oft in diesem Büro gewesen, immer angemeldet natürlich, aber in diesem Zustand hatte ich ihn noch nie erlebt. Selbst in den schlimmsten Zeiten nicht, als der Rinderwahn um sich gegriffen hatte und die Preise für friesisches Schlachtvieh ins Bodenlose gefallen waren.

Er schüttelte sich. »Ich rufe Sie wieder an«, sagte er knapp in den Hörer. Es klang, als versuchte er seine eigene Stimme – seine Verhandlungsstimme – zu imitieren.

Er ließ das Telefon sinken, legte es sorgfältig auf die Ladestation zurück. Der Vorgang dauerte vielleicht zwei Sekunden, doch in diesen beiden Sekunden ging eine Veränderung mit ihm vor.

Auf seine Weise war Ole Rasmussen gespenstischer als

die lebenden Toten. Ich sah, wie seine Haltung sich straffte, wie diese ganz bestimmte Ausstrahlung, dieses Abweisende, Unnahbare in ihn zurückkehrte. Das, was ihn zu Ole Rasmussen machte, meinem Stiefvater, dem ich so lange ich denken konnte mit einer Mischung aus Angst und einem anderen Gefühl begegnet war: Wut, mühsam unterdrückt, aber so intensiv, dass sie an Hass grenzte.

Und jetzt? War auch dieses Gefühl wieder da? Ich wusste so viel mehr als früher, verstand viel mehr – und war wütender als je zuvor in meinem Leben.

»Warum bist du nicht im Bett?«, fragte er.

Keine Begrüßung. Kein *Schönen guten Morgen, liebe Lara. Oh, und, ach ja, einen wunderschönen Geburtstag!*

Aber den hatte ich selbst schon fast vergessen.

Entscheidend war, dass er jetzt mit der *Stimme* sprach. In diesem Moment war ich ihm fast dankbar, dass er sie wieder hinkriegte.

*Gut so,* dachte ich. *Du übernimmst deine Rolle, und ich schlüpfe wieder in meine.*

»Hannes!« Sein Ton war schneidend. »Ich will mit deiner Schwester allein reden. Geh auf dein Zimmer!«

Mein Bruder stand einen halben Schritt hinter mir. Ich spürte, wie sein Körper sich versteifte, ja, ich hatte fast das Gefühl, als könnte ich sein Herz spüren, das stolpernd beschleunigte.

»Papa, ich …« Seine Stimme klang zaghaft, doch das wirklich Unglaubliche war, dass er sie überhaupt hören ließ, anstatt auf der Stelle kehrtzumachen und aus dem Büro zu verschwinden. Es waren ganze drei Silben, aber sie genügten. Sie reichten aus, um mich stolz zu machen auf meinen kleinen Bruder.

»Mir wäre es lieber, wenn Hannes hierbleibt«, sagte ich

freundlich – und über meinen eigenen Tonfall staunte ich am allermeisten. Und erst recht über das, was ich im nächsten Augenblick tat. Ich zog einen der Besucherstühle ein Stück zurück, ließ mich ganz ruhig nieder, nickte Rasmussen sogar beiläufig zu, als hätte er mich eingeladen, mich zu setzen. Wie sich das schließlich gehört hätte – unter Erwachsenen.

»Hannes?«, fragte ich mit einem Blick über die Schulter und nickte in Richtung auf den zweiten Stuhl. »Wir beide möchten etwas mit dir besprechen«, wandte ich mich an meinen Stiefvater.

Rasmussen kippte nicht zurück in sein verständnisloses Starren, das ihn aussehen ließ wie eine Forelle, die auf dem Trockenen nach Luft schnappte. Das musste man ihm lassen.

Doch sein Blick wurde finster. In seinen Augen war nichts Weißes mehr zu sehen, als er sie zuerst auf mich lenkte, dann auf meinen kleinen Bruder, der sich eilig auf den Stuhl an meiner Seite gleiten ließ.

Magnus Rasmussen, dachte ich. Der Anführer der Freibeuter hatte begriffen, dass der Verbündete, auf den er sich immer blind verlassen hatte, anfing, eigene Pläne zu machen. Selbst zu denken.

»Ich höre«, sagte er knapp. Er selbst blieb stehen. Keine üble Idee im Grunde. Auf diese Weise konnte er doch wieder klarmachen, dass hier nicht von Gleich zu Gleich verhandelt wurde.

Und die Aktion verfehlte ihre Wirkung nicht. Sofort wurde ich wieder unruhig. In diesem Moment stand es auf Messers Schneide. Ganz gleich, in welchem Zustand er sich gerade befand: Es gab keinen Menschen, von dem eine solche Autorität ausging wie von Ole Rasmussen.

Doch wenn mir die Eröffnung gelang…

Ich schlug die Beine übereinander. Von meinem schwarzen Rock war natürlich nichts übrig, doch ich hatte eine dunkle Jeans angezogen, in der ich mir heute trotz allem durchaus erwachsen vorkam. Weil das einfach *ich* war.

Und auch ich brauchte nur zwei Sekunden. Wie zufällig fiel mein Blick auf die gerahmte Urkunde. Das mächtige königliche Siegel schimmerte wie ein blutiges Einschussloch.

»Die Schrift hat wirklich ziemliche Ähnlichkeit«, sagte ich nachdenklich. Nicht übertrieben grüblerisch, sondern einfach aufmerksam, als könnte ich die einzelnen Zeichen tatsächlich mit dem Bild in meinem Gedächtnis vergleichen, was auf diese Distanz natürlich nicht möglich war.

Sofort spürte ich, wie sich Hannes an meiner Seite wieder anspannte. Ihm war klar, was auf so einen Auftakt folgen musste, doch das konnte ich ihm nicht ersparen.

Mein Blick wanderte zu Rasmussen. Auf ihn kam es an. Ihm musste klar werden, dass dies der einzige Weg war: die Wahrheit.

Und er verstand. Unsere Augen trafen sich nur ganz kurz, bevor er nach seiner Nickelbrille griff, sie mit einer – eine Winzigkeit zu schnellen – Bewegung auf die Nase schob.

»Wovon redest du?«, fragte er schroff – doch es war Hannes, den er ins Visier nahm.

Mein Bruder sagte kein Wort, doch das war auch nicht notwendig. Er musste einfach nur in diesem Stuhl sitzen bleiben und versuchen, möglichst nicht ohnmächtig zu werden. Ich würde reden.

»Wie lange weißt du schon von ihnen?«, fragte ich an meinen Stiefvater gewandt, sobald ich den Eindruck hatte, dass er die Zusammenhänge tatsächlich begriffen hatte. »Wusste Marten es auch? In seinen Unterlagen habe ich keinen Hinweis auf die *Chronica* gefunden.«

Einen Atemzug lang rührte Rasmussen sich nicht. Sein Blick war weiter auf meinen Bruder gerichtet. Dann, mit einem Ruck, der schon beim Hinsehen wehtat, fuhr er zu mir herum. »In seinen ...«

»Die Kartenskizze mit dem Profil der unter dem Schlick verborgenen Landschaft«, sagte ich ruhig. »HH für Hallig Horn, Std für die Stadt und R für Rungholt. Die Sandbank im Fallstief. Seine Messreihen und Auswertungen, seine Pläne und Überlegungen zum Rungholtmuseum. – Ich habe die Originale.«

Rasmussen starrte mich an. – Und jetzt verlor seine Haltung tatsächlich jede Spannkraft. Er kippte in seinen Stuhl zurück wie ein nasser Sack.

»Wo hast du dieses Buch her?«, fragte ich scharf. »Von Gorm? Was hat es mit dem Nebel auf sich? Mit den Toten? Wer sind sie? Was weißt du von ihnen? Was weiß Gorm von ihnen?«

Auf der einen Seite kam ich mir plötzlich schäbig vor: Das war jedenfalls nicht das Florett, mit dem Rasmussen in seinen Geschäftsverhandlungen unterwegs war. Eher eine Keule, mit der ich auf ihn eindrosch. Doch mir war klar, dass er in diesem Moment erschüttert war, und ich würde ihn nie wieder in so eine Position bekommen. Wenn ich eine Chance hatte, aus ihm rauszukriegen, was ich wissen wollte, wissen *musste*, dann hatte ich sie in diesem Moment.

Tatsächlich hob er die Hände, als versuchte er, mit einer hilflosen Geste meine Schläge abzuwehren. Erst nach ein paar Sekunden ein halb ersticktes »Lara ... Lara, ich ...«

»Du hast sie auf uns losgelassen!«, zischte ich. Der entscheidende Schlag. Die Keule pfiff durch die Luft.

Und Rasmussen – blinzelte.

Er schüttelte den Kopf, nein, er zuckte eher. Einen Moment lang hielt er inne, zuckte dann noch einmal. »Was?«

»Wir könnten *beide jetzt tot sein*«, sagte ich und betonte dabei die Worte, die er selbst vor ein paar Minuten am Telefon gesprochen hatte.

»*Was?*«

In seinen Augen stand Verwirrung, reines Unverständnis. Kein Mensch konnte so schauspielern, nicht einmal Ole Rasmussen.

»Sie haben …« Und nun wurde ich doch unsicher. »Sie haben ein winziges bisschen mehr getan, als uns nur zu *observieren*. Søren ist …«

»Was? Wer?« Rasmussen schüttelte den Kopf, streckte mir die Arme entgegen, als wollte er sich ergeben. »Lara, ich … Bitte …«

Hatte der Mann jemals *bitte* zu mir gesagt?

»Es …« Er kämpfte um die richtigen Worte. Dass ich selbst unsicher geworden war, schien er gar nicht zu merken.

Und ich war unsicher. Irgendwas stimmte nicht. Mein Stiefvater war nicht einfach nur erschüttert. Das war mehr. An irgendeinem Punkt begriff er tatsächlich nicht, wovon ich sprach.

»Lara.« Er holte Luft. »Lara, es tut mir leid. Bitte glaube mir, dass es mir leidtut, mehr, als ich sagen kann. Ich wollte nie …« Wieder schüttelte er den Kopf. »Ja, ich wusste, dass es Probleme geben konnte, doch mir war nicht klar, dass es tatsächlich diese Form annehmen würde. Und ich habe es dir gesagt! Ich habe dir gesagt, dass es Zwischenfälle gegeben hat bei den Vorbereitungen. Schwierigkeiten. Ja, ich weiß, es war nicht deutlich genug, aber … Ich wollte einfach, dass du erst einmal begreifst, wie groß diese Vision ist, wie gewaltig. Dass du siehst, was wir gemeinsam … Die Kogge!« Mühsam kam er aus seinem Stuhl hoch. »Heute Nachmittag, Lara! Heute Nachmittag erwarten wir unsere historische Hansekogge! Sie ist fertig, und alles andere … Wir könnten die Sperrwerke schließen, auf Knopfdruck! Dieses System ist … Es ist unglaublich. Ein Knopfdruck, und sie sind dicht. Kein Mensch ahnt das, und kein Mensch *kann* das ahnen, selbst wenn er draußen an der Baustelle steht. Wir sind viel, viel weiter, als du …« Erschöpft stieß er den Atem aus. »Du solltest einfach sehen«, sagte er leise. »Dann hättest du verstanden, ich bin mir sicher.«

»Schwierigkeiten?«

Was immer ich verstanden *hätte*. Aus *diesem* Wortschwall verstand ich kaum noch eine Silbe. Ja, er hatte irgendwas von Schwierigkeiten erzählt, als er mir sein Rungholtland vorgestellt hatte. Ich hatte an Probleme beim Bau der Deiche gedacht, irgendwelche Details bei der Lenkung der Gezeitenströme. Aber doch nicht an *Zombies aus dem Nebel!*

Rasmussen antwortete nicht. Er schüttelte nur noch den Kopf, wieder und wieder – und auf einmal erstarrte er.

Schritte. Stimmen, draußen auf dem Flur.

Sein Blick zuckte zu der verzierten Wanduhr zwischen Hannes' und meinem Kopf.

»Sie sind da«, flüsterte er. »Lara!« Seine Augen waren auf mich gerichtet. Flehend. Es gab kein anderes Wort dafür. »Ich bitte dich! Du musst mitspielen! Wenn du es nicht für mich tust, tu es für deinen … Tu es für Marten! Für seinen Traum. Ich schwöre, ich werde dir alles erklären, aber jetzt …«

Es klopfte. Tief sog Rasmussen den Atem ein, und noch immer schien er die Kraft zu besitzen, sich zu verwandeln, von einem Moment zum anderen. Ein kurzes Zupfen an seiner Krawatte, sodass sie den offen stehenden Hemdknopf verdeckte.

»Bitte!«, flüsterte er ein letztes Mal.

Er stand auf. »Bitte, meine Herren!«, rief er in Richtung Tür. »Jetzt habe ich Zeit für Sie.«

***Donnerstag, 21. Juni, 13:30***
***Ablaufendes Wasser, 5 h 38 min bis Niedrigwasser***
***Pegel Hallig Horn: 3,84 m über Seekartennull***

Inspektor Schmehlich drückte die Klinke, und die Tür öffnete sich ohne jeden Laut.

Henning kniff die Augen zusammen.

Das also war Ole Rasmussen: hager, etwas über mittelgroß, Maßanzug. Kerzengerade stand er hinter seinem Schreibtisch, als hätte er einen Stock verschluckt. Sofort musste Henning an seinen eigenen Vater denken.

Doch der Herr von Hallig Horn war nicht allein. Ein Junge mit wuscheliger Mähne blickte den beiden Beamten fast furchtsam entgegen.

Aber Vater und Sohn Rasmussen nahm Henning eher aus dem Augenwinkel wahr. In Wahrheit hatte er nur Augen für das Mädchen.

Wie anders sie aussah, verglichen mit der vergangenen Nacht, als der geisterhafte Nebel ihr kajalverschmiertes Gesicht beleuchtet hatte.

Sie ist wirklich hübsch, dachte er. *Wirklich*. Nicht auf diese aufgebrezelte Weise, sondern echter. Zum Anfassen hübsch.

Wobei sie ihm vermutlich die Finger abbeißen würde, wenn er es wagen sollte, sie anzufassen.

Und noch etwas war anders: der Ausdruck in ihrem Gesicht, ihren Augen. Er hatte erlebt, dass sie alles andere als auf den Mund gefallen war: Draußen in den Wiesen, umgeben von Nebel und untoten Piraten, hatte sie keine Gelegenheit ausgelassen, ihm mit ihren Sprüchen eine zu verpassen. Ihre Augen hatten Funken gesprüht im tiefsten, gefährlichsten Blau.

Davon war nichts mehr zu sehen. Nicht dass das Feuer erloschen wäre, aber es flackerte, verborgen in den Tiefen eines unergründlichen Meeres. Als wenn in diesem attraktiven Köpfchen ein ganz eigener Sturm tobte.

»Kriminalassistent?«

Schmehlich sah ihn mit gehobenen Augenbrauen an.

Henning nickte knapp, bezog den Mann hinter dem Schreibtisch in die Geste mit ein.

»Wir bedanken uns, dass Sie so kurzfristig für uns Zeit haben, Herr Rasmussen«, sagte er und hörte sich wesentlich souveräner an, als ihm zumute war.

Das Büro war nicht sonderlich groß. Mit einer einladenden Handbewegung wies der Inselherr auf zwei Besucherstühle neben dem des jungen Mädchens. Als Henning Platz nahm, war er ihr plötzlich so nahe, dass er ihre Körperwärme spürte.

Doch dafür war kein Platz. Nicht jetzt, nicht hier, nicht in diesem Moment.

Er war Kriminalbeamter. Einzig und allein deswegen war er hier.

Im Grunde hätte er sich nur eins gewünscht: dass man ihm vom ersten Moment an reinen Wein eingeschenkt hätte, warum er *wirklich* hier war – anstatt ihn im letzten

Augenblick in einem Achtzehnminutencrashkurs auf den wahren Stand der Dinge zu bringen:

Ein mittelalterlicher Freizeitpark von der Größe Kopenhagens inklusive sämtlicher Vororte. Uraltes Siedlungsland, seit Jahrhunderten vom Wasser überspült, demnächst wieder eingefasst von nigelnagelneuen Deichen. Rungholt, ihr legendäres Rungholt würde wieder zum Leben erwachen, als kleiner, quasi unabhängiger Staat, in dem das Mittelalter lebendig werden sollte, auf die absurdeste Weise.

Henning hatte nicht die geringsten Zweifel: Ole Rasmussens Vorhaben war zum Erfolg verurteilt. Leben wie im Mittelalter: ein unerfüllbarer Traum für so viele Menschen, auch Hennings eigener Traum, ganz nebenbei, mit seinem Schwertkampf-Faible.

Es war unglaublich.

Vor allem aber war dieses Vorhaben eines: eine Goldgrube.

Astronomische Summen würden in diesem Projekt verschwinden und waren mit Sicherheit bereits verschwunden, für den Bau von Deichen und Entwässerungsanlagen, für die historischen Versatzstücke, die Ausstattung, tausend Dinge. Aber mit Sicherheit würde jeder einzelne Cent wieder auftauchen, aus den Eintrittsgeldern, dem Merchandising.

Doch zuerst einmal musste Rasmussen es haben, sein Startkapital. Es gab ein Gestüt auf der Hallig, aber dermaßen gut konnte das unmöglich laufen, dass es ausreichend Gewinn abwarf für ein solches Unternehmen. Wo mochte das Geld also herkommen? Von der sizilianischen Mafia? Aus dem südostasiatischen Kinderhandel? Von der US-amerikanischen Erdölindustrie? Von afrikanischen Diktatoren mit Blut an den Händen?

Über Mangel an Bewerbern konnte sich der künftige Herrscher von Rungholt mit Sicherheit nicht beklagen. Es gab kein Finanzamt auf Hallig Horn, keine Bankenaufsicht. Keine regulären Steuern. Einzig Ole Rasmussens privaten Sparstrumpf. Das Geld, das in dieses Projekt hineinfloss, mochte schwarz sein wie die Nacht – die Scheinchen, die die mittelalterliche Tourismusmaschine wieder ausspuckte, würden blütenweiß daherkommen, obendrein noch mit dem Stempel der Förderung musealer Kultur. Steuerlich absetzbar in so ziemlich jedem Land der Welt.

Henning war sich nicht sicher, ob Inspektor Schmehlich diese Details ebenfalls erfasst hatte, doch für ihn stand fest: Das künftige Rungholtland war die gigantischste Geldwaschanlage, die ein durch und durch kriminelles Hirn ersinnen konnte.

Und wenn solche Geschäfte auf dem Spiel standen: Welche Rolle spielten da schon neunundzwanzig Menschenleben?

Henning biss die Zähne zusammen.

Das ist kein Zufall, dachte er. Nichts von dem, was hier geschieht, ist Zufall.

Am allerwenigsten, dass gerade *er* auf diesen Fall angesetzt worden war.

Nordenstjern, verflucht! Dieses seltsame Lächeln, mit dem sein Vorgesetzter ihn verabschiedet hatte.

Nordenstjern kannte Hennings familiäre Verbindungen, kannte den Audi, die teuren Anzüge, alles.

Vor allem aber kannte er Hennings Namen. Den vollständigen Namen. Und er musste auf der Stelle begriffen haben, dass dieser junge Kriminalassistent wie kein zweiter Beamter in der Lage war, auf der Stelle zu durchschauen, was das Rungholtland-Projekt *wirklich* bedeutete.

Dass Henning sich mehr oder weniger losgesagt hatte von seinem Vater, der ganzen Sippe und ihren gesellschaftlichen Kreisen, dass er die Verbindungen auf das Minimum der, nun ja, *Konto*verbindungen beschränkte – na und? Nicht Nordenstjerns Angelegenheit. Das war Hennings persönliches Problem.

Und wozu das alles?

Sein Auftrag war klar: Den Tod der Männer auf der Baustelle sollte er untersuchen. Er war ja längst dabei, gemeinsam mit dem deutschen Inspektor. Streng genommen hatte er sogar schon Tatverdächtige ausgemacht: Nebel, lebende Tote, Wasser. Viel, viel Wasser.

Ob Rasmussen damit zu tun hatte? Noch gab es keinen Hinweis darauf. Warum sollte der Mann sein eigenes Projekt sabotieren?

Aber was war schon unmöglich auf Hallig Horn?

Was, wenn der Herr der Insel tatsächlich in die Sache verwickelt war?

Erwartete Hennings Vorgesetzter ernsthaft, dass ein Polizeiassistent ersten Grades Ole Rasmussen in den Arm fiel, dem ungekrönten König von Hallig Horn, und seinen namenlosen Geldgebern?

»*Klam!*«, murmelte Henning leise. Aber nicht leise genug.

Auf einen Schlag kam ihm zu Bewusstsein, dass es vollständig still war in Ole Rasmussens Büro.

Der Mann hinter dem Schreibtisch sah ihn an. Alle sahen ihn an, auch das Mädchen.

Wobei *ansehen* es in ihrem Fall nicht traf.

Sie starrte ihn an, und ihre Augen hatten sich in Strudel aus tobendem graublauem Wasser verwandelt, die ihn an sich zu reißen schienen wie die stählernen Turbinen einer Schiffsschraube.

»Kriminalassistent?«

Inspektor Schmehlichs Stimme war beinahe sanft. Sein Ellenbogen, der exakt gegen die Prellung auf Hennings Brustkorb stieß, war es nicht.

Henning blinzelte, sah zu Rasmussen.

Der Herr der Hallig hatte die Arme auf den Tisch gestützt, das Kinn auf die gefalteten Hände gelegt, betrachtete ihn aufmerksam.

»Ich äußerte gerade, dass sie tatsächlich eine beträchtliche Ähnlichkeit mit Ihrem Herrn Vater haben, Kriminalassistent. Und welch seltsame Koinzidenz es doch darstellt, dass ich den Sohn eines meiner ältesten Geschäftsfreunde nach so langer Zeit auf diese Weise kennenlerne. Eskil muss etwa in Ihrem Alter gewesen sein, als wir uns zum ersten Mal begegnet sind.« Mit einem angedeuteten Lächeln schüttelte er den Kopf. »Der gute alte Eskil Bergstrœm, Graf Gyllenløve.«

***Donnerstag, 21. Juni, 13:34***
***Ablaufendes Wasser, 5 h 34 min bis Niedrigwasser***
***Pegel Hallig Horn: 3,83 m über Seekartennull***

Graf Gyllenløve.

Die Tür hatte sich geöffnet, und die beiden waren einfach reinspaziert.

Das Gesicht von diesem Schmehlich kannte ich sogar irgendwoher. Vielleicht war er einer der Polizisten gewesen, die letzten Herbst auf dem Schulhof angerückt waren und sich mit ihrem Prüfwagen sämtliche Mofas vorgeknöpft hatten. Die Hälfte hatten sie dann gleich mitgenommen, weil irgendeine finstere Macht offenbar die Drosselung entfernt hatte.

Doch sicher war ich mir nicht. Um mir sicher sein zu können, hätte ich denken müssen, und das war im Moment nicht drin.

Wie auch, nachdem sich Søren, mein dunkler Retter, hinter dem deutschen Inspektor in den Raum geschoben hatte, im hässlichsten Anzug, den ich je gesehen hatte.

Nein, nicht Søren: Niels-Henning Bergstrœm, dänischer Kriminalassistent. Ersten Grades.

Nein, nicht einfach Niels-Henning Bergstrœm …

Niels-Henning Bergstrœm Graf Gyllenløve.

*Ich kenne nur den alten, aber der junge soll auch nicht unrecht sein.*

Ich hörte, wie die Männer miteinander sprachen – mein Stiefvater und der Inspektor die meiste Zeit. Den Nebel und die Toten, die in ihm lebten, erwähnte niemand von ihnen. Stattdessen sprachen sie über eine Flutwelle, die an der Messstation auf Pellworm nicht registriert worden war, gleichzeitig aber ein, zwei Seemeilen entfernt an der Deichbaustelle neunundzwanzig Arbeiter das Leben gekostet hatte.

Wie hatte mein Stiefvater gesagt? *Probleme. Zwischenfälle. Schwierigkeiten.*

Neunundzwanzig tote Menschen. Und Rasmussen hatte im Voraus gewusst, wer ihren Tod untersuchen würde: Henning Bergstrœm, Graf Gyllenløve. Kein Autoknacker auf Bewährung, sondern Ermittler in Diensten von Hallig Horns hochoffizieller Schutzmacht. Und rein zufällig war sein Vater ein alter Freund von Ole Rasmussen.

Ich konnte nicht darüber nachdenken, was das bedeutete. Nicht jetzt.

Graf Gyllenløve. Als Rasmussen den Namen ausgesprochen hatte, hatte ich mich zu Henning gedreht – und war nicht mehr imstande, den Blick von ihm abzuwenden.

Zwischendurch hatte auch er in meine Richtung geschaut, aber dann, als Schmehlich ihn angesprochen hatte, hatte er sich abrupt weggedreht.

Und doch kam es mir vor, als wenn wir uns immer noch ansahen. Als ob da etwas zwischen uns war, das nur wir beide spüren konnten.

Er saß aufrecht auf seinem Stuhl, aber gleichzeitig kam er mir vor wie betäubt. Hatte Passon ihm irgendwas gegeben, damit er diesen Termin durchhielt? Als er in den Raum gekommen war, war ich einfach nur erleichtert gewesen, dass er überhaupt wieder wach war und auf zwei Beinen stehen konnte. Doch er sah schrecklich blass aus und mindestens genauso durcheinander, wie ich mich fühlte. Er gehörte ins Bett – oder aufs Sofa wenigstens, im *Blauen Salon*.

Ein Bild blitzte vor meinem geistigen Auge auf, wie ich mich mit übereinandergekreuzten Armen vor ihm aufbaute: *Du wirst dir den Tod holen, Kind, wenn du nicht auf der Stelle wieder ins Bett gehst! Du hast eine Gehirnerschütterung und wasweißichnochalles.*

Doch dazu war ich gar nicht in der Lage.

Es kam ganz langsam diesmal, ohne Eile. Die war nicht mehr nötig. Genauso wenig wie ich erst umständlich das Amulett zu berühren brauchte, das ich jetzt in meiner Hosentasche mit mir rumtrug. Die Welten waren einander so nahe gekommen, der Schleier zwischen den Zeiten so dünn geworden, dass ich wie von selbst auf die andere Seite wechselte.

Die Geräusche, die Stimmen der Männer im Büro schienen sich immer weiter zu entfernen, während sich vor die

Gegenwart das Bild der Vergangenheit schob, die doch nichts war als eine andere, eigene Gegenwart.

*Tage und Nächte waren seit meiner Rückkehr dahingegangen. Immer wieder waren wir, die Männer und Frauen des Bundes, im Kreis der Steine zusammengetroffen und hatten die einzelnen Schritte unseres Planes erörtert, während sich der Winter mit ganzer Macht über Rungholt senkte.*
*Das Brackwasser, das in den tiefer gelegenen Marschen die abgegrabenen Torfgruben füllte, war erstarrt im Atem des Frosts. Unser eigener Atem stand in Wolken zwischen uns und füllte die Steinformation wie dichter Nebel, als wir uns mit dem ersten Mond des neuen Jahres zusammenfanden, um über den entscheidenden Schritt zu befinden.*
*Jener, der von jeher der Älteste gewesen war innerhalb des Bundes, vor dem Tod meines alten Paters schon, trat in unsere Mitte und erhob seine Stimme.*
*»Die Zeit ist gekommen«, sprach er, »die Vorkehrungen sind getroffen. In dieser Nacht gilt es, das Bündnis zu besiegeln mit Luft und Erde und Wasser und Feuer.«*
*Und wir alle, die wir im Ring der Steine standen, neigten die Köpfe im Einverständnis. Auch Haakon, der hier an unserem Ort den Habit des Geistlichen abgelegt hatte und sich als der Mann des Schwertes zeigte, der er in Wahrheit war: gerüstet in Kettenhemd und schwerem Panzer, den Helm auf der Faust, sodass sein Haupt unbedeckt war. Das Licht der Fackeln brach sich auf seiner langen, golden schimmernden Mähne.*
*Gyllenløve, so riefen wir ihn: den goldenen Löwen. Doch wann immer er diesen Namen hörte, schien es*

*mir, als wenn sich seine Lippen verzogen. Und ich verstand nicht, was ihn zu dieser Grimasse bewegte – eine Form von Verachtung oder eine halb vergessene, bittere Erinnerung.*

*Ich hatte die vergangenen Wochen im Heim dieses Mannes zugebracht, verborgen vor den Augen aller, die nicht unserem Bündnis angehörten. Wir waren uns nahe gekommen, sehr nahe. Und ich hatte manches gelernt über ihn in dieser Zeit.*

*Nein, er war nicht der Feind, für den ich ihn gehalten hatte: kein speichelleckerischer Höfling, der uns unter die Knute ihres fernen Königs zwingen würde, sobald wir uns Rasmussens entledigt hatten.*

*Das Gegenteil war der Fall.*

*Haakon, der goldene Löwe, würde an der Spitze der Friesen von Rungholt ins Feld ziehen gegen den fernen Herrscher, sobald die anderen Schritte getan waren. Denn er war ein großer Kriegsherr draußen in der Welt, der schon viele Schlachten geschlagen hatte, wiewohl er doch kaum mehr Jahre zählte als ich selbst.*

*Zuvor aber galt es, das Bündnis zu besiegeln. Nun, zur dunkelsten Stunde der Nacht.*

*»Der Adler«, ertönte die Stimme des Ältesten. »Frei schwebt er in den Lüften. Unser Zeichen. Das Zeichen der Luft und der uralten Freiheit der Friesen von Rungholt unter dem Schutz des Kaiserreiches. Und der mächtige Löwe, der Herrscher der Welt. Das Zeichen der Erde und der Macht auf Erden, die wir in die Hände des goldenen Löwen legen, wenn die Stunde des Kampfes gekommen ist. Sie sollen vereint sein im Zeichen des Bundes. Das Feuer aber soll dieses Zeichen härten mit seiner sich niemals verzehrenden Flamme,*

*aus Tiefen, die kein Mensch geschaut hat. Das Feuer, das unsere Waffe sein wird, um die Macht Rasmussens zu brechen.«*

*Und ich war es, die er bei diesen Worten ansah, denn das war die Waffe, die ich ihnen gebracht hatte, geborgen zwischen meinen Brüsten.*

*»Unser Verbündeter aber soll es sein, der die Glut des Feuers stillen wird.«*

*Schweigen senkte sich über den Kreis. Selbst unser Atem schien zu verstummen, als er jenen beschwor, der der größte Feind aller Menschen an der Küste war, solange die Erinnerung der Lebenden zurückreichte. Den klammen, kalten, nassen Tod, den wir zum Werkzeug unserer Rache und Vergeltung erkoren hatten.*

*»Das Wasser.« Die Stimme des Ältesten war nicht mehr als ein Hauch, ein feuchter Nebel zwischen den Steinen. »Das Wasser, das Rasmussen und die Seinen verschlingen soll, wenn das Feuer den Weg gebahnt hat. Das Wasser soll sie an sich reißen! Dies sei unsere Gabe an unseren Verbündeten. Die Gabe aber, die wir uns für uns selbst ausbedingen, sei – unsere Freiheit. So wollen wir schwören bei Luft und Erde und Wasser und Feuer.«*

*Er sah in die Runde, und wir wiederholten die Worte, leisteten den Eid:*

*»Bei Luft und Erde und Wasser und Feuer.«*

*Und da, mit einem Mal, war ein Brausen und Donnern in unseren Ohren und ein Laut wie das grelle Kreischen von Möwen oder das Aufeinandertreffen schartiger Schwerter. Und ein Sturm und nadelspitzer Regen fauchte durch den Kreis der Steine, griff nach den Fackeln und blies sie alle aus.*

*Finsternis senkte sich über den Ort des Bundes im Herzen des unzugänglichen Gehölzes.*
*Doch als wir, wie erfroren in der plötzlichen Kälte und Nässe, die Lichter wieder entzündeten, da lag es im Zentrum des Steinkreises: Das Zeichen, getrieben aus dunklem Metall, wie keiner von uns es jemals geschaut hatte. Und es zeigte den Löwen und den Adler, Seite an Seite, gehärtet im Feuer, dessen Glut das Wasser gestillt hatte.*
*Und der Älteste trat in unsere Mitte und hob es in die Höhe…*
*Und wieder erstarrte jede Bewegung, verstummte jeder Laut. Und wieder ertönte eine Stimme, die nicht die Stimme des Ältesten war, sondern eine Stimme, die mir vertrauter erschien, je öfter ich sie vernahm, und die ich doch nicht einordnen konnte.*
»Du kennst den Ort!«

»Doch, ich denke, das ist eine Vereinbarung, mit der wir alle leben können.«

*Diese* Stimme kannte ich. Der Businesstonfall meines Stiefvaters war unverwechselbar. Trotzdem: Als ich die Augen blinzelnd öffnete, rechnete ich fast damit, seinen Freibeutervorfahren vor mir zu sehen, der sich zufrieden die Hände rieb. Irgendwo am Horizont verkündete eine einsame Rauchfahne, wo seine Piraten ein reiches Handelsschiff in Brand gesteckt hatten – nachdem sie es bis auf die letzte Stecknadel ausgeräumt hatten.

Was für eine Vereinbarung auch immer Ole Rasmussen gerade mit den beiden Polizeibeamten abgeschlossen hatte: Sie stellte ihn voll zufrieden.

Aber um das zu erfassen, musste man seine Winkelzüge und Reaktionen jahrelang studiert haben. Inspektor Schmehlich und Henning Bergstrœm glaubten wahrscheinlich noch, sie hätten ein gutes Geschäft gemacht.

Ich wollte jetzt nicht in Hennings Richtung sehen. Ich konnte nicht. Die Kälte, die sich in die Herzen der Männer und Frauen des Bundes gesenkt hatte, schien auch aus meinem Körper im Hier und Jetzt nicht vollkommen verschwinden zu wollen.

Das Zeichen! Das Zeichen des Bundes: Die Adlerhälfte dieses Zeichens beulte gerade die Tasche meiner Jeans aus!

*Es gibt kein Damals und kein Heute,* dachte ich. *In Wahrheit ist beides eins.*

Doch ich schüttelte mich.

Neunundzwanzig tote Menschen – und die Ermittlungen führte ein Mann, Haakon Gyllenløve, mit dem zusammen ich vor sechshundertfünfzig Jahren eine Art magischen Anschlag auf Ole Rasmussens Urahnen vorbereitet hatte.

Nein, ich durfte nicht darüber nachdenken. Ich musste jeden Gedanken beiseiteschieben.

Rungholtland. Nur darauf kam es jetzt an.

Rungholtland war der Traum meines Vaters gewesen. Marten Feddersens Traum. Und jetzt war Rungholtland in Gefahr.

Wenn sich herausstellte, dass Ole Rasmussen irgendwas mit dem Tod der Deicharbeiter zu tun hatte, würde ich ihn persönlich zu Möwenfutter verarbeiten.

Doch bis dahin – würde ich alles andere außer Acht lassen und tun, worum er mich gebeten hatte: *Du musst mitspielen!*

Ja, das würde ich. Für meinen Vater, für Marten.

Ich würde mitspielen – nach *meinen* Spielregeln.

Möglich, dass ich noch nicht ansatzweise durchschaute,

was für ein Spielchen Rasmussen überhaupt spielte, aber eins stand fest: Wenn er sich eingebildet hatte, er könnte mich wie ein Mensch-ärgere-dich-nicht-Weibchen hin und her schieben, dann hatte er sich geschnitten.

Ich würde nie wieder das kleine Mädchen sein, das brav in der Tür stehen blieb, während er eines seiner wichtigen Telefonate führte.

Wenn hier ein Spielchen gespielt wurde, saß ich von nun an mit am Tisch – als Spielerin.

Und irgendetwas sagte mir, dass mein Stiefvater das begriffen hatte.

Sein Blick huschte in meine Richtung, als müsste er sich überzeugen, dass ich mit allem einverstanden war.

Er war auf mich angewiesen.

»Gut«, murmelte er, setzte seine Nickelbrille zurecht und zog ein Blatt Papier heran, sah die beiden Beamten an. »Dann fasse ich noch einmal zusammen: Leider kann ich persönlich Ihnen bei Ihren Nachforschungen kaum helfen. Der Unfall hat sich weit draußen im Fallstief zugetragen. Ich selbst befand mich zu diesem Zeitpunkt hier in meinem Büro. Doch selbstverständlich habe ich das allergrößte Interesse daran, dass dieser Vorfall vollständig aufgeklärt wird, und daher haben wir Folgendes vereinbart:

Erstens: Es steht Ihnen beiden frei, hier auf der Hallig Ihre Ermittlungen zu führen, solange Sie sich im Gegenzug verpflichten, die Bräuche und Gesetze von Hallig Horn zu achten, wie sie nach alter Gewohnheit überliefert sind, und mich über jeden Ihrer Schritte auf dem Laufenden zu halten.

Zweitens: Weiterhin erkläre ich mich einverstanden, die neuen Sperrwerke erst dann zu schließen, wenn Ihre Untersuchung beendet ist. Umgekehrt verpflichten Sie sich namens Ihrer Behörden, sich aus allen übrigen Angelegenheiten von Hallig Horn und Rungholtland herauszuhalten.

Drittens: Ich gebe Ihnen jemanden an die Seite, dessen Anweisungen unbedingt Folge zu leisten ist – auch zu Ihrer eigenen Sicherheit.

In allen diesen Punkten besteht Einigkeit?«

Fragend sah er die beiden Beamten an.

Schmehlich nickte. Nach einem kurzen Zögern schloss sich Henning an – mit zusammengebissenen Zähnen. Der Mann war Kriminalpolizist. Von diesem Moment an durfte ich das keinen Augenblick vergessen. Und dass er gezwungen war, im Voraus Abmachungen mit jemandem zu schließen, der in den Kreis seiner Hauptverdächtigen gehörte, passierte ihm bestimmt nicht jeden Tag.

Zum ersten Mal in meinem Leben war ich ohne jede Einschränkung froh über den undurchschaubaren Status von Hallig Horn, der Deutsche wie Dänen zwang, dermaßen Rücksicht auf die Sippe der Inselherren zu nehmen.

»Gut«, wiederholte Rasmussen, wandte sich in meine Richtung: »Lara, mein Kind?«

»Ja, Papa?«, erwiderte ich in exakt demselben zuckersüßen Tonfall und schenkte ihm ein höflich-professionelles Lächeln.

Wenn ihn die Reaktion überraschte, konnte er das perfekt verbergen. Er sah zur Wanduhr.

»In etwa einer Stunde erwarten wir die Ankunft unserer mittelalterlichen Kogge. Ein Herzstück unseres musealen Projekts. Ich möchte die Herren einladen, uns zum Anleger zu begleiten – dem hinteren Anleger, am Fallstief, wo das Wasser tief genug ist für das Transportschiff. Auf dem Weg dorthin kann ich Ihnen ein wenig über die technische Funktion unserer neuen Sperranlagen berichten. Anschließend würde ich dann aber dich, liebe Lara, bitten, den beiden Herren als Ansprechpartnerin zur Verfügung zu stehen.«

Schmehlich räusperte sich. »Also, wie schon gesagt, was mich betrifft: Ich muss so schnell wie möglich zurück aufs Revier. Wie Frau Doktor Passon mir eben mitteilt …« Er hob sein Handy an, das vor ihm auf dem Tisch lag. »… wird heute eine zusätzliche Fähre eingesetzt. Unsere Frau Doktor ist jedenfalls schon wieder heil angekommen.«

Aus dem Augenwinkel nahm ich eine Bewegung wahr. Es kam mir vor, als ob Henning bei der letzten Bemerkung fast unmerklich aufatmete.

Rasmussen nickte zögernd. »Wenn das Ihr Wunsch ist … Selbstverständlich sind Sie uns weiterhin jederzeit willkommen. – Lara, du würdest dich also um den Herrn Kriminalassistenten kümmern?«, fragte er in meine Richtung. »Natürlich nur, wenn deine Pflichten es erlauben.«

Pflichten?

Ich gönnte mir eine Kunstpause, wog den Kopf nachdenklich hin und her. »Doch«, sagte ich schließlich. »Ich denke, das krieg ich hin.«

»Sehr schön«, murmelte er. »Wie ich Ihnen schon erläutert habe«, wandte er sich an Henning, »betreue ich lediglich das operative Geschäft, die technischen Einzelheiten, wenn Sie so wollen. Wenn es um Rungholt geht, können Sie sich jederzeit an meine Tochter wenden. Sie …« Diesmal zögerte er für eine halbe Sekunde. »Sie überrascht selbst mich immer wieder, wie gut sie sich in der Materie auskennt. Das Mittelalter ist sozusagen ihre zweite Heimat.«

Ich nickte. In meinem Magen war ein seltsames Grummeln erwacht, doch ich hatte mich unter Kontrolle. Auf meinen Lippen stand ein feines Lächeln.

*Wenn du wüsstest,* dachte ich. *Wenn du wüsstest.*

***Donnerstag, 21. Juni, 14:17***
***Ablaufendes Wasser, 4 h 51 min bis Niedrigwasser***
***Pegel Hallig Horn: 3,56 m über Seekartennull***

Henning mochte Pferde. Mit denen hatte er schon häufiger zu tun gehabt, anders als mit Kühen. Sein Vater hielt bis zu zweihundert Stuten und Hengste, daheim auf dem Gestüt im Norden Jütlands. Henning war zwar selbst kein großer Reiter, doch er hatte die Eleganz der Tiere immer bewundert. Vor allem ließ er sich von dem geschmeidigen Zusammenspiel der Muskeln faszinieren.

Und das tat er auch jetzt, wobei es nicht die beiden Zugpferde waren, die er von der Hinterbank der Kutsche – einem traumhaft schönen, offenen Landauer, der der königlichen Familie Ehre gemacht hätte – im Blick hatte.

Stattdessen sah er *ihren* Rücken, mitsamt dessen attraktiver Fortsetzung, die auf dem Kutschbock Platz genommen hatte. Lara hielt die Zügel, doch sie musste sie kaum zum Einsatz bringen. Als ob dieses Mädchen eine Einheit mit dem Gespann bildete, die Pferde sich aus freiem Willen ihren Wünschen beugten.

Natürlich war ihr Körper trotzdem ständig in Bewegung – der ihres Bruders direkt neben ihr genauso, wobei Henning den nicht mehr als nötig beachtete. Es gab keine asphaltierten Straßen auf der Insel. Jede Unebenheit schüttelte die Fahrgäste durch, verlangte ihnen einen permanenten Balanceakt ab.

Doch den meisterte niemand mit einer solchen traumwandlerischen Sicherheit wie Lara.

Sie gehört in diese Welt, dachte Henning. Rasmussen hatte irgendwas erwähnt, dass sie gar nicht auf der Insel aufgewachsen war, sondern bei Verwandten auf dem Festland, doch das konnte er kaum glauben. Lara Rasmussen war ein Teil dieser Insel, Teil einer Welt, in der es weder Autos noch Bürostunden noch Ladenöffnungszeiten gab, die den Rhythmus des Lebens bestimmten, sondern einzig das Kommen und Gehen von Ebbe und Flut. Eine vergangene Welt, die nur hier noch gegenwärtig war, auf Hallig Horn – und demnächst, wenn Rasmussen seinen Willen bekam, in ganz Rungholtland. Eine Welt, in der noch Ehre zählte und Ritterlichkeit, in der ein Mann die Dame seines Herzens mit seinem Leben beschützte – und den Kontrahenten nicht etwa aus dem Hinterhalt mit der Walther PPK umnietete, sondern ehrlich, Mann gegen Mann, mit dem blanken Schwert auf ihn losging. Henning musste dringend mal wieder trainieren. Das Kickboxen war auf die Dauer ein jämmerlicher Ersatz.

Doch er biss die Zähne aufeinander. Rungholtland – er war ja selbst kaum imstande, sich der Faszination dieses Traums zu entziehen. *Aber nicht um diesen Preis!*

Welchen Wert hatte der schönste Traum, wenn er auf Blut gebaut war?

Doch ein Traum war es auf jeden Fall, und träumen musste erlaubt sein. Mit einem leisen Lächeln betrachtete er den Rücken der jungen Frau. Dieser war wirklich …

»Verführerisch«, murmelte er.

»Kriminalassistent?«

Auf Inspektor Schmehlichs Stirn stand eine steile Falte.

Henning fasste sich mit einer unbestimmten Geste an den Kopf, murmelte etwas von *noch ein bisschen groggy nach der Sache von letzter Nacht.*

Er sah, wie Ole Rasmussen verständnisvoll nickte. Der Herr der Insel saß den beiden Beamten gegenüber, den Rücken zur Fahrtrichtung.

Am Beginn der Fahrt hatte er sich kurz entschuldigt und mit halblauter Stimme mehrere Telefonate geführt. Henning hatte den Eindruck, als ob er dabei ganz genau aufgepasst hatte, was er sagte. Kein Wort zu viel. Kaum mehr als »ja, ja« oder »nein, nein.« Einmal etwas temperamentvoller: »Nein, nicht jetzt. Unter gar keinen Umständen.« Das konnte sich auf die Deiche beziehen oder auf sonst was. Und Rasmussen hatte die beiden Beamten im Wort: keine Einmischung in irgendwelche Angelegenheiten Rungholtlands, die über den Fall hinausgingen. Die Polizisten hatten sich alle Mühe gegeben, so zu tun, als hätten sie keine Silbe mitbekommen.

Und seitdem Rasmussen seine geschäftlichen Pflichten erledigt hatte, konzentrierte er sich voll auf seine Gäste, wies hin und wieder auf eine Besonderheit hin, ein Detail der Dünenkette oder eine aufgegebene Warft, die seit Jahrhunderten vom Gras der Salzwiesen überwuchert war.

Im Grunde war der Mann der perfekte Gastgeber. Henning gefiel er trotzdem nicht. Der Herr von Hallig Horn hatte etwas an sich, bei dem sich dem Kriminalassistenten die Nackenhaare aufstellten. Er konnte es mit Worten nicht beschreiben, doch es kam ihm vor, als ob hinter Rasmussens Stirn die ganze Zeit etwas arbeitete. Als ob er jede Regung der beiden Beamten – und ganz besonders jede Regung Hennings – auf der Stelle registrierte, verarbeitete, zu einem Bild zusammensetzte und sämtliche neuen Informationen in seine Pläne einpasste.

Der Kerl kannte Hennings Vater. Schon das war quasi ein Beweis, dass er mit unsauberen Methoden arbeitete. Und er würde doppelt und dreifach vorsichtig sein, wenn er es mit Eskil Bergstrœms Sohn zu tun hatte.

»Sehen Sie dort rechts?«, wandte sich der Gastgeber an

die beiden Polizisten. Mit einer Kopfbewegung deutete er in Fahrtrichtung.

Henning kniff die Augen zusammen. Die Deiche rund um das Inseldorf hatte die Kutsche längst hinter sich gelassen. Auf dieser Seite liefen die Salzwiesen ins offene Watt aus.

Das Erste, was ihm auffiel, war der Himmel. Es war lange her, dass Henning sich mit solchen Dingen beschäftigt hatte, doch jedes Kind, das in der Nähe der Küste aufwuchs, lernte die Farben zu deuten, die der Himmel über dem Meer annehmen konnte. Diese Farbe, ein schleierartiges Grau, das sich fast unmerklich von Norden her vor das Azur zu schieben schien, löste ein unangenehmes Kribbeln in ihm aus. Das Wetter schlug um. Das waren die ersten Anzeichen, und wenn man sie nicht ernst nahm, konnte man eine böse Überraschung erleben.

Doch das war es nicht, was Rasmussen gemeint hatte.

Eine graue Schlickwüste dehnte sich vor dem eigentlichen Ufer der Insel. Im Augenblick zog sich das Wasser zurück. Der Meeresarm des Fallstiefs war eine schmale silbrige Linie in weiter Entfernung. Doch oberhalb dieser Linie schien in regelmäßigen Abständen etwas zu glitzern.

»Das sind die neuen Deiche?«, fragte Henning.

Rasmussen schüttelte den Kopf. »Mehr als Deiche. Die Technik des Deichbaus hat sich in den letzten tausend Jahren im Grunde kaum verändert. Natürlich wird etwas ganz anderes behauptet, wenn Sie den *Schimmelreiter* lesen, doch in Wahrheit hat man schon in Rungholt mit denselben Deichformen gearbeitet, wie wir es auch heute tun: ein flaches Profil zum Meer hin, an dem sich die Wellen totrollen sollten. Alles andere waren vorübergehende Experimente. Doch von nun an …«

»Ich kann nur einzelne Masten erkennen«, murmelte Henning.

»Richtig.« Rasmussen nickte. »Und mehr ist auch nicht notwendig. Wer diese Konstruktionen sieht, könnte glauben, wir ständen noch ganz am Anfang, doch in Wahrheit ist genau das Gegenteil der Fall. Die Männer, die wir verloren haben, waren eben dabei, letzte Hand anzulegen. Masten, Kriminalassistent. So simpel, so unerhört simpel. Hier, an der gefährdetsten Stelle, stehen sie eng beieinander, doch während der letzten Jahre sind sie nach und nach überall entlang der alten Grenzen des Rasmussen-Landes errichtet worden. Die rückwärtige Seite, aufs Festland zu, ist dem Meer weniger ausgesetzt, entsprechend sind dort die Abstände größer. Und entsprechend ist auch während der Überfahrt mit der Fähre nichts zu bemerken. Nun aber, mit der Anlage im Fallstief, haben wir die letzte Lücke geschlossen.«

»Aber ...« Henning legte die Stirn in Falten. »Wie wollen Sie mit Masten ...?«

Rasmussen hob die Hand. »Hören Sie mir einfach zu! Es ist kein Zufall, dass die Leute auf den Inseln bis heute an einen Windpark glauben.« Sein Mundwinkel zuckte. »Weil die Anlage nämlich auf gewisse Weise tatsächlich ein Windpark ist. Jahrtausendelang ist der Sturm von Nordwest der größte Feind des besiedelten Landes gewesen – bis heute. Wir aber machen uns die Kraft des Windes zunutze. Je stärker der Wind bläst, desto mehr Energie fließt in unsere Systeme. Wenn es etwas gibt, von dem wir hier draußen mehr als genug haben, dann ist es Wind – und Wasser natürlich. Beides werden wir in unseren Dienst stellen. Hinzu kommen neue experimentelle Werkstoffe aus der Weltraumforschung und ... Nun, stellen Sie sich eine Art Kraftfeld vor. Meterhohe Barrikaden, die den Blick auf das Meer versperren, sind nicht länger notwendig. Die Elemente werden im Zaum gehalten – durch die Macht der Elemente selbst. Die Energie statischer Felder. Sobald ich die Anweisung gebe, wird die Linie der Masten eine undurchdringliche Barriere gegen das Wasser bilden: undurchdringlich zumindest in einer Richtung – landeinwärts. In der umgekehrten Richtung dagegen bilden sie keinerlei Hindernis. Mit der Ebbe werden die Fluten ungehindert ablaufen, der Wasserspiegel wird nach und nach sinken – den Rest erledigen dann Pumpwerke und Entwässerungssysteme auf die herkömmliche Weise. Das Entscheidende ist: Es kommt kein neues Wasser nach. Ganz gleich, wie stark die Flut auch aufläuft. Je stärker der Druck des Wassers auf die Kraftfelder, je gewaltiger die Wut des Windes, die sich in unseren Turbinen fängt, desto mächtiger werden die unsichtbaren Wälle um Rungholtland.

Wir werden nicht gegen die Gewalten der Natur ankämpfen, Kriminalassistent. Diesen Fehler hat man jahrhundertelang gemacht. Die Elemente selbst werden diesen Kampf führen, in unserem Namen.«

Henning hatte den Herrn von Hallig Horn im Blick, doch Rücken an Rücken mit ihm, auf dem Kutschbock, saß Lara. Und der Kriminalassistent glaubte zu erkennen, dass sich ihre Haltung während Rasmussens Monolog verändert hatte. Sie hörte ganz genau zu. Was Rasmussen da erzählte, klang unglaublich. Pure Science-Fiction. Henning selbst hätte kein Wort davon geglaubt, wäre er sich nicht so sicher gewesen, dass bereits Unsummen in dieses Projekt investiert worden waren.

Aber Lara – sie musste das doch hundertmal gehört haben! Wie Rasmussen es dargestellt hatte, war dieses junge Mädchen der eigentliche, offizielle Kopf von Rungholtland. Sie würde es sein, die diesen offiziellen Kopf hinhalten musste, sollte irgendwas schiefgehen.

War es denkbar, dass das, was Rasmussen erzählte, für sie genauso neu war wie für Henning selbst?

Er spürte die Augen des Inselherrn auf sich. Nein, dieser Blick gefiel ihm nicht. Doch jetzt hob Rasmussen wie beiläufig die Schultern.

»Wenn Sie noch genauer wissen wollen, wie das alles funktioniert, können Ihnen unsere Wissenschaftler das in allen Details erklären. Wir haben im Dorf eine technische Zentrale eingerichtet.« Sein Mundwinkel zuckte. »*Unter* dem Dorf, genauer gesagt. Gesichert gegen Nuklearschläge, Erdbeben, was Sie nur wollen. Gegen Angriffe aus dem Cyberspace. Unsere kreativen Routinen übertreffen selbst die Sicherheitsvorkehrungen des Pentagon um den Faktor sechzehn. – Fragen Sie mich jetzt nicht, was das genau bedeutet, aber das haben mir die Techniker versichert. Das Dorf wird übrigens der einzige Bereich des neuen Rungholtlandes sein, an dem Elektrizität noch funktionieren wird, wenn die Systeme aktiviert sind.«

»Elek...«

Rasmussen winkte ab. »Wie gesagt: Fragen Sie die Techniker. Hängt mit den Kraftfeldern zusammen. Die Hallig selbst in ihrem gegenwärtigen Umfang ist davon ausgenommen. Dort werden die Ausfälle nur die Telekommunikation betreffen.«

Henning nickte stumm. Mit jedem neuen Wort wurde dieses Projekt irrsinniger, bizarrer. Er konnte nicht ansatzweise überblicken, was das alles kosten musste, doch ein einziges Milliardenvermögen hätte dafür kaum ausgereicht.

»Verstehen Sie jetzt?«, murmelte Rasmussen. »Das ist das Besondere an unserer Vision: Jeder Mensch kann heute auf einen Survival-Trip in den Dschungel gehen. Doch der Zivilisation läuft er damit nicht davon. Ein Griff in die Jackentasche, und schon haben Sie die ganze Welt am Hörer. In Rungholtland dagegen wird Ihr Mobiltelefon nicht funktionieren, Ihre batteriebetriebene Uhr auch nicht und Ihre Digitalkamera genauso wenig. Die Menschen werden es spüren, jeden Augenblick, und vielleicht... Vielleicht werden wir alle etwas über uns lernen«, sagte er leise. »Und doch können wir den Gästen Rungholtlands gleichzeitig ein Maß an Sicherheit versprechen wie nirgendwo sonst an der Küste. Das ist der neue Weg, Kriminalassistent. *Unser* Weg. Seit tausend Jahren und länger geht der Kampf zwischen Mensch und Wasser hin und her. Mal lag der Mensch in Führung, doch das Meer hat immer wieder zurückgeschlagen. Beim Untergang von Rungholt zum Beispiel. Weil wir das Meer als unseren Feind betrachtet haben. Jetzt erst, da wir lernen, uns die Kraft der Elemente selbst zunutze zu machen, wird unser gewaltiges Experiment möglich.«

Henning war hin und her gerissen, und fast widerstrebend nickte er. Was auch immer diese Vision sonst noch war: *Gewaltig* war sie auf jeden Fall.

Aber im nächsten Moment kniff er unwillkürlich die Augen zusammen.

»Und was ist *das?*«, fragte er.

Rasmussen hob irritiert die Augenbrauen, rutschte ein Stück zur Seite, um am Kutschbock und den Pferden vorbei nach vorn zu sehen.

Er kam nicht mehr dazu.

Plötzlich spannte Lara sich an, riss an den Zügeln. Ein Ruck ging durch die Kutsche, das Fuhrwerk ächzte. Die Pferde wieherten auf, bockten, schienen einen Moment lang zur Seite ausbrechen zu wollen.

Dann stand das Gefährt still.

»Verflucht!«, knurrte Schmehlich an Hennings Seite. »Was war das?«

»Merkur!«

Der Kopf war plötzlich da, blickte über den Rand der offenen Kutsche, als wäre die gedrungene Gestalt in Sekundenschnelle aus dem Marschboden gewachsen.

»*Gorm!*« Der Inselherr sprach den Namen nicht laut aus. Henning las ihn von Rasmussens Lippen, bevor seine Augen zu dem Kopf zurückkehrten und zu dem Körper, der ihn trug.

Beide waren bemerkenswert: der Körper hauptsächlich wegen der Verpackung, der altertümlichen Weste und der ausgeblichenen Kniebundhosen, die der Kriminalassistent auf Anhieb etliche Hundert Kilometer weiter südlich angesiedelt hätte. Der Kopf dagegen: Auf seine Weise sah auch er verpackt aus, nur nicht ganz so sorgfältig. Wie eine Zwiebelknolle vom Vorjahr, von der sich die äußeren Schichten schon abzulösen begannen, allerdings nur, um eine neue bräunlich altersfleckige Umhüllung zum Vorschein zu bringen.

Der Alte hätte genauso tot ausgesehen wie die Nebelkreaturen, wären da nicht die Augen gewesen: winzig, beinahe schwarz – aber wieselflink huschten sie von einem Gesicht zum anderen.

»Schau an, der junge Rasmussen«, murmelte der Mann, den der Inselherr *Gorm* genannt hatte. »Ich hätt's mir denken können.« Doch es war nicht der Junge auf dem Kutschbock, den er dabei ansah, sondern Ole Rasmussen selbst.

»Gorm«, wiederholte Hennings Gastgeber. Diesmal war der Name zu hören. Möglicherweise das erste Wort heute, das er nicht im Voraus einstudiert hatte, bevor er es von sich gab.

»Ihr habt Merkur kaputtgemacht!«, schnauzte Gorm. »Seit heute Morgen war ich an der Arbeit, und jetzt kann ich von vorn anfangen!«

Der Alte humpelte einen Schritt von der Kutsche zurück, gestützt auf einen abgewetzten Krückstock, wies mit einer knappen Bewegung in die Runde.

Jetzt wurde Henning klar, was er gesehen hatte, kurz bevor das Gefährt so unerwartet zum Stehen gekommen war. Hohe Pfähle steckten im Boden, ein halbes Dutzend auf dieser Seite des kaum erkennbaren Fahrwegs, weitere auf der anderen, in einem Umkreis von zwei-, dreihundert Metern verteilt.

Doch schon schob sich der Alte wieder ins Bild. »Du weißt, was ich davon halte, wenn du über meinen Grund und Boden fährst, ohne mir vorher Bescheid zu geben, Ole Rasmussen!« Die funkelnden Äuglein fixierten den Inselherrn. »Dachtest, der alte Gorm wär' tot und begraben, was? Oder so gut wie, hm? *Na?* Na, sag schon! Aber mach dir bloß keine Hoffnungen! Dich schaff ich auch noch. Hast auch schon jünger ausgesehen.«

Henning beobachtete, wie sich in Rasmussens Kehle etwas auf und ab bewegte, doch bevor der Herr der Hallig den Mund öffnen konnte, drehte sich auf dem Kutschbock sein Sohn zu ihnen um. »Hi, Gorm!«

Der Alte blinzelte überrascht. »He, Junge, das nenn ich mal 'ne Überraschung! Alles senkrecht so weit? Was macht der Hai-Skohr?«

»Hai…« Henning konnte nicht anders. Er war einigermaßen stolz darauf, dass er das Deutsche beherrschte wie seine Muttersprache. Wenn er auf irgendein Wort stieß, das ihm nichts sagte, *musste* er nachfragen.

Ein Grinsen breitete sich auf Rasmussen juniors Gesicht aus. »Highscore bei 127«, verkündete er stolz.

»Donnerlittchen«, murmelte Gorm. »Muss ich mich wohl ranhalten beim nächsten Mal.«

Das Grinsen des Jungen wurde noch eine Spur breiter, doch mit einem Mal gefror es. Er senkte den Blick. »Ich hab ihm so ein Retro-Game mitgebracht neulich«, murmelte er. »So was wie *Space Invaders*, nur mit Deichen. Und das haben wir dann halt …« Seine Stimme versickerte.

Verwirrt sah Henning in die Runde. Was hatte der Junge? Sämtliche Insassen der Kutsche hatten den kurzen Dialog staunend verfolgt. Lediglich auf Laras Gesicht war kurz ein Lächeln aufgezuckt. Ihr Vater dagegen …

Rasmussens Augen waren zu Schlitzen geworden. Dünn wie Messerklingen bewegten sie sich zwischen seinem Sohn und dem wunderlichen Greis hin und her, bis sich seine Gestalt plötzlich straffte.

»Wie ich sehe, hat mein Sohn deinen Grund und Boden betreten«, wandte er sich an Gorm. »Ich entschuldige mich dafür und werde Sorge dafür tragen, dass das nicht wieder vorkommt. Auch für das hier …« Er holte Luft. »Wenn wir einen Schaden verursacht haben, werde ich meine Arbeiter anweisen, ihn zu beheben.«

»Ach ja?« Gorms Augen funkelten zornig. »Was du hier siehst, ist ein planetares Modell. Nein, es *war* ein planetares Modell – bis ihr hier aufgetaucht seid! Ein Modell, das die Konjunktionen innerhalb des Sonnensystems beschreibt, sowie einige weitere Faktoren. Den Einfluss des Kometen. Ihr habt Merkur umgefahren, und jetzt stimmt der Winkel nicht mehr. Und die Räder von eurem Fuhrwerk stehen auf der Milchstraße!«

Neugierig beugte sich Henning über den Rand der Kutsche und sah auf den Fahrweg. Muschelschalen. Der Boden war übersät von Tausenden und Abertausenden von Muschelschalen, die sich wie eine unregelmäßig geformte, verhalten schimmernde Bahn in die Salzwiesen hineinzogen.

»Und wozu haben Sie das gebaut?«, fragte er automatisch.

Gorm kniff die Augen zusammen, als hätte er den Kriminalassistenten eben erst bemerkt. Das Funkeln im Blick des Alten schien sich zu verstärken, tiefer zu werden, wie die einsamen Sterne in der vergangenen Nacht, in der Schwärze über Hallig Horn. Heute Nacht? Nein, früher. Sehr viel früher. Mit einem Mal war da ein Summen in Hennings Kopf, ein Gefühl wie ein Strudel, der ihn zurückriss in einen Traum, der ... Nein, kein Traum. Mehr als das.

*Es war am Tage der heiligen Lucia, dem Tag des Jahres, an dem sich die Nacht am frühesten über die Erde senkt: Mit der rasch hereinbrechenden Dämmerung kam ein ferner Lichtpunkt in Sicht ...*

Doch in diesem Moment wandte sich der Blick des Alten ab, bewegte sich weiter in Richtung Kutschbock, bis er an Lara hängen blieb.

»Da seid ihr also«, murmelte er.

Das Mädchen sah den Alten an, mit einem Gesichtsausdruck, aus dem Henning nicht schlau wurde. Sie schien etwas sagen zu wollen, doch Gorm hob die Hand.

»Die Gezeiten«, sagte er mit einer Stimme, die sich im Flüstern des Windes über dem Gras fast verlor. »Ebbe und Flut sind Diener des Mondes – und der Sonne. Erde, Mond und Sonne: Wenn sie sich wie Perlen an einer Schnur reihen, ist ihre Macht am größten: an Vollmond und an Neumond.«

Henning hatte das Gefühl, als ob im Gesicht des jungen Mädchens etwas aufblitzte. Dasselbe wie bei ihm, oder doch ganz anders? Eine unbehagliche Erinnerung?

»Und es gibt viele weitere Faktoren«, fuhr der Alte fort. »Unbedeutend jeder für sich, aber schicksalhaft in ihrer Gesamtheit. Andere Himmelskörper: die Planeten. Und es gibt den Kometen.«

»Was… was für ein Komet?« Lara schien ihre Sprache wiedergefunden zu haben.

»Was für ein Komet?«, knurrte der Greis. »Was für ein Komet?«, äffte er nach. »Was willst du wissen? Seinen Namen? Glaubst du, davon wirst du klüger? Namen…«, murmelte er. »Namen sind nicht das, was wirklich wichtig ist. Er ist der Komet und…«

Auf einmal war sein Blick auf den Herrn der Insel gerichtet.

»Er wird kommen, Rasmussen! Ich habe es dir einmal gesagt, und ich habe es dir wieder gesagt. Er ist einmal gekommen, und er wird wiederkommen, und niemand kennt die Stunde, bis sie nahe ist. Und nun sage ich dir: Sie ist nahe! Morgen – oder Jahre in der Zukunft. Aber bald. Sehr, sehr bald. Ich hätte es dir auf die Stunde genau sagen können, doch ihr musstet Merkur ja kaputtmachen. Aber so oder so – ich sage es dir ein letztes Mal: Tu es nicht! Ich weiß, was du vorhast, und ich sage dir: Tu es nicht, oder es muss alles noch einmal geschehen. Alles…«

Er schien neu ansetzen zu wollen, doch dann neigte er den Kopf. »Muss neue Stöcker suchen«, murmelte er. »Und jetzt verschwindet, hört ihr?«

Ein letztes Mal veränderte sich das Funkeln in seinen Augen, und nun schien es blanker Hass zu sein, der aus ihnen sprach:

»*Verschwindet von meinem Land!*«

*Donnerstag, 21. Juni, 15:04*
*Ablaufendes Wasser, 4 h 04 min bis Niedrigwasser*
*Pegel Hallig Horn: 3,36 m über Seekartennull*

Die Atmosphäre in der Kutsche hatte sich verändert, seitdem wir Gorm begegnet waren. Sie waren in meinem Rücken, Rasmussen und die beiden Beamten, doch ich brauchte sie nicht anzusehen, um es zu wissen.

Die Sicherheit meines Stiefvaters war erschüttert. Wahrscheinlich bekamen die Polizisten gar nichts davon mit, aber ich spürte es, hörte es aus seinen Worten, wenn er einen Moment zögerte, bevor er eine von Hennings Fragen beantwortete.

Zwei Tiefschläge innerhalb weniger Stunden, das steckte selbst ein Ole Rasmussen nicht ohne Weiteres weg. Zuerst hatte ich ihn damit konfrontiert, dass ich sehr viel mehr wusste, als er in seinen finstersten Träumen geahnt hatte, und nun: Gorm.

Henning ließ nicht locker. Er wollte alles über den Alten wissen. Warum nahm Rasmussen eine solche Rücksicht auf ihn? Was hatte es mit Gorms Grund und Boden auf sich? War nicht die gesamte Insel ein Besitz der Rasmussens? Hätte der Herr der Hallig den Alten womöglich von Anfang an in seine Pläne einbeziehen müssen?

Die Antworten meines Stiefvaters wurden immer einsilbiger. Der Ton blieb höflich, doch ich merkte, dass ihm diese Fragerei ganz und gar nicht schmeckte.

Nein, Ole Rasmussen mochte es überhaupt nicht, wenn er auf seinem ureigenen Terrain in die Enge getrieben wurde: auf dem Schlachtfeld der geschäftlichen, politischen, diplomatischen Formulierungen, auf dem jedes Wort mindestens drei Bedeutungen hatte. Und ich staunte, als ich feststellte, dass ihm ausgerechnet mein dunkler Retter ein ebenbürtiger Gegner war.

Am Ende blieb Rasmussen nichts anderes übrig, als in beinahe sanftem Tonfall darauf hinzuweisen, dass die beiden Polizisten sich doch verpflichtet hätten, sich aus allen Angelegenheiten herauszuhalten, die nicht unmittelbar mit den Deichen zu tun hatten. Doch dieses Gesäusel konnte nicht darüber hinwegtäuschen, dass er gerade die Notbremse gezogen hatte.

Das Gespräch verstummte. Ein unbehagliches Schweigen senkte sich über die Kutsche.

*Nicht gut,* dachte ich. Anstatt mir klammheimlich darüber ins Fäustchen zu lachen, dass ihm schon wieder eine verpasst worden war, sollte ich daran denken, dass ich auf seiner Seite stand – ob ich wollte oder nicht.

Es ging immer noch um Rungholt, um den Traum meines Vaters, der plötzlich zum Greifen nah schien – wenn Rasmussen nicht doch noch alles versiebte. Hätte er mir von Anfang an die Wahrheit gesagt, hätte ich ihm jetzt helfen können, aus der Bredouille zu kommen. Hätte, hätte, hätte.

Irgendwie war eine von meinen Haarsträhnen in meinen Mund gekommen. Jedenfalls stellte ich fest, dass ich auf ihr rumkaute. Wütend spuckte ich sie aus.

»Verdammt!«, zischte ich.

Hannes schielte zu mir rüber, doch er sagte kein Wort.

Verdammte Haarkauerei! Das hatte ich mir doch abgewöhnt. Seit Leo. Sylke hatte immer gemeint, das hätte was mit Nervosität zu tun. Wahrscheinlich hatte sie recht, obwohl ich das natürlich niemals zugegeben hätte.

Super. Andere Leute machten Urlaub, um sich zu erholen. Ich war die Einzige, die es fertigkriegte, sich innerhalb von zwei Tagen in ein nervliches Wrack zu verwandeln.

Aber war das ein Wunder?

*Ich weiß, was du vorhast,* hatte Gorm gesagt. *Tu es nicht!*

Wir alle wussten inzwischen, was Ole Rasmussen vorhatte, aber nur Hannes und ich wussten, dass es einen Menschen gab, der noch sehr viel mehr wusste – mehr womöglich als Rasmussen selbst.

*Gorm fragen.* Ich brauchte nicht mal die Augen zu schließen, um Martens kaum leserliche Buchstaben vor mir zu sehen. Und mehr denn je kamen sie mir vor wie eine Anweisung, ein Befehl: *Frag Gorm! Gorm hat die Antworten!*

Gorm war der Einzige mit Ausnahme meines Stiefvaters, der die verschnörkelte *Chronica* kannte. Die Abbildungen des Nebels, der Zombies, meines Adleramuletts. Wie kein Zweiter wusste Gorm, was damals geschehen war, als die Flut über Rungholt hereinbrach.

Ich war auf dem Weg zu ihm gewesen – doch ich war niemals dort angekommen.

Aber jetzt, gerade eben, hatte ich meine Chance gehabt. Und alles, was ich über die Lippen gekriegt hatte, war ein jämmerliches *Was für ein Komet?*

Mit Sicherheit nicht die Frage, auf die der Alte gewartet hatte. Wenn er überhaupt auf irgendwas gewartet hatte – oder auf irgendjemanden, abgesehen von dem namenlosen Kometen.

Doch genau das war es gewesen: Er *hatte* auf jemanden gewartet.

*Da seid ihr also.*

Der Alte hatte mich angesehen. Mich und Henning, der in meinen Erinnerungen schon damals hier gewesen war, vor sechshundertfünfzig Jahren.

War es möglich, dass auch Henning solche Erinnerungen

hatte? Er war ganz anders, seitdem er aus diesem komaartigen Zustand erwacht war, sehr viel ernster.

Ich war vollkommen durcheinander. Vor mir bewegten sich in bravem Gleichklang die Hinterteile von Freyja und Forseti, und gleichzeitig wusste ich, dass Henning Bergstrœms Blick auf meinem Rücken lag. Er grübelte – über dieselben Dinge wie ich. Oder doch fast. Er grübelte – über mich? Ich konnte beinahe spüren, wie seine Augen über mein Haar glitten, das ich jetzt wieder offen trug, nachdem ich zehn Minuten lang das *Extra strong*-Gel ausgespült hatte. Ich spürte, wie sie nach unten wanderten, über meinen Rücken und – noch tiefer?

*Das* konnte unmöglich mit irgendwelchen jahrhundertealten Geschichten zu tun haben. Ich sollte meinem Bruder die Zügel in die Hand drücken, nach hinten klettern und dem Kerl eine zimmern. Doch auf der anderen Seite …

*Du bist völlig durch den Wind! Du weißt ja kaum noch, ob du Männchen oder Weibchen bist.*

Nein! Ich wollte diese Stimme jetzt nicht hören!

Und in Wahrheit fühlte ich mich im Moment so sehr als Weibchen wie ziemlich lange nicht. Denn diese Blicke, die sich mit sonst was für Gedanken über meine Haare, meinen Rücken, meine Hüften und meinen Hintern bewegten – auf eine schwer zu beschreibende Weise fühlte sich das *aufregend* an. Plötzlich waren da wieder Erinnerungen an Dinge, die ich in der letzten Nacht kaum zur Kenntnis genommen hatte, so schnell war alles gegangen.

Wie dieser langhaarige Kerl plötzlich aus dem Nebel aufgetaucht war, mich angestarrt hatte mit einem Blick, aus dem ein IQ knapp oberhalb von Toastbrot-Niveau zu sprechen schien: *Sie?* Wie er mich einfach gepackt, mich rabiat nach hinten gestoßen hatte. Meine Schulter tat immer noch weh an der Stelle, an der er zugepackt hatte. Wie wir uns Rücken an Rücken gedrückt hatten, als die Toten uns umringten. Seine verspannten, eisenharten Muskeln.

Nein, Euer Ehren. Keine weiteren Fragen.

Der berühmte, vage brutale, dunkle Fremde. Genau der Typ, der Tanja den Kopf verdrehte – und bei dem *ich* die Augen verdrehte, wenn so ein Exemplar auf der Bildfläche auftauchte. Wie konnte irgendeine Frau mit Verstand auf so einen Typen reinfallen?

Das war der letzte und endgültige Beweis: Irgendwann während der letzten sechsunddreißig Stunden musste ich den Verstand verloren haben.

Selbst mit Pferdeschwanz: Er gefiel mir.

Ich konnte mich dagegen wehren, mich innerlich verfluchen. Ich konnte meine Hände zu Fäusten ballen, dass die Knöchel weiß hervortraten.

Nein, mir gefiel ganz und gar nicht, dass er mir gefiel. Aber es hatte keinen Sinn, mir länger etwas vorzulügen. Er *gefiel* mir.

Wir waren auf dem Weg zur Anlegestelle an der Rückseite der Insel. In diesem Moment passierten wir die nördlichsten Ausläufer der Dünenkette. Jeden Augenblick musste das Transportschiff in Sicht kommen, das die Hansekogge trug, gezimmert nach Originalplänen aus der Rungholtzeit. Martens aufregendster, kühnster, sehnlichster Traum.

Und ich hatte Mühe, an etwas anderes zu denken als an Niels-Henning Bergstrœm, Graf Gyllenløve.

Und an die Worte, die uns der alte Gorm – ein Wesen, das einem alttestamentlichen Propheten so nahe kam, wie das möglich schien auf einer nordfriesischen Hallig – fast als Letztes nachgeschrien hatte: *Es muss alles noch einmal geschehen!*

Ich war achtzehn Jahre alt. Ich hatte endlich die Chance, über mein eigenes Leben zu bestimmen. Ich, einzig und allein.

Und plötzlich fragte ich mich, ob es überhaupt etwas gab, bei dem ich wirklich die Wahl hatte, mich in die eine oder andere Richtung zu entscheiden.

***Donnerstag, 21. Juni, 15:11***
***Ablaufendes Wasser, 3 h 57 min bis Niedrigwasser***
***Pegel Hallig Horn: 3,31 m über Seekartennull***

Das Schiff war gigantisch. Ein Berg aus mattgrauem Stahl, mehrere Hundert Meter lang vom Bug bis zur gewaltigen Schiffsschraube. Unvorstellbar, dass so etwas schwimmen konnte. Ich hatte noch nie erlebt, dass ein solches Monstrum in die Gewässer des Rasmussen-Landes eingelaufen war. Was hätte es dort auch zu suchen gehabt? Einen echten Hafen gab es nicht, und nur hier, jenseits der Dünenkette und am Rande des Fallstiefs, wo das Wasser selbst bei Ebbe bis nahe an die Insel reichte, konnte das Ungetüm überhaupt so nahe an Hallig Horn herankommen.

Und zwanzig Meter über uns, auf der Frachtplattform, thronte sie: die Kogge. Das funkelnde Juwel in der Krone von Marten Feddersens Rungholtland.

»Sie ist wunderschön«, murmelte ich. Dabei war sie noch halb verpackt, die Segel eingerollt, um die Stabilität während des Transports nicht zu gefährden.

Ich tauschte einen Blick mit meinem Stiefvater und sah, dass auch seine Augen leuchteten.

Ob er in diesem Moment an seinen Freund Marten

dachte? Was hätte ich selbst dafür gegeben, ihn jetzt bei uns haben zu können!

Gebannt beobachteten wir, wie an Bord des Ozeanriesen ein mächtiger Schwenkkran seine Arbeit aufnahm. Eine Art Greifvorrichtung senkte sich herab, dem Mast der Kogge entgegen. Ich stellte fest, dass ich automatisch den Atem anhielt. Der Kran, die gesamte Ladevorrichtung, bestand aus schwerem Stahl. Wenn dieses Monstrum einfach zupackte wie mit der Baggerschaufel…

Doch als der Schwenkarm sich zentimeterweise wieder hob, erkannte ich, dass er eine Art überdimensionierten Karabinerhaken gepackt hatte, eine Seilwinde, über die Dutzende schwerer Taue liefen, die sich nun ruckartig strafften. Die Kogge… sie schwebte über dem Schiff, hing in einem eng geknüpften Netz von Seilen wie in einem gigantischen Präsentkorb. Unendlich langsam schwenkte sie über die Bordwand hinweg, wurde hinabgelassen, der unruhigen Wasserfläche entgegen.

Heute Morgen war es fast windstill gewesen, doch seit dem Mittag hatte sich die Brise wieder verstärkt. Es konnte ein Zufall sein, doch seit der Begegnung mit Gorm schien sie sich in einen echten Sturm zu verwandeln. Düsteres Gewölk näherte sich vom Horizont, und mir war schon aufgefallen, dass sich das Wasser mit der einsetzenden Ebbe kaum vom Ufer zurückgezogen hatte.

Die Bewegungen des Krans wurde noch langsamer. Der Kiel der Kogge berührte die schaumgekrönten Wellen und – sie schwamm. Wie von selbst lösten sich die Taue, der Schwenkarm hob sich wieder.

Automatisch fing ich an zu klatschen, und Rasmussen, Hannes, Schmehlich, selbst Henning schlossen sich an. Unsere Kogge war da!

Bis zu diesem Moment war alles, was ich von Marten Feddersens Rungholtland zu sehen bekommen hatte, eine Präsentation auf Blue Ray gewesen und die Ahnung von stählernen Masten weit in der Ferne.

Diese Kogge aber, dieses Schiff – das war Wirklichkeit. Sie schwamm tatsächlich. Ich konnte sie sehen, konnte hören, wie der Wind sich knatternd in den Segeln fing. Wenn ich wollte, konnte ich sogar …

»Na?« Die Augen meines Stiefvaters funkelten. »Wollen wir mal an Bord gehen?«

»Einfach …« Ich schluckte. »Einfach so?«

Über seine Schulter sah ich, dass das Transportschiff eine Art Schaluppe zu Wasser ließ. Irgendwelche Offiziellen wahrscheinlich, die sich die Übergabe der Kogge quittieren lassen wollten.

Unten am Landungssteg lag das kleine Boot vertäut, auf dem ich gestern mit Folkhard Mommsen zur Sandbank rausgefahren war. Mommsen, der verschwunden war – seit dem Zeitpunkt, an dem er mich hier an dieser Stelle wieder abgesetzt hatte. Rasmussen hatte das ganz nebenbei erwähnt, als er mich beim Aufbruch gebeten hatte, die Zügel zu nehmen. Mein Stiefvater schien sich jedenfalls keine Sorgen zu machen – aber was bedeutete das schon bei jemandem, für den neunundzwanzig tote Menschen ein kleiner Zwischenfall waren?

Doch selbst ich musste zugeben, dass ich mir um den alten Seebären keine großen Sorgen machte. *Fische können nicht ertrinken,* dachte ich.

Ein übler Beigeschmack blieb trotzdem. Mommsens Boot, Gorms Grund und Boden. Ich würde mich nie daran gewöhnen, dass Ole Rasmussen diese Insel gehörte, mit Mann und Maus und allem, was dazugehörte. Dass er sich alles einfach nehmen konnte, wenn es ihm in den Kram passte. Die meisten Leute würden sich sogar noch geschmeichelt fühlen.

»Okay«, murmelte ich, sah meinen Bruder an, die beiden Polizisten. Henning Bergstrœms Gesichtsfarbe hatte exakt denselben Ton wie die schmutzig weißen Gischtkronen auf dem Fallstief.

»Finden Sie nicht…« Er schluckte, hörte sich aber immer noch an wie Sandpapier in vierziger Körnung. »Finden Sie nicht, dass wir von hier aus einen viel besseren Blick haben?«

Ich kniff ein Auge zusammen. Ein Bär von einem Mann, nach wie vor. Eisbär im Moment nach der Gesichtsfarbe. War es möglich, dass mein dunkler Beschützer ein klitzekleines Problem mit *Wasser* hatte? Als ich ihm auf der Fähre erzählt hatte, dass wir immer noch auf dem Wasser waren, war er auf der Stelle wieder ohnmächtig geworden. Aber warum hatte er dann ausgerechnet einen Job auf einer Insel angenommen?

Ich konnte ihn schlecht danach fragen. Wenn überhaupt, musste ich einen Moment abpassen, in dem mein Stiefvater nicht gerade daneben stand.

Und vor allen Dingen…

Du warst mir schon vor sechshundertfünfzig Jahren am Anfang nicht geheuer, dachte ich. Ich werd' schon meine Gründe gehabt haben.

»Okay«, sagte er schließlich, doch das war kaum zu hören.

Hannes war schon auf halbem Weg zum Steg und machte das Boot fertig. Nacheinander kletterten wir an Bord. Es war gerade groß genug für uns alle. Henning konnte meine Hilfe beim Einsteigen offenbar gut gebrauchen. Seine Hand fühlte sich an wie ein toter Fisch. Die Körpertemperatur war ebenfalls identisch.

»Panama«, murmelte er, als der Motor aufröhrte. Sein Blick war auf das Transportschiff gerichtet, die bunten Wimpel am Heck.

Rasmussen nickte. »Viele Schiffe fahren unter der Flagge Panamas. Aus steuerlichen Gründen.«

Hennings Wangenknochen traten hervor, dass man Angst haben musste, sich an ihnen zu verletzen, wenn man ihm zu nahe kam, doch er sagte kein Wort mehr.

Als wir die Kogge erreichten, war die Abordnung des panamesischen Transporters bereits an Bord gegangen und ließ uns eine Strickleiter herab.

Einer nach dem anderen kletterten wir hoch, versammelten uns an der Reling. Ich hatte eine Gänsehaut, als meine Finger über das raue Holz strichen. Unsere Kogge, ein nagelneues uraltes Schiff.

Rasmussen zog sich mit dem Chef der Transportercrew ein paar Schritte zurück, um die Einzelheiten des Vertrags abzuwickeln. Diesen Part sollte er bloß weiterhin machen, dachte ich. Seine geschäftlichen Details. Ich war einfach nur froh, dass das Schiff überhaupt da war.

Henning klammerte sich am Tauwerk der Takelage fest, blickte stumpf zu Boden, auf die Füße der Seeleute.

Plötzlich hatte ich ein schlechtes Gewissen, weil ich ihn mehr oder weniger gezwungen hatte, diesen Ausflug mitzumachen. Schließlich hatte ich nicht die Spur einer Ahnung, warum er diesen Horror vor dem Wasser mit sich rumschleppte.

Was immer ich sonst noch war: Ich war jetzt seine offizielle Ansprechpartnerin, und dieser Mann war ein offizieller Ermittler. Von seiner Arbeit hing es ab, ob Rungholtland an den Start gehen konnte. Gar nicht gut, wenn er meinetwegen einen Knacks fürs Leben kriegte.

»Haben Sie sich schon mal mit mittelalterlicher Schifffahrt beschäftigt?«, fragte ich freundlich und legte ihm eine Hand auf den Arm.

Er zuckte zusammen, starrte sie an, als hätte er noch nie eine Hand gesehen.

Stumm schüttelte er den Kopf.

Ich schluckte. Ein härterer Brocken als erwartet.

»Die Kogge… äh, die Kogge war so etwas wie die Königin der Schiffe«, erklärte ich. »In diesem gewaltigen bauchigen Schiffsrumpf konnten Sie eine Ladung in einer Größenordnung verstauen, von der man bis zu diesem Zeitpunkt nicht mal hatte träumen können. Und gleichzeitig waren die Schiffe ungeheuer stabil, lagen selbst bei schwerem Sturm sicher im Wasser. Jedenfalls für mittelalterliche Verhältnisse. Die Könige haben vor den Koggenflotten der deutschen Hansekaufleute gezittert. Selbst Waldemar Atterdag!«

Er legte die Stirn in Falten, starrte noch einmal kurz auf die Füße der Seeleute, und plötzlich ging eine Veränderung mit ihm vor.

»Ach ja?«, fragte er. »Davon müssen Sie mir…« Er löste die Hand aus der Takelage, aber nur für den Bruchteil einer Sekunde, bevor er sie wieder um die Reling klammerte. »Interessant, sehr interessant«, murmelte er. Plötzlich war es seine Hand, die sich um meinen Oberarm schloss – nicht etwa höflich und freundschaftlich, sondern mit demselben Würgegriff wie draußen im Nebel. »Davon müssen Sie mir unbedingt mehr erzählen.«

Mir blieb gar nichts anderes übrig, zumal er mich jetzt mehr oder weniger in Richtung Heck davonzerrte, weg von den anderen, die nichts davon mitzukriegen schienen.

»Interessant«, murmelte er. »Sehr, sehr interessant.«

Doch sein Gesichtsausdruck passte nicht zu den Worten, die gesamte Haltung nicht. So ein Gesicht machte jemand, dem man gerade eine Knarre in den Nacken drückte.

Himmel, der Typ war kaputter, als ich mir hätte träumen lassen.

»Interessant, interessant… Und gibt es noch viele davon?«

Ich warf einen Blick zurück über die Schulter, doch der deutsche Inspektor hatte sich wohl gerade bei meinem Bruder nach irgendwas erkundigt. Jedenfalls redete Hannes mit Händen und Füßen, und keiner der beiden sah in unsere Richtung. Höchstens ein oder zwei von den fremden Matrosen.

»Ich…«, begann ich. Dieser Klammergriff tat richtig weh. »Originale sind schon lange nicht mehr erhalten«, erklärte ich. »Vergammelt, versunken, zu Brennholz verarbeitet im besten Fall, als schnellere Schiffstypen in Mode kamen. Als man vor zweihundert Jahren anfing, sich mit der Geschichte der Koggen zu beschäftigen, war man auf Abbildungen angewiesen, auf denen man kaum was erkennen konnte. Erst als vor fünfzig Jahren oder so bei Baggerarbeiten in der Weser ein fast vollständig erhaltenes Wrack…«

Wir hatten das Heck des Schiffes jetzt fast erreicht. Direkt vor uns ging eine Holztreppe zum Achterkastell hoch, einer erhöhten Verteidigungsplattform, die sogar von einer kleinen Brustwehr mit hölzernen Zinnen umgeben war.

»Los!«, zischte er. »Hoch!«

»Was?« Ich starrte ihn an. »Sie *tun mir weh!*«

»Still!« Er verdrehte die Augen. »Ihre Schuhe!«

»*Was?*« Ich stierte hinab auf meine Schuhe. Die mit den

spitzen Hacken hatte ich in meinem Zimmer stehen lassen. Heute hatte ich dunkle Sneakers an.

»Nicht Ihre!«, flüsterte er. »Die von den Seeleuten! Da stimmt was nicht!« Er holte Luft. »Sie sehen viel zu teuer aus!«

***Donnerstag, 21. Juni, 15:34***
***Ablaufendes Wasser, 3 h 34 min bis Niedrigwasser***
***Pegel Hallig Horn: 3,29 m über Seekartennull***

Das Mädchen starrte ihn an.

Natürlich verstand sie nicht. Sie konnte gar nicht verstehen. Sie war nicht dabei gewesen im Café auf Pellworm mit den beiden Touristen am Nebentisch, denen die Serviererin jeweils nur einen Keks auf die Untertasse gelegt hatte – auch wenn sie sauteure Schuhe trugen.

Dass Matrosen Sportschuhe trugen, war nicht ungewöhnlich – aber keine Nike Airproofs für dreihundert Euro das Paar. Nicht die ganze Mannschaft. Ansonsten hatten sie sich alle Mühe gegeben: Stoppeln im Gesicht, ausgewaschene Werftarbeiterklamotten – sie rochen sogar wie Seeleute.

Aber sie trugen die falschen Schuhe.

Hennings Blick bohrte sich in die Augen des Mädchens, während sich seine Finger in ihren Oberarm krallten. Es kostete ihn Mühe, den Griff zu lockern, doch ihre Augen ließ er nicht los.

*Du weißt, dass da mehr ist zwischen uns. Da gibt es mehr als nur uns beide. Glaub mir bitte! Glaub mir einfach!*

»Und klettere jetzt diese gottverfluchte Leiter hoch!«, knurrte er.

Sie starrte – und plötzlich nickte sie knapp und gehorchte.

»He!«

Der Ruf kam aus Hennings Rücken. Er war schon dabei, dem Mädchen auf der Leiter zu folgen. Schritte auf dem Deck, doch noch konnte er tun, als hätte er nichts gehört.

Die Plattform, das Achterdeck. Henning sah den Rudersteven im hintersten Bereich der erhöhten Fläche. Ein richtiges Ruder wie bei den *Piraten der Karibik* hatte es zu Rungholtzeiten noch nicht gegeben. Er schubste Lara in diese Richtung und drehte sich selbst blitzartig um.

»Ja, bitte?«, fragte er mit erhobenen Augenbrauen.

Einer der Matrosen war ihnen nach achtern gefolgt, schob sich zwischen den Aufbauten hindurch, blieb aber einige Schritte vor der Leiter unschlüssig stehen. Henning sah, dass zwei der anderen Seeleute sich jetzt ebenfalls in diese Richtung bewegten, betont langsam, beinahe wie zufällig. Er war sich nicht sicher, glaubte aber zu erkennen, dass sich bei einem von ihnen etwa in Hüfthöhe unter dem Norwegerpullover etwas beulte – wo normalerweise keine Beule hätte sein dürfen.

»Was…« Der vorderste Matrose sah kurz über die Schulter. »Was tun Sie da oben?«

Demonstrativ hob Henning seine Augenbrauen noch ein Stück höher.

»Wir sehen uns das Schiff an«, erklärte er geduldig. »Deshalb sind wir doch hier, nicht wahr?«

Wieder blickte der Mann über die Schulter. Die beiden anderen hatten ihn fast erreicht, während der Rest der Schaluppenbesatzung nach wie vor bei Rasmussen und dem Chef des Kommandos stand, in einem losen Kreis, der auch den deutschen Inspektor und den Sohn des Inselherrn einschloss. Wie zufällig. Alles wie zufällig.

»Kommen Sie da bitte runter!« Der vorderste Matrose trat noch einen Schritt näher an die Leiter heran. Mit einem großen Satz hätte er sie nun erreichen können – doch dann war Henning immer noch drei Meter über ihm.

Die beiden Kameraden des Mannes blieben an seiner Seite stehen. Vierschrötige Gestalten. Wer immer diese Kerle ausgewählt hatte: Er musste sie geradezu gecastet haben. Die Typen auf Pellworm waren Touristenklischee gewesen, diese hier waren Seemannsklischee: Backenbärte, Tattoos, Gesichter, die vielleicht nicht in jeder beliebigen Menschenmenge unsichtbar wurden, dafür aber hier, in einem Pulk von Matrosen.

»Was ist da los?« Das war Lara. Henning hörte, wie sie mit vorsichtigen Schritten wieder auf ihn zukam.

»Bleib hinten!«, zischte er, ohne die Seeleute aus den Augen zu lassen, die noch immer in Reih und Glied standen. Wie die lebenden Toten in der vergangenen Nacht. Die Ähnlichkeit war grotesk.

Ganz kurz löste Henning den Blick. Die Matrosen mussten sich irgendwie mit ihren Kumpanen auf dem Mitteldeck verständigt haben. Henning sah jetzt, wie sich der Kreis um Rasmussen und seine Begleiter ganz langsam zusammenzog, noch immer wie unbeabsichtigt.

Sie warteten auf etwas. Auf etwas oder auf jemanden. Auf einen Befehl. Vorher würden sie von sich aus nichts unternehmen. Doch von Sekunde zu Sekunde verschoben sich die Chancen zu Hennings Ungunsten.

Er hatte keine Wahl.

»Inspektor!«

Schmehlich war noch immer im Gespräch mit dem Rasmussen-Jungen, blickte jetzt überrascht auf. Henning hob die Hand, um auf sich aufmerksam zu machen.

Der Inspektor sah in seine Richtung, seine Brauen zogen sich zusammen, irritiert, vielleicht schon mehr als das, doch in diesem Moment …

*»Hinter Ihnen!«*, brüllte Henning. Sein Herz machte einen Sprung – doch es war zu spät.

Er konnte nicht mehr erkennen, was für ein Gegenstand es war, den einer der Seeleute auf den Schädel des Deutschen niedersausen ließ. Schmehlich sackte in sich zusammen – und im selben Moment geschah alles auf einmal.

Henning ließ sich flach auf den Boden fallen, riss Lara, die ihn fast erreicht hatte, mit sich, brachte sie hinter seinem Körper, hinter der Brustwehr in Sicherheit, während er selbst fluchend seine Waffe zog, durch die Lücke visierte, in der die Leiter auf die Plattform führte.

Die Matrosen zu Füßen des Achterdecks kamen sich in der Enge gegenseitig in die Quere, genauso ihre Kumpane auf dem Mittelschiff. Doch ohne Zweifel war die ganze Bande ein eingespieltes Team – und zwar kein Team von Seeleuten.

Henning hörte ein *»He, was …«*, als die Männer Rasmussen packten, sah ein Knäuel von Körpern, als sich ein halbes Dutzend von ihnen auf den Sohn des Inselherrn stürzte, der offenbar versuchte, die erfolgreichsten Manöver aus seinen Xbox-Spielen in die Realität umzusetzen. Natürlich hatte er keine Chance. Es dauerte nur Sekunden, und beide Rasmussens waren überwältigt. Niemand auf dem Mittelschiff hatte auch nur die Waffe gezogen.

Anders als die Matrosen zu Füßen des Achterdecks.

Drei Pistolen. Die Läufe waren auf Henning gerichtet. Er

hatte Deckung hinter der Brustwehr, doch moderner Kleinkalibermunition würde das Holz nicht lange standhalten. Und das Mädchen war bei ihm. Unbewaffnet.

Keine Chance. Er wusste es. Es blieben nur Sekunden.

»Geben Sie auf!« Die Stimme kam aus der Tiefe. Der Matrose, der als Erster da gewesen war, machte einen bedächtigen Schritt auf die Leiter zu. »Werfen Sie die Waffe runter!«

»Kein Schritt weiter!«, brüllte Henning, »oder Sie sind ein toter Mann!«

»Was ist da los?« Das Mädchen versuchte sich an ihm vorbeizuschieben.

»Eins – eins – null!«, zischte er. »Sagen Sie ihnen, sie sollen die Küstenwache informieren! Das hier ist …«

Der Mann machte noch einen Schritt nach vorn. Henning biss die Zähne zusammen, veränderte den Winkel seiner Waffe.

Zentimeter vor den Füßen des Mannes schlug die Kugel in die Planken, ließ den Kerl zurückstolpern.

Henning rollte zur Seite, hinter die Brustwehr, stellte sich auf den Einschlag der Projektile ein. Seine Finger brannten vom Rückstoß der Waffe.

*Wenn sie die Anweisung »tot oder lebendig« haben, werden wir das in zwei Sekunden wissen.*

Doch es war nichts zu hören. Als der Schuss fiel, hatte Lara kurz gekeucht. Jetzt hörte er leise Klicklaute, als sie mit fliegenden Fingern auf ihrem Handy tippte.

*Zehn Sekunden,* dachte er. *Fünfzehn vielleicht.* Mehr hatten sie nicht. Selbst wenn die Kerle Befehl hatten, sie lebend in die Finger zu kriegen: Falls er einen von ihnen ernsthaft verletzte, wollte er sich nicht darauf verlassen, dass sie diesem Befehl auch Folge leisteten.

»Ver-dammt!« Wieder das Klicken, hektischer jetzt.

»Was ist los?«, zischte er. »Kriegen Sie kein Netz hier?«

»Überall auf der Insel kriegt man ein Netz«, flüsterte sie. »Immer. Aber ... Es geht gar nicht erst an. Es rührt sich nicht. Wir ...« Sie brach ab.

»Was ist?«, knurrte er. Bewegung unten vor der Leiter. »Keinen Schritt weiter!«, brüllte er wieder. Doch das würde sie nicht noch mal aufhalten.

»Wir haben keinen Strom mehr!«, hauchte Lara. »Die Systeme! Die Kraftfelder! Jemand muss sie aktiviert haben!«

***Donnerstag, 21. Juni, 16:09***
***Ablaufendes Wasser, 2 h 59 min bis Niedrigwasser***
***Pegel Hallig Horn: 3,37 m über Seekartennull***

Es war dieselbe Strecke wie kaum eine Stunde zuvor, nur in umgekehrter Richtung diesmal: von der Anlegestelle zurück ins Inseldorf. Und nicht ich selbst saß auf dem Kutschbock, sondern einer der angeblichen Matrosen – die vielleicht ja auch wirklich Matrosen waren, vor allem aber etwas ganz anderes.

Söldner.

So nannte man solche Typen doch wohl, die sich und ihre Waffen an den Meistbietenden verkauften: an miese kleine Diktatoren irgendwo in der Dritten Welt, die sich gegenseitig den Schädel einschlugen, um die Macht zu erlangen oder zu behalten, die sowieso schon verhungernde einheimische Bevölkerung weiter auszuplündern. In Somalia, Ghana, Sambia oder wie das alles hieß.

Und nun, wie es aussah, hatte es Hallig Horn erwischt.

Zwei der Männer saßen auf dem Kutschbock, ein halbes Dutzend ging links und rechts neben der Kutsche her. Sie gaben sich keine Mühe mehr, ihre Pistolen zu verstecken. Hennings Waffe hatte sich einer von ihnen zusätzlich in den Gürtel geschoben, und wenn Inspektor Schmehlich eine Pistole gehabt hatte, befand sich die jetzt mit Sicherheit ebenfalls im Besitz der Angreifer.

Keiner von ihnen sagte mehr als das Allernötigste. Ich hatte ein paar Wortfetzen von der Sprache aufgeschnappt, in der sie sich miteinander verständigten: irgendwas Osteuropäisches. Es spielte keine große Rolle. Diese Männer waren nichts als Handlanger.

Aber wer hatte sie engagiert? Wie waren sie auf den panamesischen Frachter gekommen, den mein Stiefvater gechartert hatte?

Da gab es irgendein Hirn im Hintergrund. Jemanden, der über Rasmussens Pläne Bescheid wusste. Hannes hatte was von *Rungholtinvestoren* erzählt, als wir zusammen am Rechner saßen. Einer von denen, die mit Rasmussen noch ein Hühnchen zu rupfen hatten, und der die Gelegenheit nutzen wollte, die gesamte Familie auf einen Schlag in die Finger zu kriegen?

Was stand im Hintergrund? Lösegeld? Noch hatte sich der geheimnisvolle Mister X nicht blicken lassen. Doch irgendwie war ich mir sicher, dass wir ihn in wenigen Minuten kennenlernen würden.

Die Kutsche bewegte sich langsamer als auf dem Hinweg. Freyja und Forseti waren unruhig, schüttelten sich im Geschirr. Forseti, der schon immer der Empfindlichere der beiden gewesen war, gab ein unwilliges Schnauben von sich. Diese Kerle konnten vielleicht mit ihren Knarren und zur Not mit der Technik auf dem Frachter umgehen, aber jedenfalls nicht mit Pferden.

Doch sie hatten nicht zugelassen, dass ich wieder die Zügel nahm. Zusammengepfercht klemmten wir auf den Sitzbänken. Mein Stiefvater saß mir mit versteinertem Gesicht gegenüber. Seine Lippen bewegten sich: »*Unmöglich ... Systeme gesichert ... kreative Routine ... Faktor sechzehn.*« Kaum mehr als ein Gemurmel, nur für ihn selbst bestimmt. Hannes' Unterlippe bebte, und ich glaubte, ein bezeichnendes Glitzern in seinen Augen zu erkennen, aber er weinte nicht offen. Eingezwängt zwischen den beiden hing der besinnungslose Inspektor, sodass er nicht aus der Kutsche fallen konnte, den bandagierten Schädel halb auf Rasmussens Schulter. Und Henning?

Er saß neben mir. Unsere Hände lagen ineinander, ohne dass ich genau hätte sagen können, wie das eigentlich passiert war. Irgendwie gehörte das so. Wobei das Ganze mit Händchenhalten nicht viel zu tun hatte. Seine Finger waren eiskalt wie die einer Leiche – oder wie ein stählerner Schraubstock. Wenn er noch eine Spur fester zudrückte, würde er mir irgendwas brechen.

Ich biss die Zähne zusammen – nicht weil es so wehtat. Ich spürte meine eigene Hand ja kaum. Es war einfach *alles*. Das Leben, das ich bis vor zwei Tagen gehabt hatte, das Leben, das genau jetzt eigentlich richtig hätte losgehen sollen. Nein! Nein, ich würde nicht weinen. Verdammt, ich konnte doch sonst stur sein ohne Ende! Wenn mein kleiner Bruder es hinkriegte, nicht offen zu flennen, musste ich das doch ebenfalls hinkriegen!

*Dreh jetzt nicht durch!*

Die Kerle hatten uns nicht auf der Stelle umgelegt, also hatten sie Befehl, uns am Leben zu lassen – zumindest im

Moment. Aber ich hatte auch gesehen, was für Blicke einige von ihnen mir zugeworfen hatten. Und dabei drehte sich mir der Magen um. Wenn einer von denen mich anpackte, dann würde ich … dann *würde* ich …

Nichts würde ich. Nichts konnte ich tun.

Ich spürte Feuchtigkeit auf meinem Gesicht. Es musste angefangen haben zu regnen.

»Niemand rührt dich an. Nicht, solange ich atme.«

Ich zuckte zusammen.

Hennings Stimme war kaum zu erkennen, aber er … Er hatte auf etwas geantwortet, woran ich nur *gedacht* hatte! War so eindeutig zu sehen, was mir durch den Kopf ging?

Er blickte starr geradeaus. Hatte er gar nicht gesprochen?

»Ich glaube, ich kann spüren, was du denkst«, sagte er leise, und nur seine Lippen bewegten sich. Der Rest seines Gesichts blieb eine reglose Maske. »Manchmal.«

Ich starrte ihn an.

Henning Bergstrœm las meine Gedanken?

*Nicht die genauen Worte. Es sind Bilder. Gefühle. Den Weg, den die Gedanken nehmen.*

Ich stieß ein leises Keuchen aus.

War das gerade aus *Hennings* Kopf gekommen?

Oder war es etwas, das mein eigener Kopf mir sagte: Eine Wahrheit, die ich seit Stunden beiseitezuschieben versuchte und die ich immer nur exakt so weit akzeptierte, wie es absolut unumgänglich war? Es gab eine Verbindung zwischen uns. Eine Art von Verbindung, die nach klarem menschlichem Verstand unheimlicher, Furcht einflößender war als die angeblichen Matrosen mit ihren Waffen.

Und doch: Mit einem Mal kam mir ausgerechnet diese Verbindung vor wie mein einziger Rettungsanker.

»Ich kann spüren, was dir im Kopf herumgeht«, sagte Henning leise. »Wenn es so deutlich ist. Tut mir leid, dass ich …« Seine Augen wanderten zu unseren Händen, die sich umklammert hielten. »Aber ich fürchte, ich bring's gerade nicht fertig, sie wegzuziehen.«

»Mach das bloß nicht«, flüsterte ich heiser. »Sonst kriegst du mit, dass ich auch *meine* nicht wegziehen kann.«

Zuckte sein Mundwinkel? Nur eine winzige Winzigkeit? Es fühlte sich so an: *in meinem Kopf*. Und war das wirklich noch ein Wunder? Nach allem, was ich in den vergangenen achtundvierzig Stunden erlebt hatte? Erinnerungen, die sechseinhalb Jahrhunderte zurücklagen. Sollte es mich da überraschen, wenn es etwas Besonderes gab zwischen mir und demjenigen, der wie ich damals dabei gewesen war?

»Du …« Ich fuhr mir mit der Zunge über die Lippen. »Du hast sie auch?«, fragte ich leise. »Die Erinnerungen?«

Er nickte, ein einziges Mal, aber so ruckartig und heftig, dass ich einen Augenblick Angst hatte, er hätte sich das Genick gebrochen, als das Fuhrwerk im selben Moment durch ein Schlagloch holperte.

»Mein Name war Haakon«, sagte er mit rauer Stimme. »Aber ich weiß nicht, wie du …«

Ich öffnete den Mund, doch dann stutzte ich. »Ich weiß es selbst nicht«, sagte ich überrascht. »Da … da ist nichts. Kein Name. Ich habe keine Ahnung, wie *ich* hieß.«

Henning nickte, als hätte er damit schon gerechnet. »Dieser Alte«, murmelte er. »Gorm. Er hat gesagt, Namen seien gar nicht so wichtig. Vielleicht stimmt das wirklich.«

Ich zögerte, aber er hatte recht.

»Ja«, flüsterte ich. »Vielleicht. – Ich war einfach nur … ich. Ich bin angekommen, und du hast in der Kirche auf mich gewartet. Im Beichtstuhl. Und dann haben wir uns mit den anderen getroffen, an dem Ort im Gehölz. Und wir haben das *Zeichen …*«

Ich biss mir auf die Lippen. Die Söldner schienen kaum auf uns zu achten. Hin und wieder warfen sie einen Blick in unsere Richtung, doch schließlich waren wir nicht gefährlich. Und den Gedanken an Flucht konnten wir uns sowieso abschminken.

Langsam wanderte meine Hand zu meiner Hosentasche, schob den Jackenbund ein Stück nach oben, damit ich besser rankam. Jetzt auf einmal beobachtete mich einer der Kerle sehr aufmerksam, doch er machte keinerlei Anstalten, mich an irgendetwas zu hindern. Erst als ich meine Finger in die Tasche gleiten ließ und dabei an meiner Hüfte ein ein, zwei Zentimeter breiter Streifen blanke Haut frei wurde, reagierte er – und machte mit der Zunge eine sehr eindeutige Geste.

*»Du verdamm…!«*

Der Schraubstock um meine Hand zog sich plötzlich zusammen.

Henning kam aus dem Sitz hoch, doch im selben Moment hatte der Söldner seine Pistole in der Hand, den Lauf auf Henning gerichtet. In seinen Augen funkelte etwas, das mir den Magen umdrehte. *Mordlust.*

Doch das Schlimmste war Henning. Er sah die Waffe, und er wusste, dass es dem Söldnermenschen ernst war, doch er *konnte* sich nicht bremsen.

*Deshalb bin ich Polizist geworden. Wenn sich solche Kreaturen an jemandem vergreifen, der sich nicht wehren kann!*

Die Worte waren direkt in meinem Kopf. Ich konnte kaum glauben, dass er sie *nicht* laut gebrüllt hatte.

*Nein!*

Henning war viel stärker als ich. Selbst mit Gewalt: Ich hätte ihn nicht stoppen können. Und für Worte war er längst taub geworden, der Beschützer der Witwen und Waisen.

Dreizehnhundertzweiundsechzig wurde man Ritter mit so einer Einstellung. Heutzutage dänischer Kriminalbeamter.

*Nein!*

Ich sprach das Wort nicht aus. Ich ließ es einfach auf ihn los, mit aller Kraft, die ich in den Gedanken legen konnte.

Er zuckte, so heftig, dass ich im ersten Moment dachte, der Söldner hätte tatsächlich geschossen. Doch es war nur mein Wort gewesen, mein Gedanke. Henning sackte zurück. In seinen Augen stand eine solche Wut, eine solche ohnmächtige Verzweiflung. Ich konnte ihn nicht länger ansehen.

Der Söldner warf ihm noch einen wachsamen Blick zu, dann ließ er seine Waffe zurück ins Holster gleiten.

»Wir beide noch – *Spaß haben.*« Er nickte mir zu, entblößte etwas, das … *Zähne* traf es nicht. *Kauleiste*, dachte ich. Zwei Reihen bräunlicher Stummel.

*Spaß?*

Nicht, solange *ich* atme.

Doch wenn ich ihn mir ansah, war ihm womöglich gleichgültig, ob ich überhaupt noch atmete, wenn er seinen *Spaß* haben würde.

Ich schüttelte mich. Mit einer raschen Bewegung brachte ich das Amulett zum Vorschein. Der Matrose bedachte es nur mit einem gelangweilten Blick, murmelte in seiner Sprache etwas zu dem Mann, der vor ihm ging. Die beiden lachten.

Nein, sie konnten nicht ahnen, dass dieser handtellergroße, dunkel metallische Gegenstand eine Waffe war.

Keine Waffe von der Sorte, die die Söldner mit ihren Pistolen zu fürchten hatten, und doch: Dieses Amulett hatte die Erinnerungen heraufbeschworen – und den Nebel mitsamt seinen geisterhaften Bewohnern.

Jetzt geschah nichts davon. Das Amulett war schwer, schwerer, als es hätte sein dürfen, selbst wenn es aus massivem Stahl bestanden hätte. Aber es war kein Stahl. *Das Feuer aber soll dieses Zeichen härten mit seiner sich niemals verzehrenden Flamme, aus Tiefen, die kein Mensch geschaut hat.* Wie auch immer der Bund von Rungholt dieses Artefakt geschaffen haben mochte mit der Macht von Luft und Erde, Wasser und Feuer.

Eine Bewegung.

Rasmussen. Wie hatte ich seine Gegenwart so vollständig ausblenden können? Er hatte sich nicht gerührt, als der Söldner mich belästigt hatte, jetzt aber beugte er sich vor.

Natürlich, er kannte dieses Zeichen, kannte die Abbildung in der *Chronica*. Doch es war nur eine Hälfte des Amuletts. Was mochte aus der anderen Hälfte geworden sein, der Löwenhälfte?

»Ein Geburtstagsgeschenk«, flüsterte ich. »Von meinem *Vater.*«

Rasmussen sagte kein Wort. Er starrte.

Plötzlich, nach ein paar Sekunden, ließ er sich auf die Sitzbank zurücksinken.

Doch das Amulett behielt er im Auge.

Henning streckte zögernd die Hand aus. Ich nickte ihm zu. Er war Teil des Bundes gewesen. Er hatte dasselbe Recht, dieses Zeichen zu berühren, wie ich selbst.

Seine Finger strichen über das Artefakt.

»Es muss eine Art Metall sein, aber… Es ist ganz warm!«, flüsterte er überrascht.

»Natürlich ist es warm!« Ich verdrehte die Augen, aber nur ganz kurz diesmal. »Ich hab es den ganzen Tag in der Hosentasche mit mir rumgeschleppt.«

War wohl schon ganz sinnvoll gewesen, unsere Aufgabenverteilung bei der Truppe im Gehölz, dachte ich. Henning – oder Haakon – trat in Aktion, wenn die Waffen gefragt waren, Schwert oder Pistole. Das Hirn der Verschwörung waren andere.

Seine Finger strichen noch immer fasziniert über die Konturen des Adlers – eines halben Adlers, in der Mitte durchgeschnitten. Lediglich Kopf und Hals waren vollständig zu sehen.

»Das Zeichen«, murmelte er und fuhr die Formen nach: den bedrohlich spitzen Schnabel: schräg nach oben; den aufrechten Leib: eine lange Linie senkrecht nach unten; die halb angewinkelte, mächtige Schwinge: eine kurze Linie schräg nach oben und wieder zurück nach unten bis an den Körper des Vogels. Wie ein Dach.

Ich keuchte. »Das Zeichen!«, wisperte ich. »Das ist das Zeichen aus dem Beichtstuhl!«

Er nickte knapp. »Und das Zeichen, das *er* ihnen gegeben hat. Mit der Schaluppe.« Er deutete zu Inspektor Schmehlich. »Kreuz und quer auf dem Wasser, draußen vor Nordstrand.«

»Draußen vor …?«

Henning schüttelte den Kopf. »*Ihre Wappen zeigen den Adler des Kaisers – aber nur eine Hälfte dieses Adlers, daneben ihre eigenen Zeichen. Glieder des Reiches und trotzdem frei.*«

»Wer sagt das?«

»Ein alter Mann«, murmelte er. »Der goldene Löwe.«

»Der Adler«, sagte ich leise. »*Unser Zeichen. Das Zei-*

*chen der Luft und der uralten Freiheit der Friesen von Rungholt unter dem Schutz des Kaiserreichs.*«

Henning nickte. »Dieses Zeichen ruft sie, und es kann sie bannen. Mit diesem Zeichen zeigst du, dass du einer von ihnen bist.«

»Von … ihnen?«

Jetzt verdrehte *er* die Augen.

»Ein Angehöriger des Bundes«, erklärte er geduldig. »Genau wie sie. Du, ich – und zehn andere: die Untoten aus dem Nebel.«

***Donnerstag, 21. Juni, 16:39***
***Ablaufendes Wasser, 2 h 29 min bis Niedrigwasser***
***Pegel Hallig Horn: 3,68 m über Seekartennull***

Während die Kutsche durch die Salzwiesen vorankiroch, hatte die Kraft des Sturms stetig zugenommen. Dunkle Wolkenfetzen jagten über den Himmel, so tief, dass sie beinahe den First des Herrenhauses zu streifen schienen, als sich die erschöpften Pferde die Anhöhe der Warft hinaufquälten.

Eine Zuflucht vor der Nacht und der peitschenden Nässe, die das dräuende Gewölk ankündigte: So hätte Henning das reetgedeckte Gebäude unter normalen Umständen erscheinen müssen. Ein warmes Kaminfeuer an einem kalten Sommerabend.

Doch etwas stimmte nicht an dem Bild.

Vielleicht waren es die beiden Männer in dunkler Kampfmontur, die zu beiden Seiten der Dielentür Stellung bezogen hatten. Ähnliche Gestalten waren als schemenhafte

Bewegung zwischen den niedrigeren Warften des Inseldorfes zu erkennen.

Es gab keinen Zweifel: Die angeblichen Matrosen waren nur ein kleiner Teil einer viel größeren Streitmacht, die die Insel der Rasmussens im Handstreich in ihre Gewalt gebracht hatte.

Gegenwehr hatte es anscheinend nicht gegeben. Jedenfalls konnte Henning sich nicht erinnern, das Horn von Horn gehört zu haben. Die Dorfbewohner waren vermutlich in ihren Häusern eingeschlossen oder bei Matthes in der Seemuschel.

Hallig Horn war gefallen, und bei der gesamten Aktion war exakt ein einziger Schuss abgefeuert worden. Von Henning. Und die Kugel war in den Planken der Kogge stecken geblieben.

Wer sich diesen Plan auch ausgegrübelt hatte: Er war vollständig aufgegangen. Die Insel war von der Außenwelt abgeschnitten. Die Söldner hatten nicht einmal versucht, ihren Gefangenen die Handys abzunehmen. Umso erstaunlicher, dass sich Laras Gerät mit einem gedämpften Signal gemeldet hatte, als die Kutsche den Rand der Siedlung erreichte.

Rasmussen hatte nur ganz kurz aufgeblickt: »Macht keinen Unterschied. Die Elektrizität funktioniert im Dorf, aber das Kraftfeld unterbindet jede Kommunikation nach außen.«

Und wieder zurück zu seinem Mantra von *kreativer Routine* und *Faktor sechzehn*. Ein gebrochener Mann saß Henning und dem Mädchen gegenüber. Sechshundertfünfzig Jahre lang hatte sein Familienclan über ein winziges Königreich geherrscht. Ole Rasmussen würde als derjenige in die Geschichte eingehen, der es binnen eines einzigen Nachmittags verloren hatte.

Aber das war Wahnsinn, dachte Henning, während er beobachtete, wie der ehemalige Herr der Hallig mit steifen Bewegungen aus dem Landauer stieg. Das war unmöglich!

»Damit kommen sie nicht durch«, flüsterte er. »Im Leben nicht!«

Fragend sah Lara ihn an. Ihre und Hennings Finger hatten während der gesamten Fahrt ineinandergelegen, und ganz allmählich war es dem jungen Beamten gelungen, seine verkrampfte Haltung ein wenig zu lockern. Sie waren Gefangene, den schweigsamen Söldnern ausgeliefert, und Henning hasste es, ausgeliefert zu sein. Doch er war nicht allein. Dieses wunderschöne Mädchen war bei ihm, das schnippisch sein konnte, aber auch ganz anders: tiefgründiger. Er wusste und er spürte es, und er war froh, dass sie bei ihm war.

Aber gleichzeitig schnürte ihm die Angst um sie die Kehle zu, und seine Wut auf sich selbst, der er unfähig war, sie zu beschützen.

Einer der Bewaffneten gab ihm ein Zeichen, jetzt ebenfalls aus der Kutsche zu klettern. Henning gehorchte, streckte Lara die Hand entgegen. Sie hob kurz die Augenbrauen, griff dann aber mit einem angedeuteten Lächeln zu.

»Damit kommen sie nicht durch«, wiederholte Henning. »Spätestens in ein paar Tagen wird dem Rest der Welt auffallen, dass hier irgendwas nicht mit rechten Dingen zugeht.« Er warf einen Seitenblick auf Rasmussen, der mit eingesunkenen Schultern der Eingangstür entgegenschlurfte. »Also mit noch unrechteren Dingen als sowieso schon in letzter Zeit«, korrigierte er. »Die deutschen Behörden werden irgendwas unternehmen. Sie werden Kontakt mit Kopenhagen aufnehmen. Ganz gleich, wie viele von diesen Revolverhelden sich hier noch rumdrücken. Die können doch nicht glauben …«

Laras Hand legte sich ganz leicht auf seinen Unterarm. »Macht es einen Unterschied, was sie glauben? Im Moment haben sie die Insel in der Hand.«

Henning schüttelte den Kopf. Seine Haare hatten sich wieder aus dem Gummi gelöst. Nach allem, was er in den letzten Tagen durchgemacht hatte, konnte er es nicht so straff ziehen wie sonst.

Er sah, wie sich Laras Mundwinkel ganz leicht nach oben zogen, und konnte sich das Bild gut vorstellen, das er gerade abgab. *Wie eine Löwenmähne,* dachte er.

»Ganz gleich, wie viele es sind«, murmelte er. »Sobald die dänische Marine ein paar Schnellboote die Küste runterschickt, ist der Spuk in ein paar Stunden vorbei. Oder bilden die sich ein, Kopenhagen schaut einfach zu? Das hier … das hier ist Rasmussen-Land, aber es ist auch …«

Wie von allein hob sich sein Blick zum Fahnenmast vor dem Zugang des Herrenhauses, verharrte für einen Moment auf dem dänischen Banner, dem weißen Kreuz auf rotem Grund, an dem der Wind so heftig zerrte, als wollte er es aus seiner Verankerung reißen. Henning spürte, wie sich ein warmes Gefühl in seinem Innern ausbreitete. Das Gefühl, Teil von etwas Größerem zu sein, mehr als ein Name auf Papier oder verblasstem Pergament in der langen Reihe der Grafen Gyllenløve. Etwas tun zu können, für etwas zu kämpfen, das gut war. Für ein Land zu kämpfen, in dem die Menschen gern lebten, so verschieden sie auch sein mochten. Jeder nach seinem Geschmack. Einer von vielen zu sein: ein Teil Dänemarks. Genau wie diese Insel. Darum war er hier.

Er sah, wie Laras Lächeln etwas deutlicher wurde. Wieder fanden ihre Hände zueinander. Sie waren zusammen, nur darauf kam es an. Er beobachtete, wie auch der Bruder des Mädchens aus der Kutsche kletterte und nach kurzem Zögern nach ihrer anderen Hand griff, die sie ihm entgegenstreckte.

Nun, wenn das so sein sollte, sollte es so sein.

Rasmussen war schon im Innern des Hauses verschwunden. Die Bewaffneten blickten den jüngeren Leuten wachsam entgegen, während zwei der Söldner den immer noch besinnungslosen Schmehlich aus dem Fuhrwerk hievten.

Henning nickte knapp.

Die breiten Türen standen offen. In früheren Jahrhunderten mussten sie ganzen Fuhrwerken mitsamt ihrer Ladung Zufahrt in die geräumige Diele geboten haben. Wohnräume, Speicher, Stallungen, alles unter einem Dach: Selbst bei herrschaftlichen Gebäuden war das üblich gewesen. Seit dieser Zeit hatten Generationen von Rasmussens so manches im Innern des Hauses verändert, doch in diesem Moment, angesichts der dezent ausgeleuchteten Bildergalerie mit Darstellungen aus der Geschichte der Insel – eine Sekunde lang hatte Henning das Gefühl, mit dem Schritt über die Schwelle tatsächlich einen Schritt zurück ins Mittelalter zu tun.

*Ich war damals schon hier,* dachte er. *Nicht hier in diesem Haus, aber in Rungholt. Wir beide.*

Zu Füßen der Treppe, die in die Obergeschosse führte, stand ein weiterer Wachtposten, der verhinderte, dass sie diesen Weg einschlugen. Wortlos wies er sie an, nach links durch eine offene Tür zu treten, in eine Art Konferenz- oder Speisezimmer mit einem langen, schweren Tisch und …

Auf den ersten Blick sah Henning nur Ole Rasmussens Rücken, eingefroren in einer kerzengeraden Haltung, wie eine Wachsfigur. Der ehemalige Inselherr starrte geradeaus, über den monströsen alten Holztisch hinweg.

Der thronartige Sessel am Ende der Tafel musste normalerweise sein eigener Platz sein. Herr des Hauses, Herr der Insel, Herr über Leben und Tod ihrer Bewohner – was es so mit sich brachte, wenn man der augenblicklich regierende Rasmussen war.

Doch der Stuhl war auch jetzt nicht leer.

Der Mann, der dort Platz genommen hatte, flankiert von zwei seiner bewaffneten Wächter, blickte den Eintretenden aufmerksam entgegen.

Er hatte sich verändert. Er war alt geworden – und mehr als nur *alt*.

Vier Jahre, sieben Monate, elf Tage. So lange war es her, dass Henning ihn zum letzten Mal gesehen hatte. Er wusste es auf den Tag genau. Vier Jahre, sieben Monate, elf Tage, dass er seinen Dienst bei der königlich dänischen Kriminalpolizei aufgenommen hatte.

Ein Krächzen kam aus seiner Kehle.

*»Vater.«*

*Das* war Hennings Vater?

Henning stand direkt neben mir, unsere Finger lagen immer noch ineinander, doch von ihm kam keine Regung mehr. Als ob die Wachsfigur, in die sich Rasmussen verwandelt hatte, Gesellschaft bekommen hätte, nur dass sich bei Henning der Unterkiefer bewegte, sich angestrengt vor- und zurückschob.

Doch wir beide waren uns jetzt so nahe, nicht allein körperlich: Ich spürte ihn in meinem Kopf, ohne dass diesmal klare Bilder zustande kamen. Es war ein Chaos von Farben und Formen und malmenden schwarzen Wasserströmen. Verwirrung, Wut, Hass beinahe, aber auch etwas, das eine Art hoffnungslose Trauer sein konnte. Nichts davon konnte ich wirklich erfassen, und, nein, nichts davon war ein irgendwie angenehmes Gefühl.

Und ich hatte mir eingebildet, *ich* hätte es übel getroffen mit Ole Rasmussen.

Niemand im Raum sprach ein Wort. Der Sturm peitschte gegen die geschlossenen Fensterläden. Von der Tür her war ein unterdrücktes Stöhnen zu hören, als zwei der Söldner Inspektor Schmehlich in den Raum brachten, ihn dabei mehr schleiften als trugen, und ihn auf einem der Stühle am Esstisch absetzten. Sein Oberkörper kippte flach auf die Tischplatte.

Eskil Graf Gyllenløve hob lediglich eine Augenbraue, ließ den Blick dann nachdenklich über seine Gefangenen gleiten. Henning, ich selbst und Hannes standen in einer Reihe, mein paralysierter Stiefvater ein paar Schritte vor uns.

»Ein Déjà-vu«, murmelte Gyllenløve. »Ich denke, ich habe ein Déjà-vu. Kaum zu glauben, wie wenig sich in diesem Haus verändert hat. Wie lange ist es her, dass ich zum letzten Mal hier war, Ole? Erinnerst du dich?«

Rasmussen gab keine Antwort. Ich hatte Zweifel, dass er die Worte überhaupt zur Kenntnis genommen hatte.

»Fünfzehn Jahre.« Gyllenløve nickte, wie zu sich selbst. »Über den Daumen. Sie lagen fast noch in den Windeln, hübsche junge Dame. – Sie kommen nach Ihrer Mutter, hat Ihnen das schon mal jemand gesagt?« Erst jetzt sah er mich an.

»Ihr Sohn kommt wohl auch nach seiner Mutter«, knurrte ich. »Nach Ihnen jedenfalls nicht, zum Glück.«

Gyllenløve deutete eine Art Schmunzeln an. Zumindest

ging ich davon aus, dass es ein Schmunzeln sein sollte. Der Kerl sah aus, als wäre er mindestens in Gorms Alter. Wie alt der auch immer sein mochte. Und mit seinem Sohn hatte der Graf nicht die Spur einer Ähnlichkeit – oder sein Sohn mit ihm –, ganz gleich, was Rasmussen heute Mittag noch behauptet hatte.

Eine blank polierte Glatze konnte ja ganz stylish aussehen, wenn sie zu dem Typen passte. Aber nicht, wenn sie *so* aussah. Eitrige Pusteln zogen sich über die Kopfhaut des Grafen, auf der linken Seite bis auf die Stirn. Irgendeine widerliche Hautkrankheit wahrscheinlich. Oder jemand hatte versucht, ihn zu skalpieren, es aber nicht ganz geschafft. Leider.

»Oh?« Eskil Gyllenløve schüttelte bedauernd den Kopf. »Bitte verzeihen Sie! Wie konnte ich nur? – Manson?«

Das Esszimmer war in schummriges Licht getaucht. Die Holzscheite im Kamin glommen vor sich hin. Doch der Raum war gewaltig, viel zu groß für unsere über die Jahrhunderte zusammengeschrumpfte Familie. Es gab Ecken und Winkel, die im Schatten lagen.

Und in einem dieser Winkel wurde es plötzlich lebendig. Ein gebückter kleiner Mann huschte an die Tafel, mit Trippelschritten wie eine Ratte. Und er sah auch aus wie eine Ratte, mit spitzer Nase und tückisch funkelnden, winzigen Äuglein. Anders als die übrigen Männer des Grafen trug er ganz normale Kleidung: ziemlich schäbige Klamotten allerdings. Ein Hemd, das irgendwann mal weiß gewesen war, und eine abgewetzte Cordhose von undefinierbarer Farbe.

Er machte einen tiefen Diener vor Hennings Vater, bevor er etwas zum Vorschein brachte, auf dem die Flammen des Kamins schimmerten. Im ersten Moment dachte ich, es wäre ein Gegenstand aus Gold, aber dann …

Eine Perücke. Langes, blondes Walle-Walle-Haar, das er dem Grafen über den von Schwären übersäten Schädel zog und sorgfältig über beide Schultern drapierte.

»Ein Erbstück unserer Familie«, erklärte Eskil Gyllenløve. »Hat mein Großvater schon getragen. Adel verpflichtet. Unser Wappentier hatte immer eine ganz besondere Bedeutung für uns. – Moment.« Er fasste in seine Jacke und betrachtete sich in einem kleinen Taschenspiegel. »Hier links noch eine kleine Spur dramatischer, Manson!«

*»Manson?«*

Dass die Hand auf meiner linken Seite – Hennings Hand – eiskalt war, daran hatte ich mich inzwischen gewöhnt, doch auf der anderen Seite …

Toter Fisch. Auf einmal war es richtig gleichmäßig.

»*Sie* sind … Manson?«, flüsterte mein kleiner Bruder. »*Der* Manson?«

Im ersten Moment wusste ich nicht, wovon er sprach, dann, schlagartig, war es wieder da. Heute Morgen, am Rechner: *Die Sicherheitsabfrage, sie verändert sich. Aber Manson hat mir eine …* Und in dem Moment musste Hannes sich erinnert haben, was ich ihm ungefähr fünfzehntausendmal gepredigt hatte, bis ich mir vorgekommen war wie Tilda im Quadrat: Pass auf, wenn du im Internet unterwegs bist! Da wimmelt es von Freaks und Verrückten!

Kein Wunder, dass er nicht mehr ins Detail gegangen war über seinen geheimnisvollen Helfer, dem er die Programme verdankte, mit denen er Rasmussens Netzwerk geknackt hatte.

*Manson. Jemand aus dem Netz.*

»Ach, natürlich!« Gyllenløve tippte sich mit zwei Fingern gegen die Stirn, auf der einigermaßen intakten Seite. »Da kennen sich ja schon zwei! Übrigens: Meinen Respekt, junger Mann«, wandte er sich an Hannes. »Du scheinst ein fixes Kerlchen zu sein, wenn mir Manson die Wahrheit gesagt hat. Das hast du doch, Manson, oder?« Schelmisch drohend hob er den Zeigefinger in Richtung des rattenartigen Geschöpfs.

»Durchlaucht?« Die Antwort klang wie eine Frage. Als müsste der Mann sich erst erkundigen, ob er überhaupt antworten *durfte*. Sein Oberkörper kippte im Neunziggradwinkel nach vorn. Ich hatte in meinem Leben noch keine derartige Verneigung gesehen, nicht mal im Film. Höchstens beim chinesischen Nationalzirkus.

»Ich denke, das darf ich als *Ja* interpretieren«, murmelte der Graf abwesend und machte gleichzeitig eine wedelnde Handbewegung, mit der er Manson anwies, sich wieder zu entfernen. Pflichtschuldig trippelte die Rattenkreatur zurück in die Schatten, rückwärts und unter wiederholten Bücklingen.

»Ihr entschuldigt«, wisperte Gyllenløve hinter vorgehaltener Hand. »Absolut unmöglich, heutzutage qualifiziertes Personal zu finden. Kein Mensch will mehr umsonst arbeiten.«

*Nie, nie, nie wieder,* schwor ich mir. Nie wieder würde ich meinem Stiefvater unterstellen, dass er irgendwo im Mittelalter stehen geblieben war. Nicht, nachdem ich *das* erlebt hatte.

*Sei ehrlich*, versuchte ich einen Gedanken in Hennings Kopf zu schicken. *Du bist adoptiert.*

Es kam etwas zurück, aber die Botschaft war undeutlich. Traurig vor allem. Ein Bild blitzte auf, ein jüngerer Eskil Gyllenløve: schon damals ein größeres Selbstbewusstsein, als gut für ihn war. Schon damals die Überzeugung, dass eine meterlange Liste erlauchter Vorfahren ihn zu einem besseren Menschen machte, aber auch der Wunsch, aus der Position, in die er hineingeboren war, das Beste zu machen. Aus dem riesigen Gutshof in einem weiten, fast baumlosen Land weit im Norden. Nur für Henning hatte er anscheinend nie Zeit gehabt. Der Rest war verschwommen: eine Frau auf einem winzigen Boot, das hinaus aufs Meer fuhr. Eine Sekunde lang hatte ich das Gefühl, ich wäre es selbst. Ich war mir nicht sicher, ob es noch zu dem gehörte, was er mir hatte sagen wollen.

»Was – hat – deine – Kreatur – mit – meinem – Jungen – gemacht?«

Ich konnte gar nicht glauben, dass diese raspelnde Stimme meinem Stiefvater gehören sollte. Ich erkannte es nur an den Worten und daran, dass sich Rasmussens Gestalt ruckartig bewegte, einen Schritt auf den Grafen zu machte.

Die beiden Söldner links und rechts von Gyllenløve spannten sich sofort an, doch der Graf wedelte nur wieder. Die Männer gehorchten, hielten sich zurück. Doch sie entspannten sich nicht. Sie behielten meinen Stiefvater im Auge.

»Ach, das war fürchterlich, mein Lieber!« Gyllenløve winkte ab. »Und so unnötig. Dass du alles doppelt und dreifach sichern musstest, selbst vor einem deiner ältesten Freunde. Es war wirklich unmöglich, in dein System zu kommen, zumindest von außen.«

Mein kleiner Bruder regte sich. »Sie sind über *meinen* Rechner …?«

Der Graf gab keine Antwort. Was geschehen war, war offensichtlich. Die Deiche waren aktiviert – gegen den Willen meines Stiefvaters.

»Wir …« Rasmussens Stimme klang noch immer wie eine Feile. Er wandte sich zu mir um, nein, zu Henning.

»Wir haben jede nur denkbare Vorkehrung getroffen, Kriminalassistent. Ich habe Ihnen die Wahrheit gesagt, als ich von unseren Sicherungen erzählte. Niemand kannte die Codes. Ich habe mein gesamtes Leben auf dieser Insel verbracht, und wenn es einen Menschen gibt, der weiß, dass man nicht leichtfertig mit den Gewalten des Meeres umgehen darf, dann bin ich es. Ich habe Ihnen mein Wort gegeben, und ich hätte alles getan, damit es …«

»Eben deswegen.« Jetzt, plötzlich, veränderte sich Gyllenløves Tonfall. Der Graf schob den Stuhl zurück, stand auf und kam halb um den Tisch herum, baute sich vor meinem Stiefvater auf. »Ich dachte, ich kenne dich, Ole Rasmussen. Wir beide machen Geschäfte, solange ich denken kann. Dieses Projekt ist das Projekt unseres Lebens – für uns *beide*. Wir beide müssen vor denjenigen geradestehen, die ihr Vertrauen auf uns gesetzt haben.«

»Du meinst: ihr Geld.«

Es waren die ersten Worte, die Henning laut sprach, seitdem wir das Esszimmer betreten hatten und das halb erstickte *»Vater«* über seine Lippen gekommen war. Ich bekam eine Gänsehaut, als ich die Kälte und Verachtung hörte, die aus ihnen klang.

»Ja, mein Sohn«, sagte Gyllenløve und drehte sich zu ihm um. »Das meine ich. Könnte es einen größeren Vertrauensbeweis geben, als den, sein Vermögen, seine Existenz auf ein solches Projekt zu setzen? *Va banque*, Sohn. Voller Einsatz, und dann mit aller Entschlossenheit mitten hindurch. Alles andere sind Sentimentalitäten und Träumereien. Ich dachte, Ole Rasmussen wäre frei von solchen Rücksichten.« Seine Augen fixierten Henning. »Wir können immer nur so handeln, wie die Notwendigkeit es erzwingt.«

Henning stieß einen Laut aus, der ein Schnauben sein

konnte oder ein bitteres Lachen. »Weißt du was, *Vater?*«, fragte er. »Genau dasselbe hast du mir schon mal erzählt. Vor sehr, sehr langer Zeit.«

Der Graf betrachtete ihn einen Moment lang. »Du solltest diese Haare mal kämmen. – Jedenfalls«, wandte er sich an mich, »lege ich Wert darauf, dass ich es bin, der dafür Sorge trägt, dass die Planungen genau so umgesetzt werden, wie Ole Rasmussen und ich es vereinbart haben. Wir beide wussten, dass es Schwierigkeiten geben könnte, und wir beide haben das akzeptiert. Ob es nun die noch ausstehenden Berichte zu den veränderten Strömungsverhältnissen sind, die dem Vernehmen nach vielleicht doch nicht vollständig in unserem Sinne ausfallen könnten …«

Ich sah, wie mein Stiefvater sich anspannte. Nein, nicht Anspannung. Mehr als das. Rasmussen erstarrte, als hätte er in diesem Moment begriffen, was Eskils Anwesenheit auf der Insel *wirklich* bedeutete.

Ich musste an seine Worte denken, beinahe am Ende seiner Rungholtpräsentation: *Der Abschlussbericht wegen der veränderten Tideverhältnisse steht noch aus – aber auch da weiß ich schon, wie er ausfallen wird.*

Hatte er das tatsächlich gewusst? Oder nur geglaubt, es zu wissen, weil es ihm jemand erzählt hatte: Eskil Gyllenløve zum Beispiel, der ihn in Sicherheit wiegen wollte, während er seinen Putsch vorbereitete, um auf Hallig Horn die Macht zu übernehmen.

Mein Stiefvater hatte mich belogen, oder mir zumindest nicht alles gesagt: über die *Chronica,* den Nebel, die lebenden Toten.

Doch jetzt war er selbst betrogen worden. Denn das, was er gerade eben zu Henning gesagt hatte, das war auf jeden Fall die Wahrheit: Ole Rasmussen kannte die Gewalten des

Meeres. Er wäre niemals auf die Idee gekommen, die Macht der Fluten zu unterschätzen. Nichts auf der Welt hätte ihn dazu bringen können, ein Risiko einzugehen, wenn dabei das Meer eine Rolle spielte.

Der Graf hatte eine Kunstpause eingelegt, die Reaktion meine Stiefvaters, seine wortlose, hilflose Wut aufmerksam studiert. Jetzt zuckte er die Schultern.

»… oder diese bedauerliche Episode an der Deichbaustelle, der wir die Anwesenheit …« Er warf einen kurzen Blick in Richtung Tisch, zum reglosen Inspektor Schmehlich. »… oder gegenwärtig die *Ab*wesenheit von Leuten verdanken, die noch niemals Verständnis hatten für wirklich große Geschäfte. Wie auch immer: Wir beide, Ole Rasmussen, wussten, was auf dem Spiel steht, und wir beide wussten, dass uns im Zweifelsfall nur eine Wahl bleibt: Die Deiche auf der Stelle zu schließen. – Die Probe aufs Exempel, junge Dame. Wir werden ja sehen, was passiert.«

Abrupt wandte er sich ab, steuerte die Tür an. »Triff deine Entscheidung, Ole Rasmussen! Ich gebe dir Zeit bis morgen früh.«

Verwirrt sah ich ihm nach. Entscheidung?

Plötzlich, schon auf der Schwelle, blieb Hennings Vater stehen, drehte sich wieder um.

»Nein. Ich hab's mir überlegt. Ich denke, es ist besser, wenn ich dich persönlich im Auge behalte. – Die anderen …« Nachdenklich betrachtete er uns. »Ihre Zimmer sind ganz oben, nicht wahr? – Bringt sie hoch!«, wandte er sich an die Söldner. »Und einen Fluchtversuch würde ich Ihnen entschieden nicht empfehlen, Fräulein Rasmussen. Meine Männer sind ausgesprochen zuverlässig, doch sie haben bei diesem Einsatz bisher schrecklich wenig *Spaß* gehabt.«

*Donnerstag, 21. Juni, 19:15*
*Auflaufendes Wasser, 5 h 54 min bis Hochwasser*
*Pegel Hallig Horn: 4,46 m über Seekartennull*

Henning presste das Ohr gegen die Zimmertür, lauschte.

Der Sturm rüttelte an den Fensterläden. Von Minute zu Minute schien er stärker zu werden, aber über das Klappern und Scheppern, das mutwillige Fauchen der Böen hinweg hörte der Kriminalassistent die gleichmäßigen Schritte. Sie kamen von links, passierten die Zimmertür, entfernten sich. Doch noch bevor sie ganz außer Hörweite waren, wurden sie übertönt, überlagert: Der andere Mann kam aus der Gegenrichtung, und er ging etwas schneller, passierte ebenfalls die Tür. Jetzt verloren sich auch seine Schritte im Wüten des Sturms.

Henning sah auf seine Armbanduhr.

*Dreiundzwanzig Sekunden. Vierundzwanzig. Fünfundzwanzig. Sechs …*

Der schnellere der beiden war als Erster wieder zu hören, von links diesmal. Der andere folgte Sekunden später aus der Gegenrichtung. Als sie einander begegneten, hörte Henning das Gemurmel ihrer Stimmen. Die Worte waren nicht zu verstehen.

Er seufzte, löste sich vom Türblatt, fuhr sich mit den Fingern durchs Haar und spürte das Prickeln der Statik. Als hätte er in eine Steckdose gefasst.

»Es hat keinen Sinn«, murmelte er und fragte sich, zum wievielten Mal er das gesagt hatte, seitdem sie hier eingeschlossen waren.

Eskil Gyllenløves Männer hatten die Tür verrammelt. Und wäre sie auch sperrangelweit offen gewesen, es hätte keinen Unterschied gemacht: In den paar Sekunden, in denen weder der eine noch der andere der beiden Wächter sie im Blick hatte, wäre an Flucht nicht zu denken gewesen.

Seufzend schüttelte Henning den Kopf. »Sie sind zu zweit«, erklärte er. Er hätte in normaler Zimmerlautstärke sprechen können, dämpfte aber automatisch seine Stimme. »Wahrscheinlich nur für diese Etage zuständig – und kein Rundkurs. Sie gehen bis ans Ende von was auch immer, dann wenden sie und…«

»Wie Pacman«, klang es vom Laptop her.

»Wie Pacman«, bestätigte Henning und nickte Hannes zu. Laras Bruder starrte hypnotisiert auf den Bildschirm des Rechners, den er aus dem Gepäck seiner Schwester gekramt hatte. Sogar ein Headset hatte er auf, wozu auch immer er das brauchte, wenn er eine Modemverbindung etablieren wollte. Sie wussten alle, dass das aussichtslos war, doch weder Henning noch Lara hatten einen Versuch unternommen, ihm reinzureden. Der Junge machte sich Vorwürfe. Es war mit Händen zu greifen, und irgendwie verstand Henning ihn. Hartes Brot, wenn man sich für die heimliche Hoffnung der Hackerszene hielt und dem Feind dann unbeabsichtigt den Zugang zu den Deichkontrollen öffnete.

Henning und das Mädchen hatten dem Jungen reinen Wein eingeschenkt: die Erinnerungen, das Amulett, die Toten im Nebel, von denen er offenbar sowieso schon gewusst hatte. Es war sinnlos, mit der Wahrheit hinter dem Berg zu halten. Eskils Erscheinen hatte die Fronten geklärt. Soweit Henning es überblickte, standen sie auf ein und derselben Seite: er selbst und die Geschwister Rasmussen – und der Inspektor, der in tiefer Bewusstlosigkeit auf Laras Bett lag.

Doch was half dieses Wissen? Henning massierte sich die

Stirn. Statische Spannung lag in der Luft, brauste durch seinen Kopf, und er wusste, dass auch die anderen sie spürten.

Es war wie ein unsichtbares Flimmern im Äther, das sämtliche belebten und unbelebten Gegenstände zu erfüllen schien und alles, was zwischen diesen Gegenständen war. Es hackte jeden bewussten Gedanken in Stücke.

Seit zwei Stunden tigerten Henning und das Mädchen auf den vier mal fünf Metern hin und her, immer im Kreis um den Jungen und den Laptop herum. Raubtiere, gefangen in einem zu engen, mintgrün lackierten Käfig. Mit Sicherheit hatte Lara die Farbe persönlich ausgesucht. Zu sehr unterschied sich das Zimmer vom Rest des Hauses. Womöglich sollte der Farbton beruhigend wirken. In Bezug auf Henning allerdings blieb der Effekt aus, im Moment jedenfalls. In einem Anfall von Aggressivität hatte er die leere Reisetasche des Mädchens mehr oder minder beiseitegekickt. Nein, sie hatte nichts dazu gesagt. Aber das war auch nicht nötig gewesen nach *diesem* Blick.

Immerhin schrien sie sich noch nicht an, doch weit weg war selbst dieser Moment nicht mehr. Nach Händchenhalten war keinem von ihnen zumute.

Und die Energien rauschten. Die Luft pulsierte.

Henning presste die Finger gegen die Stirn. »Das macht mich wahnsinnig«, murmelte er. »Das muss das verfluchte Kraftfeld sein.«

Lara schüttelte den Kopf. »Eher nicht«, sagte sie. »Oder zumindest nur zum Teil. Es ist vor allem der Sturm. Man spürt die Vorboten, ein paar Stunden bevor die Hauptfront da ist.«

»Das ist noch nicht die Hauptfront?« Henning musste beinahe brüllen. Unten im Hof kegelten die Vorboten einen Blechkübel durch die Gegend.

»So heftig habe ich es auch noch nicht erlebt«, gab das Mädchen zu. »Und wenn, dann eher im Winter. Zur Sturmzeit eben. Im Sommer habe ich noch nie …«

»Es muss alles noch einmal geschehen«, murmelte Henning halblaut, doch genau diesen Moment suchte der Sturm sich aus, um eine Pause einzulegen, sodass die Worte bleischwer zwischen ihnen in der Luft hingen.

Sie betrachtete ihn. »Du glaubst es also auch.«

Henning hob die Schultern, sank rückwärts gegen die Tür. »Was bleibt uns übrig? Wir haben Merkur umgefahren. Niemand kennt die Stunde.«

»Wenn es wieder geschieht …« Sie fuhr sich mit der Zunge über die Lippen, strich sich die Haare aus der Stirn zurück.

Hennings Lider hatten sich halb geschlossen. Jede Kraft schien seinen Körper verlassen zu haben. Sein Kopf dröhnte und brummte. Das Mädchen stand vor ihm, mit einem Gesichtsausdruck, aus dem Konzentration sprach, Entschlossenheit, ja, Sturheit. Für einen Moment sah sie wieder aus wie das wilde Weib aus den Salzwiesen, auch ohne Schminke und Kajal.

Eilig mühte Henning sich ab, das unwillkommene Bild aus seinem Hirn verschwinden zu lassen, das mit ihm selbst, mit ihr und diesem Bett zu tun hatte, das sich zufällig hier im Raum befand. – Ein Bild, das den nicht unwesentlichen Rest ausblendete: dass der ohnmächtige Inspektor in diesem Bett lag. Und der Bruder des Mädchens mit im Zimmer war. Und zwei Söldner mit Halbautomatik vor der Tür patrouillierten.

Und draußen, über den tobenden Wassern, holte der Orkan Atem, um die Reste Rungholts zu verschlingen, die sich sechshundertfünfzig Jahre lang seinem Zugriff entzogen hatten.

»*Wenn* es wieder geschieht …«, betonte Lara, und in ihren Augen zeigte sich ein höchst merkwürdiges Flackern, bei dem Henning sich fragte, ob sie tatsächlich eine Spur von dem mitgekriegt hatte, was ihm gerade im Kopf rumgegangen war. Und was sie davon hielt. »*Wenn* es wieder geschieht, kann es erst geschehen, wenn Rungholt wieder da ist. Und jetzt ist es wieder da. Jedenfalls existieren Deiche, oder doch etwas Ähnliches. Etwas, an dem der Sturm sich austoben kann.«

»Ich denke, der wird eher mit uns toben«, murmelte Henning.

»Das sowieso.« Sie fuhr sich mit den Fingern durchs Gesicht. »Falls er irgendwie mit diesen Kraftfeldern fertigwird.« Wie konnte man dermaßen nach Kopfschmerzen aussehen – und gleichzeitig so … *Wow*.

Mühsam hielt er sein Pokerface aufrecht, nickte ihr zu, forderte sie auf weiterzusprechen.

»Und trotzdem stimmt etwas nicht!« Das Mädchen trat vor die geschlossenen Fensterläden, streckte die Finger nach ihnen aus, ohne sie zu berühren. »Nein, überhaupt nichts stimmt. Sie … Ich meine: *Wir* … Wir haben uns mit den Elementen verbündet, damals. Sie beschworen, von mir aus. Um Rasmussen zu stürzen – den ersten Rasmussen. Und jetzt sind es Rasmussen und dein Vater, die das Bündnis mit den Elementen … Nein, nicht einmal das. Sie wollen die Elemente gegeneinander ausspielen. Wind gegen Wind: Das ist die Luft. Und Wasser gegen Wasser. Aber wo ist das Feuer? Wo die Erde?«

»Die Erde bin ich«, murmelte Henning. »Ich bin der Löwe. Und du: das Feuer?«

»Und warum lauf ich dann mit dem hier rum?« Sie klatschte auf ihre Hose. Er sah die Umrisse des Adleramuletts, die sich unter dem engen Jeansstoff abzeichneten – unter anderem.

»Aber weißt du was?«, zischte sie. »Wenn du dein verdammtes *Männerhirn* nicht langsam in den Griff kriegst, überleg ich mir das noch mal mit dem Feuer!«

Henning schluckte.

*Ist das ein Versprechen?*

Sie starrte ihn böse an. Oder? War das wirklich *böse*?

Für den Bruchteil einer Sekunde glaubte er, das Flimmern in der Luft tatsächlich sehen zu können. Ein Bogen aus glitzernder Energie, der sich zwischen ihnen spannte. Feuer, und es brannte in seinem Hirn, sauste seinen Rücken hoch und wieder runter – und in bestimmte andere Körperteile. Da war ein Bild: Er – und sie. Ein sehr, sehr deutliches Bild. Es war einfach …

»Wow!«, flüsterte Henning. »*Wow!*« Er spürte, dass ihm der Schweiß auf der Stirn stand.

Wenn *das* ihre Antwort war!

Ein Hüsteln.

Ertappt drehten sie die Köpfe, alle beide.

Vorwurfsvoll sah Laras Bruder sie an. »Also, *ich* versuch hier zu arbeiten. Ich kann euch zwar nicht in die Köpfe gucken und sehen, wie ihr das gegenseitig macht, aber es wär schon echt super, wenn ihr zwischendurch mal an was anderes denken würdet als an eure Schweinereien. Ich würd' ja sagen, ich geh so lange raus, aber das läuft wohl nicht. Selbst wenn sie nicht abgeschlossen hätten. Die meisten von seinen Leuten hat er runter in die technische Zentrale geschickt, der Graf, aber mindestens sechs von ihnen sind irgendwo im Haus unterwegs. Wenn ihr mich fragt, suchen die jemanden. Und dann gibt es natürlich noch die beiden hier oben.«

»Woher …« Lara starrte ihn an. »Du bist online?«, fragte sie heiser.

Der Junge warf ihr einen unfreundlichen Blick zu. »Natürlich nicht. Aber das interne Netzwerk funktioniert. Ich hab die Kontrollen für die Kamera und das Mikrofon an Papas Rechner, und sie sitzen unten im Büro: Papa, der Graf und Manson. Die Söldnerkerle schauen nur ab und zu mal rein. Manson und dem, der keine richtigen Zähne mehr hat – der von heute Nachmittag – hat der Graf versprochen, dass sie Spaß mit dir haben dürfen, wenn Papa sich falsch entscheidet. Aber Papa meinte …«

»Danke«, flüsterte Lara. »Ich will's gar nicht wissen.«

»Hey, Papa würde nie …«

Das Mädchen schüttelte den Kopf. Henning brauchte sich nicht die Mühe zu machen, ihre Gedanken zu lesen. Er verstand auch so.

Es war nicht länger die Frage, was Rasmussen tun oder nicht tun würde. Der Vater des Jungen, der, wie der Kriminalassistent erst jetzt begriffen hatte, gar nicht *Laras* Vater war, war nicht länger Herr der Situation.

Der goldene Löwe hatte Anlauf genommen, hatte sich zusammengekauert, reglos – bis zur Sekunde des einen entscheidenden Angriffs. Ein einziger, entscheidender Schlag, und nun hielt die Raubkatze ihre Beute in den Klauen.

»Wozu braucht er Rasmussen überhaupt noch?«, murmelte der Kriminalassistent. »Warum soll Rasmussen sich entscheiden? Zwischen welchen Möglichkeiten?«

»Na ja, ob er mitspielt halt.«

Henning kniff die Augen zusammen.

Hannes tippte an sein Headset.

»Ihr habt doch gehört, was Eskil vorhin gesagt hat: Er will das durchziehen, wie sie das von Anfang an geplant hatten, Rungholtland und alles. Und Papa, na ja, Papa hätte nie sein Okay gegeben, dass die Kraftfelder aktiviert werden, solange diese Untersuchungsberichte nicht da sind. Außerdem hat er Henning und dem Inspektor versprochen, dass ihr zuerst ermitteln dürft, wie das gelaufen ist mit den Toten auf der Baustelle. Und selbst wenn er das nicht getan hätte: Es ist alles viel zu gefährlich.« Der Junge reckte das Kinn vor. »Man hat eine große Verantwortung als regierender Rasmussen. Wir nehmen das nicht auf die leichte Schulter, Papa und ich.«

Henning hob eine Augenbraue. Man konnte über die Inselherren sagen, was man wollte, aber ihre Pflichten nahmen die Rasmussens ernst: die gegenwärtige, aber genauso die kommende Generation.

Doch jetzt hob der Junge die Schultern. »Na ja. Aber nun sind die Deiche mal hochgefahren. Im Moment könnte Papa gar nichts machen, aber Eskil ist wichtig, dass er *hinterher* den Mund hält – also, falls alles gut geht. Schließlich hat der König damals Rungholt den Rasmussens geschenkt, und deshalb muss das auch so bleiben, damit es keinen Ärger gibt mit den Dänen. Die Insel will Eskil gar nicht haben; dem geht's nur ums Geld. Wegen der Deiche soll Papa irgendwas von veränderten Planungsabläufen erzählen, dann würden die Dänen das schon glauben. Die waren nämlich absolut ahnungslos in Kopenhagen, meint Eskil, solange … Na ja …«

Der Junge nickte mit einem irgendwie zweifelnden Gesichtsausdruck. Er nickte in *Hennings* Richtung.

Der Kriminalassistent starrte ihn an. Da war etwas. Er stand kurz davor, etwas ganz Entscheidendes zu begreifen.

*Die wären nämlich absolut ahnungslos in Dänemark, meint Eskil, solange …*

»Solange«, flüsterte Henning. »Solange …« Er rang nach Luft.

Hatte er dermaßen blind sein können?

Seit gestern versuchte er zu begreifen, was hier gespielt wurde, und doch war das Spiel nur immer chaotischer geworden, unübersichtlicher von Minute zu Minute. Und jetzt auf einmal war die Antwort da.

Der Gedanke war dermaßen monströs: Er schnürte ihm die Kehle zu. »Solange *ich* den Mund halte«, wisperte er. »*Deshalb* bin ausgerechnet ich hier! Mein Vater kennt tausend Leute, im Ministerium und sonst wo. Vielleicht sogar den alten Nordenstjern, keine Ahnung. Wie auch immer er das eingefädelt hat. Wie auch immer …«

Lara war wieder auf ihren Platz hinter ihrem Bruder gewechselt. Ein merkwürdiges Licht lag in ihren Augen, als sie Henning ansah: »Und das würdest du tun? Den Mund halten?«

Instinktiv schüttelte Henning den Kopf, stoppte die Bewegung, zögerte.

»Ich …«

Er verstummte, versuchte in Worte zu fassen, was ihm durch den Kopf schoss.

Die Antwort.

Niels-Henning Bergstrœm, königlich dänischer Kriminalassistent ersten Grades.

Niels-Henning Bergstrœm, Erbe der Grafen Gyllenløve.

Die Antwort?

Nein, er hatte keine Antwort.

Er hatte eben erst die *Frage* verstanden.

***Donnerstag, 21. Juni, 20:23***
***Auflaufendes Wasser, 4 h 48 min bis Hochwasser***
***Pegel Hallig Horn: 6,17 m über Seekartennull***

*Von Nordwest her fauchte die Windsbraut heran, von der offenen See, die erstarrt war im klirrenden Eis der ersten Tage des neuen Jahres. Mit unbarmherziger Gewalt trieb sie die mächtigen Schollen gegen die Deiche. Es musste um die erste Stunde des Morgens sein, doch kaum eine Ahnung von Tageslicht zeigte sich am grauen Himmel.*
*Der sechzehnte Tag des neuen Jahres war angebrochen. Der Festtag des heiligen Marcellus.*
*Seite an Seite standen wir an der Spitze der Befestigung, blickten hinaus in das blindwütige Grau, in dem unser Verbündeter Anlauf nahm gegen die Barrieren von Rungholt.*
*Haakon, der goldene Löwe, und ich selbst. Die übrigen Männer und Frauen des Bundes waren in der Stadt zurückgeblieben, um keinen Verdacht zu erregen.*
*Der Tag war gekommen. Der Tag, den wir herbeigesehnt hatten, jahrelang.*
*Die Stunden waren gezählt, da Magnus Rasmussen den Stolz und die Freiheit der Friesen mit Füßen getreten hatte.*
*Meine Finger waren gefühllos, als sie in die Falten des Mantels glitten und das Säcklein zum Vorschein brachten, das ich zwischen meinen Brüsten gehütet hatte während der langen, gefahrvollen Reise.*
*Die Stunde war da, und den Ort hatten wir sorgfältig gewählt: einer der stärksten Punkte der Deichlinie, nicht weit von der Stelle, an der sich die Strömungen von*

*Fallstief und Heverstrom in tückischen Wirbeln kreuzten. Hoch türmten sich die Befestigungen an dieser Stelle, weit mächtiger als anderswo, und nicht ohne Grund. Kein Ort der gesamten Deichlinie, der dem Wüten der Elemente stärker ausgesetzt war. Mit diesen Wällen würde Rungholt stehen – oder fallen. Doppelt und dreifach mannshoch ragten sie in den grauen Himmel. Zyklopisch, aufgetürmt für die Ewigkeit.*
*In ihrem – und in unserem – Rücken aber lag die alte Fahrrinne. Ein unscheinbares, gewundenes Tief jetzt, abgeschnitten vom offenen Meer und während des Sommers kaum kniehoch mit Wasser gefüllt. Und doch war dies in früherer Zeit die Route gewesen, auf der die gewaltigen Handelsschiffe bis ins Hafenbecken gelangen konnten.*
*Sie spielte keine Rolle mehr im neuen Rungholt, der mächtigen Stadt der Rasmussens. Ein großer, schnurgerader Kanal hatte diese Verbindung abgelöst, eine halbe Meile näher zur Stadt hin, wo die Bollwerke ähnlich gigantisch waren, bewehrt mit Buhnen aus Holz, doppelten Schleusen – und streng bewacht zudem von Rasmussens Gardisten.*
*Nicht so dieser Zugang. Nicht der alte Weg. Wenn der neue Herr der Stadt ihn überhaupt kannte, hatte er ihn längst vergessen. Diese Route verlief weit entfernt von seiner befestigten Zwingburg, den gewaltigen Lagerhäusern, in denen die Schätze Rungholts ruhten.*
*Nein, Rasmussen wusste nicht, dass solche Entfernungen keine Rolle spielten in den Uthlanden. Er wusste nicht, dass überall, wo einmal Wasser gewesen war, auch wieder Wasser sein konnte.*
*Seine Zwingburg hatte er auf der einzigen noch freien*

*Fläche entlang des Hafenbeckens errichtet: dort, wo die alte Fahrrinne in das Becken einmündete.*
*Zweifel standen in Haakons Augen, als er das Säcklein in meinen Händen musterte.*
*»Ich habe mit eigenen Augen gesehen, zu welcher Zerstörung solche Substanzen fähig sind«, sagte er. »In der Schlacht.«*
*Doch ich hörte auch den Unglauben, der aus seinen Worten sprach. Es war derselbe Unglaube, den auch ich selbst gespürt hatte, aber auch ich hatte sie gesehen, die schrecklichen Wunder, die wenige Unzen dieses farblosen Pulvers hervorrufen konnten.*
*»Dieses ist die stärkste Mixtur, die sie überhaupt herstellen können«, erklärte ich. »Sie stammt weit aus dem Süden, aus dem Land jenseits der Alpen, und das Geheimnis der genauen Zusammensetzung wird dort sorgsam gehütet. Ein Zusatz, der anderswo unbekannt ist, hält das Pulver stabil – jahrelang, wenn es sein muss, solange es nicht mit Wasser in Berührung kommt.«*
*»Wasser ist hier überall«, gab er zu bedenken.*
*Ich nickte. Wir hatten die Kapuzen unserer Mäntel tief ins Gesicht gezogen, doch unbarmherzig drangen die beißende Kälte und der nadelspitze Hagel durch das Gewebe.*
*»Offenes Wasser würde es unbrauchbar machen«, sagte ich leise. »Aber es erträgt ein hohes Maß an Feuchtigkeit. Ich bin mir nicht sicher, wie viel Zeit wir haben.«*
*Finster neigte er den Kopf – und doch zögerte er, genau wie ich.*
*Dies war der letzte Augenblick, in dem wir uns noch hätten besinnen können. Ich beobachtete, wie er seinen Mantel beiseitestreifte, sodass für Augenblicke das*

*Amulett sichtbar wurde, das doppelte Zeichen mit dem Adler der Luft und dem Löwen der Erde, geschmiedet in Feuer und Wasser. Seltsam zögerlich holte er Feuerstein, Stahl und Zunder hervor, dazu die gewachste Lunte, die wir in seinem Heim vorbereitet hatten.*
*Alles war bereit, und doch war es, als käme uns die ganze Ungeheuerlichkeit der Tat, die zu begehen wir im Begriff standen, erst jetzt zu Bewusstsein. Dem Wasser, dem tödlichsten Feind des Menschen an der Küste, in vollem Vorsatz den Weg in besiedeltes Land zu bahnen.*
*»Kann es eine Sünde geben, die schwerer wiegt?«, flüsterte ich und sah, wie sich sein Haupt mit der goldenen Löwenmähne langsam hin und her bewegte, sah den Ausdruck in seinen Augen: Nein, schien er zu sagen. Keine Sünde könnte schwerer wiegen als diese. Und doch können wir immer nur so handeln, wie die Notwendigkeit es erzwingt.*
*Wir wussten, dass uns kein anderer Weg offenstand. Zumindest waren wir bereit, uns dies einzureden. Der einzige Weg, die Freiheit der Friesen wiederzuerlangen. Der einzige Weg für die Angehörigen des Bundes – und der einzige Weg für ihn und für mich.*
*Und für das ungeborene Leben, das ich unter meinem Herzen spürte. Welch dunkle Flecken auf seiner Seele, ehe es noch das graue Licht der Welt erblickt hatte!*
*Mit zitternden Fingern nahm ich die Lunte aus seiner Hand, führte sie in die Öffnung des Säckchens ein, wie es mir der Geschützmeister gezeigt hatte in dem fernen Land jenseits der Berge.*
*Dann stiegen wir die Böschung des Deichs hinab, Seite an Seite, zur Stadt hin, sodass die Befestigung uns Schutz gegen den Wind gab.*

*Der Rest war ein Werk von Sekunden.*
*Feuerstein und Stahl schlugen Funken. Beim dritten Versuch fing der Zunder Feuer. Gierig griff der Funke nach der Lunte.*
*Sorgfältig legte ich das Säcklein an der vorbereiteten Stelle ab, einer Kerbe in der Umwallung rund um das eingedeichte Land. Wenige Schritte nur entfernt von der einstigen Einmündung der Fahrrinne, durch die sich die Fluten ihren Weg bis in Rasmussens Zwingburg fressen würden. Ins Herz von Rungholt.*
*Wir traten einige Schritte zurück. Mit bösartigem Glimmen folgte der Funke den Windungen der gewachsten Schnur.*
*Haakon drückte meine Hand, und mit raschen Schritten erklommen wir die Deichflanke. Sogleich griff die Gewalt des Orkans nach unseren Mänteln – doch der Marschboden des Rungholtlandes war längst unpassierbar, durchweicht vom tagelangen Regen. Der Weg auf der Krone der Befestigung stellte die kürzeste und zur jetzigen Zeit die einzige Verbindung zurück zum Hafen dar, wo unsere Verbündeten auf uns warteten – und die beladene Kogge, die uns in den Schutz der Küste bringen würde, während sich in Rungholt das Schicksal der Rasmussens erfüllte.*
*Eilig gingen wir nebeneinander her. Wir hatten Berechnungen angestellt. Die Lunte war von ausreichender Länge. Etwa zur selben Zeit, wenn wir die Kogge erreichten, würde das Feuer die Bresche schlagen, durch die unser schrecklicher Bundesgenosse Einlass nach Rungholt finden würde.*
*Unsere Hände lagen ineinander. Beinahe blind überließ ich mich Haakons Führung, mein Gesicht gegen die bei-*

*ßende Kälte im Schutz der Kapuze verborgen. Kaum erkannte ich, wohin ich die Füße setzte, und noch weniger sah ich, was vor uns war. Ich spürte nur und hörte. Hörte das Brüllen der Brandung, die auch ohne unser Tun nur noch wenige Ellen von der Krone der Befestigung entfernt war. Hörte das Heulen des Orkans, das Tosen der See im Vorgefühl ihres Triumphs. Wie mit Trommelschlägen schien sie ihren von weißer Gischt gekrönten Scharen Weisung zu erteilen zum Angriff auf das Herz von Rungholt.*

*Ein Trommeln – wie der dumpfe Laut von Hufen auf weichem Boden.*

*Ich spürte, wie sich Haakons Finger um die meinen verkrampften.*

*»Ein Reiter!«*

*Ich blickte auf, mit pochendem Herzen. Waren wir entdeckt worden? Mein Entsetzen war nicht so groß, wie es hätte sein können. Selbst wenn der Plan enthüllt war, selbst wenn sie uns gebunden zurück in die Stadt schleppten, uns schlugen und töteten: Es war zu spät. Der größte Teil der Distanz zu den Mauern lag bereits hinter uns. Auch das schnellste Ross würde nicht mehr rechtzeitig an der Mündung der alten Fahrrinne anlangen, um die Lunte zu löschen.*

*Doch es war etwas an der Haltung des Mannes im Sattel, sein Arm, den er hektisch hin und her schwenkte, als wollte er uns Zeichen geben.*

*Tollkühnheit – oder Wahnsinn auf dem schlüpfrigen Pfad an der Spitze des Deichs, wenige Fuß entfernt von der brodelnden Urgewalt.*

*Ich kannte den Mann! Er war einer von den zwölf! Der jüngste derer, die sich im Ring der Steine versammelten.*

*Und er schrie uns etwas entgegen mit dem Gellen schierer Panik in der Stimme, sodass sie selbst das Tosen der anstürmenden Flut übertönte.*

*»Er ist fort! Auf Kaperfahrt!« Der Orkan selbst trug die abgehackten Silben zu uns. »Rasmussen ist fort! Die Zwingburg … ist leer!«*

*Die Worte erreichten meine Ohren, doch nicht meinen Verstand.*

*Sie hallten wider wie in einem hohlen Raum, hallten nach, als der Sturm alles mit sich riss, was noch folgte. Einzig das Trommeln der Hufe hielt an, die dumpfen, rhythmischen Schläge.*

*Alles andere – verstummte.*

*Alles verstummte, erstarrte. Die Geräusche, die Bilder. Nur noch das Trommeln war da in einer eisigen, eingefrorenen Welt – und eine Stimme, aus dem malmenden Mahlstrom heraus:*

Du kennst den Ort!

Es trommelte und donnerte, rauschte in meinem Kopf.

Ich konnte mich nicht erinnern, wie und wann ich wieder in die Vergangenheit verschwunden war.

Eben hatte ich noch Henning angestarrt, mit einem Blick, der Rasmussen alle Ehre gemacht hätte: Als hätte ich ein Untersuchungspräparat vor mir, auf dem Objektträger eines Mikroskops.

*Und das würdest du tun? Den Mund halten?*

*Ich …*, hatte er gestammelt und war in sich zusammengesackt, mit dem Rücken zur Tür.

Und ich, statt zu ihm zu gehen, ihm die Hand auf die Schulter zu legen, offen auszusprechen, was so offensichtlich war: *Dann sind wir jetzt wohl quitt. Du drückst sämt-*

*liche Hühneraugen zu, wenn es um deinen Vater geht – und ich lasse fünfe gerade sein, sobald Martens Vision ins Spiel kommt.*

Stattdessen war ich unfähig gewesen, meinen Ole-Rasmussen-Blick von ihm zu lösen, unter dem er sich wie in Schmerzen krümmte.

Ohne es zu merken, war ich davongetrieben in die Erinnerung, die düsterste, schwärzeste, erschreckendste von allen.

Wir beide, er und ich – wir trugen die Schuld am Untergang Rungholts.

Es war mehr, als ich ertragen konnte. Der Wunsch, ebenso wie er zusammenzusacken, direkt an seiner Seite, ein Bild des Elends, davonzuschwimmen in einer Flut aus Selbstmitleid, die der wirklichen Flut, die Rungholt ein zweites Mal vernichten würde, nur um Stunden zuvorkommen würde: Da war nichts, was ich diesem Wunsch entgegenzusetzen hatte.

Wir hatten keine Chance. Wir hatten sie in dem Augenblick verspielt, in dem wir die Lunte entzündet hatten – vor sechshundertfünfzig Jahren. Alles andere war nichts als …

*Die Strafe,* dachte ich. *Unsere wohlverdiente Strafe.* Die übrigen Angehörigen des Bundes büßten als Gefangene eines Nebels aus den kältesten, schwärzesten Tiefen des Ozeans. Unsere Strafe aber war härter: Wir waren wieder *da.* Lebendig – oder scheinbar lebendig. Welchen Namen hatte die Macht, die uns das antat? Gott? Schicksal? Ein verborgenes Naturgesetz?

Dann war es ein Naturgesetz mit einem erschreckenden, bösartigen Humor. Ein Naturgesetz, das dem Karnickel die Möhre fröhlich vor die Nase hielt: Na, spring schon! Wenn du dir richtig Mühe gibst, kommst du schon ran. Aber das war eine Lüge. Wir hatten keine Chance. Die Möhre war außer Reichweite, für immer und ewig. Es musste alles noch einmal geschehen, und wir saßen fest im Zentrum dessen, was von Rungholt übrig geblieben war, im vollen Wissen um das, was um uns herum geschah.

Im Auge des Sturms, der über den Weiten des Meeres aufzog, um die Halligen zu verschlingen.

Seine Vorboten hämmerten in meinem Kopf. Elektrostatische Entladungen in der Atmosphäre, Schockwellen des bevorstehenden Verhängnisses, die er vor sich hersandte. Das Schicksal, das an die Tür klopfte mit dem Donnern von Hufen auf der durchweichten Deichkrone.

Ein Poltern und Donnern und Hämmern und Pochen.

Ein Pochen.

Ich sah, wie mein kleiner Bruder die Augen vom Laptopbildschirm löste. Wie sein Gesichtsausdruck sich veränderte. Seine Ohren – ich hätte schwören können, dass seine Ohrmuscheln sich bewegten, sich aufstellten wie winzige Antennen.

Er lauschte – und kam ganz langsam aus dem Schneidersitz hoch.

»Hörst du das?«, flüsterte er.

»Ich …« Ich wollte nicken, war mir aber nicht sicher, ob mein Schädel das im Moment mitmachen würde. Doch Hannes' Augen waren schon weitergewandert, an mir vorbei.

Das Pochen war Wirklichkeit, und es kam *nicht* von der Tür. Dort hockte Henning, die Ellenbogen auf die Knie gestützt, das Gesicht in den Händen vergraben. Weinte er?

»Da drüben!«, wisperte mein Bruder.

Da drüben war *hinter mir*.

Meine Füße brauchten einen Moment, bis sie mir gehorchten. Ich drehte mich um.

Der Kleiderschrank. Mein Umhängebeutel, der mich am Tag zuvor zur Begegnung mit Mommsen und zur Rungholt-Sandbank begleitet hatte, hing immer noch über dem Griff. Die Umrisse von Martens Aktenordner waren gut zu erkennen, doch es sah aus, als ob sie zitterten – im Rhythmus des Pochens.

Für einen Atemzug starrten wir auf das Bild. Selbst Henning hob jetzt langsam den Kopf.

Dann löste ich mich aus meiner Erstarrung, war mit drei Schritten am Schrank, riss die Tür auf. Ein schwache Ahnung von künstlichem Lavendelduft und …

Nichts.

Der Schrank war leer. Leere Regalböden. Eine Kleiderstange mit leeren Metallbügeln.

Was hatte ich erwartet?

Ich hatte immer noch nicht ausgepackt. Meine Reisetasche hatte Henning unsanft unters Bett befördert.

Der Schrank war leer, doch das Pochen ging weiter. Mehr als das: Es war lauter geworden.

»Wo kommt das her?« Hennings Stimme – oder was von ihr übrig war. Wenn er nicht geweint hatte, musste er die letzte halbe Stunde damit verbracht haben, mit seiner idiotischen Männerehre dagegen anzukämpfen. Das Ergebnis war dasselbe: Er war kaum zu verstehen.

Ich starrte in den leeren Schrank, die Hand am Türgriff.

Das Geräusch war nicht mehr nur zu hören. Nun spürte ich es auch, winzige Erschütterungen unter meinen Fingern. Ganz langsam streckte ich die andere Hand aus, legte sie auf einen der Regalböden. Dasselbe Gefühl, aber noch stärker.

»Kommt das von … unten?«, flüsterte Hannes.

Ich kniff die Augen zusammen, ging in die Knie. Der Schrankboden, das unterste Regalfach.

Der Sturm heulte durch die Nacht. In diesem Moment kam es mir vor, als ob er mir *aus dem Schrank* entgegenheulte.

»Hattest du das auch?«, flüsterte mein Bruder. »Als du klein warst? Dass du nicht schlafen konntest, weil du dachtest, da versteckt sich jemand im Schrank? Ein Monster?«

»Das kennt wohl jedes Kind«, murmelte Henning. An seinem Stöhnen hörte ich, dass er sich mühsam aufrichtete. »Im Schrank oder unterm Bett.«

»Nein«, sagte ich leise. »Im Schrank. Es war immer im Schrank.«

Ich hatte keine Ahnung, wie Hennings Kinderzimmer ausgesehen hatte. In meinem Zimmer, diesem hier, dem auf der Hallig, hatte jedenfalls immer dieser Schrank im Zentrum des Horrors gestanden. Dieses klobige, deckenhohe Ungetüm, dem man auch unter der mintgrünen Lackierung noch ansah, dass seine Entstehung der letzten Restaurierung des Herrenhauses zu verdanken war, vor zwei oder drei Rasmussen-Generationen.

»Hinter der Tür ganz rechts«, hauchte Hannes. »Also bei mir im Zimmer.«

»Nein.« Ich spürte einen regelrechten Widerwillen, und doch streckte ich die Hand aus, dem untersten Regalfach, dem Schrankboden entgegen. »Nein, bei mir war es genau diese Tür. Die zweite von links.

Manchmal hab ich sogar davon geträumt. Aber wenn ich was gesagt habe, meinte Tilda immer nur …«

»*Verflixt, Kinder! Jetzt helft mir endlich!*«

Wir prallten zurück. Ich hörte ein dumpfes *Uff!*, als mein Bruder gegen Henning stieß.

»Tilda?«, flüsterte ich ungläubig.

Hannes machte sich gar nicht die Mühe, sich wieder aufzurappeln, sondern drückte mich zur Seite, tastete den Boden ab.

»Die Leiste ganz hinten ist lose«, wisperte er. »Aber irgendwas muss sich verklemmt haben.«

Er zuckte zurück, als der Schrankboden sich bewegte, sich um seine eigene Achse drehte, beiseiteglitt.

»Was zur …«, begann ich, brach ab, kniff die Lider zusammen.

Gleißendes Licht, doch schon huschte es zur Seite. Meine Augen tränten, ich konnte einen Moment lang kaum Umrisse erkennen.

Doch das reichte schon aus.

Das teigige Gesicht der Köchin war eine gespenstische, bleiche Maske. Oder vielleicht kam das von den unregelmäßigen Schatten, als sie nach einer Position für ihre Taschenlampe suchte, in der sie keinen von uns blendete. Schließlich kam sie auf den nächstliegenden Gedanken – ein Knipsen, und die Lampe ging aus.

Mein Bruder starrte sie an. »Eskils Leute suchen nach jemandem«, murmelte er. »Deshalb patrouillieren sie im Haus. Ich dachte, da wären vielleicht welche von der Bürgerwehr.«

Jetzt war es Henning, der meinen Bruder beiseiteschob.

»Kommen Sie!«, wandte er sich an die Köchin, streckte ihr weltmännisch die Hand entgegen. »Ich helfe Ihnen da raus.«

Ich sah, wie sich ihre Augenbrauen zusammenzogen. Böse funkelte sie ihn an.

Mein dunkler Beschützer. Wie üblich brauchte er ein paar Sekunden länger, um zu erfassen, was mein Bruder und ich auf der Stelle begriffen hatten, als Tilda aufgetaucht war wie der Teufel aus der Kiste.

Oder wie das Monster aus dem Schrank.

»Sie passt da doch im Leben nicht durch«, knurrte Hannes. »Selbst ein normaler Mensch würd' da nicht durchpassen, solange die Regalböden drin sind. Sie ist nicht von *dieser* Seite aus da reingekommen. – Das ist ein Geheimgang.«

»Johan«, brummte die dicke Frau. Weniger ein Murmeln, eher ein asthmatisches Keuchen. »Wenn ihr etwas gesehen habt, als ihr klein wart, war es Johan. Aber er ist jetzt zu alt.«

Ich nickte. Johan war früher eine Art Butler gewesen – aber selbst das wohl eher zu Zeiten von Ole Rasmussens Vater. Auf jeden Fall war er wirklich ein schmales Hemd. Eher das Format für Geheimgänge.

»Aber …« Ich schüttelte den Kopf. »Was zur Hölle ist er nachts hier rumgeschlichen?« Man hörte ja ständig von Perversen, die sich nachts an Kinder ranmachten. Aber *Johan?*

»Wir konnten gar nicht genug auf euch achtgeben«, murmelte die dicke Frau. Ihre Augen wanderten zu den Fenstern, nein: zu dem Fenster, in dem vierundzwanzig Stunden zuvor ein Kletterhaken geklemmt hatte! »Auf dich«, sagte sie, schien noch etwas anfügen zu wollen, doch dann kam nur noch eine ruckartige Bewegung. »Einige Dinge auf dieser Insel sind vollkommen anders, als ihr das vielleicht euer Leben lang geglaubt habt«, sagte sie schließlich.

Ich öffnete den Mund, doch dann schüttelte ich nur den Kopf. *Das* zumindest war nicht zu leugnen. Auf dieser Insel war einiges noch eine ganze Spur heftiger, als ich es mir selbst in meinen wildesten Träumen vorgestellt hatte.

»Und jetzt …«, flüsterte ich.

»Wenn dieser Gang hier reinführt«, murmelte Henning. »Führt er auch hinaus? Raus aus dem Herrenhaus?«

»Die Rasmussens glauben, sie kennen dieses Haus wie niemand sonst«, brummte die dicke Frau. Ihre Augen funkelten. »Und warum tun sie das?«

Es war eine etwas merkwürdige Situation: Die Dicke – Tilda – steckte im Endstück ihres Geheimgangs wie ein Korken im Hals einer Flasche *Dom Perignon*. Lara, Hannes und Henning selbst hockten im Halbkreis am Boden.

Ein bisschen wie am Lagerfeuer, dachte der Kriminalassistent. Fehlten nur die Marshmallows.

»Weil ihnen das Haus gehört?«, sprach er das Naheliegende aus. »Seit … wie lange?«

»Solange es steht«, murmelte Lara. »Und es steht so lange, wie es Rungholt nicht mehr gibt. Seit sechshundertfünfzig Jahren. Die Rasmussens haben ständig an- und umgebaut, je nachdem, was sie jeweils brauchten. Räume für eine große Familie, oder Lagerplatz für die Ernte oder irgendwas Militärisches. Und wenn sich das dann wieder änderte …«

»Haben sie weitergebaut«, knurrte die Dicke. »Und alles, was vorher war, vergessen. Die dunklen Ecken. Flure, die plötzlich ins Nichts führten oder zu Speicherräumen, in die sich nie jemand von den hohen Herrschaften verirrt hätte. Vor dreihundert Jahren gab es eine Fußbodenheizung unter der gesamten ersten und zweiten Etage. Als die nicht mehr gebraucht wurde, weil plötzlich mit Öl geheizt werden konnte: vergessen. – Ihr glaubt, dieses Haus wäre zu groß für eure Familie?«, fragte sie und verrenkte sich den kaum wahrnehmbaren Hals, um Lara und ihren Bruder zu fixieren.

Die beiden nickten, mit offenem Mund.

»Ihr kennt nur einen Bruchteil dieses Hauses«, stellte Tilda mit einem zufriedenen Grunzen fest. »Selbst *Ole Ras-*

*mussen* kennt nur einen Bruchteil. Aber dem Herrn Rasmussen ist das wenigstens klar. Wisst ihr, was er letztes Jahr zu mir gesagt hat?« Erwartungsvoll sah sie in die Runde, senkte die Stimme. »*Wenn ich Sie nicht hätte, meine liebe Tilda, ich würde doch gar nicht mehr zurechtkommen. Wenn es Sie nicht gäbe – man müsste Sie glatt erfinden.*« Sie stieß eine Art Kichern aus, bei dem Henning das Bild eines kleinen Mädchens vor Augen trat – mit langen blonden Zöpfen.

Doch im nächsten Moment veränderte sich ihre Stimme. »Meine Mutter war Köchin in diesem Haus. Meine Großmutter war Köchin in diesem Haus. Meine Urgroßmutter. Und genauso verhält es sich mit Johan. Die Rasmussens sind nicht die Einzigen, die Generationen unter diesem Dach verbracht haben, und die klügeren von ihnen haben immer gewusst, was sie an ihren Dienstboten hatten. Meine Ur-Ur-Ur… – vierzehn Mal Urgroßmutter – hat Sven Rasmussen, den dritten Rasmussen, unter den Dielenbrettern versteckt, als die Hanseleute die Insel geplündert haben auf der Jagd nach Störtebeker. Und von ihrer …« Sie verdrehte die Augen. Wahrscheinlich zählte sie an ihren unsichtbaren Fingern etwas ab. »Von ihrer zweifachen Urenkelin hat Erik Rasmussen …« Sie schüttelte den Kopf. »In diesem Haus hat es immer Menschen gegeben, die es sehr viel besser kannten als diejenigen, denen es gehörte. Und diesen Menschen ist es zu verdanken, dass es das alles heute noch gibt: das Haus, die Insel, die Rasmussens.«

»Und darum sind Sie jetzt hier?« Lara hörte sich heiser an. »Sie kennen einen Weg nach draußen?«

»Einen?« Die Dicke kicherte. »Ein halbes Dutzend.« Doch sie wurde sofort wieder ernst. »Allerdings sind sie allesamt nicht mehr sicher mit diesem Soldatengesocks, das sich jetzt hier rumtreibt. Bis auf einen einzigen, der am Fuß der Warft ins Freie mündet. Beim Wasserfass an der Zisterne.«

»Am Wasserfass?« Auf einmal klang Laras Bruder ganz besonders interessiert.

»*Unter* dem Wasserfass«, betonte Tilda. »Wie oft hab ich dir gesagt: Das ist kein Spielzeug!«

»Ich krieg's hoch«, murmelte der Junge. »Wenigstens ein Stück.«

»Von unten geht es leichter«, sagte die Köchin. »Behauptet Johan. Offenbar gibt es eine Vorrichtung. Aber er ist lange nicht dort gewesen, und ich hatte keine Zeit, das zu überprüfen. Wir können nicht mit Sicherheit sagen, ob dieser Weg noch frei ist. Doch ich fürchte, wir haben keine andere Wahl. Aber selbst wenn wir dort ins Freie kommen: Die Insel ist in der Hand dieser Gangster. Ganz gleich, in welche Richtung ihr euch bewegt: Die Salzwiesen sind plattes Land.«

»Und Eskils Männer haben Nachtsichtgeräte«, murmelte Henning. »Zumindest diejenigen, die die Kutsche bewacht haben.«

»Aber wir müssen raus«, sagte Lara leise. »Und es gibt nur einen Ort, der für uns infrage kommt. Der Leuchtturm. Gorm. Selbst wenn wir von der Insel wegkämen, könnten wir höchstens uns selbst in Sicherheit bringen. Alles andere: die Hallig, das Dorf …«

Sie verstummte. Sekundenlang war nichts zu hören als das Wüten des Orkans, dessen Macht sich in den letzten Minuten wieder gesteigert hatte. Sie alle wussten, dass dies noch immer nur ein winziger Vorgeschmack der ganzen Gewalt war, die die Windsbraut entfesseln würde, wenn sich die Katastrophe tatsächlich wiederholen sollte.

»Die Hallig … ist nicht in Gefahr«, krächzte eine Stimme.

Alle Köpfe fuhren herum. Selbst Tilda verrenkte sich den Hals, doch für sie war es aussichtslos – im wahrsten Sinne des Wortes. Sie kam keinen Zentimeter weiter nach oben.

Inspektor Schmehlich stützte sich mühsam auf einen Arm. Schon war Lara bei ihm, legte die Hand unter seinen Nacken, flüsterte auf ihn ein.

»Lassen Sie das!«, knurrte der Glatzkopf unwirsch. Wobei von der Glatze im Moment nichts zu sehen war unter dem Verband.

»Inspektor! Wie … wie geht es Ihnen?«, stotterte Henning. Er ließ sich aufs Bett gleiten, seitlich neben den Verletzten.

»Wie es einem Menschen geht, der einen … Pistolenkolben? Der eins über den Schädel gekriegt hat.« Schmehlich kniff die Augen zusammen. »Wir sind gefangen?« Seine Lippen bewegten sich zitternd. Henning sah, dass er noch eine Spur blasser wurde.

»Legen Sie sich wieder hin«, bat der Kriminalassistent. »Schlafen Sie! Es ist alles in Ord …«

»Nichts ist in Ordnung!«, blaffte Schmehlich. »Aber die Hallig kann Ihre geringste Sorge sein. Rasmussens Kraftfelder werden halten.«

»Wie wollen Sie das wissen?«

»Weil *ich* die Gutachten kenne, auf die Rasmussen noch wartet«, knurrte der Deutsche. »Und jetzt hören Sie mir zu! Vergessen Sie die Insel! Die Insel ist das Einzige, was nicht in Gefahr ist. Die Flutwelle wird gegen die Kraftfelder prallen. Sie wird sich teilen, in das Fallstief und in den Heverstrom hinein wie in zwei enge Kanäle. Dort trifft sie auf das Wasser, das mit der Ebbe zurücklaufen würde, aber nun nicht zurücklaufen *kann*, und wird es vor sich herschieben. Die Kräfte werden sich potenzieren und auf … auf …«

Vorsichtig ließ Lara ihn auf das Kissen zurückgleiten.

»Die Flut wird auf Pellworm treffen«, flüsterte sie. »Auf Nordstrand. Auf die anderen Halligen und die Festlandküste. Auf … auf die *Stadt!* Dort haben sie keine Kraftfelder, und die Deiche sind darauf eingerichtet, dass die Gewalt der Flut hier draußen abgefangen wird. Dass sie zerfasert, sich im Wattenmeer totlaufen kann. Auf dem Watt, das jetzt kein Watt mehr ist – sondern Land. Land werden soll. *Rungholtland.*«

»Sie … müssen …« Die Stimme des Inspektors war nur noch ein Flüstern. »… *Gorm.* Gorm ist der Schlüssel. Aber passen … Sie auf! Sie müssen … verhindern …«

Hennings Kopf schwirrte. Was wusste der Kahlkopf von Gorm? Mehr als Henning selbst? Die Berichte! Er kannte die Berichte, genau wie Hennings Vater sie kannte. Welche Rolle spielte dieser Mann tatsächlich?

Doch Schmehlich sagte kein Wort mehr. Stattdessen, mit einer solchen Anstrengung, dass die Adern an seinen Schläfen unter dem turbanartigen Verband blau hervortraten, hob er die Hand, bewegte sie zitternd.

Schräg nach oben.

Senkrecht nach unten.

Und, knapp daneben, ein kurzes Stück nach oben und wieder nach unten wie ein Dach.

Dann fiel sie kraftlos zurück.

»Das Zeichen«, wisperte Henning. »Das Zeichen der freien Friesen. Der Adler.«

Laras Finger lag am Hals des Verletzten. »Sein Puls ist schwach«, murmelte sie. »Aber gleichmäßig. Er ist wieder ohnmächtig. Mit Sicherheit das Beste für ihn im Moment. –

Das Zeichen«, flüsterte sie. »Das Zeichen des Bundes. Die Männer und Frauen des Bundes sind lange tot, wir haben sie im Nebel gesehen, aber irgendwie muss etwas überlebt haben – bis heute. Und er gehört dazu.«

Henning nickte wie betäubt. Er hatte es gespürt, die ganze Zeit. Dass dieser Mann mehr war als irgendein deutscher Inspektor, der zufällig zu diesem Fall abgestellt war. Die freien Friesen. Nicht allein Eskil Bergstrœm, Graf Gyllenløve, hatte seine Fäden gesponnen, sondern auch die andere Seite hatte ihre Spielfigur ins Feld geführt. Zu welchem Zweck? Hatten sie ahnen können, was geschehen würde? *Alles noch einmal?*

»Das, was er gesagt hat«, murmelte Henning. »Die Flut, die Strömungsverhältnisse. Stimmt das?«

Lara nickte abgehackt. »Jedes Wort. Wenn eine Flut kommt, so mächtig wie damals, eine Flut, die die gesamte Fläche überschwemmen könnte, die damals Rungholt war, und wenn diese Fläche jetzt blockiert ist: Wo soll das Wasser bleiben? Das wäre das Ende …« Sie schluckte. »Das Ende Frieslands.«

»Es geht nicht darum, uns selbst zu retten«, sagte Henning leise. »Das spielt die kleinste Rolle. Die Kraftfelder: Es muss irgendeine Möglichkeit geben, sie zu deaktivieren.«

»Aber nicht von der Zentrale aus«, hörte er die Stimme von Laras Bruder. »Eskil hat dreißig von seinen Männern da unten, und die Techniker stehen sowieso auf seiner Gehaltsliste, sagt er.«

»Gorm«, flüsterte Lara. »Gorm hat gewusst, was geschehen würde. Alles noch einmal. Wenn es jemanden gibt, der weiß, wie es diesmal anders ausgehen könnte, dann ist es Gorm.«

Tilda brummte etwas – doch es war ein zustimmendes

Brummen. »Ich habe den Herrn Rasmussen gewarnt, sich allzu sehr mit diesem Gorm einzulassen. Er hat nicht auf mich gehört. Vom Leuchtturm kam noch nie was Gutes – das hat schon meine Großmutter gesagt. Doch niemand weiß mehr über diese Insel als der alte Gorm. Und wenn er euch einlässt, wärt ihr auf jeden Fall sicher bei ihm. Vom Leuchtturm würde ich mich fernhalten, wenn ich an der Stelle dieser Gangster wäre.«

»Und der Weg dorthin ist kürzer als der zu den Anlegestellen.« Lara nickte. »Außerdem führt der größte Teil durch die Dünen. Wenn wir es bis zu den Dünen schaffen, haben wir eine Chance.«

»Und genau das ist das Problem.« Die dicke Frau schniefte. Henning tastete nach einem Taschentuch, stellte aber fest, dass er keines dabeihatte in seinem hässlichen neuen Anzug von Schmehlichs Gnaden. »Ihr werdet nicht bis zu den Dünen kommen«, seufzte Tilda. »Die Wege, die wir bis zum Ausstieg nehmen müssen, sind kompliziert. – Da sind zwei Männer draußen auf dem Flur? Mit Sicherheit lauschen sie. Durch die Tür kann man zwar kein Wort verstehen …«

Schon klar, dachte Henning. Wenn jemand das wusste, dann diese Frau. Jahrelange Übung.

Er runzelte die Stirn. War das sein Gedanke, oder kam er aus Laras Kopf?

»Doch wenn auf einmal gar nichts mehr zu hören ist, wird ihnen das auffallen«, fuhr die Dicke fort. »Bevor wir auch nur ins Freie kommen, wird ihnen klar werden, dass ihr fort seid.«

»Dann darf es ihnen nicht klar werden.« Henning schnitt ihr das Wort ab. »Sie müssen sie ablenken, Sie und dieser Johan!«

Die teigigen Wangen der Köchin wabbelten wie ein Vanillepudding, als sie vehement den Kopf schüttelte. »Wie stellen Sie sich das vor? Johan ist dreiundneunzig Jahre alt! Und ich muss Ihnen den Weg zeigen.«

»Dann muss einer von uns hierbleiben. Und das werde ich sein.«

Henning drehte den Kopf. Hannes Rasmussen hatte sich in den letzten Minuten zurückgehalten, halb gegen den Schrank gelehnt, kaum ein Wort gesagt.

»Auf gar keinen Fall!« Lara sprang vom Bett auf. »Das kommt nicht infrage! Entweder gehen wir alle, oder keiner von uns.«

Hannes richtete sich ebenfalls auf, langsamer als seine Schwester. »Also *er* wird jedenfalls auf keinen Fall gehen.« Mit dem Daumen wies er auf den Inspektor, der wieder flach auf dem Bett lag, den Nacken mit dem Kissen gestützt. »Aber der schnarcht höchstens. Da werden sie erst recht misstrauisch werden. Während ich …«

Die Geschwister waren ungefähr gleich groß, starrten einander an, aus dreißig Zentimeter Distanz. Zweimal derselbe Blick, der einen ausgewachsenen Mann in die Knie zwingen konnte. Henning schauderte.

»Ach ja?«, fragte Lara ätzend. »Und wenn du stundenlange Selbstgespräche führst, werden sie *nicht* misstrauisch?«

»Ich rede ständig mit dem Rechner«, verteidigte sich der Junge. »Und anders als ihr kann ich da draußen exakt überhaupt nichts machen. Henning und du, ihr wart vor sechshundertfünfzig Jahren dabei. Ich nicht. Wenn alles noch einmal passiert, und irgendjemand dafür sorgen kann, dass es eben nicht noch mal passiert, dann seid ihr das. Ich geb euch die DS mit für Gorm, auf die ist er ständig scharf.

Vielleicht wird er dann zugänglicher. Und außerdem hab ich was vorbereitet: hier! – Ich meine: Moment!«

Der Junge beugte sich über den Laptop. »Ich hab ein bisschen was mitgeschnitten vorhin«, erklärte er. »Wenn ich das per Zufallsgenerator wiedergebe, sollte sich das anhören wie ein normales Gespräch.«

Er klickte auf die Maustaste.

Eine Sekunde lang kam gar nichts, dann Stimmen, Henning und das Mädchen, etwas quäkig, aber klar zu unterscheiden.

Henning: *Ich bin der Löwe.*

Lara: *So heftig habe ich es auch noch nicht erlebt. Und wenn, dann eher im Winter.*

Henning: *Im Schrank oder unterm Bett, oder …*

Lara: *Wenn du dein verdammtes* Männerhirn *nicht langsam in den Griff kriegst!*

Hannes hüstelte, drückte schnell noch einmal die Maustaste, und die Aufnahme verstummte. »Also, klingt doch eigentlich ganz echt, oder? Zwischendurch sag ich dann selbst noch mal was. Live.«

»Ich hör mich an wie Micky Maus«, murmelte Henning.

Der Junge nickte: »Aus Fünfzehnwattlautsprechern: ja. Aber ich kann mit dem Equalizer noch was rausholen, und durch die Tür klingt das dann sowieso ganz anders. Hauptsache, sie hören die unterschiedlichen Stimmen. Wenn ihr Glück habt, fallen sie eine Weile drauf rein.«

»Solange niemand auf die Idee kommt, uns ein verspätetes Abendessen zu servieren«, murmelte Henning.

*»Die Küche hat geschlossen!«*, kam es aus dem Schrank. *»Und wie ihr euch auch entscheidet: Entscheidet euch! Jetzt!«*

Mit einem vernehmlichen Klirren zersprang irgendwo am Haus eine Fensterscheibe. Als ob der Sturm die Worte der Dicken unterstreichen wollte.

Sie stellte keine Fragen, ging dem Kriminalassistenten auf. Weder zu Gorms Prophezeiung noch zu Laras und seiner eigenen Anwesenheit vor sechshundertfünfzig Jahren. Als wäre nichts davon neu für sie. Und war diese Person nicht eine Art Kindermädchen für die Geschwister gewesen? Sie hatte keinen Versuch unternommen, dem Plan des Jungen zu widersprechen – anders als Lara. War Henning der Einzige, dem das auffiel?

Lara hatte sich nicht von der Stelle gerührt, während ihr Bruder sein Experiment vorgeführt hatte. Noch immer stand sie da, starrte, bis sie sich plötzlich ruckartig regte.

Ihre Hand zitterte, als sie sie nach Hannes' Wange ausstreckte, ihn dann heftig in die Arme schloss, ihn umklammerte, als wollte sie ihn nie wieder loslassen.

Der Junge war blass wie ein Bettlaken. Doch als sich Lara von ihm löste, verzog er keine Miene, tätschelte seiner Schwester sogar unbeholfen die Schulter, als sie leise schniefte.

*Taschentücher,* dachte Henning. *Ich brauche Taschentücher.*

***Donnerstag, 21. Juni, 21:09***
***Auflaufendes Wasser, 4 h 00 min bis Hochwasser***
***Pegel Hallig Horn: 7,21 m über Seekartennull***

Ein Gebäude, das so alt ist wie das Herrenhaus von Hallig Horn, hat unzählige Geschichten zu erzählen, und eine ist düsterer als die andere.

Jetzt kamen sie zu mir zurück, während wir uns zentimeterweise durch Tildas Geheimgang tasteten, der in Wahrheit gar kein Gang war, sondern ein aufgegebener Kamin, der senkrecht abwärtsführte. Ein Teil der alten Fußbodenheizung vielleicht.

Mit Sicherheit ließ sich das nicht sagen. Es war stockfinster hier drin, zumindest für mich. Tilda hatte eine Taschenlampe, doch Tilda war unter mir, und sie leuchtete in Kletterrichtung. An diesem Luxuskörper kam kein Schimmer vorbei. Wie sie überhaupt hier durchkam, war mir ein Rätsel. Vielleicht weil sie das alles kannte – aus einer Zeit, als sie einen halben Zentner weniger Tilda gewesen war.

Und von Henning, der hinter mir und damit als Letzter in den Schrank gekrochen war, kam was ganz anderes: Staub, Mörtelbrocken, Splitter halb verrotteten Fachwerkgebälks und vermutlich ein paar Dinge, über die ich nicht zu genau nachdenken wollte.

*Dann sei doch froh darüber, dass du nichts siehst,* raunzte ich mich in Gedanken selber an. Der enge Schacht war voller Vorsprünge, Ausbuchtungen, Ritzen und Spalten, die sich unvermittelt in den Wänden auftaten. Die waren mit Sicherheit nicht alle unbewohnt, diese freundlichen Kletterhilfen.

Ich war wie blind in der wirklichen Welt, doch in der Dunkelheit kamen andere Bilder. Erinnerungen an die alten Geschichten, die man sich über dieses Haus erzählte. Nicht so deutlich wie meine Erinnerungen an das Ende von Rungholt, aber deutlich genug.

Dieses Haus hatte die Pest gesehen, Hungersnöte und unzählige Fluten. Nach der Burchardiflut war die Hallig monatelang vom Festland abgeschnitten gewesen. Die Gerüchte über Kannibalismus hielten sich hartnäckig. Tausend gespenstische Erzählungen rankten sich um Kinder der

Herrensippe, die man irgendwo ausgesetzt hatte – draußen in den Dünen oder in einer der unzugänglichen Dachkammern des Hauses, dem Hungertod preisgegeben, weil das zusammengeschrumpfte Land so viele Mäuler nicht länger ernähren konnte.

*Ausgesetzt,* dachte ich. So wie ich meinen Bruder ausgesetzt hatte, zurückgelassen bei dem besinnungslosen Inspektor. Zum zweiten Mal in zwei Tagen, dass ich ihn allein gelassen hatte. Er hatte mir sogar noch was zugesteckt: Knicklichter, damit wenigstens für ein bisschen Helligkeit in dem dunklen Gang gesorgt wäre. Aber die konnte ich hier drin nicht mal auspacken.

Tränen brannten in meinen Augen. Ich wusste sehr gut, dass ich keine andere Wahl gehabt hatte, doch das bedeutete nicht, dass ich deswegen die Vorstellung hätte ertragen können.

Wir können immer nur so handeln, wie die Notwendigkeit es erzwingt, hatte Graf Gyllenløve gesagt. Einer der wenigen Momente, in denen er sich nicht aufgeführt hatte wie ein durchgeknalltes Arschloch.

Ich hatte es ja so satt, so unglaublich satt. Gab es denn nichts, absolut nichts, bei dem ich eine Wahl gehabt hätte?

Ich löste eine meiner Hände von einem Mauervorsprung und wischte mir übers Gesicht.

Wenn wir wieder Licht haben, wird es aussehen, als hätte ich geheult, dachte ich – und schniefte.

Von Henning kam ein Gemurmel, das sich anhörte wie *Taschentuch*.

Fast gegen meinen Willen musste ich lächeln. Ein vollendeter Gentleman, solange es nicht um Wasser ging.

Doch mein Lächeln gefror, als irgendwo über uns eine neue Angriffswelle des Sturms heranfegte, gedämpft durch

Schichten von Mauerwerk und halb versiegelte Hohlräume im Innern des Gebäudes. Ein Laut wie ein Fauchen und Jammern, ein Heulen wie von Hunden in der Nacht – oder war es das erstickte Weinen ausgesetzter Kinder?

»Hörst du es auch?«, flüsterte ich. »Die Kinder?«

Henning gab ein Geräusch von sich, das alles bedeuten konnte. Vorsichtig tastete ich mich mit dem Fuß weiter vor, weiter nach unten.

»Ich höre das Wasser«, sagte er schließlich. »Ich weiß, es kann nicht rein«, fügte er rasch hinzu. »Aber ich bin einfach nur froh, wenn wir hier raus sind.«

»Wem sagst du das«, murmelte ich. »Selbst wenn das Schlimmste noch auf uns wartet da draußen. Eskils Männer. Wenn er begreift, dass wir weg sind…« Ich zögerte. »Wenn er sieht, dass *du* weg bist: Was wird er dann tun?«

»Was glaubst du?« Ich hörte ein Schaben, als er nach einem anderen Halt suchte, und eine neue Wolke von Mörtel rieselte auf mich herab. »Du hast ihn doch erlebt.«

»Du bist immerhin sein Sohn!«

»Er hat noch andere.« Der Klang seiner Stimme ließ mich ein Schulterzucken vermuten. »Und die sind ihm ähnlicher. Alle älter als ich, von seiner ersten Frau. Anders als die Rasmussens sind die Grafen Gyllenløve nicht vom Aussterben bedroht. Wenn sie uns einholen, ist ein schneller Tod das Beste, was ich zu erwarten habe.«

»Dann trifft es dich immer noch besser als mich«, sagte ich leise. Vor meinem inneren Auge schälte sich Mansons rattenartige Visage aus der Dunkelheit, neben ihm der Söldner mit seiner zahnlosen Kauleiste.

»Nur über meine Leiche!«

Für einen Moment verstummten wir beide. Das Bild erschien jetzt einfach zu glaubhaft, zu wahrscheinlich: Hennings toter Körper im feuchten Gras der Salzwiesen, Eskils Schergen, die mit mir ihren *Spaß* hatten.

»Wir werden es schaffen«, presste Henning hervor. »Wir beide zusammen! Es hat mit uns begonnen, und wir gehen zusammen – bis ans Ende. Und wenn wir das hinter uns haben, dann werden wir beide …«

Das Bild, das er mir schickte, von Kopf zu Kopf, war etwas verschwommen. Wir hatten beide alle Mühe, uns in der Dunkelheit festzuklammern. Doch ich verstand genug.

»Aber klar doch«, seufzte ich. »Gorm wird uns Champagner ans Bett servieren. Oder vielleicht erst mal einen Grog zum Aufwärmen? Oder einen Korn?«

*»Aha«*, murmelte Henning. *»Oho.«*

»Still!«

Der Befehl kam so plötzlich, dass ich um ein Haar den Halt verlor.

Tilda. Ich lauschte. Sie war irgendwo unter mir.

»Jetzt ganz leise!«, flüsterte sie. »Gleich sind wir direkt neben dem Büro Ihres Vaters. Hören Sie?«

Ich strengte meine Ohren noch mehr an. Der Wind. Er klang weiter entfernt als zuvor, doch die Entfernungen konnten täuschen, wenn er durch andere aufgegebene Dachöffnungen fuhr, in die Abseiten, das offene Gebälk an der Rückseite des verschachtelten Gebäudes, die früher die Stallungen beherbergt hatte.

Doch da war noch ein anderes Geräusch. Stimmen?

Ganz vorsichtig setzten wir unsere Klettertour fort. Jedes Mal, wenn sich unter meiner Hand, meinem Fuß poröser Putz löste, zuckte ich zusammen – und schickte im nächsten Moment ein kleines Dankgebet an den Gott der Stürme. Wenn es so einen gab. Auf dieser Etappe war Hallig Horns grausamster Feind unser Verbündeter.

Zentimeterweise arbeiteten wir uns nach unten. Nach einer Weile glaubte ich zu spüren, dass sich der Mauerabschnitt links von mir wärmer anfühlte als bisher. Die Wand zum Büro?

*»... nicht mehr brauchen?«*

Ich hielt den Atem an. Eskil Gyllenløve! Jemand antwortete ihm, aber so leise, dass ich weder die Worte noch den Sprecher erkennen konnte. Mein Stiefvater?

Aber schon redete wieder der Graf, und seine Stimme genügte, um ein eisiges Gefühl sich auf meinem Nacken ausbreiten zu lassen:

*»... auf diesem Schiff vor Nordstrand zwölf meiner Männer gestorben ... Schmehlich das irgendwie überlebt ... bezahlen ...«*

Hörte Henning die Worte auch? Ich wagte es nicht, ihn zu fragen.

*»... steht unter meinem Schutz! ... Herr von Hallig Horn!«*

*Das* war Ole Rasmussen, und er klang nicht mehr zerknirscht und vernichtet wie bei unserer ersten Begegnung mit dem Grafen.

*Er setzt sich zur Wehr,* dachte ich und spürte, dass mein Herz plötzlich bis zum Hals schlug. Unglaublich, aber einen Moment lang war ich tatsächlich *stolz* auf meinen Stiefvater!

Ole Rasmussen kämpfte um das Leben des deutschen Inspektors.

Der Graf antwortete – aber nun war ich an dem unsichtbaren Schallloch vorbei.

Es ging abwärts, immer weiter abwärts.

Rasmussens Büro war im Erdgeschoss des Hauses untergebracht, doch das gesamte Gebäude erhob sich auf dem

Plateau der Warft, zehn Meter über den Wiesen. Die Zisterne, in der das Wasser aus den Regenrohren gesammelt wurde, befand sich ganz unten, am Fuß der künstlichen Aufschüttung. Mit zusammengebissenen Zähnen kletterte ich weiter durch die Dunkelheit, während wir in die Kellerregionen des alten Gebäudes vordrangen und das Wüten des Sturms allmählich leiser wurde.

Die immer gleichen Bewegungen: Immer nur eine Hand oder einen Fuß auf einmal lösen, blind nach Widerstand tasten, vorsichtig das Gewicht verlagern – und wieder von vorn. Die Manöver hatten etwas Hypnotisches an sich. Immer tiefer, dachte ich. Immer tiefer hinein in die Vergangenheit.

»So.«

Wieder zuckte ich zusammen.

Ein stöhnender, gepresster Laut, ein dumpfes Plumpsen – und ein Aufatmen. »Geschafft«, murmelte Tilda, und ihre Stimme klang anders als zuvor. Auf einmal gab es – Hall. Sie war unten! »Wenigstens diese Etappe«, brummte die dicke Frau. »Aber seid jetzt vorsichtig! Einen Fuß vor den andern, und am Ende einfach fallen lassen.«

Ach, weiter nichts? Ohne zu wissen, wo es hinging und wie tief?

Zumindest würde ich weich fallen, wenn Tilda direkt unter mir stehen blieb. Es konnte nicht mehr weit sein, bis …

Mein Fuß trat ins Leere. Es kam so plötzlich: Ich keuchte, und im selben Moment verlor ich den Halt.

Ich fiel, kam in derselben Sekunde auf – und knickte ungeschickt weg. »Lara?« Hennings Stimme, alarmiert. »Lara? Bist du … – *Wa…*«

Ein Rumpeln. Ich warf mich gerade noch zur Seite. Er kam an exakt der Stelle auf, an der ich eben noch gelegen hatte.

»Bist du in Ordnung?«, flüsterte er atemlos. »Lara! Bist du in Ordnung?«

Seine Hände tasteten nach mir, fanden meine Finger.

»Alles okay«, murmelte ich.

Ich ließ zu, dass seine Pranke meine Hand umschloss, spürte, wie er sie vorsichtig an sich zog. Seine Lippen, rau und kalt wie Eis, auf meinen Fingerspitzen.

Es war so unpassend, doch die Kälte seiner Lippen, die Wärme seines Atems auf meiner Haut: Ein Gefühl rieselte durch meinen Körper. Ein *Wow!*-Gefühl. Dieselbe Sorte wie sein eigenes albernes *Wow!*, als er mich in einer Tour angestiert hatte, oben in meinem Zimmer.

Der Strahl von Tildas Taschenlampe huschte über uns, verharrte einen Moment länger auf unseren ineinanderliegenden Händen, als es nötig – und höflich – gewesen wäre. Dann glitt er weiter.

Staunend rappelte ich mich auf.

Ein Kellerraum. Der Einstieg über uns verlor sich in der Schwärze, doch links von mir erfasste der Lichtstrahl eine altertümliche Holztür mit verzierten Metallbeschlägen, ein paar Schritte entfernt eine zweite, bei der obendrein ein Riegel vorgelegt war.

Aber dort! Ich kniff die Augen zusammen. Kein Zweifel möglich: Das war ein Schreibtisch. Er sah sehr viel moderner aus, als man in dieser Umgebung hätte vermuten können, ganz anders als das Holzregal, das direkt daneben bis zur Decke aufragte.

»Mein Gott«, flüsterte ich.

Es war mehr als nur ein einzelnes Regal. Die Schränke mit ihren offenen Fächern füllten eine komplette Front des Raumes, und in ihnen befand sich nichts als – Bücher. Alte Bücher, nein, *sehr* alte Bücher. Die meisten mussten aus der

Zeit stammen, in der man die Texte noch per Hand kopiert hatte. Ich sah Einbände aus rissigem dunklem Leder und, ja, *Holz* zum Teil, mit Beschlägen und Scharnieren aus Metall.

Der Geschmack von Staub und Moder war in meinem Mund, meiner Lunge, aber das war noch ein Andenken an den Abstieg durch den Kamin. Der Schreibtisch, all diese Bücher, die ein Vermögen wert sein mussten, allein schon wegen ihres Alters: Das sah weder staubig aus noch verlassen. Ganz im Gegenteil.

»Was ist das?«, flüsterte ich.

»Das Studierzimmer Ihres Vaters«, erklärte die Köchin, als wäre es die selbstverständlichste Sache der Welt.

Studierzimmer? Meine Stirn legte sich in Falten. Wann bitte sehr kam ein Mann, der von morgens bis abends in seinem Büro abhing, zum *Studieren*? Nachts?

»Stiefvaters«, korrigierte ich mit rauer Stimme. Doch das Irrsinnige war, dass ich mir ganz genau so immer *Martens* Studierzimmer vorgestellt hatte. Ein ruhiges, abgeschiedenes Kämmerlein, wo nichts auf der Welt ihn gestört hatte. Staunend schüttelte ich den Kopf. Nein, noch ruhiger und abgeschiedener ging es beim besten Willen nicht.

Aber wenn es doch *Rasmussens* Studierzimmer war? Nein, das musste nichts bedeuten. Inzwischen wusste ich ja, wie eng Marten mit Ole Rasmussen zusammengearbeitet hatte. Waren das hier die Archive meines Vaters?

Die vertraute Gänsehaut zwischen meinen Schulterblättern stellte sich ein, als ich an das Regal trat, meine Finger über die Buchrücken gleiten ließ. Tilda hielt die Lampe still, ließ mich die Bände genauer in Augenschein nehmen. Auf einigen von ihnen war der Titel vermerkt, in goldgeprägter, verzierter Schrift, in Buchstaben, die mich sofort an etwas denken ließen.

Tatsächlich! Da war sie! »*Chronica*«, murmelte ich. »Das Buch, das Rasmussen von Gorm bekommen hat. Das Buch mit dem Nebel und den Toten. Mit der Darstellung des Amuletts. Und wer weiß, was hier noch alles rumsteht.«

Wie auf mein Kommando gab es einen leisen, klickenden Laut, und im nächsten Moment flammte unter der Decke eine Neonlampe auf. Mit einem rätselhaften Gesichtsausdruck nickte Tilda mir zu. Ganz offensichtlich war sie nicht zum ersten Mal hier.

Im nächsten Moment begriff ich, wohin sie wirklich genickt hatte.

Über dem Schreibtisch, hinter Glas, hing eine Urkunde. Es war das gleiche Dokument wie bei meinem Stiefvater im Büro, doch ich wusste sofort, dass dies das Original war: König Waldemars Urkunde, die der Rasmussen-Sippe den Besitz von Hallig Horn garantierte. Hier unten also war sie versteckt wie im Allerheiligsten einer katholischen Kirche.

Daneben aber hing ein anderes Schriftstück. Uraltes ausgeblichenes Pergament auch hier, aber dieses Dokument war sehr viel größer, nahm die halbe Wand ein. Ich konnte mich nicht erinnern, so was schon mal gesehen zu haben: eine Art Skizze voller Linien, die hin und her führten, zwischen Feldern mit winzigen Schriftzeichen.

»Und was ist *das*?«

»Ein Stammbaum.«

Es war nicht Tilda, die antwortete. Henning stand plötzlich hinter mir. So nah, dass ich seine Körperwärme spürte, seinen Duft. Gut, taufrisch rochen wir beide nicht mehr nach den letzten Abenteuern.

»Mein Vater hat ein ganzes Zimmer voll mit so was«, sagte er leise. »Hier.« Er deutete ganz nach oben, auf einen Schriftzug, den ich kaum erkennen konnte. »Magnus Rasmussen, der erste Herr von Hallig Horn«, erklärte er. »Mit ihm geht es los. Direkt unter ihm kommen seine Söhne, und dann verzweigt es sich. Mehrere Söhne – und Enkel. Die Familie teilt sich in unterschiedliche Linien auf: die einzelnen Äste des Stammbaums.«

Äste? Ich schüttelte stumm den Kopf, wollte ihn aber nicht in seiner Konzentration unterbrechen. Ich hatte schon den einen oder anderen Baum gesehen in meinem Leben, und soviel ich wusste, wuchsen Baumäste nach oben – selbst im verkrüppelten Wald von Rungholt. Stammbäume wuchsen offenbar umgekehrt: nach unten, in Richtung Tischplatte.

Henning schob sich an mir vorbei. Vorsichtig strichen seine Finger über das Pergament. »Das hier muss die Hauptlinie sein«, sagte er. »Sie ist die einzige, die bis unten durchgeht. Die Nebenlinien sind alle ausgestorben.«

Ich nickte. »Mein Stiefvater ist der letzte lebende Rasmussen. Also er und Hannes natürlich. Solange die Familie in direkter männlicher Linie existiert, sind die Rasmussens die Herren des Rungholtlandes. So heißt es in der Urkunde. Wenn es irgendwann keine Söhne mehr gibt, bekommt der König alles zurück. Also derjenige, der dann am Ruder ist.«

»Es sind auch nur die Nachkommen der Söhne dargestellt«, murmelte Henning. Ich staunte. Seine Finger bewegten sich auf dem Pergament hin und her, als ob er so was jeden Tag machte. Ob es eine Zeit gegeben hatte, in der Eskil Graf Gyllenløves Sohn das tatsächlich getan hatte?

»So ist das üblich auf solchen Darstellungen«, sagte er leise und stoppte an einer Stelle, bewegte sich dann langsam weiter, eine Zeile tiefer, noch eine. »Die Söhne und ihre Nachkommen. Die jeweiligen Töchter werden selbst noch aufgeführt, aber ihre Kinder nicht mehr. Die gehören schon zu den Familien ihrer Ehemänner, wenn sie überhaupt…« Seine Stimme wurde leiser. Seine Stirn schien sich langsam in Falten zu legen. »Die Töchter scheinen alle sehr jung gestorben zu sein.«

»War das nicht immer so, damals?«, fragte ich. »Sind sie da nicht fast alle jung gestorben? Die Frauen ganz besonders – wenn sie Kinder zur Welt brachten?«

Ich erinnerte mich an Statistiken, Auflistungen, die ich in Martens Unterlagen gesehen hatte. Er hatte versucht, die Bevölkerungszahl in Rungholt zu berechnen.

»Ja, schon.« Henning schien auf einmal ganz weit weg zu sein. Ich wunderte mich immer mehr. Offenbar konnte er sich wirklich für so was begeistern.

Ein bisschen wie Marten. Ja, tatsächlich: ein bisschen wie Marten. Erinnerte er mich an ihn? War das ein Teil der seltsamen Faszination, die dieser Mann in mir auslöste, der doch so gar nicht mein Typ war?

Ich sah mir meinen Beschützer noch einmal ganz genau an, so unvoreingenommen wie möglich. Nein, zumindest vom Aussehen her gab es nicht die Spur einer Ähnlichkeit mit Marten Feddersen. Es hätte mich auch gewundert, wenn es so gewesen wäre. Niemand, den ich kannte, hatte Ähnlichkeit mit Marten, ich selbst eingeschlossen. Tante Sylke war die einzige Ausnahme.

»Aber das hier ist trotzdem seltsam«, murmelte Henning. »Es sieht fast aus, als ob sie alle…«

Er kam nicht weiter.

Ein kurzer, klickender Laut, als hätte Tilda noch einen Schalter umgelegt.

Eine Sekunde Stille, dann erwachte ein neues Geräusch: ein Stampfen und Röhren, ein Brausen und Brummen, laut und dröhnend – und *nah*. Es schien direkt aus der Wand zu kommen.

Wir stolperten zurück.

»Was ist das?«

»Die Umwälzpumpen.«

Tilda. Ich drehte mich um. Irgendwann war diese Schürze gewiss mal weiß gewesen, aber jetzt sah die gesamte Frau aus, als wäre sie, ja, a*ls wäre sie durch einen Schornstein gekrochen.*

Sie lauschte. Die Falten auf ihrer Stirn vertieften sich. Als sich die Haut wieder entspannte, sahen sie aus wie feine weiße Narben in ihrem von Schmutz und Asche bedeckten Gesicht.

»Wasserpumpen«, sagte sie leise. »Sie sind an eine Automatik gekoppelt. Wenn die Flut draußen am Pegel eine bestimmte Höhe erreicht, gehen die Systeme automatisch in Bereitschaft. Und soweit ich weiß, ist das noch niemals passiert, seitdem Ihr Vater sie hat einbauen lassen. Vor mehr als dreißig Jahren, nach der großen Flut von 1976. Sie sind auf einen Wasserstand ausgerichtet, der mehrere Meter über die damalige Fluthöhe hinausgeht.« Sie sah mich an. »Genau wie die Deiche entlang der Küste.«

Ich nickte knapp. Ich begriff, was das bedeutete: Hallig Horn war geschützt hinter Ole Rasmussens Kraftfeldern, doch auf Pellworm, Nordstrand, Gröde, Hooge wurde es jetzt ernst. An der Festlandküste, in der Stadt, wo sich der Heverstrom zu einer schmalen Flussmündung verengte.

»Doch der Weg von außen ist nicht die einzige Richtung, aus der das Wasser hierher vordringen kann«, murmelte die dicke Köchin.

Henning öffnete den Mund, und auch ich hob fragend die Augenbrauen. Das verstand nicht mal ich.

»Von unten«, sagte Tilda leise. »Der Boden unter der Insel verändert seine Beschaffenheit, wenn der Druck des Wassers ständig zunimmt. Daran können selbst Herrn Rasmussens Kraftfelder nichts ändern. Sie halten die Flut zurück, die vom Sturm in Richtung Küste gedrückt wird. Doch was hier geschieht, findet unter der Wattoberfläche statt, im Schlick. In winzig kleinen Einheiten, Sandkorn für Sandkorn, Wassertropfen für Wassertropfen. Das Wasser wird von unten kommen, und diese Gefahr gab es schon immer, lange bevor irgendjemand auch nur an Rungholtland gedacht hat. Deshalb vor allem hat Ihr Vater diese Anlage einbauen lassen: um diesen Raum zu schützen. Und nur deshalb existieren die Gänge, durch die wir ins Freie kommen können: als Abzug für die Turbinen.«

*»Turbinen?«* Hennings Stimme war ein erstickter Laut. Das Rascheln toter Blätter im Wind.

***Donnerstag, 21. Juni, 21:45***
***Auflaufendes Wasser, 3 h 24 min bis Hochwasser***
***Pegel Hallig Horn: 8,35 m über Seekartennull***

Sie bestanden aus matt glänzendem Stahl. Gigantische Rotoren, die den gesamten Querschnitt des Ganges einnahmen, zweieinhalb Meter oder mehr. Sechs oder sieben der monströsen Schöpfräder waren hintereinander gestaffelt – Henning konnte es nicht genau erkennen.

Während sie sich mit eiligen Schritten näherten, erklärte Tilda das Funktionsprinzip der Pumpanlage – mit einer Selbstverständlichkeit, als hätte sie die Maschinerie persönlich konstruiert. Die archimedische Schraube, kinetische Energien. Henning sah, wie Lara mit offenem Mund an ihren Lippen hing. Er spürte einen Hauch der Fassungslosigkeit des Mädchens: *Woher zur Hölle weiß diese Frau solche Sachen?*

Henning selbst hörte die Worte der dicken Köchin – doch in seinem Verstand kam nichts davon an.

Eine Schiffsschraube.

Die Rotoren standen still. Noch. Die Bewegung war nur vorgetäuscht. Der Lichtkegel in Tildas Hand erschuf sie, der über die tonnenschweren Schaufeln hin und her huschte: tödlicher, tückischer Stahl. Messerscharf geschliffen wie die Klinge eines Richtschwerts.

Und in den Wänden brüllten und hämmerten die Motoren. Die Anlage war einsatzbereit. Das Wasser. Aus den Tiefen unter Hallig Horn würde das Wasser an die Oberfläche gepresst werden – und dann würden die stählernen Giganten ihre Arbeit aufnehmen, in einer unendlichen, kreisenden, tödlichen Bewegung.

»Henning?« Laras Hand legte sich auf seinen Unterarm.

Drei Meter vor dem vordersten der stählernen Monster war er stehen geblieben. Monster.

Im Schrank? Unter dem Bett?

Seine eigenen Albträume waren von anderer Art.

Ein keuchendes Geräusch. Laras Augen weiteten sich.

Erschrocken versuchte Henning, seine Gedanken, die Bilder aus seinem Kopf zu vertreiben: das winzige Motorboot, das vom Anlegesteg der Insel Tunø losmachte. Seine Hand, die sich nachlässig hob und der Frau mit dem stylishen Kopftuch und der Sonnenbrille ein letztes Mal zuwinkte, während er Hesses *Glasperlenspiel* auf den Knien balancierte.

Das Wasser, die Schiffsschraube, das Blut.

Die schweren Türen der Gerichtsmedizin, die den Körper seiner Mutter einschlossen.

Lara schlug die Hand vor den Mund, schwankte. Reflexartig griff Henning zu, hielt das Mädchen fest.

Ihm selbst war das Grauen der Bilder vertraut. Sie waren sein Begleiter, Tag und Nacht. Aber Lara: die ganze Gewalt, der ganze Schrecken auf einen Schlag.

»Oh mein Gott«, flüsterte sie. »Das ist es? *Das* ist das Wasser für dich?«

Henning antwortete nicht. Er starrte auf die Rotoren. Sie standen still, bereit, jeden Augenblick zum Leben zu erwachen.

*Wie die Männer und Frauen aus dem Nebel,* dachte er. *Tot und lebendig zugleich. Die Vergangenheit endet nie auf Hallig Horn.*

***Donnerstag, 21. Juni, 21:57***
***Auflaufendes Wasser, 3 h 12 min bis Hochwasser***
***Pegel Hallig Horn: 8,59 m über Seekartennull***

Die Vorrichtung unter der Zisterne war ein simpler Hebel.

Wir hatten eine Luke passiert, die sich nur unter äußerster Kraftanstrengung hatte öffnen lassen, und nun erinnerte das Ende des Geheimgangs wieder an die ersten Meter, an den Abstieg durch den aufgegebenen Kamin – nur in der Waagerechten diesmal: Backstein, Mörtel, verrottende hölzerne Stützbalken, lange vor der Zeit meines Stiefvaters in die Erde getrieben.

Das Flutkammersystem, über das die Turbinen das Sickerwasser ins Freie pumpen würden, lag hinter uns.

Wir hatten uns zwischen den stählernen Schaufeln der Schöpfräder hindurchgeschoben. Ein rein mechanischer Akt. Ein Schritt vor den anderen – und nur nicht denken dabei.

Gewaltige Schaufeln, die die Fluten zerwühlten, das Wasser zerrissen mit ihrer tödlichen Macht – und alles andere, das in ihren Bannkreis geriet.

Eine stählerne Schiffsschraube.

Was musste es für Henning bedeutet haben, mit der Fähre nach Pellworm überzusetzen! Und später mussten der Inspektor und er irgendwie nach Hallig Horn gekommen sein. Und dann die Überfahrt zur Kogge, in Folkhard Mommsens winziger Nussschale. Dazu hatte *ich* ihn gezwungen!

Wie ich mich schämte! Aber ich hatte doch nicht ahnen können, welche Dämonen in seinem Kopf eingesperrt waren.

Nach wie vor war ich nicht ganz sicher auf den Beinen. Die Bilder aus Hennings Erinnerung: Sie waren so klar, so deutlich, wie Erinnerungen und Albträume nur sein konnten. So deutlich wie die *anderen* Erinnerungen, die Bilder vom Ende Rungholts.

Würden diese Albträume nun auch mich bis ans Ende meines Lebens begleiten?

Dann sollte es so sein.

Wir waren aneinander gebunden, nicht allein als Henning und Lara, sondern weit über diese Zeit, dieses einzelne Leben hinaus. *Namen sind nicht das, was wichtig ist.*

Oder seine Frisur, dachte ich. Oder dass er wirklich einen netten Hintern hatte.

Wenn wir zusammen waren – und das waren wir, auch wenn wir die Einlösung der verschiedenen *Wow!*-Effekte auf eine unbestimmte Zukunft verschieben mussten –, dann war alles das ein Teil davon.

Henning und Lara. Und mehr.

Wir hatten keine Wahl. Es war eine Notwendigkeit.

Schimpfend fuhrwerkte Tilda an der hölzernen Hebelvorrichtung herum. Gerade wollte ich sie bitten, doch etwas vorsichtiger zu sein. Es wäre mir wie eine bittere Ironie vorgekommen, wenn der Hebel jetzt abgebrochen und unsere Reise durch die Dunkelheit hier zu Ende gewesen wäre, Zentimeter von der Freiheit entfernt.

Doch in diesem Moment war ein gedämpftes Knarren zu hören, und über uns öffnete sich ein Spalt, schmal wie eine Mondsichel aus düsterem, unbestimmtem Grau.

Salzige Luft drang herein. Und Kälte. Und Sturm.

Mit einem rasselnden Laut verbreiterte sich die Fuge. Als hätte sich eine schwere Ankerkette aus der Position gelöst, in der sie jahrelang vor sich hin gerostet hatte.

Vielleicht kam das dem Funktionsprinzip der Mechanik sogar ganz nahe.

Ich hielt den Atem an. Luft von draußen – es war ein Schock. Die Temperatur musste um mehrere Grade gefallen sein. Der windige Sommernachmittag schien sich in den Spätherbst verwandelt zu haben, die Zeit des Jahres, in der sich die Zirkulation in der Atmosphäre umstellte und die ersten Stürme gegen die Küste Anlauf nahmen.

Sie waren ein laues Lüftchen gegen das Inferno, das in diesem Augenblick dort draußen tobte.

Nachdrücklich schob Henning mich nach hinten und kletterte zu dem sich noch immer verbreiternden Ausstieg hoch. Es gab ein paar Holzstufen. Sie sahen nicht besonders zuverlässig aus.

Ich beobachtete, wie er eine Sekunde zögerte, dann über den Rand lugte, ins Freie.

»Was siehst du?«, flüsterte ich.

Sekunden vergingen, ohne dass er antwortete. Ein Tosen und Brüllen war in der Luft wie im Innern eines Föns, der mit einem Luftstrom kalt wie Eis arbeitete.

Über mir sah ich den bedrohlichen Schatten des Wasserfasses, das auf einer Art gewaltigem Scharnier schräg zur Seite weggekippt war. Wenn mein Bruder dieses Monstrum tatsächlich hochgekriegt hatte, und sei es nur um Zentimeter – diese Kraft sah man dem Jungen nicht an.

*Mein kleiner Bruder,* dachte ich. Hannes, der sich noch immer in meinem Zimmer befand – und eine Welt entfernt. Ich konnte nur beten, dass er noch da war. Dass die Wächter des Grafen noch nichts von unserer Flucht bemerkt hatten.

Langsam kletterte Henning wieder zu uns runter. »Kein Mensch zu sehen«, sagte er. »Doch das muss nichts bedeuten. Sie werden den Teufel tun, sich blicken zu lassen, wenn sie auf uns warten.«

Er zögerte, warf einen skeptischen Blick zum kreisrunden Ausschnitt des stürmischen Himmels. Tilda hatte den Hebel in seiner Endstellung fixiert und putzte sich ihre Hände an der Schürze ab.

»Da draußen ist die Hölle los«, murmelte er. »Da würd' ich nicht freiwillig rausgehen, selbst wenn mir Eskil mit der Pistole im Nacken säße.«

Ich nickte. Aber uns saß nicht Eskil allein im Nacken.

Fragend wies ich auf die Holzstufen. Er deutete ein knappes Nicken an. »Schau's dir an. Wir sind direkt hinter dir.«

»Nein, das sind wir nicht.«

Wir drehten uns um. Tilda betrachtete skeptisch ihre Hände, wischte sie noch einmal ab. »Ich bleibe hier«, erklärte sie. »Und werde das tun, worum mich der Herr Kriminalassistent gebeten hat. Ich denke, ich habe ein oder zwei Ideen, wie ich ein paar von diesen Gangstertypen auf

Trab halten kann.« Sie nickte mir zu. »Sie werden nicht dazu kommen, darüber nachzugrübeln, wie viele Menschen sie jetzt in Ihrem Zimmer eingesperrt haben. Nur Johan wird mir wohl keine Hilfe sein.«

»Er ist in Sicherheit?«, fragte ich. Ich hatte gar nicht weiter darüber nachgedacht, wo sich der alte Mann jetzt wohl befinden mochte. Als Gyllenløves Männer auf der Warft aufgetaucht waren, mussten sich die beiden Dienstboten auf der Stelle in das verborgene Gangsystem abgesetzt haben.

Die dicke Frau nickte. »Er sitzt mit seinem Pfeifchen im Sessel. Solange der Rauch ihn nicht verrät, ist er nicht in Gefahr. Aber ich werde nach ihm sehen.«

»Sie …« Henning klang heiser. »Aber Sie können doch jetzt nicht zurück! Die Turbinen. Jeden Augenblick können sie in Betrieb gehen!«

Die Köchin betrachtete ihn. »Ach, wissen Sie, Herr Kriminalassistent, ich habe mein ganzes Leben auf dieser Insel verbracht, aber so schrecklich lange gibt es Hallig Horn eigentlich noch gar nicht. Um die zweitausend Jahre, hat mir Marten Feddersen mal erzählt. Vorher befand sich die Landfläche an einer anderen Stelle, noch weiter draußen. Die Inseln wandern mit dem Wind – auf die Küste zu. Für das menschliche Auge ist das nicht unbedingt sichtbar, aber wer hier lebt, der weiß es genau: Überall, wo einmal Wasser war, kann auch wieder Wasser sein. Und Sie sehen doch gerade, wie schnell das gehen kann, oder?«

»Schon.« Er hüstelte. »Aber die …«

»Und da soll ich Angst haben?« Mit großen Augen sah sie ihn an.

Henning biss die Zähne aufeinander. Er sagte kein Wort mehr.

»Sie passen auf sie auf, so gut sie können!«, schärfte Tilda ihm ein. »Und keine Heldentaten! – Nicht über diejenigen hinaus, die wir sowieso von Ihnen beiden erwarten.« Sie wandte sich zu mir um. »Ihr wartet jetzt zehn Minuten ab. Bis dahin sollte ich das Studierzimmer wieder erreicht haben, wenn der Weg noch frei ist. Möglicherweise habe ich eine kleine Überraschung für die Mitarbeiter Seiner Durchlaucht.«

Ich kniff die Augen zusammen. »Was haben Sie vor?«

»Das werdet ihr mitkriegen. Wenn es so weit ist, bewegt ihr euch direkt auf die Dünen zu. Auf dem kürzesten Weg, hörst du? Die Wiesen werden inzwischen ein einziger Morast sein, aber ihr müsst euch unbedingt vom Kiesweg fernhalten. An der Abzweigung zur Kirchwarft sind Wächter postiert – ich habe sie gesehen, als noch Licht war. Der Leuchtturm müsste eigentlich zu erkennen sein. Selbst bei diesem Sturm. Dafür ist er schließlich gebaut worden.«

»Ich glaube, ich habe ein Licht gesehen«, murmelte Henning. »Nicht ganz geradeaus. Etwas nach links.«

»Das ist er.« Die Dicke nickte knapp. »Dem alten Griesgram traue ich nicht so weit, wie ich spucken kann, aber er wird euch nicht draußen stehen lassen. Was ihr dann tut …« Sie schüttelte den Kopf, sah wieder mich an, und plötzlich veränderte sich ihr Tonfall. »Ganz gleich, was geschieht: Ihr müsst zu Gorm. Verlass dich nicht auf das, was du über diese Insel weißt oder zu wissen glaubst. Bestimmte Dinge sind …« Sie biss sich auf die Lippen. »Pass auf dich auf, Lara-Mädchen!«

Ehe ich begreifen konnte, was geschah, riss sie mich an sich, drückte mir die Luft aus den Lungen. Eine Woge aus Küchendunst, Lavendel, kalter Asche. »Pass auf dich auf!«

Sie ließ mich los. Ich taumelte, musste mich gegen die Wand stützen.

Als ich wieder zu Atem kam, verhallten ihre watschelnden Schritte bereits in der Finsternis.

***Donnerstag, 21. Juni, 22:05***
***Auflaufendes Wasser, 3 h 04 min bis Hochwasser***
***Pegel Hallig Horn: 8,71 m über Seekartennull***

Zehn Minuten.

Ganz bewusst hatte Henning nicht auf die Armbanduhr geschaut. Ihm war klar, was es bedeuten würde, wenn die zehn Minuten um waren und sich vor der Silhouette des Herrenhauses, die am höchsten Punkt der Warft über ihnen aufragte, *nichts* getan hatte.

Es wäre der Beweis, dass das Sickerwasser in die unterirdischen Kammern eingedrungen war und die Turbinen ihre Arbeit aufgenommen hatten – vielleicht exakt in dem Augenblick, in dem Tilda versucht hatte, sich zwischen den stählernen Schaufeln hindurchzuschieben.

Er biss die Zähne zusammen.

Der Orkan peitschte nadelspitzenscharfen Hagel vor sich her wie eisige, mikroskopisch kleine Wurfsterne. Es war mitten im Sommer. Theoretisch war dies eine der kürzesten Nächte des Jahres, doch jenseits des schmalen Streifens, den die Flutlichter rund um das Herrenhaus erhellten, war nichts als sturmdurchtoste Schwärze, abgesehen von dem fernen, gelblich glühenden Lichtpunkt des Leuchtfeuers.

Hennings und Laras Versteck, der Ausgang des geheimen Wegs, lag in grauer Düsternis.

*Unser Vorteil,* dachte Henning. Bei normaler Witterung hätten die Bogenlampen das beiseitegekippte Wasserfass gnadenlos ausgeleuchtet. Doch wahrscheinlich hätte es Eskils Männer nicht mal misstrauisch gemacht, dass das Fass halb auf der Seite lag. Hier draußen gab es wenig, das sich noch in der Position befand, in die es gehörte.

Rund um die Warft gruppierten sich Wirtschaftsgebäude, Stallungen, Scheunen. Einige von ihnen besaßen offenbar Glasfenster – oder besser: hatten Glasfenster besessen. Die klirrenden Laute von berstendem Glas waren allgegenwärtig, genauso wie das dumpfere Krachen, mit dem der Orkan an den Bretterwänden rüttelte. Das Gebrüll des verängstigten Viehs mischte sich in das triumphierende Heulen des Sturms, Teil der höllischen Geräuschkulisse dieser Nacht.

Immer wieder nahm die Windsbraut Anlauf, fasste nach dem schweren Dach des lang gestreckten Stallgebäudes, doch noch hielt es sich. Noch waren es nur einzelne Schindeln, Balken und undefinierbare Gegenstände, die durch die Luft wirbelten.

Ein Stück entfernt ragte ein metallenes Gestänge auf. Die Befestigung für eine Wäscheleine? Wie aus dem Nichts schoss ein dunkler Umriss heran, traf eine der Stangen. Ein Knall, ein kreischender Laut wie von einer Kreissäge. Das Gestänge bog sich, kippte.

Henning packte das Mädchen, zog es zurück in die Sicherheit des Ganges.

»Die Schaukel«, flüsterte Lara. Ihr Gesicht war wie eine Maske aus Wachs. »Das war Hannes' Schaukel, als er klein war! Ich war dabei, als Mommsen sie gebaut hat. Das Gestell war einen halben Meter tief einbetoniert!«

Der Kriminalassistent nickte stumm. Eskils Männer waren hier eigentlich vollkommen überflüssig. Der Orkan selbst würde ihn und das Mädchen erledigen, bevor sie es schafften, sich aus Spuckweite der Warft zu entfernen. Dieses Unternehmen war ein einziger Wahnsinn.

Und zugleich war es ihre einzige Chance.

Wenn sie überhaupt dazu kamen, es in Angriff zu nehmen.

Ein ohrenbetäubender Knall.

Die Grundfesten der Warft erbebten.

Feuer schoss aus den berstenden Fenstern des Herrenhauses, unförmige Bälle aus Glut, rot wie Drachenatem – drei Fenster nebeneinander, im untersten Stockwerk.

Mit einem schabenden Laut löste sich der Hebel unter der Wassertonne aus seiner Verankerung.

»Raus hier!«, brüllte Henning, packte das Mädchen …

In diesem Moment traf ihn die Hitze. Die Hölle hinter den Fenstern war meterweit entfernt, doch der Atem der Glut reichte weiter, trieb ihm die Luft aus den Lungen.

»Raus!«

Ächzend zogen sie sich ins Freie.

»Das ist Tilda!«, flüsterte das Mädchen. Ihre Stimme war heiser. »Das ist ihre Überraschung! Ihre Überraschung für Eskils Männer! Das war der Gasherd, in der Küche!«

*Möglich,* dachte Henning. Aber unwichtig, was das Feuer ausgelöst hatte. Es war ihre Chance.

Die Haut seines Gesichts fühlte sich eiskalt an. Der Schock oder sonst was … Sein Körper hatte Lara geschützt, den größten Teil des Hitzeschwalls abgefangen. Er dankte allen Göttern dafür.

Das Mädchen war ein, zwei Schritte vor ihm, stand schwankend aufrecht. Hypnotisiert starrte Lara auf die Flammen. Die Flutlichter und alle Lampen im Innern des Gebäudes waren erloschen.

»Gute Arbeit, Tilda«, murmelte Henning. Ob das zu ihrem Plan gehört hatte oder nicht – nicht allein der Ofen war aus. Den gesamten Stromkreislauf hatte es dahingerafft.

»Es gibt einen Generator«, flüsterte Lara. »Er wird gleich …«

»*Wir* werden gleich!«, zischte Henning, packte ihre Hand, zog sie auf die Stallgebäude zu. Egal wohin, nur weg, bevor Eskils Schergen zur Besinnung kamen.

Irgendwas pfiff an seinem Kopf vorbei. In diesem Inferno hatte er um ein Haar den Sturm vergessen, der über die Wiesen pustete wie ein gigantischer Blasebalg.

Wenn sich die Flammen im Reetdach des Warftgebäudes verbissen …

Henning presste die Zähne aufeinander. Der Junge und der Inspektor waren irgendwo da oben, gefangen in ihrem Zimmer.

»Hannes!« Hatte das Mädchen den Gedanken aus seinem Kopf gelesen – oder hatte sie es im selben Moment begriffen? »Hannes!« Ihre Stimme war ein erstickter Schrei.

»Wir haben keine Zeit!«, brüllte er, stieß sie grob vorwärts.

»Hannes!« Sie stolperte, machte einen einzigen, unfreiwilligen Schritt, blieb wieder stehen. »Wir können ihn nicht …«

»Und was sollen wir machen?«, schrie er. »Such's dir aus, ob wir mit ihm sterben wollen oder ob wir tun, weswegen wir hier sind! Warum hat Tilda das gemacht? Warum ist sie da noch mal durchgekrochen? Damit wir hier abwarten, bis sie uns erwischen?«

Wieder pfiff etwas durch die Dunkelheit.

Das Mädchen keuchte, stolperte erneut.

»Lara?«

Im selben Moment sah Henning den Schatten. Er bewegte sich, oben auf der Warft, draußen vor der Hausfassade, dahinter ein zweiter.

»Verdammt!«

Mit aller Kraft warf er sich gegen das Mädchen. Lara ging zu Boden. Kugeln pfiffen über sie hinweg.

»Bist du in Ordnung?«

»Mein Arm.« Sie klang verwundert. »Er hat meinen Arm getroffen.«

Henning Bergstrœm war schon in mehr als einer Situation gewesen, in der Projektile durch die Luft geflogen waren, und wenn es ihn selbst auch noch nie erwischt hatte, wusste er doch, dass das die erste Reaktion war: Verständnislosigkeit. Unfähigkeit zu begreifen, dass es tatsächlich passiert war. Der Schmerz, selbst der Schock, kam erst danach, wenn der Körper anfing zu begreifen.

Er zerrte das Mädchen auf die Füße. Sie gehorchte – ihr *Körper* gehorchte.

Gehetzt blickte Henning um sich.

Kein neues Mündungsfeuer, doch er sah, wie die Schatten den Hang der Warft hinunterschlitterten. Zwei von ihnen, nein, drei.

*Sie wollen uns lebend,* dachte er. Noch. Sie haben Anweisung. Oder sie wollen erst noch *Spaß* haben.

»Kannst du laufen?«, flüsterte er.

Das Mädchen gab keine Antwort.

Henning fluchte. Sie hatten keine Chance; nicht, wenn er gezwungen war, Lara zu tragen. Die Männer waren schneller, und wenn sie Nachtsichtgeräte hatten, würden die Flüchtenden keine zwanzig Schritte weit kommen.

Er musste sie aufhalten. Irgendwie.

Sein Blick flog umher.

Das lang gestreckte Stallgebäude war nur ein paar Schritte entfernt. Das Dach hielt noch immer, doch die Bretter der roh gezimmerten Wände hatten sich gegeneinander verschoben. Der gesamte Verschlag schien zu beben, sich zu beulen, als ob irgendwas in seinem Innern sie roh nach außen drückte. Wie lebendig. Als stände auch dieser Bau vor der Explosion.

*Nein!* Henning hörte die panischen Laute: das Wiehern, das tiefe Röhren der Rinder, irgendwo auch Schweine. Eine Kakofonie des Wahnsinns.

Sie spürten die Nähe des Feuers. In Panik suchten sie nach einer Möglichkeit, ins Freie zu kommen.

Henning stutzte. Es war nicht mehr als ein Geistesblitz, doch er musste es probieren.

»Komm mit!«, zischte er, tastete sich voran, an der Außenwand entlang, zog Lara hinter sich her, ohne auf ihre wimmernden Proteste zu achten. War es der verletzte Arm, den er gepackt hatte? Tat er ihr weh? In diesem Moment war das verdammt gleichgültig. Weiter, nur weiter. Er stemmte sich gegen den Sturm. Der ächzende Stallbau fing die schlimmste Wucht des Orkans ab.

Die Ecke des Gebäudes, dahinter freies Feld: die Salzwiesen. Die Dünen waren unsichtbar in der Dunkelheit, aber er glaubte einen verschwommenen Fleck auszumachen, der das Leuchtfeuer sein musste.

Keine Zeit, sich umzusehen, wo Dunkelheit war und in der Dunkelheit die Schatten, die mit jedem Schritt zu ihnen aufschlossen.

Roh schob er Lara vor sich her. Die Giebelfront des Stallgebäudes war schon übel mitgenommen, doch das Tor war nur ein paar Schritte entfernt. Es war verschlossen, natürlich. Ein Riegel blockierte den Zugang, ein einfacher, schwerer Balken, wie Henning gehofft hatte.

»Los!«, zischte er. »Am Tor vorbei!«

»Was?« Sie sah ihn an, als hätte sie Mühe, ihn zu erkennen. »Hannes«, flüsterte sie. Die Haare klebten ihr an der Stirn. Irgendwas war mit ihrem Gesicht passiert. Die Explosion, die Hitze: Von ihren Augenbrauen war nichts mehr zu sehen.

*Ich sehe genauso aus,* dachte Henning. *Wenn nicht schlimmer.*

Doch noch immer spürte er nur Kälte, keine Schmerzen.

Er drängte sie am Tor vorbei.

»Bleib genau da stehen, direkt an der Wand!«, presste er hervor, drehte sich um, griff den Riegel mit beiden Händen. Es war eine simple Konstruktion, und es gab keine zusätzliche Sicherung oder Schlösser.

Er spannte sich an, stemmte sich gegen den Balken. Bewegung, millimeterweise.

In diesem Moment drosch eine unsichtbare Faust von innen gegen das Tor. In grunzender Panik drängten sich die Tiere gegen das Holz.

Der Balken verkeilte sich, steckte fest.

Hennings Atem ging stoßweise. »Ich muss es schaffen«, flüsterte er.

Er ging in die Hocke, presste die Schulter gegen den Balken, holte Atem, richtete sich auf, ruckartig.

Mit einem Poltern löste sich der Balken aus der Verankerung, wurde ihm beinahe aus der Hand gerissen.

Das Tor flog auf. Henning stolperte zurück, gegen das Mädchen.

Hatte er die Schatten gesehen, einen von ihnen, im letzten Moment?

Die verängstigten Tiere waren eine einzige amorphe Masse, die sich im Wahnsinn durch die entstandene Öffnung presste. Eine tonnenschwere Woge tierischer Panik, die alles mit sich riss. Für einen Moment traf sich Hennings Blick mit einem einzelnen blutunterlaufenen Auge. Er konnte nicht mal sagen, zu welcher Spezies es gehörte.

Doch er und das Mädchen waren in Sicherheit, im Windschatten dieser ganz anderen Flutwelle, die sich in die Wiesen von Hallig Horn ergoss, in alle Windrichtungen verteilte.

Ja, er hörte die Schreie, die Schüsse. Er konnte die Schatten der Verfolger nicht ausmachen, aber sie waren irgendwo – dazwischen.

Seine Hand griff nach Lara, bekam sie zu fassen, zog sie mit sich: weg, nur weg.

Der Boden war ein einziger Sumpf. Der Sturm hatte das lange Gras flach zu Boden gepeitscht, ein schwankender Boden aus Schilf über einem grundlosen Morast.

Das panische Muhen, die Grunzlaute. Unendlich langsam blieben sie hinter ihnen zurück.

Lara umklammerte seine Hand. Sie weinte leise, stieß bei jedem Schritt ein atemloses Geräusch aus.

Sie war verletzt. Sie waren beide verletzt, doch darauf durfte er keine Rücksicht nehmen. Weg hier, danach alles andere. Weg von der flackernden Helligkeit in ihrem Rücken, die nach einer unbestimmten Zeit statischer wurde, als die Notstromaggregate der Warft ansprangen.

Die zwei oder drei unmittelbaren Verfolger hatte Henning ausgeschaltet, doch mit Sicherheit hatten sie bei seinem Vater oder wem auch immer Meldung gemacht. Würde der Graf seine Männer hinter ihnen herjagen, während das Herrenhaus brannte?

Mit Sicherheit. Jeden einzelnen von ihnen.

Die Residenz der Rasmussens war das Juwel in der Krone von Hallig Horn. Wenn das Feuer um sich griff, der Wind es gar auf die benachbarten Warften zutrieb, würde von den kärglichen Resten des alten Rungholt nichts bleiben als verbrannte Erde – ganz buchstäblich.

Doch das spielte keine Rolle für Eskil Gyllenløve.

*Wir können immer nur so handeln, wie die Notwendigkeit es erzwingt,* dachte Henning.

Und wenn es einen Menschen gab, der die wahren Notwendigkeiten blitzschnell erkennen konnte, dann war es Eskil Gyllenløve.

Ob auf Hallig Horn ein Stein auf dem anderen blieb, konnte dem Grafen gleichgültig sein. Das brachte Rungholtland und das schmutzige Geld seiner Anleger nicht in Gefahr.

In diesem Augenblick gab es nur eine Gefahr für ihn: Henning und Lara. Er konnte es sich nicht leisten, sie am Leben zu lassen.

***Donnerstag, 21. Juni, 22:21***
***Auflaufendes Wasser, 2 h 48 min bis Hochwasser***
***Pegel Hallig Horn: 9,07 m über Seekartennull***

Allein.

Es war das erste Mal, dass wir beide allein waren.

Die ganze Zeit waren irgendwelche Leute mit dabei gewesen, wenn wir zusammen waren: die Menschen auf der Fähre, später dann mein Bruder, der Inspektor und Ole Rasmussen und am Ende schließlich Tilda. Oh, und in der

Nacht zuvor die Zombies. Waren Zombies eigentlich auch Leute?

Diese wohl schon, irgendwie. Schließlich hatten wir sie persönlich gekannt: die übrigen Männer und Frauen des Bundes aus dem Ring der Steine.

In einer anderen Zeit. In einem anderen Leben.

Sechshundertfünfzig Jahre, und zum ersten Mal waren wir wieder allein: Lara und Henning. Henning und Lara.

Der peitschende Sturm hatte mich wieder zur Besinnung gebracht. Die Wellen eisigen Hagels, die er uns entgegensandte, als wäre er ein denkendes Wesen, das mit aller Macht verhindern wollte, dass wir den Schutz der Dünen erreichten.

Ich hatte durchgedreht. Die Küche des Herrenhauses war in die Luft geflogen. Ich hatte die Flammen gesehen und durchgedreht.

Auf einmal hatte ich nur noch an meinen kleinen Bruder denken können und alles andere vergessen. Warum wir hier waren, warum Tilda ihr Leben aufs Spiel gesetzt hatte. Vor allem aber hatte ich vergessen, was für ein vorsichtiger Mensch mein Stiefvater war. Das Warftgebäude sah vielleicht altertümlich aus, und mit Sicherheit ahnte auch Ole Rasmussen nicht, wie viele versteckte Winkel es dort gab, doch er hatte vorgesorgt: feuersichere Türen, in den Wänden hypermodernes hitzebeständiges Dämmmaterial. Die Herrenwarft würde nicht mal eben so abfackeln.

Während Henning mich hinter sich herzerrte, hatte ich mich immer wieder umgedreht, zurückgeschaut. Nein, selbst in der Wut des Sturms war die Rasmussen-Residenz nicht im Begriff, zu einer gigantischen Fackel zu werden. Das Gebäude war ein Lichtschimmer am Horizont, doch es war ein ruhiges Licht. Die Elektrizität der Notstromaggregate.

Und irgendwo auf der dunklen, öden Fläche, die uns von diesem Licht trennte, folgten Eskil Gyllenløves Bluthunde unseren Spuren.

Bluthunde. Die Männer des Grafen waren ausgestattet wie eine kleine Armee. Ob sie tatsächlich Hunde dabei hatten, die Blut wittern konnten? Mein Blut? Ich sog den Atem ein.

»Entschuldige«, murmelte Henning. »Tu ich dir weh?«

Die Hälfte der Distanz bis zum Rand der Dünen lag hinter uns, doch er hatte darauf bestanden, dass wir für einige Augenblicke im Schutz einer Gruppe niedriger Büsche Halt machen. Nein, es war nicht das Ginstergebüsch am Kiesweg, vor dem uns Tilda gewarnt hatte. Das lag links von uns, wenn ich meine Orientierung nicht völlig verloren hatte.

»Alles in Ordnung«, flüsterte ich, entspannte meinen Arm.

Es war seltsam, aber ich hatte tatsächlich keine allzu großen Schmerzen. Es war immerhin eine Pistolenkugel gewesen. Henning hatte festgestellt, dass sie den Arm nur gestreift hatte, doch Kugel blieb Kugel. Zwanzig Zentimeter weiter links, und ich hätte mir meine Grübeleien sparen können. Bis zum nächsten Leben jedenfalls.

Henning knurrte etwas, und im nächsten Moment *tat* es weh.

»Was machst du da?«, zischte ich.

»Ich binde deinen Arm ab«, wisperte er. »Probier bitte aus, ob du ihn noch bewegen kannst.«

Das tat ich. »Es tut weh, wenn ich das mache!«

»Die Finger? Kannst du die Finger bewegen?«

Vorsichtig machte ich den Test. Die Finger gehorchten, aber es fühlte sich an, als wäre zu viel Blut in der Hand. Als würde sie langsam anschwellen wie ein Ballon.

»Vorher war es nicht so schlimm«, murmelte ich.

»Dafür hat es nicht aufgehört zu bluten«, sagte er leise, ließ sich zurücksinken.

Schweiß stand auf seiner Stirn. Überhaupt sah er irgendwie seltsam aus, ohne dass ich hätte sagen können, woran das lag. Seine Lippen wirkten rissig, als hätte er zu wenig getrunken, und da war noch etwas anderes.

»Deine Augenbrauen!«, flüsterte ich.

Meine Augen hatten sich allmählich an die Düsternis gewöhnt. Zwischen den dahinjagenden Wolkenfetzen kam hin und wieder ein fahler Mond zum Vorschein.

»Bei dir genauso«, murmelte er, richtete sich mühsam auf. »Kein Angst, die wachsen wieder nach.«

Ich starrte ihn an. Nein, nicht nur die Lippen: Das war gar kein Schweiß auf seiner Haut. Sie glänzte ungesund. Wie – verbrannt.

»Die Explosion!«, wisperte ich. »Du hast das alles abgefangen. Und dann …« Plötzlich hatte ich Tränen in den Augen. »Ich hab mich aufgeführt wie … wie ein *Mädchen*! Wenn du nicht gewesen wärst, wäre ich jetzt …«

Er legte mir einen Finger auf den Mund, ganz vorsichtig. »Wir schaffen das«, sagte er leise. »Wir beide zusammen. Mach dir keine Sorgen. Mit so was komm ich zurecht. Ich hatte eine besondere Ausbildung. Die Abteilung vom alten Nordenstjern ist nicht irgendeine.«

»Und *du* bist nicht irgendeiner«, flüsterte ich und stand ebenfalls auf. Ganz vorsichtig näherte ich meine Lippen den seinen, berührte sie ganz sacht.

Ich wusste nicht, was ich erwartet hatte. Ein plötzliches Feuerwerk in meinem Kopf? Wir waren beide nicht in der Verfassung, uns mit der Zunge gegenseitig die Mandeln rauszunehmen. Es war ein sanftes Tasten, mehr nicht. Ich schmiegte mich an seine Schulter, seine Hand strich über meinen unverletzten Arm. Unser erster Kuss seit sechshundertfünfzig Jahren. Wie groß waren die Chancen, dass es auch der letzte sein würde?

Ziemlich groß.

Das Feuerwerk blieb aus, doch ich spürte etwas anderes. Gewissheit. Vertrautheit. Als wenn es ganz genau so sein sollte. So sollte es sich anfühlen.

*Es muss alles noch einmal geschehen.*

Ich spürte, wie sich Henning plötzlich versteifte.

»Was ist?«

Wieder legte er den Finger auf meine Lippen, aber anders diesmal, entschiedener. Ich erstarrte, wagte nicht zu atmen. Meine Augen bohrten sich in die Dunkelheit. Ich hielt den Atem an, lauschte.

Der Wind fuhr über das gepeinigte Land. Über unseren Köpfen raschelte Unheil verkündend das Buschwerk. Die nächtlichen Wiesen lagen trostlos im Dunkel, platt gewalzt von der Macht der Elemente. Bewegte sich etwas? Überall war Bewegung. Geister waren in der Luft heute Nacht.

Sekunden vergingen, dann entspannte er sich.

»Ich muss mich getäuscht haben«, murmelte er. »Aber wir müssen weiter. Kannst du laufen?«

*Mit dir?*, dachte ich. *Bis ans Ende der Welt.*

Doch ich nickte nur.

Er griff nach meiner unverletzten Hand. Das erste Mal, dass die Geste wirklich ein Händchenhalten war.

*Es ist Wahnsinn,* dachte ich. Ein Orkan brach über meine Welt herein, wie ihn seit Jahrhunderten kein Mensch erlebt hatte – und diesen Moment suchten wir uns aus, um uns zu verlieben.

Aber war nicht auch das wie damals?

»Es ist so merkwürdig«, sagte ich leise, während wir uns Schritt für Schritt vorantasteten. Das Gras lag am Boden wie ein Teppich über dem morastigen Grund, doch immer wieder, wenn wir eine ungünstige Stelle erwischten, versanken unsere Füße bis über die Knöchel in klammer Feuchtigkeit. Ein Vorgeschmack des Wassers, das jenseits der Kraftfelder höher und höher stieg.

»Merkwürdig.« Er nickte. »Das denk ich auch die ganze Zeit. Ich hätte nie gedacht, dass ich dein Typ bin.«

»Hältst du mich für jemanden, der sich von Äußerlichkeiten …« Ich biss mir auf die Zunge. Warum hörte sich das gerade an wie ein unfreiwilliges Geständnis?

Er schien das nicht zu merken. Jedenfalls reagierte er nicht darauf. Seine Augen waren überall, suchten die Wiesen ab, bis an den Rand der Dünenkette, die viel zu langsam näher kam. Dann wieder bremste er ab, schaute über die Schulter, blieb sekundenlang stehen.

»Bin ich ihm denn ähnlich?«, fragte er plötzlich. »Haakon?«

Ich zögerte, nickte dann. »Doch«, sagte ich. »Schon. – Und ich? Bin ich … *ihr* ähnlich?«

Verdammt, warum hatte sie, hatte *ich* keinen Namen? Haakon Gyllenløve und das große Fragezeichen. Klang wie ein Buchtitel. Das musste irgendwas zu bedeuten haben. Ich war eine Angehörige dieses Bundes gewesen, und die waren allesamt Friesen – bis auf Haakon. Stammte auch ich also aus einer der Rungholtfamilien? War mein Vater vielleicht eine Art Chronist gewesen im alten Rungholt, ein Geschichtsschreiber? Henning war ein direkter Nachkomme von Haakon Gyllenløve. Und ich? War ich eine Feddersen gewesen? War ich irgendwie mit ihr … mit *mir* verwandt?

»Henning?«

Ich sah ihn an, plötzlich besorgt. Es waren mindestens ein, zwei Minuten vergangen. Er hatte immer noch nicht geantwortet.

Er sah geradeaus, zuckte plötzlich zusammen, als hätte ich ihn geweckt.

Als wäre er im Gehen eingeschlafen.

Oder als hätte er *über irgendwas nachgegrübelt.*

»Was? Nein. Ich meine, doch, natürlich. Du sahst aus wie … Ein paar Jahre älter vielleicht als jetzt«, murmelte er. »Denke ich. Aber wenn du in der halben Welt unterwegs gewesen bist, um dieses Schießpulver …«

Ein Knall zerriss die Luft.

Im Chaos der brennenden Warft, der umherscheppernden Trümmer waren die Schüsse nicht zu hören gewesen. Hier draußen, auf der flachen Ebene, kam das Geräusch wie ein Schock.

Wir lagen flach auf dem Boden. Auf der Stelle sogen sich unsere Klamotten mit eisiger Nässe voll. Vorsichtig kam Henning auf Hände und Knie hoch.

»Siehst du sie?«

»Hundert Meter hinter uns«, knurrte er. »Er kann nicht exakt zielen auf die Entfernung.«

»Es ist nur einer?«

»Wenn er eine Knarre hat und wir nicht, ist das gleichgültig.« Er griff nach meiner Hand. Geduckt huschten wir weiter.

Keine Zeit mehr, nach Stellen zu suchen, an denen der Boden etwas fester war. Bei jedem Schritt sackten wir ein, bis zu den Waden. Jeder Atemzug brannte wie ein Messer aus Eis in meiner Brust.

Wie weit noch zu den Dünen? Hundert Meter? Zweihundert?

Schüsse, alle paar Sekunden. Noch immer ungezielt? Jedes Mal zuckten wir zusammen.

»Wo ist er?«, flüsterte ich.

Henning wurde langsamer, fluchte wortlos.

»Gib mir die Lichter!«

»Die was?«

»Gib mir die Knicklichter!«, zischte er.

Ich begriff nicht, doch es war keine Zeit für Diskussionen. Schon tastete ich in meiner Jacke nach Hannes' Abschiedsgeschenk.

Er rupfte mir die langen dünnen Stäbchen aus der Hand.

Ich keuchte. Wenn sie brachen ... So funktionierte das Prinzip. Wenn man sie knickte, kam eine chemische Reaktion in Gang, und sie begannen zu leuchten.

Genauso gut konnten wir uns eine Zielscheibe auf den Rücken malen.

»Lauf weiter!«, knurrte er. »Zum Leuchtturm!«

»Was hast du vor?«

»Lauf weiter! Ich komme nach, sobald ich kann!«

»Das kannst du nicht machen!«

»Wir sterben beide, wenn du nicht läufst!«, zischte er. »Und alle andern. Dein Bruder. Wenn du es schaffst, haben wir alle eine Chance. Es ist nur einer. Ich werde fertig mit ihm. – Aber lauf, verdammt!«

Er gab mir einen Stoß. Nein, das hatte nichts Liebevolles an sich. Überhaupt nicht.

»Henning!«

Aber er hatte sich schon umgedreht, stapfte von mir weg – nicht auf die Dünen zu, sondern nach rechts, parallel zur lang gestreckten Reihe der Erhebungen.

Verdammt! Ein neuer Schuss. Und diesmal klang er näher – gefährlich nahe.

Der Schatten, jetzt sah auch ich ihn. Doch er schien unsicher. Hatte er uns beide im Blick?

Derselbe Trick, dachte ich. Dasselbe Manöver wie die Kerle, die in mein Zimmer eingebrochen waren.

Aber es konnte nur funktionieren, wenn wir *beide* in Bewegung blieben.

Ich konnte nicht leben ohne ihn! Mit einem Mal wurde mir klar, dass das nicht möglich war.

Doch ich wusste, dass ich gehorchen würde.

»Henning!«, rief ich ein letztes Mal, konnte nur beten, dass er der Einzige war, der es hörte. »Ich …« Ich musste es sagen. Es war die letzte Chance. »Ich liebe dich!«

Ich sah, wie er eine Sekunde lang stehen blieb. *Bitte,* dachte ich. *Bitte sag es!* Auf einmal schien das das Wichtigste auf der Welt zu sein.

Er drehte sich um. »Der Stammbaum. Dein Name.« Er holte Luft. »Er ist dort verzeichnet. Ganz am Ende.«

Ich starrte ihn an, begriff nicht. Was sollte das denn jetzt, in diesem Moment?

Ein unterdrückter Knicklaut. Neonfarbenes Licht stach aus der Dunkelheit.

»Du bist Ole Rasmussens Tochter.«

***Donnerstag, 21. Juni, 22:39***
***Auflaufendes Wasser, 2 h 30 min bis Hochwasser***
***Pegel Hallig Horn: 9,37 m über Seekartennull***

Er war schneller ohne sie. Schneller allein.

Doch er kam sich vor, als wäre ein Stück von ihm amputiert worden.

Kein Arm, kein Bein. Er konnte laufen, und ja, er konnte tatsächlich schneller laufen als vorher. Aber Henning Bergstrœm würde nie wieder ganz sein, nie wieder vollständig ohne sie.

Die Einschläge der Kugeln kamen näher. Die Schüsse waren jetzt gezielter. Das war keine Kunst.

Doch das Wichtigste war, dass sein Plan aufging. Vielleicht war dem Verfolger sogar klar, dass sie sich aufgeteilt hatten, doch wenn er den Befehl hatte, sie beide zu verfolgen: Henning hätte an seiner Stelle genauso gehandelt und sich an das leichtere Ziel gehalten.

Der Kriminalinspektor versuchte Haken zu schlagen. Er schwenkte das neonviolette Knicklicht durch die Gegend wie ein Selbstmörder, doch er wollte leben, mehr als je zuvor. Er wollte zurück, zurück zu Lara. Und selbst wenn das aussichtslos war: Jede Sekunde war kostbar. Jede Sekunde war eine Sekunde Vorsprung für das Mädchen.

Geduckt brach er einige Schritte nach links aus, als wollte er sich nun selbst in die Sicherheit der Dünen retten, schwenkte unvermittelt wieder in die Gegenrichtung, zurück in die Wiesen.

Ein Stück voran ein neues Gebüsch. Die Gräben zwischen den einzelnen Weiden führten ungenießbares Salzwasser. In den winzigen Flecken Buschwerk verbargen sich Tränken für das Vieh, die regelmäßig aufgefüllt werden mussten. Ein Schutz gegen den Wind waren die kleinen Gehölze sicher auch – solange er nicht wehte wie heute.

Aber Kleinkalibermunition würden sie nicht aufhalten.

Noch ein paar Schritte nach rechts. Der Kriminalassistent stoppte unvermittelt – das Manöver rettete ihm das Leben. Die Kugel pfiff Zentimeter vor seiner Nase vorbei.

Das Zielen machte Henning dem Verfolger schwerer mit

dem Hin und Her, doch gleichzeitig bekam der Mann die Chance, weiter aufzuholen.

Der Kriminalassistent holte Luft. Die Idee in seinem Kopf war undeutlich, doch heute hatte schon eine seiner Ideen funktioniert.

Drei Schritte, und er war zwischen den Büschen. Laub peitschte ihm ins Gesicht. Sein Atem ging keuchend, doch er hatte keine Sekunde, um auch nur ein wenig auszuruhen. Eine Astgabel dicht über dem Boden. Seine Finger waren taub, als er das verräterische Licht zwischen den Zweigen verklemmte. Kniehöhe … kam das hin?

Keine Zeit zum Überlegen. Rückwärts tastete er sich tiefer zwischen die Sträucher. Ein stachliger Zweig biss sich in seinen Nacken. Mit einer heftigen Bewegung versuchte er sich loszureißen, doch die Dornen bissen sich nur noch fester. Wie Stacheldraht. Der Kriminalassistent versuchte, den Zweig zu fassen, sich zu befreien, konnte ihn packen. Die Dornen bohrten sich in seine Handfläche.

Es *war* Stacheldraht.

Henning zwang sich zur Ruhe. *Dreh jetzt nicht durch, Bergstrœm!* Das Knicklicht schaukelte an der Stelle, an der er es platziert hatte, dicht über dem Boden, anderthalb Meter entfernt. Alles dahinter war Dunkelheit, Blätter, Sturm über den Wiesen.

Und Eskil Bergstrœms namenlose Söldnerseele, die unsichtbar näher kam.

In diesem einen Punkt war sich Henning hundertprozentig sicher. Der Mann hatte keinen neuen Schuss abgegeben.

Es musste genügen. Das Bild sah aus, wie es aussehen sollte. Der Kriminalassistent glaubte, die Gedanken des Verfolgers lesen zu können: Die Beute ist erschöpft. Sie duckt sich ins Gebüsch, schlottert vor Angst, hofft, dass der Bluthund die Spur verloren hat. Aber der Bluthund sieht sehr gut. Ein menschlicher Bluthund, doch seine Gier nach Blut ist deshalb nicht geringer. Nach Blut – und etwas anderem.

»Na, mein Püppchen …«

Hennings Herz klopfte bis zum Hals. Der Anflug von Enttäuschung war nur beiläufig: Nein, es war nicht der zahnlose Kerl, der seinen Spaß haben wollte. Der Kerl, der die Kutsche begleitet hatte.

Doch Eskils Söldner nahmen sich nicht viel.

»Er will dich *lebendig*, hat er gesagt«, zischte der Mann. »Lebendig ist nicht *unversehrt*.«

Wie weit war er noch entfernt? Die Zweige bewegten sich, doch Henning konnte nicht erkennen, ob es der Wind war, der durchs Geäst fuhr, oder die Finger des Verfolgers.

»Dein Vati stellt sich fürchterlich an deswegen, weißt du das? Dein Vati glaubt nämlich, dass du noch unversehrt bist. Ich bin mal gespannt, ob …« Ein Fleck heller Haut. Eine fahle, teigige Hand. Ein Laut wie ein abschätzendes Zungenschnalzen. »Siehst du, mein Püppchen? Ich kenne deine intimsten Geheimnisse.«

Henning sprang. Er hatte nur die eine Chance. In seinem Nacken zerriss etwas. Ein Bogen aus Schmerz grub sich in seine Schulter.

Seine Hände packten den Mann, rissen ihn nach hinten. Ein Schreckenslaut. Ein dumpfer Schlag gegen Hennings Brust. Er konnte nicht atmen, nicht sehen, doch er ließ nicht los. Die Pistole. Hatte der Kerl seine Pistole noch? – Nicht loslassen!

Henning taumelte, der Fremde in seiner Umklammerung. Er *stank*. Blut, schwarz und rot in Hennings Kopf, doch er ließ nicht los, konnte gar nicht loslassen, stolperte. Wieder der Schmerz – der Stacheldraht hinter ihm. Er konnte nicht denken. Seine Hand löste sich wie von selbst, griff blind ins Leere. Er fasste zu wie in brennendes Feuer, mit beiden Händen, brachte die Arme nach vorn.

Und zog. Mit aller Kraft. Zog die Schlinge zusammen, bis aus den Schreien ein Gurgeln und aus dem Gurgeln Schweigen wurde.

Erst dann brach er über dem toten Mann zusammen.

Ohne Besinnung.

***Donnerstag, 21. Juni, 22:41***
***Auflaufendes Wasser, 2 h 28 min bis Hochwasser***
***Pegel Hallig Horn: 9,40 m über Seekartennull***

Die Schüsse entfernten sich. Ich selbst entfernte mich.

Nein, ich war schon ganz weit weg.

*Du bist Ole Rasmussens Tochter.*

Kein *Ich liebe dich* oder auch nur ein *Ich dich auch.*

*Du bist Ole Rasmussens Tochter.*

Ich lief, stapfte, stolperte durch die ertrunkenen Wiesen, auf die Umrisse der Dünenkette zu. Ein Fuß vor den anderen. Ich hörte die Schüsse des Verfolgers, registrierte andere Bewegungen, weiter entfernt, links von mir.

Die Ginsterbüsche an der Abzweigung zur Kirchwarft. Gyllenløves Wachtposten. Sie konnten die Schüsse nicht überhört haben.

Oh Henning! Sechshundertfünfzig Jahre und dann ein einziger Kuss?

Er lockte Eskils Söldner hinter sich her! Er spielte die Zielscheibe, damit ich eine Chance hatte. Eine Chance für uns beide, für uns alle!

Ich war blind, blind vor Tränen. Nein, kein Mensch konnte so viele Tränen haben, und doch sprudelten immer noch welche nach.

Ich lief so schnell ich konnte. Für jeden Menschen gab es eine natürliche Grenze. Meine eigene war längst erreicht.

Mehr als alles geht nicht.

Keine Stelle meines Körpers, die nicht wehtat. Die eisige Kälte mit jedem Schritt, von den Füßen in die Beine bis in die Lungen, die nicht mehr atmen wollten. Meine Brust war erstarrt, ein einziger Krampf.

Nur mein Verstand war seltsam abgekoppelt von allem. Meine Gedanken, wirr und wild und viel zu klar, Meter über meinem Kopf in der Dunkelheit, in der das Knicklicht in gleißender Helligkeit explodiert war.

Du bist Ole Rasmussens Tochter.

Es konnte nicht sein.

Es *durfte* nicht sein.

Aber mein Name stand auf dem Stammbaum.

Na und? Natürlich stand er dort. Mein Stiefvater hatte mich adoptiert.

Nur dass das nichts bedeutete. Nicht wenn man Ole Rasmussen war, der Herr von Hallig Horn und Erbe Rungholts. Nicht in diesem Fall, in seiner ureigensten Ahnenlinie, in die nur diejenigen aufgenommen wurden, in deren Adern das Blut der Inselherren floss. Ole Rasmussens Blut.

Ole Rasmussens Tochter, mit deren Geburtsdatum er seine privaten Ordner verschlüsselte. Aber musste nicht genau dieses Datum ihm beweisen, dass er nicht mein Vater sein *konnte*? Wenn er vom Datum meiner Geburt einfach neun Monate zurückrechnete …

Neun Monate vor meiner Geburt war Marten Feddersen

noch am Leben gewesen! Meine Mutter war mit Marten verheiratet gewesen!

Plötzlich sah ich Tildas Gesicht vor mir, wie sie seufzend den Kopf schüttelte: Ach Lara-Kind, du bist doch so ein großes Mädchen inzwischen. Verheiratet – was heißt das schon?

Was, wenn Ole Rasmussen tatsächlich neun Monate zurückgerechnet hatte, wieder und wieder? Aus einem ganz bestimmten Grund?

Ich hatte keinerlei Ähnlichkeit mit Marten – nur mit meiner Mutter. Stattdessen konnte ich hart sein und stur wie Ole Rasmussen. Und ich hatte den Rasmussen-Blick. Ich hatte ihn eingesetzt, um Henning in die Knie zu zwingen.

*Einige Dinge auf dieser Insel sind vollkommen anders, als ihr das vielleicht euer Leben lang geglaubt habt. – Verlass dich nicht auf das, was du über diese Insel weißt oder zu wissen glaubst.*

Tilda, die von Ole Rasmussen niemals als von meinem Stiefvater sprach.

*Dein Vater.*

Die Worte, die Sätze verschwammen in meinem Kopf. Ein Chaos ohne Anfang und Ende. Ein Kreis. Alles drehte sich im Kreis.

*Wir konnten gar nicht genug auf euch achtgeben. – Auf dich.*

Aber warum? *Warum?* Es ergab keinen Sinn!

Ich stolperte, ging in die Knie.

Die Dünen waren jetzt zum Greifen nah, doch direkt zu ihren Füßen, wo die Nässe nicht weiterkam, hatte sich der Rand der Wiesen in einen weglosen Sumpf verwandelt.

Auf allen vieren kroch ich weiter, schlammverschmiert, mein Gesicht eine Maske aus Dreck und Tränen.

»Nein«, flüsterte ich. »*Nein!*«

Ole Rasmussen war ein Fremder. Jemand, vor dem ich mein Leben lang Angst gehabt hatte. Marten, Marten Feddersen war mein Vater, der ruhige, nachdenkliche Mann mit seiner Faszination für alte Aufzeichnungen, für das Geheimnis von Rungholt. Der Mann, den ich auf den zerfledderten Seiten des alten Aktenordners kennengelernt hatte.

Ich war … Wer war ich denn überhaupt? Ein flennendes Geschöpf, das sich nur noch aus reinem Überlebensinstinkt dagegen wehrte, in die erstickende Tiefe gezogen zu werden, den Schlick, den Schlamm, der die Landschaft der wirklichen Dinge verdeckte.

Doch dieser Instinkt war stark. Was auch immer ich war: Ich war Lara. Und ich war stark! Ob es die Härte und Sturheit der Rasmussens war, die sie jahrhundertelang auf diesem winzigen Punkt aus Sand und Dünen am Rande des Nirgendwo hatte ausharren lassen, oder Marten Feddersens Entschlossenheit, das Geheimnis Rungholts zu ergründen. Ich war Lara, und diese Stärke war meine Stärke. Sie gehörte mir ganz allein. Wenn jemand das Verhängnis aufhalten konnte, dann war es weder Marten Feddersen noch Ole Rasmussen.

Ich. Ich ganz allein.

Mit einem Knurren, das nicht mal in meinen eigenen Ohren menschlich klang, schob ich mich weiter. Der Sand, die Dünen ragten vor mir auf, über mir, bedrohlich dunkle Umrisse.

Es war ein Albtraum. Alles war ein Albtraum, aber ich würde nicht aufgeben.

Der Boden unter meinen dreckverkrusteten Händen und Füßen veränderte sich. Es war nicht zu sehen, nur zu spüren. Sand, grobkörniger Sand. Der Rand der Dünen! Der

Sog, der an meinen Füßen zerrte, ließ nach. Boden, fester, wenn auch durchnässter Boden. Keuchend warf ich mich nach vorn, stemmte mich hoch.

Die Dünen, ein gespenstischer, buckliger Scherenschnitt. Ich musste irgendwo hochklettern, nach dem Turm suchen, dem Leuchtfeuer, nach Gorm. Das Ziel, das Ende der Reise.

Doch da war etwas im Weg, am Fuß der Dünen, viel näher bei mir.

Stiefel. Schlammverschmiert wie ich selbst.

Ein Stiefelpaar, ein Stück dahinter ein zweites. Die Farben der tarngefleckten Kampfanzüge waren kaum zu erkennen in der Dunkelheit, doch ich ahnte weitere Gestalten in den Schatten.

Sie standen ganz ruhig da, rührten sich nicht. Unten in den Wiesen hatte ich Schüsse gehört, doch aus dieser Richtung war nichts gekommen. Kein Laut. Die Männer hatten seelenruhig abgewartet, verschmolzen mit der Dunkelheit, während ich heulend und zähneklappernd auf sie zugekrochen war.

*Das ist nicht fair!*

Ich spürte nichts anderes im ersten Moment. Keine Angst, keine Verzweiflung. Einfach nur das: Das ist nicht fair!

Wir hatten den Geheimgang und die Turbinen hinter uns gebracht, waren von der Warft entkommen, hatten uns quer durch die Salzwiesen geschlagen. Henning hatte sein Leben aufs Spiel gesetzt, hatte es vielleicht schon verloren. Seit zwei Tagen und sechshundertfünfzig Jahren kämpften wir uns durch ein Gehölz von Wirklichkeiten und Unwirklichkeiten, und hinter jedem zu einem großen Fragezeichen verkrüppelten Baum lag ein neues, undurchdringliches Dickicht voller offener Rätsel. Ich hatte alles verloren, alles vergessen, was ich war – ausgenommen, dass ich *ich* war.

Und diese Kerle standen einfach hier rum und warteten ab, dass ich ihnen vor die Füße kroch.

Das ist nicht fair!

Ganz langsam richtete ich mich auf.

Kauleiste zog genüsslich an einer Zigarette, aschte wenige Zentimeter vor meiner Brust seelenruhig ab. Möglich, dass er grinste. Das ließ sich in der Dunkelheit nicht sagen bei einem Menschen, der nichts im Mund hatte, das die Bezeichnung Zahn verdiente.

Ich kam direkt aus dem stinkenden Morast, doch bei dem Geruch, der von ihm ausging, drehte sich mir der Magen um.

»Na?«, fragte ich und streckte meine dreck- und blutverkrusteten Arme nach beiden Seiten aus. »Spaß haben?«

Den Versuch war es wert. Doch wenn ihn meine Reaktion überraschte, konnte er das verbergen.

Jetzt war ich mir sicher, dass er grinste.

***Donnerstag, 21. Juni, 22:51***
***Auflaufendes Wasser, 2 h 18 min bis Hochwasser***
***Pegel Hallig Horn: 9,55 m über Seekartennull***

Henning war gefangen. Gefangen im Innern eines Traums.

Haakon, der goldene Löwe, stand auf den Resten des einst so stolzen Deiches, der das Land der Rasmussens beschirmt hatte, an seiner Seite die Frau, die sein Kind unter dem Herzen trug.

Die Männer aus dem fernen Land jenseits der Berge hatten Wort gehalten. In einem gigantischen Feuerball hatte sich der Inhalt des kleinen Säckleins entzündet, das seine Gefährtin so lange zwischen ihren Brüsten gehütet hatte. Ein Donner war über die tobenden grauen Wasserfluten gehallt.

Das Bild blieb eingebrannt vor Haakons innerem Auge: der junge Mann zu Pferde, ihr Verbündeter aus dem Kreis der Männer und Frauen im Gehölz. Sein verzweifelter Ruf: *Rasmussen ist fort! Die Zwingburg ist leer!* Sein Ross, das plötzlich scheute, als die Erschütterung das Land von Rungholt in seinen Grundfesten erbeben ließ. Mit Schaum vor dem Maul machte das Tier einen unkontrollierbaren Satz, hinein in die brodelnde Flut.

Schreckensstarr blieben die Augen der beiden Beobachter auf die Stelle gerichtet, an der der Mann versunken war.

Und in ihrem Rücken strömten die gurgelnden Wasser in das tiefer gelegene Land, um Besitz vom Reich der Rasmussens zu ergreifen.

»Er hat uns betrogen«, sagte die junge Frau mit tonloser Stimme. »Er hat uns betrogen, wie er jeden und alle betrogen hat von Anbeginn der Zeiten an. Alle, die es gewagt haben, sich mit etwas zu messen, das größer ist, als die Menschen es sind.«

Haakon wusste, von wem sie sprach, und Henning spürte es in seinen eigenen Gedanken, die sich mit dem Denken des Mannes aus dem Mittelalter überlagerten. Er, der klamme, kalte Tod, der Feind allen Lebens an den Küsten der Uthlande, dem sie die Hand zum Bündnis gereicht hatten.

Das Wasser.

»Betrogen?«, murmelte Haakon, seine Stimme wie ein Echo. »Wir haben einen Vertrag geschlossen, einen Pakt!

Rasmussens Leben sollte sein Lohn sein. Das Bündnis ist hinfällig, wenn er Rasmussen entkommen lässt!«

Er riss seinen Umhang beiseite. Gierig fasste der Sturm nach dem durchnässten Stoff, doch Haakon stemmte sich gegen den Orkan, packte das Amulett, das Zeichen des Adlers, der die Lüfte beherrschte, und des Löwen, der die Macht auf Erden symbolisierte, geschmiedet im uralten Feuer am entferntesten Punkt der Dünenkette und abgelöscht vom Wasser, um den Bund zu besiegeln.

»Siehst du es?«, brüllte er der Flut entgegen. »Siehst du es? Wir kündigen dieses Bündnis auf!«

Mit beiden Händen umklammerte er das Zeichen – doch es wollte nicht brechen, wie der Deich gebrochen war, der das Land von Rungholt beschützt hatte.

Voller Grauen beobachteten die jungen Leute, wie sich die Wogen Einlass erzwangen, in den halb vergessenen Priel fluteten, der in weiten Windungen auf den stolzen Bau der Rasmussens zuführte. Doch sie hielten sich nicht an den Verlauf des uralten Wasserwegs. Einer eisigen, erstickenden Wand gleich flutete das Wasser auf die Häuser und Gehöfte von Rungholt zu, auf die Bauten der reichen Bürger und der einfachen Tagelöhner. Auf die Koggen der Kaufleute, die schwer beladen den Schutz des Hafens gesucht hatten, der nun zu einer tödlichen Falle geworden war. Sie vermochten nicht mehr zu entrinnen, nun, da die Flut auch durch die befestigten Schleusentore der Rasmussens schoss.

Hilflos starrten Haakon und die junge Frau auf die Bilder der Vernichtung, der sie selbst den Weg bereitet hatten. Und sie wussten, dass sie Schuld auf sich geladen hatten. Größere Schuld, wie es ihnen schien, als je ein Mensch zuvor. Schuld, die ein Mensch nicht abbüßen kann im Kreise seines Lebens.

Doch da sah Haakon, wie sich die junge Frau an seiner Seite regte.

»Bei dem Leben, das ich in mir trage«, flüsterte sie. »Bei den Mächten der Luft und der Erde, des Feuers und des Wassers selbst. Wir wollen schwören, dass wir alles büßen werden, selbst dann, wenn unser Leben nicht hinreicht, diesen Eid zu erfüllen. Wir wollen es schwören für uns und für alle, die nach uns kommen. Bis der Kreis der Zeit sich schließt, soll unser Schicksal an diesen Eid gekettet sein. Wenn du, der du größer bist als Luft und Erde, Feuer und Wasser, nur ein Einsehen hast. Wenn du diejenigen davonkommen lässt, die keine Schuld auf sich geladen haben an dem, was wir getan haben. Ein Zeichen! Gib uns ein Zeichen!«

Und sie trat an die Böschung, die Arme ausgebreitet, ohne auf das Wüten der Elemente zu achten.

Als wollte sie sich selbst als Opfer anbieten.

Der erste Akt der Buße in der langen Reihe, die Jahrhunderte um Jahrhunderte folgen sollte.

Haakons Blick lag auf ihr, in Liebe und Bewunderung, ja, in Ehrfurcht.

Es war das letzte Mal, dass er sie in diesem Leben sah.

Danach war alles ein Wirbel von grauem Wasser und weißer Gischt, und Henning spürte, wie sein eigener Körper, der sich im Fieber hin und her warf, versuchte, sich aus den Fängen der Vision zu lösen.

Doch sie war noch nicht zu Ende.

Er wusste, dass Zeit vergangen war. Wie viel Zeit? Er konnte sie nicht messen. Möglich, dass sie einfach keine Rolle spielte.

Haakon lag am Boden, in einem geschlossenen Raum. Grauer Himmel war vor den schmalen Fenstern zu sehen, und draußen tobte der Sturm. Doch er wusste, dass er an diesem Ort immer tobte, ein ewiges Spannungsfeld im Kampf der Elemente.

Bis der Kreis der Zeit sich schließt.

Er war nicht allein.

Der alte Mann war bei ihm, dem er zuallererst begegnet war, als er am Leuchtfeuer den Fuß auf das Land von Rungholt gesetzt hatte.

Haakon wollte den Mund öffnen, Fragen stellen. Wer er war, dieser alte Mann. Ob er es gewesen war, der ihn an diesen Ort gebracht hatte. Wer dem Alten solche Kräfte verliehen hätte.

Doch das schien nicht notwendig zu sein.

»Es gibt Dinge, die Menschen begreifen können, Haakon Gyllenløve.« Die Stimme des Mannes klang anders, als Haakon sie in Erinnerung hatte. Anders als jede andere Stimme, die er jemals gehört hatte. Sie klang an allen Orten, durch alle Zeiten der Welt. »Und es gibt Dinge, die Menschen nicht begreifen können. Dazwischen aber gibt es Brücken. Und es gibt Boten, die diese Brücken betreten und überqueren können.«

Der Greis betrachtete ihn, und Haakon fragte sich, ob es möglich war, dass das Gefühl, das er in seinen Augen las, Mitleid war. Ob dieser Mann – dieses Wesen – zu einem solchen Gefühl in der Lage war.

Doch er sollte nie eine Antwort erhalten.

Er sah, wie der Alte sich über ihn beugte, und dass er einen Gegenstand in der Hand hielt: das Amulett. Das Zeichen des Bundes.

Nein, es war nur eine Hälfte dieses Amuletts: die Hälfte mit dem Löwen, dem Zeichen für die Macht auf Erden.

Mit einer fließenden Bewegung, die er dem greisen Mann

nicht zugetraut hätte, wurde es auf Haakons Brust abgelegt.

Es war schwerer, anders als zuvor. Es schien Zentner zu wiegen.

Haakon, der goldene Löwe, schloss die Augen. Er wusste, dass seine Buße begonnen hatte.

Einen Moment lang hatte Henning das Gefühl, nicht mehr atmen zu können.

Er lag auf dem Rücken, Dornen und gesplittertes Holz unter ihm. Kälte umgab ihn, Nässe und das Brüllen des Orkans.

Er wollte sich aufsetzen, doch irgendwas lag auf ihm, schwer wie ein Mehlsack. Es fühlte sich auch ganz ähnlich an im ersten Moment, als er danach tastete.

Bis er sich die Finger an dem Stacheldraht aufriss, mit dem er den Mann stranguliert hatte.

Mit einem Keuchen wälzte Henning die Leiche beiseite.

Er hatte einen Menschen getötet, mit bloßen Händen! Nein, nicht mit bloßen Händen: mit etwas, das auf seine Weise alles noch grauenerregender machte, als ein Mord mit bloßen Händen es hätte sein können.

Sein Atem ging stoßweise.

Ich habe einen Menschen getötet.

Die Vorstellung war abstrakt. Sie wollte nicht in seinen Kopf. Es war eine Vorstellung, mit der er sich auseinandergesetzt hatte, seitdem er den Dienst bei der Kriminalpolizei angetreten hatte. Die Behörde bot Seminare an, um die Beamten mit einer solchen Vorstellung vertraut zu machen. Doch das änderte nichts. Nicht in diesem Moment.

Der Mensch, den er getötet hatte, war ein böser Mensch gewesen. Was Lara erwartet hätte, wenn es tatsächlich sie gewesen wäre, die im Gebüsch Zuflucht gesucht hatte, wäre womöglich schlimmer als der Tod gewesen. Doch selbst das machte kaum einen Unterschied.

Er hatte diesen Kerl auf dem Gewissen. Und er wusste, dass er eine ganze Weile brauchen würde, um damit fertigzuwerden.

*Bis der Kreis sich schließt.*

Henning schüttelte sich.

Die Vision. Sie war so deutlich gewesen, so düster und hoffnungslos. Die Schuld, die sie auf sich geladen hatten, der Eid, den die junge Frau in ihrer beider Namen geleistet hatte. Der Alte. – Der *Bote*.

Aber er durfte jetzt nicht darüber nachdenken. Der Verfolger war ausgeschaltet, doch es wimmelte von Eskils Männern auf der Insel.

Und Lara war in diesem Moment irgendwo auf dieser Insel unterwegs, in den Dünen Richtung Leuchtturm, allein und unbewaffnet.

Henning tastete über seinen Körper. Irgendwas war da noch immer. Die *Pistole*! Die Waffe des Söldners!

Nein.

Es war keine Pistole.

Die Größe kam fast hin, auch das Gewicht, aber die Umrisse waren anders, das Material.

Das Material, das sich entfernt wie Metall anfühlte, aber dann doch eher wie ein Gestein. Ein Erz vielleicht, aber glatter, ebenmäßiger, auf eine beunruhigende Weise lebendiger.

Ein Material, das ihm erst ein einziges Mal begegnet war, nein, zweimal: vor ein paar Stunden in der Kutsche, als Lara den geheimnisvollen Gegenstand aus ihrer Hosentasche gezogen hatte, der noch warm gewesen war von der Berührung ihres Körpers – und vor sechshundertfünfzig Jahren.

Es war der Löwe. Die Löwenhälfte des Zeichens, mit dem der geheime Bund seinen Pakt mit dem grausigen Verbündeten besiegelt hatte, dem tödlichen Wasser, das Rungholt auf dem Gewissen hatte.

Hennings Finger umklammerten das Amulett. Er war zu keiner Bewegung fähig.

Einer von den Schergen seines Vaters schleppte das seit Jahrhunderten verschollene Zeichen des Bundes mit sich rum? So musste es doch gewesen sein! Es war die einzig logische Erklärung. Wie sollte das Artefakt sonst hergekommen sein?

Es *musste* so sein.

Und doch war es nicht die Wahrheit.

»Es gibt Dinge, die Menschen begreifen können«, flüsterte Henning. »Und es gibt Dinge, die Menschen nicht begreifen können. Dazwischen aber gibt es Brücken.«

Er war hier gewesen!

Der Alte war hier gewesen. Der Alte – derselbe Alte, dem die Kutsche des Inselherrn am Nachmittag begegnet war. Der alte Gorm vom Leuchtturm, der versucht hatte, ein planetares Modell zu erstellen, um zu berechnen, wann das Unheil von Neuem über die Halligen hereinbrechen würde.

»Und das hätte er auch hingekriegt«, flüsterte Henning. »Er hätte es hingekriegt, wenn wir Merkur nicht kaputtgemacht hätten.«

Niemand wusste mehr über Rungholt als der alte Gorm vom Leuchtturm. Er war dabei gewesen, als die Stadt versank, und er lebte noch heute.

Er war ein Bote.

Und Henning hielt seine Botschaft in der Hand.

Doch konnte er sie deuten?

***Donnerstag, 21. Juni, 22:55***
***Auflaufendes Wasser, 2 h 16 min bis Hochwasser***
***Pegel Hallig Horn: 9,66 m über Seekartennull***

Die Angst hatte sich Zeit gelassen.

*Das ist nicht fair.* Mein erster und einziger Gedanke. Ich hatte mich vor Kauleiste aufgebaut in meiner verdreckten, selbstgerechten Empörung: »Na? Spaß haben?«

Er stand vor mir, so nah, dass er mich mit ausgestreckter Hand hätte berühren können. Ich hatte immer noch meine Windjacke an, die ich für die Fahrt in der Kutsche übergezogen hatte, wenn sie auch kaum noch zu erkennen war unter der Schlammkruste.

Plötzlich fummelten seine Finger an meinem Reißverschluss.

»Jetzt wir haben Spaß – alle zusammen!«

Für den Rest meines Lebens würde ich nie wieder das Wort *Spaß* hören können, ohne dass mir auf der Stelle der kalte Schweiß ausbrach.

Sturheit hin, Verzweiflung her: Jetzt kam die Angst, auf einen Schlag.

Ich tat, was jede Frau in dieser Situation tun würde. Ich schrie, versuchte nach ihm zu treten, ihm die Augen auszukratzen, doch es war, als wäre plötzlich ein Damm gebrochen. Die Gestalten, die sich im Hintergrund gehalten hatten, wurden lebendig. Es war wie eine Woge, wie die brüllenden, blökenden Tiere, denen Henning den Weg aus dem Stallgebäude geöffnet hatte. Sie rochen auch genauso. Raue grapschende Pranken. Welche gehörten zu wem, wie viele waren es überhaupt? In meinem Kopf lodernde Panik. Stand ich noch, hatten sie mich schon …? Ich ging zu Boden, nein, konnte nicht zu Boden gehen. Etwas fing mich auf, drehte mir den Arm auf den Rücken. Ein Schmerz in meiner Schulter, wie von einer gezackten, glühenden Messerklinge. Ich schrie und schrie. Noch mehr Hände, die grob nach meiner Jacke fassten, meinem Körper, die versuchten, sich in meine Jeans zu schieben.

Kauleiste war über mir, seine Finger an meinem Gürtel. Ich versuchte, ein Bein freizukriegen, um ihm das Knie in seine empfindlichste Stelle zu rammen.

Ein Geräusch. Ein Geräusch, das ich nicht einordnen konnte. Ein Wunder, dass ich es überhaupt hörte über dem Johlen und Fluchen, den Schreien. *Meinen* Schreien. Ein Geräusch, als wenn man an einem straff gespannten Gummiband zupft, aber länger anhaltend, und es wurde lauter, kam näher.

Ganz plötzlich ein Laut wie ein leises *Toc!*

Kauleiste zuckte zusammen. Hörte er es auch? Er war plötzlich erstarrt, stierte mich an, und irgendwas war *seltsam* mit ihm. Dann sah ich den Pfeil, dessen Spitze plötzlich aus seiner Kehle hervorlugte, rot von Blut. Er starrte und starrte – und kippte dann ganz langsam vornüber.

Im letzten Moment schaffte ich es, mich zur Seite zu wälzen. Die Hände, die anderen Kerle: Plötzlich war ich frei. Plötzlich, für eine halbe Sekunde, war überhaupt nichts mehr zu hören.

Und dann ging es richtig los.

Chaos, Schreie, Bewegungen. Auf einmal wieder Hände, jemand versuchte mich als lebendigen Schutzschild an sich zu reißen, doch im nächsten Moment ein unartikulierter Laut, und der Mann sackte in sich zusammen, riss mich beinahe mit sich.

Ich stemmte mich hoch, versuchte zu begreifen, was vorging. Ein Pochen in meinem Arm, den sie mir auf den

Rücken gedreht hatten, in meinem Kopf. Überall, rot und schwarz in der Nacht.

Schreie. Schüsse, aber anders jetzt, regelrechte Explosionen wie bei einem Feuerwerk, oben zwischen den Dünen. Dazwischen die kürzeren Laute der automatischen Waffen von Graf Eskils Männern. Ein Aufblitzen, Reflexionen auf Metall, die Hügelflanken hinab.

Schattenhafte Gestalten stürmten durch die Finsternis, und sie schrien. Nein, sie schrien nicht. Sie *riefen*. Ein Kriegsruf.

*»Lever düad as slav!«*

Ein einzelner Schatten löste sich von der Flanke des Hügels, stürzte sich mitten zwischen die Männer des Grafen. Ein Schatten, der viel zu klein war für einen ausgewachsenen Mann. Himmel, war das ein *Kind*?

Nein, es war kein Kind.

»Matthes!«, flüsterte ich.

Für einen Moment blitzten die Zähne des kleinwüchsigen Wirts der Seemuschel auf, bevor er sie in den Nacken eines der Söldner versenkte, auf dessen Rücken er gelandet war.

Matthes, doch er war nicht allein. Wie viele waren es? Fünfzehn? Zwanzig? Es war zu dunkel, um die Gesichter zu erkennen, doch die Haltung, die Art ihrer Bewegungen … Ein vierschrötiger Hüne: Tjark, der Inselbäcker. Hinter ihm, mit steifen Gelenken, Pedersen, der glatzköpfige Dorfvorsteher, dem das Haar borstenartig aus den Ohren wuchs wie Yoda in den *Star Wars*-Filmen. Eine Frau, der Name fiel mir nicht ein. Für mich war sie immer Helga gewesen, die aus den Hägar-Comics. Doch sie schwang kein Nudelholz, sondern eine kleine, bösartig glänzende Axt. Ich sah, wie sie auf einen der Söldner niedersauste, und wandte den Blick ab.

Was hier geschah, war nicht zum Lachen. *Kein* Spaß.

Die Bürgerwehr. Die Menschen von Hallig Horn kamen, um mich zu retten. Wie auch immer es ihnen gelungen war, sich dem Zugriff der Söldner zu entziehen: Jetzt nahmen sie blutige Rache.

*»Lever düad as slav.«* – Lieber tot sein als zu Sklaven zu werden – der uralte Kampfruf der Inselfriesen, mit dem sie König Waldemar und seinen Nachfolgern Widerstand geleistet hatten. Vergeblich. Ihre Freiheit hatten sie für alle Zeiten verloren. Nur der Tod war zu ihnen gekommen.

*Es muss alles noch einmal geschehen.*

Heute waren sie selbst es, die den Tod brachten.

Von drei Seiten nahmen sie Eskils Männer in die Zange. Den Söldnern blieb ein einziger Weg: hinunter in die zermatschten Wiesen, wo man kaum einen Schritt vor den anderen setzen konnte.

Ich sah, wie zwei der Söldner versuchten, sich abzusetzen, aber im selben Moment war wieder dieser Laut zu hören, dieses Sirren. Einer von ihnen brach zusammen, der andere sah sich gehetzt über die Schulter um, strauchelte im weichen Morast, kroch weiter, auf Händen und Knien.

Diese Kerle waren Schweine. Ja, er gehörte in den Dreck wie ein Schwein.

Und trotzdem.

*Das ist nicht richtig.*

Ich war mir nicht sicher, ob es die Stimme der Vernunft war, die sich zu Wort meldete. Selbst wenn sie es war: Dieses eine Mal hatte sie recht.

Dieses Gemetzel war sinnlos. Diese Gruppe von Eskils Männern war nur ein winziger Bruchteil der gesamten kleinen Armee, die der Graf auf die Insel geführt hatte. Und ich war nicht mehr in Gefahr. Gyllenløves Männer waren längst auf der Flucht. Es drehte mir den Magen um.

»Bitte!« Meine Stimme war kaum ein Flüstern. »Bitte!«, versuchte ich es lauter. »Bitte, lasst ihn … Es sind schon zu viele …«

Doch schon wieder ertönte das Geräusch.

*Toc!*

Der Söldner sackte im Schlamm zusammen, regte sich nicht mehr.

Doch auch ich selbst konnte nicht mehr stehen. Taumelnd suchte ich nach Halt, stolperte über einen am Boden liegenden Mann, sank gegen die Flanke des Dünenhangs.

Noch immer flammten die Explosionen auf, doch der größte Teil von Eskils Männern lag bereits reglos am Boden. In den hektischen Lichtern sah ich, wie eine einzelne Gestalt sich durch die Kämpfenden drängte, auf mich zukam, über der Schulter einen Gegenstand: den Bogen. Der Mann, der mich gerettet hatte. Er streckte die Hand nach mir aus und …

Licht, Reflexionen auf einem Rot, das leuchtete wie Feuer mit einzelnen Strähnen von Asche. Ein Bart, ein wuchernder roter Bart.

»Mommsen«, flüsterte ich, stemmte mich mühsam hoch – allerdings nur, um mehr oder weniger gegen ihn zu taumeln.

Seine Stirn legte sich in Falten. »Bist du verletzt, Deern?«

»Ich bin in Ordnung«, murmelte ich. »Aber …«

Doch er ließ mich nicht zu Wort kommen. »Verdammich, Deern, das war verdammt knapp gerade! Was treibst du hier draußen?«

Ich spürte, wie die Ohnmacht nach mir griff, oder vielleicht waren es die Vorboten einer neuen *Erinnerung*. Doch ich durfte nicht ohnmächtig werden oder einfach so verschwinden, jetzt nicht!

Folkhard Mommsen, wo auch immer er seit gestern Nacht gesteckt hatte. Die Menschen von Hallig Horn. Wie auch immer sie hierherkamen: Ich musste ihnen erzählen, was geschehen war. Sie mussten mir helfen, zu Gorm zu kommen. Gorm war der Schlüssel. Aber das war erst als Zweites wichtig.

»Henning«, flüsterte ich. »Er ist noch da draußen! Auf den Wiesen. Sie schießen auf ihn! – Henning Bergstrœm, der dänische Polizist. Der … der Kollege von Inspektor Schmehlich.«

Wie zum Beweis hallten aus weiter Ferne neue, kurze, knappe Schüsse zu uns herüber. Die modernen automatischen Waffen der Söldner.

Mommsens Gesichtsausdruck hatte sich verändert, als ich Inspektor Schmehlich erwähnte, doch er schüttelte den Kopf.

»Tut mir leid, Deern, aber da können wir nichts machen. Schau's dir an. Wir haben gerade mal zwanzig Männer und Frauen hier, und du siehst, wie sie bewaffnet sind. Du bist Marten Feddersens Tochter, das ist eine Sache. Du bist eine von uns. Aber für Außenstehende … Tut mir leid, Deern, ganz ehrlich.«

»Aber ihr …« Ich strampelte, versuchte mich von ihm loszumachen, doch meine Bewegungen waren schwach. »Wenn ihr mir nicht helft, lasst es wenigstens mich versuchen.«

Doch Mommsen hielt mich fest. Nicht so brutal, wie die Männer des Grafen das getan hatten, aber genauso unnachgiebig.

Es hatte keinen Sinn. »Er ist kein Außenstehender«, flüsterte ich.

*Er ist einer von uns,* dachte ich. Er hat sein Leben eingesetzt für die Menschen von Rungholt. Genau, wie ihr es jetzt tut, die letzten Rungholtfriesen.

Nur dass es bei ihm – bei uns – danebengegangen ist.

Aber das büßten wir schließlich seit sechshundertfünfzig Jahren.

Doch wenn ich in Mommsens Gesicht sah, wusste ich, dass das keinen Sinn hatte. Nicht mit Logik und Argumenten. Nicht, wenn ich ihnen eine Geschichte erzählte, die ich selbst noch immer nicht vollständig begriff.

Aber was, wenn es eine ganz andere Möglichkeit gab?

Wie oft hatte ich Ole Rasmussen verflucht, den Schinder und Tyrannen von Hallig Horn, zu dem seine Handvoll Untertanen dennoch aufsahen wie zu einem Halbgott, einem übermenschlichen Wesen!

Dieselben Untertanen, die jetzt vor mir standen und mich gerettet hatten, weil ich *eine von ihnen* war.

Doch das war ich nicht. Ich war selbst eine *Außenstehende*. Aber von einer ganz anderen Sorte.

Ich war mir nicht sicher, woher es kam. Ich konnte mich kaum auf den Beinen halten, doch gleichzeitig spürte ich, wie etwas Neues von mir Besitz ergriff. Etwas, das fremd war und doch nicht fremd. Das sich vertraut anfühlte, als wäre es ein Teil von mir, immer ein Teil von mir gewesen. Etwas sehr, sehr Altes und Mächtiges.

Ich schob Mommsens Arm beiseite, richtete mich auf, trat zwei Schritte zurück.

War er dermaßen überrascht? Er hinderte mich nicht daran, sah mich nur an, aus zusammengekniffen Augen.

Ich warf einen Blick in die Runde. Eskils Männer lagen reglos am Boden. Sie hatten keinen von ihnen am Leben gelassen. Die Männer und Frauen aus dem Inseldorf scharten sich neugierig um mich. Einige von ihnen pressten ihre

Hände auf ihre Verletzungen, und im Hintergrund wurde jemand versorgt, den es noch schlimmer erwischt hatte. Hatten auch welche von diesen Menschen meine Rettung mit ihrem Leben bezahlt? Ich sah Pedersen, den Dorfvorsteher, sah Helga, aber wo war Matthes?

Denk nicht darüber nach! Nicht jetzt!

Wenn sie tot waren, konnte ich sie nicht wieder lebendig machen.

Henning. Es ging um Henning.

Ich wartete ab, bis ich ihre ungeteilte Aufmerksamkeit hatte, sah sie der Reihe nach an.

»Ich bin Ole Rasmussens Tochter«, sagte ich. Zitterte meine Stimme? Nein, aber sie klang anders als sonst. Ein klein wenig erinnerte sie mich plötzlich an die Stimme, mit der ich in der Erinnerung gesprochen hatte. Diese sechshundertfünfzig Jahre alte Stimme war anders als meine gewohnte Tonlage, doch das begriff ich erst in diesem Moment. Die Stimme einer Frau, die es aus irgendeinem Grund gewohnt zu sein schien, dass man darauf hörte, was sie zu sagen hatte. Nicht ohne Grund war sie – war ich – für meinen Auftrag ausgewählt worden: das Pulver zu besorgen, das die tödliche Bresche in die Deiche von Rungholt gerissen hatte.

Die Männer und Frauen sahen mich an. Keiner von ihnen regte sich.

Schließlich nickte Mommsen. »Sicher, Deern. Das wissen wir. Ole Rasmussen hat dich adoptiert. Ich hab's dir noch gesagt, neulich: Der Chef war der beste Freund vom Marten. Ich weiß, er hat viel zu tun und alles, aber eins kann dir jeder hier sagen: Er hat echt alles versucht. Hat sich um dich gekümmert, als wärst du wirklich seine Tochter.«

Ich sah, wie einige der Männer und Frauen zustimmend

mit den Köpfen nickten. Doch es war unübersehbar: Keiner von ihnen begriff, wovon ich sprach.

»Ich *bin* Ole Rasmussens Tochter«, wiederholte ich, und wieder spürte ich, dass meine Stimme anders war. Erwachsener. Als hätte ich erst jetzt, in diesem Moment, meine wirkliche Stimme gefunden. »Schau mich an, Mommsen!«, sagte ich. »Schaut mich an, und dann sagt mir, dass ich lüge! Ich bin die Tochter des Herrn von Hallig Horn. Die Tochter der Rasmussens. Blut vom Blut der Herren von Rungholt.«

Wieder ließ ich meine Augen über sie gleiten, nahm sie ganz genau in den Blick, einen nach dem anderen. Der Rasmussen-Blick, natürlich, doch in diesem Moment konnte es gar keinen besseren Beweis geben. Ich sah sie an, registrierte ihre Reaktion, die Unsicherheit, die in einigen dieser Gesichter erwachte. Sah, wie sie sich unbehaglich zu regen begannen, wie sich die Bewegung fortpflanzte, von ganz allein, von einem zum anderen, ohne dass ich noch ein einziges Wort zu sagen brauchte.

Ich sah Mommsen mit seinem Rauschebart, rot wie Feuer, seine Augen, grau wie das Meer, das trügerisch ist und wandelbar, nicht einzuschätzen.

»*Ich bin Ole Rasmussens Tochter*«, sagte ich zum dritten Mal, eine Spur lauter jetzt, Wort für Wort betonend. »Ich bin die Erbin von Hallig Horn – die einzige Rasmussen, die sich in diesem Moment in Freiheit befindet. Ein Mann wird gejagt in den Wiesen von Hallig Horn, ein Mann, der auf eurer Seite kämpft und auf der Seite eurer Herren, der Rasmussens. Nehmt eure Waffen und helft ihm! Ich …« Ich sog den Atem ein, und wie von selbst wanderte meine Hand zu meiner Hosentasche, in der ich das Amulett spürte, den Adler der Luft, den Adler der Friesen von Rungholt.

»Ich *befehle* es euch!«

Sie bewegten sich nicht. Alles war eingefroren – beinahe wie am Ende meiner Erinnerungen. Und ich spürte, dass eine dieser Erinnerungen auf dem Weg war. Ich hatte sie beschworen, hatte das Zeichen berührt. Doch noch durfte ich nicht fort. Ich musste zu Ende bringen, was ich begonnen hatte, musste sicher sein, dass sie sich auf den Weg machten.

Ich sah, wie sich etwas veränderte. Der Ausdruck, mit dem Folkhard Mommsen mich betrachtete. Er verschwamm, wurde undeutlich oder – *ungläubig*? Ein Bündel von Gefühlen auf einen Schlag: Unglaube, ja, aber mehr als das: Bestürzung? Nein: Wut. Plötzliche, grenzenlose, lodernde Wut.

Und im selben Augenblick etwas anderes, das vielleicht noch stärker war: Erkenntnis, harte, schmerzhafte Erkenntnis.

Als ob er selbst auf einmal Mühe hatte, sich auf den Beinen zu halten. Als ob diese Erkenntnis ihm den Boden unter den Füßen weggezogen hätte. Als ob alles, woran er geglaubt hatte, er und alle diese Menschen …

Aber *warum* zur Hölle?

Diese Menschen begriffen etwas, und auf einmal wurde mir klar, dass sie etwas begriffen, das ich selbst noch immer nicht verstanden hatte. Ich am allerwenigsten.

Die Puzzleteile. Auf einmal schienen sie alle auf dem Tisch zu liegen. Ich wusste, dass sie jetzt alle da waren. Doch noch immer … noch immer …

War es die Stimme der Vernunft, die zu mir sprach? Ich konnte es nicht mehr feststellen, denn ich trieb bereits davon, fort, in die andere Wirklichkeit.

*Du hast einen Fehler gemacht.*

*Du hast gerade einen schrecklichen Fehler gemacht.*

*Donnerstag, 21. Juni, 23:18*
*Auflaufendes Wasser, 2 h 03 min bis Hochwasser*
*Pegel Hallig Horn: 9,89 m über Seekartennull*

Henning kauerte zwischen den Zweigen. Er starrte in die Dunkelheit.

Es kam ihm vor wie bittere Ironie.

Genau an der Stelle, an der er dem Söldner die tödliche Falle gestellt hatte, lag er jetzt tatsächlich im Versteck und beobachtete, wie das Verhängnis Schritt für Schritt näher kam.

Es war ein Dutzend von ihnen, in einer weit auseinandergezogenen Linie vom Rand der Dünen bis zu den ersten Warften des Inseldorfes. Sie suchten etwas.

Sie suchten ihn.

Henning hatte etwas beobachtet, es war vielleicht zehn Minuten her: Lichtblitze, Explosionen am Rand der Dünen. Hatten sie mit Lara zu tun? Er wusste es nicht. Es waren nicht die Mündungsblitze der automatischen Waffen gewesen. Die Bürgerwehr der Halligbewohner? Das war die einzige Erklärung.

Doch das spielte keine Rolle.

Die Männer, die sich jetzt mit langsamen, suchenden Schritten auf ihn zubewegten, hatten nichts mit diesem Kampf zu tun. Sie waren erst auf der Bildfläche erschienen, als an den Dünen schon alles vorbei gewesen war.

Und sie schnitten ihm den Weg ab.

Er hatte keine Chance, ungesehen aus seinem Versteck zu kommen, in den Schutz der Dünen, um zu Lara aufzuschließen. Sie überhaupt zu finden.

Vorausgesetzt, sie war noch am Leben.

Es schnürte ihm die Kehle zu.

Seine Finger umklammerten das Zeichen; den Löwen, der für die Macht auf Erden stand.

In seinem gesamten Leben hatte er sich nicht so machtlos gefühlt.

In der einen Hand hielt er das Amulett, in der anderen die Kleinkaliberwaffe, die er dem Toten abgenommen hatte. Ja, er hatte wieder eine Pistole.

Doch er konnte es nicht wagen, sie einzusetzen.

Eskils Männer waren zwölf zu eins überlegen, und sie hatten Nachtsichtgeräte dabei. Selbst wenn er ein oder zwei von ihnen würde ausschalten können: Der Ausgang des Kampfes konnte nicht zweifelhaft sein. Und die Überlebenden würden sich auf der Stelle auf Laras Fährte setzen, sobald sie ihn einmal aus dem Weg geräumt hatten.

Das Einzige, was er in diesem Augenblick tun konnte, war warten. Solange sie nach ihm suchten, war das Mädchen zumindest vor diesem Trupp sicher.

Warten. Warten auf den Tod. Die Söldner konnten ihn nicht übersehen. Mit Sicherheit würden sie Hennings Gebüsch kontrollieren, die einzige Deckung auf weiter Flur.

»Ich *muss* etwas tun«, flüsterte er.

Der Adler und der Löwe: Beide zusammen hatten sie das Amulett gebildet, in dessen Zeichen der Pakt zwischen dem Bund von Rungholt und dem Wasser geschlossen worden war. Haakon hatte versucht, dieses Amulett zu zerbrechen, doch er hatte es nicht geschafft. Dem alten Gorm dagegen, nein, dem *Boten* war es offenbar gelungen. Und nun?

*Es muss alles noch einmal geschehen.*

Im Zeichen von Löwe und Adler hatte die Flut Rungholt verschlungen. Seitdem aber waren die beiden Zeichen getrennt, seit Jahrhunderten. Wenn alles noch einmal geschehen musste, konnte das doch nur bedeuten, dass sie wieder vereinigt werden mussten. Vereinigt wie Henning und Lara, Haakon und die namenlose Frau, ihr Ebenbild auf der anderen Seite.

Aber als Rungholt versank, waren sie doch gerade vereinigt gewesen! Was, wenn Henning dem Verhängnis noch in die Hände spielte, indem er versuchte, sie wieder zueinanderzuführen?

Nein. Er spürte es. Er wusste es, ohne die Quelle dieses Wissens zu kennen. Es hatte etwas mit dem zu tun, was er war, im innersten Kern seines Seins. Es fühlte sich an, als ob er sein Leben lang nach etwas gesucht hätte, ohne zu wissen, was es eigentlich war, bis er auf Lara getroffen war.

Der Löwe und der Adler. Zusammen. Ob sich das Verhängnis auf diese Weise noch abwenden ließ? Henning wusste es nicht. Aber sie gehörten zusammen. Welche Auswirkungen das auch haben mochte: Es war vorgezeichnet wie der Lauf der Planeten.

Er musste zu Lara. Sie mussten die Zeichen aneinanderfügen.

Aber er hatte keine Chance.

Der Kriminalassistent biss die Zähne zusammen, schob die Zweige auseinander. Die Männer waren näher gekommen. Suchend bewegten sich die Läufe ihrer Waffen über das niedergewalzte Gras.

Er hatte Angst vor dem Tod und vor den Schmerzen. Vor allem aber schien er erst jetzt begriffen zu haben, was Leben überhaupt bedeutete. Er hatte etwas gefunden, von dem er niemals hatte träumen können, weil er nicht gewusst hatte, dass es existierte.

Lara.

Zum ersten Mal in seinem Leben hatte er wirklich etwas zu verlieren.

Sie waren noch nicht einmal richtig zusammen, und doch waren sie einander in einem solchen Maße nahe … Vor zwei Tagen noch hätte er sich nicht vorstellen können, dass eine solche Nähe überhaupt existieren konnte. Wo endete er selbst, wo fing sie an? Was waren seine Gedanken und Gefühle, welche kamen von ihr?

Spürte er sie immer noch, jetzt, da sie kilometerweit voneinander entfernt waren?

»Denk nicht daran!«, wisperte er. Seine Stimme zitterte und mit ihr seine Hände, die Pistole und das Zeichen des Löwen.

»Denk – nicht – daran!«

Aber das Kommando war sinnlos. Es war das dämlichste Kommando überhaupt. *Stell dir jetzt keinen rosa Elefanten vor!*

Der Mensch musste noch geboren werden, vor dessen geistigem Auge nicht augenblicklich ein rosafarbener Dickhäuter auftauchte.

Wenn es doch nur so harmlose Bilder gewesen wären!

Doch die Bilder waren grässlich.

Bilder von Lara, von Eskils Männern, deren grobe Pranken nach ihr grapschten, sie zu Boden rangen.

Sie waren so klar, so plastisch, so voller grauenhafter Details.

Die Verletzungen, die der Stacheldraht Henning selbst zugefügt hatte, waren schon dabei, sich zu entzünden. Seine Schulter strahlte brennende Hitze aus, die Haut spannte sich. Ein Pochen, das sich über den Nacken bis in den Hinterkopf zog.

»Ich muss zu ihr«, flüsterte er. »Ich *muss* da raus!«

Der Orkan hatte eine Bresche in das kleine Dickicht geschlagen. Windstöße fuhren in Hennings Zuflucht, aus purem Eis, wie es ihm vorkam, doch sie brachten keinen Hagel mehr. Henning spähte in die Dunkelheit. Nur noch einzelne Wolkenfetzen jagten auf die Küste zu wie in einer bizarren Zeitrafferaufnahme. Sterne waren zu erkennen und ein Mond, kaum halb voll, doch viel zu hell.

Aber Henning sah auch die noch tiefere Finsternis, die sich über den Dünen zu verdichten schien. Schwärze, die so tief war, dass sie beinahe körperlich wirkte.

Die Hauptfront des Sturms.

Das Chaos und die Vernichtung, und vielleicht die einzige Chance, seine Zuflucht zu verlassen.

Doch sie würde zu spät kommen.

Die Söldner hatten sich ihm schon zu weit genähert.

Links von ihm, auf die Warften des Dorfes zu, hatten sie das Gebüsch schon passiert. Derjenige, der direkt auf Hennings Versteck zuhielt, war vielleicht noch hundert Schritte entfernt.

Der Kriminalassistent hielt den Atem an. Ein Plan … Nein, diesmal war es kein Plan. Es war nicht mehr als ein fadendünner Strohhalm, an den er sich klammerte.

Die Augen des Mannes, verborgen hinter dem Nachtsichtgerät, waren zu Boden gerichtet: die Spuren. Er sah die Spuren, die Henning und sein Verfolger hinterlassen hatten.

Hypnotisiert lag der Blick des Mannes auf dem platt gewalzten Gras, vollkommen auf die Fährte konzentriert, Hennings Schritte, die im Zickzack über den morastigen Grund führten, und die Spur des Verfolgers, die ihnen in gerader Linie folgte, auf das zerfetzte Dickicht zu.

Jetzt blickte der Fremde auf, zögerte, sah nach links, nach rechts.

Hennings Puls flog in der Kehle. Der Mann musste begriffen haben, wohin die Fährte führte. Wenn er seinen

Spießgesellen Meldung machte, war es vorbei. Zwölf gegen einen.

Der Kriminalassistent war in geduckter Haltung erstarrt. Seine Hand umklammerte den Griff der Pistole, als wollte er sie zerbrechen, doch mit Gewalt hielt er den Finger vom Abzug fern.

Der Mann kam näher. Nein, er hatte keine Meldung gemacht, und seine Kumpane hatten ihre eigenen Abschnitte des Wiesengeländes im Blick. Zehn Schritte, fünf. Das Nachtsichtgerät ließ ihn wie einen Maschinenmenschen erscheinen, der plump einen Fuß vor den anderen setzte, den Morast gurgelnd aufspritzen ließ. Seine Montur war dunkel, Armeeweste, Helm, seine Waffe.

Er spähte zwischen die Zweige, streckte die Hand aus.

Hennings Faust schoss vor. Der Schlag war genau berechnet, schräg gegen den Hals. Der Vagusnerv. Der einzige Punkt, an dem er den Fremden binnen Augenblicken ausschalten konnte, ehe der Mann dazu kam, einen Schuss abzugeben. Oder auch nur zu schreien.

Der Söldner sackte in sich zusammen. Henning fing den plötzlich kraftlosen Körper auf, ließ ihn zu Boden gleiten. Das Knacken und Krachen des Buschwerks klang wie Explosionen in seinen Ohren.

In seinen Schläfen stampfte und stolperte es, doch er durfte keine Sekunde zögern.

Die Waffe des Söldners war zu Boden gefallen. Henning trat sie mit dem Fuß beiseite. Er sah, wie der Unbekannte sich regte, eine seiner Hände sich öffnete. Mit einer blitzartigen Bewegung riss er dem Mann den Helm vom Kopf, schlug zu, mit dem Griff der Pistole. Der Hinterkopf. Auch hier gab es eine bestimmte Stelle.

Der Körper erschlaffte.

Henning packte das Nachtsichtgerät, den Helm. Die Jacke! Er brauchte zumindest die Jacke!

*»Pjotr?«*

Er zuckte zusammen. Zu den Dünen hin war nur noch ein einziger Söldner gewesen, mindestens hundert Meter entfernt. Die Stimme war viel zu nahe!

Mit fliegenden Fingern zerrte er dem reglosen Mann die Jacke vom Leib, hörte, wie im Arm des Söldners mit einem spitzen Laut etwas brach. Pjotr regte sich nicht. Tief in der Bewusstlosigkeit – oder tot. Henning durfte nicht darüber nachdenken.

Hastig schlüpfte er in die Montur, die schwarz war in der Dunkelheit. Die Nachtsichtbrille, der Helm. Seine Haare, verdammt, sein Pferdeschwanz!

Er schlug die Zweige beiseite, stolperte ins Freie.

»Pjotr?« Der andere Söldner war keine zehn Schritte entfernt. Er klang misstrauisch. Seine Waffe zielte auf das Gebüsch, den Kriminalassistenten.

*Lara.* Hennings Lippen formten den Namen des Mädchens. Wenn er sterben sollte, dann mit diesem Namen auf der Zunge.

Doch der Söldner schoss nicht. Noch nicht. Eine irrwitzige Hoffnung keimte in Henning auf. Sollte sein Plan aufgehen?

Ein Wortschwall. Polnisch? Russisch? Henning verstand keine Silbe.

*Reiß dich zusammen!*

Die entspannte Haltung, zu der er sich zwang, sein Schulterzucken: Es war eine Karikatur. Und er musste irgendwie antworten. Ein Zeichen, eine Geste. Daumen und Zeigefinger aufeinander: alles in Ordnung.

*Das ist lächerlich! Das geht nicht gut! Das geht im Leben nicht gut!* Ein Stakkato in seinem Schädel.

Der Söldner verharrte an Ort und Stelle, ohne den Lauf der Waffe zu senken. Das Nachtsichtgerät in Richtung Henning wie Insektenaugen.

*»Pjotr? Petak?«*

Der Kopf des Mannes fuhr herum. Henning vollzog die Bewegung augenblicklich mit. Die lockere Phalanx der Söldner war ihnen hundert Meter voraus. Der hinterste der Männer hatte sich umgedreht, winkte ihnen ungeduldig.

*»Da!«*, knurrte Henning. *»Da!«*

Das russische Wort für *Ja.* Der Rest seiner Russischkenntnisse beschränkte sich auf Trinksprüche.

Ruckartig wandte er sich um, stapfte los.

Die Insektenaugen des anderen Söldners – Petak – waren auf seinen Rücken gerichtet. Henning spürte sie wie das Fadenkreuz der automatischen Zielerfassung.

Ohne sich noch einmal umzudrehen, machte er eine weit ausholende Geste: Mitkommen!

Seine Knie fühlten sich an wie Buttermilch, als er sich in die weit auseinandergezogene Linie der Söldner einreihte, die sich vorsichtig quer über die Wiesen bewegte, in Richtung der zwischen Meer und Dünen immer schmaler zulaufenden Nordspitze der Insel.

Jeder Schritt führte ihn weiter von Lara weg.

*Das geht nicht gut. Das geht im Leben nicht gut.*

***Donnerstag, 21. Juni, 23:30***
***Auflaufendes Wasser, 1 h 39 min bis Hochwasser***
***Pegel Hallig Horn: Skala überschritten***

*»Ein Zeichen! Gib uns ein Zeichen!«*
*Schäumende Gischt benetzte meine Füße. Mein Gesicht war im eisigen Atem des Windes zu einer Maske der Verzweiflung erstarrt. Mitleidlos schwang er seine Peitsche, trieb den schaumgekrönten Tod zum Sturmangriff auf die Häuser und Warften, die Gassen und Plätze, die Hafenanlagen von Rungholt.*
*In meinem Rücken vollzog sich das Werk der Vernichtung. Nicht die Zwingburg allein: Die gesamte tief gelegene Ebene um die mächtige Stadt, im Laufe von Generationen dem Meer abgerungen, hatte sich in eine graue Wasserwüste verwandelt. Nichts würde bleiben. Zu dieser Stunde schon verloren sich die Hinweise darauf, dass an diesem Ort einmal Menschen gelebt hatten – geliebt, gelacht, gehasst, gehofft hatten. Darauf, dass dies einmal die Stätte des stolzen Rungholt gewesen war.*
*Der Ort würde vergessen werden, vielleicht sogar der Name. Wie ein Kerzenlicht im Sturm würde das helle Licht verlöschen, das an der Küste Frieslands geleuchtet hatte. Für alle, alle Zeit.*
*Ein letzter Abglanz jenes Lichtes war es, auf den ich meine Augen gerichtet hielt: das Leuchtfeuer am Rande der Dünen, ein einsamer Funke in Nacht und Wind am äußersten nach Westen vorspringenden Punkt der Uthlande. Dort ruhte meine Holk in ihrem Versteck, seit einer halben Lebenszeit, wie es mir erschien. Es war ein Ort, der älter war als Rungholt selbst, älter gar als*

*das Leben der Menschen. Überrest einer jungfräulichen Erde, in der die Hand des Schöpfers Licht und Dunkel, Land und Wasser noch nicht voneinander geschieden hatte.*
*Es war jener Ort, an dem das niemals verlöschende Feuer das Zeichen unseres Paktes geschaffen hatte, gehütet von Ihm, der vor allen anderen dort gewesen war. Und nun war dieses Zeichen fort, das Amulett mit dem Adler der Luft, dem Löwen der Macht auf Erden. Das Grau des Meeres musste es verschlungen haben und mit ihm das andere Licht, das über meinem Leben geleuchtet hatte: Haakon, den goldenen Löwen. Ich hatte nicht zurückgeschaut. Selbst diesen letzten Blick hatte ich meinen Augen versagt. Wir würden uns nicht wiedersehen im Kreise des Lebens, auf alle Zeit. Alle, alle Zeit. Was blieb, war ich selbst, allein im Grau und in der Kälte, gefangen auf dem bröckelnden letzten Rest der Befestigungen um Rungholt, bereit, mein Leben hinzugeben und mehr als mein Leben. Ich hatte mein Angebot gemacht: ein Pfand gesetzt auf alle Generationen, auf alles, was nach uns kommen würde: geboren zu werden, um unsere Schuld zu büßen, wieder und wieder. Eine Schuld, die zu schwer war für die Schultern zweier einzelner Menschen.*
*Doch meine Buße wurde nicht angenommen. Ich hatte es längst erkannt. Das Zeichen, um das ich gebettelt hatte, war ausgeblieben. Einzig der Tod und die Dunkelheit warteten noch auf mich, und das Wissen, dass unser einstiger Verbündeter auch die letzten Reste Rungholts vernichten würde: das etwas höher gelegene Land im Westen um die Dünen und das ewige Feuer von Horn. Auch die Unschuldigen, die armen Fischer-*

*familien in ihrem Dorf zu Füßen der Dünen, die niemals Teil unseres Plans gewesen waren.*
*Salziges Wasser brannte in meinen Augen. Die Tränen erschufen einen Schleier, gaukelten mir Bewegung vor auf der unendlichen Öde des Wassers, wo nichts mehr sein konnte als das ertrinkende Land an der Dünenkette. Und selbst diese Tränen konnten nichts als eine Täuschung sein. Zu weit war ich hinaus über den Punkt, da ich Tränen gehabt hatte.*
*Ich blinzelte, suchte das Trugbild zu vertreiben. Keine Täuschungen und Schimären. Mit sehendem Auge wollte ich meine letzten Atemzüge tun, den Blick auf das Leuchtfeuer gerichtet, das mich in die ewige, feuchte Dunkelheit begleiten würde.*
*Aber das Bild verging nicht.*
*Mächtig wuchs der Umriss vor mir auf, einer zinnengekrönten Festung gleich. Doch es war keine Festung, kein Wehrbau aus aufgetürmtem Stein, wie ich ihn auf meinen Reisen gesehen hatte.*
*Es war ein Schiff, ein gewaltiges Schiff. Eine Kogge, für weite Reisen gerüstet – und für den Kampf, mit einem erhobenen Kastell am Achterdeck. Der Sturm allein, das Wasser, das an diesem Tag der Heimsuchung viele Ellen über die höchste Fluthöhe auflief, hatte ein Fahrzeug mit solch gewaltigem Tiefgang so nahe an die Deichlinie herantreiben können.*
*Die Kogge hatte volle Segel gesetzt. Noch hielten sich Leinwand und Vertäuung, wenn die Risse, die die Takelage durchzogen, auch unübersehbar waren. Doch es gab keinen Zweifel: Dieser Koloss war kein Spielball der Wogen. Er war noch immer manövrierfähig. Die Mannschaft musste aus freiem Willen Kurs auf das ster-*

*bende Rungholt gesetzt haben, auf die tödlichen Untiefen entlang der Küste.*
*Eine wahnsinnige, unbegreifliche Entscheidung. Ein Akt der Verzweiflung.*
*Mit aufgerissenen Augen blickte ich auf das Geschehen. Da fiel mein Blick auf die zerfetzte Standarte, die am Achterkastell befestigt war – und ich erstarrte in meiner Haltung, unfähig, mich auch nur noch einen Zoll zu bewegen auf der verlorenen, stetig schrumpfenden Insel, zu der der Deichabschnitt geworden war.*
*Es war die Standarte der Rasmussens.*
*Ich rührte mich nicht. Kälte und Sturm fuhren durch mein salzverkrustetes Haar, während ich reglos beobachtete, wie die Kogge einen Kahn zu Wasser ließ. Vom mächtigen Schatten des Schiffes gegen die Gewalt der stärksten Brecher geschützt, hielt er auf mich zu.*
*Willenlos erwartete ich mein Schicksal.*
*Ich konnte nicht sagen, wie viel Zeit verging, bis sie mich unter Deck führten, in einen Raum unter dem Achterkastell mit Fenstern, die gegen die Gewalt des Sturms mit Holz vernagelt waren. Eine einzige Öllampe erhellte die Kajüte und das Gesicht des Mannes, der hinter einem schweren Tisch in einem Lehnstuhl saß und mich unverwandt betrachtete.*
*»So haben uns unsere Wege am Ende wieder zueinandergeführt«, sagte Magnus Rasmussen. »Ich hatte es nicht mehr erwartet.« Er schien tief in Gedanken versunken zu sein. Eine Bewegung seiner Augen wies mich an, mich auf dem Stuhl ihm gegenüber niederzulassen.*
*Konnte ich in Worte fassen, was ich für den Mann empfand, den ich einmal Vater genannt hatte?*
*Sprache taugte nicht dazu.*

*Ich hatte ihn geliebt, ihn bewundert, zu ihm aufgeblickt, der er mich meinen Brüdern stets vorgezogen hatte. Sein Augenstern war ich gewesen, der ihm mehr bedeutet hatte als aller Reichtum, alle Macht, die er durch die Herrschaft über die mächtige Stadt gewonnen hatte. Doch dann hatte ich erkannt, mit welcher Härte er die Menschen unterdrückte, die ihm nach dem Willen seines fernen Königs anvertraut waren. Wie er sie schinden ließ, die Schwachen und die Kranken sogar, für immer neue Deiche, mächtigere Hafenanlagen, größere Mengen an Salz, die sie dem Boden der Marschen entrangen, um sie gegen andere Güter einzutauschen. Für noch mehr Macht, noch mehr Größe für die Stadt Rungholt und den Namen der Rasmussens.*
*Für den großen Krieg, von dem er nur raunend sprach. Dem Krieg, der unausweichlich kommen musste. Der Krieg gegen den fernen König selbst.*
*Zum Volk aber, zu den Friesen, hatte er nicht einmal hiervon gesprochen. Absoluter Gehorsam war es, den er verlangte, im Namen der Pläne, die er in seinem Herzen verschloss. Die alte Freiheit der Friesen von Rungholt, den Stolz, der dieses Volk bis ins Innerste erfüllte, hatte er mit Füßen getreten. Ihre alten Gebräuche und, ja, ihre Sprache selbst waren ihnen verboten worden, weil er in Angst war, sie könnten sich in dieser Sprache miteinander beraten und einen Pakt gegen ihn schmieden. Die stahlbeschlagenen Stiefel seiner Schergen hatten jede Regung unterdrückt, die seiner Herrschaft hätte gefährlich werden können.*
*Einzig unseren Bund, der sich im unzugänglichen Gehölz im Ring der Steine versammelte, hatte er doch niemals vernichten können.*

*Und nun war es weder der Bund, der vernichtet war, noch war es Rasmussen.*
*Rungholt. Wir hatten Rungholt getötet.*
*Er und ich, jeder von uns auf seine eigene Weise.*
*Meine Liebe zu diesem Mann hatte sich in Hass verwandelt, doch selbst dieser Hass schien mit einem Mal keine Bedeutung mehr zu haben.*
*Er nickte mir zu, als ahnte er bereits, was ich ihm zu berichten hatte. Als habe er nur deshalb Kurs auf die Ufer des versinkenden Landes setzen lassen, weil er damit gerechnet hatte, mich auf den Resten des Deiches vorzufinden, wie ich mich an mein fluchbeladenes Leben klammerte.*
*Ich begann zu berichten, und er lauschte meinen Worten, während das Schiff seinen Kurs korrigierte und sich von der wüsten Stätte entfernte, an der die gurgelnden Wasser das Leben im alten Rungholt erstickt hatten.*
*Er hörte mir zu, lange Zeit, ohne ein Wort zu sagen, wartete ab, bis ich ans Ende meiner Erzählung gekommen war und von dem Eid berichtete, den ich geleistet hatte, für Haakon und mich und für das Kind, das ich unter meinem Herzen trug.*
*Und erst da sah ich, wie er erbleichte.*
*Schweigen senkte sich über den Raum. Der einzige Laut war das Geräusch der Wogen, draußen vor den vernagelten Fenstern.*
*Und dieses Geräusch war schwächer geworden.*
*Mit pochendem Herzen wollte ich mich erheben, durch die Fugen spähen. War es möglich, dass der Sturm …*
*Doch mit einer knappen Geste seiner Hand befahl mein Vater mir, sitzen zu bleiben.*
*»Mir ist nichts geblieben«, sagte er mit rauer Stimme.*

*»Weniger beinahe als nichts. Was ich in den Händen halte, dient, so scheint es, einzig einem Zweck: uns die Größe unseres Verlustes spürbar werden zu lassen. Die Last der Buße, die wir nun antreten werden.«*
*Fragend sah ich ihn an. Ich verstand nicht, wovon er sprach.*
*»Deine Brüder sind tot.« Seine Worte waren zu einem Flüstern geworden. »Alle meine Söhne hat das Wasser mir genommen. Du und dein ungeborenes Kind, Ihr seid alles, was mir bleibt, die einzige Hoffnung auf den Fortbestand des Hauses Rasmussen. Und über alle kommenden Generationen dieses Hauses hast du einen Fluch heraufbeschworen. Zudem wird unsere Herrschaft auf alle Zeit mit dem Makel der Täuschung behaftet sein, denn einzig in männlicher Linie besitzen wir Rungholt nach dem Willen des Königs.«*
*Ich starrte ihn an. Die Trauer musste ihm den Verstand geraubt haben. »Aber Rungholt ist vernichtet!«, wisperte ich.*
*Doch er schüttelte den Kopf: »Das Land zu Füßen der Dünen von Horn wird fortbestehen. Winzig, karg und trostlos. Wir werden auf ewig an dieses Land gekettet sein, vergessen von der Welt und die Welt vergessend, und dieses Land an uns – und mit dem Land der Fluch.«*
*Ich öffnete den Mund, wollte ihn fragen, woher er das alles wissen wollte. Wir waren eingeschlossen in diesem Raum, alle beide. Selbst wenn der Sturm verebbt war, mit einer Plötzlichkeit, die unerklärlich schien: Wie wollte er wissen, dass das Verhängnis die Dünen rund um das Leuchtfeuer und das vorgelagerte Gelände verschont hatte?*

*Wieder unterbrach er mich mit einer Handbewegung, aber er sagte kein Wort mehr.*
*Stattdessen trat eine Gestalt in den Lichtkreis der kleinen Öllampe. Hatte sie sich bis zu diesem Augenblick in den Schatten verborgen? Ich mochte nicht recht daran glauben.*
*Der Alte vom Leuchtturm war kein gewöhnlicher Mensch. Er vermochte auf Wegen und Brücken zu gehen, die anderen Menschen verboten waren.*
*Und sein Blick genügte, um mir alle Antworten zu geben.*
*Nun begriff ich.*
*Nun begriff ich, wer meinem Vater Weisung gegeben hatte, sein Schiff zu wenden, um mich auf den Trümmern des Deiches aufzulesen.*
*Nun begriff ich, dass jedes Wort, das Magnus Rasmussen zu mir gesprochen hatte, die Wahrheit war.*
*Und nun, ohne dass der Alte eine Silbe zu mir sprechen musste, erkannte ich, worin unsere Buße bestehen würde. Welches Opfer man uns abverlangen würde, um die Reste Rungholts zu verteidigen gegen einen Feind, dem ich mutwillig die Hand zum Bündnis gereicht hatte.*
*Eine Klaue aus Eis schloss sich um mein Herz, um es nie wieder freizugeben.*
*Ich öffnete den Mund, doch es war nur ein einziges Wort, eine einzige Silbe nur, die ich über die Lippen brachte: »Wo?«*
*Und er sah mich an, und seine Worte klangen durch alle Orte, alle Zeiten.*
*Bis der Kreis sich schließt, die Schuld getilgt, die Buße getan ist.*
»Du kennst den Ort!«

Mit einem Keuchen kam ich zu Bewusstsein.

Eine Hand aus Eis, die mein Herz umkrampfte.

Nein, das war nicht Vergangenheit. Das Gefühl gehörte ins Hier, ins Jetzt. Kein Platz zum Atmen. Ich rang nach Luft, die Hände zu Fäusten geballt, wollte die Augen aufreißen, presste gleichzeitig die Lider schmerzhaft aufeinander. Nein, ich wollte nicht sehen.

Doch es war schon zu spät. Ich hatte begriffen.

Rasmussens Tochter. Heute war ich Ole Rasmussens Tochter, und in der Vergangenheit war ich Magnus Rasmussens Tochter gewesen. Ich war tatsächlich verwandt mit meinem Ich aus der Vergangenheit, aber vollkommen anders, als ich das für möglich gehalten hatte.

Nein, mehr als verwandt: identisch.

Der Fluch der Rasmussens: Ich war seine Urheberin und sein Opfer zugleich.

Rasmussens Tochter.

*Die Töchter scheinen alle sehr jung gestorben zu sein.*

Wo kam dieser Satz her? Henning! Henning hatte das gesagt, im Studierzimmer unter der Herrenwarft, mit Blick auf den Stammbaum.

War *das* der Fluch? Mein Herz wollte zerspringen, doch die schnürende Fessel aus Eis ließ das nicht zu. – War das der Fluch? Die Töchter der Rasmussens mussten früh sterben, weil sie vielleicht irgendeine Krankheit hatten, die sich weitervererbte und nur die Frauen und Mädchen traf?

War ich in diesem Moment schon dem Tode geweiht? Der erstickende Druck in meiner Brust wuchs von Sekunde zu Sekunde. War das die Art und Weise, wie es passierte? Wie es auch bei ihr – bei mir – letztendlich passiert war? Aber sie war schwanger gewesen. Ich musste zumindest noch mein Kind zur Welt gebracht haben, das die Linie der

Rasmussens fortgesetzt hatte. Konnte ich jetzt schon im Sterben liegen, wenn wirklich alles noch einmal geschehen musste?

Ausgeschlossen. Das war *unmöglich,* aus einem ganz einfachen Grund: weil ich gar nicht lag.

Ich stand kerzengerade aufrecht.

In diesem Moment spürte ich, wie die Hand aus Eis eine Winzigkeit locker ließ, die Fesseln um meinen Körper ein paar Zentimeter Luft gaben, sich eine neue Position suchten, in der sie um meine Brust, meine Hüften, meine Oberschenkel schnürten.

Fesseln.

Jetzt riss ich die Augen auf.

Ein einzelnes, rötliches Feuer. Die Flamme zuckte unter den Hieben des Sturms wie das Licht von Magnus Rasmussens Öllampe in der Kajüte seiner Kogge. Doch dieses Feuer war größer, und es sonderte einen Qualm ab, der zum Husten reizte. Die Männer und Frauen der Bürgerwehr mussten nasses Holz gesammelt haben, das sie hier, in einer geschützten Dünenmulde, irgendwie zum Brennen gekriegt hatten. Ich sah mehrere Gestalten, die sich rund um die Flammen niedergelassen hatten und sich mit gedämpften Stimmen unterhielten.

Ich selbst stand ein paar Schritte entfernt. Ich fror, aber ich konnte nicht zu ihnen kommen, näher ans Feuer.

Die Fesseln ließen es nicht zu.

Ein Geräusch.

Dann ein Schatten, der sich zu meinen Füßen schwer zu Boden sinken ließ, mir halb den Rücken zudrehte, das Gesicht in den Händen verbarg.

Reflexionen auf dem Rauschebart. Rot wie Feuer, rot wie Blut.

»Mommsen!« Es kam nur ein Krächzen.

Seine Gestalt bewegte sich, schien sich in einem unbegreiflichen Rhythmus hin und her zu wiegen.

Ich kniff die Augen zusammen. Er *weinte*.

»Mommsen?«, fragte ich leise. Flüsternd kriegte ich es hin, zumindest seinen Namen auszusprechen. Doch meine Kehle war trocken, als hätte ich seit Stunden keinen Schluck getrunken oder mir, ganz im Gegenteil, literweise Salzwasser eingeflößt.

»Was... Wasser«, wisperte ich.

Ein heftigeres Zucken unterbrach den Rhythmus seiner Bewegungen. Hatte die Erwähnung von Wasser es ausgelöst? War das ein Wunder? Der kalte, klamme Tod nahm von neuem Anlauf gegen die Halligen. Alles geschah noch einmal, wir steckten mittendrin. Ich war gefangen, nicht auf einem bröckelnden Deichrest diesmal, sondern an ein Etwas gefesselt, das ich nicht erkennen konnte. An welcher Stelle der Dünen befanden wir uns überhaupt?

Ich versuchte etwas zu erkennen. Ein rötlicher Lichtschimmer links von mir, im Süden: der Leuchtturm. Die Halligleute mussten mich quer über die Dünenkette geschleppt haben, auf die dem Meer zugewandte Seite. Im Moment war es zu dunkel, um mehr als einen Schimmer von weißer Gischt zu erkennen, doch es war ganz nahe. Wenn es den Fluten gelang, durch die Kraftfelder zu brechen, würden sie hier, genau hier, auf die Insel treffen.

»Was ist hier los?«, flüsterte ich.

Mühsam stand Mommsen auf. Erschrocken sog ich die Luft ein, als er sich zu mir umdrehte. Er sah *alt* aus. Ich wusste nicht mal genau, wie alt Folkhard Mommsen überhaupt war, Ende vierzig, Anfang fünfzig vielleicht, doch plötzlich sah er aus wie ein alter Mann!

Und er bewegte sich auch so, bückte sich nach einem farblosen Beutel und zog eine Wasserflasche hervor. Er zitterte. In seinem Gesicht schien ein Kampf zu toben, als müsste er sich zu den zwei, drei Schritten zwingen, die uns voneinander trennten. Er verschüttete die Hälfte des Wassers, bevor er es hinkriegte, die Flasche an meine Lippen zu setzen. Und selbst da musste ich noch aufpassen, dass er mir nicht die Zähne ausschlug.

»Es tut mir so leid«, flüsterte er, setzte die Flasche ab. »Es tut mir so unsagbar leid.«

Die Gespräche am Feuer waren verstummt. Niemand von den Männern und Frauen hatte sich zu uns umgedreht, doch ich spürte, dass sie lauschten. Ich erkannte einige der Gesichter wieder: Pedersen mit seinen Haarbüscheln, Tjark der Inselbäcker und, ja, auch Matthes war dabei. Ich erkannte sie wieder und kannte sie doch nicht. Die zuckenden Flammen gaben ihren Gesichtern einen Ausdruck, der sie fremd machte. Als wären diese Menschen, die ich mein Leben lang gekannt hatte, auf einmal Wildfremde geworden – oder Schlimmeres.

»Mommsen, bitte!« Noch immer klang meine Stimme rau. Der Druck in meiner Kehle, meiner Brust hatte sich verändert. Ich stand kurz davor, in Tränen auszubrechen. »Bitte, was ist hier los?«

»Du bist Ole Rasmussens Tochter«, sagte er leise. Sein Blick war auf meine Füße gerichtet. Das Seil schnürte um meine Waden und Oberschenkel. Ich konnte sie kaum noch spüren. »Rasmussen hat uns belogen«, murmelte er.

»Nicht nur euch.« Ein Nicken ließen die Fesseln gerade noch zu. »Ich habe es selbst heute erst begriffen.«

»Es tut mir so leid!«

Ich begriff noch immer nicht, aber trotzdem war da etwas in mir. Ein Gefühl, das in meinem Magen erwachte. Mehr als ein Grummeln. Ein schmerzhaftes Ziehen, eine Ahnung.

»Weißt du, wie lange es in der Rasmussen-Familie keine Mädchen mehr gegeben hat?« Endlich blickte er auf, doch selbst Folkhard Mommsen schien mich jetzt mit den Augen eines Fremden zu betrachten. »Seit einhundertfünfzig Jahren«, sagte er leise. »Fünf Generationen, Lara. *Fünf Generationen.* Dein Urgroßvater hatte zwei Brüder, dein Großvater einen. Ole Rasmussen ist das einzige Kind seiner Eltern, und er hat nur Hannes. Wir hatten nie einen Grund, daran zu zweifeln. Die ganze Insel wusste, dass ein Kind unterwegs war bei deiner Mutter und Marten, und wir haben uns mit den beiden gefreut. Dann starb Marten, und wir haben mit ihr getrauert. Und waren erleichtert, als Ole Rasmussen selbst sich um sie gekümmert hat. Aber niemand hat geahnt, dass du in Wahrheit …« Er verstummte, schüttelte den Kopf, setzte wieder an. »Natürlich hat es Gerüchte gegeben, immer wieder mal, nicht nur deinetwegen. Als ich ein Junge war, habe ich die Gesichter der Alten gesehen, wenn Tilda ins Dorf kam.«

»Was?« Jetzt begriff ich endgültig überhaupt nichts mehr. *»Tilda?«*

»Anscheinend hat es irgendwann mal Gerede gegeben, sie wäre die Tochter deines Urgroßvaters, des sechzehnten Rasmussen.«

»Tilda? Tilda ist meine … meine *Großtante*?«

Mommsen schüttelte den Kopf. »Offensichtlich nicht«, murmelte er. »Sonst wäre es schon damals passiert.«

»*Es?* Du willst mir sagen …«

Plötzlich brach ich ab. Das Gefühl in meinem Magen war mit einem Mal stärker geworden. Das Grummeln verwandelte sich in eine ausgewachsene Übelkeit. Wann hatte ich zuletzt was gegessen? Einen Happen, bevor wir mit der Kutsche aufgebrochen waren.

Übelkeit – und ein Brausen, das irgendwo zwischen meinen Ohren erwachte. Dort, wo sich bei einem Menschen, der sich sicher sein kann, dass er bei klarem Verstand ist, das Hirn befindet.

»Ihr glaubt, was hier vorgeht ... Eskils Söldner, der Orkan ...« Ich holte Luft, und warum auch immer, vielleicht weil meine Lungen plötzlich frei waren oder weil ich irgendeinen Weg finden musste, meinen Horror loszuwerden. Ich brüllte los, als wollte ich hinkriegen, was nicht mal der Sturm geschafft hatte: das Feuer auszupusten.

»Ihr glaubt *ernsthaft*, das geschieht, weil es jetzt doch eine Rasmussen-Tochter gibt? – Wenn ich Ole Rasmussens Tochter bin, dann bin ich seit achtzehn Jahren Ole Rasmussens Tochter! Und ist seitdem irgendwas Merkwürdiges passiert auf eurer gottverfluchten Insel?«

Verfluchte Insel ... Ich verstummte. Gestern hatte ich mir noch den Kopf zerbrochen, warum alles so kompliziert sein musste auf dieser *verfluchten Insel.* Ich hatte ja nicht die Spur einer Ahnung gehabt, wie dieser Fluch tatsächlich aussah!

»Seit achtzehn Jahren.« Mommsen nickte. Weder brüllte er zurück, noch schien ihn mein Geschrei auch nur aus der Ruhe zu bringen. Genauso wenig die Männer und Frauen am Feuer, die schweigend in die Flammen blickten, als wären wir beide überhaupt nicht hier.

»Du warst ein Kind«, sagte er leise. »Seit hundertfünfzig Jahren sind den Rasmussens keine Töchter geboren worden, doch davor ... davor ist es vorgekommen. In schweren Zeiten, als die Pest wütete oder Hungersnot die Hallig heimsuchte. Als die Burchardiflut die Insel monatelang vom Festland abgeschnitten hatte und die Hälfte der Bevölkerung starb. Die Toten …« Er wurde noch leiser. »Die Toten, so heißt es, wurden nicht *begraben*. Sie haben stattdessen ihren Teil dazu beigetragen, dass Hallig Horn überlebte.«

Ich schauderte. Die Kälte, der beißende Wind, die Faust aus Eis um mein Herz. In diesem Augenblick war ich mir sicher: Mir würde nie wieder warm werden.

Dabei wusste ich, dass Mommsen das Entscheidende noch gar nicht gesagt hatte.

»Doch das größte Opfer«, flüsterte der Mann mit dem Rauschebart, »das größte Opfer haben auch damals die Herren der Insel gebracht. Das ist der Grund, Lara Rasmussen, aus dem auf Hallig Horn die Dinge anders sind als an jedem anderen Ort der Welt. Der Grund, aus dem wir uns noch heute dem Willen des regierenden Rasmussens unterwerfen, als wäre das Mittelalter niemals zu Ende gegangen: weil die Rasmussens uns etwas zurückgeben.«

»Marten Feddersen«, fuhr er fort, »hat sich viel mit diesen Fragen beschäftigt: In alter Zeit war der König eines Volkes nicht allein der Herrscher über Land und Leute, sondern zugleich derjenige, der die Verbindung zwischen den Menschen und ihren Göttern aufrechterhielt. Wenn die Götter zürnten, war es die Aufgabe des Königs, ihren Zorn zu besänftigen. Im schlimmsten Fall, indem er sein Leben gab für sein Volk. Das war es zwar nicht, was den Rasmussens abverlangt wurde, doch in meinen Augen wiegt ihr Opfer nur noch schwerer: Ja, in alter Zeit waren unter den Kindern der Herrensippe auch Mädchen gewesen. Töchter der Rasmussens. Doch in sechshundertfünfzig Jahren ist keine von ihnen jemals erwachsen geworden. Bis heute. Und sechshundertfünfzig Jahre lang hat diese Insel die Angriffe der Feinde, die Pest, die Hungersnot, die Fluten überlebt. Bis heute. Bis zu deinem achtzehnten Geburtstag.«

»Die Rasmussens haben sie … sie …« Meine Stimme überschlug sich, doch dann, mit einem Mal, war sie tonlos und trocken wie Asche. »Sie haben sie *geopfert*?«

Mommsen hob die Schultern. In seinem Blick lag eine Trauer, die keinen Namen hatte. Er wandte sich ab, drehte mir den Rücken zu, schien in die Dunkelheit zu blicken, auf die Weite der Dünen.

Eben erwachte der Wind zu neuem Sturm. Wolkenfetzen zerstoben am Himmel, der Mond trat hervor, und die Dunkelheit gab den Blick auf die aufgewühlte See frei.

»Es ist lange her, dass so etwas geschehen ist«, murmelte Mommsen. »Sechs Generationen. Die meisten von uns sprechen ungern über diese Dinge. Und in dem, was erzählt wird, schimmert oft nur ein Funke Wahrheit durch: ausgesetzte Kinder der Rasmussens, in den Dünen oder in abgelegenen Dachkammern des Herrenhauses. Doch in Wahrheit …« Er seufzte. »Letztendlich hat man sie *hierher*, an diesen Ort gebracht. Und was dann geschah … Wenn ich meinen Großvater danach fragte, bekam sein Gesicht einen ganz seltsamen Ausdruck, und alles, was er sagte, war: Das Wasser hat sie geholt. Das Schiff der lebenden Toten.«

Der Wolkenschleier war vollständig beiseitegeglitten. Für Augenblicke stand der Mond hell und geisterhaft klar am Himmel wie eine gespenstische nächtliche Sonne.

Das Bild war bizarr.

Weiße Gischt krönte die Wellen, die im heftigen Sturm gegen die Küstenlinie anrannten und doch kaum die Hochwassermarke erreichten. Ich kannte das Watt an dieser Stelle, jede einzelne Untiefe, jeden Priel, auch wenn sie sich

Jahr für Jahr ein wenig verlagerten. Das Wasser da draußen mochte schäumen, toben, brodeln, wie es wollte, doch in diesem Augenblick war es höchstens knietief. Bis zu der Stelle, an der das unter dem Meeresspiegel liegende Gelände zum offenen Meer hin plötzlich abfiel.

Aber vom offenen Meer war nichts zu sehen heute Nacht: Eine Wand erhob sich mitten im Wattstrom, dunkler als die Nacht, zwanzig Meter hoch, nein, mehr, quer über den Horizont. Höher als die Dünen oder die Warft mit dem Herrenhaus.

Eine Wand aus Wasser, im Zaum gehalten durch die Kraftfelder. Wie lange noch?

Der uralte Feind des Lebens an der Küste gierte danach, die Reste Rungholts zu verschlingen, die ihm sechseinhalb Jahrhunderte lang vorenthalten worden waren.

Und nur eine Möglichkeit, das Verhängnis abzuwenden, heute wie damals.

Das Opfer.

In diesem Augenblick begann ich zu schreien.

Ich schrie und schrie, bis ich keine Luft und kein Bewusstsein mehr hatte.

***Donnerstag, 21. Juni, 23:55***
***Auflaufendes Wasser, 1 h 14 min bis Hochwasser***
***Pegel Hallig Horn: Skala überschritten***

Henning zuckte zusammen, als hätte ihm die Faust eines unsichtbaren Riesen einen Schlag versetzt. Er stolperte, fing sich, warf einen hastigen Blick zur Seite. Nein, Petak hatte nichts mitgekriegt. Der Söldner stierte stur geradeaus auf die Wiesen, während der Trupp Schritt für Schritt weitermarschierte.

Was hätte er auch mitkriegen sollen?

Die Nachtsichtgeräte konnten einiges. In Hennings Kopf schauen konnten sie nicht.

Das konnte nur Lara, wie auch umgekehrt er bei ihr dazu in der Lage war. Sie war bei ihm, wenn sie auch Kilometer voneinander entfernt waren.

Doch jetzt, in diesem Moment, war sie *nicht* bei ihm.

Lara war fort, schon wieder.

Sie war schon einmal fort gewesen, kurz nachdem Henning sich in die Söldnerformation eingereiht hatte, doch da war sie nach einer Weile wieder aufgetaucht, und sofort hatte er ihre Angst gespürt. Angst, die über den Horror vor einem testosterongesteuerten Rudel von Eskils Männern hinausging. Und jetzt, auf einen Schlag, war sie wieder verschwunden. War sie ohnmächtig?

Oder Schlimmeres?

*Denk nicht daran!*

Wenn er jetzt durchdrehte, verlor er die letzte Spur einer Chance, die es sowieso nicht mehr gab. Dieses Mal hatte er nichts, nicht mal einen Plan.

Mit jedem Schritt konnten die anderen Männer ihn deutlicher erkennen. Enger und enger rückte die Reihe der Söldner auf dem schmaler werdenden Wiesengelände zusammen. Der Kriminalassistent spürte Petaks Blicke, kämpfte darum, sie nicht zur Kenntnis zu nehmen. Wenn er nervös wurde, würde er Fehler machen. Und das durfte er nicht.

Ich bin einer von ihnen, hämmerte er sich ein. Ich bin *Pjotr*, einer von Eskils Söldnern. Ich habe keinen Grund, mich beobachtet zu fühlen.

*Sie können mich nicht erkennen.*

Nachtsichtgerät und Helm waren besser als jede Maske. Doch die Riemen der Befestigung schnürten in Hennings Kopf. Der echte Pjotr hatte keinen Pferdeschwanz verstauen müssen. Mit Sicherheit ließ sich die Halterung anders justieren, doch Henning wusste nicht, wie. Absetzen, nachschauen? Dann konnte er gleich aufgeben.

Er musste damit klarkommen, irgendwie. Mit dem Schraubstock, der sich immer enger um seinen Schädel zu schließen schien – und mit den Bildern.

Die Apparate von Eskil Gyllenløves Schergen waren nicht mit herkömmlichen Restlichtverstärkern zu vergleichen, wie sie inzwischen in vielen Autos der höheren Preisklasse zum Einsatz kamen. Auch in Hennings Audi selbstverständlich.

Nein, diese Geräte mussten Prototypen sein, die auf feinste Veränderungen der Infrarotstrahlung ansprachen. Der Himmel flammte in tausend transparenten Farben, kalten und warmen Luftströmungen, die wild durcheinanderwirbelten. Die Wiesen selbst waren ein aquarellartiges Mosaik unterschiedlicher Tönungen. Einzelne leuchtende Punkte standen für die Tiere der Wattlandschaft, die sich zitternd zu Boden duckten, der Gewalt des Sturms ausgeliefert. Vögel zumeist.

Die Beute, auf die Eskils Söldner Jagd machten, war größer.

Sie war menschengroß.

Doch die Jäger würden sie nicht sichten.

Sie marschierte in ihren Reihen.

Aber nicht mehr lange. Die anderen Männer wurden langsamer, als sie den Fahrweg erreichten, den am Nachmittag die Kutsche genommen hatte. Henning blieb nichts, als sich ihrem Tempo anzupassen. Die hintere Anlegestelle befand sich nun direkt vor ihnen. Die äußerste nördlichste Landspitze der Insel lief ins Meer hin aus. Klar erkennbar, dass sich dort keine Beute mehr verbarg.

Die Kogge lag an derselben Stelle wie am Nachmittag, ein dunkler Scherenschnitt in der Nacht, selbst durch die digitalen Filter des Nachtsichtgeräts. Den mächtigen stählernen Rumpf des Transportschiffs dagegen, weiter vom Ufer weg, durchzogen die gleißenden Violetttöne elektrischer Kanäle, unsichtbar für gewöhnliche Augen.

Henning erinnerte sich an Ole Rasmussens großspurige Reden: Elektrizität werde hier draußen nicht mehr funktionieren, wenn die Deichsysteme erst in Betrieb waren. Pustekuchen! Der Sturm musste sämtliche Energien gründlich durcheinandergewirbelt haben. Einzig die Kraftfelder selbst hielten noch Stand, ein zwanzig Meter hoher, in schrillen Farben pulsierender Wall rund um die Insel.

Dahinter, unsichtbar, türmte sich das Wasser.

Und noch weiter hinten war die Hauptfront des Sturms. Wetterleuchten, Lichtblitze unter dem bedrohlichen Gewölk wie ein Fanal der Vernichtung. Ein Sturm, der alles mit sich reißen würde, was Menschenhand den Fluten in Jahrhunderten in den Weg gestellt hatte.

*Das Ende Frieslands,* dachte Henning. *Das Ende für uns alle.*

Einer der Männer, vielleicht derjenige, der vorhin nach Pjotr und Petak gerufen hatte, war kurz vor dem Anleger stehen geblieben. Er wartete, bis die Männer zu ihm aufgeschlossen hatten, blickte dann fragend in die Runde.

Henning sah, wie die Söldner der Reihe nach ihre metallverkleideten Köpfe schüttelten, schloss sich der Bewegung an: nichts gefunden. Die Jagdbeute war entwischt. Natürlich konnte sie sich in die Dünen abgesetzt haben, doch die

Dünen gehörten offenbar nicht zum Auftrag dieser Gruppe. Wahrscheinlich war dort ein anderer Trupp unterwegs.

Dieser Teil der Mission war jedenfalls beendet.

Und nun?

Der Anführer sagte etwas. Er sprach mit blecherner Stimme – und selbstverständlich russisch. Doch Henning sah, wie sein Kopf in Richtung Meer nickte.

Nein, nicht in Richtung Meer.

Zum Transportschiff.

Ein Motorboot war an der Anlegestelle vertäut. Der Söldnerführer drehte sich um, hielt direkt darauf zu. Die übrigen Männer schlossen sich an, ohne eine Sekunde zu zögern.

Henning starrte ihnen nach. Das Schiff war eine tödliche Falle. Wenn er einen Fuß auf diesen Stahlkoloss setzte, zweihundert Meter vom Ufer entfernt, zig Meter über dem tobenden Meer, hatte er endgültig jede Chance verspielt. Sobald die Männer ihre Nachtsichtapparate abstreiften, die jetzt schon unnötig waren …

Ein Plan, verdammt! Irgendeine Ausrede, ein Sonstwas! Aber wie sollte die aussehen? Diese Männer waren Söldner, Soldaten. Ein Befehl, und es wurde pariert – nicht diskutiert. Und wie wollte er diskutieren? Er würde sich verraten, sobald er nur den Mund aufmachte! Pjotrs Stimme, Pjotrs *Sprache*!

Zeit gewinnen! Ruckartig begann er über seine Jacke zu tasten, als würde er etwas suchen. Ihm musste irgendwas einfallen. Jetzt! Auf der Stelle!

Einer der Söldner war stehen geblieben. Nein, es war nicht Petak. Hektisch zupfte Henning an seiner Montur, hustete. »*Fuck!*«, knurrte er. »*Fuck!*« Auch in Russland gebräuchlich.

Er sah, dass zwei oder drei der anderen Söldner jetzt ebenfalls langsamer wurden, sich umsahen.

Aufmerksamkeit. Er durfte keine Aufmerksamkeit auf sich ziehen! Petak war schon misstrauisch. Wenn sich einer dieser Männer »Pjotr« genauer ansah...

*Wenn du in dieses Boot steigst, ist alles verloren.*

Nicht Henning Bergstrœm allein. *Alles.* Auch Lara. Es hatte mit ihnen begonnen, gemeinsam, und es konnte nur mit ihnen beiden gemeinsam enden. Er *durfte* nicht in dieses Boot steigen!

Doch die Insektenaugen sahen ihn an – schon jetzt zu aufmerksam.

Und Henning erkannte, dass er seine Chance verspielt hatte.

Er machte einen steifen Schritt auf den Anleger zu, einen zweiten. Das Boot schaukelte wild auf den Wellen. Weiße Gischt, aufgewühlt und zerrissen wie von den ehernen Schaufeln einer Schiffsschraube.

Die Bilder kamen auf der Stelle, und sie waren greller als je zuvor. Er hatte sich nicht vorstellen können, dass für diese Angst noch Platz gewesen wäre in seinem Kopf, doch er hatte sich getäuscht. Es war Platz. Sie brach über ihn herein, ließ ihn schwanken, stolpern.

Auf das Boot zu, wie ein Lamm zur Schlachtbank. Er sackte auf der Sitzbank zusammen. Der Anführer saß am Steuerruder. Die Insektenaugen warfen Henning einen prüfenden Blick zu. Er nickte, knapp und schmerzhaft.

Das Wasser. Hinaus auf das Wasser. Auf dem Wasser würde er sterben. Er hatte es immer gewusst. Die Bilder in seinem Kopf waren niemals nur Bilder aus der Vergangenheit gewesen, Bilder seiner Mutter, sondern immer auch ein Versprechen dessen, was ihn selbst erwartete.

Das Wasser, der stählerne Rumpf des Schiffes. Das Hoheitszeichen der Republik Panama war unsichtbar in der Finsternis, doch die Schraube am Bug des Giganten, ihre mächtigen stählernen Flügel, halb aus dem Wasser ragend: Das Boot schien direkt auf sie zuzuhalten.

Der motorisierte Kahn hüpfte von Welle zu Welle. Hennings Finger hatten sich um die Reling geschlossen wie am Nachmittag, vor einem halben Leben, an Bord der Kogge, die jetzt als verschwommener Umriss vorbeiglitt.

Mit einem Dutzend Söldnern war das Motorboot voll besetzt. Noch immer trugen die Männer ihre klobigen Sichtgeräte. Doch es konnte nicht mehr lange dauern. Henning hatte bereits den Eindruck, dass sie von ihm Abstand hielten.

Seine Hände wurden zu Eis.

Sie hielten Abstand, ganz deutlich. Die Insektenaugen blickten in seine Richtung, wortlos. Alle. Sie mussten sich irgendwie verständigt haben. Aber nein – das hätte er merken müssen, trotz allem. Irgendwie hätte er es merken müssen!

Sie starrten ihn an, schauten auf sein Gesicht, das doch unsichtbar war hinter dem übergestülpten Apparat. Nein, sie starrten tiefer, dreißig Zentimeter tiefer.

Umständlich senkte Henning den Blick. Das Nachtsichtgerät schränkte seine Bewegungsfreiheit ein.

Ein rötliches, verwirbeltes Flimmern, das seine Brust bezeichnete, die Wärme des Blutes, das durch die inneren Organe strömte, die Niels-Henning Bergstrœm am Leben hielten. Die Armeejacke und seine eigene Kleidung, die er darunter trug, waren nur ein milchiger Schleier.

Doch auf der linken Seite seines Brustkorbs hob sich eine scherenschnittartige Zeichnung ab, scharf abgegrenzt wie gegossenes Blei. Die Umrisse standen auf dem Kopf für Henning, doch er erkannte sie auf der Stelle.

Ein Löwe. Der Löwe der Macht über die Erde aus dem Zeichen des Bundes. Das Amulett, das der Bote während Hennings Bewusstlosigkeit auf dessen Brust abgelegt hatte. Der Kriminalassistent hatte es in der Hemdtasche verstaut. Es lag über seinem Herzen, kalt wie Eis, undurchdringlich für die Wärme seines Körpers. Die Farbe der Finsternis im elektronischen Blick der Nachtsichtgeräte.

Die Insektenaugen fixierten ihn. Die Männer hatten ihre Waffen nicht weggesteckt, hielten sie in den Händen, locker im Schoß.

Kein Grund für dramatische Szenen. Die Beute konnte nicht mehr entkommen. Auf wackligen Beinen war sie freiwillig in die Falle getappt.

Henning schloss die Lider.

»Lara«, flüsterte er. *»Lara.«*

Er kam hoch, schneller als Augen sehen konnten, glitt über die Reling.

Das Wasser schloss sich um ihn wie ein Käfig aus schwarzem Eis.

***Freitag, 22. Juni, 00:00***
***Auflaufendes Wasser, 1 h 09 min bis Hochwasser***
***Pegel Hallig Horn: Skala überschritten***

Meine Ohnmacht brachte nichts als Dunkelheit.

Keine neuen Erinnerungen. Die Geschichte Rungholts war zu Ende erzählt. Ich hatte alles erfahren, was ich hatte erfahren sollen, alles begriffen.

Vielleicht waren sie ja genau deshalb zu mir gekommen: Damit ich wenigstens verstand, warum die fröhlichen Gesellen aus der Halligschenke plötzlich drauf und dran waren, mich den Elementen zum Fraß vorzuwerfen. Um ihre Insel zu retten.

*Du oder der ganze Rest,* dachte ich.

Wahrscheinlich wäre es einigermaßen edelmütig gewesen, sich in so einem Moment in sein Schicksal zu fügen. Ich wusste nicht, wie alt die anderen Töchter der Rasmussens gewesen waren, als man sie als Opfergabe an diesen Ort geführt hatte. Womöglich hatte man sie ihr ganzes kurzes Leben lang darauf vorbereitet und sie waren sogar noch stolz gewesen, sich opfern zu dürfen für so eine große Sache. Schließlich waren das andere Zeiten gewesen vor ein paar Hundert Jahren.

Ich jedenfalls war nicht stolz.

Ich dämmerte zurück ins Bewusstsein und fing übergangslos an, an meinen Fesseln zu zerren.

Die Männer und Frauen aus dem Halligdorf saßen um ihr Feuer. Die Blicke, die sie in meine Richtung warfen, waren so knapp wie nur möglich. Keiner sagte ein Wort. Ich war nicht länger eine von ihnen, nicht länger Marten Feddersens Tochter. Eigentlich gar kein Mensch mehr. Ein Opfer.

Und doch hatte ich eben gesehen, wie es in den Augen von Matthes verräterisch glitzerte, als er sich rasch von mir wegdrehte.

Sie waren keine Unmenschen, keiner von ihnen. Am allerwenigsten Folkhard Mommsen, der wieder zu meinen Füßen kauerte, mir den Rücken zuwandte und sich im Takt seiner Verzweiflung hin und her wiegte.

Verzweifelt musste man wohl auch sein, wenn man auf die Idee kam, Menschenopfer zu bringen. Oder man hatte es eben nie anders gekannt. Was immer so gewesen war, wurde nicht infrage gestellt.

Aus Angst, dachte ich, ein kleines bisschen vielleicht auch aus Bequemlichkeit.

Und garantiert waren die Typen, die andere Leute opferten, nicht mal die einzigen, die so dachten. Mit Sicherheit gab es sogar Menschen, die selbst ganz damit zufrieden waren, das *Opfer* zu sein und sich in ihr Schicksal zu fügen. An seinem Schicksal war man schließlich nicht schuld. Viele Leute bewunderten sogar, wie tapfer man damit umging: schlimme Kindheit, keinen richtigen Job, irgendeine eklige Krankheit – oder eben die Aussicht, von den Wassern Rungholts verschlungen zu werden. Im Grunde nahm sich das nicht wahnsinnig viel.

Entweder konnte man sagen: Okay, dann leide ich eben. Dann hatte man auch gleich eine Entschuldigung, wenn man irgendwas nicht schaffte. Am Leben zu bleiben zum Beispiel.

Oder man kämpfte.

Ich würde kämpfen. Ich war Lara. Ganz gleich, was ich sonst noch war: Ich war Lara, und ich war stur. Und ich würde mich nicht an einen dahergelaufenen uralten Feind verfrühstücken lassen, nur weil die Halligleute glaubten, das müsste so sein.

Aber eins stand fest: Von Leinen, Schnüren und Seemannsknoten verstanden sie was. Eventuell würde ich mir noch ein, zwei Arme oder Beine ausrenken, bevor das Wasser mich erwischte, aber freistrampeln können würde ich mich jedenfalls nicht. Schon gar nicht, wenn sie alle daneben saßen und jederzeit eingreifen konnten.

Wenn ich eine Chance haben wollte, mussten sie mir helfen.

Meine Lippen waren schon wieder rau. Ich befeuchtete sie mit der Zunge, bevor ich sprechen konnte.

»Mommsen?«

Sein Wiegerhythmus veränderte sich fast unmerklich. Er hatte mich gehört.

»Mommsen, es ist falsch, was ihr macht.«

Er antwortete nicht. Die anderen sowieso nicht.

»Ich kann ja verstehen, wie ihr denkt«, sagte ich. »Das ist sechshundertfünfzig Jahre lang gut gegangen, wie ihr das gemacht habt. Ihr habt die Mädchen geopfert, und die Hallig hat überlebt. Die Flut hat sie nicht zerstört.«

»Die Flut«, murmelte er. »Oder die Pest. Oder der Hunger.«

»Genau.« Ich nickte. Das Seil schnitt mir in den Hals. »Aber könnt ihr euch sicher sein, dass sie nicht genauso überlebt hätte, wenn ihr niemanden geopfert hättet? Könnt ihr euch sicher sein, dass das nicht sogar schon passiert ist? Bei Tilda zum Beispiel?« Ich biss mir auf die Zunge. Einen Moment blitzte vor meinem geistigen Auge das Bild auf, wie sie Tilda von der Herrenwarft holten und Seite an Seite mit mir fesselten. Aber was blieb mir anderes übrig? Ich musste alle Register ziehen. »Oder wie oft wohl schon vorher?«, sprach ich weiter. »Glaubt ihr ernsthaft, sämtliche Rasmussens hätten euren Vorfahren alle ihre Töchter ausgeliefert? Das waren …« Meine Stimme wurde rau. »*Das waren ihre eigenen Kinder!*«

»Die Insel existiert noch«, murmelte er. »Also muss es so gewesen sein. Und Tilda ist eben doch nicht die Tochter vom alten Edwin Rasmussen.«

Ich verdrehte die Augen. Wie sollte ich gegen so eine Logik ankommen?

Sie hatten alle Töchter geopfert, also existierte die Insel

noch. Die Insel existierte noch, also hatten sie alle Töchter geopfert.

Was bewies das? Überhaupt nichts!

»Aber diesmal ist es anders!«, bohrte ich weiter. »Wenn irgendeine normale Flut gekommen ist, also eine normale Sturmflut, wie die von …«

»Achtzehnhundertfünfundzwanzig«, murmelte er. »Pieter Rasmussens Tochter war sechs oder sieben. Das war das zweitletzte Mal, dass es geschehen ist. Sie war …«

Ich wollte das nicht hören!

»Oder eine Hungersnot«, unterbrach ich ihn. »Oder die Pest oder Cholera oder hol mich der Teufel.«

*Der Teufel?*, meldete sich die Stimme der Vernunft. *Warum nicht gleich das Wasser?*

Rasch holte ich Luft. »Das war völlig anders als heute«, erklärte ich. »Die Insel sah hinterher genauso aus wie vorher. Ein dreckiger Haufen Sand und Schlamm am Rande des Nichts.« Bei diesen Worten zuckte er ganz leicht zusammen. *Wir sind auf dem richtigen Weg,* dachte ich düster. Ich musste ihn aus der Reserve locken, irgendwie. »Eure Vorfahren haben diese Mädchen auf dem Gewissen!«, betonte ich. »Und was hat es gebracht? Die Hallig ist derselbe Misthaufen geblieben wie vorher!«

»Pass auf, was du redest!«, knurrte eine Stimme vom Feuer her. Pedersen mit seinen Puschelohren. Jetzt hatte er nichts mehr vom freundlichen Meister Yoda.

»Ach ja?«, fragte ich in seine Richtung. »Und wenn nicht? Dann *bringt ihr mich um?*«

Pedersen antwortete nicht, doch Tjark blickte auf, der vierschrötige Bäcker. »Wir tun nur unsere Pflicht«, brummte er. »Ich wünschte, wir hätten sie schon gestern getan. Dann wäre uns allen einiges erspart geblieben.«

Ich kniff die Augen zusammen. *Gestern?*

Mit einem Mal setzten sich neue Puzzleteile zusammen. Jedes von ihnen legte sich von selbst an seine Stelle: Tilda und Johan, die nachts kein Auge zugetan hatten, als ich klein war. Vom Wandschrank aus hatten sie immer wieder kontrolliert, ob ich noch in meinem Bett lag. Der Kletterhaken an meinem Fenster, gestern Abend, die Einbrecher in meinem Zimmer. Das waren *diese* Männer gewesen – oder doch einige von ihnen. Gestern Abend … Henning war in der Seemuschel gewesen, und seine Erinnerungen standen mir fast so deutlich vor Augen wie meine eigenen. Die Szene in der Inselschenke: Matthes war natürlich dort gewesen als Wirt. Pedersen auch. Aber Tjark? Folkhard Mommsen war vielleicht nie auf den Gedanken gekommen, wessen Tochter ich in Wahrheit war. Doch das galt nicht für alle Bewohner der Insel. Und einige von ihnen hatten nicht abwarten wollen, bis die Halliggemeinschaft ein einstimmiges Votum fällte. Nicht Martens Unterlagen oder sein Geschenk hatten sie holen wollen, sondern *mich*.

Es war hoffnungslos. Die Leute, die ich mein Leben lang gekannt hatte, waren wahnsinnig. Und einige von ihnen waren noch eine Spur wahnsinniger als der Rest.

Sie würden den Teufel tun, mich loszubinden.

Doch es *musste* eine Chance geben!

Meine Augen gingen über das Feuer hinweg. Direkt über uns befand sich noch immer ein fast sternenklarer Himmel, aber über die gesamte Breite des nächtlichen Horizonts lag eine Masse aus kompakter Finsternis. Dunkler als schwarz, wesentlich dunkler. Eine Walze aus Dunkelheit schob sich über das Wasser auf uns zu, um sich über den Halligen zu schließen wie der mit mitternächtlichem Damast ausgeschlagene Deckel eines Sarkophags.

Im Vordergrund aber schillerte die Linie der Kraftfelder. Ich konnte mehrere der stählernen Masten ausmachen, in denen sich vermutlich die Technik verbarg. Rötliche Warnlampen pulsierten an ihren obersten Spitzen. Nach rechts, zum Fallstief, standen sie dichter beieinander. Doch auch die Felder selbst waren zu erkennen. Es tat den Augen weh, wenn man zu lange hinsah. Sie schienen zu flackern, zu zittern, in einem unregelmäßigen, fast schmerzhaften Rhythmus. Erschöpft, an den Grenzen ihrer Kraft? Das konnte es nicht sein. Der Orkan fauchte mit einer Stärke, wie ich sie noch nie erlebt hatte, und noch hatte die Front uns nicht mal erreicht. Solange der Wind nicht nachließ, würde auch die Energie nicht abebben, die die Felder speiste.

Ein todsicherer Plan, den sich die Ingenieure meines Vaters da ausgegrübelt hatten. Eine Flut, wie die Welt sie noch nicht gesehen hatte – oder doch zuletzt vor sechshundertfünfzig Jahren. Und gerade diese eigentlich zerstörerische Kraft lieferte den Feldern Energie bis zum Geht-nicht-mehr.

Zum Geht-nicht-mehr.

Ich stutzte.

Was, wenn es auf einmal *zu viel* des Guten war? Wenn der Blitz in ein Stromnetz einschlug, arbeiteten die angeschlossenen Computer ja auch nicht plötzlich tausendmal toller als vorher, sondern ganz im Gegenteil.

Ich starrte auf die Front, den Himmel, der sich von Sekunde zu Sekunde verfinsterte, und mit einem Mal wurde mir klar, wo der Fehler tatsächlich lag. Ein Fehler, an den aller Wahrscheinlichkeit nach kein Mensch gedacht hatte.

»Das ist die Schwachstelle«, flüsterte ich. »Nicht zu wenig Energie. *Zu viel!* So wird er reinkommen. *Es,* das

Wasser. Wenn der Wind zu heftig wird, werden die Leitungen …«

»Er wird irgendeine Möglichkeit finden«, sagte Mommsen leise. »Ganz gleich, auf welchem Weg. Er wird kommen, um sein Opfer zu holen.«

»Verdammt!«, zischte ich. »Er will nicht irgendein Opfer diesmal! Er will die ganze Insel! Er will Rungholt! Weil es diesmal anders ist als bei der Pest oder der Hungersnot oder einer gewöhnlichen Sturmflut! Ja, ja, ja: Wenn ihr das unbedingt glauben wollt – von mir aus hat er eure Opfer angenommen die letzten sechshundertfünfzig Jahre. Und daraufhin die Hallig verschont. Weil das so ausgemacht war. Weil die Buße so akzeptiert worden war: Die Rasmussens behalten nichts als Hallig Horn und opfern obendrein regelmäßig ihre Töchter. Der Rest von Rungholtland bleibt da, wo er ist: unter Wasser. Und im Gegenzug lässt das Wasser die Insel in Ruhe. Es war ein … ein Waffenstillstand«, flüsterte ich. »Sechshundertfünfzig Jahre lang. Solange wir uns an die Bedingungen gehalten haben, hat sich auch das Wasser daran gehalten.

Aber jetzt hat Rasmussen den Waffenstillstand gebrochen. Er hat versucht, sich Rungholtland zurückzuholen! Und jetzt schlägt das Wasser zurück! Kein Opfer kann es mehr aufhalten! Es wird sich holen, was ihm noch fehlt! Die Insel, und vielleicht die halbe Küste dazu! Ihr müsst mich losmachen, sofort! Niemand hat eine Chance, wenn *ich* nicht …«

Mommsen war aufgestanden, während ich hektischer und hektischer gesprochen hatte. Er kam ins Grübeln. Bitte, er musste einfach ins Grübeln kommen.

Die Schwärze jagte heran, als könnte sie spüren, dass ich endlich eins und eins zusammenzählte.

Der Kampf um Rungholt war noch gar nicht vorbei. Die letzten sechshundertfünfzig Jahre waren nichts als eine Atempause gewesen. Jetzt, heute Nacht, würde die Entscheidung fallen. Die große Auseinandersetzung. Die Friesen gegen die Rasmussens gegen das Wasser. Auch wenn ich noch keinen Schimmer hatte, wie dieser Kampf aussehen würde: Ich allein musste mich dem Feind entgegenstellen. Nein, nicht allein.

»Henning, wo bist du nur?«, murmelte ich. Lara und Henning. Die Luft und die Erde. Der Adler und der Löwe.

Er musste noch am Leben sein. Er *musste* einfach! Ich hätte es gespürt, wenn es nicht so wäre. Wir gehörten zusammen, auf so viele Arten. Das hier war unser gemeinsamer Kampf.

Und wie auch immer er aussah: Diese Leute mussten mich losmachen, oder von keinem von uns würde irgendwas übrig bleiben!

Beschwörend sah ich Mommsen an: »Das hier ist nicht wie in den letzten sechshundertfünfzig Jahren! Das hier ist die große, letzte Entscheidung, und wir haben keine Chance, wenn ihr mich nicht losmacht! Gorm hat uns erkannt, Henning und mich. Er hat auf uns gewartet. Gorm hat …«

»Gorm«, flüsterte Folkhard Mommsen, und jetzt gab es keinen Zweifel mehr, dass sich etwas an seinem Gesichtsausdruck verändert hatte. Seine Augen waren auf mich gerichtet.

Nein.

Nein, sie gingen knapp links an mir vorbei.

»Donnerlittchen«, murmelte eine Stimme. Mit schleppenden Schritten schob sich der Leuchtturmwärter an mir vorbei, blinzelte raus aufs Meer. »Das pustet aber wirklich heute.« Mit nachdenklicher Miene wandte er sich zu mir um, sagte aber kein Wort, sondern legte den Kopf in den Nacken. »Hmmm… Du warst das doch, die mich heut' Nachmittag was gefragt hat, oder? Hmmm… *Da!*«, zischte er plötzlich und stieß einen knotigen Finger gen Himmel.

Das Leuchtfeuer erhob sich vielleicht zweihundert Schritte entfernt.

Ein einzelner schmaler Dünengrat schob sich an dieser Stelle ein Stück ins Meer vor, und an seinem äußersten, höchsten Punkt stieß der Turm mit dem Feuer durch den Sand: Gorms Behausung.

Das Leuchtfeuer von Hallig Horn war nicht die typische rot-weiß geringelte Version wie auf Amrum oder Sylt. Unsere Anlage war sehr viel älter. Wem das aus Backsteinziegeln errichtete Bauwerk ursprünglich zu verdanken war, hatte nicht mal Marten herausfinden können.

Es war einfach immer da gewesen, alt wie die Welt. Das Rot seiner Flammen stach hell aus der Düsternis, heute wie vor sechshundertfünfzig Jahren.

Doch noch weiter oben in der Nacht leuchtete jetzt ein anderer, ein fahlgrüner Schimmer.

»Der Komet«, erklärte der Alte. »Da ist er.«

*Donnerstag, 22. Juni, 00:10*
*Auflaufendes Wasser, 00 h 59 min bis Hochwasser*
*Pegel Hallig Horn: Skala überschritten*

Henning war gelähmt.

Es war kein unangenehmes Gefühl. Im Gegenteil: Alles war friedlich und still. Farben tanzten vor den Okularen des Nachtsichtgeräts, wärmere und kältere Strömungen im aufgewühlten Wasser. Doch selbst das war ein ruhiges, angenehmes Auf und Ab. Hier unten gab es keine Gischt, keine hektischen, schweren Brecher, sondern nur noch Ruhe und Stille.

Hatte er wirklich jahrelang Angst vor dem Wasser gehabt?

Es gab keinen Grund dafür.

Natürlich, die Fluten waren eisig, doch diese Kälte war eine Wohltat. Sie betäubte seine Schmerzen. In den vergangenen Tagen hatte er sich so viele Verletzungen zugezogen. Er wusste kaum noch, wie das war, frei von Schmerzen zu sein. Jetzt waren sie nicht mehr zu spüren.

Natürlich, er konnte nicht mehr atmen, doch wer sagte, dass er atmen *musste*? Atmen hieß weiterleben, und wenn er weiterlebte, würden die Männer mit den Insektenaugen ihn aus dem Wasser zerren, zurück ins Boot, auf ihren Stahlkoloss.

Er hatte ihre Insektenblicke gespürt. Was sie auf Eskils Geheiß mit ihm anstellen würden, wäre schlimmer als der Tod.

Für Niels-Henning Bergstrœm gab es keinen Grund, sich nicht der Ruhe und Stille des Wassers zu überlassen, hinüberzudämmern an einen Ort, an dem die Ruhe und Stille vollkommen war. Einen hellen und freundlichen Ort.

Er war schon ganz nah; das Licht, das weiße Licht, Henning konnte es schon sehen.

Die Gesichter, die Menschen, die auf ihn warteten.

Folke, der mit ihm die Ausbildung gemacht hatte und zur falschen Zeit am falschen Ort gewesen war, als er bei einem seiner ersten Einsätze eine häusliche Auseinandersetzung hatte schlichten wollen.

Sein Großvater, mit dem Henning heimlich seine erste – und einzige – Zigarette geraucht hatte.

Das kleine rothaarige Mädchen aus der ersten Klasse, das eines Tages vom Ponyreiten nicht zurückgekommen war.

Die alte Nachbarin, die für Henning immer ein paar Kekse aufgehoben hatte.

Und dort, sie lächelte ihm zu: die Frau, deren Kopftuch im Wind wehte, als das kleine Motorboot vom Landungssteg auf der Insel Tunø losmachte.

Eine Welle der Wärme erwachte in Hennings Innerem.

Nichts, nichts mehr konnte ihn hindern, in das weiße Licht zu gehen.

So viele Gesichter, so viele Gestalten.

Lara, eine steile Falte auf ihrer Stirn, als sie ihn kritisch musterte.

Lara.

Henning starrte sie an.

»Du … du bist nicht tot!« Luftblasen stiegen aus seinem Mund.

Ihr Gesicht war verschwommen, ein halb durchsichtiger Umriss vor dem hellen Licht.

»Ach ja? Bin ich nicht?«

Man kann nicht sprechen unter Wasser. Der Gedanke war ganz hinten in seinem Kopf.

»Ach?« Die Falte auf Laras Stirn vertiefte sich. »Ich darf nicht tot sein, aber du darfst ganz friedlich in die ewigen dänischen Jagdgründe eingehen? Und jetzt verbietest du mir auch noch den Mund? Soll ich dir mal was sagen? Ich *werde* aber tot sein, ganz, ganz bald, wenn du nicht auf der Stelle deinen Hintern über Wasser kriegst und den Rest von dir dazu!«

Henning starrte das Traumbild an. Natürlich war es ein Traumbild, was sonst? Aber ein verdammt realistisches.

»Weißt du was?« Ihre Augen funkelten. »Du bist ein verdammtes Scheißopfer!«

Henning holte Luft.

Doch es kam keine.

Es kam Wasser, das seine Lungen füllte und ihn zum Würgen brachte. Feuer! Feuer in seiner Brust, Schwindel, Panik, schwarze Bilder. Wo war das Licht?

Es war verschwunden, Lara genauso. Doch auch die Lähmung, die von Henning Besitz ergriffen hatte, war fort. Er schüttelte sich, spürte, wie der Riemen, der Helm und Nachtsichtgerät hielt, ihm vom Kopf glitt, ruderte um sich. Luft! Wo war Luft? Wo war oben? Undeutliche Umrisse. Das Boot, die Söldner? Er konnte es nicht erkennen. Luft, nur Luft!

Mit einem keuchenden Laut brach er durch die Wasseroberfläche, tastete um sich, krallte sich fest und sah …

Metall. Schwerer Stahl, zu einer gewaltigen Schaufel gebogen, halb aus den Wellen ragend. Eine zweite, im Sechziggradwinkel angesetzt, die dritte unsichtbar unter Wasser. Die Schiffsschraube. Er klammerte sich an die Schiffsschraube des vor Anker liegenden panamesischen Frachters, sog keuchend den Atem ein.

Und er hörte etwas.

Die Worte waren russisch, die Stimmen nahe. Eskils Söldner in ihrem Boot.

Stritten sie? Sie suchten nach ihm, und das Boot kam näher, am Kiel des Frachters entlang in Richtung Heck. Der Stahl der Schiffsschraube war alles, was ihn noch vor ihren Blicken verbarg, doch sobald sie das Ende des Schiffes erreichten, würden sie ihn unmöglich übersehen können.

Henning klammerte sich fest, klammerte sich an seinen schwärzesten Albtraum, nicht imstande, die Finger zu lösen. Wie ein Reh im Lichtkegel des Scheinwerfers, unfähig wegzulaufen.

Eine Sekunde lang wünschte er sich, das Gesicht des Mädchens würde wieder auftauchen. Lara würde ihm noch einmal in den Hintern treten.

Doch Vision oder nicht: Wollte er wirklich hören, was sie ihm zu sagen hatte?

»Ich bin kein Opfer!«, presste er zwischen den Zähnen hervor.

Seine Lungen füllten sich mit Luft, er stieß sich ab, tauchte in die Schwärze.

Henning war ein ziemlich guter Schwimmer gewesen vor dem Tag auf der Insel Tunø, doch das war Jahre her, und seit diesem Tag hatte er manchmal schon Herzklopfen, wenn er nur die Dusche anstellte.

Und die Anlegestelle war zweihundert Meter entfernt. Kein Mensch konnte so weit tauchen. Außerdem war die Kogge im Weg.

Er hielt sich dicht unter der Oberfläche. Über ihm war eine fahle Helligkeit, jetzt der dunkle Umriss des Bootes mit den Söldnern.

Noch nicht auftauchen!

Seine Arme pflügten durchs Wasser. Ein Schmerz in seinen Rippen bohrte sich mit jedem Schwimmzug tiefer in seine Brust. Er durfte noch nicht hochkommen! Sie suchten nach ihm.

Sein Kopf schoss über die Wasserlinie. Ein hektischer Atemzug, sofort wieder runter! Hatten sie ihn gesehen? Stimmte die Richtung noch? Vor ihm war Dunkelheit, ein mächtiges schwarzes Etwas wie der Leib eines Wals. Wenn das der Frachter war, hatte er völlig die Orientierung verloren.

Er kam hoch, unmittelbar vor dem dunklen Giganten, suchte nach Halt. In seinen Lungen fand eine Kette von Explosionen statt, unter seinen Fingern spürte er eine raue Oberfläche: Holz.

Die Kogge. Wenn er es auf die andere Seite schaffte, konnte sie ihm Deckung geben.

Ein Knall. Im nächsten Augenblick ein heftiger Schlag, als die Kugel Zentimeter neben seiner Hand in den Rumpf drang. Henning holte Luft, nur probehalber. Nein, keine Chance. Er hatte weder Kraft noch Atem, unter dem Kiel des Seglers durchzutauchen.

In seinem Rücken krakeelten Eskils Männer. Das Motorengeräusch ihres Bootes veränderte sich. Sie hatten ihn!

Die Strickleiter schlug ihm um ein Haar gegen den Schädel.

Plötzlich war sie da, Zentimeter vor seinem Gesicht, hing von der Reling der Kogge herab. Da oben war jemand! Jemand, der ihm helfen wollte!

Aber wenn er versuchte hochzukrabbeln, würde er ein Ziel abgeben, das kein Mensch verfehlen konnte!

Doch hatte er eine bessere, überhaupt eine *andere* Wahl?

Er zögerte keine Sekunde. Seine Hände waren gefühllos, rutschten ab. Knurrend und ächzend kämpfte er sich empor, während die Kugeln links, rechts, über ihm ins Holz schlugen. Der Seegang machte die Schüsse der Verfolger unsicher. Henning keuchte auf, als ein Schlag seinen Fuß traf, doch es gelang ihm, ihn auf die nächste Sprosse zu setzen. Ein Streifschuss.

Die Reling. Keine Kraft mehr, aber er musste es schaffen! Mit einem unmenschlichen Schrei wuchtete er sich hoch, schob sich über die Brüstung, schlug schmerzhaft auf dem Deck auf.

Geschafft. Sekunden gewonnen.

Schwärze trat vor seine Augen, ein Schleier aus Dunkelheit.

Undeutliche Bewegungen. Eine Gestalt, nein, mehr als eine, aber verschwommen, kaum zu erkennen hinter dem Nebel.

Nebel. Ein Geschmack auf seiner Zunge.

Ein Geschmack nach Rost und altem Blut.

Ja, es war jemand auf der Kogge. Und er hatte mit diesen Leuten bereits Bekanntschaft gemacht.

Wenn man sie *Leute* nennen wollte.

Er versuchte auf die Beine zu kommen, doch das Deck war klitschnass. Seine Füße rutschten weg.

Die Stimmen der Söldner konnte er wieder hören, aber sie klangen jetzt leiser, wie in Watte getaucht, und sie klangen unsicher. Hatten sie erkannt, wer – nein, *was* sich an Bord der Kogge befand?

Das würde sie nicht zurückhalten. Wer für Eskil Gyllenløve arbeitete, fürchtete weder Tod noch Teufel, sondern einzig und allein Eskil Gyllenløve.

Das Motorengeräusch verstärkte sich. Ihr Boot ging längsseits – und die Strickleiter hing noch immer über der Reling.

Hennings Hand bekam die Takelage zu fassen. Hektisch kam er auf die Füße, stolperte von der hölzernen Brüstung weg. Für den Augenblick war er außer Reichweite der automatischen Waffen.

Doch dafür befand er sich jetzt in Gesellschaft.

Die lebenden Toten hatten sich zwischen den Aufbauten an Deck verteilt, zehn, fünfzehn Schritte von Henning entfernt. Ihre Gesichter blickten ihm entgegen. Erst jetzt erkannte er, dass es sich nicht bei allen von ihnen um Männer handelte: eine Frau, wohl schon älter, mit Haaren wie verfaulter Flachs, eine jüngere, die aber seltsam schief ging. Vielleicht hatte sie im Augenblick des Todes eine schwere Verletzung davongetragen, die sie nun ihr Leben, nein, ihren Tod lang mit sich rumschleppen musste.

Hennings Gedanken verwirrten sich. Die vergangenen Minuten hatten Kraftreserven in seinem Innern mobilisiert, von denen er nicht geahnt hatte, dass er sie besaß. Doch er spürte, dass der Augenblick nahe war, in dem die Schwäche kommen würde.

Sein Wille allein war es, der den völligen Zusammenbruch noch zurückhielt. Er war kein Opfer!

Und gleichzeitig waren sie alle Opfer: er selbst, Lara, diese Männer und Frauen, die wie sie beide dem Bund von Rungholt angehört hatten. Opfer und Täter zugleich.

Die Kreaturen sahen ihn an. Ihre Augen waren erloschen, die Haut wie vergilbtes Pergament, das sich über zahnlose Kiefer spannte. Ihr Gesichtsausdruck war nicht mehr zu erkennen, wenn es denn überhaupt einen gab. Hass? Schmerz? Triumph? Es konnte alles sein.

Sie bewegten sich ruckartig, die Waffen in den knöchernen Händen. Ein Halbkreis, der sich mit jedem Schritt enger schnürte.

Das Wasser konnten Ole Rasmussens Deiche von der Insel fernhalten, doch diese Wesen konnte nichts und niemand aussperren. Sie gehörten zu Rungholt, zu Hallig Horn, mehr als die Rasmussens selbst. Sie leisteten ihre eigene Buße ab, seit sechshundertfünfzig Jahren.

Buße für eine Tat, die sie alle gemeinsam, doch mehr als alle anderen Henning und Lara zu verantworten hatten.

Er konnte ihnen nicht übel nehmen, dass sie nicht gut auf ihn zu sprechen waren.

Sie kamen näher, wie in einer gespenstischen Ballettchoreografie, alle zugleich, Schritt für Schritt. Diesmal trommelten sie nicht, doch ihre Schwerter waren drohend erhoben. Die Absicht war nicht zu übersehen.

Aber vielleicht hatte er eine Chance.

Henning ließ sie nicht aus den Augen, während er den Reißverschluss der durchweichten Armeemontur öffnete, unter die Anzugjacke tastete, nach der Hemdtasche …

Doch im letzten Moment zog er die Finger zurück. Das Zeichen. Lara hatte das Zeichen getragen, und sie hatten ihr gehorcht. Doch Laras Zeichen war der Adler, der Adler der Lüfte und der Freiheit der alten Friesen.

Hennings Zeichen dagegen war der Löwe. Der Löwe des fernen Königs und der Macht auf Erden. Die Macht, wie Eskil Gyllenløve und die lange, verstaubte Reihe seiner Vorfahren sie ausgeübt hatten, gedankenloser noch als die Rasmussens. Die Geschichte der Grafen Gyllenløve war eine Geschichte von Schlachten, Blut und Kriegsruhm, doch sie war auch eine Geschichte von Herrschsucht, Verrat und geistiger Umnachtung, in die die regierenden Grafen am Ende ihres Lebens regelmäßig gesunken waren.

Die Macht des Löwen war die Macht des Schwerts, die Macht der Unterdrückung. Jene Macht, gegen die sich die

Wesen aus dem Nebel zu ihren Lebzeiten aufgelehnt hatten. Der Löwe besaß keine Gewalt über sie.

Sie kamen weiter auf Henning zu. Noch vier Schritte, noch drei.

Eine Bewegung. Er sah sie nur aus dem Augenwinkel. Eskils Männer.

Ein gebellter Befehl, russisch.

Er war umzingelt. Von hinten kamen die Söldner, die Nebelwesen von vorn. Die Frage war nur noch, wer von ihnen das Vergnügen haben würde, ihn zu töten. Vielleicht alle zusammen.

Henning biss die Zähne aufeinander. Er würde sich nicht in sein Schicksal fügen. Wieder fuhren seine Finger über die Montur. Wo war die Waffe, die er im Gebüsch an sich genommen hatte?

Er stutzte.

Plötzlich hatte er etwas in der Hand, und es war *nicht* die Pistole.

Die Knicklichter. Hannes Rasmussens Abschiedsgeschenk.

Mit einem dumpfen Laut sprang der erste Söldner an Deck.

Der Gedanke in Hennings Kopf kam schneller als die Angst. Seine Finger flogen. Ein scharfes Knacken, ein zweites.

Mit ausgestreckten Armen streckte er den Männern und Frauen des Bundes zwei der dünnen Lichter entgegen.

Kerzengerade aufrecht das eine, das oberste Stück schräg abgeknickt: Kopf und Leib des Adlers.

Das andere einmal genau in der Mitte gefaltet: wie ein Dach. Die angewinkelte Schwinge des majestätischen Vogels der friesischen Freiheit.

»Helft mir!« Seine eigene Stimme kam plötzlich von weit, weit weg. »Und dann setzt… Segel… zu…« Seine Hände begannen zu zittern, doch er klammerte sich an die lächerlichen Knicklichter wie an einen Rettungsanker.

»Zu Lara«, flüsterte er.

***Donnerstag, 22. Juni, 00:35***
***Auflaufendes Wasser, 00 h 34 min bis Hochwasser***
***Pegel Hallig Horn: Skala überschritten***

Der Komet stand am nächtlichen Himmel. Nein, er stand nicht. Er bewegte sich, zog einen grünlichen Schweif hinter sich her wie ein fremdartiger Feuerwerkskörper. Und er zog rasch dahin, der schwarzen Hauptfront des Sturms voraus wie ein Angriffssignal für die unendlichen Scharen der feindlichen Krieger: Myriaden von Tropfen salzigen Wassers, die unser Gegner gegen uns auf das Schlachtfeld schicken würde, zu dem die Küsten Frieslands geworden waren.

Angespannt verfolgte ich die Bahn des Himmelsgestirns. Wenn ich sie in Gedanken verlängerte, führte sie direkt über Gorms Behausung hinweg, das Leuchtfeuer von Horn, das älter war als Rungholt selbst.

*Erde, Mond und Sonne: Wenn sie sich wie Perlen an einer Schnur reihen, ist ihre Macht am größten. Und es gibt viele weitere Faktoren. Es gibt den Kometen.*

Das war der Augenblick. Das Wissen war in mir und kannte keinen Zweifel: Wenn der Komet unmittelbar über dem Leuchtturm stand, würde die Barriere aus Kraftfeldern brechen, und der uralte Feind der Uthlande würde sich den Zugang zur letzten Bastion des alten Rungholt erzwingen.

Ich bäumte mich gegen meine Fesseln.

Folkhard Mommsen hatte sich nicht gerührt, seitdem Gorm aufgetaucht war. Jetzt tauschte er einen Blick mit dem Alten. Gorms Reaktion konnte ich nicht sehen, doch plötzlich hatte Mommsen ein Messer in der Hand. Es glitt durch die Stricke wie durch Butter.

Ich hatte zu lange eingeschnürt in aufrechter Haltung gestanden. Ich kippte vornüber.

Mommsen griff geistesgegenwärtig zu, stützte mich. Der Widerschein des Lagerfeuers tanzte hektisch auf seinem Gesicht. »Verdammich, Deern, geht's? Was machen wir jetzt?«

»Hey«, murmelte ich benommen. »Das war *meine* Frage.«

Und es gab nur einen Menschen, der sie beantworten konnte.

»Irgendwie hatte er damals eine andere Farbe.« Der Alte stand ein paar Schritte entfernt, verrenkte sich den Hals. »Ging mehr ins Türkise.«

Ich machte mich von Mommsen los, schwankte auf den Leuchtturmwärter zu, tastete nach meiner Hosentasche. Die Abdrücke des Adlers hatten sich in meine Hüfte gegraben. Ein Tattoo war nichts dagegen.

»Was kann ich damit tun?« Ich streckte ihm das Amulett entgegen.

Der Alte blinzelte. »Hübsch«, murmelte er. »Muss ich irgendwann schon mal gesehen haben. Ist aber nur die Hälfte, oder?«

»Was – kann – ich – damit – tun?«, brüllte ich.

»Gar nichts.« Gorm zupfte sich am Ohrläppchen. »Im

Moment zumindest. Ihr habt doch einen Vertrag, wenn ich das noch richtig im Kopf hab, oder? Wenn du einen Vertrag ändern willst, müssen schon alle dabei sein, die er was angeht. – Wie geht's deinem Bruder?«

»Der hat garantiert nichts damit zu tun!«, fauchte ich. »Aber wenn Sie's genau wissen wollen: Er ist in meinem Zimmer eingesperrt und wartet drauf zu ertrinken, wenn Sie mir nicht helfen! Aber sonst geht's ihm prächtig. Lässt auch schön grüßen. – Da!«

Ich fasste in die andere Hosentasche, drückte ihm die DS unsanft in die Hand, Hannes' Geschenk.

In diesem Moment war mir absolut gleichgültig, was für einem Wesen ich gerade gegenüberstand, und ob es womöglich mächtiger war als Luft und Erde, Wasser und Feuer zusammen. Ein *Bote*. Wie ich auf diese Bezeichnung kam, wusste ich selbst nicht. Sie musste aus Hennings Kopf gekommen sein, irgendwann, während unsere Gedanken so eng miteinander verschmolzen gewesen waren, dass wir nicht wussten, was eigentlich zu wem gehörte.

»Henning«, murmelte ich und umklammerte das Amulett dermaßen fest, dass mir die Hand wehtat. Hatte ich egoistisches Scheusal die ganze Zeit schon wieder nur an mich allein gedacht? Nein, das war nicht richtig. In dem Moment, in dem wir uns voneinander getrennt hatten, war etwas in mir zerrissen. Er war die ganze Zeit bei mir gewesen, auf eine schwer zu beschreibende Weise. Er war bei mir gewesen durch den Umstand, dass er *nicht* bei mir war. Ich hatte es gespürt, jeden Augenblick. Dass etwas fehlte – wie ein Teil von mir selbst.

»Henning geht der Vertrag etwas an«, sagte ich leise. »Henning gehört dazu. Aber ich weiß nicht, wo er ist! Er gehört zum Vertrag«, murmelte ich, »und zu mir.«

Die Augen des Alten waren zwei glitzernde Kerben in seinem küchenzwiebelartigen Schädel. »Aha«, murmelte er. »Oho.« – Und drehte sich weg.

Zwei Sekunden später hörte ich das leise *Pling!*, mit dem die DS in Betrieb ging.

Ich fluchte lautlos. Dieser Mann war meine große Hoffnung gewesen?

Ein paar Schritte entfernt war ein Wortwechsel entbrannt. Tjark und Pedersen hatten sich vor Folkhard Mommsen aufgebaut und überschütteten ihn mit Vorwürfen, weil er meine Fesseln gelöst hatte. Doch im Grunde war es gar kein echter Wort*wechsel*. Mommsen antwortete mit keiner Silbe. Die Worte prallten an ihm ab, wie das Wasser an Ole Rasmussens Deichen abprallte. Noch.

Verzweifelt sah ich gen Himmel. Der Komet schien nur noch Zentimeter von der höchsten Spitze des Leuchtturms entfernt zu sein, wie weit das in kosmischen Dimensionen auch sein mochte.

Und die Flut schwoll an. Die Dunkelheit bedeckte nun nahezu die Hälfte des Himmels, hatte beinahe zur fiebrig pulsierenden Linie der Kraftfelder aufgeschlossen. Und ich glaubte, im Wasser Bewegungen zu erkennen. Es war nicht länger ein Block aus Schwärze hinter der transparenten Barriere. Es bewegte sich, gierig, ungeduldig, wie Wesen mit zu vielen Armen, zu vielen Augen, oder war es ein einziges Wesen, älter als die Welt? Eine Kreatur aus den tiefsten Tiefen der Meere, die nicht ohne Grund dem Blick der Menschen entzogen war?

Es war wie ein Sirren in der Luft. Die verängstigten Schreie von Möwen, die rhythmischen Schläge schartiger Schwerter gegen die Armschienen untoter Krieger: All das klang mit in diesem Laut, doch es war mehr. Mehr als ein

Geräusch. Ein Gefühl wie die Vibrationen von Großstadtverkehr, wenn man an einer Hauptstraße die Hand gegen die Fensterscheibe legt. Es war nicht zu beschreiben, aber es wurde stärker, von Herzschlag zu Herzschlag.

»Komm her, Henning!«, flüsterte ich und sprach in Richtung des Wassers, als ob ich ihn von dort erwartete. »Bitte! Ich brauche dich! *Ich schaff das nicht allein!*«

Und in diesem Augenblick erreichte der Komet den höchsten Punkt seiner Bahn, unmittelbar über der Spitze des alten Feuers von Rungholt.

Einen Moment lang geschah überhaupt nichts.

Einen Moment lang war nichts als Stille.

Weniger als eine Sekunde – dann glitten die Pforten der Hölle auf.

Deiche können brechen. Das Fundament aus Sand und Lehm und Grassoden kann aufweichen, sodass das Wasser tröpfchenweise durch den mürbe gewordenen Grund sickert, bevor es die puddingweichen Reste mit sich schwemmt. Oder aber die Fluten steigen höher und höher, bis sie die Deichkrone einfach überwinden, an einzelnen Stellen zunächst, dann auf ganzer breiter Front.

Die Deiche von Rungholtland waren anders. Eben waren sie noch da, flimmernd und flatternd, berstend vor Energie, und im nächsten Moment …

Ein Laut wie ein leises Seufzen, als die Elektronik fast dankbar ihren Geist aufgab, und dann: Wasser, Milliarden von Hektolitern davon. Ein Wall aus Wasser, dreißig, vierzig Meter hoch, dessen Energie auf einen Schlag frei wurde, weil sie keinen Widerstand mehr fand. Brüllend stürzte sie voran.

Ich wich zurück. Einen Schritt, zwei. Die Dorfleute waren plötzlich verstummt. Wenn sie jetzt nicht begriffen, dass es mit einem Mädchenopfer diesmal nicht getan war, konnte ich ihnen auch nicht mehr helfen.

Doch das konnte ich sowieso nicht.

Gorm rührte sich nicht, oder wenn, dann kaum wahrnehmbar.

Der Alte *war* wahnsinnig. Ich musste daran denken, wie ich am Tag zuvor durch die Dünen zu ihm auf dem Weg gewesen war und am Ende aufgeatmet hatte, dass ich meine Antworten genauso gut von Folkhard Mommsen hatte bekommen können. Wer weiß, ob der Alte mir überhaupt würde helfen können, hatte ich gedacht. Oder ob er nicht längst jenseits von Gut und Böse war.

Das war er. Weit, weit jenseits von beidem.

Die Flut stürmte auf uns zu, brach sich in brüllenden Kaskaden am Wattboden, fraß Meter um Meter, sandte Zungen eisigen schwarzen Wassers vor sich her.

Und Gorm?

Ich hatte diese Melodie tausendmal gehört, im Hintergrund, während Hannes auf seiner Tastatur rumtippte, irgendwo in einem fremdartigen Universum kleinen rosa Nilpferden nachstellte oder sonst was machte. Es war genau die Sorte Daddelmusik, die man irgendwo aufschnappt und den ganzen Tag nicht wieder aus dem Kopf kriegt.

Der Alte klickte auf dem Gerät herum, als ob die Welt um ihn rum nicht mehr existierte. Aber das würde sie in ein paar Minuten ja auch nicht mehr.

Ich ging weiter rückwärts. In meinem Rücken befand sich ein Dünenhang, aber die paar Meter Unterschied würden mich nicht retten.

Die Flut raste nicht als geschlossene Wand auf uns zu, sondern begann sich siegesgewiss in der Weite des Watts zu verteilen. Doch die Massen an Wasser, der Orkan, der direkt vor meinen Augen zwei der Halligleute von den Füßen fegte, ließen keinen Zweifel: Nichts, nicht die höchste Spitze des Leuchtfeuers würde mehr aus den Fluten ragen, wenn das Wasser mit uns fertig war.

Und Gorm spielte und klimperte.

»Gar nicht so dumm, wie er aussieht, der junge Rasmussen.« Das war im Höchstfall ein Murmeln. Dass es überhaupt bei mir ankam über dem Brausen und Brüllen und Krachen, musste damit zusammenhängen, wer oder was dieser Gorm eigentlich war. »Da hat man tatsächlich Hoffnung«, flüsterte er. »Nich' wahr?«

Ich schüttelte den Kopf. »Kein Stück«, sagte ich leise. »Weder für Hannes noch für sonst wen auf dieser Insel.«

»Hannes?« Der Alte schüttelte den Kopf, ließ die Spielkonsole aber nicht aus den Augen. »Um den hab ich mir nie Sorgen gemacht. Um den anderen schon.«

»Den anderen?« Ich kniff die Augen zusammen. Es gab keinen anderen *jungen* Rasmussen. Außer natürlich, wenn man Gorm hieß und ein paar Hundert Jahre alt war. »*Ole* Rasmussen?«, fragte ich. »Mein … mein Vater?«

Der Alte antwortete nicht. Doch jetzt endlich löste sich sein Blick von dem winzigen Display, streifte die anbrandende Vernichtung aber nur kurz. Der alte Mann reckte den Hals, spähte nach rechts, an der Dünenlinie entlang, zur Nordspitze der Insel hin, wo sich überall das gleiche Bild bot.

War es wirklich überall gleich?

Da war etwas, hundert Meter vom Ufer entfernt und schon halb vom Wasser verschlungen. Ein Leuchten, aber es war undeutlich, hatte kaum Ähnlichkeit mit der angestrengten, pulsierenden Energie, mit der die monströsen Kraftfelder die Macht der Elemente im Zaum gehalten hatten. Doch ich war mir sicher, dass ich mich nicht täuschte: Dieser vage Schimmer war ein neues Kraftfeld. Und wenn ich ganz genau hinsah, schien es tatsächlich eine Wirkung auf die Fluten zu haben.

»Was ist das?«, flüsterte ich. »Eine zweite Deichlinie?«

Gorm antwortete nicht, doch ich hatte selbst schon begriffen, dass es sich um keinen zweiten Deich handelte. Ja, es waren Kraftfelder, mindestens zwei hintereinander gestaffelte Reihen parallel zur Küste. Aber anscheinend waren sie wesentlich schwächer als die ursprünglichen elektronischen Bollwerke. Sie hielten die Fluten nicht zurück, sondern schienen sie… zu lenken? Ihnen eine bestimmte Richtung zu geben?

Zu welchem Zweck? Ein Plan B, falls die großen Verteidigungsanlagen im Fallstief brachen und Rungholtland, das es nun niemals geben würde, in Windeseile evakuiert werden musste? Wenn dieses System dazu dienen sollte, Zeit zu gewinnen, würden höchstens ein paar Sekunden dabei rauskommen. Die neue Verteidigungslinie war nicht mal geschlossen! Zwischen den Kraftfeldern schien sich sogar ein Bereich zu entwickeln, in dem sich das Wasser höher und höher staute. Ein künstlicher Priel beinahe, wie eine Fahrrinne von der Nordspitze der Insel bis hierher, zu Füßen des Leuchtfeuers. Welchen Sinn sollte das haben?

Da sah ich den Schatten.

Es war ein unscharf umrissener dunkler Fleck, der sich durch eine Wolke von Dunst und wirbelnder Gischt kämpfte. Er bewegte sich nicht in gerader Linie innerhalb der neu entstandenen Fahrrinne, sondern eher im Zickzack: mal zum offenen Meer hin, fast gegen den Wind, dann wieder schräg auf die Küste zu. Doch er kam näher, auf uns zu.

Er wurde *gesteuert*! Gesteuert wie ein altes Segelschiff, das gegen den Wind kreuzt!

Ein Segelschiff! Ich keuchte auf.

In halsbrecherischen Manövern kam es näher. Das Schiff – die *Kogge*!

Sie war wesentlich übler zugerichtet als Magnus Rasmussens Segler, der mich vor sechshundertfünfzig Jahren von den zerbröckelnden Rungholtdeichen aufgelesen hatte. Von der Leinwand der Segel waren kaum mehr als Fetzen übrig, die Takelage ein einziges Chaos. Der Rumpf selbst war im Begriff, sich in einzelne Planken aufzulösen. Es war ein Wunder, dass das bauchige Gefährt noch immer Kurs halten konnte. Ein Wunder – oder vielleicht waren einfach Kräfte am Werk, die ein gewöhnlicher menschlicher Verstand nicht erklären konnte.

Und am Achterdeck fuhr der Orkan in ein zerfetztes Banner. Das Wappen war unmöglich zu erkennen auf diese Entfernung, doch ich wusste, was für ein Zeichen die letzte Kogge von Rungholt gesetzt hatte.

Es war ein doppeltes Zeichen.

Der Adler – und der Löwe.

***Donnerstag, 22. Juni, 00:48***
***Auflaufendes Wasser, 00 h 21 min bis Hochwasser***
***Pegel Hallig Horn: Skala überschritten***

Er war es. So winzig die Gestalt auch noch aussah auf diese Entfernung.

Ich spürte es.

Henning versank bis zu den Hüften im Wasser, als er von

Bord der Kogge kletterte. Vor zwei Minuten war hier noch Sand gewesen. Das Wasser stieg von Sekunde zu Sekunde, doch an dieser Stelle war es wenigstens ruhig. Die Gischt brach sich am ächzenden Leib des Seglers.

Einen Moment lang spürte ich einen schmerzhaften Stich im Herzen. Das Schiff war jetzt schon ein schwimmendes Wrack. Wir würden die Kogge verlieren, eine der größten Visionen, die mein ... die Marten Feddersen gehabt hatte.

Ich schüttelte mich. Ich hatte an diesem Tag schon ganz andere Dinge verloren. Den Mann, den ich mein Leben lang als meinen Vater betrachtet und doch niemals kennengelernt hatte. Meinen Glauben an die Zurechnungsfähigkeit der Inselfriesen. Kam es da noch auf die Kogge an?

Es kam auf alles an, auf kleine Dinge und zugleich auf alles. Auf unser Leben, das Überleben der Insel, ihrer Menschen, der zersplitterten Halligwelt der alten Uthlande und der Küste jenseits davon. Es kam darauf an, ob es das alte Friesland morgen früh noch geben oder ob das Meer sich diesmal alles holen würde.

Und doch, in diesem Moment, als Henning mit angestrengten Schritten durch die Gischt watete, sich den Dünenhang hinaufkämpfte, spürte ich vor allem Erleichterung – und Dankbarkeit.

»Das haben Sie gemacht«, sagte ich leise. Ich sah den alten Gorm nicht an. »Mit der DS. Keine Ahnung, was Hannes da wieder gedreht hat, und ob er selbst das überhaupt ahnt, aber damit haben Sie die Fahrrinne für die Kogge aktiviert, nachdem die Kraftfelder gebrochen waren und diese Fernbedienung oder was auch immer wieder funktionierte. Und ...« Ich staunte, wie klar ich die Zusammenhänge plötzlich begriff. Dabei war es nicht mal ein geheimnisvolles Wissen diesmal, sondern ich brauchte wirklich nur eins und eins zusammenzuzählen. Auf einmal war alles so klar, so logisch. »Ihretwegen hat mein Vater die zusätzlichen Systeme gebaut«, murmelte ich. »Von Ihnen hat er das Buch bekommen, die *Chronica,* aus der er erfahren hat, was damals geschehen ist. Und nachdem Sie ihm ständig in den Ohren gelegen haben, dass alles noch einmal geschehen muss, hat er dafür gesorgt, dass der Weg freibleibt, den die Kogge damals genommen hat: vom Fallstief zu den Dünen von Horn.«

Gorm schnaubte. »Es gab schon Rasmussens, die noch verbohrter waren. – Aber wenigstens hab ich jetzt wieder den Hai-Skohr.«

Er tippte auf irgendeine Taste, und sofort ging die Melodie wieder los.

Ich schüttelte stumm den Kopf. Den alten Leuchtturmwärter mit Fragen zu löchern, hatte keinen Sinn. Inzwischen hatte ich begriffen, wie dieses Wesen funktionierte. Antworten waren von ihm nicht zu erwarten. Er wollte selbst Antworten hören.

Henning und ich gehörten zusammen. Sturheit hin oder her: Ich hatte begriffen, dass diese Geschichte für mich allein eine Nummer zu groß war.

Nachdem er das von mir gehört hatte, hatte er zur Belohnung die Fahrrinne aktiviert.

Und jetzt war Henning da.

Mein Herz klopfte bis zum Hals, als er die letzten Meter des Dünenhangs in Angriff nahm, am Feuer der Halligleute vorbei. Sie waren verschwunden, auf ihre Warften vermutlich, wie seit Jahrhunderten in der Stunde der Not. Doch die Warften würden sie diesmal nicht retten. Nicht wenn Henning und ich jetzt scheiterten.

Ich presste mich an ihn, genoss einen Moment lang einfach nur dieses Gefühl, von dem ich geglaubt hatte, es nie wieder spüren zu dürfen. In seinen Armen zu liegen, meine Wange an seiner Schulter, seiner Brust. Eins zu sein mit ihm.

Doch war dieser Mann noch der Henning Bergstrœm, Kriminalassistent ersten Grades, den ich kannte, oder war es Haakon Gyllenløve, der goldene Löwe aus dem dänischen Königreich?

Er hatte sich verändert. So wie er aussah, musste er durch die Hölle gekrochen sein, und anscheinend war es eine flüssige Hölle gewesen. Er tropfte immer noch. Doch diese Hölle musste noch etwas anderes mit ihm angestellt haben. Ich löste mich von ihm, sah ihn an.

Sein Gesicht war mit Schrammen übersät. Aus seinen Zügen sprach eine Erschöpfung, bei der ich mich fragte, wie ein Mensch das aushalten und sich dabei noch auf den Beinen halten konnte.

Doch gleichzeitig stellte ich fest, dass etwas anderes verschwunden war, etwas, das immer dort gewesen war, ohne dass ich es genau hätte beschreiben können: etwas Unsicheres, Gejagtes. Der Ausdruck eines Mannes, der mit sich selbst uneins ist, unfähig, sich seinen Dämonen zu stellen. Der auf der Flucht ist vor einer eigenen inneren Hölle, und der genau deswegen Tag und Nacht von ihrem Fegefeuer gequält wird.

Und der jedes Mal zusammenzuckte, wenn ihm jemand eine verpasste. Ich zum Beispiel.

All das war verschwunden. Dieser neue Henning war stärker. Er war mehr als vorher und gleichzeitig weniger. Ein Henning-Konzentrat.

Wir sahen uns in die Augen. *Was ist mit dir passiert?*

Die Frage war nicht eigentlich formuliert, und seine Antwort war es genauso wenig. Dafür war überhaupt keine Zeit. Das Getöse aus der Tiefe schwoll mit jedem Atemzug an. Der weiche Boden der Dünen bebte unter unseren Füßen.

Hennings Antwort kam in tausend Bildern, alle zugleich. Ein dunkles Gebüsch, Stacheldraht, Blut und Tod, die dunkle Montur unserer Verfolger, die er noch immer am Leibe trug und – ich keuchte auf – das Wasser. Eine Schiffsschraube, die stählernen Schaufeln einer Schiffsschraube. Und schließlich …

Ich fuhr zurück, blickte an ihm vorbei.

Die Kogge hatte sich vom Ufer gelöst. Ich sah den unbestimmten Dunst, der über dem Deck lagerte, und den ich bis zu diesem Augenblick für Gischt gehalten hatte. Henning war mit der Kogge zu mir gekommen, doch selbst der neue Henning-Haakon Gyllenløve hätte eine Kogge nicht alleine manövrieren können, ohne eine Mannschaft.

Und diese Mannschaft kehrte jetzt an den Ort zurück, von dem sie gekommen war: ins Wasser. Das Schiff kreuzte gegen den Wind, wie es das schon in der Fahrrinne getan hatte, doch dieses Mal hatte es Kurs mitten in die Gewalt des Orkans gesetzt.

»Wir müssen dem ein Ende machen«, sagte Henning mit leiser Stimme. »Nicht zuletzt ihretwegen. Wir alle haben damals einen Pakt mit dem Meer geschlossen, aber diese Männer und Frauen hält es seitdem als Geiseln. Wir schulden ihnen etwas, ziemlich lange schon.«

Seine Finger glitten in die Montur. Die Söldnerkluft von Eskil Gyllenløves Schergen.

*Ich wünschte, du würdest das ausziehen.*

Der Gedanke kam ganz automatisch, und mit ihm die Bilder. Die Szene am Rande der Dünen, Kauleiste und seine Spießgesellen. Ich sah, wie sich Hennings Blick verhärtete, doch ich schüttelte den Kopf.

»Sie sind tot«, sagte ich leise. »Alle. Ich wollte nicht, dass es so kommt, aber …«

Ich konnte den Rest nicht zurückhalten. Das ganze Bild: was die Bewohner von Hallig Horn getan hatten, heute und in den letzten sechseinhalb Jahrhunderten. Hennings Augen weiteten sich, seine Blicke zuckten über meine Schulter.

Ich schaute mich um.

Mommsen. Er war kaum zu sehen in den Schatten des Dünenhangs. Als einziger der Halligleute hatte er nicht das Weite gesucht. Eilig schickte ich das Bild hinterher, wie er mich losgeschnitten hatte.

Henning nickte knapp – und jetzt vollendete er die begonnene Bewegung, griff in seine Montur.

Ich sog den Atem ein.

»Der Löwe«, flüsterte ich und hob mit zitternden Fingern meine Hälfte des Amuletts. Unsere Finger berührten einander, als wir die beiden Teilstücke probehalber zusammenfügten. Nicht die kleinste Nahtstelle war zu erkennen. Als wäre kein Tag vergangen, seitdem das Bündnis zerbrochen war.

»Woher hast du …«

Ich kam nicht dazu, die Frage zu vollenden.

Hennings Erinnerung. Gorm, der die Adlerhälfte auf seinem Körper ablegte.

Wir drehten uns zu dem Alten um, synchron wie die toten Männer und Frauen von Rungholt in ihrem Nebel.

»Und meine Hälfte?«, fragte ich in seine Richtung.

»Marten hat sie mir hinterlassen. Aber wo hatte Marten sie her?«

Es kam keine Antwort. Etwas anderes geschah.

Ich hatte mir nicht vorstellen können, dass der Wind eine Gestalt haben konnte. Natürlich kannte ich die alten Darstellungen auf den historischen Kartenskizzen des Rungholtgebiets: Zephyrus, Boreas und wie sie alle hießen, die Nord-, West-, Nordwest- und Sonstwas-Winde, unheimliche Gesellen mit aufgeblähten Backen.

Der große Sturm von Rungholt war anders. Er war eine gewaltige schwarze Klaue, die mit erbarmungsloser Wucht heranfegte, binnen eines Lidschlags das blakende Feuer der Halligbewohner auslöschte, mich gegen Henning taumeln ließ.

Ich stieß einen leisen Schrei aus. Gischt, fahl wie die Gebeine ertrunkener Seeleute, nahm in gierigen Zungen das Dünenplateau ein, wenige Meter unter uns.

»Gorm!«, schrie ich. »Was sollen wir jetzt tun? Henning ist da!«

Die fröhliche Melodie der DS hatte noch nie so unpassend geklungen.

Eine Stimme aus der Dunkelheit. »Zeit für den nächsten Löffel, hm?«

Henning sah mich fragend an.

»Level«, übersetzte ich – und fragte mich, was der *Bote* uns damit sagen wollte. Vielleicht nur, dass er schon wieder den »Hai-Skohr« geknackt hatte. Oder etwas völlig anderes. Etwas, von dem unser Leben abhing.

»Wir haben beide Hälften.« Henning kam mir in diesem Moment selbst vor wie ein Leuchtturm in der anbrandenden Flut. Er warf einen Blick den Dünenhang hinauf. Noch konnten wir ein paar Meter höher steigen, unser Ende noch ein paar Minuten hinauszögern, doch damit würden wir uns vom Rest der Dünenkette und der Insel abschneiden.

»Damals habe ich versucht, das Amulett zu zerbrechen«, murmelte er. »Das hat den Feind nicht aufgehalten. Jetzt ist es zerbrochen, aber auch das hält ihn nicht auf. Eben haben wir sie aneinandergehalten, aber das scheint ihn nur noch mehr anzufeuern.«

Wie ein Tentakel schoss eine Gischtzunge vor, griff nach meinem Fuß. Wie eine Antwort!

Henning griff nach meinem Arm, zog mich an sich. Der Gedanke in seinem Kopf war deutlich: leben oder sterben. Zusammen.

»Wir könnten sie ins Wasser werfen.« Hektisch überlegte ich. »Aber das wäre wie eine Botschaft: Wir werfen ihm die Beute in den Schoß. Damit hätte er gewonnen. Es muss mit diesem Ort zusammenhängen. *Du kennst den Ort!* Das war der Satz, den ich am Ende der Erinnerungen gehört habe, jedes Mal. Erst ganz am Schluss habe ich begriffen, dass er von ihm kam.« Ich nickte zu Gorm.

Unruhig sah Henning hin und her. Wir mussten jetzt die Entscheidung treffen. Die Gischt brodelte um unsere Füße, füllte gurgelnd die Dünensenke, im Begriff, den natürlichen Schutzwall von Hallig Horn zu durchbrechen, zum ersten Mal seit unzähligen Jahrhunderten. Und noch immer stieg die Flut, noch immer kam über dem endlosen Meer neue, tiefere Schwärze nach. »Was hat er sonst noch gesagt?«, drängte Henning. »Versuch dich zu erinnern!«

»Er hat überhaupt nichts mehr gesagt! Nicht in der Vision. Zuerst dachte ich, er meint die Sandbank. Der Ort, den Marten gefunden hat, das Zentrum von Rungholt, oder vielleicht den Ring der Steine, in dem wir uns versammelt haben. Dann dachte ich, das Fallstief wäre gemeint, der Ort, an dem wir den Deich gesprengt haben. Oder er meinte einfach ... nein ...« Ich schüttelte den Kopf. »Das ergibt keinen Sinn«, flüsterte ich.

Und ich stellte fest, dass meine Stimme heiser klang.

»*Was?*«, fragte Henning scharf.

»Vielleicht ...«, wisperte ich. »Vielleicht wollte er mir sagen, dass ich meinen Ort kenne, meinen Platz. Rungholt. Hallig Horn. Dass ich hierhergehöre, weil ich eine Rasmussen bin. Dass ich eben doch, wie die anderen Rasmussen-Töchter ... Weil ...« Der Wind trug meine Worte mit sich fort. »Weil es mein Schicksal ist«, sagte ich. »Weil wir im Grunde keine Wahl haben. Weil es so festgelegt wurde im Lauf der Gestirne, lange vor unserer Geburt. Weil wir sind, was wir sind, und nur *glauben*, wir hätten eine Wahl, irgendwas anderes zu sein oder zu tun. Weil wir ...«

Um uns herum war nun fast vollkommene Finsternis. Rötliches Glimmen vom Leuchtturm, der fahlgrüne Schimmer des Kometen und das leichenhafte Weiß der Gischt. Und dazwischen das Gesicht des neuen Henning Bergstrœm, der durch sämtliche Feuer der Hölle gekrochen und dadurch irgendwie feuerfest geworden war.

Feuer.

Ich keuchte auf.

»*Wenn du einen Vertrag ändern willst*«, flüsterte ich, »*müssen schon alle dabei sein, die er was angeht.* Das Feuer! *Das Feuer aber soll dieses Zeichen härten mit seiner sich niemals verzehrenden Flamme, aus Tiefen, die kein Mensch geschaut hat.* Im Feuer des Leuchtturms ist das Amulett geschmiedet worden. Dieses Feuer ist uralt! Älter als die Insel selbst vielleicht! Es war schon vor Rungholt da! Dieses Feuer hat das Amulett geschaffen und den Pakt besiegelt, und einzig und allein dieses Feuer kann es auch wieder …«

Gorm sagte kein Wort.

Doch die DS spielte eine kleine Siegesmelodie.

»Der Ort!«, wisperte ich. »Der Ort ist das Leuchtfeuer!«

*Hai-Skohr!*

***Donnerstag, 22. Juni, 01:09***
***Hochwasser***
***Pegel Hallig Horn: Skala überschritten***

Das Ende ist verborgen in einem Chaos von Sturm und weißer Gischt, die uns immer einen Schritt voraus zu sein schien. Ein tückischer Sog um unsere Knöchel, der uns mit aller Bösartigkeit des uralten Feindes der Uthlande in die Tiefe zu reißen versuchte.

Henning war bei mir. Das ist alles, woran ich mich mit Sicherheit erinnern kann. Unsere Hände lagen ineinander, miteinander verschmolzen, als wären wir nicht zwei getrennte Wesen, sondern … zusammen.

Mein Schicksal. Ein so schrecklich großes Wort, doch in dieser Nacht begann ich, daran zu glauben.

In unserem Rücken das Feuer automatischer Waffen. Ich konnte nicht sagen, was den Söldnern des Grafen den Weg zu uns gewiesen hatte, doch Folkhard Mommsen brüllte uns zu, wir sollten die Beine in die Hand nehmen – und zwei Sekunden später hörte ich das gummibandartige Schnarren seiner Bogensehne.

Der alte Leuchtturm bebte und ächzte unter der blindwütigen Gewalt des Orkans. Ich war mir sicher, dass das

Wasser spürte, was hier im Gange war. Es besaß einen uralten, verschlagenen Verstand. Aber vielleicht glaubte es sich auch einfach nur im Recht. Wasser und Erde besitzen dasselbe Anrecht auf die Weite des Watts. Die Friesen, die den freien Adler der Lüfte zu ihrem Wappen erkoren haben, haben das begriffen.

Und das Feuer …

Es war das erste Mal, dass ich einen Fuß in den Leuchtturm setzte. Die Treppen in seinem Innern wanden sich so eng und steil empor, dass man vergessen konnte, wann und wo man sich befand. Doch das Wann spielte im Grunde kaum eine Rolle.

Wichtig war der Ort.

Wir standen am Rand der obersten Plattform.

Das Feuer von Horn loderte aus der Tiefe empor, und alle Gewalt des Orkans, die an unseren Körpern zerrte, konnte es nicht zum Verlöschen bringen.

Natürlich sind sämtliche Leuchttürme entlang der Küste längst auf Elektrizität umgestellt, und auch das Seezeichen von Horn war mit einer solchen Anlage ausgestattet.

Doch es hätte diese Technik nicht nötig gehabt. Das Feuer aus der Tiefe war alt wie die Welt. Es war da gewesen, bevor es Menschen gab, und würde noch brennen, wenn jede Erinnerung an uns verblasst war. Es war die Verkörperung eines der großen Elemente selbst.

Doch hierüber darf ich nicht weiter berichten. Auch das gehört zu den Dingen, die ich in jener Nacht erkannt habe.

Wortlos holten wir die Zeichen von Luft und Erde aus unseren Taschen, legten sie ein letztes Mal ineinander.

Und in diesem Augenblick kamen die Worte zu mir.

Es war kein Zwang. Ich hätte einfach den Mund halten können. Das Ergebnis, denke ich, wäre dasselbe geblieben.

Doch ich wollte sie sprechen. Es war meine Wahl, meine Entscheidung. Unsere gemeinsame Entscheidung. Ich spürte Hennings Gedanken so klar wie meine eigenen, und es fühlte sich richtig an.

»Feuer von Horn, wir erstatten dir deine Gaben zurück! Wir, die Geschlechter der Rasmussens und der Gyllenløves, kündigen den Pakt, der in diesen Zeichen beschworen wurde, und verzichten auf alles, was sie bedeuten: auf die Macht des Löwen, die keine rechtmäßige Macht ist, wenn sie sich auf Angst und Zwang und Schmerzen gründet. Wir verzichten auf jeden Anspruch auf das Land von Rungholt, den wir jemals besessen haben. Was das Meer seit sechshundertfünfzig Jahren besitzt, soll es in Frieden weiter besitzen. Und wir verzichten auf …« Ich holte Luft. »Wir verzichten auf die grenzenlose Freiheit des Adlers, die keine rechtmäßige Freiheit ist, wenn sie zu kurz denkt und nur an sich. Wenn sie nicht fragt, wer es überhaupt ist, der sich diese Freiheit nimmt.«

Unsere Hände öffneten sich, und die Zeichen des Bundes taumelten in die feurige Tiefe.

»Erst wenn wir das sind, was wir wirklich sind«, sagte ich leise. »Erst dann sind wir wirklich frei.«

Ich spürte Hennings Arme um meine Schultern. Wir standen bewegungslos da, umeinander geschmiegt, trotzten der Gewalt des Sturms.

Es dauerte Sekunden, bis die beiden Teile des Amuletts in die Glut tauchten und das Beben begann. Der Turm schüttelte sich, wankte in seinen Grundfesten.

Das uralte Feuer selbst spürte den Schock.

Was sechshundertfünfzig Jahre lang Gültigkeit besessen hatte, galt nicht mehr.

Vor sechshundertfünfzig Jahren war Rungholt im Meer

versunken und Hallig Horn als winziges, verwaistes Eiland zurückgeblieben. Das Wasser, die Friesen, die Rasmussens: Keine Seite hatte ihre Ansprüche aufgegeben, bis heute. Ihre Ansprüche, *alles* zu bekommen, ganz Rungholt.

Bis heute. Henning und ich hatten die Zeichen von Löwe und Adler in den Händen gehalten. Wer weiß, vielleicht hätten wir sogar einen Dreh gefunden, Rungholtland tatsächlich wieder zum Leben zu erwecken.

Doch es wäre nicht richtig gewesen. Es hätte den Hass des Meeres nur noch weiter angestachelt. Die Energien im Spannungsfeld der Elemente hätten sich weiter und weiter hochgeschaukelt, und am Ende – lange, lange nachdem wir beide tot und begraben waren vielleicht – hätte eine noch größere Katastrophe gestanden.

Nein, diese Entscheidung – unsere Entscheidung – war die einzig richtige.

Die Kraftfelder meines Vaters waren in sich zusammengebrochen. Die Flut konnte sich nun in den weiten Wattflächen zwischen Pellworm, Nordstrand, Hallig Horn und der Festlandküste austoben – oder sie konnte den Sturm auf die Warften der Hallig wagen, auf die Deiche der anderen Inseln und des Festlands und Tausende von Menschen in den eisigen Tod reißen.

Das war nicht mehr unsere Entscheidung.

Nun musste das Wasser zeigen, ob es begriffen hatte.

Der Zorn des Windes hielt an. Für den Moment hatte er die Wolken auseinandergetrieben. Über der unsichtbaren Küste stand ein fahler Schimmer, zeigte uns ein vages Bild der Verwüstung: Einzelne Kuppen der Dünenkette ragten aus der Flut wie winzige Eilande, die Häuser des Halligdorfs auf der Spitze ihrer Warften, umgeben von Wasser.

Die letzten Bastionen, aber keine echte Herausforderung mehr für den alten Feind der Uthlande.

Wenn das Wasser es so wollte.

Ich spürte die Wärme von Hennings Körper. Der Backsteinbau des Turmes wankte unter unseren Füßen. Jahrhundertelang hatte er der Wut der Elemente standgehalten – doch es hatte auch jahrhundertelang keinen Sturm wie diesen gegeben.

Es war seltsam, dass ich keine Angst mehr spürte. Wir waren hier, zusammen. Ich fühlte Hennings Körper, sein Zittern unter meiner Hand, die auf seiner Hüfte lag.

Sein Zittern?

Ich räusperte mich. »Sag mal, kann es sein, dass du dein Handy auf Vibrationsalarm gestellt hast?«

Er spannte sich an. Seine Hand tastete nach seiner Hosentasche. »Natürlich«, murmelte er. »Die Kraftfelder sind weg. Wir können wieder …«

Ein Klicken, schon hatte er das Gerät am Ohr. »Was …? Ich … *Was?*«

Sein Gesichtsausdruck veränderte sich: von Überraschung zu Hoffnung, zu Erleichterung …

Zu Fassungslosigkeit.

»Genau«, murmelte er. »Genau bei dem Licht.«

Stumm ließ er das Handy sinken.

Mein dunkler Beschützer war baff. Ob runderneuert oder nicht. Im Moment machte er keinen sonderlich intelligenten Eindruck.

»Was war das?«, fragte ich.

Ich trat einen Schritt zurück, um ihn besser ansehen zu können.

»Passon«, murmelte er. »Und … *Nordenstjern.* Mein Vorgesetzter. Er hat sich bei mir *entschuldigt*, dass sie nicht schneller waren. Sie sind auf einem Schnellboot der dänischen Marine, ganz in der Nähe, aber offenbar mussten sie erst noch Schiffbrüchige retten. Aber jetzt … Sie haben unser Signal. Sie kommen uns holen. Sie …«

Vermutlich war er blasser als je zuvor in seinem Leben. Doch das war nicht zu erkennen.

Farbe lag auf seinem Gesicht.

Der erste blasse Schimmer des Morgenrots.

***Sonntag, 9. Juli, 09:35***
***Ablaufendes Wasser, 00 h 04 min bis Niedrigwasser***
***Pegel Hallig Horn: 0,12 m über Seekartennull***

Das Wasser war abgelaufen.

Aber hier, zu Füßen der Dünenkette und aufs offene Meer hin, das wie ein blank polierter Spiegel im Licht der Morgensonne lag, war das Watt nur ein schmaler Streifen.

Henning und ich lagen nebeneinander auf einem Badetuch. Mit einem Seufzen drückte ich die Taste mit dem kleinen roten Telefon auf meinem Handy.

Tanja hatte ihren sehnlichst gewünschten ausführlichen Bericht bekommen – zum dritten Mal in den letzten vierzehn Tagen, und zugleich zum letzten Mal auf diesem Wege. Morgen würde sie persönlich auf der Insel vorbeischauen, zusammen mit Achmed, der neuen großen Liebe ihres Lebens, einem Rettungsschwimmer aus Antalya.

»Wo die Liebe hinfällt«, murmelte ich.

Henning nahm das als Aufforderung. Er stützte sich auf den Ellenbogen, beugte sich über mich. Unsere Lippen fanden zueinander.

Vielleicht lag es ja an der vielen Sonne heute? Kleine bunte Lichter tanzten vor meinen Augen: ein Feuerwerk. Ich spürte seine Hände, die über meinen Körper strichen. Wir waren einander nahe. Wir gehörten zusammen.

Ich wusste es, spürte es, wusste, dass auch er es spürte und wusste.

Und was das Beste war: Ich wusste es, ohne es in seinem Kopf gelesen zu haben.

Das nämlich konnte ich nicht mehr.

Das Feuer von Horn hatte die beiden Hälften des Zeichens wieder an sich genommen, und seitdem war es weg. Nicht allein das Amulett selbst, sondern auch das Unheimliche, das Gespenstische, das unsere Köpfe miteinander verbunden hatte. Dieses ungeheure Gewicht, das ich zuletzt auf meinen Schultern gespürt hatte, dieser Zwang, nicht für mich allein, sondern für zig Generationen meiner Familie leben zu müssen.

Ich war einfach nur noch ich. Lara. Gewiss kein unbeschriebenes, leeres Blatt Papier, doch zumindest war ich mir sicher, dass ich den Text, der auf diesem Blatt geschrieben stand, nun vollständig und ohne Zweifel deuten konnte.

Lara und Henning. Henning und Lara. Mehr nicht – und mehr als genug.

Ich ließ mich zurücksinken, genoss die Berührung seiner Hände, erwiderte sie. Genoss es, einfach nur hier zu sein, mit ihm, jetzt und in diesem Moment.

Angekommen. Wirklich und wahrhaftig diesmal.

Ich konnte mich an keinen Augenblick in meinem Leben erinnern, der sich ganz einfach so *richtig* angefühlt hatte.

Wir lagen am Strand. Hannes hatte uns sein iPad dagelassen, damit wir uns die Show ansehen konnten, die Kanal Neun aus den Gewässern ausstrahlte, die beinahe einmal Rungholtland geworden wären.

Wen wir nicht sehen konnten, war Hannes. Er war mit der kleinen Pedersen, der Tochter des Bürgermeisters, zum Muschelsammeln unterwegs. Muscheln sammeln – so nannte sich das also neuerdings.

Henning löste sich von mir, stützte den Kopf auf seine Handfläche und betrachtete mich. »Woran denkst du?« Er griff sich eine Handvoll weichen Sand, ließ ihn spielerisch über meinen Bauch rieseln.

Ich schloss die Augen, musste einen Moment nachdenken, bevor ich es in Worte fassen konnte.

»Wie sich die Zeiten ändern«, sagte ich schließlich. »Hannes ist auf einmal ... Er wird erwachsen. Aber das ist es ja nicht allein. Alles ist plötzlich anders. Die Insel.« Ich zögerte. »Das Leben. Alles. Du erinnerst dich, wie wir in der Stadt waren?«

»Diesen Kuchen von deiner Tante vergess ich *nie*«, murmelte er.

Ich stieß mit dem Fuß nach ihm. »Da bist du nicht der Einzige. Ich hab sehr wohl mitgekriegt, wo das meiste davon abgeblieben ist. Ich wette, Edward hat die halbe Nacht nicht geschlafen.«

»Armer Hund.« Henning nickte verständnisvoll. »Aber sonst war doch alles super. Ich find die beiden echt nett. Hast du das nicht gemerkt?«

»Doch«, murmelte ich. »Ich ja auch ...« Sylke und Peer würden immer mein Onkel und meine Tante bleiben. Die Eltern, die ich nie gehabt hatte. Ob ich nun Marten Feddersens Tochter war oder nicht. Dabei war ich dermaßen nervös gewesen vor dieser ersten neuen Begegnung mit den beiden, hatte Angst gehabt, plötzlich festzustellen, dass sie im Grunde Fremde für mich waren. Aber das waren sie nicht. Nein, meine Kindheit, mein Leben, das ich mit ihnen verbracht hatte, war echt gewesen. Unsere Gefühle füreinander: alles echt. In Wahrheit war ich immer Lara gewesen. Nur ich selbst hatte etwas länger gebraucht, um das zu begreifen.

Doch wenn ich nur daran dachte, wie knapp alles gewesen war.

Wenn Kriminalinspektor Nordenstjern, Hennings Vorgesetzter, nicht so ein misstrauischer Mensch gewesen wäre. Einer, dem es ganz und gar nicht schmeckte, wenn sein Ministerium ihm Druck machte, einen bestimmten Beamten auf einen bestimmten Auslandsauftrag anzusetzen. Und der daraufhin auf die Idee gekommen war, sich einmal eingehender mit der Geschichte Hallig Horns zu befassen – und dabei auf den Namen Gyllenløve gestoßen war. Die gesamten letzten achtundvierzig Stunden vor der Katastrophe hatte die königlich dänische Fregatte HDMS Fredericia knapp außer Sichtweite der Insel gekreuzt und auf eine Nachricht von Inspektor Schmehlich gewartet, dass ein Angriff auf dänisches Territorium im Gange war.

Eine solche Nachricht war niemals eingetroffen – schon dank der Kraftfelder meines Vaters. Doch schließlich hatte auch niemand ahnen können, dass der eigentliche Feind nicht Eskil Graf Gyllenløve war, sondern das Wasser.

Das Wasser. Ich blickte in den wolkenlosen Himmel über Hallig Horn, unwirklich blau, unendlich weit entfernt.

Wenn sich das Wasser anders entschieden hätte, wenn der Wind nicht plötzlich abgeflaut wäre mit dem Ergebnis, dass sich die Fluten relativ friedlich auf dem weiten Gebiet verteilt hatten, das bis dahin von Rasmussens Kraftfeldern geschützt worden war … In der Stadt hatte das Wasser bereits bis zum ersten Stock gestanden, die Halligen, Pellworm, Nordstrand – überall Land unter.

Doch Hallig Horn hatte es natürlich am schlimmsten erwischt.

Ich war stumm vor Entsetzen gewesen, als die Fredericia an der Herrenwarft festgemacht hatte. An der Ruine des Hauses, an dem zwanzig Rasmussen-Generationen gebaut hatten. Ich hatte nicht glauben können, dass dort noch irgendjemand am Leben gewesen sein sollte.

Von Tilda hatten Henning und ich schließlich erfahren, was geschehen war. Wie Eskil Graf Gyllenløve sich in letzter Sekunde an der Spitze seiner Schergen abgesetzt hatte, nach Panama oder sonst wohin. Jedenfalls war er spurlos verschwunden, mitsamt seinem Transportschiff. Irgendwie, und sei es um Hennings willen, war ich trotz allem froh, dass das Scheusal überlebt hatte. Tilda schilderte auch, wie ausgerechnet die Rattenkreatur Manson darauf bestanden hatte, Hannes aus dem grünen Zimmer zu befreien, damit mein Bruder eine Überlebenschance hatte. Wie Tilda und Johan ihn, meinen Vater und den besinnungslosen Inspektor in die unterirdische Studierstube bugsiert hatten, während das Warftgebäude über ihnen zusammenkrachte. Und das, was danach gekommen war. Die Bilder waren so deutlich, als wäre ich selbst dabei gewesen:

Die Wasser hatten sich verlaufen. Ole Rasmussen stand zu Füßen der Ruine, von der aus seine Urväter über ihr winziges Königreich geherrscht hatten. Eskil Gyllenløve war verschwunden. Streng genommen hätte er die Herrschaft wieder übernehmen können.

Doch Ole Rasmussen hatte gelogen. Seit Generationen hatten die Rasmussens dem Meer das grausige Opfer vorenthalten, dem sie die unerklärliche Treue ihrer Untertanen verdankten. Stumm blickte er dem langen, zerlumpten Zug der Inselfriesen entgegen, der sich durch die platt gewalzten Wiesen näherte, starrend vor Hellebarden und Musketen, Heugabeln und Äxten, und an der Spitze der Mann, der so lange die rechte Hand meines Vaters gewesen war: Folkhard Mommsen.

Rasmussen rührte sich nicht, senkte den Kopf, wartete auf den Hieb der Axt, als Mommsen ihm mit der Waffe in der Hand entgegentrat.

»Hier, verdammich!«

Rasmussen blinzelte. Es dauerte Sekunden, bis er zugriff und die Männer und Frauen sich alle gemeinsam an die Arbeit machten, die Warften der Insel wieder aufzubauen, eine nach der anderen.

Es erschien wie ein Wunder, dass nach einer Katastrophe dieses Ausmaßes auf der gesamten Insel nur ein einziger Mensch vermisst wurde: Gorm, der alte Leuchtturmwärter. Doch dass er ein Opfer des Meeres geworden war, glaubte wohl niemand auf Hallig Horn. Es gab Brücken, die nur die Füße der Boten beschreiten konnten.

Und über diese konnte ihm niemand folgen.

Den Rest hatten wir live mitgekriegt, denn schließlich hatten wir selbst dabei eine Rolle gespielt.

Hallig Horn würde sich an ein Experiment machen, das im Rest der Welt schon recht bekannt war, hierzulande aber noch vollkommen neu: Demokratie. Nein, die Insel würde nicht mal eben von den Deutschen geschluckt werden. Das ließ König Waldemars Urkunde nicht zu. Doch Ole Rasmussen würde in Zukunft nur noch zeremonielle Aufgaben übernehmen – eine Art Königin Elisabeth mit Nickelbrille. Ihre eigentliche kleine Regierung würden die Inselfriesen von nun an selbst bestimmen. Und es war kein großes Geheimnis, dass es Folkhard Mommsen sein würde, der an der Spitze dieser Regierung stehen würde.

Wann immer die Schafe ihm Zeit ließen.

Doch, Mommsen war der richtige Mann für diese Aufgabe, schon durch seine alte Freundschaft mit Inspektor Schmehlich, dem Oberhaupt der freien Friesen. Wie genau die Einheimischen die Überlieferungen unseres Bundes im Gehölz weitergegeben hatten, würden wir wohl nie erfahren. Tatsache aber war, dass genau das geschehen war. Nun, nach sechshundertfünfzig Jahren, war der Auftrag des Bundes erfüllt. Die Buße war abgeleistet. Nie wieder würde es an der Küste der Halligen Mädchenopfer geben. Und die Toten konnten endlich in Frieden ruhen.

Die große, gewaltige Geschichte, sie war zu Ende.

Doch Hallig Horn würde auch weiterhin etwas Besonderes bleiben: weder Meer noch festes Land, weder ein Teil Deutschlands noch ein richtiger Teil Dänemarks, selbst wenn jetzt ein königlich dänischer Beauftragter auf der Insel amtierte, der ganz genau aufpassen würde, dass bei so vielen Veränderungen auch alles mit rechten Dingen zuging:

Niels-Henning Bergstrœm, Graf Gyllenløve.

Wobei der Herr Beauftragte sich Brief und Siegel hatte geben lassen, dass dieser Job sich nebenberuflich machen ließ. Wäre ja schade gewesen um die schöne Wohnung in Kopenhagen, in die ich nächstes Jahr mit einziehen würde, wenn mein Archäologiestudium losging.

Denn schließlich, irgendwann …

»Hm?«

Ich blinzelte. Henning war aufgestanden.

»Los!« Er grinste mich an. »Wer zuerst im *Wasser* ist!«

Lächelnd sah ich ihm nach. Irgendwo da draußen im

Fallstief gab es eine Sandbank, und ihre Geheimnisse hatte sie bis heute nicht preisgegeben.

Eines Tages würde es auf Hallig Horn ein Rungholtmuseum geben. Nichts Großes, aber spannend und lebendig. Und was den Namen betraf: nein, nichts mit Feddersen oder auch Rasmussen. Absolut unnötig.

Rungholtmuseum, das sollte mehr als genug sein.

Schließlich hatte ich die freie Wahl.